KB063264

# 유리감옥

# GLASS HOUSE

# 유리감옥

**찰스 스트로스** 지음 **김창규** 옮김

아작

**일러두기**

모든 각주는 옮긴이의 것이다.

켄 멕레오드를 위하여

감사의 말씀

제임스 니콜, 로버트 '노제이' 스네든, 코리 닥터로우, 앤드류 J. 윌슨, 케이틀린 블래스델, 데이비드 클레멘츠, 션 에릭 페이건, 패러 멘들손, 켄 맥레오드, 줄리엣 맥케나, 그리고 모든 우범자들에게 감사를 드린다.

# 차례

"이 장치는." 장교가 연결 막대를 쥐고 거기에 체중을 실으며 말했다. "전 사령관께서 발명한 물건인데… 전 사령관님에 대한 소문은 들었나? 못 들었다고? 흠, 이 유형지를 전부 그분이 만들었다고 해도 크게 과언은 아니지. 우리는 그분 친구였고, 그분이 돌아가실 때는 이미 알고 있었어. 유형지 경영은 알아서 잘 돌아가고 있었기 때문에 후임자가 새 계획을 천 개쯤 세워본들 옛 계획을 바꿀 수가 없다는 사실을 말이야. 적어도 몇 년 동안은…. 네가 전 사령관님을 모르다니 부끄러운 줄 알아야 한다고!"

— 〈유형지에서〉, 프랑크 카프카

누가 아직도 아르메니아인 얘기를 하는가?

— 아돌프 히틀러, 1939

# 1
# 결투

팔이 넷이고 피부가 검은 인간이 클럽을 가로질러 내게 다가왔다. 몸에 걸친 거라고는 인간의 두개골들이 매달린 허리끈뿐이었다. 정직하고 호기심이 많은 인상으로, 머리카락은 연기로 만든 화관처럼 얼굴을 감싸고 있었다. 그녀는 나에게 흥미를 보였다.

"여긴 처음 온 거지?" 그녀는 내 자리 탁자 앞에 서서 물었다.

나는 그녀를 쳐다보았다. 깔끔하게 연결된 추가 어깨 관절은 그렇다 치고, 그녀가 걸치고 있는 육체는 전통적인 인간 육체 설계도를 따라 만든 정규형에 가까웠다. 가시철조망과 장미를 엮은 목걸이에 평균보다 작은 두개골 여러 개가 매달려 있었다. "맞아. 처음이야." 내가 대답했다. 가석방 반지 때문에 왼손 검지가 따끔거렸다. 가벼운 경고다. "난 지금 자아 재구축과 복귀 절차를 시행하는 중이라는 걸 미리 경고해둘게. 나는, 그러니까 나 같은 상태에 있는 사람들은 폭력적으로 돌변하는 경향이 있어. 걱정은 안 해도 돼. 그냥 경고하라고 법에 정해져 있어서 말하는 거니까. 난 너를 상처입히지 않을 거야. 그건 왜 물어본 거지?"

그녀는 어깨를 으쓱했다. 그 으쓱거림은 의도적인 몸짓이며, 엉덩이를 흔들고는 끝이 났다. "여기서 지금 너를 처음 봤으니까. 난 지난 한 달 동안 밤마다 거의 매번 여기 왔거든. 다른 사람을 도와주면 추가 복귀 점수를 받을 수 있으니까. 가석방 반지는 걱정하지 마. 여기 있는 사람은 거의 전부 끼고 있으니까. 나도 얼마 전까지 사람들한테 경고하고 다녔어."

나는 간신히 억지 미소를 지었다. 동료라는 얘긴가? 프로그램을 먼저 수행하고 있는? "한잔할래?" 나는 옆자리를 가리키며 물었다. "뭐라고 부르면 돼? 이런 걸 물어봐도 되는지 모르겠지만."

"난 케이야." 그녀는 의자를 잡아당기고 앉으면서 아주 풍성한 흑발을 어깨 뒤로 넘기고 두 손으로 해골들을 탁자 밑으로 넣으면서 메뉴를 흘끗 쳐다보았다. "흠, 얼음 넣은 더블 모카 픽업으로 해볼까. 코카는 조금만 넣고." 그녀는 다시 나를 향해 얼굴을 돌리더니 빤히 쳐다보았다. "신참이 오면 다른 사람들이 자원해서 말을 걸도록 병원 쪽이 다 준비해 둔 거야. 이번 저녁 시간은 내 차례고. 이름이 뭔지 말해줄래? 아니면 출신지라도?"

"듣고 싶다면야." 반지가 따끔거리는 바람에, 웃어야 한다는 사실을 기억해 냈다. "난 로빈이야. 그리고 네 말이 맞아. 난 복귀 탱크에서 막 나왔어. 솔직히 말하면 열흘 전에 나왔지. 출신지는…." 나는 1초 미만의 시간 동안 생각의 속도를 높이고 그녀에게 해줄 얘기를 지어내려고 노력했다. 그리고 진실과 유사한 결과물을 끌어냈다. "사실 여기서 그리 멀지 않은 곳이야. 하지만 기억 삭제가 끝난지 얼마 안 됐거든. 아직 풋내를 빼는 중이라서 뭔지는 몰라도 아무거나 해야 하는 참이야."

케이가 웃었다. 그녀는 광대뼈가 툭 튀어나온 얼굴이었다. 완벽하게 생긴 입술 사이로 하얀 이가 자리 잡고 있었다. 그녀는 좌우대칭형이었다. 30억 년 동안 진화하며 시행착오 방식으로 진행한 학습과 호메오박스*가 만들어 낸, 저 자신을 비추는 거울 같은 얼굴이었다. 이런 생각은 어디서 흘러나온 거지? 그렇게 자문하다 보니 조금 화가 났다. 나 자신의 생각과 수술 뒤에 인공적으로 삽입된 자아 사이의 차이를 구분할 수 없다는 건 간단한 일이 아니었다.

"난 오랫동안 인간이 아니었어." 그녀가 순순히 터놓았다. "제믈리아에서 이리로 온 지 얼마 안 됐고." 잠시 침묵. "수술하러 온 거야." 그녀는 작은 소리로 덧붙였다.

나는 칼자루 끝에 달린 장식을 만지작거렸다. 장식에 무언가 석연치 않은 점이 있었고, 그 사실이 유난히 신경 쓰였다. "아이스 구울하고 같이 살았다는 거야?" 내가 물었다.

"그렇다기보다는… 내가 아이스 구울이었어."

그 얘기에는 관심이 갔다. 나는 지금까지 살아 있는 진짜 외계인을 본 적이 없었다. 이전에 외계인이었던 존재도 포함해서. "그럼 넌…." 그걸 뭐라고 표현하더라? "그렇게 태어난 거야, 아니면 잠깐 그 몸에 이주했던 거야?"

"질문이 둘이네." 그녀가 손가락을 하나 세운다. "맞교환 어때?"

"맞교환하지." 나는 즉시 고개를 끄덕여야 한다는 점을 기억해 냈다. 그러자 반지가 반복적으로 따뜻해졌다. 엉성한 조건 훈련이었다. 보상은 내가 회복되고 있다는 걸 뜻하고, 처벌은 수술 후 기억

* 호메오유전자는 초기 배아 발달 단계에서 신체 구조의 상당 부분을 결정하는 유전자이다. 그중에서 호메오박스는 균류, 식물, 동물에게서 발견되는 DNA 시퀀스를 가리킨다.

상실증이 심해진다는 뜻이었다. 마음에 들지 않았지만, 그거야말로 핵심적인 과정이라고 했다.

"난 이전 기억을 다 쏟아내고 제믈리아로 이주했어." 그녀의 표현에서 뭔가를 숨기고 있다는 인상을 받았다. 뭘 생략한 걸까? 그녀는 모험성 사업을 벌였다가 실패하고 개인적인 적을 만든 걸까? "구울 사회 속을 살펴보고 싶었지." 그녀가 주문한 칵테일이 탁자에서 솟아 나왔다. 그녀는 시험 삼아 한 모금 맛을 보았다. "구울들은 정말 이상해." 그리고 잠시 상념에 잠겼다. "하지만 한 세대가 지나고 나니… 슬퍼지더라고." 또 한 모금. "그러니까 구울과 함께 살면서 연구를 했단 말이야. 누군가와 함께 60년 동안 살다 보면 결국은 계속 엮일 수밖에 없어. 자신을 완전히 드러내고 업그레이드하지 않는 한…. 음, 거기서 친구가 생겼고, 그들이 늙어서 죽는 걸 보다가 더는 견딜 수가 없었어. 결국, 돌아와서 그 충격을… 고통을 삭제할 수밖에 없었어."

60년이라고? 외계인과 함께 살기에는 긴 시간이었다. 그녀는 나를 뚫어지라 관찰했다. "아주 정교한 수술이었겠군." 나는 천천히 말했다. "난 이전에 어떻게 살았는지 별로 기억이 안 나."

"그래도 넌 인간이었잖아." 그녀는 털어놓으라고 재촉했다.

"맞아." 확실히 맞는 말이다. 기억의 조각들은 남아 있었다. 재무장 지역의 어슴푸레한 골목에서 칼이 번득였다. 피가 분수처럼 치솟았다. "난 대학에 있었어. 교수였지." 방화벽이 설치된 조립게이트 무리가, 조직체 사이에 있는 세관 검문소의 무시무시한 장갑 너머에 줄지어 있었다. 나는 소리를 빽빽 질러 몰아붙이고 애원도 해가면서 일반 시민들을 그늘진 입구 쪽으로 몰고 있었다. "난 역사를 가르쳤어." 이 말은 진실이었다. 적어도 과거에는 그랬다. "이제 와 생각해

보니 따분하고 기억도 분명하지 않네." 에너지 무기가 잠깐 번쩍이더니 사방이 고요해졌다. "틀에 박힌 생활을 반복하다 보니 충전이 필요했어. 아마 그랬을 거야."

대부분 거짓말이었지만 진실도 조금은 섞여 있었다. 나는 자원하지 않았다. 누군가 거절할 수 없는 제안을 내놓았다. 난 너무 많은 걸 알고 있었다. 기억 수술을 받든지, 그렇지 않으면 다음번 죽음을 끝으로 하든지 선택해야 했다. 나는 종교 구호 단체의 의무사제(醫務司祭)가 분자 크기의 로봇들을 이용해서 레테 강물을 내 두뇌로 직접 배달해 준 덕분에 신선한 상태로, 재활 센터에서 눈을 떴다. 최소한 그때 침대 옆에 놓여 있던 구식 종이 편지에는 내가 그런 선택의 갈림길에 서 있었다고 적혀 있었다. 나는 완전한 거짓말 속에 일말의 진실을 봉인해두고 씩 웃었다. "그래서 극단적인 재조립을 거친 거야. 그러니 이유도 기억이 안 나는 거지."

"그럼 새 인간이 된 기분이겠네." 그녀가 살짝 미소를 지으며 말했다.

"맞아." 나는 그녀의 아래쪽 팔 한 쌍을 흘끗 바라보았다. 그녀가 조바심을 내는 모습이 자꾸 눈에 밟혔다. "보수적인 신체 설계도를 고집하긴 했지만." 나는 결국 매우 보수적이었다. 나는 신장이 적당한 남성이고, 눈동자는 검고, 두피에 검정 곱슬머리의 그루터기가 나 있고, 말랐지만 강단이 있는 체격이었다. 재건 과정을 거치지 않은 우주 시대 이전의 유라시아인처럼. 가죽 킬트와 삼으로 만든 샌들에 이르기까지 그렇다. "난 내 모습을 고집하는 편이라서, 정말이지 이건 바꾸고 싶지 않았어. 이 모습과 연관된 게 너무 많거든. 그건 그렇고, 해골들이 멋있는데."

케이가 웃었다. "고마워. 그리고 질문하지 않아 줘서 고마워."

"무슨 질문?"

"일반적인 질문 말이야. 왜 이런 모습인지, 뭐 그런…."

나는 처음으로 잔을 들고 살을 에는 것처럼 차갑고 파란 액체를 한 모금 마셨다. "얼마 전까지 선사시대에 살던 인간의 수명만큼 아이스 구울로 살다가 왔다면서? 그런데 설마 팔이 좀 많다는 이유로 널 귀찮게 구는 사람이 있겠어?" 나는 고개를 가로저었다. "그냥 그럴 만한 이유가 있을 거라고 생각했어."

그녀는 팔 두 쌍으로 팔짱을 끼며 방어적인 자세를 취했다. "난 거짓말쟁이가 된 기분이었어. 게다가 외모는 꼭…." 그녀는 내 뒤쪽을 흘끗 쳐다보았다. 술집에는 사람이 그리 많지 않았다. 미소녀가 몇 명 있고 사이보그가 둘. 하지만 그들은 대부분 정규인간의 육체를 소지하고 있었다. 케이는 곁눈질로 한쪽 머리가 긴 금발이고 반대편은 완전히 밀어 버린 여성을 보고 있었다. 그 여성은 희고 얇은 천을 걸치고 칼을 찰 수 있는 허리띠를 두르고 있었다. 그녀는 방금 대화를 마친 동료를 보며 요란한 소리로 웃고 있었다. 결투 상대를 찾아 헤매는 광전사들이었다. "예를 들어서 저 여자처럼 거짓말쟁이가 된 기분이었지."

"넌 한때 정규인간이었잖아?"

"지금도 내부는 마찬가지야."

나는 마침내 눈치를 챘다. 그녀는 대중 앞에 나설 때면 외계인간의 육체를 걸쳤다. 부끄럽기 때문이다. 나는 시끄러운 무리를 흘끗 쳐다보다가 금발머리 여성과 눈이 마주쳤다. 그녀는 나를 쳐다보고 몸을 굳히더니 차갑게 몸을 돌렸다. "이 술집이 여기 생긴 지 얼마나 됐어?" 나는 물으면서도 귀가 빨갛게 닳아 올랐다. 저 여자가 감히 나에게 이런 식으로 대하다니!

"한 달쯤 됐어." 케이가 술집 반대편에 있는 정규인간 무리 쪽으로 고갯짓하며 말했다. "나라면 절대로 저자들의 주의를 대놓고 끌지 않을 거야. 결투꾼이거든."

"나도 결투를 좋아해." 나는 그녀를 보며 고개를 끄덕였다. "그러면 치료가 되더라고."

케이가 얼굴을 찡그렸다. "난 결투 안 해. 직접은. 지저분하잖아. 그리고 아픈 건 싫어."

"흠, 나도 아픈 건 싫어." 나는 천천히 말했다. "요점은 그게 아니잖아." 요점은 내가 누군지 기억할 수 없을 때 화가 난다는 것, 또한 처음에는 극단적으로 몰아세우게 마련이라는 점이었다. 그리고 구조화돼 있고 형식적인 틀에 따른다는 건 아무도 다칠 필요가 없다는 뜻이었다.

"넌 어디 살아?" 케이가 물었다.

"난…." 그녀는 분명히 화제를 바꾸고 있었고, 나는 그 사실을 깨달았다. "병원에 있어. 아직은. 그러니까 내 말은, 한때 내 소유였던 것들을 전부. 나는…." 모조리 처분하고 도망쳤다. "나는 여행할 때 물건을 거의 안 가지고 다녀. 이번 새 인생에서 뭘 할 건지는 아직 못 정했고. 그러니 짐이 많아 봐야 별 의미가 없지."

"한 잔 더?" 케이가 물었다. "내가 살게."

"그거 좋지." 머릿속에서 위험을 알리는 종이 울렸다. 금발머리가 우리 쪽으로 온다는 느낌이 들었지만, 나는 모르는 척했다. 하지만 뱃속에서 익숙한 뜨거움이 느껴졌다. 등에는 긴장감이 흘렀다. 고대의 반사신경과 수많은 속임수 코드가 몸을 지배했다. 나는 들키지 않게 칼집에 있는 칼을 풀어놓았다. 금발머리가 뭘 원하는지는 알았다. 그리고 나는 너무나 기쁜 마음으로 그걸 줄 것이다. 지금 여기에 사람을 죽일 듯한 분노가, 진정시키려면 시간이 꽤 걸리는 분노가 빠르게 번쩍이고 있었다. 거기에 휩쓸리는 사람은 그녀만이 아니었다. 상담치료사는 그걸 순순히 받아들이고 뜻이 맞는 동료 사이에서 마음을 열라고 했다. 그런 분노는 시간이 지나면 타서 없어질 것이다. 그래서 나는 분노를 품고 다녔다.

하지만 나를 괴롭히는 건 삭제 시술 뒤에 찾아오는 분노만이 아니었다. 나는 기억만 편집한 게 아니라 연령도 재설정하겠다고 했다. 청년기를 또 겪으면 호르몬이 준동하면서 그 나름의 괴로움을 동반하고, 불안하게 아파트 근처를 서성이고, 충동적으로 하얀색 정육면체인 위생실에 들어가서 팔 안쪽을 칼로 긋고는 맑은 장밋빛 피가 솟는 광경을 신기한 듯 바라보게 마련이었다. 섹스라는 행위가 내 안에서 거의 잊고 살았던, 강박에 가까운 중요성을 획득하고 있었다. 녹초가 되고 공허한 상태로 깨어나 내가 이전에 어떤 존재였는지 기억할 수 없으면 이상하게도 섹스와 폭력을 향한 욕구를 떨쳐버리기가 어려워졌다. 하지만 회춘의 순환을 두세 번쯤 겪고 나면 섹스와 폭력에 대한 흥미는 뚝 떨어지게 마련이었다.

"있잖아, 쳐다보지는 말고, 너도 이미 알 것 같은데 누군가 지금…."

내가 문장을 맺기도 전에 금발머리가 케이의 어깨에 몸을 기대고 내 얼굴에 침을 뱉었다. "날 만족시켜 봐." 그녀의 목소리는 다이아몬드로 만든 드릴처럼 파고들었다.

"왜?" 나는 냉랭하게 물었다. 손으로 뺨을 닦는 동안 긴장감 때문에 심장이 쿵쾅거렸다. 분노가 쌓이는 걸 느끼긴 했지만 나는 억지로 자신을 다독거려 통제하에 두었다.

"네 존재 자체가 이유야."

재활 시술이 끝난 환자가 정신 분열 단계에 있으면, 즉 뒤엉킨 성격과 기억의 실들을 다시 짜서 새 인격을 만드는 과정에 있는 경우 그중에는 특별한 종류의 눈빛을 띠는 사람이 있었다. 세상을 향한 무분별한 분노와 실존적인 증오는 저 혼자서 고유한 역학을 만들어 냈다. 그런 것들은 종종 자신을 발가벗기고 기억을 깨끗하게 지운 상태로 이런 세계에 몰아넣은 이전 단계의 자아 전체에게로 향하곤 했다. 눈이 퀭하고 야성적인 분노와 최적화된 표현형의 완벽한 근육 조직은 한데 모여서 금발머리로 하여금 위협적이고 거의 원초적인 존재감을 획득하게 하였다. 그런데도 공격하기 전에 도전 의사를 밝힌 거로 보아 그녀는 충분히 자신을 제어하고 있었다.

케이는 내성적이었고 우리 두 사람보다 회복이 훨씬 더 진행됐기 때문에 금발머리가 나를 노려보자 앉은 채로 몸을 움츠렸다. 그 점이 마음에 걸렸다. 금발머리는 구경꾼을 위협할 필요가 없었다. 어쩌면 나 역시 생각보다 더 잘 자제하고 있는지도 몰랐다.

"그렇다면." 나는 한순간도 시선을 피하지 않고 천천히 일어섰다. "재무장 지대에서 계속하는 게 어때? 먼저 죽으면 끝나는 거로 하지?"

"좋아." 금발머리가 비웃는 소리를 냈다.

나는 케이를 슬쩍 바라보았다. "만나서 즐거웠어. 한 잔 더 사줄래? 금방 올 거야." 내가 금발을 따라 재무장 지대로 통하는 게이트로 가자 케이의 시선이 나를 좇는 걸 느낄 수 있었다. 게이트는 바에 맞붙어 있었다.

금발이 문턱에서 멈춰 섰다. "먼저 가." 그녀가 말했다.

"그럴 순 없어. 도전자가 먼저 가야지."

금발은 한 번 더 나를 노려보았다. 화가 잔뜩 난 게 분명했다. 그런 다음 전송게이트 안으로 성큼성큼 걸어 들어가고는 사라졌다. 나는 가죽 킬트에 오른쪽 손바닥을 문지르고 칼자루를 움켜쥔 다음 칼을 뽑고 줄지어 있는 웜홀로 뛰어들었다.

결투 예절에 따르면 도전자는 게이트로부터 족히 열 걸음은 떨어져 있어야 했다. 하지만 금발은 예절이 좋은 편이 아니었다. 게이트를 통과하면서 내가 방어 자세를 취하고 받아넘길 준비를 한 건 아주 훌륭한 선택이었다. 그녀는 칼로 내 복부를 즉각 쑤시려고 대기하고 있었기 때문이다.

그녀는 빠르고 악랄하며, 규칙을 지키는 데에 아무런 관심이 없었다. 사실 나로서도 별 상관이 없었다. 나 자신의 실존적 분노가 이제 배출구를 찾았고 얼굴도 찾았기 때문이다. 수술을 받은 뒤 나를 집어삼키던 분노, 나를 억지로 이 지경으로 만든 전범들을 향한 증오, 그들의 기억을 대규모로 소거하도록 항복했던 과거의 나 자신에 대한 증오. 나는 심지어 성별이 무엇이었는지, 키가 몇이었는지도 기억하지 못했다. 그 증오에는 초점이 있었다. 금발은 칼날을 돌리고 있고, 그 반대편에는 금발의 얼굴이 거울처럼 나 자신의 집중력과 분노를 되받아 쏘고 있었다.

이쪽 재무장지대는 옛 지구의 멸망한 도시를 본따 만들어져 있었다. 핵전쟁 뒤에 산산이 부서진 콘크리트 황무지와 괴상하게 꾸불거리는 식물이, 정복자의 동상과 바퀴가 달려 있고 불에 탄 폐자동차를 뒤덮고 있었다. 여기서는 우리만 존재할 수 있었다. 다른 인류가 살지 않는 행성에 고립된 채로. 여기라면 수술 후 기억상실 상태가 천천히 해소되는 동안 비통함과 분노를 우리끼리 해결할 수 있었다.

금발은 나를 향해 돌진할 준비를 했다. 나는 조심스럽게 뒤로 물러섰다. 금발의 공격에 약점이 있는지 탐색하면서. 그녀는 칼끝보다 칼날을 선호하고 왼쪽보다 오른쪽을 선호했다. 하지만 빈틈은 전혀 보이지 않았다. "얼른 죽어!" 금발이 화난 목소리로 쏘아붙였다.

"너 먼저." 나는 속임수를 써서 상대의 균형을 무너뜨리려고 시도하며 그녀의 주변을 돌았다. 우리가 들어온 게이트 옆에는 높은 건물의 잔해가 남아 있었다. 건물 파편은 키 높이만큼 쌓여 있었고, 게이트에는 붉은 신호등이 깜빡거리고 있었다. 우리 둘 중 하나가 죽기 전에는 나갈 수 없다는 뜻이다. 건물 파편을 보고 좋은 생각이 떠올랐다. 그래서 나는 다시 한 번 속임수를 쓰고 물러서서 금발이 들어올 여지를 남겼다.

금발은 틈을 놓치지 않았다. 나는 간신히 공격을 막았다. 그녀는 빨랐다. 하지만 그녀는 교활하지 않았고, 내 왼손에 단검이 있으리라고는 생각하지 못한 것이 분명했다. 단검은 왼쪽 허벅지에 테이프로 붙여두었었다. 그녀는 단검을 방어하려 했다. 나는 기회를 잡아 칼로 그녀의 복부를 꿰뚫었다.

금발은 무기를 떨어뜨리고 무릎을 꿇었다. 나는 그녀를 마주 보고 털썩 앉았다. 쓰러지듯이. 세상에. 내 왼쪽 다리는 어떻게 공격한 거야? 나는 본능을 너무 믿었던 건지도 모르겠다.

"됐어?" 내가 물었다. 갑자기 어지러워졌다.

"난…." 금발이 내 칼에 달린 고리를 붙들면서 궁금한 표정을 지었다. "어." 그녀는 힘겹게 침을 삼켰다. "넌 누구야?"

"로빈." 나는 그녀를 흥미롭게 바라보며 퉁명스럽게 대답했다. 전에도 칼에 내장을 꿰뚫린 채 죽어가는 사람을 본 적이 있는지 기억이 나지 않았다. 피가 엄청나게 쏟아지고 내장이 파열된 탓에 심히 역겨운 냄새가 흘러나왔다. 처음에는 그녀가 몸을 뒤틀며 비명을 지를 거라고 짐작했지만, 어쩌면 자율 신경을 차단하는 시술을 받았는지도 모르겠다. 어쨌든 나는 두 다리가 풀리지 않게 힘을 주느라 바빴다. 내 손가락 사이에선 피가 계속 솟았다. 그리고 고통 속에서 동료의식이 피어올랐다. "넌…?"

"그윈." 금발이 침을 삼켰다. 증오의 빛이 꺼져가면서 무언가 수수께끼 같은 것을 남겼다.

"그윈…, 마지막으로 백업한 게 언제야?"

그녀가 눈을 가늘게 떴다. "으음, 한 시간, 전."

"그렇군. 끝내줬으면 좋겠어?"

그녀는 짧은 시간이 지나고 나를 마주 보았다. 그리고 고개를 끄덕였다. "언제야? 넌?"

나는 몸을 앞으로 내밀고, 얼굴을 찡그리며 그녀의 칼을 집었다. "내가 마지막으로 백업한 게 언제냐고? 기억 수술에서 회복한 다음을 얘기하는 거지?"

그녀가 고개를 끄덕였다. 어깨를 으쓱한 것 같기도 했다. 나는 칼을 들어 올리고 인상을 구긴 다음 그녀의 목에 칼날을 댔다. 그러느라 남은 힘을 전부 써야 했다. "좋은 질문이야…."

나는 금발의 목을 잘랐다. 피가 사방으로 튀었다.

"아직 한 번도 안 했어."

나는 휘청거리며 출구로, 그러니까 조립게이트로 가서 술집으로 데려다주기 전에 왼쪽 다리를 재조립하라고 말했다. 게이트는 나를 꺼버렸다. 그리고 주관적인 찰나가 지난 뒤 나는 술집 뒤에 있는 화장실의 간이 구조물에서 눈을 떴다. 내 몸은 새것처럼 만들어졌다. 1분가량 거울을 들여다보았다. 공허한 느낌이지만 나 자신을 보면서도 마음이 평화로웠다. 신기한 현상이었다. 곧 백업을 해야 할지도 모르겠다. 나는 오른쪽 다리를 풀었다. 조립게이트는 신체 정규화를 잘 마무리해 놓았고, 편집된 근육도 딱 좋았다. 나는 그윈을 피하기로 했다. 적어도 무자비하고 폭력적인 상태가 조금 경감될 때까지는. 그윈이 계속 실력이 더 나은 사람만 골라서 결투를 해나간다면, 아마 오랜 시간이 지나야 그렇게 될 것이다.

케이는 아직 그 자리에 있었다. 이상한 일이었다. 지금쯤이면 갔을 거라 예상했는데. 조립게이트가 빠르긴 하지만 그래도 인간 신체를 찢어발기고 재조립하려면 최소한 15분 이상이 걸렸다. 아주 많은 비트와 원자를 주물러야 하기 때문이다.

나는 자리에 앉았다. 케이는 아까 내 몫으로 술을 사뒀다. "미안하게 됐어." 나는 기계적으로 말했다.

"여기 있다 보면 익숙해져." 그녀가 분석적인 목소리로 말했다. "기분은 나아졌어?"

"저기, 난…." 말을 멈췄다. 나는 아주 잠깐 콘크리트가 흩어져 있는 먼지투성이 황무지를 돌이켜보았다. 다리가 시큰거리며 아프고, 순수한 증오심은 그윈의 목을 공격하는 행위의 연료로 사용되어 남아 있지 않았다. "사라졌군." 내가 말했다. 나는 잔을 노려보고, 들어서 단숨에 절반을 마셨다.

"뭐가?" 나는 그녀와 눈을 맞췄다. "말하기 싫으면 됐고." 그녀가 다급히 덧붙였다.

그녀는 무서우면서도 걱정하고 있었다. 나는 갑자기 그 사실을 깨달았다. 가석방 반지가 반복적으로 따뜻해졌다. "상관없어." 나는 그렇게 말하고 미소 지었다. 아주 살짝 피곤해 보였을 것 같았다. 나는 잔을 내려놓았다. "아마 아직 분열 상태인가 봐. 오늘 저녁에 나오기 전까지는 내 방에서 나 혼자만 앉아 있었어. 그리고 메스를 가지고 양팔 여기저기에 예쁜 선을 그리고 있었지. 손목을 자르고 다 끝내야겠다고 생각하면서. 난 화가 났었어. 나 자신에게. 하지만 지금은 안 그래."

"아주 흔한 증상이야." 케이가 조심스럽게 말했다. "뭣 때문에 바뀐 건데?"

나는 인상을 찡그렸다. 그게 재통합 후 흔히 겪는 부작용이라는 걸 안다 한들 무슨 의미가 있는가. "난 바보였어. 집에 가자마자 백업을 받아놔야겠어."

"백업?" 그녀가 눈을 크게 떴다. "칼을 차고 결투용 띠를 두른 채 저녁 내내 이 근처를 걸어 다니면서 백업을 안 해뒀다고?" 그녀는 목소리를 높여 빽빽거렸다. "이유가 뭔데?"

"백업이 있다고 생각하면 날이 무뎌지거든. 어쨌든 난 자신에게 화가 났어." 나는 그녀를 바라보면서 구겼던 인상을 폈다. "하지만 영원히 화를 낼 수는 없잖아."

더 중요한 사실이 있었다. 진짜 나 자신을, 또는 과거의 진짜 자신을 재발견한다고 생각하니 갑자기 무시무시하고 공허한 공포심이 생겼다. 칼로 누군가의 신체를 찌른 다음에 갑자기 다른 이의 감정을 공감하다니, 이게 무슨 뜻일까. 옛 암흑시대였다면 그건 비극이었을 것이다. 하다못해 여기서도 사람들은 대부분 죽음을 가볍게 여기지 않았다. 나는 잠깐 뛰쳐나가서 그윈을 찾아내 사과하고 싶다는 무시무시한 충동을 느꼈다. 하지만 그건 어리석은 짓이었다. 그윈은 기억하지 못할 테니까. 그녀는 아까와 같은 두뇌 상태에 있을 것이다. 아마도 아까와 똑같이 무분별한 분노 상태에서, 그 자리에서 나를 햄버거로 만들고자 한 번 더 결투를 청할 것이다.

"아무래도 내가 재연결이 되는 모양이야." 나는 천천히 말했다. "여기보다 더 안전한 장소 없을까? 그러니까, 광전사들의 흥미를 덜 끌 만한 곳 없을까?"

"흐음." 그녀가 비판적인 시선으로 나를 보았다. "칼하고 띠만 걸치지 않으면, 2단계 회복 광장 근처만 가도 도드라지지 않을 거야. 스테이크 아주 잘하는 집을 아는데… 배가 얼마나 고파?"

결투가 끝나고 나니 폭력을 향한 갈증이 줄고 그만큼 식욕이 생겼다. 케이는 나를 데리고 매력적인 시골풍 저중력 광장으로 갔다. 광장은 발포 다이아몬드 섬유와 삼나무 분재로 이루어져 있었다. 쉽게 보기 어려운 증기기관 로봇이 숯불 그릴에 육즙 많은 새끼돼지의 넓적다리를 굽고 있었다. 케이와 잡담을 해보니 그녀는 내가 감정적인 기억 수술 후유증에서 눈에 띄게 빨리 회복하는 걸 보고 엄청나게 흥미가 생긴 게 분명했다. 나는 아이스 구울과 함께 사는 게 어떤지 구체적으로 캐묻고, 그녀는 내게 무형 공화국 결투 학교에 관해 물어보았다. 그녀는 유머 감각이 독특했고, 식사가 끝나갈 무렵에는 재미있는 일이 기다린다는 파티 얘기를 꺼냈다.

파티라는 건 외래 환자 전용 아파트에서 벌어지는, 꽤 태평스러운 공중 난교였다. 그녀와 함께 도착하고 보니 사람은 고작 여섯 명이었다. 대부분 커다란 원형 침대에 누워서 물담배를 돌려 피우며 상냥하게 자위를 도와주고 있었다. 케이는 입구와 맞붙은 벽에 나를 밀어붙이고, 키스를 하고, 세 손으로 내 회음부와 고환을 흥분시키는 동작을 했다. 그러더니 조립게이트를 사용하러 위생실로 사라졌다. 헐떡거리는 나를 남겨두고서. 그녀가 돌아왔을 때 나는 알아보지 못할 뻔했다. 머리카락이 파란색으로 바뀌었고, 팔 두 개가 사라졌고, 피부가 밀크커피 색으로 바뀌었기 때문이다. 하지만 그녀는 곧장 내게 걸어와 다시 키스했고, 나는 그 입에서 나는 맛으로 그녀를 알아보았다. 나는 그녀를 안고 침대로 갔고, 우리는 서둘러서 섹스한 뒤에, 물담배 일행에 합류했다. 물담배에는 아편과, 기화하기 쉬운 포스포디에스테라아제 억제제가 들어 있었다. 케이와 나, 그리고 물담배 일행은 거의 잠이 올 때까지 상대의 몸을 탐험했다.

나는 케이의 옆에, 얼굴을 맞대고 누워 있었다. 그때 그녀가 중얼거렸다. "재미있었어."

"재미있었어." 나는 그 말을 되풀이했다. "아주 오랫동안…." 눈앞이 흐려졌다. "원했었는데."

"난 정기적으로 여기에 와." 그녀가 말했다. "너는?"

"나는 아닌데…." 나는 말을 멈췄다.

"뭐라고?"

"마지막으로 섹스한 게 언제인지 기억이 안 나."

그녀는 내 허벅지 사이에 손을 놓았다. "정말?" 그리고 이해가 안 된다는 얼굴을 했다.

"기억이 안 나." 나는 얼굴을 찡그렸다. "잊은 게 분명해."

"잊었다고? 진심이야?" 그녀는 놀랐다. "안 좋은 관계를 경험했다거나 그런 거 아닐까? 그래서 수술을 받은 건지도 모르잖아?"

"아냐. 난…." 나는 말이 더 많이 새어 나오기 전에 중단했다. 옛날의 내가 보낸 편지에 이런 상황이 적혀 있었다면 분명히 그렇게 행동하라고 했을 것이다. 그 정도는 확신할 수 있었다. "그냥 기억이 안 나. 흔한 일은 아닐 것 같은데, 그렇지?"

"그렇지." 그녀는 내게 바싹 달라붙어서 목을 두드렸다. 나는 물건이 다시 발기하는 걸 느끼고는 아주 잠깐이지만 경이감을 느꼈다. 그리고 손가락으로 그녀의 젖꼭지 둘레를 훑기 시작했다. 그녀의 숨이 가빠졌다. 나는 분명히 약물 때문일 거라고 생각했다. 뭔가를 투입하지 않고서는 이렇게 오랫동안 발기 상태를 유지한 적이 없었을 것이다. 아마도. "넌 유어돈의 실험에 어울릴 것 같아."

"유어돈의 뭐?"

그녀가 내 가슴을 밀었다. 나는 그녀가 편하게 올라탈 수 있게 위를 보고 누웠다. 침대 주변에는 장난감들이 부디 사용해달라고 야옹거리고 애걸하면서 놓여 있었다. 하지만 그녀는 살과 살을 직접 맞대는 전통적인 방법을 원하는 것 같았다. 그렇게 하면 인간성이나 그와 비슷한 무언가와 재연결된다고 생각하는 모양이었다. 나는 씩씩거리면서 그녀의 엉덩이를 움켜쥐고 내 쪽으로 거칠게 당겼다.

"실험. 유어돈은 중증 기억상실증 환자를 찾고 있거든. 데려가면 수고비도 주고. 나중에 자세히 말해줄게."

그리고 우리는 입을 닫았다. 말은 소통을 방해한다. 그리고 바로 그 순간 내게 필요한 건 그녀가 전부였기 때문이다.

그 뒤 나는 부드럽고 살아 있는 잔디가 깔리고, 수백 조 킬로미터 떨어진 행성의 지각에서 떼어 온 녹색 대리석 판으로 지붕을 덮은 거리를 지나 집으로 걸어갔다. 나는 혼자인 동시에 온전히 내 생각만 할 수 있었다. 망통신은 조용했고, 작동하는 것은 사람을 모조리 피해서 5킬로미터를 걸을 수 있다고 알려주는 지도뿐이었다. 칼이 있긴 하지만 도전에 응할 생각은 조금도 없었다. 나는 생각할 시간이 필요했다. 집에 가면 상담치료사가 기다리고 있을 테니까. 그리고 상담치료사와 얘기하기 전에 내가 어떤 사람이 되어가고 있는지 생각을 정리해야 하니까.

나는 이곳에, 살아서 깨어 있었다. 내가 누구든지 간에. 난 로빈이잖아. 안 그래? 흐릿한 기억은 잔뜩 있었다. 하지만 그건 기억 소거 처리가 내 이전 인생들을 문질러 지워서 인상파 화가의 몽롱한 안개로 만들어버리고 남은 흔적이었다. 나는 깨어난 직후에 나 자신의 나이를 확인해봐야만 했다. 그 결과 내 나이는 대략 200살 정도였다. 하지만 내 감정적 안정성은 나이의 10분의 1 정도, 즉 청년기가 갓 시작된 수준이었다. 먼 옛날에는 60년 정도만 살아도 노년이 시작되던 시절이 있었다. 나는 왜 그렇게 나이가 많으면서도 이처럼 감정적으로 어리고 경험이 적은 걸까?

내 인생에는 거대하고 알 수 없는 구멍이 있었다. 나는 분명히 과거에 섹스를 했을 것이다. 그런데 기억이 나지 않았다. 결투도 해본 게 분명했다. 반사신경과 무의식적으로 발휘한 기술 덕분에 그윈을 간단히 이겼으니까. 하지만 훈련을 한 기억도, 살인을 한 기억도 나지 않았다. 알 수 없는 번득임들은 있지만, 그건 즐거웠던 기억의 찌꺼기일 수도 있었다. 이전의 나 자신이 보낸 편지에 따르면 나는 학자였는데, 종교 광신과 잠복성 종교와 신생 암흑시대가 전문분야인 전쟁사학자였다. 그게 사실이라 해도 난 전혀 기억이 나질 않았다. 어쩌면 그 기억들은 필요할 때 다시 떠올리지 못할 만큼 깊이 묻혀 있는지도 몰랐다. 그리고 영원히 사라진 건지도 몰랐다. 이전의 내가 어느 수준의 기억 삭제를 요청했는지는 모르지만, 위험할 정도로 완전 삭제에 가까운 게 분명했다.

그럼 남은 건 뭔가.

내 데카르트 극장의 로비 사방에는 기억의 깨진 조각들이, 내가 넘어져서 부딪히고 다치기만 기다리고 있었다. 나는 지금 현재 남성 정규인간의 몸 안에 있고, 자연 선택의 정통적 산물이었다. 이 모양새는 나와 맞았다. 하지만 훨씬 더 낯선 존재인 적도 있었다고 생각했다. 이유는 모르지만 나는 탱크였던 적이 있다고 생각했다. 그게 아니라면, 전쟁 어드벤처 가상 현실에 너무 많이 접속한 결과 그 기억들이 너무 강력하게 남아서, 중요한 부분이 빠지긴 했어도 기억 수술을 이겨내고 남았을 수도 있다. 그 무자비한 확장성의 감각, 냉정하게 조절된 폭력…. 그래, 난 아마 한때 탱크였을 것이다. 그게 사실이라면 나는 예전에 네트워크 게이트를 지킨 적이 있었다. 조직체 간의 이동은 조직체 내의 이동과 마찬가지로 전송게이트를 통했다. 전송게이트는 원거리를 일대일로 연결하는 웜홀이다. 전송게이트는 양쪽 끝이 있고, 여과 과정이 없다. 무엇이든지 전송게이트의 한쪽 끝으로 들어가 반대편 끝으로 나올 수 있다는 얘기다. 조직체 내에서는 그게 아무 문제도 아니지만, 다른 조직체가 공격해올 때 네트워크 경계를 수비해야 할 때 심각한 문제가 된다. 따라서 방화벽이 필요했다. 나는 국경 수비대였고 조직체로 들어오는 여행자를 조립게이트로 곧장, 확실하게 보내는 게 임무였다. 그 조립게이트는 여행자를 해체하고, 업로드하고, 위험 요소가 있는지 분석한 다음 그를 직렬 자료 형태로 변환하고, 재조립을 위해 비무장지대 안에 있는 다른 조립게이트로 보내는 역할을 했다. 보통 때라면 사람들이 조립게이트로 보내지는 것은 관세 확인이나 직렬화 과정 때문이고, 주로 자료를 보내기 위해 이용하는, 전송량이 아주 많은 웜홀 통로를 거쳤다. 하지만 그때는 전시였기 때문에 보안 검열에 예외가 없었다.

전쟁이라고? 맞다. 그때는 검열 전쟁이 끝날 무렵이었다. 나는 어느 시점부터 감염되었음이 분명했다. 검열 전쟁이 뭔지 기억이 나질 않으니까. 하지만 내가 입출국용 전송게이트, 다시 말해서 장거리도약 전송게이트를 지켰던 건 확실했다. 나는 이즈 공화국에서 갈라져 나온 어느 승계국의 전송게이트를 지켰고, 그때 조립게이트가 교정주의자 웜에 감염되었다.

그러자 무언가가 희미하게 떠오르더니… 그래! 나는 먼 옛날 라인바저 캣츠의 일원이었다. 또는 그들을 위해 일했다. 하지만 그때 나는 탱크가 아니라 다른 무엇이었다.

나는 곰팡내 나는 복도의 한쪽 끝에 있는 전송게이트에서 걸어 나왔다. 복도는 대성당 폐허의 돌투성이 중심부를 지나가고 있었다. 좌우에는 거대한 기둥이 솟아 있었고 머리 위에는 검정 하늘이 있었다. (기둥은 환상에 불과했지만 용도는 분명했다. 대기 중에 있는 역장 통로의 위치를 알려주는 표지였기 때문이다. 그 고딕풍 공원의 아래에 있는 행성은 얼음장처럼 차갑고 공기가 없으며, 멸망한 전설 속 행성인 지구로부터 수백 조 킬로미터 떨어진 항성 간 공간 어딘가에 있는 갈색 왜소 행성을 주 천체로 삼아 동주기 자전을 하고 있었다.) 나는 핏빛과 청록색이 뒤섞이고 부식된, 양모로 만든 양탄자 위를 걸었다. 장갑복과 가운을 걸친 정규인간들이 시간의 심연 속에서 싸우고 사랑하는 광경은 너무나 장대해서 내 개인사 따위는 무의미하게 희미해졌다.

그리고 나는 지금 여기에 있다. 먼 시간의 끝에 불시착해서, 무형공화국의 종교 구호 단체 소속 의무사제들이 운영하는 재활 기관에서, 갈색 왜소 행성의 표면에 지어놓은 아름다운 가짜 건축물의 인적 없는 복도를 서성거리면서, 수수께끼 같은 내 정체를 풀어보려고 애를 쓰고 있었다. 이곳에 어떻게 왔는지도 기억이 나지 않았다. 그러니 어떻게 상담치료사와 얘기를 할 수 있겠는가?

나는 깜빡거리고 있는 망통신 지도의 커서를 따라서 중앙마당으로 갔다. 그리고 왼쪽으로 돌아서 꼭대기에 거인 해골이 새겨진 돌 제단을 지나는 내부 통로로 이동했다. 통로를 지나자 금세 또 다른 전송게이트 옆 공간에 떠 있는 사각형 구멍에 도달했다. 웜홀로 걸어 들어가자 몸이 가벼워졌다. 이곳에서는 중력이 나를 잡아주지 못했다. 그리고 코리올리 효과로 발생한 힘이 나를 왼쪽으로 잡아당겼다. 빛이 더 밝아졌다. 바닥은 파란 액체 호수였다. 호수는 수면에서 미끄러져 이동할 수 있을 만큼 표면장력이 컸고, 발이 닿자 수면이 오목해졌다. 수면에는 문이 없고, 여기저기에 벽감과 벽으로 파고든 구멍이 보였다. 그리고 요오드 냄새가 코를 찔렀다. 과감하게 짐작해보건대 이 길은 은하 이쪽 지역에 있는 수많은 갈색 왜소행성의 주위를 도는 정체를 알 수 없는 중계장치 가운데 하나를 지나갈 것이다.

나는 복도 끝부분에서 움직이고 있는 인간 크기의 구름을 몇 개 관통했다. 우리가 서로 알아보지 못하도록 여행자를 흐릿하게 만드는 사생활보호용 안개다. 나는 또 다른 방으로 들어갔다. 그 방에는 고리처럼 생긴 전송게이트 웜홀이 있고, 둥근 벽을 따라 조립게이트 중계장치들이 있었다. 커서가 가리키는 문으로 들어가니 낯익은 복도가 나타났다. 복도 좌우에는 살아 있는 목재가 장식되어 있고, 반대편에는 뜰이 있으며 그 뜰에는 장식용 연못이 자리하고 있었다. 이곳은 평화롭고 친근하며 노란 항성의 따뜻함이 깃든 조명이 있었다. 이게 바로 나와, 다른 재활 대상자 몇 사람에게 할당된 아파트였다. 우리는 여기에서 같은 회복 단계에 있는 타인과 안전하게 어울릴 수 있었다. 그런 활동이 안전할 경우 말이다. 나는 바로 여기서 상담치료사를 만나게 돼 있었다.

오늘 만날 상담치료사는 전혀 인간형이 아니었다. 심지어 미소녀나 엘프형도 아니었다. 피콜로-47은 중간형 드론으로, 대략 표주박 같은 외형에, 괴상하게 생기고 길이를 조절할 수 있는 다양한 로봇

팔다리가 장착되어 있었다. 팔다리 중에는 물리적으로 피콜로의 몸체와 연결되지 않은 것도 있었다. 몸체에는 얼굴과 비슷한 부분조차 없었다. 개인적으로는 무례한 태도라고 생각했지만(인간은 본능적으로 표정을 이용해서 감정 상태를 주고받게 되어 있다. 따라서 얼굴 없이 여러 사람 앞에 나선다는 건 의도적으로 냉담하게 굴겠다는 표시다), 그 생각을 말로 표현하지는 않았다. 아마도 상담치료사는 내가 얼마나 감정적으로 안정돼 있는지 보려고 그랬을 것이다. 얼굴이 없는 대상을 상대할 수 없다면 많은 사람을 어찌 대할 수 있겠는가. 어쨌든 상담치료사와 싸워봐야 내 감정을 가라앉히는 데에 도움이 될 리는 없었다. 난 피곤했고, 오랫동안 목욕을 한 다음 자고 싶었다. 따라서 불편한 일을 만들지 않고 상담을 끝내기로 마음먹었다.

"오늘 결투를 하셨군요." 피콜로-47이 말했다. "결투에 이르기까지 무슨 일이 있었는지 직접 설명해주시죠."

나는 연못 아래쪽에 있는 돌계단에 앉아서 목 뒤에 차가운 물방울이 튈 때까지 등을 기댔다. 그리고 지금 가전제품과 얘기하는 거라고 생각하기로 했다. 그러면 좀 나으니까. "그러지." 나는 그렇게 말하고 나서 오늘 일었던 일을 요약했다. 적어도 대중 앞에서 벌어진 일에 대해서는.

"그윈이 부당하게 당신을 자극했다고 생각합니까?" 상담치료사가 물었다.

"흐음." 나는 잠시 생각해보았다. "내가 그녀를 화나게 했을지도 몰라." 나는 천천히 말했다. "일부러 그런 건 아니지만 내가 쳐다보는 걸 그녀가 알았으니까. 물러설 수도 있었는데. 나한테 그럴 생각이 있었다면 말이지만." 이렇게 인정하자니 약간 불공평하다는 생각이 들었다. 아주 약간만. 그윈은 지금 이 순간 칼로 복부를 찔렀다는 기억이 전혀 없는 상태로 걸어 다니고 있었다. 그녀가 잃은 거라고는 인생에서 한 시간도 채 안 되는 시간뿐이었다. 하지만 내 다리는 아직도 기억의 상처를 주고 있는 데다가 내가 감수했던 건….

"백업을 받아놓지 않았다고 하셨더군요. 그건 조금 무모한 행동이 아닐까요?"

"그래. 맞아." 나는 마음을 정했다. "지금 이 대화가 끝나는 대로 받아둘 생각이야."

"바람직한 결정입니다." 나는 조금 놀라서 불편한 마음으로 피콜로-47을 노려보았다. 상담치료사는 일반적으로 의견을 표현하지 않는다. 긍정적이든 부정적이든, 재활 기간 도중에는. 의견을 표하는 순간 재활 기간이란 게 따로 없다는 환상이 깨지기 때문이다. 피콜로-47의 부드러운 표피를 쳐다보니 조금 오싹한 기분이 들었다. "공공장소에 있을 때의 상태를 확인해보니 좋아지고 있는 거로 보입니다. 계속해서 재활 구역을 탐험하시고 환자 지원 요원들을 활용하시기를 추천합니다."

"음." 나는 상대를 노려보았다. "내가 알기로는 개입하지 말아야 할 텐데…?"

"기억 삭제에 수반된 중증 분열증을 앓고 있는 환자를 치료할 경우 초기 단계에서 개입하는 건 금기 사항입니다. 하지만 후반에는 치료가 상당히 진행된 환자라면 적절한 순간에 안내할 수도 있습니다." 피콜로-47은 잠시 말을 멈췄다. "한 가지 요청하고 싶은 일이 있습니다. 마음에 안 들면 얼마든지 무시하셔도 됩니다."

"음?" 나는 피콜로-47의 등 쪽에 있는 원격조종장치의 중심부를 유심히 보았다. 원격조종장치는 무지갯빛 꽃양배추처럼 생겼고, 수축했다가 깜빡거리면서 숨을 쉬고 있었다. 폐를 꺼내 안팎을 뒤집은 다음 티타늄으로 전기도금을 한 것 같은 모양이었다. 매력적으로 비인간적이고, 눈에 보일 만큼 큰 나노 조립장치인 데다가 너무 복잡해서 마치 제힘으로 살아 있는 것만 같았다.

"케이 환자가 유어돈 실험을 언급했다고 하셨죠. 유어돈 역사 교수는 제 동료입니다. 그리고 케이 환자의 말은 매우 정확합니다. 당신은 치료 효과가 아주 크기 때문에 그 프로젝트에 참여하기에 아주 적합합니다. 그리고 제 생각에는 참여할 경우 장기적인 회복에도 도움이 될 겁니다."

"흐음." 나는 누군가가 강매하려고 구슬리는 것쯤은 눈치챌 수 있었다. "더 자세히 말해봐."

"물론입니다. 잠깐 기다리시겠습니까?" 피콜로-47은 속으로 다급하게 계산을 하면서 누군가에게 연락을 취하려 했다. 집중이 흔들리고 센서의 초점이 흐려지는 걸 알 수 있었다. 그리고 원격조종장치의 중심이 깜빡거리지 않았다. "저는 당신의 공공 의료 정보를 조정 사무소에 전송할 수 있는 권리가 있습니다, 로빈. 제가 언급하는 실험은 범학부적입니다. 관리는 학술청 내에 있는 고고학부, 역사학부, 심리학부, 사회공학부에서 맡습니다. 유어돈 교수는 학술청의 조정장입니다. 자원해서 참여한다면 당신의 다음번 백업의 사본이나 원본의 사본이 실험적 공동체 안에서 별도의 존재로 구체화됩니다. 어느 쪽이든 완전히 몰두할 수 있는 형태로 선택해야 하고요. 그곳에서 대략 백여 명의 자원자와 함께 1년에서 3년 동안 살게 됩니다. 공동체는 검열 전쟁 이전의 삶과 관련된 심리적 압박을 정밀하게 조사할 수 있는 실험으로 설계됩니다. 다른 말로 표현하자면 지금은 관련 자료가 남아 있지 않은 문화를 재건해보는 시도죠."

"실험 사회라는 얘기군."

"그렇습니다. 역사상 자료가 충분하지 않은 시기가 많습니다. 감정적인 기계의 여명기 이래 암흑시대는 너무 자주 찾아왔고요. 때로는 의도와 다르게 찾아오기도 했습니다. 감정적 시대의 여명기에 찾아온 최악의 암흑시대는, 정보 경제학을 이해하지 못했고, 그 결과 어울리지 않는 자료 표현형식을 적용하는 바람에 발생했습니다. 의도적으로 발생시킨 경우도 있었고요. 검열 전쟁이 그 예가 되겠죠. 하지만 그런 일이 누적된 결과 관찰자의 선입견이 영향을 주지 않은 정보가 거의 남지 않은 역사 기간이 아주 길어지게 됐습니다. 선동과 오락성과 자아상이라는 요소들이 정확한 서술을 못 하게 만들었고, 긴 수명과 주기적으로 기억을 삭제할 필요성 때문에 주관적인 경험도 갖지 못하게 됐습니다. 그래서 유어돈 교수가 주도하는 실험의 목적은 오늘날 우리가 상당 부분을 알지 못하는 초기 감정시대의 창발적 사회관계를 살펴보는 데에 있습니다."

"무슨 얘기인지 알 것 같아." 나는 돌로 만든 구조물을 따라 천천히 걷다가 다시 연못에 등을 기댔다. 피콜로-47은 다시 확신을 시키려는 목소리를 내고 있었다. 기분이 좋아지는 페로몬 안개를 뿜는 게 분명했다. 하지만 내가 의심하는 바가 맞는다면, 피콜로-47은 내가 제정신을 유지하려고 나 자신에게 간단한 육체적 불편함을 일으킬 수 있다는 생각은 못 한다는 얘기가 되었다. 내 목에 후두둑 튀고 있는 얼음장 같은 물방울은 내게 꾸준히 자극을 제공하고 있는 것이다. "그러니까, 뭐야. 공동체에 들어가서 몇 년을 살라고? 그다음엔? 뭘 하지?"

"너무 자세하게 알려드릴 수는 없습니다." 피콜로-47이 인정했다. 차분하게 달래는 듯한 목소리로. "그러면 실험의 완전성이 손상되니까요. 실험이 경험적 타당도를 조금이라도 유지하려면 피실험자가 실험의 목적과 작용을 확실히 알지 못해야 합니다. 생동감 있는 사회, 그러니까 진짜 사회여야 하거든요. 제가 말씀드릴 수 있는 건 게이트 담당자가 납득할 만한 범주를 충족시키는 최종 상태에 도달하는 순간 자유롭게 떠날 수 있다는 겁니다. 또는 실험을 감독하는 윤리위원회가 조기에 피실험자들을 내보내야 한다고 판단하는 경우도 마찬가지입니다. 실험에 들어가면 이동의 자유, 정보와 의료 기술에 접근할 수 있는 자유는 어느 정도 제약을 받습니다. 그리고 검사 기간을 지연시킬 수 있는 도구와 서비스도 제한됩니다. 게이트 관리자가 가끔 참여자들에게 어떤 정보를 방송으로 전달할 겁니다. 실험적 사회의 이해를 돕기 위해서 말입니다. 실험에 참여하기 전에 공식적인 퇴원 절차를 밟아야 합니다. 하지만 모든 권리와 존엄성은 유지될 거라고 자신합니다."

"나한테는 무슨 이득이 생기는데?" 나는 퉁명스럽게 물었다.

"참여비가 두둑이 제공될 겁니다." 피콜로-47은 마치 부끄러워하는 것 같았다. "그리고 프로젝트 성공에 능동적으로 기여하는 피험자에게는 별도의 보너스 혜택도 있습니다."

"아니." 나는 상담치료사를 보고 씩 웃었다. "내가 물은 건 그게 아닌데." 내가 돈을 원한다고 생각한다면 그건 엄청난 착각이었다. 나는 전에 누구를 위해 일하고 있었는지 모른다. 그게 정말로 라인바저 캣츠나 다른 어떤 조직인지, 아니면 더 애매한 (그리고 더 무서워해야 하는) 권력인지… 하지만 한 가지는 확실했다. 내게 기억 삭제 시술을 받으라고 명령할 때 그들은 날 가난한 상태로 내버려두지 않았다.

"그리고 치료 효과도 있습니다." 피콜로-47이 말했다. "당신은 목표지향에 관한 불쾌감이 있는 것 같습니다. 그건 당신이 뇌의 델타 블록 보상-동기 센터와 더불어 이전 임무와 관련 기억을 거의 완전히 삭제한 것과 관련이 있습니다. 간단히 말하면 당신은 목표를 잃고 무기력하다고 느낄 겁니다. 시뮬레이션 공동체에 들어가면 직업을 갖고 일을 해야 할 겁니다. 그리고 당신과 상황이 같은 동료들의 공동체에도 들어가게 됩니다. 동료의식과 새로운 목적의식은 아마 이 실험의 부가효과가 되겠죠. 그러는 동안 개인적인 흥미를 계발하고 새 신분에 걸맞은 방향을 선택할 수 있습니다. 이전 지인이나 동료로부터 압박을 받을 필요가 없이 말입니다." 피콜로-47은 잠시 기다리다가 말했다. "당신은 이미 동료 참여자를 한 사람 만났습니다." 그가 덧붙여 말했다.

이게 핵심이군.

"생각해보지." 나는 애매하게 말했다. "세부 사항을 보내면 생각해보겠어. 하지만 이 자리에서 바로 결정하진 않을 거야." 나는 이를 드러내고 더 크게 웃었다. "난 압박 받는 게 싫거든."

"이해합니다." 피콜로-47은 조금 떠오르더니 1미터 정도 뒤로 물러섰다. "실례했습니다. 제가 이번 실험을 성공적으로 진행하는 데에 푹 빠져 있다 보니."

"그래." 나는 손사래를 쳤다. "이제 괜찮다면 정말로 사적인 시간을 좀 가져야겠어. 알다시피 난 아직도 수면이 필요하거든."

"내일 다시 뵙겠습니다." 피콜로-47이 더 높이 떠오르더니 회전하면서 천장에서 조리개처럼 열리는 구멍으로 향했다. "안녕히." 그리고 사라졌다.

# 2
# 실험

무형 공화국에 온 것을 환영한다.

무형 공화국은 150년에서 300년 전 사이에 맹위를 떨친 일련의 검열 전쟁들이 시작되던 때, 이즈 공화국의 유산을 물려받으면서 그 파편에서 등장한 조직체 가운데 하나다. 전쟁이 벌어지는 동안 하이퍼파워 서브넷을 한데 엮던 장거리도약 전송게이트의 범네트워크가 산산이 부서졌다. 엉성하게 연결된 네트워크가 남았으며, 국경은 방화벽이 설치된 조립게이트로 여과되었고, 그 게이트는 매우 거친 용병들이 지키게 되었다. 입국자는 강제로 해체되고, 재조립되기 전에 파괴성향이 있는지 검사를 받고 나서야 국경을 건널 수 있었다. 전쟁은 심화되어 공기가 남아 있지 않은 극저온 폐허로 퍼져 나갔다. 그 폐허 안에는 참전 중인 조직체 사이의 전송을 담당하는 장거리도약 노드들이 들어 있었고, 검열파가 풀어 놓은 편집 웜들은 오염 가능성이 있는 모든 조립게이트의 펌웨어 속에 숨었다. 웜에 감염되면 도망치는 피난민들이 게이트를 통과할 때 분쟁의 이유에 대한 모든 지식이 무자비하게 지워졌다.

'촉진'* 이후 거의 모든 인간 조직체가 그랬듯 이즈 공화국도 생산, 전송 선택, 전환을 포함한 네트워크 문명의 본질적인 활동에서 조립게이트에 크게 의지했다. 나노 조립게이트가 기본 원자를 재료로 삼아 인공물과 생물체를 해체하고 복제할 수 있다 보니, 사실상 나노 조립게이트는 필수불가결한 요소였다. 생산이나 의료 목적뿐 아니라, 가상 수송(업로드 템플릿 백 개를 전송게이트에 한꺼번에 몰아넣는 것이 물리적인 신체 백 개를 넣기보다 쉬웠다)과 분자 방화벽에서도 마찬가지였다. 전쟁이 벌어지면서 검열 웜 때문에 멸망할 가능성까지 생겼음에도 조립게이트를 포기하는 사람은 아무도 없었다. 나이를 먹고 노쇠하거나 부상에 굴복하는 것보다는 기억이 오염될 가능성을 감수하는 편이 나은 것처럼 보였다. 피해망상이 있는 극소수 사람들은 웜에 감염된 게이트를 통과하지 않으려 했고, 그 사람들이 늙어 죽거나 사고로 인한 부상이 누적되어 죽으면서 그 숫자는 더욱 줄어들었다. 반면에 게이트를 계속 사용한 우리는 애초에 웜이 숨기려 했던 게 무엇인지 더 이상 확신할 수가 없게 되었다. 검열주의자가 누구였는지도 확신할 수 없기는 마찬가지였다.

하지만 사람들은 검열이 주는 압박감 때문에 손수 조종하는 게이트를 빼고는 어느 것도 믿지 않게 되었다. 전송게이트를 통과하는 자료나 군중은 검열할 수 없었다. 전송게이트는 단순히 멀리 떨어진 두 지점을 연결하는 뒤틀린 시공간, 즉 웜홀이기 때문이다. 따라서 단거리 전송조차도 전송게이트를 이용하게 되었다. 대규모 조립은 거의 일어나지 않았는데, 검열되는 조립게이트를 믿을 수 없다

* 기술적 특이점을 가리킨다.

는 생각이 일반화된 결과였다. 경제가 붕괴했고, 뒤를 이어 통신이 산산조각이 났고, 전송게이트 네트워크 전체가 더 넓은 망으로부터 분리되기 시작했다. 전송게이트 네트워크는 공간상으로 가까울 필요가 없지만, 내적 연결성 수준은 높은 네트였다. 이즈 공화국은 이제 과거가 되었고, 노드의 배치가 공개되었으며, 무한하고 공개적인 상업단지이던 곳에 무시무시한 무장 검문소가 생기기 시작했고, 방화벽으로 보호받고 있는 가상 공화국 사이에 국경 구역이 생겼다.

그때는 그때고 지금은 지금이다. 무형 공화국은 처음 만들어진 승계국 가운데 하나였다. 그들은 전송게이트로 이루어진 내부 네트워크를 만들었고, 깨끗한 조립게이트의 1세대가 등장할 때까지 외부의 침입으로부터 내부 네트워크를 맹렬하게 지켜냈다. 그들은 퀀텀닷(quantum dot)을 처음부터 끝까지 수동으로 찍어가면서 펌웨어를 올렸고, 작동하게 하였다. 무형인들은 검열 초기에 분산 신뢰 시스템을 만든 학술 기관들의 모임으로 출발했다. 그리고 아직도 군사학술적인 근원이 이어지고 있었다. 학술청은 지식을 권력으로 간주하고, 연속되는 암흑시대 동안에 유실된 자료를 복구하려 노력했다. 검열의 원인을 밝혀내는 게 과연 좋은 일인지 이론이 분분한데도 말이다. 거의 모든 사람이 전쟁 중에 자신의 일부를 상실했다. 그리고 수백억 명 이상이 완전히 죽었다. 23세기 이후 최악의 참사가 벌어진 마당에 그 전제조건을 재구성하겠다니 반대가 없을 리가 없었다.

이제는 많은 사람이 그런 무형 공화국으로 과거를 잊으러 가고 있다니 모순적인 일이었다. 인간으로 남은 사람들은 (노화하지 않도록 조립게이트 편집에 의존하면서도) 빠르건 늦건 결국은 잊는 법을 배워야 했다. 시간은 부식성 유체이고, 적극성을 약화시키고, 새로움을 파괴하고, 인생에서 즐거움을 걸러내 버렸다. 하지만 망각은 만만치 않은 과정이었다. 망각은 복사 오류를 동반하기 일쑤였고, 개인적인 흠결에 약했다. 잘못된 패턴으로 기억을 지우면 최종적으로 전혀 다른 사람이 되어버리는 것이다. 기억은 의존성이 강하기 때문에 기억을 만진다는 건 최고난도의 예술적 의학 행위였다. 이전의 나는 그런 이유로 지위가 높고 방대한 자원을 활용할 수 있는 의무사제를 찾아갔다. 의무사제는 검열 전쟁의 희생자가 입은 피해를 법의학적으로 분석하는 기술을 익혔다. 어제의 중죄들은 그런 식으로 오늘의 의료 기술로 이어지게 마련이었다.

피콜로-47과 잠깐 잡담을 나눈 지 닷새쯤 후에 나는 회복 클럽으로 돌아와서 음료수를 쭉쭉 빨면서, 그 장소가 나를 위해 제공하는 배경 음악과 음료수의 조합이 일으키는 가벼운 환각을 즐기고 있었다. 오늘은 날씨가 덥다고들 했다. 파티광들은 대부분 바깥 뜰에 나가 있었고, 거기에는 그들이 만든 수영장이 있었다. 나는 능력이 허락하는 한에서 무형 공화국의 조직과 법학상의 전통을 연구하고 그걸 내 지식으로 흡수하려 노력했다. 하지만 쉬운 일이 아니었기 때문에 여기 와서 긴장을 풀기로 했다. 칼과 결투자용 끈은 집에 두고 왔다. 그 대신 나는 검정 레깅스와 헐렁한 웃옷을 입고 있었다. 웃옷에는 꽃줄무늬가 새겨져 있는데, 이 무늬는 주머니를 구성하고 있는 더 작은 주머니로 끝없이 나뉘어 거의 보이지 않는 수준까지 도달하고 있었다. 아주 작은 오타쿠 거미 떼가 자유낙하 상태에서 짠 멩거 스펀지였다. 그 오타쿠 거미의 유전자는 강박관념에 깊게 사로잡힌 의상 위상기하학자가 설계했다고 들은 적이 있었다. 나는 스스로에 심히 만족하고 있었다. 가장 최근에 상담치료사 대리인인 류트-629가 내 진척상황을 호평했기 때문이다. 아마도 그런 얘기를 들었기 때문에 스스로 무장 수준을 낮췄는지도 모르겠다.

나는 탁자에 홀로 앉아서 개인적인 문제에 몰두하고 있었다. 그때 아무 경고도 없이 손 두 개가 내 눈 위에서 맞부딪쳐 소리를 냈다. 나는 놀라서 일어서려 했지만, 또 다른 손 한 쌍이 이미 어깨를 누르고 있었다. 나는 상대의 얼굴에 주먹을 내지르려다가 누구인지 알아채고는 동작을 멈췄다. "이방인, 안녕." 그녀는 내 귀에 숨결을 불어넣었다. 내가 그녀를 때리기 직전이었다는 건 전혀 모르고서.

"안녕." 아주 잠깐 현기증이 나면서 내 뺨에 맞닿은 그녀의 살갗에서 냄새가 났다. 심장이 가슴에서 솟아 나올 것 같았다. 나는 식은땀을 흘리면서 그 상태에서 벗어났다. 그리고 조심스럽게 손을 올려서 그녀의 볼을 두드렸다. 그런 식으로 갑자기 나타나지 말라고 조언하려다가 그녀의 미소를 떠올리자 더 친절한 목소리로 말해야 한다는 생각이 들었다. "여기서 만날지도 모른다고 생각하던 참이었어."

"그럴 수도 있지." 그녀는 나를 놓아주고, 그와 동시에 내 눈앞에 있던 손도 치웠다. 몸을 틀어 돌아보니 그녀가 개구쟁이처럼 웃고 있었다. "중요한 일을 하는 데 방해한 건 아니지?"

"아, 그건 아냐. 조사를 잔뜩 하고 지금 막 쉬려는 참이었어." 나는 애처롭게 웃었다. 나는 정말로 쉴 생각이었다. 그녀가 공격을 가해 투쟁 도주 반응을 불러내지만 않았다면.

"잘됐네." 그녀는 내 옆에 있는 공간으로 미끄러지듯 들어오더니 내 팔에 몸을 기대고 손가락을 튕겨 메뉴를 호출했다. 잠시 뒤 위쪽에서 금빛으로 시작해 아래쪽에서 파란색으로 끝나는, 기다란 무언가가 반짝거리며 얼어붙은 채 습기 찬 공기로 냉기를 흘리는 얼음잔에 담겨 나타났다. 냉기의 안개 속에서 말의 머리가 파문을 일으키고, 파란 안개가 자기 유사성의 꼬리를 물었다. "사람들한테 친해지고 싶으냐고 물어보는 게 예의에 어긋나는 일인지 아닌지 전혀 모르겠어. 내가 익숙하던 관습과 너무 다르거든."

"아, 난 쉬운데." 나는 마시던 음료를 마무리 짓고 탁자에 명령을 내려 잔을 재흡수하게 했다. "실은 식사를 할까 생각 중이었거든. 혹시 배고파?"

"그럴지도." 그녀는 아랫입술을 깨물고는 나를 쳐다보며 생각에 잠겼다. "나를 보고 싶었다고?"

"응. 궁금한 게 생겼거든. 그러니까 그, 안내인 역할 말이야. 그걸 운영하는 게 누군지, 그리고 자원자는 안 받는 건지."

그녀는 눈을 깜빡거리더니 나를 위아래로 훑어보았다. "스스로 통제가 잘 되었다는 얘기야? 그러니까 자원해서… 대단한데!" 외부와 연결된 감시 프로그램 하나가 움찔거렸다. 그녀가 나의 공공 메타 자료를 뒤지고 있다는 뜻이었다. 공공 메타 자료는 유령 벌떼처럼 우리를 어디든지 따라다니는 의학 기록의 불가사의한 구름이었다. 그 벌떼는 지시받지 않은 공격성의 징후가 조금이라도 나타나면 가차 없이 우리를 공격해서 항복시킬 준비를 하고 있었다. "정말 진척이 빠르네!"

"난 영원히 환자로 살 생각은 없거든." 나는 조금 방어적으로 말했는지도 몰랐다. 어쩌면 그녀는 무의식적으로 나를 불쾌하게 만들었다는 사실을 깨닫지 못했을 수도 있었다. 하지만 나는 누군가 나를 깔보는 게 정말로 싫다.

"네 통제 매트릭스가 시민권 범위 안에 있을 때 스스로 어떤 반응을 보일지 알고 있는 거야?" 그녀가 물었다.

"전혀 몰라." 나는 슬쩍 메뉴를 보았다. "어이, 이 사람이 마시는 거로 하나 줘.” 나는 탁자에게 말했다.

“왜 몰라?” 그녀는 정말로 궁금한 모양이었다. 바로 그런 점 때문에 나는 그녀에게 꾸밈없는 진실을 얘기하기로 한 것 같다.

“난 내가 누군지 잘 몰라. 내 말은, 내가 이전에 누구였는지 모르지만, 그 사람은 나를 최고 수준으로 세척해놨다 이거야. 난 경력도 기억이 안 나고, 습관도 모르겠고, 하다못해 내가 뭘 좋아했는지도 몰라. 빈 석판이란 말이 있지. 그게 지금 바로 나야.”

“아, 세상에.” 내가 주문한 음료수가 탁자에서 솟아 나왔다. 그녀는 내 말을 믿어야 하는 건지 마음을 못 정한 얼굴이었다. “가족은 있어? 친구는?”

“모르겠어.” 나는 솔직히 말했다. 선의의 거짓말이었다. 성장기의 기억은 아주 희미하게 남아 있었다. 그중에는 이전에 기억 세척을 하면서 서투른 강화 처리를 받았을 경우 전형적으로 나타나는 생생한 기억도 있었다. 강화 처리를 했다는 건 내가 무슨 수를 쓰든 보존하고 싶었던 기억이라는 얘기다. 검정 모래사장을 걷고 있는 어린 나를 뿌듯하게 지켜보는 어머니 두 사람… 그리고 근거는 없지만, 최소한 30년이 넘는 긴 시간 동안 함께 가정적으로 생활한 동반자들이 있다는 확신이 강하게 남아 있었다. 동료들도 희미하게 기억이 났다. 옛 라인바저 캣츠의 유령들 말이다. 하지만 애를 써봐도 그들에게 얼굴을 씌울 수가 없었다. 바로 그게 잔혹한 현실이었다. “파편들은 있지만, 나는 기억 수술을 받기 전에 아주 고독한 사람이었다는 생각이 들어. 조직에 소속된 사람이고, 커다란 기계 속 노드의 하나였다는 느낌이야. 그게 뭘 하는 기계인지는 모르겠지만.” 막 뿜어져 나온 피가 진공 속에서 부글거리다가 가라앉는 기억이 났다. 나는 거짓말쟁이였다.

"그건 너무 슬프다." 그녀가 말했다.

"넌 어떤데?" 내가 물었다. "아이스 구울 이전에는…?"

"아, 맞아! 난 큰 무리 속에서 자랐어. 형제와 자매와 부모가 아주 많았고. 영장류 근본주의자들이었지. 무슨 얘기인지 알겠어? 좀 창피하네. 하지만 아직도 사촌들 소식을 종종 들어. 가끔 깨달은 게 있으면 서로 알려주거든." 그녀는 슬픈 미소를 지었다. "내가 구울일 때 내 일부가 외계인이라는 사실을 떠올리게 했던 게 몇 가지 있는데, 그것도 그랬어."

"하지만 넌, 구울이었을 때, 친구가 있었…?"

그녀의 얼굴이 딱딱하게 굳었다. "아니, 없었어." 나는 그녀를 보기가 부끄러워서 시선들 돌렸다. 왜 이 자리에서 거짓말을 하는 사람이 나쁜일 거라 생각했을까.

"식사 얘기 말인데." 나는 급히 화제를 돌렸다. "아직도 근처 식당들을 시험해 보고 있어. 무슨 얘기냐면, 뭐가 좋은지, 누가 어디에 있는지 알아내는 중이라는 거야. 식사하러 가서 지인 몇이 아직도 거기에 있는지 보면 어떨까 싶어. 린하고 보라가 있었거든. 누군지 알아? 그 친구들도 재활 시설에 있어. 우리보다 조금 먼저 나온 게 차이점이지만. 린은 수공예를 하며 회복 중이야. 즉석에서 환경을 수선하는 거지. 보라는 뮈제트 연주법을 배우고 있어."

"특별히 식사하러 가고 싶은 곳 있어?" 그녀는 민감한 주제에서 벗어나자마자 재빨리 굳은 표정을 풀었다.

"라이히 윙에서 뒤로 가면 초록 미로가 있는데, 거기 노변 카페가 있어. 괜찮을 것 같아. 인간 요리사 두 명이 운영하는 곳인데, 역사상 존재한 적이 없는 인도네시아 전채 요리를 설계해서 내놓고 있어. 어디까지나 여흥 목적으로 설계한 음식이고, 발표회 같은 거야.

사람들이 시험용 음식을 진짜로 먹을 거라곤 생각 안 한다는 얘기지. 꼭 그러고 싶다면 몰라도." 나는 손가락을 들었다. "구미가 당기지 않는다면 퓨전 오두막도 있어. 그것도 초록 미로에 있는데, 어제 발견했어. 팬으로 구운 칼조네를 파는데 아주 괜찮아. 그걸 다이저든가 도우저든가 그런 이름으로 불러서 문제이긴 하지만. 그것도 싫으면 초밥은 얼마든지 있고."

케이는 심사숙고하면서 고개를 끄덕였다. "그럴듯하네." 그녀가 동의했다. 그러더니 웃었다. "전채 요리가 마음에 드는데. 가서 우리 두 사람이 얼마나 먹을 수 있나 볼까? 그다음에 네 친구들도 만나보고."

그들은 친구라기보다 만나면 고갯짓으로 인사나 하는 사이였다. 하지만 케이에게는 그 사실을 말하지 않았다. 그 대신 계산지점을 향해 손을 휘저어 지급을 했다. 우리는 뒷문을 통과해 재활 클럽의 뒤에 있는 아름다운 은빛 해변으로 나갔고, 소박해 보이는 문으로 향했다. 그 문 너머에 초록 미로로 가는 게이트가 있었다. 케이는 가는 길에 허리에 찬 주머니에서 바틱 하렘 바지와 정장풍의 검정 레이스 재킷을 꺼냈다. 허리 주머니는 사실 개인 수납공간으로 통하는 게이트를 예술적으로 위장해 놓은 물건이었다. 우리는 둘 다 맨발이었다. 비록 산들바람이 불고 환한 햇빛이 피부에 와 닿긴 하지만 기본적으로 우리는 인간이 들어갈 수 있는 가장 깊은 실내에 있었다. 우리는 조심스럽게 격리해 둔 거주지 네트워크 안에서 보호받고 있었다. 그리고 그런 거주지들은 넓고 거대한 암흑 전반에 걸쳐서, 수천 킬로미터에 달하는 간격을 사이에 두고 떠 있었다.

초록 미로는 직선으로 둘러싸인 복합체 가운데 하나였다. 그런 복합체가 크게 유행한 것은 120년 전의 일로, 전쟁 후의 파편화가 안정된 직후였다. 뼈대는 녹색 복도로 이뤄져 있고, 복도는 전부 올곧고 직교하며 수를 헤아릴 수 없을 만큼 많은 전송게이트에 의해 형태가 유지되고 있었다. 사실 초록 미로는 촘촘하지 않은 망구조이기 때문에 미로의 한쪽 문으로 들어가서 반대편으로 나갈 수도 있고, 몇 층 위로 갈 수도 있고, 두 번 뒤틀고 한 번 뛰어올랐다가 나 자신의 뒤통수 쪽에서 뛰어내릴 수도 있었다. 초록 미로에는 아주 많은 아파트가 매달려 있었다. 우리 집으로 들어가는 뒷문도 그 안에 있었다. 그리고 놀랄 만큼 다양한 입체파 느낌의 공공장소와, 좁고 아담한 여흥 공간, 식당, 휴게실, 유흥장, 그리고 정말로 공식적인 울타리 역할을 하는 미로들이 몇 군데 있었다. 그런 미로는 수백 년 전에 유행했던 양식으로 제작되어 있었다.

당연한 얘기지만 기억이나 추측 연산으로 초록 미로 속 길을 찾아 돌아다니는 건 불가능했다. 게이트 중에는 매일 움직이는 것들도 있기 때문이다. 하지만 내 망통신은 어디로 가는 중인지 알고는 나를 위해 반딧불을 만들어 띄웠다. 우리는 5분 정도 우호적으로 침묵을 지키면서 반딧불의 안내를 받아 걸었다. 나는 케이를 믿어도 좋은지 알아보는 중이었지만 그것과는 별개로 이미 그녀가 마음에 들었다.

타파를 파는 곳은 열린 설계였다. 고대에 쓰던 무쇠 의자와 탁자가 풀로 덮인 갑판 위에 놓여 있었다. 머리 위에는 돔이 있고 그 위에는 분홍색 하늘이 있고 일산화탄소의 구름이 하늘에 줄무늬를 만들고 있었다. 그 일산화탄소가 금이 간 현무암 황야를 쓸고 지나갔다. 태양은 아주 밝고 또 아주 작았다. 만약 돔이 사라진다면 우리는 대기 속에 있는 독으로 죽기 전에 얼어 죽을 것이다. 케이는 전송게이트를 둘러싸고 있는 장식용 아치를 흘끗 바라보았다. 무성한 담쟁이덩굴이 아치를 덮고 있었다. 케이는 아치에 가까운 탁자를 선택했다. "뭐가 잘못됐어?" 내가 물었다.

"저걸 보니 고향 생각이 나서." 그녀는 망고를 기대했는데 두리안을 깨문 사람 같은 표정이었다. "미안해. 최대한 무시해볼게."

"그러려고 한 게 아니었…."

"알아." 살짝, 얼굴을 찡그리는, 미소. "내가 기억을 제대로 안 지웠나 봐."

"난 너무 많이 지웠을까 봐 걱정인데." 자제하기 전에 말이 먼저 튀어나갔다. 그리고 경영자/요리사/설계사 두 사람 가운데 한 명인 프리타가 어슬렁거렸다. 우리는 그가 가장 최근에 만든 창작물을 칭찬하느라 잠시 화제에서 벗어났다. 물론 첫 번째 생산 시행의 결과물을 시식해봐야 하고, 에르시가 만돌린을 퉁기면서 자랑스러운 표정을 짓는 동안 의무적으로 진지하게 품평을 해줘야 했다.

"너무 많이 지웠다고?" 케이가 나를 자극했다.

"응." 나는 접시를 옆으로 치운다. "확실한 건 아니야. 이전의 내가 길지만 조금 모호한 편지를 남겼더라고. 경험에 기반해서 풀 수 있는 글이 아니라, 문자를 이용해서 순차적으로 적은 편지였어. 내가 푸는 방법을 기억할 거라고 예상한 방식으로 암호화돼 있었지. 아주 신중하게 해놨더라고. 어쨌든 온갖 어두운 일들에 대해 암시하는 편지였어. 과거의 나는 아는 게 너무 많았고, 자신이 권력층을 위해서 무슨 일을 했는지, 나쁜 짓을 얼마나 했는지 중언부언 늘어놨지. 그러다가 동료들이 억지로 기억 삭제 시술을 받게 했고 재활을 시켰다는 거야. 즉 누군가의 도움을 받아서 그자들이 나에게 했던 일을 철저하게 지웠다는 거지. 다른 말로 하자면 내가 아는 거라고는 내가 전쟁 범죄자나 그 비슷한 인물이었다는 사실이야. 난 30년이 넘는 시간을 완전히 잃어버렸고, 그 이전에 겪었던 일은 그냥 뻥 뚫린 구멍과 같아. 내 직업에 관해서 아무것도 기억이 나질 않고, 검열 기간에 무슨 일을 했는지도 모르고, 친구나 가족도 모르겠고, 그 비슷한 사람도 모르겠어."

"그거 무섭네." 케이는 여윈 손을 내 손 위에 얹더니, 가지와 마늘을 넣은 맛있는 요리의 잔해가 담겨 있는 스튜 냄비 너머로 나를 지긋이 바라보았다.

"그게 다가 아니야." 나는 술병 옆에 텅 빈 채 놓여 있는 케이의 포도주잔을 흘끗 쳐다보았다. "한 잔 더 마실까?"

"물론이지." 그녀는 내 손을 놓지 않은 채 자신의 포도주를 한 모금 마시고, 그러면서 내 잔에 술을 채우고 내 입술 높이까지 들어 올렸다. 나는 술을 목으로 넘기면서 미소를 지었다. 그녀도 미소로 화답했다. 팔다리가 여섯 개인 케이의 신체 설계에 대해 뭔가 얘기해야 할 것 같지만, 긴장돼서 내 입으로 직접 그러고 싶지는 않았다. 그렇게 많은 팔다리를 무의식적으로 우아하게 움직이려면 척추부를 아주 광범위하게 수정했을 것이 분명하기 때문이다. "계속 얘기해봐."

"실마리는 있어." 나는 침을 삼켰다. "아주 노골적인 실마리지. 예전의 나는 편지에서 내게 오래된 적들을 조심하라고 했어. 결투해서 한 번 죽이는 거로는 끝나지 않을 적이라던데."

"그게 무슨 뜻이야?" 그녀는 걱정스러운 얼굴을 했다.

"신분 도용, 백업 훼손." 나는 어깨를 으쓱했다. "또는… 나도 모르겠어. 그러니까, 기억이 안 난다는 뜻이야. 예전의 나는 피해망상에 푹 젖은 사람일 수도 있고, 엄청나게 지저분한 일에 엮여서 아주 극단적인 방법으로 은퇴한 사람일 수도 있어. 후자라면 진짜 심각한 문제에 직면했다는 얘기지. 난 기억을 너무 많이 지워서 과거의 나와 엮인 자들이 어떤 방식으로 행동할지 알 수가 없어. 이유도 모르고. 역사나 그런 것들을 읽어보고는 있는데, 그래 봐야 현장에 있던 것과는 다르잖아." 나는 입이 바짝 말라서 한 번 더 침을 삼켰다. 왜냐하면, 다음 말을 하는 순간 그녀가 일어서서 가버릴 확률이 높았다. 그리고 나는 갑자기 깨달았다. 자존심이 너무 세다 보니 그녀가 나를 꾸준히 좋게 평가할 거라고 믿었다는 사실을. "내 말은, 과거의 나는 용병이었던 것 같아. 큰 세력을 위해서 일하는 용병."

"그건 좋지 않은데." 그녀가 내 손을 놓았다. "로빈?"

"응?"

"그래서 재조립 이후에 백업을 받아두지 않은 거야? 항상 제일 단단한 벽을 등지고 공공장소에서 돌아다니는 것도 그 때문이고?"

"그래." 나는 인정했다. 왜 이제서야 말한 건지는 모르겠다. "난 과거가 두려워. 과거와 결별하고 싶어."

케이가 일어서더니 몸을 앞으로 내밀어서 내 손과 얼굴을 붙잡은 다음 키스했다. 나는 잠시 후 허겁지겁 키스에 응답했다. 우리는 어느새 탁자 옆에 서 있고 서로를 끌어안고 있었다. 케이와 아주 많이 접촉한 셈이었다. 그녀는 내 등을 문지르면서 꽉 안아주었다. 나는 마음이 놓여 웃었다. "괜찮아." 그녀가 나를 달랬다. "괜찮다고." 흠, 실은 그렇지 않지만… 그녀는 괜찮다. 그리고 내 시야가 갑자기 두 배로 확장된 것만 같았다. 나는 더 이상 외롭지 않았다. 적대적인 심문을 당하는 건지도 모른다고 의심하지 않고 얘기할 수 있는 사람이 있으니까. 그 안도감은 아주 상당하고, 단순한 섹스보다 훨씬 더 의미가 있었다.

"자, 자." 내가 말했다. "린하고 보라를 만나러 가자."

"좋아." 그녀가 나를 안은 팔에서 조금 힘을 빼며 말했다. "그런데 로빈, 꼭 해야 할 일이 있잖아.”

“음?”

“네 문제 말이야.” 그녀는 자신의 발가락을 초조하게 두드렸다. “혹시 상담치료사가 너한테도 강매하려 들지 않았어?”

“실험 얘기하는 거야?” 나는 그녀를 다시 초록 미로 안으로 잡아 끌고 망통신을 띄워서 새 반딧불을 출현시키라고 지시했다. “안 한다고 할 참이야. 말도 안 되는 소리잖아. 원형 교도소 같은 사회에서 1년 넘게 살고 싶은 사람이 어디 있어?”

“잘 생각해 봐.” 그녀가 말했다. “거긴 연결이 끊긴 전송게이트 복합체 속에서 운영되는 폐쇄 공동체야. 일단 가동을 시작하면 누구도 출입할 수 없어. 전체 실험이 끝나기 전에는. 게다가 실험 기록이잖아. 익명 처리되고 무작위적으로 정리할 거야. 자원자들의 기록은 학술청 내 윤리위원회에서 관리할 테고. 그러니까….”

뭔가 떠오르는 게 있었다. “만약에 나를 추적하는 사람이 있다면, 처음부터 그 공동체에 함께 들어가지 않는 한 나를 잡을 수 없다는 거군! 그리고 그 안에 있는 동안에는 투명인간이나 마찬가지고.”

“알아들었구나.” 그녀는 내 손을 움켜쥔다. “자, 네 친구들을 만나러 가자. 혹시 그 친구들도 실험에 참여하라는 권유를 받았대?”

린과 보라는 숲 속 공터에서 끝나지 않는 여름 오후를 즐기고 있었다. 두 사람 다 유어돈의 연구에 자발적으로 참여할 생각이 있느냐는 질문을 받았다고 했다. 린은 여성 정규인간의 육체를 걸치고 있으며, 재조립 직후의 모습과 가장 큰 차이를 보였다. 그녀는 최근에 패션의 역사에 관심을 갖고 있었다. 의복, 화장, 문신, 피어싱 같은 것들 말이다. 그런 것들을 연구한다는 생각 자체가 마음에 드는 모양이었다. 보라는 그와 대조적으로 귀여운, 분홍색과 아주 연한 푸른색으로 뒤덮인 켄타우로스 형태의 기계몸 같은 것을 걸치고 있었다. 그녀는 검은 눈동자가 아주 크고, 속눈썹도 그에 걸맞고, 가슴도 완벽했다. 또한 얼룩덜룩한 피부 위에 케블러 방탄 섬유를 덮어두고 있었다.

"매브라이드 박사와 상담을 했어." 린이 자신 없는 목소리로 먼저 입을 열었다. 그녀는 모래색 머리카락이 길고, 피부는 창백하고 주근깨가 있으며, 코는 들창이고 귀가 엘프처럼 뾰족했다. 그리고 옛시대 것처럼 보이는 가운으로 목부터 발에 이르기까지 온몸을 가리고 있었다. 가운은 눈동자 색과 어울리는 녹색이었다. 보라는 정반대로 알몸이었다. 린은 보라의 옆구리에 기댄 채 한쪽 팔을 느긋하게 뻗어서 그녀의 등에 걸치고는, 그녀의 이마 한가운데에 솟아 있으며 세로로 홈이 난 뿔의 밑동을 천천히 만지작거렸다. "재밌을 것 같더라고."

"난 아니야." 보라는 즐거운 목소리로 말하지만 확실하지는 않았다. "역사상 실재했던 시대인 데다가 형변환 이전 시대잖아. 미안하지만 난 이제 정규인간은 싫어. 그렇게 두 번 살아봤으면 충분하다고."

"오, 보라." 린이 화가 난 것처럼 한숨을 쉬었다. 그녀가 손가락 하나로 뿔의 밑동에 무언가를 했는지 기계 켄타우로스가 잠깐 긴장했다. "정말 안 할 거야…?"

"난 그 역사적인 시대라는 게 언제인지를 모르겠어." 내가 신중하게 말했다. 아주 솔직하게 말하자면 나는 케이가 폐쇄 조직체 안으로 사라져서 여러 해를 보내면 어떤 이점이 있는지 얘기해주기 전까지는 피콜로-47이 메일로 보낸 광고의 세부 사항을 일부러 무시하고 있었다. 왜냐하면 동굴에 살면서 창으로 매머드를 사냥한다든지 하는 것처럼, 유어돈과 동료 조사원들이 생각해 낼 법한 환경에 대해서 흥미가 전혀 없었기 때문이다. 나는 귀가 얇은 사람처럼 보이는 게 싫었고, 피콜로-47의 태도는 기껏 해 봐야 잘난 척하는 정도였다. 뭐랄까, 피콜로-47은 자축하는 걸 좋아하고, 자기 자신에게 집착하는 정신과 전문 치료사였다. 그런 자들은 자신의 행동이 고객에 대한 경멸을 내비치는 것처럼 보일 경우, 그걸 진짜 사회적인 결함을 회피하려는 시도로 보기보다는 투사라고 해석하는 부류들이었다. 경험에 비추어 볼 때 그런 사람들을 다루는 가장 좋은 방법은 무슨 얘기를 하든지 간에 공손하게 동의하고 나서 무시하는 것이다. 그래서 나는 실험의 정확한 성격이나 그에 관한 정보를 잘 모르는 상태였다.

"흠, 우리에게 모든 걸 다 얘기해주진 않을 거야." 린이 사과하는 것처럼 말했다. "하지만 내가 조사를 좀 해봤지. 사학 교수인 유어돈은 내가 조금 아는 분야에 크게 관심을 두고 있어. 바로 1차 탈산업화 암흑시대야. 지구 연대를 알고 있다면 20세기 중반부터 21세기 중반에 해당한다고 말하는 게 더 낫겠지. 유어돈은 의무대령인 보텡과 함께 일해. 보텡은 다형 사회를 전문적으로 연구하는 진짜 군심리학자야. 계급 체계, 성 체계, 유전이나 점성술처럼 개인이 통제할 수 없는 특성으로 결정돼버리는 계층을 연구하는 거지. 보텡은 최근에 '중간 군주시대' 이전 사회에 사는 사람들은 대부분 자주적인 주체로 활동할 수 없었고, 그들에게 동의를 받지 않고 부과되는 사회적 강제 사항들이 그 원인이라고 하는 보고서를 다수 제출했어. 내 생각에 학술청이 그의 연구에 자금을 대는 건 그런 결론이 가지는 외교적 함축성 때문일 거야."

왼팔을 통해 케이가 살짝 몸을 떠는 게 느껴졌다. 그녀는 가장 위쪽에 있는 어깨들로 내 왼팔을 감싸고 있었다. 그녀는 내게 몸을 더 밀착시키고, 나는 뒤에 있던 나무 둥치에 몸을 기댔다. "아이스 구울 사회가 그렇지." 그녀가 중얼거렸다.

"아이스 구울?" 보라가 물었다.

"그 사람들은 기술적인 종족이 아니야. 그러니까 내 말은, 여전히 기술을 발전시키고 있다는 거지. 그 사람들은 아직 촉진에 도달하지 못했어. 감정을 가진 기계도 못 만들고, 가상 현실도 없고 자기 복제를 하는 프로그램도 없어. 환희도 없고, 게이트도 없고, 독성 식물 추출물을 섭취하거나 금속 칼로 절개하지 않고는 몸을 재구축할 수 있는 능력도 없고." 그녀는 살짝 몸서리를 쳤다. "아이스 구울들은 자신의 육체에 갇힌 죄수야. 나이가 들면 다 허물어지고, 누가 팔다리를 잃어도 대체해줄 능력이 없지." 그녀는 알 수 없는 어떤 것 때문에 아주 불행해 보였다. 나는 아이스 구울과 함께 산다는 게 그녀에게 어떤 의미인지 잠시 생각해보았다. 그녀는 그걸 잊기 위해 여기에 왔다.

"그거 역겹네." 린이 말했다. "어쨌든 보텡 의무대령은 그런 데에 흥미가 있어. 자기 존재에 대한 제어권이 없는 사람들이 사는 조직체 말이야."

"그럼 실험은 어떤 식으로 진행되는 거야?" 나는 곰곰이 생각해보며 물었다.

"흠, 나도 세부 사항을 다 아는 건 아냐." 린은 우물쭈물했다. "하지만 어떻게 되는가 하면… 저기, 자원하면 일련의 시험을 치르게 돼. 참, 가족이나 친구에 대한 애착이 크면 안에 들어갈 수 없어. 독신인 사람만이 들어갈 수 있거든." 케이가 잠깐 나를 더 꼭 끌어안

왔다. "어쨌든, 그 사람들이 널 백업할 거고, 네 복사본이 안에서 깨어나게 돼."

"그 사람들은 완벽한 조직체를 만들어서 실험에 사용해. 사전 설명에 따르면 1억 세제곱미터가 넘는 생활 공간이 있고 그 안에는 완벽한 단거리도약 네트워크가 있어. 야생 행성 생물계나 그런 것처럼 문명이 전혀 없는 세계도 아냐. 그래도 문제점은 조금 있을 거야. 공짜 조립게이트는 없고, 원하는 구조체를 간단히 주문할 수도 없어. 식량이나 옷이나 도구 같은 게 필요하면 특별히 기능에 제약이 있는 조립기만 사용하게 될 거야. 조립기는 실험 조건상 소유할 권리가 있는 물건만 제공할 테고. 실험 공간 안에는 화폐 제도가 있고 일자리도 제공돼. 따라서 일을 해야 하고 소비의 대가도 지급해야 해. 촉진 이전 시대의 희소 경제 체제를 에뮬레이션하게 돼 있으니까. 물론 자원이 아주 희소하진 않아. 사람들을 굶겨 죽이려는 건 아니니까. 또 다른 제약 사항은, 음, 연구자 측에서 네가 사용할 새 정규인간 신체와 역할극을 펼칠 새 개인사를 지정할 거야. 실험이 진행되는 동안에는 지정된 역할을 벗어날 수 없다는 거지. 망통신도 없고 백업도 없고 편집도 없어. 다치면 몸이 저절로 재생될 때까지 기다려야 한다는 얘기야. 촉진 이전에 조립게이트가 없었다는 건 너도 알잖아? 그런 세계에서 수십억 명의 사람들이 살았으니까 아주 엉망은 아닐 거야. 그냥 신중하게 행동하고 상처를 입지 않게 조심하라고."

"실험의 목적은 뭔데?" 나는 다시 한 번 물었다. 뭔가 빠진 게 있었다. 나는 아무 생각도 없이 손을 집어넣을 생각은….

"흠, 암흑시대 사회를 재현해 보는 거야." 린이 설명했다. "우린 그냥 들어가서 규칙만 따르면 돼. 연구자들은 우릴 지켜보는 거고. 끝나면, 나오면 돼. 그거면 된 거 아냐?"

"규칙이란 건 뭐지?" 케이가 물었다.

"내가 어떻게 알겠어?" 린은 보라에게 몸을 기대고 뺨을 만지작거리면서 꿈꾸듯 미소를 지었다. 보라의 뺨은 살짝 분홍색으로 물들고 린의 손이 움직임에 따라 맥동하며 빛을 냈다. "그 사람들은 그냥 우리 조상들의 다형 사회를 소우주로 재창조해보려는 거야. 우리 역사의 상당 부분은 암흑시대에서 나왔거든. 그러다가 촉진이 전체를 뒤엎었지만. 그런데 우리는 암흑시대에 대해서 아는 게 거의 없어. 연구자들은 암흑시대를 연구하면 우리가 어떻게 이 상태에 도달하게 됐는지 알 수 있을 거라고 생각하는 거 아닐까? 아니면 다른 걸 알게 될지도 모르고. 인식 독재나 초기 개척지의 근원 같은 것 있잖아."

"그래서 규칙은…."

"그건 자유재량이야." 보라가 말했다. "하지만 피실험자가 역할에 충실하도록 강제하기 위해서, 우리가 알고 있는 암흑시대 사회상에 맞게 행동하면 점수를 받아. 그리고 역할과 너무 다르게 행동하면 감점돼. 점수는 실험이 끝나면 추가 보수로 환산해서 받고. 그게 전부야."

나는 중간형 육체를 빤히 바라보았다. "그런 걸 다 어떻게 알고 있어?" 내가 물었다.

"난 실험 요강을 읽었거든." 보라가 장난꾸러기처럼 싱글거렸다. "연구자들은 규범이 없어도 참여자가 상호 협조하고 성실하게 행동하길 바라. 어차피 어떤 사회든 사람들은 규칙을 어기게 돼 있잖아? 중요한 건 비용과 이익 간의 균형에 달렸다고."

"그래 봐야 결국 점수 체계잖아." 내가 말했다.

"맞아. 그걸로 잘하는지 못하는지 알 수 있는 거겠지."

"그렇다면 다행이군." 케이가 중얼거렸다. 나를 안은 팔에 힘을 주고서. 숲 속 공터에 비치는 오후 햇볕은 노랗고 따사했다. 멀리서 웅웅거리고 바스락대는 곤충들을 제외하면 이 생물계 안에는 우리밖에 없었다. 린은 우리를 보고 다시 한 번 웃었다. 너무나 초현실적인 표정이었다. 그녀는 보라의 머리 꼭대기를 두드렸다. 그녀의 동작에는 어딘지 모르게 남의 눈을 의식하지 않는 에로틱함이 배어 있었다. 그녀와 나의 공통점은 에로티시즘이 아니라 남의 눈을 신경 쓰지 않는다는 부분이지만. "이제 가도 돼?" 케이가 물었다.

"응. 그런 것 같아." 나는 케이가 일어서도록 돕고, 그녀도 내가 서도록 도왔다.

"와줘서 고마워." 보라는 린이 뿔의 밑동을 다시 간지럽히자 눈에 띄게 몸을 떨면서 가르랑거렸다. "정말 벌써 갈 거야?"

"말은 고마운데 가보려고." 케이가 조심스럽게 말했다. "15분 뒤에 상담치료 예약이 있거든. 다음에 올게."

"그럼 가야겠네." 린이 말했다. 보라는 케이와 내가 떠나는 동안 린의 가운 뒤에 달린 레이스를 한 손으로 만지작거리고 있었다.

"상담치료가 있다니 정말 유감인데." 첫 번째 게이트를 통과하고 첫 번째 모퉁이를 돈 다음 내가 말했다. 내가 손을 내밀자 그녀가 잡았다. "좀 더 함께 있을 거라고 기대했거든."

그녀가 내 손을 움켜쥔다. "도대체 무슨 상담치료를 얘기하는 거야?"

"그럼 너 아까…."

"쉿. 멍청하기는. 물론 거짓말이지! 거기 있던 망아지 여자애가 너한테 손을 대도록 그냥 둘 줄 알았어?"

나는 몸을 돌려서 그녀를 벽으로 밀어붙였다. 그러자 그녀가 갑자기 나를 둘러싸고 욕망을 품은 손들이 나를 붙들고 두드리고 쥐어

쨨다. 그녀의 입에서는 케이의 맛이 났고 점심때 먹은 향신료의 맛이 났다. 형언할 수 없게 이국적인 맛이었다.

조금 시간이 흐른 뒤 우리는 은밀한 내실에 있었다. 그 내실은 초록 미로 어딘가에 있었지만, 우리 둘 다 처음 보는 곳이었다. 우리는 아무것도 걸치지 않은 채 땀에 젖었으며 피곤하고 마냥 행복했다. 전에도 그녀의 개인적인 정규신체와 옷을 벗고 섹스한 적이 있었지만, 이번엔 달랐다. 그녀는 민첩한 네 개의 손을 모두 사용해서 내가 환희에 찬 기대감으로 비명을 지르게 하고, 면도날처럼 아슬아슬한 오르가슴의 끝에서 시간을 잊고 영원히 머물게 하였다. 나도 그녀에게 뭔가 비슷한 걸 해주고 싶다는 생각이 들었다. 어쩌면 언젠가 그럴지도 모른다. 성공적으로 시술을 받아서 외계인 형태로 몸을 바꾼다면. 나는 보통 내 자아상에 집착하는 걸 후회하지 않는 편인데, 케이 덕분에 그런 금기에도 융통성이 생겼다.

그녀는 한참 뒤 내게서 몸을 떼고 옆으로 굴렀다. 내가 팔을 뻗자 그녀가 손 위에 몸을 얹었다.

"그 실험은 연인들을 받지 않아." 그녀가 작은 소리로 말했다.

"나보고 들어가야 한다면서."

"그건 사실이야." 그녀는 침착하게 그 사실을 인정했다. 나는 물어보지 않았고, 지금도 알지 못하고 있었다. 실험 얘기는 그냥 좀 더 되는 대로 살아보자는 뜻이었을까?

"난 실험에 꼭 들어가야 하는 건 아닌데."

"네가 지금 위험한 상황이라면, 난 네가 안전해지는 쪽이 좋아."

나는 그녀의 가슴을 한 손으로 움켜쥐었다. 그녀는 몸을 떨었다.

"나도 내가 안전한 편이 좋아. 하지만 너와 함께 그러고 싶어."

"우리는 지금과 다른 몸에 들어갈 거야." 그녀가 중얼거렸다. "서로 못 알아볼 확률도 높다고."

"그래도 괜찮겠어?" 나는 걱정스럽게 물었다. "만약에 부끄럽다면…."

"위장하고 사는 기간이 늘어난다고 생각하지 뭐. 얘기했잖아. 전에도 해봤다고."

아. 그랬지. "우린 거짓말을 해야 해." 나도 모르게 말이 튀어나갔다.

"왜?" 그녀가 물었다. "우린 진짜 짝도 아니잖아." 그 말에 내 가슴이 뛰었다. "아직은."

"넌 일대일? 아니면 일대다?" 내가 물었다.

"상관없어." 그녀의 젖꼭지가 내 손가락 끝에서 단단해졌다. "하지만 단 한 사람과 감정 균형을 맞추는 게 더 쉽지." 그녀의 등이 살짝 긴장하는 게 느껴졌다. "넌 질투심이 많아?"

그 문제는 아주 진지하게 생각해야 했다. "안 그럴걸. 그래도 확답은 못 하겠어. 자신 있게 말할 만큼 기억나는 게 아니라서. 그래도… 아까 린이 우리를 초대했잖아. 그때는 질투하지 않은 것 같아. 우리가 친구 사이인 한은."

"좋아." 그녀는 몸을 굴려 내게 다가왔다. 그리고 팔을 전부 사용해서 몸을 떠받치더니 내 몸으로 기어오르고는, 올라탔다. 그녀는 이 세상의 환희를 관장하는 거미 여신처럼 공중에 매달려 있었다. "그럼 엄밀하게 따져서 거짓말을 하는 건 아니잖아. 장기간 관계를 맺고 있는 건 아니라고 말하면 되지. 그 안에 들어가서 날 찾겠다고 약속해줄래? 만약에 못 찾으면 나중에라도 그러겠다고? 혹시 안 들어가기로 결정하더라도?"

나는 몇 밀리미터밖에 안 떨어진 곳에서 그녀의 눈을 들여다보았다. 그녀의 눈동자는 거울이 되어 내 갈망과 욕망과 불안감을 비추었다. "그래." 내가 말했다. "약속할게."

거미 여신은 승낙했다. 그녀는 짝에게 상을 주기 위해 내려왔다. 네 팔로 짝의 사지를 펼친 다음 입과 남은 팔로 그에게 포상하려고. 수컷은 자신의 역할을 다 하면서 이게 마지막 관계가 아닌지 생각해보았다.

밀회를 끝내고 혼자 집으로 돌아오는 길에 누군가가 나를 죽이려 했다.

피콜로-47에게 말한 것과 달리, 나는 아직 백업을 받아두지 않았다. 백업을 받으면 내 상태를 확실히 받아들이고 돌이킬 수 없는 곳으로 나아가는 것 같았기 때문이다. 자신을 백업하면 짐이 생긴다. 기억 삭제가 파괴했던 딱 그만큼의 짐이. 하지만 이번엔 집에 가자마자 반드시 백업을 받아야 할 것 같았다. 내가 지금 죽어서 케이와 가까워지기 전 상태로 돌아가면 그녀가 상처를 받을 것이다. 그리고 지금 내게는 그녀가 고통을 겪지 않는 게 중요했다.

어쩌면 나는 그것 때문에 살아남았는지도 몰랐다.

우리는 휴식 공간을 나와서 헤어졌다. 부끄러워하며 손을 흔들고, 반짝거리는 눈으로 서로를 바라보면서. 케이는 정말로 상담치료 시간을 잡아두었었고, 나는 정해 둔 일정대로 이 날 최소한 2분은 더 할당해서 읽기와 검색을 할 생각이었다. 우리는 새로운 감각을 생생하게 간직한 채, 마지못해 헤어졌다. 나는 아직 내 감정을 확신하지 못했다. 그리고 실험 조직체에 참여한다고 생각하니 걱정도 되었다. 케이가 나를 알아볼까? 내가 케이를 알아볼 수 있을까? 새 육체를 할당받고 점수제에 따라 움직이면 서로 보살펴줄 수 있을까? 하지만 우리는 성숙한 개체였다. 그리고 독립적으로 이끌어가야 할 삶이 있었다. 두 사람이 서로 원한다면 작별인사를 할 수도 있었다.

지금 당장은 (케이를 제외하면) 동반자가 필요하지 않았다. 그래서 망통신에 내가 초록 미로를 연결하는 전송게이트망을 거쳐 집에 가는 동안 나를 익명 상태로 두라고 지시했다. 시신경에 필터를 켜니 다른 사람들의 모습은 위엄있게 침묵을 지키고 이동하는 안개기둥으로 보였다. 나 자신의 신분 역시 그들의 감각 입력을 거치며 필터 처리되어 망통신으로 전달되었다.

하지만 사람들이 누군지 못 알아보는 것과 누군가가 거기에 있다는 사실을 모르는 건 다르다. 그리고 누군지 신원을 알 수 없다 해도 통행할 때 상대를 피할 수는 있어야 했다. 나는 집까지 남은 거리를 반쯤 이동하다가 안개기둥 하나가 나를 따라온다는 사실을 깨달았다. 게이트 한두 개쯤 뒤에서 쫓아오는 것 같았다. 이거 흥미롭군. 나는 인식하지 못한 채 반사적으로 생각했다. 상대는 내가 익명 스위치를 켰다는 사실을 분명히 알고 있었다. 그 사실 때문에 보안에 대해 방심한 것 같았다. 나는 문제의 안개기둥에 주황색 얼룩을 묻혀 두라고 망통신에 지시하고, 그 표시와 비교하면서 내 위치 감각을 갱신했다. 그렇게 하면 익명성도 깨지지 않았다. 추적 교범에도 나오는 오래된 속임수였다. 나는 그림자의 존재를 알아챘다는 사실을 드러내지 않으려고 천천히 계속 이동했다.

나는 케이와 함께 초록 미로로 갔던 길을 되짚어 오지 않고 그 대신 아파트의 복도로 곧장 이동했다. 안개기둥은 계속 나를 따라왔고, 나는 재킷에 있는 커다란 뒷주머니에 자연스럽게 손을 넣고서 그 안에서 구멍이 많은 전송게이트 복합체를 빠져나갈 길을 뒤지다가 원하던 출구를 찾았다.

나는 거인의 뼈가 전시된 사원의 제단으로 통하는 길을 따라 걸으며 미행자가 행동하기를 기다렸다. 주변에는 아무도 없었다. 미행자는 바로 그런 이유로 이 순간을 골랐을 것이다. 그는 내가 볼 수 없을 거라 생각하고 달려들었다. 하지만 내 망통신이 붙여 둔 꼬리표 때문에 안개기둥의 위치가 드러나고 말았다. 나는 왼쪽 눈에 거리 지시계를 띄워놓고 있다가 미행자가 움직이자마자 익명 필터를 내리고, 돌아서서, 무기를 겨누었다.

체구가 작고 특징이 없는 남성이었다. 밤색 피부, 흑발, 가느다란 눈, 호리호리한 체형. 그리고 특징이 하나도 없는 킬트와 조끼를 입고 있었다. 사실 그에게서 유일하게 돋보이는 것은 칼이었다. 그건 결투용 칼이 아니라 동력을 사용하는 미세섬유 줄이었다. 다이아몬드로 만든 갑옷도 아무렇지 않게 베어버리는 물건이었다. 줄은 전혀 보이지 않았고, 눈에 띄는 거라고는 끝에서 빛을 내는 빨간 추적용 구슬뿐이었다. 구슬은 그의 오른손에서 2미터쯤 떨어진 곳에 있었다.

너무 늦었군. 나는 재빨리 준비하면서 아주 짧은 순간에 방아쇠를 쥐어짜고는, 손을 풀고, 혐오스러운 보라색 잔상을 지우려고 눈을 깜빡거렸다. 어마어마하게 큰 천둥소리가 들렸고, 오존과 고기가 탄 역겨운 냄새가 났다. 그리고 팔이 아팠다. 칼은 낡은 판석을 넘어 스칠 듯이 날아들었고, 나는 펄쩍 뛰어서 칼의 살상 범위를 벗어났다. 사고로 발을 잃기는 싫었으니까. 나는 근처에 누가 또 있는지 근접 시야에 의존하면서 살폈다.

“쓰레기 자식!” 나는 튀김이 돼 버린 적에게 으르렁거렸다. 방금 해낸 일에 대해서는 이상하리만치 아무런 감흥이 생기지 않았다. 잔상이 더 빨리 사라지면 좋겠다는 생각이야 들었지만. 일반적으로 광선총은 섬광 차단 고글과 함께 사용해야 했다. 하지만 그걸 꺼낼 만한 시간이 없었다. 광선총은 단순한 무기였다. 광선총이란 건 그저 작은 전송게이트에 불과했다. 그 반대쪽 끝은 초거성의 광구 안에서 궤도를 따라 회전하고 있으며, 둘은 (밸브 역할을 하는 전송게이트 한 쌍을 통해) 연결되어 있었다. 광선총은 지저분하고, 사거리가 짧고, 중무장용 전투 장갑복을 제외한 모든 것을 파괴했다. 그리고 광선총은 기본적으로 두 개의 웜홀을 초끈으로 연결한 것뿐이라 고장이 나질 않았다. 사용 후 귀가 울리는 게 단점이었다. 그리고 방사열로 인한 화상 때문에 벌써 얼굴이 근질거렸다. 내가 보기에는 성당 지하실이 두 개 정도 녹은 것 같았다. 일반적으로 결투하는 사람들은 광선총을 잘 사용하지 않는다. 사실 결투는 수동무기가 아닌 것들을 엄격하게 금했다. 따라서 날 죽이려던 자는 광선총이 등장할 거라고는 상상도 못 했을 것이다.

"총싸움에 칼을 갖고 오지 말라고." 나는 암살자 튀김을 뒤로하면서 말했다. 그의 오른쪽 팔이 그 말을 잠시 생각해보더니 힘없이 떨어졌다.

그 뒤 집으로 오기까지는 아무 일도 생기지 않았다. 하지만 나는 몸을 떨고 있었다. 그 사건의 여파로 집에 도착할 때까지 이가 맞부딪히고 있었다. 나는 문을 닫은 다음 벽과 하나가 되라고 지시를 내렸다. 그리고 침대가 늘어나지 않는 탓에 방 한가운데에 있는 일인용 의자에 몸을 던졌다. 암살자는 내가 백업을 받아두지 않았다는 걸 알았을까? 옛날의 내가 반사 신경을 지우지 않으리라는 걸 알았을까? 내가 무형 공화국에서 광선총을 구할 만한 장소를 알고 있다는 사실은? 나는 그 질문에 대한 답을 하나도 알지 못했다. 내가 아는 건 조금 전에 누군가가 몸을 숨기고 접근해서, 목격자도 없이, 일반적으로 결투 뒤에 따르게 마련인 부활도 없이 나를 죽이려 했다는 사실이다. 그렇다면 내 백업을 찾아서 조작하는 동안 나를 오프라인 상태로 두려는 작자들일 것이다. 따라서 신분을 도용하기 위해 나를 공격했다는 얘기가 되었다. 개인 신분 도용은 대부분의 조직체가 살인보다 심각하게 취급하는 중죄였다.

이제는 피할 길이 없다. 백업을 받아야 한다. 그리고 유어돈의 실험장 안에서 안식처를 찾아야 한다. 그곳은 연구 프로젝트가 진행되는 동안 복합체와 단절될 것이며, 고립된 조직체로 존재하기 때문에 그 어느 곳보다 안전할 것이다. 나를 추적하는 자가 실험에 참여하지 않는 한은….

# 3
# 핵

백업을 받는 건 쉽다. 단 후유증을 견디는 건 어렵다.

백업을 받으려면 백업 기능이 있는 (백업 기능이 있다는 건 그저 인간의 신체를 담을 만한 칸막이 공간이 있다는 뜻일 뿐, 군용 게이트처럼 특정 애플리케이션을 지원하도록 설정돼있다는 뜻은 아니다) 조립게이트를 찾아야 한다. 복귀자용 아파트에는 그런 조립게이트가 하나씩 있어서 가구를 복제하거나 저녁 식사 준비에 사용되었다. 물론 사람을 원자 수준으로 해체해서 매핑한 다음 재조립하는 데에도 쓰였다. 백업본을 만들려면 조립게이트 안에 앉아서 백업을 하라고 망통신에 지시하면 그만이다. 순간적으로 완료되진 않지만(웜홀로 마법을 부리는 게 아니라 단순무식하게 나노 수준으로 일일이 해체하기 때문이다), 파란 공장용 점액질에 파묻히고, 말려들어 가고, 디지털 자료로 해체되었다가 다시 하나로 합쳐지는 불쾌한 감각을 느낄 일은 아마도 없을 것이다. 신경 상태 벡터가 게이트의 버퍼에 업로드되기 시작하자마자 망통신이 나를 꺼버리기 때문이다.

그 사이의 시간차는 신경이 쓰였다. 정체를 모르는 자들이 내 신분을 훔치려고 드는 판국에 잠시라도 꺼진 상태로 있게 된다는 사실이 마음에 들지 않았다. 하지만 다른 식으로 생각해보면, 그런 걱정 때문에 백업을 만들지 않는다는 건 무모한 행동이었다. 신분 도둑들이 나를 잡게 된다면, 내 다음번 복제가 정확한 상황을 아는 편이 낫기 때문이다(그리고 케이에 대해서도). 이런 상황을 우회할 만한 다른 방법은 없으므로 예방 조치를 해야 한다. 나는 백업용 칸막이에 들어가기 전에 조립게이트를 이용해서 무해한 물건들을 몇 가지 만들었다. 결합하면 아주 사악한 함정을 만들 수 있는 물건들이었다. 그것들을 설치하고 나서 나는 한숨을 깊게 쉰 다음, 백업용 칸막이 공간의 열린 문을 마주한 채 거의 1분 동안 가만히 서 있었다. 당연한 얘기지만 그저 마음을 진정하기 위해서 그랬을 뿐이었다.

나는 안으로 들어갔다. "백업해." 내가 지시했다. 칸막이 공간 안에서 의자가 튀어나오고 나는 앉았다. 그러자 문이 닫히고 '작업 중'이라는 표지에 불이 켜졌다. 파랗고 탁한 액체가 구멍을 통해 들어와서 소용돌이치며 바닥에 고이는가 싶더니 모든 사물이 회색으로 변하고, 나는 엄청난 피로감을 느꼈다.

자, 이제 후유증 얘기를 할 차례다. 우선 텅 빈 시간이 지나가면 머리가 멍하고 조금 축축하다는 느낌과 함께 눈을 뜬다. 문이 열리면 나와서 게이트에 남은 젤 찌꺼기를 물로 씻어낸다. 잃어버린 시간은 약 15분 정도. 그동안 커다란 단백질 분자 크기의 해체용 기계 헤드가 수천 조 개 박혀 있는 막이 나를 분자 소재로 깎아내면서 내부 상태 벡터를 기록하고, 탱크 바닥에 이르기까지 나를 스캔하면서 싱싱한 복사본을 재조립해 남긴다. 하지만 나는 그런 과정을 알아채지 못한다. 작업하는 동안은 뇌사 상태이기 때문이다. 그다음에는 조립게이트로 가는 문이 다시 열리고, 백업하기 전에 목숨을 넣어뒀던 곳에서 다시 목숨을 집어 들고 나가면 그만이었다. 다시 돌아오면서 머릿속이 약간 흐릿한 건 당연한 현상이지만 그래도 그건 나 자신이었다. 내 몸은….

무언가 문제가 있었다.

나는 너무 빨리 일어서려 한 모양이었다. 양쪽 무릎 아래쪽이 사라진 느낌이 들었다. 나는 현기증을 느끼면서 쓰러지듯 칸막이벽에 기댔다. 그리고 벽과 맞닿는 순간 내 몸이 너무 짧다는 걸 깨달았다. 나는 아직도 생각하기보다는 느끼는 단계에 머물러 있었다. 그다음 순간 나는 다시 앉아 있고, 칸막이 공간이 불편할 정도로 좁다는 걸 알게 되었다. 왜냐하면 내 엉덩이가 너무 넓기 때문이었다. 그것만이 아니었다. 내 팔이… 이상했다. 문제가 있다는 게 아니라 그저 다르다는 뜻이었다. 나는 손을 들어서 무릎에 얹었다. 그런데 허벅지가 너무 컸다. 그리고 다른 점이 남아 있었다. 오, 나는 손을 다리 사이에 넣다가 깨닫는 바가 있었다. 나는 남자가 아니라 여자다. 다른 손을 들어서 가슴을 더듬어 보았다. 나는 여성이고 정규인간이었다.

그것 자체로는 별문제가 아니었다. 나는 전에도 여성 정규인간으로 지낸 적이 있었다. 그게 언제인지, 얼마나 오랫동안 그랬는지는 확실하지 않았다. 신체 설계가 마음에 안 들긴 하지만 한동안 이 상태로 살아갈 수는 있었다. 나는 겁을 집어먹고 벌떡 일어섰다. 그러자 갑자기 시야에 검은 점들이 떠오르고, 나는 비틀거렸다. 당연한 추론이 생각났기 때문이다. 누군가 내 백업에 손을 댔다! 잠시 뒤 떠오른 두 번째 생각. 나는 백업본이었다. 어디선가 다른 버전의 내가 죽은 것이다.

"씨발." 나는 칸막이 공간의 얼음장처럼 차가운 벽에 기대면서 큰 소리를 냈다. 목소리가 이상하게 낯설다. 한 옥타브 더 높고 따스한 목소리다. "아, 씨발."

여기 영원히 있을 수는 없다. 하지만 문을 열고 나가서 맞이하게 될 상황 역시 좋을 리가 없었다. 나는 점점 커지는 공포감에 맞서 마음을 다잡으면서 문의 잠금장치를 때렸다. 그리고 그때쯤 내가 맨몸이라는 걸 깨달았다. 놀랄 일은 아니었다. 내 다기능 재킷은 전송게이트로 만들어졌고, 조립게이트는 전송게이트를 조립하지 못하니까. 하지만 레깅스도 사라지고 없었다. 일반적인 섬유인데도. 나는 진짜 제대로 해킹당한 것이다. 그런 생각이 들면서 공포심은 더 커졌다. 문이 스르륵 열리자 바람이 들어와 축축한 피부를 차갑게 만들었다. 나는 눈을 깜빡이며 주변을 살폈다. 내 아파트처럼 보이지만 의자 옆에 있는 얕은 책상 위에 아무것도 적히지 않은 흰색 태블릿이 놓여 있었다. 내가 만들어 놓은 함정은 남아 있지 않았다. 그리고 문은 벽 속으로 사라진 상태였다. 확인해보니 색이 달랐다. 그리고 의자도 내가 아파트 입구에 버텨 둔 것과 달랐다.

나는 태블릿을 보았다. 표면에 빨간색 글자들이 반짝거리고 있었다. '지금 즉시 읽으시오.'

"나중에." 나는 문을 흘끗 바라보고 몸을 떤 다음 욕실로 들어갔다. 날 붙잡은 게 누구든 서두를 생각이 없는 건 분명했다. 따라서 그 작자와 대결하기 전에 시간을 두고 생각을 집중하는 게 낫다는 판단이 섰다.

복귀자용 숙소에 있는 욕실은 교체 가능했다. 욕실은 하얀 달걀형 세라믹 구조물로, 물이 있고 공기 분사기가 있었다. 방향이 고정되지 않은 조명이 있어서 어디를 가든 빛이 따라다니고, 배수구가 있고, 벽 속에는 접이식 가전제품들이 들어 있었다. 나는 높은 곳에서 뜨거운 물이 떨어지도록 샤워기를 조절하고, 공포에 떨면서, 몸에 묻은 것이 전부 씻겨 내려가고 깨끗해졌다는 느낌이 들 때까지 물 안에 머물렀다.

나는 해킹당했다. 따라서 적이 앞으로 어떤 고리를 던져주든지 간에 그에 맞춰서 뛰면서, 그자들이 나를 깔끔하게 죽이든지 아니면 풀어주기를 바라는 것 말고는 할 수 있는 일이 없었다. 유명한 대사와 마찬가지로, 저항은 무의미했다. 적이 내 백업을 제대로 해킹했다면 강제로 나에게 새 신체 설계를 적용할 수 있다. 그러면 원하는 건 뭐든 할 수 있다. 머릿속을 휘저을 수도 있고, 내 복사본을 여러 개 운용할 수도 있고, 내 개인 암호를 사용할 수도 있고, 심지어 좀비 신체를 만들어서 나처럼 행세하면서 무슨 짓이든 다 저지를 수도 있다. 만약 다른 복귀자용 아파트의 조립게이트에서 나를 깨울 수 있다면, 내 상태 벡터도 가둬놨다는 뜻이었다. 내가 천 번 탈출한다 해도, 고문당하고 죽기를 백 번 반복한다 해도 나는 다시 저 칸막이 안에서, 한 번 더 죄수가 되어 눈을 뜰 것이다.

그래서 신분 도용은 추악한 범죄다.

나는 욕실에서 나가기 전에 거울을 통해 새 몸을 제대로 살펴보았다. 그 결과 전에는 본 적이 없는 몸이라는 걸 확인했다. 그리고 이 몸으로 보건대 나를 잡아둔 자들이 뭘 원하는지 알 것 같다는 불쾌한 기분이 들었다.

결과적으로 나는 꽤 괜찮은 정규인간이고 여성이었다. 하지만 눈에 띌 정도는 아니었다. 키는 지난번 몸보다 약 15센티미터쯤 작은 것 같고, 선형대칭이며, 피부와 머리카락이 좋았다. 상당히 보기 좋은 몸이지만 적들은 내 몸에 성적인 특징을 과하게 부과하지 않았다. 인형용은 아니라는 뜻이었다. 골반은 넓고, 허리는 좁고, 가슴은 내가 선호하는 것보다 크고, 광대뼈가 튀어나오고 입술이 두껍고, 피부는 내가 좋아하는 것보다 더 희다. 새 이마는 깨끗하고 넓으며, 그 밑에는 쌍꺼풀이 없고 서양풍으로 파란 눈이 있었다. 이상하게 둥글고 강렬한 시선을 던지는 눈이었다. 귀엽다고 할 수 있을 정도다. 그리고 지금은 갈색 머리카락이 내 어깨를 온통 덮고 있었다. 어깨를 덮는다고? 그 정도로 머리카락이 길다. 도대체 머리카락이 왜 이렇게 길어야 하지? 손톱과 발톱은 짧다. 나는 인상을 찡그렸다. 이상하게도 조화가 이뤄지지 않은 몸이었다. 나는 머리 위로 팔을 뻗어보고는 충격적으로 불쾌한 기분이 되었다. 나는 약했다. 상체에는 근육이라 할 만한 것이 없었다. 팔 길이의 군용 칼을 들면 1분도 버티지 못하고 떨어뜨릴 것 같았다.

그래서, 요약하면, 나는 키가 작고 약하고 비무장 상태다. 하지만 미적 감각이 구식 신체 설계와 맞는 사람이라면 나를 보고 귀엽다고 할 수 있었다. "그것참 안심이 되네." 나는 거울에 비친 모습을 보며 내뱉었다. 그리고 침실로 돌아가서 앉은 다음 태블릿을 보았다. '지금 즉시 읽으시오'라고 적혀 있었다. "읽어 줘." 내가 말하자 글자들이 다른 모양으로 바뀌었다.

**참여자분께**

'유어돈-피오르-한타 조직체'(YFH 조직체) 실험 프로젝트에 참여하겠다고 수락해주셔서 감사합니다(수락한 기억이 없다고 생각하시면 '여기'를 눌러서 당신이 마지막으로 백업한 뒤에 서명한 양도 계약서를 보십시오). 당신이 조직체에서 즐겁게 생활하시기를 바랍니다. 당신을 위해 예비 강의를 준비해 뒀습니다. 이다음 과정은 20분 뒤에 피오르 박사가 안내하게 될 것입니다. 정확한 설정을 유지하기 위해서 역사적으로 고증한 진짜 의상을 제공하니 입어주시면 감사하겠습니다(의자 밑에 있는 종이 상자를 보십시오). 나중에 치즈와 포도주가 있는 환영회가 열릴 예정입니다. 그곳에서 이번에 새로 참여하는 동료 지원자들을 만날 수 있습니다.

나는 눈을 껌뻑였다. 그리고 태블릿에 적힌 글을 다시 읽었다. 뭔가 다른 뜻은 없는지 미친 듯이 생각하면서. 난 서명한 적이 없다고! 그런데 나는 서명을 한 것처럼 보였다. 혹은 해킹을 당했던가. 하지만 계약서에 서명했다는 쪽이 더 설득력이 있었다. 나는 링크를 눌러보았다. 그러자 검고 하얗고 빨간 글자로 이뤄진 계약서가 보였다. 그리고 망통신에 지문을 입력하자 열여섯 자리 숫자가 작동했다. 나는 계약서에 서명을 했었다. 그리고 가상 신분을 받아 YFH 조직체에 살게 되었다는 내용이 적혀 있었다. 이름은 리브이고, 기간은… 3년이라고? 그동안은 상호 협약한 바대로 시민권에 제약이 생긴다. 그 제약은 핵심적인 지성체 권리까지 건드리지는 못한다. 즉 연구자들은 나를 고문할 수 없고 세뇌할 수 없다. 그리고 나는 연구자들의 동의 없이 의무에서 벗어날 수 없다.

나는 숨을 헐떡이고 있다는 걸 깨달았다. 나는 우유부단하게도 신분 도용의 희생자가 아니라는 사실에 안심하다가, 내가 얼마나 심각한 계약을 맺었는지를 깨달으면서 당황하기를 반복했다. 그들은 나를 독단적으로 추방할 권리가 있었다(흠, 이건 괜찮은 항목이었다. 나가고 싶으면 연구자들을 엿먹이면 되니까). 그리고 그들은 내가 살아갈 육체를 마음대로 결정할 권한이 있다! 이건 끔찍한 상황이었다. 그리고 내가 서명한 가혹한 조건 중에는 내 모든 행동을 감시해도 좋다는 항목까지 있었다. 상시 감시를 하겠다는 얘기다. 나는 암혹시대 원형 교도소를 테마로 하는 호텔에 체크인한 셈이다! 내가 도대체 뭐에 씌어서 이런… 어라, 자그마한 문서 속에 부가 조항이 묻혀 있었다. 제목은 '보상 조항'이었다.

아하.

첫째, 연구자들이 배상금을 지급하거나 청구에 응해야 할 경우, 학술청이 직접 책임을 졌다. 즉 연구자들이 상정했던 제한적인 권리를 침해한 경우 나는 그들을 고소할 수 있다. 그리고 그들에게는 거의 무한에 가까운 돈주머니가 있었다. 둘째, 보수는 아주 만족스럽다. 잠깐 계산을 해보니 지구 시간으로 3년 동안 샛길로 빠졌다가 나오면 대략 그 세 배에 해당하는 동안 편하게 먹고 살 수 있는 금액을 보장해준다는 결론이 나왔다.

나는 진정하기 시작했다. 나는 해킹당한 게 아니었다. 자유 의지에 따라 이런 결정을 내렸고, 이 상황에는 어느 정도 장점도 있었다. 이 계약을 맺은 나는 완전히 정신이 나간 건 아니었다. 그리고 정체가 뭔지는 모르지만, 악당들이 나를 잡으려면 아주 힘들 거라는 생각이 떠올랐다. 나에게 접촉하려면 방화벽과 학술청 소속 특공대가 지키고 있는 단일 전송게이트를 통과해야만 진입할 수 있는 실험 조직체 안으로 들어와야 하기 때문이다.

나는 진짜로 사는 것처럼 흉내 내야 하는 역사상 시기에, 나와 닮지 않은 육체를 걸치고서, 가명과 가짜 배경을 쓰며, 어느 인물 역할을 해야 했다. 그리고 실험에 참여하는 누구와도 바깥 세계 얘기를 해선 안 된다. 그렇다는 건 암살자가 나를 따라 들어올 때 엄청난 제약을 무릅쓰고 활동해야 한다는 얘기다. 즉 내가 어떻게 생겼는지도 모르고, 물어보는 것도 금지되어 있고, 무기 또한 전혀 가지고 들어올 수 없는 상황에서 말이다. 운이 좋다면 여기 들어오지 않은 내가 앞으로 3년 안에 일을 해결할 수도 있을 테고, 밖으로 나가면 백업 이후 추가된 분량을 합친 다음 자유로운 상태에서 집으로 돌아오는 동시에 부자가 될 수 있었다. 만약 바깥에 있는 내가 성공하지 못한다면, 뭐, 나갈 때 계속 이 신분으로 살도록 해줄 수 있나 물어보는 방법도….

나는 침대 밑에서 옷 상자를 끌어낸 다음 인상을 찡그렸다. 이상한 냄새가 난다거나 그런 건 아니지만 괴상하게 생긴 옷이었다. 태블릿에 따르면 역사적으로 정확하게 고증했다고 했다. 이상한 검정 튜닉은 아주 단순한 구조라 팔과 종아리가 드러났다. 검정 재킷은 그 위에 걸치는 옷이었다. 신발이 반짝거리는 검정 펌프스인 걸로 볼 때 내가 갈 곳은 중력이 강할 것으로 보였다. 하지만 그 신발은 코부분이 기이하게 뾰족하고, 뒤꿈치 부분은 점점 좁아지고 뾰족해지는 3, 4센티미터 길이의 징으로 되어 있었다. 속옷은 단순 그 자체였다. 하지만 아주 얇은 회색 천이 다리에 걸치는 옷이라는 걸 알기까지는 시간이 조금 걸렸다. 그리고 다리에 털이 없다는 걸 깨달았다. 사실 머리를 제외하면 내 몸에는 털이 하나도 없었다. 따라서 내 육체는 정규형인 동시에 가정적이라는 얘기가 되었다. 나는 고개를 가로저었다.

가장 괴이한 건 의복이 너무 멍청하다는 사실이다. 얼마나 멍청한가 하면 먼지가 묻는 걸 방지하거나 피부 박테리아를 먹어 치우지도 못하고, 유행에도 제대로 반응하지 못하며 대화 상대 역할도 못했다. 그리고 의상에는 주머니가 하나도 없었다. 하다못해 재킷의 봉제선 속에 눈에 띄지 않게 숨겨놓은 전송게이트조차 없었다. 도대체 언제 발명된 옷인지 궁금해졌다. 나중에 지능이 높은 복장을 찾아봐야겠다. 나는 옷을 전부 입고 욕실 거울을 이용해 점검했다. 머리카락은 문제가 될 것 같았다. 나는 근처를 뒤져보았지만 찾은 거라고는 머리카락을 묶을 만한 고무줄밖에 없었다. 이거라면 상식적인 수준으로 머리를 자를 때까지는 괜찮을 것이다.

이제 남은 일이라고는 예비 교육을 보고 '치즈와 포도주가 있는 환영회'에 참여하는 것뿐이다. 나는 태블릿을 집어 들고, 문을 열고, 나갔다.

문 반대쪽에는 넓지만 기다란 방이 있었다. 내가 나온 문은 총 열두 개 가운데 하나이고, 열두 개의 문은 벽의 삼면에 붙어 있었다. 벽은 완전히 흰색이었다. 바닥에는 검고 하얀 사각형 대리석들이 깔렸다. 내가 나온 문과 마주 보고 있는 네 번째 벽에 나무판이 덧대어져 있다는 걸 알기까지는 조금 시간이 걸렸다. 내가 말하는 건 진짜 죽은 나무, 죽이고 썰어서 판자로 만든 그런 나무다. 벽 좌우에는 열린 상태로 고정된 문이 하나씩 있었다. 아마도 거기서 교육이 진행되는 모양이었다. 하지만 왜 네트워크 공간에서 하지 않는지는 알 도리가 없었다. 나는 가장 가까운 곳에 열려 있는 문으로 걸어갔다. 그리고 귀찮게도 내가 걸을 때마다 신발이 기분 나쁘게 딸깍거린다는 사실을 알아차렸다.

방은 크고 그 안에는 이미 일고여덟 명의 사람이 와 있었다. 그리고 불편해 보이는 의자가 몇 줄 놓여 있었다. 의자들은 연단과 마주 보고 있고, 연단 뒤에는 흰색을 칠한 벽이 있었다. 우리는 (당장은 그런 생각이 들지 않았어도, 나는 자원 참여자라는 개념에 익숙해져야 했다) 정규인간 남성과 여성들이며 대충 성비가 비슷하고 전부 역사적인 의상을 입고 있었다. 의상은 누가 어떤 의류를 입어야 하는지 미리 정해진 복잡한 규칙에 따라 분배된 것처럼 보였다. 우리가 통제된 환경 속에 있다는 걸 고려하더라도, 다들 놀라울 정도로 많은 천을 두르고 있었다. 우리 가운데 여성들은 하나로 붙어 있는 드레스나 무릎까지 오는 치마와 더불어 그것들과 어울리는 옷으로 상반신을 가리고 있었다. 남자들은 좀 불편해 보이는 깃이 붙은 셔츠를 입고 그 위에 짝을 맞춘 재킷과 바지를 입고 있으며 목에는 스카프를 두르고 있었다. 옷은 대개 검은색과 흰색 조합이거나 회색과 흰색 조합으로 아주 단조로웠다.

고대 의상과는 별개로 또 모순이 있었다. 남자 중에는 머리가 긴 사람이 없고, 여자 중에는 머리가 짧은 사람이 없었다. 적어도 내 눈에 보이는 사람은 그랬다. 내가 들어가자 몇 사람이 고개를 돌려 나를 보았다. 하지만 내가 어울리지 않는 곳에 왔다는 생각은 들지 않았다. 심지어 하나로 묶은 긴 머리채가 뒤에서 잡아당기고 있어도. 나는 역사 속에서 끌어낸 넝마를 걸치고 있는 또 하나의 익명 인간에 불과했다. "여기서 강의가 열리는 건가?" 나는 가장 가까운 사람에게 물었다. 그는 키가 큰 남성이지만, 내 이전 신체보다 큰 것 같지는 않았다. 하지만 새 신체의 시점이 낮아서 나는 그를 올려다봐야 한다는 사실을 깨달았다. 그는 흑발이며 얼굴에는 깔끔하게 다듬은 갈기가 있었다.

"그런가 봐." 남자는 천천히 말하더니 어깨를 으쓱하고는 불편한 표정을 지었다. 놀랄 일은 아니었다. 옷이 서서히 목을 조이는 것처럼 보이니까. "너도 지금 막 나온 거야? 난 마지막으로 백업하고 방에 설명서가 있어서…."

"나도 그래." 내가 말했다. 나는 태블릿을 팔에 끼우고 그를 보며 웃었다. 나는 불안해하는 사람의 말을 들으면 알아챌 수 있었다. 몸집이 큰 남자는 나와 마찬가지로 말 한 마디 한 마디가 불편한 것 같았다. "서명한 거 기억나? 아니면 너도 백업한 뒤에 서명했어?"

"나만 그런 게 아니었어?" 그는 마음을 놓는 것 같았다. "난 복귀 시설에 있었어." 그가 다급하게 덧붙였다. "그 어이없는 기계를 통과하고 나왔지. 눈을 떠보니까 여기서…."

"그래. 그건 중요하지 않아." 나는 흥미를 잃으며 고개를 끄덕였다. "나도 그랬으니까. 이거 언제 시작한대?"

문이 없는 것처럼 보였던 뒤쪽 하얀 벽에서 문이 열리더니 포동포동 살이 찐 정규인간이 걸어 들어왔다. 그는 길고 하얀 코트를 입고 있었다. 코트의 앞면은 고풍스러운 단추식 조이개로 단단히 닫혀 있었다. 건들거리며 걷는 모습이 뚱뚱하고 자부심에 찬 양서류 같았다. 머리카락은 검고, 곱슬이 아니라 직모 상태로 흘러내리다가 얼굴 양쪽에서 번들거리며 묶여 있었다. 그는 여기에 있는 어떤 남자보다도 머리가 길었다. 그는 연단으로 걸어가더니 사람들의 주의를 끌기 위해 역겨운 소리를 내고 목을 가다듬었다.

"어서 오십시오! 오늘 이처럼 간소한 설명회에 와주셔서 기쁩니다. 직접 오시라고 요청한 것은 사과드리고 싶습니다. 하지만 우리가 이번 연구 프로젝트를 일관성 있게 엄격한 조건에서 진행하다 보니, 시뮬레이션하고 있는 사회의 기능적 요소들 속에서 활동해야만 한다는 결론을 내리고 있습니다. 그 당시 사람들은 이런 식으로, 얼굴과 얼굴을 맞대고 만나면서 일을 진행했습니다. 그러니… 우선 다들 앉으시는 게 어떻겠습니까?"

다들 자리를 잡느라 조금 시간이 걸렸다. 나는 맨 앞줄을 선택하고 몸집이 큰 사내와 피부가 희고 주근깨가 있고 머리카락이 붉은 구릿빛인 여성의 사이에 앉았다. 여자는 린과 비슷하지만, 크림색 블라우스와 쥐색 재킷과 치마를 입고 있었다. 나는 그런 조합으로 옷을 입는 이유를 알 수가 없었다. 세로로 균형이 맞지 않고, 솔직히 조금 기괴했다. 하지만 연구자 측이 내게 제공한 옷들과 크게 다르지는 않았다. 그래서 역사적으로 정확한 고증일 거라 생각하기로 했다. 인간의 미적 감각이 이렇게 많이 바뀐 건가? 나는 그렇게 생각했다.

연단에 있는 사람이 본론으로 들어갔다. "나는 피오르 의무소령입니다. 학술대령인 유어돈 교수와 함께 실험 조건을 설계했습니다. 나는 우선 우리가 이번 실험을 통해 무얼 얻으려 하는지 설명하면서 시작하려고 이 자리에 왔습니다. 다시 말하자면, 이해해 주실 거라고 생각합니다만, 우리는 행동에 선입관을 줄 수 있는 요소는 모조리 배제한 실험용 조직체를 만들었습니다." 그는 방금 농담이라도 한 것처럼 웃었다.

"첫 번째 암흑시대는." 피오르는 스스로 중요하다고 생각하는 말을 꺼낼 때면 가슴을 내밀고 크게 심호흡을 했다. "첫 번째 암흑시대는 약 100년 동안 계속됐습니다. 그에 반해 검열 전쟁은 200년 동안 계속됐죠. 하지만 상황을 제대로 바라보면, 첫 번째 암흑시대는 정확히 촉진의 전반부 절반을 차지하고 있습니다. 시간 연대순으로 보면 이른바 20세기 후반에서 21세기 초반에 걸친 시기죠. 전 기술시대에서 첫 번째 암흑시대에 이르는 역사 기록을 시간순으로 살펴보면, 우리는 인간이 기술적으로 도움을 받는 원숭이처럼 살았다는 사실을 알게 됩니다. 복잡한 기계 도구를 사용하는 아주 영리한 영장류였죠. 하지만 근본적으로는 종이 처음 등장한 이래 달라진 게 없었습니다. 그리고 첫 번째 암흑시대에서 빠져나온 사람들을 보면, 우리와 크게 다르지 않다는 걸 알 수 있습니다. 우리는 현대 시대, 그러니까 암흑시대에 살던 어느 주술사의 표현을 빌자면 '감정을 가진 기계의 시대'에 살고 있는데도 말이죠. 역사 기록에는 공백 기간이 있습니다. 그 공백 때문에 기록은 물에 불린 나무 펄프에 탄소 잉크로 적은 글자들로부터, 초기 버전이긴 해도 인식이 가능한 지향성 통신 규약을 이용하는 메모리 다이아몬드로 비약하고 있습니다. 그 공백 어딘가에 포스트휴먼 상태의 기원이 숨어 있는 것이죠."

몸집 큰 사내가 작은 소리로 무언가를 중얼거렸다. 나는 잠깐 생각해보고 나서야 무슨 뜻인지 깨달았다. '잘난 척하는 얼간이 놈.' 나는 즐거운 웃음을 억지로 억눌렀다. 웃어서는 안 될 일이기 때문이다. 앞으로 3년 동안 나는 저 잘난 척하는 얼간이에게 운명을 맡겨야 했다. 나는 그가 무슨 이야기를 이어가는지 들어 보고 싶었다.

"암흑시대가 도래한 이유는 알고 있습니다." 피오르가 말을 이었다. "조상들은 저장 공간과 처리 구조가 급증하는 것을 통제하지 않았습니다. 그리고 시대에 뒤떨어진 기술을 가상화하지 않고 버렸죠. 대기업들은 상업적인 이윤 때문에 호환이 불가능한 정보 형식을 일부러 만들고 엄청난 양의 유용한 자료를 독점했습니다. 그러다가 새 구조가 옛것을 대체하면 자료에 접근할 수가 없었죠.

이런 행위가 반복되다 보니 암흑시대 후반에는 개인과 가족 활동에 대한 기록이 크게 영향을 받았습니다. 예를 들어 초기에는 초보자와 취미 생활을 하는 사람들이 영상을 찍어 필름에 많이 남겼습니다. 영화 촬영용 카메라라는 물건을 이용했죠. 순간의 그림을 광화학 매체에 담는 기계입니다. 사실 안구를 통해서 해독할 수 있는 자료죠. 하지만 암흑시대가 3분의 1쯤 진행됐을 때 사람들은 자성을 띤 저장용 테이프를 사용했습니다. 이것은 열화가 빨랐기 때문에 이후 디지털 저장 장치를 사용하게 됩니다. 디지털 장치는 더 안 좋았습니다. 아무런 이유도 없이 모든 걸 암호화했으니까요. 음향 녹음에도 같은 일이 반복됐습니다. 다른 것도 그랬고요. 재미있는 사실이 있는데, 우리는 암흑시대 말기인 2040년경보다 초기인 1950년경의 구식 생활 양식에 대해 더 많은 걸 알고 있습니다."

피오르가 말을 멈췄다. 내 뒤에 있는 사람들은 조금 전부터 작은 소리로 대화를 나누기 시작했다. 피오르는 자신의 말 하나하나에 집중하지 않는 사람이 있다는 게 조금 신경 쓰이는 모양이었다.

"얘기를 계속해도 되겠습니까?" 피오르가 내 뒷줄에 있는 여성을 노려보면서 신랄하게 물었다.

"그게 우리랑 무슨 상관인지 얘기해 준다면요." 그녀는 뻔뻔스럽게 대답했다.

"나는…." 피오르가 입을 다물었다. 그리고 한 번 더 크게 한숨을 쉰 다음 어깨를 뒤로 젖혔다. "여러분은 암흑시대에 살게 됩니다. 1950년에서 2040년 사이에 존재했던 미국과 유럽 문화를 시뮬레이션한 환경이죠." 그는 손가락으로 딱 소리를 냈다. "나는 우리가 재구성한 환경이 주어진 자원으로 최선을 다한 거라는 점을 말하고 싶습니다. 이 실험은 사회학적이고 심리학적인 몰입을 연구합니다. 여러분이 서로 어떻게 교류하는지 감시할 거라는 뜻이죠. 주어진 인물역에 충실하면 점수를 얻습니다. 사회의 기반이 되는 규율에 복종했다는 뜻이니까요. 규칙을 어기면 점수를 잃습니다." 나는 허리를 세우며 집중했다. "개인 점수는 집단에 영향을 끼칩니다. 집단이란 건 여러분 전부를 얘기하는 겁니다. 하나의 집단은… 여러분 열 사람을 가리킵니다. 우리는 향후 두 달 동안 조직체의 이 구역에 스무 개의 집단을 투입합니다. 집단은 일주일에 한 번씩, 일요일에, 나사렛 교회라고 불리는 교구 회관에 모입니다. 그동안 배운 걸 토론할 수 있는 자리죠. 시뮬레이션이 원활하게 작동할 수 있도록 참여자가 아닌 인물도 다수가 존재합니다. 게임 마스터가 조종하는 좀비들이죠. 여러분은 다른 피실험자보다 이런 좀비들과 더 오랜 시간에 걸쳐 교류하게 됩니다. 이 모든 것들은 게이트로 연결된 거주구역 모음 안에 펼쳐지기 때문에 여러분은 단일한 지리적 연속체 속에, 다시 말해서 전통적인 행성 표면에 산다고 느끼게 될 겁니다."

그는 잠시 입을 다문다. "질문 있습니까?"

"사회의 기본 규율이라는 게 뭐죠?" 밝은색 옷을 입고 피부가 검은 남자가 뒤쪽 줄에서 물었다. 어리둥절한 목소리다.

"그건 앞으로 알게 됩니다. 규율의 상당 부분이 환경의 제약 사항 속에 고루 구현되어 있으니까요. 따로 듣고 싶다면 망통신을 사용해 전달하거나 좀비를 통해 알려드리겠습니다." 피오르는 점점 더 잘난 척을 했다.

"여기서 뭘 하면 되죠?" 내 옆에 앉은 빨강머리가 물었다. 그녀는 조금 멍한 것 같기도 하고 긴장한 것 같기도 했다. "그러니까, '규칙에 따르라'는 것 말고요. 3년은 긴 시간이잖아요?"

"규칙에 따르십시오." 피오르가 엄중하게 웃었다. "여러분이 살게 될 사회는 격식을 차려야 하고 아주 의례적인 곳입니다. 사람들은 사적인 관계에 훨씬 더 신경을 쓰고, 우연히 획득한 유전적 기회가 사회 지위를 결정하는 일도 허다합니다. 이 사회는 남성 한 사람과 여성 한 사람이 좁은 공간에서 함께 사는 이형 구조에 기반을 둡니다. 일반적으로 보유 화폐를 늘리기 위해 둘 중 한 사람이 어느 정도 의례적인 노동을 하고, 다른 사람은 사교와 반복적인 가사 노동과 2세 양육에 몰두합니다. 우리의 관심사는 그런 관계의 안정성입니다. 태블릿을 보시면, 사라지지 않고 남아 있는 암흑시대의 책자가 몇 권 들어 있습니다."

"알았어요. 그럼 우리가 이런, 음, 핵가족을 이루고 산다 이거죠." 뒤에 앉은 여자가 물었다. "또 알아둬야 할 건 없나요?"

피오르가 어깨를 들썩였다. "현재는 없습니다. 아, 한 가지 더." 그는 무언가가 떠오른 모양이었다. "의학적인 제약도 암흑시대에 따릅니다. 그걸 명심하십시오! 사고를 당하면 죽을 수도 있습니다. 영구적인 손상을 입는 건 더 나쁜 상황이죠. 실험 기간에는 조립게이트를 사용할 수 없습니다. 그리고 신체 개조는 꿈도 안 꾸는 게 좋을 겁니다. 이곳에 존재하는 의학 기술은 아주 확실하게 원시적입니다. 그리고 지금부터는 망통신에 접속할 수도 없습니다." 나는 망통신을 확인해보려 했지만 이미 아무것도 남아 있지 않았다. 나는 혹시 청력을 상실했나 싶어 어쩔 줄을 모르다가 깨달았다. 피오르의 말이 사실이라는 걸! 여긴 네트워크가 없다.

"여러분의 망통신은 사회성 점수 체계만 확인할 수 있습니다. 다른 기능은 전혀 없고요. 여기에도 유선으로 연결된 터미널 사이에 원시적인 대화 통신망이 존재합니다만, 여러분이 그걸 사용할 일은 없을 겁니다. 이 방을 나가면 우리가 차려놓은 뷔페가 있습니다. 서로 소개하기를 권합니다. 그리고 각자 짝을 고른 다음 저 문으로 나가십시오." 피오르는 흰색 벽 반대편에 있는 문을 가리켰다. "그러면 전입 절차를 밟을 수 있는 기본 주거지로 이동하게 됩니다. 잊지 말고 태블릿을 가져가십시오. 그래야 암흑시대 사회를 소개하는 초보자 안내서를 읽을 수 있습니다." 그는 잠깐 방 안을 살펴보았다. "질문이 더 없으면 난 가보겠습니다."

뒤쪽에서 두어 사람이 손을 들었다. 하지만 피오르는 누군가 불러 세우기 전에 몸을 돌리고 들어왔던 문으로 쏜살같이 나갔다. 나는 빨강머리를 바라보았다.

"허. 지시대로 따르라는 얘기군." 그녀가 말했다. "이제 어떡하지?"

나는 덩치 큰 남자를 슬쩍 쳐다보았다. "넌 어떻게 생각해?"

그는 일어섰다. "시키는 대로 하고 뭘 좀 먹어야지." 그는 천천히 말했다. "얘기도 하고. 난 샘이야. 네 이름은 뭐야?"

"난 리, 리브야." 나는 태블릿이 알려준 이름을 더듬거리면서 발음했다. "넌." 나는 빨강머리를 보았다. "이름이…?"

"앨리스라고 불러줘." 그녀가 일어섰다. "가자. 또 누가 있는지 보고 친해지자고."

강의실 밖에는 긴 탁자가 둘 있고 그 위에 간단한 음식이 담긴 접시들이 쌓여 있었다. 과일과 '치즈' 같은 것들 말이다. 치즈는 정체 모를 물질을 발효시켜 만든 응유로 냄새가 강했다. 그리고 포도주잔들이 있었다. 일행 중 다섯은 남성이고 다섯은 여성이었다. 우리는 적당히 둘로 나뉘어 서로 반대편에 있는 탁자 주변에 모였다. 빨강머리 앨리스 옆에는 엔젤(검은 피부와 곱슬머리), 젠(둥근 얼굴, 옅은 금발, 나보다 더 굴곡이 뚜렷한 몸), 캐스(검은 직모, 커피색 피부, 진지한 눈빛)가 있었다. 다들 조금씩 불편한 얼굴로, 이동할 때마다 움찔거리거나 얼굴을 찡그리고, 새 육체와 추한 옷 속에서 불안해하고 있었다. 남자들은 샘(내가 만난 사람), 크리스(뒷줄에 있던 검은 피부의 남자), 엘, 퍼, 믹이었다. 나는 그들을 옷과 목에 걸친 천의 색깔로 구분하려 했지만 쉬운 일이 아니었다. 게다가 하나같이 머리가 짧다 보니 다들 기계같이 비슷해 보이고 곤충처럼 보일 지경이었다. 진짜 순응주의자들만 살던 시대인 모양이었다.

"자, 그럼." 앨리스가 몇 안 되는 무리를 돌아보고 웃었다. 그러더니 목재 펄프로 만든 접시에서 노르스름한 육면체 모양의 '치즈'를 하나 집고는 조심스럽게 씹었다. "이제 뭘 하면 되지?"

엔젤이 팔에 걸고 있는 작은 가방에서 태블릿을 꺼냈다. 나는 그런 가방을 받았는지 모르고 있었다. 그런 생각을 못 해봤다는 점 때문에 나는 속으로 자책했다. "여기 목록이 있어." 그녀가 태블릿을 조심스럽게 두드리며 말했다. 나는 고대 원고들이 두루마리에서 복사된 페이지로 나뉘는 광경을 그녀의 어깨너머로 지켜보았다. "여기도 그 이상한 단어가 있네. '부인'이 뭐야?"

"그건 내가 알아." 캐스가 말했다. "그건, 음, 가족과 관련된 개념이야. 가족에는 구성원이 단둘이야. 그 둘은 형태학적으로 고정돼있지. 여성 구성원을 '부인'이라고 부르고 남성을 '남편'이라고 불러. 만약에 아이스 구울 사회하고 비슷한 점이 있는 거라면 호칭 속에 성적인 암시가 들어 있어."

"바깥 세계 얘기는 하면 안 되잖아." 젠이 불편해하며 말했다.

"그러지 않으면 우리가 이해하고 살아야 하는 환경에 대해 참고할 게 전혀 없다고. 안 그래?" 나는 캐스를 바라보고 싶은 충동과 싸우면서 말했다. 케이, 그 속에 있는 게 너야? 어쩌면 캐스가 아이스 구울에 대해 아는 건 우연인지도 몰랐다. 60년 전 아이스 구울이 처음으로 발견됐을 때, 그들은 엄청난 유행을 일으켰으니까. 하지만 악당들이 케이를 발견하고 나를 잡으려고 사람 사냥꾼을 보낸 걸 수도 있었다. 케이의 머릿속에서 미끼로 쓸만한 것들을 잔뜩 꺼내서 무장하고….

"이런 책은 어디서 구했는지 궁금하군." 내가 말했다. "이것 봐. 책에 있는 거라고는 출간 날짜하고 판매 실적뿐이야. 따라서 인기가 있다는 건 확실하지만, 대규모 사회 체계를 정확하게 반영하는 수치인지는 모르는 거잖아."

"아무려면 어때?" 젠이 갑자기 말했다. 그녀는 잔을 집고 병에 들어 있던 밀짚색 포도주를 따랐다. "난 '남편'을 고르고 다른 세부 사항은 나중에 신경 써야겠어." 그녀는 씩 웃더니 잔에 든 액체를 목안으로 단숨에 넘긴다.

"오늘이 무슨 요일이지?" 캐스는 태블릿의 원시적인 인터페이스와 씨름하면서 미간을 좁혔다. 나는 우리가 가진 물건 중에 설명서와 가장 가까운 게 태블릿이란 점을 깨달았다. "아하." 그녀가 말했다. "오늘은 한 주의 다섯 번째 날이야. '목요일'이라고 부르네. 한 주는 7일이고, 우리는 첫째 날에 만나야 해. 지금으로부터 3일 뒤야."

"그래서?" 젠은 잔을 다시 채웠다.

캐스는 곰곰이 생각했다. "그래서 우리가 가정을 흉내 낼 생각이라면 우선 짝을 만들고 저 사람들이 할당한 거주지로 가야 할 거야. 하루 정도 이 기록들을 긁어대면서 서로 알아가다 보면 우리가 해야 할 일도 더 명확해지겠지. 그리고 내 생각에는 짝을 맺는 제도가 정말 실행 가능한 건지도 알아볼 수 있을 거야."

젠은 잔을 손에 든 채 방 저쪽에 남자들이 모인 곳으로 대충 걸어갔다. 엔젤은 뭘 찾는지도 모르는 얼굴로 태블릿을 계속 넘겼다. 앨리스는 치즈를 한 덩이 더 먹었다. 그녀를 보고 있자니 속이 거북했다. 치즈는 맛이 끔찍했기 때문이다. "다른 사람하고 같이 산다는 생각에 적응을 못 하겠어." 내가 천천히 말했다.

"그렇게 나쁜 건 아니야." 캐스가 혼잣말을 하듯 고개를 끄덕였다. "하지만 이런 식으로 시작하는 건 너무 급작스럽고 독단적이지."

앨리스는 한 손을 캐스의 팔에 얹고 안심시켰다. "성적 관계라는 건 그냥 암시에 불과해." 그녀가 말했다. "남편을 골랐는데 같이 지낼 수가 없으면 분명히 교회 모임에서 다른 사람을 고를 수 있을 거야."

"그렇겠지." 캐스는 몸을 빼더니 남성 무리와 그 옆에 있는 여성 한 명을 불안한 시선으로 쳐다보았다. 그 여성은 큰 소리로 웃고 있고, 남성 둘이 그녀의 잔을 채워주려는 참이었다. "그렇지 않을 수도 있고."

앨리스는 불만스러운 얼굴이었다. "난 저쪽이 왜 이리 시끄러운지 알아봐야겠어." 그녀는 몸을 돌리고 반대편 무리를 향해 성큼성큼 걸어갔다. 그 결과 남은 것은 나와 캐스와 엔젤이었다. 엔젤은 태블릿의 문서를 넘기느라 바빴지만, 정신은 다른 곳에 쏠린 것 같았다. 캐스는 그저 걱정스러운 표정이었다.

"기운 내. 아주 힘들지는 않을 테니까." 나는 무의식적으로 말했다.

캐스가 몸을 떨더니 양팔로 자신의 몸을 감싼다. "그럴까?" 그녀가 물었다.

"내 생각은 그래." 나는 단어를 조심스럽게 선택했다. "이건 통제하에 있는 실험이야. 계약서를 보면 우린 기본권을 전부 포기하지 않았다고. 상황이 너무 심각해지면 연구자들이 개입해야 해."

"흠, 그것참 안심이 되는 얘기네." 캐스가 말했다. 나는 그녀를 날카롭게 노려보았다.

"저기, 우린 '남편'을 하나씩 골라야 하잖아." 엔젤이 지적했다. "마지막에 남는 사람은 선택권이 별로 없을 거야. 그러면 다른 사람이 거절한 상대를 어쩔 수 없이 골라야 한다고. 거절당한 이유가 뭐든지 간에." 그녀는 조심스러워하는 얼굴로 나와 캐스를 번갈아 쳐다보았다. "나중에 봐."

나는 캐스를 노려보았다. "아까 얘기한 거 있지. 아이스 구울이…."

"잊어버려." 그녀는 손을 세로로 휘두르며 내 말을 자른다. "어쩌면 젠 말이 맞는 건지도 몰라.” 그녀의 목소리는 침울했다.

“지인 중에 실험에 참여하려던 사람이 있었어?” 나는 갑자기 묻고 나서 혀를 씹고 싶을 만큼 후회했다.

캐스가 나를 보며 얼굴을 찡그렸다. “당연히 없지. 안 그러면 이 실험에 참여하지 못했을 거야.” 그녀는 그렇게 말하고는 천천히 어느 곳을 향해 시선을 돌렸다. 나는 그녀의 시선을 좇았다. 천장 한 구석에 그리 눈에 띄지 않는 검정 반구가 매달려 있었다. 그녀의 어깨가 딱딱하게 굳었다. “우리도 사람들하고 어울리는 게 좋겠어.”

“짝을 맺는다는 게 걱정되면, 우리끼리 이삼일 정도 아파트를 같이 써도 될 것 같은데.” 내가 제안했다. 심장이 쿵쾅거리고 손이 땀에 젖었다. 캐스, 너 정말 케이 맞아? 나는 그렇다고 거의 확신했다. 하지만 그녀는 우리가 감시당할지도 모른다는 말을 꺼내지 않았다. 만약 내가 직접 물어봤을 때 그녀가 아니라고 한다면, 나는 추격자들에게 내 신분을 노출하는 셈이 되었다. 추격자가 나를 잡으러 이 안에 들어와 있다면 말이다.

“그건 안 될 거라고 생각해.” 그녀가 조심스럽게 말했다. 그녀는 나를 향해 살짝 고갯짓하더니 턱 끝을 다른 사람들 쪽으로 돌렸다. 그들은 꽤 소란스럽게 대화를 나누는 중이었다. “어떤 사람들하고 우릴 섞어놨는지 가서 볼까?”

젠은 방 반대편에서 남자들끼리 경쟁을 하고 능력을 과시하라고 주장해서 서먹서먹한 상황을 없애놓았다. 경쟁이란 다름이 아니라 잔에 술을 채우고 그녀에게 우아하게 권해보라는 시험이었다. 말할 필요도 없지만, 그녀는 고약하게 취했으면서도 키득거리고 있었다. 또한 뒷줄에 있던 크리스를 목표로 정해놓은 것처럼 보였다. 내가 보기에 크리스는 젠이 너무 터무니없이 행동해서 창피한 것 같았지만 빠져나갈 수가 없었다. 앨리스와 엔젤이 그를 젠의 손아귀에 맡긴 채 나머지 세 남자를 목표로 삼고 있었기 때문이다. 덩치 큰 샘은 등을 벽에 기대고 뻣뻣하게 서 있었다. 거의 캐스만큼이나 불편한 얼굴이었다. 나는 캐스를 흘끗 바라보았다. 그녀는 뒤로 물러서 있었다. 나는 속으로 고개를 내젓고는 젠과 요란스러운 패거리를 지나서 샘에게 접근했다.

"파티란 게 참." 나는 젠 쪽으로 고갯짓하며 말했다.

"아, 그러게." 샘은 빈 잔을 들고 몸을 좌우로 조금 흔들고 있었다. 발이 아픈 모양이었다. 그의 표정을 읽어내기는 쉽지 않았다. 입 주변에 있는 검정 갈기털이 근육을 가리고 있었기 때문이다. 하지만 행복한 얼굴은 아니었다. 사실 바닥이 발밑에서 갑자기 열리고 그 안으로 떨어진다면 오히려 안심하면서 웃을 것 같은 얼굴이었다.

"저기." 나는 그의 팔을 건드려보았다. 그는 예상한 대로 긴장했다. "잠깐만 이리 와보겠어?"

그는 나를 앞장세우면서 사회적인 소행성대 속에서 갈 곳을 찾아 헤매는 정규인간 무리에게서 떨어져 나왔다.

"이런 상황을 어떻게 생각해?" 나는 작은 소리로 물어보았다.

"불편해." 그는 나와 여러 개의 문을 번갈아 훑어보았다. 내 생각이 맞군.

"흠, 나도 불편해. 캐스도 그렇고." 나는 방 저편에 모인 무리를 향해 고갯짓했다. "그리고, 내 생각엔, 심지어 젠도 마찬가지야."

"배경 설명을 조금 읽어봤어." 그는 머리를 좌우로 흔들었다. "내가 생각했던 것과 다르더라고. 이것도 그렇고…."

"흠." 입술이 말랐다. 나는 잔에서 술을 한 모금 마시고 머리를 굴리면서 샘을 보았다. 그는 나보다 크다. 나는 육체적으로 약하다

(언젠가 이따위 조건을 나에게 할당한 놈을 만나면 가만두지 않을 것이다). 하지만 내가 완전히 오판한 게 아니라면 샘은 사교성이 좋았다. "내 생각엔 주어진 상황을 최대한 이용하는 게 답이야. 우린 성별이 다른 사람과 함께 공동으로 살 아파트를 결정해야 하거든. 그다음엔 자리를 잡고, 설명서를 읽고, 저쪽에서 시키는 대로 하고, 일요일에는 교회에 나서 다른 사람들이 어떻게 사는지 봐야 한다고. 직업상의 일이라고 생각하면서 그런 걸 할 수 있겠어?"

샘은 빈 잔을 아주 세심하고 정확하게 탁자에 내려놓고 태블릿을 꺼냈다. "할 수는 있어. 하지만 여길 보면 '핵가족'은 단순히 경제적인 제도가 아니야. 섹스라는 요소도 있다고." 그는 잠시 말을 멈췄다. "난 성행위에 능숙하지 않아. 특히 낯선 사람하고는."

고작 그것 때문에 그리 긴장한 건가? "그건 별문제가 안 돼." 나는 포도주를 한 잔 더 마셨다. "내 얘기 좀 들어봐." 나는 결국 감시 카메라를 쳐다보고 말았다(캐스, 고마워). 이런 제도들은 절대로 영구적일 리가 없어. 첫 번째… 일요일이었나? 그때 모이면서 실수가 있으면 전부 조정할 기회가 생길 거야. 근데 있잖아…." 나는 그를 마주 보았다. "난 네 기호가 어떻든 상관없어. 두 사람 다 원하지 않으면 섹스를 할 필요도 없고. 그럼 괜찮겠어?"

그는 한동안 나를 내려다보았다. "그렇다면 좋아." 그는 작은 소리로 말했다.

나는 방금 남편을 선택했다는 사실을 깨달았다. 그가 사냥꾼은 아니기를 바라는 마음뿐이고….

그 뒤에 벌어진 일은 실망스러웠다. 누군가 감시 렌즈를 통해 우리 집단의 역학을 감시했던 모양이었다. 몇 분이 더 흐른 뒤 탁자가 반짝거리면서 주의를 끌었다. 우리는 강의실 뒤에 있는 두 개의 문으로 최소 2초씩 간격을 두고 나가라는 지시를 받았다. 우리는 이미 YFH 조직체 안에 있고, 관리자들이 담당하는 부분망 속에 있었다. 그리고 YFH 조직체는 무형 공화국으로 돌아가는 장거리도약용 전송게이트의 범위 밖에 있었다. 저 문 뒤에는 일종의 단거리도약용 게이트 묶음이 기다리고 있고, 그 게이트들은 우리를 할당된 집으로 데려갈 것이다. 나는 샘의 손을 잡았다. 그 손은 거대했지만, 힘없이 내 손을 잡았다. 그리고 그의 손은 조금 축축했다. 나는 그를 문 쪽으로 이끌었다. "준비됐어?" 내가 물었다.

그는 불행한 표정으로 고개를 끄덕였다. "끝내버리자고."

그리고 한 걸음. "끝내버린다고? 이건 끝나려면." 한 걸음 더. "최소한 3년은 있어야 한다고!" 다음 순간 우리는 아주 작은 방 안에서 또 하나의 문을 마주하고 있었다. 상상도 할 수 없는 잡동사니들에 둘러싸여서. 그는 내 손을 놓고 돌아보았다. 내가 말했다. "겨우 이거야?" 그렇게 꽥 소리를 내며 마무리를 했다.

# 4
# 쇼핑

리브와 샘 브라운. 그것이 그들의 이름이었고(진짜 이름은 아니지만), 그들은 암흑시대의 중반에 해당하는 1990년에서 2010년경에 사는 중산층 2인조였다. 그들은 이른바 '결혼'을 했다. 함께 살면서 관념적으로 단일한 관계를 유지하고, 그런 관계를 자신들이 속한 조직체 정부 및 이념적/정치적 기관에서 공식적으로 승인받았다는 뜻이다. 공적으로는 꽤 괜찮은 역할인 셈이었다.

실험 프로젝트의 목적에 따라 브라운 부부는 현재 둘 다 무직 상태였다. 하지만 한 달 정도는 편하게 살면서 적극적으로 일자리를 찾아다닐 수 있는 저축이 있었다. 두 사람은 지금 막 교외의 복층 주택으로 이사했다. 집에는 정원이 있었다. 정원이란 미관이나 관습 때문에 남아 있는 농사 시설을 말하는 게 분명했다. 그리고 길에는 완전히 다 자란 나무들이 양쪽에 늘어서서 비슷해 보이는 다른 집과 경계를 이루고 있었다. '길'이란 건 벽으로 막히지 않은 통로로, 자동차나 트럭을 사용한 지상 수송을 가능케 해주었다. 자동차는 어디선가 본 적이 있었다. 딱 한 번. 하지만 '트럭'은 뭐란 말인가? 시뮬레이션은 바로 그다음부터 무너지고 말았다. 이 환경이 행성 표면을 흉내 낸다고 해도 '하늘'은 사실 머리 위 10미터 지점에 있는 화면이기 때문이다. 그리고 '길'은 전송게이트 입구를 숨겨주는, 양방향으로 200미터에 달하는 터널 속으로 사라졌다. 또한 연구자들은 우리가 벽과 마주치는 것을 방지하기 위해 식물을 재배해서 울타리를 만들어 두었다. 태블릿에 따르면 이 환경은 사실 다수의 거주용 원통 속에 구현되어 있었다. 그 점을 고려한다면 꽤 훌륭한 시뮬레이션이긴 했다(원통은 갈색왜성 서너 개의 우주 잔해 띠 속에서 궤도를 따라 돌고 있었다. 그리고 그 갈색왜성들 사이에는 100조 킬로미터에 달하는 진공이 자리하고 있다). 하지만 결국은 가짜였다.

우리가 사는 집은….

나는 샘과 내가 나타난 벽장에서 걸어 나와 주변을 둘러보았다. 벽장은 일종의 창고 안에 있었다. 창고의 바닥은 거친 세라믹 타일로 덮여 있고, 벽에는 얇고 투명한 판이 끼워져 있었다(샘이 그 판의 이름이 '창문'이라고 알려줬다). 창문은 흰색 플라스틱 격자에 박혀 있고, 플라스틱은 머리 위에서 구부러져 있었다. 그리고 사방에 물건들이 있었다. 벽에는 작고 다채로운 식물을 담은 바구니가 매달려 있고, 투명한 판 주변에는 솜씨 좋게 맞물려 둔, 나무 조각으로 만든 문이 있었다. 다른 것들도 그런 식이었다. 문 앞에는 거칠고 양탄자와 비슷한 무언가가 놓여 있는데 용도는 확실하지 않았다. 나는 문을 열어보았다. 그러자 더 혼란스러운 것들이 눈에 들어왔다.

"이 집은 아파트일 거라고 하지 않았어?" 내가 말했다.

"그 당시 사람들은 사생활에 크게 신경 쓰지 않았어." 샘은 각 사물의 정체가 중요하기라도 한 것처럼 주변을 둘러보고 있었다. "사람들 앞에서는 익명으로 존재할 수 없고, 전송게이트도 없었지. 그래서 대개는 집에 사적인 공간을 모아둔 거야. 하나의 구조물 속에. 그걸 '주택'이나 '건물'이라고 불러. 그리고 그 안에는 방이 많지. 이건 그냥 통로야."

"그런가 보군." 나는 바보가 된 기분이었다. 나는 집의 내부에 있는 통로에 있었다. 그리고 삼면에 문이 있었다. 나는 방에서 방으로, 믿을 수가 없어서 여기저기를 빤히 쳐다보며 돌아다녔다.

고대인들은 양탄자를 사용했다. 양탄자는 두꺼워서 내 신발이 내는 불쾌한 '딱딱' 소리를 충분히 잡아줬다. 벽에는 그림이 찍혀 있는 천들이 걸려 있었다. 완전히 정지한 그림이지만 보기에 나쁘지는 않았다. 집의 앞쪽 방에 있는 창문으로는 여러 색깔의 꽃을 심은 둔덕이 보였다. 뒤쪽 저편으로는 짧게 깎은 잔디가 넓게 덮여 있었다. 방에는 하나같이 가구가 가득했다. 높이가 낮고 무거우며, 나무와 금속 덩어리를 조각해 만든 물건들이었다. 내가 보기에 그중 일부는 구조적인 다이아몬드임이 분명했다. 큰 부분은 직선이고, 그 직선들은 곡선으로 바뀌면서 작은 물체나 기이하고 불분명하고 멈춰 있는 기계장치로 이어졌다. 집 뒤쪽에는 수많은 금속 표면으로 이뤄진 방이 있었다. 그 방에는 위가 막히지 않은 물탱크처럼 생긴 것이 있고, 보관함 꼭대기 위로 이상한 기계들이 점점이 붙어 있었다. 계단 밑에는 작은 방이 있는데, 그 방에는 뭔지 알아볼 수는 있지만 원시적인 고중력 화장실이 있었다.

나는 위층 복도 부근을 돌아다니면서 양쪽에 늘어선 방의 문을 열어보고 용도를 추측해보았다. 방은 기능에 따라 나뉘어 있지만, 대부분은 다용도로 쓰이는 모양이었다. 그중에는 욕실로 보이는 방이 있었는데, 너무 크고 고장 난 것처럼 보였다. 위생용 부품들은 하나

같이 늘어나 있고 일제히 멈춰 선 상태였다. 마치 시스템이 고장 난 것처럼. 두 개의 방에는 수면용 침상과 커다란 목재 보관함이 있었다. 나는 그중 하나를 열어 들여다보았지만, 그 안에 있는 거라고는 좌우 벽에 닿아 있는 기다란 막대와 갈고리를 그 막대에 걸게 돼 있는 운반 도구뿐이었다.

하나같이 어리둥절할 따름이었다. 나는 침대에 앉아서 태블릿을 꺼냈다. 그러자마자 태블릿에서 확인을 요청하는 소리가 울렸다. 또 뭔데? 나는 혼잣말을 했다.

태블릿에 버튼 하나와 화살표와 글자들이 떠올랐다. '정체를 알고 싶은 물건 쪽으로 향하시오.'

아, 그러니까 도움말이라 이거지. 나는 마음을 놓고 태블릿을 상자형 보관함으로 향한 다음 버튼을 눌러보았다.

> '옷장.' 앞으로 사용할 의복을 보관하는 장소. 참고: 사용한 의복은 지하 '다용도실'에 있는 '세탁기'를 이용해서 세척할 수 있음. 신참자의 경우 의복은 한 벌뿐임. 내일 시내에 나가 새 옷을 사는 임무를 수행하도록 권함.

발이 근질거렸다. 나는 충동적으로 발길질해 신발을 벗어 던졌다. 짜증 나는 힐이 사라지니 기분이 좋아졌다. 그다음 어깨를 비틀어 주머니가 없는 검정 재킷에서 빠져나왔고, 벗은 재킷은 갈고리와 팔이 달린 도구를 이용해서 막대에 매달고 옷장에 보관했다. 혼자 걸려 있는 옷은 외로워 보였다. 그리고 갑자기 너무 기이하다는 생각이 들었다. 여기에 있는 모든 것들은 엄청나게 이상했다. 샘은 어떻게 받아들이고 있을까? 나는 그 점이 신경 쓰여 자문해보았다. 그는 환영회장에서 그리 잘 어울리지 못했다. 그리고 나와 마찬가지로 그도 상황을 기이하게 받아들인다면….

머리가 핑핑 돌길래 진정이 된 다음 아래층으로 돌아갔다(가는 길에 한 가지 생각이 떠올랐다. 내가 사는 '집' 안에서도 실외와 같은 옷을 입어야 하는 걸까? 이 세계에 사는 사람들은 공적/사적으로 두 개의 인격을 분리해둔다. 아마도 공식적인 상황과 비공식적인 상황에 입는 옷이 따로 있을 것이다). 나는 결국 재킷은 벗어둔 채, 정말 너무나 슬프지만, 신발을 도로 신었다.

샘은 거실에 있는 거대한 소파의 한구석에 고꾸라져 있었다. 색깔은 있지만, 평면인 그림을 띄우는 렌즈가 달린 땅딸막한 검정 상자를 보면서. 상자에서는 희미한 잡음이 많이 나오고 있었다. "그건 뭐야?" 내가 묻자 그는 살가죽을 벗고 뛰쳐나올 것처럼 놀랐다.

"텔레비전이라는 거야." 그가 말했다. "풋볼 경기를 보고 있어."

"아하." 나는 소파 옆으로 걸어가서 중간쯤에 앉았다. 팔을 뻗으면 샘의 손을 잡을 수 있을 만큼 가깝지만, 우리 둘이 모두 원한다면 떨어져 있을 수도 있는 자리다. 나는 그림들을 들여다보았다. 일종의 기계… 아니었다. 남성 정규인간들이 갑옷을 입고 무리를 지어 서로 마주 보고 있었다. 그들은 색으로 구분되어 있었다. "이건 왜 보는 거야?" 내가 물었다. 무리 중 한 사람이 깜짝 놀라면서 반대편 인간들을 향해 공격용 지뢰같이 생긴 것을 던졌다. 반대 진영은 그 위로 뛰어들려 했다. 그러더니 다들 지뢰의 소유권을 확보하기 위해 달리고 티격태격하기 시작했다. 잠시 뒤 누군가가 호루라기를 불고 으르렁거리는 소음이 들렸다. 그 소음을 내는 건 달리는 인간들 너머에 줄지어 앉아 있는 관중이었다. 그 관중이 구경하는 건… 의식일까? 경쟁적인 자가 처형인가? 게임인가?

"인기 있는 오락인가 봐." 샘이 고개를 저었다. "이걸 보면 더 잘 이해할 수 있을 거라 생각했거든.”

“가장 먼저 이해해야 하는 중요 사항이 뭘까?” 나는 그에게 몸을 기대며 물었다. “실험? 아니면 실험 환경 속에서 사는 방법?”

그는 한숨을 쉬더니 울퉁불퉁하고 사각형인 검정 물체를 들어서 상자를 가리키고는 그림이 검정 화면으로 변할 때까지 기다렸다. “태블릿이 저 상자를 사용해봐야 한다고 했어.” 그가 말했다.

“내 태블릿은 내일 옷을 사러 가라고 했어. 지금은 입고 있는 옷이 전부거든. 분명히 금세 더러워지고 냄새가 날 거야. 그냥 던져버리고 더 만들어 낼 수가 없으니까 시내에 가서 사야 해.” 갑자기 어떤 생각이 떠올랐다. “배가 고파지면 어떡하지?”

“주방이 있어.” 그는 내가 용도를 알아내지 못한 가전제품들이 있는 방의 입구를 고갯짓으로 가리켰다. “하지만 네가 사용법을 모르면 전화를 사용해서 식사를 주문할 수 있어. 전화란 건 음성만 전달할 수 있는 네트워크 터미널이야.”

“그게 무슨 뜻이야? 내가 사용법을 모를 경우라니?” 나는 눈썹을 추켜세우며 물었다.

“난 그냥 태블릿에 나온 말을 그대로 옮긴 거야.” 샘이 조금 방어적으로 말했다.

“이리 줘봐.” 그가 태블릿을 건넸고, 나는 그가 보고 있던 화면을 재빨리 읽어 내려갔다. 가정 내 임무: 암흑시대 사람들은 공동생활을 하는 경우 성별에 따라 뚜렷하게 일을 분담한다. 남성은 보수를 주는 직업을 유지한다. 여성은 보통 주택을 청소하고 유지하며, 식량을 사서 조리하고, 의복을 구입하고, 구입한 의복을 세탁하고, 남성이 일하는 동안 가사도구를 작동시킨다. “이게 무슨 말도 안 되는 소리야!” 내가 말했다.

"그렇게 생각해?" 샘은 이상하다는 표정으로 나를 보았다.

"흠, 그래. 이건 가장 원시적인 비기술시대 인류의 문화랑 똑같다고. 선진 사회 중에 노동력의 절반을 집에 묶어두고 독단적인 기준으로 노동의 종류를 나누는 곳은 단 한 곳도 없어. 이따위 헛소리를 어디서 끌어왔는지는 모르지만, 앞뒤가 안 맞는다고. 굳이 추측해 보자면 극단적으로 권위적인 표현을 사용한 문서를 보고 오해를 했겠지." 나는 샘의 태블릿을 손가락으로 두드렸다. "나라면 이따위를 사실이라고 믿기 전에 사회적 조건들을 진지하게 조사해봤을 거야. 그리고 어떤 경우든지 우리는 이런 식으로 살 필요가 없어. 설사 이 조직체의 좀비들 대부분은 이런 식으로 살도록 설정되어 있다 해도. 이건 그냥 일반적인 지침에 불과해. 어떤 문화권이든 다수에 따르지 않는 사람은 많으니까."

샘은 생각에 잠긴 모양이었다. "그러니까 저 사람들이 잘못 알았다는 거지?"

"흠, 저자들이 일차적으로 사용한 사료를 검토해보고 편견을 최대한 배제해보기 전에는 확실히 그렇다고 말하지 않을 생각이야. 하지만 집안일을 나 혼자 다 할 생각은 전혀 없어." 나는 말 속에 들어 있는 독기를 조금 희석하려고 웃었다. "아까 '전화'로 음식을 요청한다는 얘기를 하지 않았어?"

저녁 식사는 둥글게 구운 빵 종류였다. 이름은 피자라고 했다. 피자 위에는 치즈가 놓여 있고 으깬 토마토와 피자의 맛을 더 돋우는 것들이 뿌려져 있었다. 피자는 뜨겁고 기름진 음식이었다. 그리고 '트럭'에 실려 오지 않고 온실 내 벽장 속에 있는 단거리도약 게이트를 통해 우리에게 전달되었다. 나는 그 사실을 알고 조금 실망했지만, 트럭은 내일 구경할 수 있을 거라고 생각했다.

저녁 식사가 끝나자 샘은 긴장을 풀었다. 나는 신발과 스타킹을 벗었다. 그리고 재킷과 넥타이라는 물건이 없으면 기분이 더 나아질 거라고 샘을 설득했다. 옷을 벗게 만드는 데에는 큰 노력이 필요하지 않았다. "이런 걸 도대체 어떻게 입고 사는 거지." 그가 투덜댔다.

"그건 나중에 검색해봐야겠어." 우리는 피자 상자가 떨어지지 않도록 무릎 위에 얹어 놓은 채로 계속 소파에 앉아서, 손가락을 사용해 기름지고 뜨거운 음식 조각을 먹었다. "샘, 실험에는 왜 자원한 거야?"

"왜냐니?" 그는 허둥대는 것 같았다.

"넌 내성적이고 사교적인 상황에 잘 대처하지 못하잖아. 이 실험은 처음부터 3년 동안 밖에 나가지 못하고 암흑시대에 살아야만 하는 거라고 정해져 있었잖아. 여기 참여하는 게 비상식적이라는 생각은 들지 않았어?"

"그건 아주 사적인 질문인데." 그는 팔짱을 낀다.

"맞아." 나는 말을 멈추고 그를 마주 보았다.

그는 잠깐 슬픈 표정을 지었다. 나는 그 모습을 보고 질문을 후회했다. "도망쳐야 했거든." 그가 중얼거렸다.

"어디서?" 나는 피자 상자를 내려놓고 양탄자 위를 걸어서 커다란 나무상자로 갔다. 상자에는 서랍이 달려 있고 술병이 가득 담긴 칸이 있었다. 나는 잔을 두 개 꺼내고 술병을 열어서 내용물의 냄새를 맡아보았다. 하지만 마셔보기 전에는 확신할 수가 없는 법이었다. 그래서 잔에 따랐다. 그런 다음 소파로 돌아와서 한 잔을 샘에게 건넸다.

"복귀 시설에서 나와보니까." 그는 텔레비전을 노려보았다. 텔레비전은 꺼진 상태였기 때문에 정상적인 행동은 아니었다. 그는 신발 안에 짧고 두꺼운, 일종의 스타킹을 신고 있었는데, 그 안에서 발가락을 부자연스럽게 꼼지락거렸다. “나를 알아보는 사람이 너무 많았어. 겁이 났지. 그건 내 잘못이라고 생각해. 하지만 계속 남아 있으면 그 사람들이 나를 해칠지도 모른다고 생각했어.”

“해친다고?” 샘은 체격이 크고 머리숱이 많으며 그다지 민첩한 편은 아니었다. 그리고 아주 점잖은 것처럼 보였다. 나는 그를 선택한 게 행운이었다고 생각했다. 이 핵가족이라는 설정에는 잠재적으로 학대가 발생할 가능성이 있지만, 그는 부끄럼을 많이 타고 내성적이기 때문에 별문제가 생길 것 같지 않았다.

“그때 잠깐 정신이 나갔나 봐.” 그가 말했다. “기억을 깊이 편집하고 나면 분열성 정신질환 단계를 거치는 사람들이 있잖아? 난 정말 심각했어. 백업을 자꾸 건너뛰고 사람들한테 계속 싸움을 걸었지. 사람들은 살아남으려고 나를 계속 죽여야 했고. 난 진짜 바보처럼 굴었어. 그 상태에서 빠져나왔을 때….” 그는 머리를 세차게 내저었다. “그냥 어딘가로 가서 숨고 싶을 때가 있잖아. 너무 잘 숨은 건지도 모르지만.”

나는 그를 날카롭게 노려보았다. 그리고 그가 거짓말을 한다는 결론을 내렸다. “다들 가끔 바보짓을 할 때가 있잖아.” 나는 관찰자 측을 안심시키려고 말했다. “자, 좀 마셔봐.” 나는 잔을 들어 올렸다. “보드카라고 하더라고.”

“망각을 위해서.” 그가 내 쪽으로 잔을 내밀었다. “그리고 내일을 위해서.”

나는 낯선 바에서 홀로 일어났다. 나는 섬유가 들어 있는 직물 주머니를 덮고 수면용 단상 위에 누워 있었다. 현 위치를 기억할 수가 없어 잠깐이지만 공황 상태에 빠졌다. 머리가 아프고 두 눈이 뻑뻑했다. 암흑시대의 삶이 이런 거라면 계속 유지할 수는 있었다. 적어도 당장 날 죽이려 드는 사람은 없으니까. 나는 그렇게 혼잣말을 하고 무언가 기분 좋은 일이 없나 찾아보려고 애를 썼다. 나는 침대에서 기어 나와 기지개를 켜고 욕실로 향했다.

정신을 차리지 못한 것은 내 실수였다. 나는 옷을 입으려고 침실로 돌아가다가 샘을 향해 곧장 걸어 들어갔다. 그는 벌거벗은 채 초점이 맞지 않은 눈으로 반쯤 자고 있었다. 그리고 나는 그의 가슴에 들러붙다시피 넘어졌다. "이런." 나와 거의 동시에 그가 말했다. "괜찮아?"

"괜찮아." 나는 그에게서 몇 센티미터 정도 몸을 떼고 그의 얼굴을 올려다보았다. "미안해. 넌 안 다쳤어?"

그가 걱정스러운 표정으로 물었다. "옷가지하고, 음, 이런저런 물건을 사야겠어. 그렇지?"

나는 잠시 당황한 상태로, 우리가 둘 다 벌거벗었으며, 그가 나보다 크며, 그가 털북숭이라는 사실을 깨달았다. "그래야지." 나는 조심스럽게 그를 보며 말했다. 그는 정말로 털이 많았다. 그리고 내가 일반적으로 선호하는 것보다 훨씬 더 살이 쪘다. 그리고 나는 깨달았다. 그가 낯모르는 사람을 보듯 나를 쳐다본다는 사실을.

민감한 순간이었다. 하지만 그는 머리를 세게 내젓고 그 긴장을 떨쳐냈다. "맞아." 그가 하품했다. "욕실 좀 먼저 써도 될까?"

"그럼." 내가 옆으로 비켜서자 그가 어기적거리며 지나갔다. 나는 고개를 돌려 그를 바라보았다. 이 사실을 어떻게 받아들여야 하는지 모르겠다. 나는 나보다 힘도 세고 몸집도 크고 충동적으로 폭력을 행사한 경험이 있다고 고백한 낯선 사람과 '집'을 함께 쓰고 있었다. 하지만… 내가 그를 평가할 자격이 있는가? 나는 케이를 알게 된 지 얼마 안 됐으면서도 함께 흥청망청 놀았고, 적나라하게 섹스를 했다. 그건 충동에 따른 행동이 아니었다는 말인가? 모르겠다…. 어쩌면 샘의 말이 맞는지도 몰랐다. 이곳에서 섹스는 불편하고 복잡했다. 특히 아직 규칙이 뭔지 모르기 때문에 더욱 그렇다. 사실 규칙이 있기는 한 건지도 모르지만 말이다. 희미한 기억이 떠오르려 하고 있었다. 나는 기억을 삭제하기 전에 남성 및 여성 양쪽과 관계를 했던 것 같다. 여러 사람과 동시에 그랬을 수도 있고, 어쩌면 둘이서…. 정확히는 기억나지 않았다. 나는 머리가 복잡해서 고개를 내저었다. 그리고 내 방으로 돌아가서 옷을 걸쳤다.

나는 준비를 하면서 태블릿을 집어 들었다. 태블릿은 온실에 있는 벽장을 열어보라고 지시했다. 아래층으로 내려가 보니 온실 안이 쌀쌀했다. 이곳 사람들은 제대로 된 생명 유지장치도 없는 건가? 어제까지만 해도 전송게이트가 있던 찬장 안에는 맨 벽과 두 개의 선반이 있을 뿐이었다. 그중 한 선반에 바보 같은 직물로 만든 작은 가방이 둘 놓여 있었다. 가방에는 주머니가 많았다. 그중 하나를 열어보니 이름과 숫자가 적힌 사각형 플라스틱이 가득 들어 있었다. 태블릿에 따르면 그 물건의 이름은 '신용카드'이며 '현금'을 얻거나 물건과 편의를 사들일 때 사용할 수 있었다. 제대로 가공되지 않고 꼴사나워 보이는 물건이었지만 나는 똑같이 생긴 지갑들을 집어 들었다. 문을 지나 돌아가는데 망통신이 울렸다.

"음?" 나는 주변을 살펴보았다. 손에 있는 지갑을 흘끗 쳐다보니 환한 파란색 커서가 그 위에서 빛을 내고 있었다. 망통신이 말했다. '2점.' "이게 무슨…." 나는 즉시 말을 멈췄다. 태블릿이 신호음을 냈다.

도움말: 사회 점수는 공공 규범을 따르거나 어기는 경우에 따라 추가되거나 삭감됩니다. 지금 보신 것은 예제입니다. 당신의 사회 점수는 집단의 단체 점수에 따라 오르거나 내려갈 수도 있습니다. 시뮬레이션이 끝나면 모든 사람은 점수에 비례해 추가 보상을 받게 됩니다. 최고 점수를 받은 집단의 구성원들은 각자 100퍼센트의 추가 보상을 더 받습니다.

"알았어." 나는 샘에게 지갑을 주기 위해 급히 돌아갔다.

내가 집으로 들어가자 샘이 계단을 내려오고 있었다. "받아." 나는 두 지갑을 모두 그에게 내밀며 말했다. "이게 네 거야. 어깨걸이 가방을 하나 살 때까지 이것 좀 주머니에 넣고 있을래? 난 넣을 곳이 없어서."

"그러지." 그가 내 물건을 받았다. "도움말은 읽어봤어?"

"조금은…. 잠이 잘 오게 해줄 물건이 필요했거든. 자…, 시내로 어떻게 가는 거지?"

"택시를 불렀어. 조금 기다리면 우리를 태우러 올 거야."

"알았어." 나는 그를 위아래로 훑어보았다. 그는 다시 의상을 입고 있었다. 아직도 괴상해 보였다. 나는 침착하게 기다리지 못하고 발가락으로 땅을 두드렸다. "우선 옷부터 사자고. 우리 둘 다. 어디로 갈 거야? 그런 물건을 어디서 파는지 알고 있어?"

"백화점이라는 장소가 있대. 도움말에 따르면 거기서부터 시작하라더라고. 다른 사람을 만날 수도 있을 거야."

"흠." 뭔가가 떠올랐다. "배고파. 식사할 곳이 있을까?"

"있겠지."

크고 노란 물체가 문밖에 등장했다. "저거야?" 내가 물었다.

"나도 몰라." 그는 조금 놀란 표정이었다. "나가서 보자고."

노란 물체는 택시였다. 분 단위로 고용할 수 있는 일종의 자동차량이었다. 앞쪽에는 인간 운전사가 있고 뒤쪽에는 겉감을 댄 기다란 좌석이 있었다. 우리는 차에 타고, 샘이 앞으로 몸을 내밀었다. "제일 가까운 백화점으로 데려다줄 수 있습니까?" 그가 물었다.

운전사가 고개를 끄덕였다. "매시 백화점이 있습니다. 번화가에 있고요. 요금은 5달러입니다." 그가 손을 내밀었다. 그는 피부가 완벽하게 매끄럽고 손톱이 없었다. 이게 좀비인가? 나는 그렇다고 생각했다. 샘이 '신용카드'를 내밀자 운전사가 손가락 사이에 카드를 문지르고는 돌려주었다. 샘이 자리에 앉자 차가 움찔거리더니 이동하기 시작했다. 택시가 크고 다양한 소음을 내길래 나는 이러다 작동 이상이 발생하는 건 아닌지 겁이 났다. 아래쪽이 덜거덕거리고 앞에서는 계속해서 웅웅거리는 소리가 들렸다. 하지만 우리는 길로 접어들었고, 터널을 향해 속도를 올렸다. 어둠 속을 잠깐 통과하니 다른 곳에 도착했다. 우리는 정면이 회색인 건물들이 양쪽으로 조금 늘어서 있는 길을 따라 이동했다. 택시가 멈추고 샘 옆에 있는 문이 찰칵 소리를 내며 열렸다. "중심가에 도착했습니다." 운전사가 말했다. "즉시 하차해주십시오."

샘은 눈살을 찌푸리며 태블릿을 들여다보고는 몸을 곧게 폈다. "이쪽이야." 그가 말했다. 그는 내가 이유를 묻기도 전에 가까운 건물들을 향해 출발했다. 그 건물에는 입구가 줄지어 있었다. 나는 그의 뒤를 따랐다.

점포 안에 들어가자 곧 길을 잃었다. 사방에 물건들이 잔뜩 모여 있고, 저장 창고 안에도 쌓여 있었다. 그리고 많은 사람이 돌아다니고 있었다. 괴상한 제복을 입은 사람들은 상점 점원으로, 물건을 찾도록 도와주고 돈을 받아가는 역할을 했다. 조립게이트나 목록이 보이지 않기 때문에 나는 전시해놓은 물건만 파는 모양이라고 추측했다. 사방에 물건이 나와 있는 것도 그 때문일 것이다. 나는 점원에게 옷이 어디에 있느냐고 물었다. 그녀가 대답했다. "3층입니다, 부인." 건물 중앙에는 천장이 높은 공간이 있고 그 안에는 움직이는 계단이 있었다. 나는 그곳을 통해 3층에 도달해 주변을 둘러보았다.

옷이 있었다. 아주 많이. 한 장소에 옷이 그렇게 많이 있을 거라 상상해 본 적이 없었다. 하나같이 형편없는 직물로 만든 물건이고, 사용자가 원하는 기능이나 크기에 맞춰주는 기능은 찾아볼 수 없었다! 그럼 원하는 바를 어떻게 알아낸단 말인가? 바보 같은 체계다. 커다란 건물 안에 물건을 전부 넣어두고 방문자에게 모든 걸 맡기다니. 사람들은 걸어 다니면서 손가락으로 상품을 만지작거렸다. 하지만 다가가서 살펴보니 그들은 전부 진짜 사람을 흉내 내는 좀비였다. 즉 다른 사람들은 아직 이곳에 오지 않았다. 우리가 너무 일렀던 모양이었다.

나는 매달려 있는 재킷 걸이의 숲을 헤치고 돌아다니다가 업소 점원을 만났다. "저기요." 내가 말했다. "내가 입을 만한 거 있을까요?"

그녀는 여성 정규인간처럼 보였다. 파란 치마와 재킷과 불편해 보이는 힐이 달린 신을 신고 있었다. 그녀는 나를 보고 기계적으로 웃었다. "어떤 물건을 찾으십니까?" 그녀가 물었다.

"내가 찾는 건…." 나는 잠시 말을 멈췄다가 있었다. "속옷이에요." 내가 말했다. 속옷은 자동으로 세탁되지 않았다. "일주일 분이 필요해요. 스타킹은 그것보다 많아야 하고." 내가 왼발에 신고 있던 걸 찢어버렸기 때문이다. "이것과 똑같은 옷도 한 벌 더 필요해요. 신발도 한 켤레." 갑자기 뭔가가 떠올랐다. "바지도 있을까요?"

"기다려주십시오." 점원이 동작을 멈췄다. "이쪽으로 오십시오." 그녀는 얇고 긴 가운을 걸치고 있는 전시용 조각상 근처에 있는 책상으로 나를 데려갔다. 다른 점원이 벽에 있는 문에서 꾸러미를 들고 나왔다. "주문하신 물건입니다. 바지는 이 부서에서 다루지 않는 물건입니다. 틀을 제시해주시면 크기가 딱 맞는 의복을 공급하겠습니다."

"아." 나는 주변을 둘러보았다. "여기서 다른 것도 고를 수 있어요?"

"그렇습니다."

나는 그 층에서 30분가량 돌아다니면서 입을 거리를 찾았다. 그곳에서 파는 바지는 몇 가지 되지 않았다. 그리고 그마저 파손된 물건처럼 보였다. 무거운 청색 직물로 만든 바지인데 무릎 부분이 찢어져 있었다. 나는 결국 그 점포의 다른 곳까지 이동했다. 그곳에는 괜찮아 보이는 바지가 걸려 있었다. 평범한 검정 바지로 구멍이 없는 제품이었다. "이걸로 나에게 맞는 걸 줘요." 나는 가장 가까운 곳에 있는 남성 점원에게 말했다.

"그 제품은 여성용이 없습니다." 그가 말했다.

"아, 이런." 나는 머리를 긁었다. "변형해줄 수 있어요?"

"그 제품은 여성용이 없습니다." 그가 한 번 더 말했다. 그때 망통신이 소리를 냈다. 걸려 있는 바지 위에 빨간 아이콘이 떠올랐다. '윤리 규범 위반.'

"흠." 내가 살 수 있는 물건에 제한이 있다는 얘긴가? 점점 더 번거로운 점이 많아졌다. "내 몸에 맞는 걸 제공해줄 수 있어요? 나와 크기가 똑같은 남성용품으로요."

"기다려주십시오." 나는 참지 못하고 조바심을 내면서 기다렸다. 마침내 눈에 띄지 않는 가게 벽에서 다른 남성 점원이 물건을 들고 나타났다. "선물용품이 여기 있습니다."

"알았어요." 나는 바지를 들고, 웃음을 참고, 불편한 신발을 떠올리며 어떻게 하면 좋을지를…. "신발을 파는 부서로 데려다줘요. 내 발에 맞는 신발이 필요해요. 남성용으로…."

'신용카드'로 물건값을 치르자 사회 점수가 2점 올라갔다. 지금까지 획득한 점수는 총 5점이었다.

1시간 30분 뒤 가구 판매 구역에 있는 샘을 찾아 만났다. 우리는 하나같이 엄청나게 많은 가방을 들고 있었다. 그는 '여행 가방'이라고 부르는 이동용 보관함을 샀고, 우리는 구입한 상품 대부분을 그 안에 쑤셔 넣었다. 나는 어깨걸이 가방을 사고, 밑창이 부드럽고 걸어 다녀도 딸각 소리를 내지 않는 앵클 부츠를 샀다. 전에 신던 신은 가방에 넣었다. 혹시 필요한 일이 생길지도 모르니까. 이제 걷기가 훨씬 편했다. "뭘 좀 먹으러 가자고." 샘이 제안했다.

"그래." 매시 백화점 건너편에 식당이 있었다. 그 식당은 진짜와 비슷했다. 인간 점원이 (아니, 좀비 점원이) 음식을 운반했다는 점과, 다른 인간이 주방에서 음식을 준비하는 거로 보인다는 점이 유일한 차이였다. 그 모든 게 시뮬레이션이라 다행이었다. 현실이라면 속이 아주 불편했을 테니까. 전시 정밀 수색을 위해서는 생물학적 폐기물이나 동료의 시체로부터 음식을 합성해내는 법을 익혀야 하지만, 그건 이것과 다른 얘기다. 이곳은, 굳이 말하자면, 문명 지역이었다. 우리는 얇고 하얀 판에 인쇄된 목록을 보고 음식을 주문한 다음 앉아서 나오기를 기다렸다. "물건 구입은 어땠어?" 샘에게 물었다.

"최악은 아니었어." 그가 신중하게 대답했다. "속옷을 샀어. 바지와 윗도리도. 태블릿에 따르면 의복과 관련한 사회 관습이 아주 많더라고. 입을 수 있는 옷이 있는가 하면 그럴 수 없는 것도 있어. 반드시 입어야 하는 옷도 있고. 진짜 엉망이야."

"말도 마." 나는 구멍이 나지 않은 바지를 주문하기가 얼마나 힘들었는지 얘기했다.

"뭐라고 하더라…." 그가 태블릿을 꺼냈다. "맞아, 윤리 규범이라고 했어. 법령으로 정한 건 아니지만, 암흑시대 초기에 여자는 바지를 입을 수 없었대. 남자는 치마를 절대 입을 수 없었고." 그가 인상을 찡그렸다. "그러다가 암흑시대 중반쯤에 관습이 바뀐 것 같다더라고."

"규칙을 지킬 거야?" 내가 물었다. 좀비 하나가 걸어오더니 우리 두 사람의 식기 옆에 뿌옇고 노란 액체, 즉 맥주라는 이름의 액체를 한 잔씩 놓아줬다.

"흠, 관찰자 측은 언제든지 벌점을 매길 수 있어." 그가 어깨를 으쓱하며 말했다. "하지만 네 말이 맞는 것 같아. 불편한 일을 억지로 할 필요는 없어."

"맞아." 나는 오른쪽 다리를 냉큼 끌어올리고 발을 탁자에 얹었다. "이걸 봐."

"무거운 신발이군."

"남성 전용 판매소에서만 구할 수 있는 거야. 하지만 나와 발 크기가 같은 남성에게 선물할 거라고 했더니 내 발에 맞춰주더라고."

"그래?"

나는 찢어진 스타킹을 신고 있다는 사실을 깨닫고 발을 탁자 밑으로 내렸다. "한계가 어디인지는 몰라도 우리는 자율성이 있잖아.

이제 여기에서 살고 있으니 여기 나름대로는 원하는 대로 할 수 있는 거 아니겠어?"

음식이 도착했다. 합성 스테이크, 야생 생태계의 진흙에서 키운 것처럼 보이게 만든 가짜 채소, 밝은 빛깔의 향신료가 담긴 컵들. 나는 한동안 음식을 먹느라 정신을 못 차렸다. 정말로 배가 고팠고, 조금 평범하긴 해도 음식 맛이 괜찮았기 때문이다. 최소한 여기서 배를 곯을 일은 없을 것 같았다. 금세 배가 불러왔다.

"그럴 수 있는지 모르겠어." 샘이 음식을 가득 문 채 중얼거렸다. "내 말은, 점수 체계가…."

"행동을 막지는 않잖아." 나는 그릇을 옆으로 치우며 그의 말을 가로막았다. "우리끼리는 규범을 무시하겠다고 합의하면 그만이야. 그리고 우린 원하는 대로 행동하는 거지."

"그렇겠지." 그는 포크로 스테이크 한 점을 더 찍어서 입에 넣었다.

"어차피 우리는 연구자 측이 어떤 걸 위반으로 간주하는지 전혀 모르잖아. 내 말은, 점수를 잃으려면 뭘 해야 하지? 얻으려면? 실제로 아무것도 우리에게 말해주지 않았잖아. 그냥 규칙에 따르고 점수를 모으라고 했을 뿐이야." 나는 포크 끝을 그에게 향했다. "태블릿에는 참조 문서가 있지. 그 문서에는 여기가 유전적 결정론자들의 사회이고, 바보 같은 규범이 얼마나 많은지 적혀 있고. 하지만 우리가 안 받아들이면 뭘 어쩌겠다는 건지 모르겠단 말이야. 어떤 사회든 어느 정도 융통성은 있잖아. 그런데 저 작자들은 그냥 제일 먼저 눈에 띄는 편협하고 공식적인 해석을 채택했다고. 내가 보기에 저 사람들은 그냥 게으른 거야."

"다른 사람들은 어떻게 생각할까?" 그가 물었다.

"다른 사람들이 어떻게 생각할 거 같으냐고?" 나는 그를 노려보왔다. "우리는 여기 3년 동안 머무를 거야. 그 시간 동안 발을 다쳐 가면서 바보같이 뾰족한 신을 신는다고 해서 실험이 끝난 뒤에 정말로 추가 보상을 줄 것 같아?"

"그거야 모르지." 샘이 나이프를 내려놓았다. "타인의 잠재적인 부를 해치도록 불편하게 만들고 상대적으로 내가 편해진다면, 연구자 측이 그 균형을 어떤 식으로 규정했는지에 따라 전적으로 달라질 거라는 얘기야." 그는 생각에 잠겼다. "관찰 기록은… 어떨지 궁금하군."

"알았어." 내가 일어섰다. "시험해 보자고." 나는 재킷을 벗어서 의자 등받이에 걸쳤다. 식사하던 좀비 두엇이 주변을 둘러보았다. "자, 나 좀 봐라!" 내가 소리를 질렀다. 나는 지퍼를 내리고 발목께에 옷을 떨어뜨렸다. 샘은 깜짝 놀랐다. 나는 그의 표정을 보면서 등으로 손을 뻗어 가슴을 붙들어 주던 옷을 풀고, 떨어뜨리고, 의자에 올라서서 스타킹과 지스트링을 밀어 내렸다. "날 좀 보라고!" 샘이 나를 올려다보았다. 그의 표정을 보자 내 얼굴이 화끈거리고….

빨간 불빛이 내 시야를 뒤덮더니, 망통신에서 커다란 신호음이 울렸다. 우리 모두가 걸음마를 배우기 전부터 익혔던, 감압 경보와 비슷한 소리다. 망통신이 "공공 노출 행위로 10점 감점"이라고 말했다.

시야가 정상으로 돌아오자 종업원들과 지배인이 수건과 앞치마를 손에 들고 나를 향해 달려오는 모습이 보였다. 그들은 끔찍한 광경을 가리려고 무슨 일이든 할 준비가 되어 있었다. 샘은 아직도 나를 올려다보고 있었다. 얼굴을 붉힌 사람은 나만이 아니었다. 의자에서 내려오자 나보다 체구가 큰 남자 좀비 서넛이 몰려들어서, 내 팔을 고정시키고는 번쩍 들어 올려서 뒤쪽으로 데려갔다. 나는 소리를 내지르고 싶지만, 꾹 참았다. 움직일 수가 없다고! 그들은 나를 여성용 화장실로 데려가더니 문 안으로 던져 넣었다. 나는 혼자였다. 잠시 뒤, 숨을 고르려고 애를 쓰고 있는데, 문이 열리더니 누군가 내가 벗어버렸던 옷가지를 던져 넣었다.

"공공 불법 행위로 인해 10점 감점"이라고 망통신이 중얼거렸다. "경찰에 신고가 들어갔습니다. 복장 규정 위반을 수정하고 떠나십시오."

젠장, 젠장…. 나는 한동안 뒤적거리다가 옷을 찾아 머리에서부터 뒤집어쓰고 어깨를 재킷에 밀어 넣었다. 속옷은 급하지 않았다. '경찰'이 무엇인지는 모르겠지만, 예감이 좋지 않았다. 나는 문을 당겨 열고 구석을 살펴보았지만 아무도 없었다. 눈에 보이는 거라고는 식당으로 돌아가는 좁은 복도와 문들뿐이었다. 그 문 중에는 녹색 글자로 '비상탈출구'라고 적힌 문이 있었다. 나는 그 문을 다급히 열었다. 그러자 바퀴 달린 컨테이너가 아주 많은 좁은 골목이 나타났다. 음식이 부패하는 악취가 진동했다. 나는 몸을 조금 떨면서 골목 끝까지 걸은 다음 왼쪽으로 돌고 한 번 더 왼쪽으로 돌았다.

도로로 돌아가자 샘이 눈앞에 서 있었다. "이제 규범을 진지하게 생각할 거야?" 그가 내 귀에 대고 비난하는 소리를 냈다. "하마터면 내가 체포될 뻔했다고!"

"체포라니? 그게 뭔데?"

"경찰이." 그가 숨을 거칠게 몰아쉰다. "경찰이 널 데려가서 가둬 둘 수 있단 말이야. 그걸 구류라고 불러." 그의 얼굴은 아직도 붉었다. 그리고 걱정하는 게 분명했다. "다칠 뻔했다고."

나는 몸을 떨었다. "집에 가자."

"택시를 부를게." 그가 짜증스럽게 말했다. "하루에 치는 사고는 이 정도면 충분해."

샘은 휴대전화라는 물건을 샀다. 벽에 박혀 있는 커다란 유선 네트워크 터미널을 대체할 수 있는 조그마한 장치다. 그는 휴대전화를 주머니에 넣고 다녔다. 그가 휴대전화에 대고 무언가를 중얼거렸다. 그리고 몇 분 뒤 택시가 나타났다. 우리는 집으로 돌아갔다. 그는 여행 가방을 정문 현관에 놓고 쿵쿵거리며 거실로 들어가더니 텔레비전을 켰다. 나는 한동안 살금살금 걸어 다니다가 그를 살펴보았다. 그는 약간 곤혹스러운 표정으로 풋볼 경기에 푹 빠져 있었다.

나는 침실에서 태블릿을 읽으며 조금 시간을 보냈다. 태블릿에는 암흑시대 사람들이 사는 방식에 대해 수많은 조언이 들어 있었다. 하지만 사리에 맞는 것은 별로 없었다. 사회적 배경과 그런 관습이 생긴 역사적 설명을 고려하지 않으면 근거가 없고 멍청한 것들이 대부분이었다. 내가 식당에서 행했던 실험이 일으킨 엉뚱한 결과 때문에 아직도 얼굴이 화끈거렸다(옷을 입지 않는다고 해서 해를 입는 사회라니, 이게 과연 이성적으로 형성된 배경이란 말인가?). 하지만 잠시 뒤, 나는 오늘 아침 집에서 옷을 입지 않고 돌아다녔을 때 아무 일이 없었다는 사실을 깨달았다. 그래서 나는 새로 산 신발을 벗고, 슬슬 불쾌한 냄새가 나기 시작하는 옷도 벗었다. 나는 아래층으로 내려가서 여행 가방을 열고, 구입한 물건을 꺼내어 위층에 있는 내 방으로 가져왔다. 그것들을 옷장에 넣었지만, 아직도 열 배는 더 넣을 수 있는 공간이 남아 있었다. 나는 그 이유를 파악하지 못했다. 하지만 지금 당장 새로운 규범을 시험해 볼 생각은 들지 않았다. 사실은 기분이 아주 더러웠다. 샘은 나를 대놓고 무시하는 중이었고(나는 그게 방어기제라고 생각했다), 우리 두 사람은 앞뒤가 안 맞는 미친 실험 속에 살고 있었다. 그리고 다른 사람들도 나와 같은 생각을 하는지 알아보려면 모레까지 기다리는 수밖에 없었다.

나는 암흑시대 사회에서 임무가, 아니 '직업'이 어떻게 운영되는지 알기 위해 태블릿에 실려 있는 설명을 읽고 있었다. 그러다 침대 옆에 있는 야트막한 탁자에서 신호음이 울리는 바람에 살짝 놀랐다. 탁자를 쳐다보자 태블릿이 깜빡거렸다. '전화를 받으십시오.'

아 참, 나한테도 전화기가 있었지. 나는 잠시 뒤적거린 끝에 줄이 달리고 두툼한 장치를 찾아냈다. 얼굴에 대고 사용하는 장치였다. "여보세요?" 내가 말했다.

"리, 리브! 너야?"

"캐스야? 아니면 케이?" 나는 잠시 이름들을 되뇌며 물었다.

"리브! 나 좀 여기서 나가게 해줘! 저 사람은 미쳤어. 계속 여기 있으면 날 또 때리고 말 거야. 피신할 곳이 필요해." 나는 전에도 공황 상태에 빠진 사람과 대화한 적이 있었다. 지금도 같은 상황이었다. 캐스는 (혹시 캐스가 케이일까? 머릿속 한구석에서 그런 생각이 떠올랐다) 절박했다. 그런데 무슨 이유로?

"너 어디야?" 내가 물었다. "무슨 일인데? 진정하고 전부 얘기해 봐."

"여기서 나가야 해." 그녀가 갈라진 목소리로 한 번 더 말했다. "저 사람은 미쳤어! 설명서를 읽더니 추가 점수를 따야겠다고 하더라고. 앞으로 모든 행동을 규정대로 하게 시키겠다는 거야. 오늘 아침에는 외출하면서 날 집에 가둬놓고 지갑을 빼앗아갔어. 아직도 그 사람이 갖고 있고. 돌아오더니 식사를 준비하지 않으면 때리겠다고 협박했어. 최고 점수를 따려면 여성이 남성에게 복종해야 한다는 거야. 그리고 내가 지침을 따르지 않으면 때리겠다고도… 젠장, 그 사람이 오고 있어."

딸각.

나는 침대 너머에 있는 벽을 멍하니 바라보면서, 공포에 질린 채 수화기를 손에 들고 있었다. 나는 수화기를 떨어뜨리고 아래층으로 달려 내려가서 거실로 들어갔다. "샘! 어떻게든 해야 해!"

샘이 태블릿에서 눈을 떼고 나를 보았다. "뭘?"

"케이… 캐스 말이야! 방금 캐스가 전화를 했어. 도와 달래. 남편이 미쳐서… 지갑을 빼앗고, 캐스를 집에 가두고, 명령에 따르지 않으면 때리겠다고 협박한대. 어떻게든 해야 한다고! 혼자서는 제 몸을 지킬 방법이…."

샘이 태블릿을 내려놓았다. "확실한 거야?" 그가 작은 소리로 물었다.

"그래! 그렇게 말했단 말이야!" 나는 분노로 이성을 잃고 마구 뛰어다니고 있었다(내 상체의 힘을 다 없애버린 얼간이를 붙잡기만 하면 그놈의 머리를 나무늘보에 이식한 다음 내구성을 시험하는 경주에 출전시키고 말 것이다). "뭐든 해야 한다고!"

"뭘?" 그가 물었다.

나는 풀이 죽었다. "모르겠어. 캐스는 나오고 싶댔어. 그런데…."

"우리 누적 점수는 확인해봤어?"

"세상에, 아니, 안 해봤어. 그게 이거랑 무슨 상관이야?"

"해봐." 그가 말했다.

"알았어." 우리 집단 누적 점수가 어떻게 되지? 나는 망통신에 물었다. 그 결과 때문에 잠시 정신이 팔렸다. "저기, 우린 잘하고 있는데? 비록 내가 그런…." 나는 말을 더듬거렸다.

"흠, 그렇지. 부분 합산 점수를 봐. 그러면 '안정적인 관계 규범'

에 할당된 점수가 많다는 걸 알 수 있을 거야." 그의 뺨이 꿈틀거렸다. "캐스와, 그게 누구더라… 믹도 그렇지."

"하지만 믹이 캐스를 때리면…."

"정말 때릴까? 좋아, 캐스의 말을 믿어보자고. 그런데 우리가 뭘 할 수 있을까? 우리가 두 사람을 갈라놓으면 우리 집단에 있는 사람들은 100점이 감점돼. 그런 식이라고. 리브, 일지는 읽어봤어? 위반 행위는 공개되었다고. 네가 점심시간에 했던 가벼운… 실험에 관해선 모르는 사람이 없어. 모든 사람의 일지에 남는단 말이야. 빨간색 숫자로. 다들 꽤 흥분했지. 집단의 안정적인 관계 점수를 깎아먹을 행동을 하면 어떤 사람들은… 난 안 그러겠지만, 최종 점수에 목숨을 거는 사람들은 널 싫어하기 시작할 거야. 그리고 너도 전에 말했잖아. 우리는 앞으로 3년 동안 여기 묶여 있어야 한단 말이야."

"씨발, 씨발!" 나는 그를 노려보았다. "네 생각은 어때?"

그는 소파 구석에 앉아서, 무표정한 얼굴로 나를 올려다보았다. "내 생각?"

"너도 날 싫어할 거야?" 나는 작은 소리로 물었다.

그는 잠시 생각해보았다. "아니. 난 안 그럴 거야." 침묵. "하지만 네가 조금 더 분별 있게 행동했으면 좋겠어. 침착하라고. 행동하기 전에 한 번 더 생각하고. 아니면 최소한 적응하려는 것처럼 보이게 행동해 봐."

"알았어. 그럼 난 어떻게 생각해야 하는 거야? 캐스 사건 말이야. 만약 그 더러운 놈이 우월한 신체 조건을 이용해서…."

"리브." 샘은 또 한 번 말을 멈췄다. "나도 원칙적으로는 너와 같은 생각이야. 하지만 우선 어떻게 행동해야 하는지 생각을 해보자고. 캐스는 우리가 돕지 않아도 제힘으로 그와 헤어질 수 있을까? 그렇다면 그렇게 해야 해. 그건 캐스의 선택이지. 그렇지 않다면 어떻게 도울 수 있을까? 초반에 실수할 경우 우리는 그 결과에 아주 오랫동안 영향을 받으며 살아야 해. 캐스가 아주 위험하지 않다면 홀로 움직이는 것보다는 집단 전체가 행동을 취하는 게 최선일 거야."

"하지만 지금 당장 아무 일이 안 생기도록 막아야 하잖아. 안 그래?"

나는 무슨 감정에 휩쓸린 건지 몰랐다. 무력감을 느끼는데 그게 싫을 뿐이었다. 나는 그 악당 놈의 집으로 가서 발로 문을 걷어차고 그놈의 뱃속에 차가운 금속을 집어넣을 수도 있을 것이다. 그게 실패할 경우 두 단계에 걸친 교활한 공격을 퍼부을 수도 있었다. 희생자를 안전한 곳으로 옮기고, 남자의 욕실에 함정을 설치하고 그의 침대에 가려움증을 유발하는 가루를 뿌려둘 수도 있었다. 하지만 나는 그저 감정을 발산하면서 샘에게 고민을 토로하느라 시간을 낭비하고 있었다. 나는 평상시와 달리 여러 가지 자원과 능력을 이용할 수 없는 상태다. 그리고 내 반응이 환경에 종속되게끔 내버려두고 있었다. 그 환경이란 것은 성별로 결정되는 말도 안 되는 역할극을 하라고 강요하고 있으니, 나는… 나는 고개를 내저었다.

"우리 집단 구성원 중에 다른 사람을 해치거나 가두는 방식으로 점수를 얻는 게 좋은 일이라고 생각하는 사람이 있어선 안 돼." 그가 신중하게 말했다. "그러자면 어떻게 해야 할까?"

나는 잠시 생각해보았다. "그 작자에게 전화해야겠어." 그렇게 말을 시작하고 나니 머릿속에서 계획이 조금씩 자리를 잡았다. "전화해서… 그래." 나는 정원을 내다보았다. "캐스와 함께 만나자고 하는 거야. 모레, 교회에서. 불쾌하게 만들 필요는 없지." 나는 무언가를 깨달았다. "잘 차려입고 좋아 보이는 채로 교회에 나타나야 한다면서? 그게 관습이라고 했지. 그러니 캐스의 상태가 좋지 않으면 감점을 당할 거라고 말하는 거야. 여럿이서." 나는 샘을 바라보았다. "그자가 알아들을까?"

"아주, 아주 멍청하지 않으면 알아들을 거야." 샘이 고개를 끄덕이고 일어섰다. "지금 당장 전화를 할게." 그가 말을 멈췄다가 나를 불렀다. "리브?"

"응?"

"넌… 네가 그렇게 웃으면, 난 아주 불안해진다고."

"미안해." 나는 잠시 생각에 잠겼다. "샘?"

"응?"

나는 정말로 그에게 털어놓아도 아무 문제가 없을지 생각해보느라 몇 초 동안 입을 다문다. 잠시 후 나는 복잡한 생각을 지워버리고 그냥 입을 열었다. 샘이, 과거의 나를 적으로 삼은 자들이 돈을 주고 파견한 냉혹한 암살자일 것 같지는 않았기 때문이다. "캐스는 내가 아는 사람이야. 실험 속 세계 말고 바깥에서, 그러니까, 실험에 자원하기 전에 말이야. 그 똥 덩어리 같은 자식이 캐스를 때리면 난…. 음, 지금 당장은 주먹으로 그놈의 이를 완전히 작살 내서 똥구멍으로 밥을 처먹게 만들 수 없지만, 뭔가 다른 방법을 생각해 낼 거야. 그에 상응하는 수준으로. 그리고, 샘?"

"응?"

"난 폭력을 행사할 때가 되면 아주 창의적인 방법을 고안해 내는 사람이야."

# 5
# 교회

샘은 전화기를 들고 교환수에게 믹의 집에 연결해달라고 요청했다. 나는 계단 위에 머물면서 그가 정문 현관에서 하는 말을 들었다. 그는 화를 내지 않으려고 애를 쓰는 것 같았다. 몇 분이 흐른 뒤 그는 거칠게 수화기를 내려놓고, 발을 구르며 거실로 돌아왔다. 나는 저녁 시간 내내 그를 피하면서, 샘을 개입시켜 캐스의 상황이 더 나빠졌을지 모른다는 걱정으로 심히 우울한 심정이 되었다.

점수. 집단의 의무. 안정적인 두 사람. 동료의 압박. 그런 개념들을 생각하니 머리가 핑핑 돌았다. 일상생활에 규칙이 있다니 내겐 낯선 개념이었다. 적어도 평화 시에는 그렇다. 하지만 그걸 명시적으로 드러내는 것도 품위 없는 행위로 간주하는 모양이었다. 사회는 암묵적인 이해를 통해 유지되었다. 고갯짓 하나, 윙크 한 번, 그리고 아주 드문 경우이긴 하지만 합법적인 데이터베이스 참조에 이르기까지. 나는 살아가면서 일이 돌아가는 방식을 배우는 데에 익숙했다. 하지만 이번 경험은, 한 사람의 삶을 규정하는 규칙들이 완전히 완성된 상태에서 무작정 머리를 들이미는 것은 내게 큰 충격으로 다가왔다.

솔직히 이렇게 부적절한 신체에 갇히지만 않았다면 사태를 더 잘 해결할 수 있을 거라고 추측했다. 나는 보통 나 자신의 체구나 힘을 의식하지 않았다. 그리고 근골을 개조하는 일에 별 관심이 없었다. 하지만 그렇다고 해서 작고 나약한 신체를 의도적으로 선택하는 일은 결단코 없을 것이다. 게다가 지금의 나는 영양실조에 빠지기 직전인 상태였다. 욕실에 가서 거울을 보니 피하지방 밑에 있는 갈빗대가 겉으로 윤곽을 드러낼 정도였다. 나는 비쩍 마른 몸에 익숙하지 않았다. 내게 이런 몸을 할당한 놈을 만나기만 하면 아주 그냥…. 씨발, 결국 그놈들에겐 아무 짓도 할 수가 없잖아? "개새끼들." 나는 험악하게 중얼거린 다음 부엌으로 가서 고단백 음식이 제공되고 있는지 알아보았다.

시간이 흐르고 나는 지하실을 조사했다. 태블릿에 따르면 주택을 유지하고 보수할 수 있는 여러 가지 기계가 지하실에 마련되어 있었다. 나는 옷을 세탁하는 기계를 두고 생각에 잠겼다. 세탁기에는 아주 투박하고 물리적인 요소가 있었다. 그 모양새가 단단하게 고정되어 있다는 점도 그렇다. 세탁기는 진짜 기계처럼 따스하거나 다재다능하지 않고, 사용자의 요구에 적절히 응하지도 못했다. 세탁기는 그냥 금속과 도자기 덩어리였다. 심지어 옷을 세탁하겠다고 내가 말할 때 대답도 하지 못했다. 너무나 멍청했다.

지하실 깊숙한 곳으로 들어가 보니 다른 물건도 있었다. 손잡이가 달린 의자가 있는데, 상반신의 근육량을 어려운 방법으로 늘리는 도구였다. 조금 의심스럽긴 했지만, 태블릿에 따르면 당시 사람들은 무거운 물체를 반복적으로 들고 기타 운동을 해서 근육 조직을 증가시켰다고 했다. 나는 운동 기계의 설명서를 찾아내고, 15분 뒤 땀에 젖어 부들부들 떠는 젤리 덩어리로 변하게 되었다. 그건 일종의 심리적인 고문이었고, 내가 얼마나 약한지 확실히 보여주는 수업이었다.

나는 비틀거리며 위층으로 올라가서 샤워하고 쓰러진 다음 편치 않게 잠들었다. 익사하는 꿈과 케이가 팔을 전부 내게 뻗고 무언가를 갈구하는 환영이 나를 괴롭혔다. 환영 속에서 케이가 무엇을 원하는지는 알아들을 수가 없었다. 그뿐 아니었다. 어딘지 끔찍한 메아리가 희미하게 들려왔고, 총으로 위협당하는 이민자들이 밀치고 파고들기를 반복하면서 헬(Hel) 입구를 통과하게 해달라고 비명을 질렀다. 나는 깜짝 놀라 잠에서 깬 뒤 어둠 속에서 한 시간 반가량 떨며 누워 있었다. 도대체 나에게 무슨 일이 일어나고 있는 것일까.

나는 다른 우주에 갇혀 있었다. '과거는 또 하나의 조직체'라는 말은 진실이었다. 하지만 대부분은 그 말을 나와 다른 의미로 받아들일 것이다.

다음 날 아침, 나는 커피메이커 사용법을 알아내려고 부엌에서 씨름하고 있었다. 그때 전화가 울렸다. 복도에 터미널이 있어서 그리로 가서 전화를 받았다. 문제가 생긴 건 아닌지 걱정하면서. "샘에게 온 전화입니다." 무덤덤한 목소리가 울렸다. "샘에게 온 전화입니다."

나는 수화기를 잠시 노려보다가 위층을 쳐다보았다. "전화 받아!" 나는 고함을 쳤다.

"내려갈게." 샘은 한 번에 두 단씩 계단을 내려왔다. 나는 그에게 수화기를 건넸다. "여보세요?" 그는 잠시 귀를 기울였다. "무슨… 무슨 말인지 모르겠는데요. 한 번 더 얘기해봐요. 아. 예, 예. 그렇게 하죠." 구식 전화로 통화하는 내용을 듣자니 으스스한 기분이었다. 전화라는 물건은 이상한 공간에 존재했다. 그 공간은 사생활보호가 전혀 없는 반이중정보의 영역이었다.

샘은 계속 귀를 기울였다. 그는 잠시 당황하다가 지시사항이 계속되자 귀찮은 표정을 지었다. 마침내 그가 수화기를 내려놓았다. "어쩔 수 없지!" 그가 단호한 목소리로 말했다.

"커피를 조리할 참인데." 내가 말했다. "와서 무슨 일인지 말해봐."

"택시가 올 거야. 반 시간 안에…. 그 안에 준비를 마치래."

"누가 전화한 건데?" 내가 물었다. 불안감 때문에 위가 조여들었다.

"임시직에 지원했거든." 샘이 말했다. "사람이 와서 날 입사 훈련에 데려갈 거야. 이곳의 노동 체계가 어떻게 운영되는지 알려준대. 일의 종류는 나중에 바뀌는 모양이야."

"허." 나는 커피메이커 쪽으로 몸을 돌리고 그가 보지 못하도록 얼굴을 찡그렸다. 저게 수산화물을 담아 둔 용기라면 이게 벤투리 노즐이겠군…. 커피메이커의 작동 방식은 조립되어 있을 때나 지금처럼 금속 조각으로 분해되어 있을 때나 이해가 되질 않았다. "그럼 난 어떡하지? 내게도 노동 임무를 할당해 주는 건가?"

"그러지 않을 거야." 샘이 잠시 말을 멈췄다. "요청할 수는 있겠지만 기대하지는 마. 설명서에 따르면 이게 시작이라고 하더라고." 그는 그다지 행복한 얼굴이 아니었다. "대가는 우리 두 사람이 모두 받는 거야." 그가 몇 초 뒤에 덧붙였다.

"뭐? 너한테 일을 시키는데 대가의 반을 내가 받는다고?"

"그래."

나는 고개를 내젓고 기계를 원래대로 조립했다. 잠시 뒤 부글부글 윙윙 소리가 나는 위치와 갈색 액체가 떨어지는 부위가 어딘지 알아냈다. 나는 기계를 노려보다가 의문을 품었다. 컵이 먼저 나오는 것 아니었나? 아니지, 이 멍청아. 이건 조립게이트가 아니잖아! 나는 다급하게 찬장을 뒤져서 컵 두 개를 찾은 다음 그중 하나를 노즐 밑에 놓았다. "아, 멍청하기는." 나는 멍청한 게 나 자신인지, 아니면 오래전에 죽은 기계 설계자인지 구분하지 못한 채 중얼거렸다.

시간이 적당히 흐르고 택시가 나타났다. 샘은 직업 소개 훈련을 받으러 나갔다. 나는 집 근처를 조금 돌아다니다가 각 사물의 위치와 기능을 파악해보았다. 세탁기를 작동시키기 전에 물리적인 스위치로 설정해야 하는 건 확실했다. 세탁기에는 물이 필요하고, 세탁할 때는 세척제라는 물건을 의복에 첨가해야 했다. 의복이란 어떤 의도를 갖고 설계한 직물을 가리키는 용어다. 설명서에서 생활용품인 직물에 대해 읽고 나니 속이 메슥거리면서 인공 제품만 입겠다고 결심하게 되었다. 죽은 동물을 원료로 삼아 의복을 만든다는 개념에는 심히 불편한 요소가 있기 때문이다. 예를 들어 '비단'이라는 물체는 기본적으로 벌레의 토사물인데, 나는 그 생각만 해도 피부가 근질거렸다.

두어 시간이 지나니 지루했다. 주택은 심히 적막한 장소였다(만약 여기가 진짜 조직체라면 자폐증에 걸린 조직체라고 불러야 할 것이다). 아무리 좋게 본다 한들 오락용 자원이 부족하다는 점은 분명했다. 나는 캐스가 어떻게 지내는지 물어보려고 전화를 작동시켜 보았다. 믹도 샘처럼 직업 소개 훈련을 받을 거라고 생각했기 때문이다. 하지만 전화는 멍청하게도 1분 남짓 삑삑 소리만 낼 뿐이었다. 캐스는 자고 있거나 쇼핑하러 나갔을 수도 있었다. 죽었을 수도 있었다. 나는 잠시 엉뚱한 상상을 해보았다. 샘이 전화를 끊자 믹은 운동기구에 있는 손잡이를 뽑아서 캐스의 머리를 가격하고 지하실로 끌고 가서 시체를 잘게 토막 낸다. 아니면 그녀가 자는 동안 목을 졸라서….

나는 왜 이렇게 소름 끼치는 망상을 떠올리는 걸까? 뭔가 심각한 문제가 있는 것 같았다. 우선 갇혀 있다는 느낌이 주요 원인일 것이다. 나는 여기 고립되어 있고, 남편이 일자리 때문에 외출한 동안 교외의 주택에 홀로 틀어박혀 있다. 완전히 잘못된 상황이었다. 한 명 또는 다수의 암살자가 나를 찾아다닌다는 사실은 진짜 현실이었기 때문이다. 암살자가 나를 찾는 이유는… 나를 왜 찾는 거지? 기억 수술을 받기 전에 일어난 어떤 일 때문이다. 그리고 나는 이곳에 고립된 채 무지한 상태로 허우적대는 중이었다.

여기서 나가야 한다.

10분 후 나는 복장 전통을 어기는 장화를 신고, 바지를 입고, 부엌에서 찾아낸 아주 날카로운 칼과 지갑을 넣은 가방을 어깨에 메고, 온실 바깥에 서 있었다. 극단적으로 한심한 몰골이었다. 팔 근육의 상태를 보자니 더욱 그랬다(팔 근육은 일부러 망치로 두드려 놓은 것 같은 모양새다). 하지만 지금 당장은 이게 최선이었다. 운이 좋다면 암살자들 역시 나와 상태가 비슷할 것이다. 그러면 그들이 활동을 개시하기 전에 준비할 시간이 있을 것이다.

준비가 철저한 은둔자가 가장 먼저 갖춰야 할 것: 탈출로를 확보하라.

나는 택시를 부르지 않았다. 그 대신 길에서 벗어나 앞뒤를 살폈다. 이웃은 조금 이상할 정도로 평화로웠다. 길 양쪽에는 낙엽수가 자랐다. 우리 집과 연관된 정원 경계선에는 손질하지 않아 통제에서 벗어난 식물이 자라고 있었다. 나는 택시가 우리를 태우고 갔던 방향을 돌이켜보았다. 저쪽이다. 나는 왼쪽으로 돌아서 길의 측면을 따라 걸었다. 택시가 갑자기 나타나면 뛰어서 피할 준비를 하고서.

길가에는 다른 집도 있었다. 우리 집과 크기가 같은 집들이었다. 그 집들은 사각형 상자를 모아놓은 형태이고, 앞면에 유리를 끼운 철골로 이뤄진 공간이 딸려 있었다. 그리고 이상하게도, 기울어진 윗면을 자랑하듯 내보이고 있었다. 각 집은 다양한 색깔로 채색되어 있지만 하나같이 단조롭고 우중충해서 거대한 육상 절지동물이 벗어놓은 껍질처럼 보였다. 생명체가 사는 거로 보이는 집은 하나도 없었다. 아마도 단순히 풍경의 일부인 모양이었다. 나는 캐스가 사는 곳을 알지 못했다. 그리고 그 사실을 후회했다. 사는 곳을 알면 가서 만나볼 텐데. 그녀는 아마 멀지 않은 집에 살고 있을 것이다. 하지만 정확한 사실은 알지 못할뿐더러, 망통신을 통한 주소 안내 서비스는 이곳에 존재하지 않는 여러 가지 중 하나다. 샘의 말도 한 가지는 맞다. 고대인들은 믿을 수 없을 만큼 영역에 집착했다. 대중 앞에서 옷을 잘못 입었다는 이유만으로 공공 보안 요원을 불러 사람을 가둘 수 있다면, 다른 사람의 집에 들어갈 경우 무슨 일이 벌어지겠는가.

길을 따라 2백 미터쯤 가자 오르막이 등장했다. 길은 그 높이를 계속 유지하다가 하강하다가 깊은 도랑으로 내려가더니 결국 비탈에 있는 어두운 터널로 이어졌다. 측면을 쳐다보니 나무 사이에 무언가 이상한 것이 보였다. 바로 저것이다. 저건 분명히 거주 모듈의 경계선이다. 과연 내 발밑에는 무엇이 존재할까. 어디까지나 추측에 지나지 않지만, 다이아몬드 구조로 이뤄진 몸체 안에 복잡한 기계가 들어 있을 것이다. 다이아몬드 몸체는 길이가 수 킬로미터인 원기둥일 테고, 그 원기둥은 텅 빈 공간 속에서 회전하면서 얼음장 같은 암흑 속에서 궤도를 그릴 것이다. 여기서 수천만 킬로미터 내에는 아무것도 없을 테고, 그 너머에 거대 가스 행성보다 조금 큰 갈색왜성이 하나 떠 있을 테고, 그 왜성과 가장 가까운 이웃 항성은 수십조 킬로미터 떨어진 곳에 있을 것이다. 우리가 가장 먼저 해결해야 할 적은 바로 규모였다.

터널 속으로 들어가 보니 전방에 굽잇길이 보였다. 그 너머는 매우 어두웠다. 나는 불안해졌다. 비록 모든 게 다 기이해 보여서 정신을 파느라, 택시 뒷좌석에 앉아 있을 당시에는 이런 사실을 알아채지 못했다. 하지만 여기 전송게이트가 있다면…. 흠, 확인할 방법은 한 가지뿐이다. 나는 터널이 구부러지다가 암흑에 뒤덮이는 곳에 이르러 벽에 손을 댔다. 그리고 손을 댄 채 천천히 앞으로 걸어갔다. 15미터쯤 나아가자 굽이가 방향을 바꿨다. 굽잇길을 한 번 더 통과하자 터널 끝에 빛이 보였다. 나는 길을 따라 걷다가 길 양쪽에 있는 건물의 외양과 크기가 현저하게 다른 곳에 도달했다. 전방에 표지판이 있었다. '마을에 오신 것을 환영합니다.' 마을이란 작은 공동체다. 번화가는 마을에 있는 상업 구역이었다. 적어도 나는 그렇게 알고 있다.

나는 선량한 시민처럼 안내문을 읽어보았다. 쇼핑하러 가야 할 곳이 몇 군데 있었다. 우선 공구 상점부터 가야 했다. 내가 보기에 이곳 사람들은 조립게이트에 간단히 설계도를 주문할 수가 없었다. 따라서 더 원시적인 구성 요소를 이용해 사물을 만들어야 했다. 그것들을 '도구'라고 불렀다. 그리고 기본적인 도구를 이용해서 야전 응급 무기로 가득한 병기고를 만드는 건 놀랍도록 간단한 일이었다. 신분을 노출하지 않는 한 설마 여기서 위험에 처할 일은 없겠지만, 그 '설마'가 현실로 바뀌면 목숨을 잃을 수 있으므로 무작정 안심할 수는 없었다. 게다가 나는 그 걱정 때문에 이미 밤에 잠을 못 이루고 있었다.

나는 기본적인 작업실을 만드는 데에 필요한 물건들을 집으로 배달시키고, 코트 속에 작업용 공구집을 차고 그 속에 도끼를 하나 숨긴 다음 상점에서 걸어 나왔다. 그러자 근미래에 대한 전망이 훨씬 밝아 보였다. 때는 아침이고, 주변은 밝았으며 기온은 따뜻했다. 건물 사이에 있는 낙엽수에서 작고 깃털이 달린 공룡들이 영역권을 확보하는 울음소리를 내고 있었다. 나는 여기 도착한 뒤 처음으로 자신의 운명을 통제한다는 느낌을 받기 시작했다.

나는 팔짱을 끼고 인도 위를 걸으며 '옛날 커피점'이라는 간판이 출입문 위에 붙어 있는 시골풍 건물에 접근하다가 젠과 엔젤을 만났다.

"오, 안녕!" 젠이 팔을 뻗어 나를 끌어안으며 요란스럽게 인사했다. 반면에 엔젤은 살짝 미소를 지으며 뒤로 물러섰다. 나는 뻣뻣하게 젠의 품에 안기면서 그녀가 내 품속에 있는 도끼를 알아챌까 봐 걱정했다. 운이 그리 좋지는 않았다. "도대체 뭘 입은 거야? 코트 안에 있는 건 뭔데?" 그녀가 물었다.

"공구점에 갔다 오는 길이야." 나는 억지로 공손하게 웃으면서 설명했다. "샘이…, 그러니까, 정원에서 사용할 공구를 몇 개 샀어. 가방에 넣을 자리가 없더라고. 마침 샘이 어깨에 거는 공구 주머니도 사 오라길래 거기 넣어뒀어." 거짓말은 연습을 거듭할수록 자연스러워지게 마련이었다. "어떻게 지내?"

"오, 우린 정말 잘 지내지!" 젠이 나를 풀어주며 과장스럽게 말했다.

"커피 마시러 막 들르는 참이었어." 엔젤이 말했다. "같이 마실래?"

"좋아." 내가 대답했다. 예의 바르게 거절할 방법을 알 수가 없어서였다. 그리고 지난 하루 동안 내가 만난 인간이라고는 샘뿐이었기 때문에 다른 이들의 지혜를 빌릴 기회를 놓치고 싶지 않았다. 나는 그들을 따라 '옛날 커피점'으로 들어갔고, 새하얀 중합체를 씌워 놓은 탁자와 그 앞에 놓여 있는 반짝거리는 빨간색 비닐 좌석에 그들과 함께 앉았다. 자리에 앉는 동안 종업원들이 시중을 들었다.

"잘 적응하고 있어?" 엔젤이 물었다. "어제 조금 문제가 있었다면서."

"그러게 말이야." 젠이 고개를 끄덕이며 멋진 미소를 지었다. 그녀는 밝은 노란색 드레스를 입고, 탄도 셔틀을 약간 닮은 일종의 모자를 쓰고 있었다. 그리고 채색용 분말을 얼굴에 발라서 입술색(빨강)과 속눈썹(검정)을 강조하고 있었다. 또한 정원수를 자를 때 발생하는 것과 비슷한 냄새가 나는 물질을 피부에 바르고 있었다. "그런 일을 습관으로 삼지는 않을 거지?"

"그럴 리가 있겠어." 엔젤이 젠을 나무랐다. "적응하다 보면 그런 실수를 할 수도 있지. 아마 다들 한두 번은 그럴걸?" 그녀는 종업원을 곁눈질했다. "공정 무역 원두로 만든 더블 초콜릿 아이스 라테에 휘핑크림을 얹어줘요. 설탕은 빼고." 그녀는 쏘아붙이듯 말했다.

"나도 같은 거로 줘요." 젠이 계산대 위에 있는 가격표를 보고 횡설수설하면서 문장을 하나 끝내기도 전에 세 번씩 마음을 바꾸는 바람에 나는 간신히 원하는 걸 말했다. 그와 동시에 엔젤을 관찰했다. 그녀는 재킷과 셔츠를 한 벌로 맞춰 입고 있었다. '정장'이라고 부르는 조합이었다. 하지만 남성용과는 달라 보였다. 엔젤의 정장은 젠의 의복보다 어둡고 단조로웠다. 그리고 엔젤은 귓불에 반짝거리는 금속 조각을 붙여두고 있었다. 장신구라는 건 짐작할 수 있었지만 아파 보였다. "귀에 매단 게 뭐야?" 내가 물었다.

"귀걸이라는 거야." 엔젤이 내게 말했다. "길 저쪽에 귀를 뚫어주는 미용실이 있어. 뚫고 나면 거기서 다양한 장신구를 구해서 걸 수 있지. 구멍이 아물고 나면 말이야." 그녀는 살짝 움찔거리면서 덧붙였다. "아직도 약간 아파."

"잠깐만. 접착제로 피부에 붙이거나 정밀하게 설치한 게 아니라고? 장신구 주위에 귀를 재구성한 게 아니라 귀에 박아 넣은 거라고? 금속을?"

"그래." 그녀는 이상한 표정으로 나를 보며 말했다. 무슨 말을 해야 할지 몰랐지만, 다행히 젠이 카페 아메리카노를 주문하고 나서 고개를 돌려 우리에게 집중한 덕분에 아무 말도 덧붙일 필요가 없었다.

"오늘 만나서 정말 다행이야, 자기야!" 그녀는 나를 믿는다는 듯 몸을 내밀었다. "내가 조금 조사를 하고 있거든. 여기에는 우리 말고 다른 집단도 있어. 사실 내일 교회에서 여섯 조가 전부 만나게 돼. 거기서 우리 집단을 실망시키는 사람이 없으면 좋겠어."

"뭐라고?" 나는 몸을 뒤로 빼며 물었다.

"무슨 뜻이냐 하면, 외모를 맞춰야 한다는 거야." 엔젤이 무슨 뜻인지 해독할 수 없는 의미심장한 표정을 또 지으며 말했다.

"무슨 말인지 모르겠어."

젠의 눈썹 사이에 있는 피부가 아주 살짝 주름을 만들었다. "'어제' 일만 얘기하는 게 아니야." 그녀가 힘을 주어 말했다. "누구든 사소한 실수를 할 권리는 있어. 하지만 점수는 집단 내에서 결정되는 평균 점수만 있는 게 아니야. 교구 안에 있는 각 집단이 한 주 동안 성취한 일에 관해 얘기를 나누고, 다른 집단이 그 행동에 등급을 매긴 다음에 추가 점수를 줄 건지 감점을 할 건지 투표하게 돼 있어."

"말하자면 죄수의 딜레마 상황을 반복적으로 적용하는 셈이지. 책임은 집단으로 부과되고." 엔젤이 젠의 말을 자르고 끼어들었다. 기계를 조작하는 좀비 하나가 바의 뒤쪽에 있는 반짝거리는 금속 용기의 손잡이를 만지작거리자 공기 압력이 줄어들 때와 비슷한 소리가 들렸다. "아주 우아하게 설계해 놓은 실험이라고 생각해."

"이건 마치…." 아, 젠장. 나는 속내를 얼마나 드러내야 하는지 모르기 때문에 조심스럽게 고개를 끄덕였다. "무슨 얘기인지 알 것 같아."

"그래." 엔젤이 고개를 끄덕였다. "우리는 어제 네가 저지른 행동을 변호해야 할 거야. 다른 집단은 우리를 평가하고, 자신들이 평가 대상이 될 때 우리가 원한을 품을지 판단한 다음 점수를 추가하거나 감점시킬 수 있어."

"그건 너무 치사하잖아!"

"맞아." 엔젤이 한 번 더 말했다.

젠이 미소를 지었다. "자기야, 그래서 복장 규정을 어기고 어느 쪽인지 드러내면 안 된다는 거야. 그리고 어제 그처럼 어리석은 짓을 저지른 이유가 뭐든지 간에 상당히 후회하게 될 거야. 아니, 구질구질한 세부 사항은 알고 싶지 않아. 어쨌든 우리는 의무감으로 널 옹호하고 다른 모든 집단이 저지른 산더미 같은 죄 밑에 그 사건을 최대한 깊이 묻으려고 노력할 거야. 그렇지?" 그녀가 엔젤을 흘끗 쳐다보았다. "우리는 새로 합류했기 때문에 다들 우리를 괴롭히려 들 거야. 캐스 때문에 그 괴롭힘이 심해지겠지. 지금도 그렇고."

"캐스는 뭐가 문제야?" 내가 물었다.

"적응을 못 하고 있어." 젠이 말했다.

엔젤이 말을 하려는 참에 젠이 손을 흔들어 간단히 막았다. "캐스가 너한테 바보 같은 전화를 하거든 그냥 무시해. 그냥 관심을 끌려는 행동이니까. 무시하면 머지않아 그만둘 거야."

나는 젠을 노려보았다. "믹이 때리겠다고 협박했다던데." 내가 말했다. 좀비가 우리가 주문한 첫 번째 커피를 가져왔다.

"그게 뭐?" 젠도 나를 똑바로 마주 보았다. 그녀의 표정에는 차갑고 단단한 강철이 깃들어 있었다. "그게 우리랑 무슨 상관인데? 남편과 부인 사이에 벌어지는 일은 개인적인 문제야. 그게 우리 점수를 깎아 먹지 않고 집단 전체에 피해를 주지 않는 한은 그래. 물론 다른 문제는 별개지만."

"다른 문제라니…."

엔젤이 말허리를 잘랐다. "섹스를 하면 사회 점수가 올라가." 그녀는 의식적으로 무덤덤한 어조를 사용했다. 그리고 또 한 번 묘한 시선으로 나를 쳐다보았다. "이미 알고 있겠지만 말이야."

"섹스로?" 내가 살짝 분개하거나 충격을 받은 것처럼 보였는지 젠이 긴장을 풀고 즐거운 표정을 지었다.

"남편하고 할 때만 그래, 자기야." 그녀는 커피를 한 모금 마시고 계산적인 태도로 나를 보았다. "그건 우리가 알아낸 사실이야. 재촉할 생각은 없지만 그래도…."

"누구랑 하든 그건 내가 알아서 할 거야." 나는 단호하게 말했다. 내가 주문한 커피가 나왔지만 당장은 목이 마르지 않았다. 순수한 카페인 500그램을 막 씹은 것처럼 입이 말라붙고 씁쓸한 맛이 느껴졌다. "옷을 차려입고 교회 모임에 나가서 사람들 앞에서 앞으로 착하게 살고 너희가 원하는 대로 행동하겠다고 얘기할게. 그리고 너희 점수를 깎지 않도록 조심할게. 하지만." 나는 젠이 모욕을 느낄 정도로 그녀의 커피잔과 가까운 지점을 톡톡 쳤다. "앞으로, 절대로, 내가 어울릴 사람을 골라줄 생각도 말고, 내가 친한 사람과 뭘 하든 신경 쓰지도 마." 침묵이 고드름처럼 자라났다. 나는 현명하지 못하게 뜨거운 커피를 한껏 들이켜고 입천장을 뎄다. "무슨 말인지 알겠어?"

"확실히 알았어, 자기야." 젠의 눈이 얼어붙은 적개심의 파편처럼 빛났다.

나는 억지로 웃었다. "자, 그럼 커피를 마시고 작은 케이크를 먹으면서 고상한 얘기를 해볼까?"

"그거 좋은 생각이야." 엔젤이 말했다. 그녀는 약간 동요하는 것처럼 보였다. "점심 먹고 나서 우리가 교회에 입고 갈 만한 옷 좀 사줄까?" 그녀가 물었다. "만약을 위해서 하는 말이야. 참, 식기 세척기는 써봤는지 모르겠네? 재미있는 기능이 있는데…." 그리고 그녀는 여성 세계에서 점수를 얻을 수 있는 기법을 연구하는 일에 몰두했다. 그 기법이란 게임이론에서 도출한 방법이었다. 그녀는 점수 파일을 상호 감시해 보안을 유지하자는 제안도 내놓았다.

점심을 다 먹을 때쯤 되자 두 사람을 이해하게 되었다. 엔젤은 좋은 사람이지만 자신의 이익 때문에 지나치게 계산하고 걱정을 많이 했다. 그녀는 줄 밖으로 벗어나는 걸 두려워하고, 점수에 해가 되는 일은 할 생각이 없고, 타인의 평가를 신경 썼다. 그러다 보니 젠의 먹잇감이 되기 쉬웠다. 젠은 대담하고 겉으로 보기에는 사교에 적극적이었다. 하지만 속으로는 인정을 받고 싶어서 불안에 떨었다. 그 결과 인정을 얻어낼 때까지 사람들을 괴롭혔다. 그녀는 내가 기억 수술 이후 만난 사람들보다 더 무자비했다. 내가 의료시설 근처에서 만난 사람 중에는 개선의 여지가 없을 만큼 심한 인물도 있었는데 말이다. 의무사제들은 그런 사람을 모으는 경향이 있었다. 비록 자세한 부분까지는 기억나지 않지만, 전에도 그런 사람들을 알고 지냈다는 느낌이 희미하게 남아 있어서 그 점이 더 마음에 걸렸다. 그들은 누구였는가. 나와 어떤 관계였는가. 그런 사실들은 이제 그들과 연관이 없으므로 기억이 빠져버린 심연 속으로 가라앉았다.

두 사람은 따로 동의를 구하지도 않고 오후에 내 개인적인 쇼핑 조수 노릇을 하겠다고 자처했다. 그들은 무례하진 않았으나 매우 고집스러웠고, 자신들의 점수를 높이는 방향으로 내 행동을 교정하겠다는 욕망을 숨기지도 않았다.

두 사람은 커피와 케이크를 먹은 뒤 (돈은 엔젤이 냈다) 나를 데리고 여러 시설을 돌아다녔다. 첫 번째로 미용사가 나를 돌봐줬다. 엔젤은 옆에 앉아서 조리 기구에 대해 끝없이 수다를 늘어놓았다. 젠은 개인적인 일을 처리하러 나갔다. 미용사 좀비는 내 몸을 고정시키고 칼과 빗과 화학 약품을 연달아 사용하며 무시무시한 작업을 하더니 작은 기계를 머리에 대고 작동시켰다. 의자에서 빠져나오고 나니 머리 모양이 달라졌다는 사실은 인정할 수밖에 없었다. 머리카락은 여전히 길지만 색조가 몇 단계 밝아졌다. 그리고 머리를 돌릴 때마다 머리카락이 단단한 발포 플라스틱처럼 함께 움직였다.

"내일 입을 옷을 좀 골라줘야겠네." 젠이 활짝 웃으며 말했다. 문장은 권유하는 형태지만 말투로 보아 명령이나 다름없었다. 두 사람은 나를 데리고 옷가게를 여러 군데 돌아다니고, 나는 신용카드를 제출하는 처지가 되었다. 젠은 의상을 입어보라고 강력하게 권하고, 그녀가 내 옷차림을 봐주는 동안 엔젤은 상점에서 일하는 좀비들에게 내 물건을 꾸리라고 지시했다. 이제 나는 그들과 마찬가지로 부유하고 잘 차려입고 점심을 먹으며 사교적인 대화를 하는 여성처럼 보였다. "거의 다 됐어." 젠이 승인을 하는 듯한 표정을 지으며 말했다. "아직 화장이 남았지만."

"화장?"

그들은 설명을 하지 않고 나를 보며 웃기만 했다. 차라리 그편이 나았다. 더 자세히 말해줬다면 도망쳤을 테니까. 그리고 나는 속으로 계속 되뇌었다(그러면서 공포심이 점점 커졌다). 오늘 실수하면 앞으로 3년 동안 후회할 거라는 사실을.

빛이 점점 붉어지더니 세상 끝에 있는 터널 쪽으로 빨려 들어갔다. 그리고 우리가 구겨진 채 탑승했던 택시가 우리 집 앞에서 멈췄다. "들어가." 엔젤이 내 가방을 내밀며 말했다. "가서 그 사람을 놀라게 해줘. 오늘 하루 힘들었을 테니까 기운을 좀 내야 할 거 아냐." 나는 엔젤이 '그 사람'이라는 명칭을 쓴다는 사실을 알아차렸다. 두 사람은 '그 사람'이 누구인지 괘념치 않았다. 두 사람이 중요하게 여기는 점은 그 사람이 내 남편이고, 우리가 점수를 획득할 수 있다는 사실뿐이었다.

"알았어. 갈게. 간다니까." 나는 귀찮아서 그렇게 말했다. 가방을 들고 돌아서는데 무언가가 다리를 깨물었다. "이봐!" 주변을 둘러보니 택시는 이미 멀어지고 있었다. "씨발." 내가 중얼거렸다. 다리가 욱신거렸다. 몸을 숙이니 다리에 뭔가 매달려 있는 게 느껴졌다. 나는 그 물체를 잡아 뽑았다. 끝에 바늘이 튀어나온 마름모꼴 물체였다. 젠장. 나는 그들이 사라고 강요한 새 신발을 신고 비틀거리며 길을 걸었다. 새 신발은 힐이 더 날카롭고 전에 신던 것보다 불편했다. 나는 문으로 들어가 가방을 내려놓고 거실로 갔다. 텔레비전이 켜져 있었다. 샘은 그 앞에서 눈을 감고 넥타이를 푼 채 누워 있었다. 측은한 생각이 들어 가슴이 아팠다. 주사기가 꽂혔던 지점이 아파지자 차가운 현실이 다시 떠올랐다.

"샘. 일어나!" 나는 그의 어깨를 흔들었다. "도와줘!"

"뭐…." 그가 눈을 뜨고 나를 보았다. "리브?" 그의 동공이 눈에 띄게 팽창했다. 아마 이상한 냄새가 났을 것이다. 젠과 리브는 내가 알 수 없는 이유로 향수 가게에 있는 약품의 절반가량을 내게 시험해 보았다.

"도와줘." 나는 그의 옆에 앉아서 허벅지에 있는 자국을 보여주려고 치마를 걷어 올렸다. "이걸 봐." 그리고 앰플을 내밀어 그에게 보여줬다. "그자들이 내게 사용한 거야. 염병할, 도대체 이게 뭐지?" 허벅지가 이상하게 민감하고 약간 어지러웠다. 걱정스러우리만치 긴장이 되지 않고 지금 벌어지는 일을 보면서도 현실감이 들지 않았다.

"이건…." 그가 눈을 깜빡거렸다. "모르겠어. 누가 그랬는데?"

"젠과 엔젤. 나를 택시에서 내리게 했거든. 집으로 오려는데 엔젤이 이걸 주사한 것 같아." 나는 입술을 핥았다. 분명히 몸 상태가 이상했다. "뭐라고 생각해? 독?"

"아닐 거야." 그가 나를 바라보며 대답했다. 그리고 태블릿을 집어 들어 두드렸다. "이걸 봐." 그가 태블릿을 내민다. "딴에는 장난을 친 모양이야."

나는 두 손을 허벅지 사이에 넣어 동시에 움켜쥐었다. 태블릿을 읽는데 시야가 흐려졌다. 가랑이가 따끔거렸다. "이건… 허!" 분노가 온몸을 훑고 지나갔다. "이년들이."

샘이 고개를 내저었다. "오늘 정말 피곤했어. 그런데 넌 재밌었나 봐. 그런… 차림으로 집에 오고, 네 친구들은 너를 성적으로 흥분시키려고 자극하잖아.” 그가 눈썹을 추켜세웠다. “왜 그런 짓을 했는지 짐작이 가?” 그는 너무나 견디기 힘든 상황에서도 분석적이고 차분한 태도를 유지했다. 나는 압박감을 받으면 그처럼 우아하지 못한 성격이라 부러울 따름이었다.

“난….” 나는 억지로 두 손을 움직였다. “개 같은 년들.”

“리브, 왜 그래? 친구들이 그렇게 심하게 압박을 주는 거야?” 그가 걱정스럽고 동정적인 목소리로 말했다.

“그래.” 나는 이를 갈았다. 그가 너무 가까이 앉아 있었지만, 위험을 무릅쓰고 피할 생각은 없었다. 몸속에 따뜻하고 욱신거리는 물결이 퍼지면서 약효가 나를 두드리고 있었고, 일어서면 소파 위에 축축한 자국이 남을까 봐 두려웠다. “사회 점수 때문이야. 우리 집단이 점수를 공유하는 건 알지? 그런데 우리가 몰랐던 별도의 강제 사항이 있더라고. 젠과 엔젤이 얘기해줬어. 하지만 난…. 젠장. 결론적으로 특정… 활동을 하면 점수를 더 올릴 수 있다는 거야.”

“특정 활동이 뭔데?” 그가 점잖게 물었다.

“알아서 상상해 봐!” 나는 헐떡거리면서 쏜살같이 욕실로 달려갔다.

샘이 망설이는 듯 조심스럽게 욕실문을 한 번 두드렸다. 나는 욕망 때문에 정신이 멍해진 채 샤워 칸의 바닥에 누워서 뜨거운 물이 열대 폭풍처럼 나를 쓸고 내려가게 내버려두었다(나는 언제부터 지구의 열대 폭풍이 뭔지 알고 있었던 거지?). 그리고 깨끗해졌다는 느낌을 받으려고 애를 썼다. 한편으로는 샘에게 들어오라고 말하고 싶은 생각도 있었다. 그래도 입술을 깨물며 가만히 참았다. 젠과 엔젤은 암살자 후보에서 제외해도 좋을 것 같았다. 하지만 나는 샤워 물줄기 속에서 나도 모르게 떠올렸다. 그 두 사람을 고립시키고 무수하게 복수하는 상상을. 어디까지나 공상에 불과하다는 건 알고 있었다. 이 공간에서는 사람을 두 번 이상 죽일 수 없고, 일단 그들을 죽이면 더 이상 손댈 수 없기 때문이다. 하지만 마음속에서 그들에게 상처를 입히고 싶은 욕구가 생겼다. 내가 신기하리만치 내성적이고 사려 깊고 덩치가 큰 남편을 맞아 솔직하게 섹스를 해볼 기회를 그들이 날려버렸다는 이유만으로 그런 생각을 한 건 아니었다. 그래서 나는 지하실로 내려가 운동기구로 지칠 때까지 팔을 단련한 다음 편치 않은 마음으로, 혼자 자러 갔다.

맑고 더운 일요일이 밝았다. 나는 젠과 엔젤이 사라고 강요했던 옷을 어쩔 수 없이 갖춰 입고 샘을 만나러 아래층으로 내려갔다. 옷에 주머니가 없고 가방을 메도 되는지 알 수 없어서 만능칼 하나도 소지할 수가 없었다. 그러다 보니 매우 위험하다는 생각이 들었다. 샘은 검정 정장과 흰 셔츠를 입고 검정 넥타이를 맸다. 아주 단조로웠다. 그는 믿음직해 보였지만, 표정으로 보아 나만큼이나 자신이 없어 보였다. "준비됐어?" 내가 물었다.

그가 고개를 끄덕였다. "택시를 부를게."

교구 교회는 우리가 사는 곳에서 조금 떨어져 있는 커다란 석조 건물이었다. 한쪽 끝에는 상대론적 충격장치처럼 날카롭고 선형 대칭인 탑이 있었다(전함을 돌로 만들고, 등 쪽 끝에 구멍을 뚫고, 그 안에 거대한 포물선형 종을 매달아두면 비슷해 보일 거라는 얘기다). 시끄러운 종소리가 울려 퍼지고 있었다. 주차장에 도착해보니 택시와 고대 의상을 갖춰 입은 남녀가 가득했다. 얼굴을 아는 사람도 몇 명 보였다. 그중에는 젠도 있었다. 하지만 밖에서 기다리는 동안 군중 속에 아는 사람이 얼마 없다는 사실을 깨달았다. 나는 샘을 놓칠까 봐 겁이 나서 그의 팔에 매달렸다.

교회 내부에는 커다란 단일 공간이 있었다. 한쪽 끝에는 무대가 있고, 죽은 나무를 깎아 만든 긴 의자가 늘어서서 무대를 마주 보고 있었다. 무대에는 제단이 있고, 그 위에는 길고 칼집이 없는 칼날이 놓여 있으며, 그 옆에는 금색 술잔이 있었다. 우리는 줄을 서서 안으로 들어온 다음 앉았다. 잔잔한 음악이 연주되는 동안 건물 뒷면으로 들어온 행렬이 통로를 따라 전진했다. 육체적으로는 나이가 들었지만, 아직 노년기에 접어들지는 않은 남성 세 사람이 금속성 실로 뒤덮인 독특한 예복을 입고 있었다. 그들은 무대에 올라가서 준비된 자리를 차지했다. 우측 앞쪽에 있던 남자가 이야기를 시작했다. 나는 그가 피오르 의무소령이라는 사실을 알고 깜짝 놀랐다.

"친애하는 여러분, 오늘 우리는 앞서간 사람들을 기리기 위해 이 자리에 모였습니다. 돌에 새겨진 차가운 얼굴들이시여, 차갑고 무수한 얼굴들이시여." 그가 말을 멈추자 우리 주변에 있는 사람들이 하나같이 그 말을 따라 하며 반응했다. 그 소리는 낮게 으르렁거리는 메아리를 만들며 영원히 반복될 것만 같았다.

피오르는 거만한 어조로, 무슨 뜻인지 알 수 없는 말을 계속 읊조리며 속도를 높였다. 그는 한두 문장을 말하다가 입을 다물었고, 참석자들은 그의 말을 따라 하며 화답했다. 나는 그 말에 아무런 진의가 없기를 바랐다. 그중에는 당혹스럽고 약간 위협적일 뿐 아니라 우리가 죽은 뒤에 심판을 받을 것이며, 죄 때문에 벌을 받을 것이고, 복종하면 상을 받을 거라는 뜻이 담긴 말도 있기 때문이다. 나는 옆을 슬쩍 쳐다보고 곧 모든 사람이 우리를 지켜본다는 사실을 깨달았다. 나는 그 말을 따라 했지만 심기가 매우 불편했다. 흥분한 것처럼 보이는 몇 사람이 소리를 지르며 피오르의 말을 복창했다.

그다음으로 벽감에 들어가 있던 좀비 하나가 원시적인 기계 악기로 과장된 음을 연주했다. 피오르는 앞에 놓여 있는 책에서 정해진 쪽을 골라 펼치라고 말했다. 사람들은 책에 적힌 단어를 노래와 함께 부르면서 가끔 손뼉을 쳤다. 하지만 그 역시 아무 뜻도 없기는 마찬가지였다. '크리스천'이라는 이름이 반복적으로 등장하는 게 특징이었지만, 나는 그게 무슨 뜻인지 전혀 알지 못했다. 제창에 담겨 있는 뜻은 확실히 불길했다. 하나같이 복종과 신봉과 보상 피드백 순환을 얘기하고 있었다. 내게는 선동을 비판 없이 흡수하는 행위를 거부하는 뿌리 깊은 반사작용이 있는 것 같았다. 나는 인상을 찡그리며 더는 책을 읽지 않았다.

약 30분이 지나자 피오르가 좀비에게 연주를 그치라고 신호를 보냈다. "무척이나 사랑스러운 이들이여." 그가 지나치게 경건하고 신뢰하는 투로 말했다. 그는 연단에 서서 우리 얼굴을 들여다보며 몸을 앞으로 내밀었다. "무척이나 사랑스러운 이들이여." 나는 그런 행위를 보면서, 마음속으로는 나름대로 냉소적인 설명을 덧붙였다. 내가 그에게 붙인 주석에는 '너무 사랑스러워서 용납이 안 되는 자'라고 적혀 있었다. "오늘은 따뜻하게 환영해주셔야 할 새 구성원들이 있습니다. 6번 집단입니다. 우리는 사랑하는 교회입니다. 그리고 우리는 이들을 가슴으로 끌어당기고 완전히 가족으로 받아들여야 할 소임이 있습니다." 피오르는 정말로 '소임'이란 말을 썼다. 정말로 그렇게 말했다! 그는 아래쪽에서 남성 간 동성애 상대를 해주는 좀비가 그의 물건을 빨아주기라도 하는 것처럼 황홀한 표정을 짓고 웃으며 연단을 움켜쥐었다. "새로 참여한 구성원을 환영해주시기 바랍니다. 크리스, 엘, 샘, 퍼, 믹과 그들의 부인인 젠, 엔젤, 리브, 앨리스, 캐스입니다."

나만큼이나 혼란에 빠진 것처럼 보이는 샘을 제외한 주변 모든 사람이 갑자기 눈앞에 손을 올리고 거세게 손뼉을 치기 시작했다. 일종의 환영 의식인 것 같았다. 소리가 놀라울 정도로 컸다. 샘은 나를 마주 보더니 시험 삼아 손뼉을 치기 시작했다. 그때 피오르가 손을 들자, 모든 사람이 동작을 멈췄다.

"나의 아이들이여." 그가 우리를 다정하게 내려다보며 말했다. "새 형제들은 여기 온 지 3일밖에 안 됐습니다. 그 시간 동안 많은 것을 보고 배우고 행동했습니다. 그중에는 실수를 저지른 자도 있습니다. 인간이기에 잘못을 저지를 수 있고, 인간이기에 용서도 할 수 있습니다. 우리는 용서하고 관용을 베풀어야 합니다. 우리가 관용을 베풀어야 할 사람은, 예를 들어 수도 설비를 잘 다루지 못했던 6번 집단의 앨리스 셀던 부인이나, 최근에 불행하게도 대중 앞에서 알몸을 드러냈던 6번 집단의 리브 브라운 부인이나…."

그의 말이 웃음소리에 묻혔다. 주위를 둘러보니 사람들이 갑자기 나를 보고 손가락질을 하며 웃고 있었다. 부끄러움과 분노가 치솟았다. 감히 나를 이런 상황에 처하게 하다니. 하지만 이건 피오르의 협박이기도 했다. 이곳에 있는 사람의 수는 쉰 명쯤 되는데, 그중에는 내가 아무것도 걸치지 않을 때 어떤 모습일지 알아내려고 바라보는 사람들도 있었다. 내가 예전의 나라면, 내가 직접 고른 신체 안에 들어와 있다면 이 자리에서 피오르를 밖으로 불러냈을 것이다. 하지만 현실은 그렇지 않았다. 내가 지목되었다는 사실을 사람들이 잊지 않을 거라는 점, 그 결과 내가 목표물이 됐다는 점을 깨닫자 명치가 아파져 왔다. 연구자들의 입장에서 볼 때 정규인간의 신체를 사용하는 회복기 환자 무리를 조직체에 몰아넣고 돌아다니게 하는 것만으로는 제대로 된 암흑시대를 만들 수는 없었다. 다른 사람과 닮아야 할 필요성이 있는 사회 기제가 필요했다. 그러자면 가장 좋은 방법은 비정상적인 사람을 직접 벌주는 기제를 제공하고….

"…자주 늦잠을 자는 캐스입니다. 오늘도 그런 이유로 교회 출석을 잊어버린 것 같군요."

이제 나를 쳐다보는 사람은 없었다. 하지만 사람들은 투덜거리고 있었다. 그리고 보이지는 않지만, 불만을 품는 흐름이 생겨나고 있었다. 나는 샘을 쳐다보았다. 그는 겁을 먹고 있었다. 그가 옆으로 손을 내밀었고, 나는 물에 빠지는 사람처럼 그 손을 잡으며 매달렸다.

"다들 그녀의 남편인 믹을 측은하게 여겨야 합니다. 믹은 그토록 나태한 부인을 먹여 살려야 하니까요. 그리고 여러분은 캐스를 보시거든 도와주셔야 합니다." 이제 나는 다른 사람들의 시선을 따라 믹을 바라보았다. 그는 키가 작고 말랐으며, 코가 높고 크며, 눈이 검고 음울했다. 그는 화가 나 있고 방어적인 태도를 취하는 것처럼 보였다. 그럴 만한 이유는 있었다. 나는 가혹하게 10점이 깎였다는 사실만으로도 무릎이 후들거리고 겁을 먹었는데, 지금 믹은 아침에 일찍 일어나지 못한 부인의 대리인이라는 이유로 같은 점수가 깎여서….

아침에 일어나지 못했다고? 피오르에게 소리치고 싶었다. 그건 핑계야, 이 멍청아. 사람들에게 부인의 모습을 보이지 않으려는 핑계라고!

피오르는 이제 나와 전혀 상관없는 다른 사람과 다른 집단에 대해 논하기 시작했다. 그러자 망통신이 등장하더니, 각 이름에 해당하는 죄와 목표 달성의 기록을 보여주면서, 해당 집단에 있는 각 구성원에게 점수를 줄 것인지 빼앗을 건지 투표하라고 종용했다. 나는 아무에게도 투표하지 않았다. 결국 우리보다 더 오래 머문 다섯 집단의 투표자들은 만장일치로 우리 집단을 괴롭히겠다는 결론에 도달했다. 우리 집단 사람들은 모두 조금씩 감점당했다. 그리고 교회 뒤쪽 근처의 아치에 매달려 있는 쇠종이 음침하게 울리면서 신호를 보냈다. 피오르는 좀비에게 오르간을 연주하라고 신호를 보낸 다음 또 하나의 무의미한 노래를 부르도록 우리를 인도했다. 그리고 예배가 끝났다. 하지만 아직은 도망가서 숨을 수가 없었다. 새로 참여한 집단을 기념하는 사교적 환영회가 끝나고 이단자 화형식이 열리기 때문이다. 우리는 이단자 화형식에서, 다른 집단 사람들이 공손하게 조소하는 가운데 목련 나무 밑에서 차갑게 웃으면서 카나페를 먹을 수 있었다.

실외에 있는 장식용 정원에는 탁자들이 놓여 있었다. 정원은 묘지라고 부르며, 교회와 맞붙어 있었다. 탁자에는 흰 천이 덮여 있고 포도주가 담긴 잔들이 쌓여 있었다. 우리는 지시에 따라 밖으로 나가서 스스로를 방어했다. 일요일에 교회에서 예배가 진행되는 동안 택시는 다니지 않았다. 나는 등을 꼿꼿하게 펴고 서서 교회 부속 묘지 벽에 최대한 등을 밀착시킨 채, 한 손으로 포도주잔을, 다른 손으로 샘을 움켜쥐고 있었다. 신발이 꽉 끼어 발이 아팠고, 얼굴은 일그러진 상태로 굳어버린 것만 같았다.

"리브! 샘!" 젠이 평상시와 다르게, 엔젤과 더불어 각자의 남편인 크리스와 엘을 끌고 왔다. 그녀는 어제보다 활력이 조금 떨어진 것처럼 보이는데, 그 이유가 뭔지는 알 것 같았다.

"결과가 좋지 않아." 엘이 투덜거렸다. 그는 곁눈질로 나를 오래 쳐다보았다. 그 시선을 받자 주먹으로 배를 한 대 맞은 것 같았다. 너무 섬뜩했다. 나는 그가 무슨 생각을 하는지 정확히 알 수 있었다.

왜 그러는지 이유는 알 수 없지만. 나 때문에 점수가 깎였다고 생각해서 그런 걸까, 아니면 내가 옷을 하나도 입지 않은 모습을 상상해서 그런 것일까.

"이 정도면 괜찮은 거야." 젠이 단어 하나하나에 힘을 줘가며 냉정하게 말했다. 그녀는 핸드백을 목 졸라 죽일 것처럼 비틀고 있었다.

"바깥이었다면." 나는 심호흡을 했다. "날 그런 식으로 놀린 피오르에게 결투를 신청했을 거야."

"하지만 지금은 여기 있잖아, 자기야." 젠이 지적했다. 그녀는 샘을 보고 미소를 지었다. "리브는 집에서도 이래? 아니면 청중이 있을 때만 이러는 거야?"

나는 하마터면, 정말로 포도주잔 속 내용물을 그녀의 얼굴에 던지고 결투를 신청할 뻔했다. 그래도 날 놀리는지 보고 싶었다. 하지만 흥분한 상태에서도 젠의 뒤에 조용히 숨어 있는 존재, 즉 믹이 마음에 걸렸다. 그래서 바보 같은 짓을 하는 대신 노골적이고 무모하게도 곧장 그를 들이받았다.

"안녕, 믹." 내가 밝은 표정으로 말했다.

그는 깜짝 놀라서 나를 노려보았다. 그는 긴장하면서 눈에 띄게 빠른 속도로 스프링처럼 압축되었다. "왜. 나한테 할 얘기라도 있어?" 그가 물었다.

"아니, 없어." 나는 웃으면서 그의 얼굴을 관찰했다. "그냥 네가 불쌍해서 그래. 교회에 오는 날 아침에 부인이 못 일어났잖아. 그거 정말로 불편할 텐데. 다음 주에 캐스를 만나러 가도 될까?"

"그래." 믹이 불쾌한 목소리를 냈다. 그는 딱딱한 자세로 차렷 자세를 하고, 주먹을 움켜쥐고 있었다.

"오, 진짜 잘 됐다. 저기, 차라리 오늘 오후에 캐스를 보러 가는 건 어때? 할 얘기가 많거든. 내 생각엔 캐스도…."

"안 돼." 그가 나를 노려보았다. "그년은 만날 수 없어. 오늘은 안 되고, 앞으로도 안 돼. 꺼져, 이 창녀야."

그 단어가 무슨 뜻인지 확실히 알 순 없었지만, 전체적으로 무슨 말을 한 건지는 알 수 있었다. "알았어. 난 갈게." 내가 긴장한 상태로 말했다. 벤치 프레스를 며칠만 더 썼더라면 상황은 달라졌을 것이다. 하지만 지금은 그럴 때가 아니었다. 아직은.

나는 돌아서서 샘에게 걸어갔다. 나는 그에게 몸을 기댔다. 그는 아무 말도 하지 않았다. 그래도 괜찮다. 나도 스스로 재치 있게 굴지 못했다는 걸 알기 때문이다. 특히 대중 앞에 있을 때는 더욱 그랬다. 그리고 나는 이 상황에서 빠져나갈 수가 없었다. 심장이 쿵쾅거리고, 분노와 수치심을 억누르느라 속이 뒤집혔다. 캐스의 남편은 사실상 그녀를 죄수로 취급하고 있었다. 나는 단순히 자의식을 유지하려 했을 뿐인데, 공개적으로 조롱당하고 적을 만들어가고 있었다. 이 조직체 자체가 친구를 배신하도록 만드는 조작하에 있는 것이다…. 하지만 저 바깥 어디에선가는 사람들이 살해 의도를 품고 나를 찾고 있다. 조용히 숨어지내지 않는다면 그들은 결국 나를 찾아내고 말 것이다.

# 6
# 칼

예배가 끝나고 우리는 집에 돌아왔다. 샘은 일요일에 쉬기 때문에 텔레비전을 보았다. 나는 집 밖으로 나가서 차고를 조사했다. 차고란 집의 측면에 있는 부서지기 쉬운 구조물로, 정면에 커다란 문 한 쌍이 달렸고, 그 안에는 작업대가 있었다. 공구상에 있는 좀비 점원들은 어제 내가 구매한 물건들을 이미 다 설치해 두었다. 나는 드릴 프레스를 만지작거리고 아크용접 장치 설명서를 읽으며 시간을 보냈다. 그다음엔 차고에서 나와, 지하실에 있는 운동기구가 물리적인 압력을 인간 희생자의 뼈로 전송하는 고문 기구라고 냉혹하게 상상하면서 운동을 했다. 그 고통을 전송받는 희생자는 젠일 것이다. 나는 그녀를 짓이겨서 쇼핑 가방 크기의 핏덩어리로 만들었다. 나는 지쳤지만, 더 행복하고 어려운 임무를 마주할 상태가 되었다. 그래서 샘을 찾으러 갔다.

그는 거실에서 소리를 끈 채 텔레비전 화면을 멍하니 응시하고 있었다. 그는 내가 옆에 앉아도 거의 알아채지 못했다. “문제라도 있어?" 내가 물었다.

"나는…." 그는 고개를 내젓고, 입을 다물면서 비참한 표정을 지었다.

그의 손을 잡으려 팔을 뻗어보았지만, 그가 손을 뺐다. "나 때문이야?" 내가 물었다.

"아니."

나는 한 번 더 팔을 뻗고 그의 손을 잡아 힘을 줬다. 이번에는 손을 빼지 않지만 그래도 그는 긴장한 것 같았다.

"그럼 뭔데?"

나는 잠깐 그가 아무 말도 하지 않을 거라고 생각했다. 하지만 한 번 더 물으려는 참에 그가 한숨을 쉬고 말했다. "내가 문제야."

"뭐?"

"내가 문제라고. 난 여기 있으면 안 되는데."

"뭐?" 나는 주위를 둘러보았다. "거실에 있으면 안 된다는 얘기야?"

"아니, 이 조직체를 얘기하는 거야." 그가 말했다. 그제야 무슨 뜻인지 알 것 같았다. 그는 화가 난 게 아니라 우울했다. 샘은 기분이 안 좋으면 주변 환경으로 토해내는 대신 입을 꾹 다물고 그 안에 빠졌다.

"얘기해봐. 나를 이해시켜 보라고." 나는 그의 손을 잡은 채 천천히 다가갔다. "내가 연구자라고 생각해. 그리고 네가 조기에 실험을 종료해야 하는 그럴듯한 이유를 말해봐. 알았지?"

"나는…." 그가 나를 이상한 눈으로 쳐다보았다. "우린 실험 이전의 신분을 밝히면 안 돼. 문화 적응에 도움이 안 되거든. 아마 방해가 되겠지."

"그래도 난…." 나는 말을 멈췄다. "그러면, 이건 어떨까." 내가 천천히 말했다. "나한테만 말해봐. 아무에게도 말하지 않을 테니까."

나는 그를 똑바로 바라보았다. "우리는 단항 부부 역할을 하기로 돼 있어. 이 사회에서는 부부 사이에 네거티브섬 게임이 존재하지 않아, 그렇지?"

"모르겠어." 그가 코를 킁킁거렸다. "안 그런 경우도 있잖아."

"누구 얘기야?"

"네 친구인 캐스."

"헛소리하지 마!" 나는 그의 팔을 가볍게 때렸다. "흠, 아무에게도 말하지 않겠다고 약속하면 어때?"

그는 곰곰이 생각하며 나를 쳐다보았다. "그럼 약속해."

"좋아. 약속할게." 나는 잠깐 말을 멈췄다. "뭐가 문제야?"

그의 어깨가 축 늘어졌다. "난 기억 수술을 받은 지 얼마 안 됐어." 그가 천천히 말했다. "내 생각에 피오르와 유어돈과 그 일당들은 우리 대부분을 거기서 데려왔을 거야. 교정 병원에서는 건강하고 과거를 모조리 잊어버린 실험 대상을 찾기가 아주 수월하겠지. 반복적인 삶에서 떨어져 나와 표류하고 사회적 연계가 가장 적은 사람들이잖아. 적극적이고 가까운 교류를 유지하는 사람들은 기억 수술을 안 받잖아?"

"내가 알기론 그런 경우가 드물어." 나는 군 장교들이 작전 설명을 하던 기억이 떠올라 살짝 신경이 쓰였다. 나는 다른 세상에서 곤경에 처했고, 좋지 않은 비상사태 때문에 긴급 계획을 짜고 있었다.

"자신에게 무언가를 숨길 생각이 아니라면."

나는 재미있어하는 웃음을 간신히 꾸며내 그에게 보여주었다. "그런 일은 거의 없을 것 같은데. 안 그래?"

"난… 흠. 난 감정의 통로가 아주 좁아. 좁고 깊지. 난 가족이 있었어. 그런데 가족들이 전부 잘못됐어. 지금은 그 문제를 어떻게도 할 수가 없어. 과거에는 뭔가 해볼 수 있었겠지만. 어쩌면 아닐 수도 있고. 어쨌든 내 기억의 윤곽을 꾸밈없이 표현하자면 그런 거야. 나머지는 전부 제삼자의 눈으로 본 스케치야. 재구성된 기억이 옛 기억의 자리를 대신해서 메꾼 거지. 과장하는 게 아니라, 과거의 나는 완전히 소진돼버렸거든. 기억 편집 시술을 받지 않았다면 난 아마 자살했을 거야. 난 우울증에 잘 빠지는 경향이 있었고, 나한테 조금이라도 의미가 있는 건 그냥 전부 내다 버렸을 거야."

나는 감히 움직이지 못하고 그의 손을 잡았다. 그리고 사나흘 전에 치즈와 포도주가 놓여 있는 탁자 앞에서 아무 생각도 없이 일종의 감정적인 시한폭탄을 골랐다는 사실을 불현듯 깨달았다.

약 1분 뒤 그가 다시 한숨을 쉬었다. "이젠 끝난 일이야. 다 과거에 있던 일이고 또렷이 기억나는 건 하나도 없으니까. 난 전면적인 수술은 받지 않았어. 그냥 나 자신을 위해 인생을 새로 만들 수 있도록 흐릿한 층을 하나 덮은 거로 충분했지." 그가 나를 쳐다보았다. "알겠어?"

뭘 묻는 거지? 나는 공황 상태에 빠지면서 생각해보았다. 그리고 무슨 뜻인지 깨달았다.

"나도 기억 수술을 받았어." 내가 천천히 말했다. "하지만 난 처음이 아니야. 그리고 전면적인 기억 수술이지. 난…." 내가 침을 꿀꺽 삼켰다. "과거의 내가 남겨놓은 자서전을 읽을 수밖에 없었어." 나는 자서전을 남기면서 거짓말을 했을까? 또 한 명의 나는 진실을 말했을까, 아니면 미래에 그 글을 읽을 낯선 자에게 주려고 거짓말을 예쁘게 엮은 양탄자를 짜고 있었을까? "그 글에 따르면 난 결혼을 한 번 했어. 기간은 길었고. 짝은 셋이었고 아이는 여섯이었지. 유지 기간은 30년이 넘었고." 그다음 부분을 생각하자 몸이 떨렸다.

"얼굴이 기억나질 않아. 그 사람들 전부다."

솔직히 말하면 나는 그 어느 부분도 기억나지 않았다. 따라서 남의 얘기를 전달하는 것과 차이가 없었다. 그냥 자서전에 의하면 그랬다는 얘기다. 그 모든 일이 끝난 건 120년이 넘은 과거의 일이었다. 나는 검열 전쟁의 여파가 퍼져 나가는 초기에 처음으로 기억을 초기화했고, 최근에는 그보다 훨씬 더 철저한 초기화를 경험했다. 세 명의 짝과 여섯 아이는 30년이 넘는 시간 동안, 음, 그 무엇보다 소중한 존재였다. 하지만 그들은 이제 내 인생 이야기의 배경색에 불과했다. 고정 첩자가 이질적인 조직체에 투입되어 사용할 가짜 개인사를 적어 놓은, 무미건조한 설명서와 다를 게 없다는 얘기다.

샘이 내 손을 붙들었다. "난 그런 고통을 해결할 수 있는 수술을 받았어." 그가 말했다. "그런데 수술이 끝나고 나니까 애초에 그런 수술을 받을 필요가 없었다는 생각이 들었어. 고통은 자극이잖아. 생명체가 무언가를 회피하게 하는 신호 말이야. 내가 얘기하는 건 신경 손상으로 일어나는 상습적 고통이 아니라 일반적인 고통이야. 그것도 감정적인 고통. 그런 고통은 피하지 말고 근본적으로 해결해야 해. 수술을 받고 나니 고통은 멀어졌지만, 그와 동시에 공허해졌어. 반쪽짜리 인간이 된 기분이라고. 그리고 내가 누군지도 불확실해."

나는 그의 손을 두드렸다. "분열성 정신병이었어?" 내가 물었다. "더 심각했어?"

"심각했어." 그가 멍하니 말했다. "난 너무 공허해서… 음, 다시 사랑에 빠지는 실수를 저질렀어. 너무 빨랐지. 내가 사랑한 사람은 아주 똑똑하고 빠르고 재치있고, 아마도 완전히 미친 사람이었을 거야. 난 비참했고, 그때 마침 실험 얘길 들었어. 나는 정말로 사랑에 빠진 건지, 아니면 자신을 속이는 건지 알아내고 싶었어. 그 사람과 나는 실험에 관해 얘기해봤어. 하지만 우린 그 실험을 아주 진지하게 생각하진 않았어. 결론적으로 말하면 나한테는 너무 버거운 상황이었어. 난 실험에 동의하고, 나 자신을 백업했고, 정신을 차려보니 여기였어." 그는 불행한 얼굴로 나를 쳐다보았다. "실수한 거지."

"뭐?" 나는 어떻게 반응할지 모른 채 그를 바라보았다.

"난 섹스를 싫어하지 않아." 그가 사과하는 어조로 말했다. "다른 사람을 사랑할 뿐이야. 그리고 나는 그 사람과 다시 만나지 않을 거야. 문제가 해결될 때까진…." 그가 고개를 내저었다. "뭐, 그런 거야. 나 참 바보 같지?"

"아니." 나는 캐스를, 그러니까 케이를 감금한 개새끼에게서 그녀를 반드시 구하겠다는 생각을 하고 있었다. "넌 바보가 아니야, 샘." 나는 그렇게 말했다. 그리고 옆으로 기대어 우정어린 친밀감을 보이며 그의 뺨에 입을 맞췄다. 그는 깜짝 놀랐지만 나를 밀어내진 않았다. "이렇게 복잡한 상황이 아니라면 좋았을 텐데."

"나도 같은 생각이야." 그가 우울한 목소리로 말했다. "같은 생각이라고." 나는 한동안 그에게 기대어 있었다. 말이 필요 없는 순간이었다. 그러다가 점점 그의 몸을 의식하면서 불편해지는 바람에 나는 일어나서 다시 차고로 갔다. 아직 해는 저물지 않았고 머릿속에 세워 둔 계획이 두어 가지 있었기 때문에 작업을 하고 싶었다. 내 손으로 케이를 구할 수밖에 없는 상황이 되고 믹이 난폭하게 군다면 적어도 그에 걸맞게 무장하고 싶었다.

월요일이 되고 샘은 일하러 갔다. 다음 날도, 그다음 날도… 일요일만 제외하고 매일 같이 갔다. 그는 법률 비서 훈련을 받고 있었다. 명칭과 비교하면 훨씬 더 지루한 일이지만, 그래도 그는 고대의 법률과 관습을 다루고 있었다. 다시 말해서 암흑시대에도 거의 손상되지 않았던 커다란 법률 데이터베이스를 다루고 있었다. 그리고 시청에는 문서 작업이 엄청나게 많았다. 그 결과 샘은 늘 똑같은 검정 양복을 입었다. 집에 있을 때는 예외인데, 그럴 때면 청바지와 목깃이 열린 셔츠만으로 만족했다.

나는 샘이 거의 항상 외출하는 상황에 익숙해지고, 반복되는 일상에 적응했다. 나는 아침에 일어나서 우리 두 사람이 마실 커피를 만들었다. 샘이 일하러 가면 나는 지하실에 가서 팔이 삐걱거리고 땀으로 범벅이 될 때까지 운동했다. 그다음엔 커피를 한 잔 더 마시고 밖으로 나가서 두 개의 터널 사이를 여러 차례 반복해서 달렸다. 처음에는 세 번을 왕복했다. 거리로 따지면 약 500미터였다. 하지만 화요일 이후로 거리를 늘리기 시작했다. 나는 녹초가 되어 비틀거리면서 집에 돌아온 다음 샤워를 하고, 커피를 한 잔 더 마시고, 중심가에 나갈 계획이 있는 경우 뭔가 고상한 옷을 걸치고, 차고에서 작업할 땐 덜 고상한 옷을 걸쳤다.

물론 불쾌한 일은 그것만이 아니었다. 이 집에 들어온 지 2주가 됐을 때 배에 경련이 일어나 한밤중에 눈을 떴다. 다음 날 아침 출혈을 발견하고 속이 거북해졌다. 물론 월경이 무엇인지는 알고 있었다. 하지만 YFH 조직체를 설계한 자가 그것까지 재현할 정도로 제정신이 아닐 거라고는 예상하지 못했다. 대다수의 암컷 포유류는 자궁 개막을 그냥 다시 흡수해버리는데 왜 암흑시대에 사는 인간은 달라야 하는가? 나는 최대한 깨끗하게 뒤처리를 했지만, 출혈은 끝나지 않았다. 비참했다. 나는 좌절한 상태로 엔젤에게 전화를 걸어 출혈을 멈출 방법이 있는지 물어보았지만, 그녀가 알려준 방법이라고는 약국에 가서 여성용 위생용품을 찾아보라는 게 전부였다.

물건을 사려면 중심가 지역에 있는 가게를 이용해야 했다. 나는 한 주에 두 번 가게에 갔다. 음식은 포장 용기에 담겨 있거나 재료의 원형 그대로 제공되는데, 나는 요리 실력이 형편없어서 후자를 피하는 편이었다. 이번 주에는 일정을 앞당기기로 했다. 그러니까, 긴급 상황 때문이다. 여성용 위생용품이 필요하다는 건 약국에 들러야 한다는 뜻이었다. 속옷 안에 입는 패드는 약국에서 판매했다. 이 실험은 처음부터 끝까지 역겨웠다. 이제 또 무슨 일이 벌어질까? 우리에게 나병이라도 퍼뜨리려는 것일까? 나는 이를 갈고 속옷을 더 사기로 했다. 그리고 통증을 없앨 약을 사기로 했다. 진통제는 작고 맛이 쓴 원반 형태의 정제로 제공되었다. 정제를 삼켜보았지만, 효과는 그리 대단하지 않았다.

나는 옷을 거의 다 정리했다. 주로 엔젤에게 묻고 가끔 앨리스에게 물어 대중 앞에 나갈 옷차림도 결정했다. 이제 잘못된 선택을 하거나 누군가의 비난 대상이 되는 일은 막을 수 있을 것이다. 젠은 내 패션 감각이 엉망이라고 지적했다. 눈 내리는 유리구처럼 작은 이 세계에 사람이라도 많으면 정말로 패션이라는 게 있고, 젠의 말도 의미가 있다고 생각할 수 있었다. 하지만 우리는 그저 단편적인 의복사 데이터베이스에서 1950년대 구식 패션을 20일에 1년 치의 속도로 뽑아내고 수신하는 것에 불과했다.

다른 물품들을 구하기 위해서… 나는 공구점을 뒤졌다. 샘은 자신이 벌어온 돈을 내가 화장품을 사들이고 머리 모양을 바꾸는 데에 탕진한다고 생각할 것이다. 하지만 실은 생존을 준비하고 있었다. 암살자들은 나를 찾아내면 직접 싸움을 걸어올 것이 분명했다. 샘은 우리가 이 집에 입주한 뒤로 차고를 들여다본 적이 없을 것이다. 들여다봤다면 드릴 프레스, 용접 장비, 금속과 나무 조각들, 못, 접착제, 작업대를 봤을 테니까. 그리고 차고에는 교본도 있었다. 《중세와 현대의 석궁》, 《군용/스포츠용 석궁》, 《석궁 제작에서 운용에 이르기까지》. 이런 자료가 아직 남아 있다는 건 흥미로운 일이었다.

지금 읽고 있는 책은 크고 두꺼웠다. 제목은 《칼 제작 안내서》. 내 광기에는 나름의 방식이 있었다. 블라스터나 다른 현대 무기를 구할 방법은 없었다. 그리고 물리적 위상을 모르는 밀폐식 거주구에서 폭발물을 사용했다가는 자살 행위가 될 수 있었다. 하지만 암흑시대의 기계 공작실에서 만든 장난감으로도 상당한 파괴행위를 일으킬 수 있다는 사실이 머리에 떠올랐다. 사실 석궁을 사용하면서 가장 골치 아픈 것은 각 구역의 회전축을 알아내는 일이었다. 그래야 코리올리 힘을 고려해서 조준을 수정할 수 있으니까. 구심추와 레이저 거리측정기도 그것 때문에 필요했다.

나는 대외적으로 다른 사람이 되려고 노력하는 모습을 보였다. 병기고를 차린다는 사실을 들키고 싶지 않았으니까.

우리 집단의 숙녀들, 즉 젠, 엔젤, 나, 앨리스는 일주일에 세 번 만나서 점심을 먹었다. 캐스는 남편 때문에 아직도 밖에 나오지 못했다. 나는 캐스에 관해 묻지 않았다. 그녀에게 관심이 있다는 사실을 젠에게 들키고 싶지 않아서였다. 젠은 그걸 약점으로 생각하고 어떻게 이용할지 궁리할 것이다. 나는 어떤 형태로도 젠에게 조종당하고 싶지 않았으므로 옷을 차려입고, 카페나 식당에서 그들을 만나고, 그들이 남편의 일이나 최근에 알아낸 이웃의 소문을 논하는 동안 예의 바르게 귀를 기울였다. 우리 집 근처에 있는 주택 아홉 채는 입주자가 없었다. 다음 피험자 집단이 들어오면 입주할 건물들이었다. 하지만 그건 이상했다. 정보를 종합한 결과 다른 사람들은 다른 집단의 구성원들과 인접한 곳에 살고 있으며, 혼란스러운 시골 지역의 조수 웅덩이 근처에서 소문의 바다가 넘실대고 있는데 말이다.

“3번 집단 덕분에 점수를 올릴 수 있을 것 같아.” 어느 날 파프리카를 뿌린 스페인식 오믈렛을 먹으며 젠이 말했다. 교활한 목소리였다.

“정말?” 엔젤이 걱정스럽게 물었다.

“그래.” 젠이 잘난 체를 했다.

“자세히 말해봐.” 앨리스가 시저 샐러드 찌꺼기에 포크를 내려놓고 말했다. 그녀는 흥미가 있는 척했지만, 나를 속일 수는 없었다. 젠 역시 날카로운 시선으로 앨리스를 바라보더니 자신의 오믈렛을 찔렀다.

“레이크사이드 뷰를 사이에 두고 이쪽에는 나와 크리스가 살고, 반대편에 에스더와 몰이 살아.” 젠은 우리의 주의를 끌기 위해 포크로 오믈렛 한 조각을 꿰뚫은 다음 흔들었다. 그녀는 음식을 씹으며 생각에 잠겼다. “어느 날 아침에 에스더가 정원에 나와서 나를 관찰하더라고. 나는 쇼핑하러 가려고 택시를 불렀지. 택시를 타고 근처를 돌다가 길 반대편 끝에 있는 터널을 지나자마자 내렸어. 거기서 누굴 만났게?” 그녀가 맹금류와 똑같은 이를 드러내며 웃었다.

“누군데?” 앨리스가 어쩔 수 없이 청중 역할을 맡고 물었다.

“에스더가 들어가고 약 10분 뒤에 필이 택시를 타고 나타나더라. 필은 택시를 보낸 다음 초인종을 눌렀고. 필은 한두 시간 뒤에 떠났어.”

엔젤은 혀를 차며 비난했다. 앨리스는 살짝 역겨운 표정을 지을 뿐이었다.

“무슨 뜻인지 알겠어?” 젠이 물었다. “떳떳하지 못한 행동이라고. 따라서 우리가 이용할 수 있지.” 그녀는 브로콜리 줄기를 찌르더니 이로 찢으며 한 번에 한 가닥씩 해체했다. “그런 행위를 가리키는 말이 있어. 간통이라고. 드러나지 않는 한 감점이 크진 않아. 하지만 일단 알려지면….”

“우리가 알잖아.” 엔젤이 그녀의 말을 막았다. “그럼 왜….”

“우리는 3번 집단이 아니잖아. 에스더와 몰과 필은 다 3번 집단 소속이야. 그걸 뭐라고 부르더라, 맞다. 동일 집단 내 압력을 가하려면 동료여야 해. 그래서 에스더와 필을 우리 뜻대로 조종할 수 있는 거지. 만약에 몰에게 말하면 점수를 왕창 잃으니까.”

“속이 별로 안 좋아.” 내가 나이프를 내려놓고 의자를 뒤로 밀며 말했다. “바람 좀 쐬어야겠어.”

“내가 한 말 때문에 그런 건 아니지?” 젠이 별로 걱정도 하지 않으면서 말했다.

나는 무표정한 얼굴로 거짓말을 하는 실력이 늘고 있었다. 능숙해진 건 아니지만 젠과 너무 많은 시간을 보내다 보니 거짓말 특강을 받은 효과가 나타나는 모양이었다. “너 하고는 아무 상관 없어. 뭘 잘못 먹었나 봐.” 내가 일어서면서 말했다.

나는 시선을 끌지 않으려 노력했다. 젠이나 다른 사람들을 공격하지 않고 대중 앞에서 엉뚱한 행동을 하지 않으려고 노력했다. 하지만 참는 데에는 한계가 있었다. 아무 말 없이 공갈 음모에 가담하는 건 그 한계 밖의 일이었다. 나는 내일도 모레도 그들 앞에서 미소를 지어야 했다. 하지만 당장은 혼자 있고 싶었다. 그래서 밖으로 나갔다. 부드러운 바람이 불고 있었다. 나는 이 구역 끝으로 가서 길을 건넜다. 차는 거의 보이지 않았고 (우리 진짜 인간들은 차량을 몰지 않았다. 너무 위험하기 때문이다) 좀비들은 보행자에게 우선권을 주도록 설정되어 있었다. 그 덕분에 나는 꽤 빨리 공원에 들어갈 수 있었다.

공원은 반쯤 길든 생물계였다. 잔디는 깔끔하게 손질되어 있고,

커다란 낙엽수들도 가지치기가 잘 되어 있었다. 그 사이로 굽이쳐 흐르는 작은 개울 역시 관리가 되어 있으며, 개울 여기저기에는 작은 다리가 있었다. 이 시간에 공원에 사람이 없는 건 엄청난 혜택이었다. 보이는 거라고는 좀비 일꾼 하나와, 달리 시간을 보낼 일이 없는 주부 두 사람뿐이었다. 나는 번화가 지역 끝에서 돌길을 따라 걸으며 뱃놀이용 호수의 가장자리에 있는 작은 잡목림으로 향했다.

호숫가에 가까워지자 점점 마음이 진정되었다. 현재 이 지역의 날씨 시뮬레이션은 맑은 하늘과 높은 구름 몇 조각을 구현하고 있었다. 바람은 천천히 불다가 이따금 속도를 높이며 의복을 뚫고 들어와 살갗을 식혀주었다. 나무에서 기계처럼 쉴 새 없이 조잘대는 주먹 크기의 공룡들을 제외하면 주변은 아주 평화로웠다. 가끔은, 끊임없이 계속되는 분노와 젠이 다른 사람들에게 퍼뜨리며 즐거워하는 굴욕감을 거의 잊을 수도 있겠다고 나는 생각했다.

하지만 아무리 노력을 해봐도 그들에게 동조할 수가 없었다. 그들은 노골적인 상벌제도에 찬동하는 것뿐 아니라 체제를 무시하고, 참여하기를 거부하는 것 역시 게임 방법이라는 사실을 몰랐다. 그들은 성 역할을 나누는 독재적인 압력에 순종하겠다고 무의식적으로 결심한 것 같았다. 그리고 모든 이들이 그 압력에 순응하고 똑같은 상을 얻기 위해 경쟁할 때까지 만족하지 않을 것이다. 우리는 확실한 기준에 따라 정해진 상과 불이익을 강요당하는 실험에 자원했지만, 유전자 결정론의 우연한 희생양이었던 진짜 암흑시대의 여성들도 우리와 비슷했을까? 그게 사실이라면 나는 운이 좋은 셈이었다. 3년만 이렇게 살면 되니까.

부인으로 산다는 건 외로웠다. 샘과 나는 많은 부분에서 독립적으로 살아갔다. 그는 아침에 직장으로 출근하고, 내가 그를 볼 수 있는 시간은 피곤한 상태인 저녁때나 일요일뿐이었다. 우리는 일요일이 되면 교회에 나갔다. 그리고 비난 대상으로 발탁될지 모른다는 두려움으로 하나가 되었다. 예배가 끝나면 함께 집에 돌아와서 저 점수 창녀들(피오르가 올바른 행동에 대한 단서라도 흘려줄까 봐 비굴하게 추종하는 창녀들)보다 더 지적이고 이성적인 사람들이 있다는 사실을 서로에게 일깨우려 노력했다. 때로는 그것조차 힘든 싸움이었다.

샘이 남성이라 유감이었다. 그리고 이 답답한 공동체의 내부 역학 관계 때문에 우리 두 사람 사이에 인공적인 장벽이 존재한다는 게 유감이었다. 이처럼 외부 압력이 높은 곳이 아니었다면 나는 아마 그를 좋아하게 됐을 것이다.

그리고 캐스 문제가 있었다. 그녀는 지난 일요일 교회에 나왔다.

우리는 정말로 작고, 제약 사항이 많고, 여러 조건에 있는 인조 세계에 살고 있었다. 그리고 이 세계의 조직 방식 중 어떤 것은 그 인공성을 너무나 노골적으로 드러내기도 했다. 예를 들어 보자. 우리에겐 패션이 없었다. 자연적으로 발생하고 모방의 물결과 복잡성을 재구축하는 창의적인 디자인이 없다는 얘기다(어떤 시대든 창의성은 극히 찾아보기 힘들다. 이곳에 사는 사람은 기껏해야 백여 명뿐이니, 그런 자원이 발생할 만큼 사람이 많지도 않았다). 우리에게 주어진 거라고는 이상하게 광적인 인조 패션 사업이 전부였다. 그것조차 전부 옷가게 안에만 존재했다. 암흑시대의 스타일 목록도 어딘가엔 남아 있을 것이다. 아마 박물관에서 뽑아내어 컴파일한 형태로 존재하겠지만. 그리고 가게들은 재고를 정기적으로 바꾸면서 그때마다 우리에게 새 물건을 사지 않으면 유행에 뒤떨어진다고 강요할 것이었다(이건 또 다른 형태의 순응촉진 수단이었다. 옷장 속 내용물을 제때 갱신하지 않으면 비난에 노출되는 것이다). 이번 달에는 넓은 테와 얼굴을 가리는 망사를 조합한 우스꽝스러운 모자가 유행 중이었다. 모자는 참고 쓸 수 있지만 넓은 테나 망사는 싫었다. 그것들이 자꾸 사물에 걸리고 나를 방해하기 때문이다.

하지만 다시 캐스 얘기로 돌아가자. 그녀는 내 희망과 근심의 대상이니까….

나는 여느 때처럼 샘 옆에 서서 찬송가 책을 손에 들고 입술을 움직이고 있었다. 그러면서 눈동자를 굴려 통로 건너편을 훑고 있었다. 지난주에 새 집단이 도착하는 바람에 교회가 북적거렸다. 연구자들은 아마도 교회를 금세 확장할 것이다. 나는 신입들을 가려내고 있었다. 기존 집단 구성원들과 혼동하고 싶지 않았다. 젠의 계산적인 냉소주의에 어느 정도 영향을 받아서 이러는 건지도 모르지만, 어쨌든 나는 특정 인물이 눈에 띈 기간에 따라 그가 얼마나 소외되어 있는지 가늠하는 방법을 익히고 있었다. 적응 기간 초기에 신규 유입자를 찾아낼 수만 있다면 그중 일부와 동맹을 맺을 수도 있을 거라는 예감이 들었다. 점수 창녀들이 손톱을 드리우기 전에 말이다.

이유는 모르지만, 이번 주에 믹은 신참자와 함께 앉아 있었다. 나는 반사적으로 그의 좌측에 있는 여인을 흘끗 쳐다보았다. 그리고 깜짝 놀랐다. 그 여인은 소매가 길고 깃이 높은 파란 드레스를 입고, 검은 망사가 얼굴을 덮는 모자를 쓰고 있었다. 그녀의 입은 빨간 색으로 그어놓은 것 같고 뺨에는 핏기가 없었다. 하지만 캐스인 것만은 분명했다. 그녀는 찬송가 책을 처음 보는 것처럼 손에 들고 있었다.

너 케이 맞아? 나는 그녀를 보고 애가 탔다. 나는 케이가 내게서 끌어냈던 약속에 매달리며 살아왔다. '안에 들어가면 날 찾아올 거지?' 그리고 캐스는… 그녀는 아이스 구울 사회를 알고 있었다. 만약 믹이 심한 질투심으로 그녀가 밖에 나가는 걸 막지만 않았다면, 만약에….

샘이 조심스럽게 내 갈빗대를 쿡쿡 찔렀다. 사람들이 찬송가 책을 덮으며 앉고 있었다. 나는 황급히 그들을 따라 했다(사람들이 주목하는 것도 싫고, 쓸데없이 주의를 끄는 것도 싫으니까).

"무척이나 사랑스러운 이들이여." 피오르가 웅얼거렸다. "우리는 사랑하는 교회입니다. 오늘은 새 집단을 가슴으로 환영해주시기 바랍니다. 집단의 구성원은 에디, 팻, 존…." 피오르는 새 희생자 열 명을 호명했다. 여러분께서 새 집단 사람들을 보살펴주고, 적절한 시기에 친구가 될 수 있게 애써주시리라 믿습니다. 늦게나마 잠꾸러기 캐스도 환영해줍시다. 그녀가 마침내 황송하게도 향기로운 모습을 드러내어 우리를 영광스럽게 해주었습니다…." 그는 반복적으로 비행의 일화를 소개하고 복종의 달콤함에 대해 설교를 하면서 한동안 엄청나게 수다를 떨었다. 예를 들어 번은 이틀 전 대로에서 술에 취해 쓰러지고 토한 모양이었다. 에리카와 케이트는 일대일로 격렬하게 싸웠고, 그 결과 에리카는 병원에 입원했다. 그렉과 브룩은 에리카에게서 케이트를 떼어놓으려고 했다. 현재 케이트는 감옥에서 빵과 물만 먹으면서 돌발 행동을 한 대가를 치르고 있었다. 피오르가 그녀를 심히 비난하자 그 자리에 모인 사람들 사이로 분노와 불만의 기류가 흘렀다. 나는 너무 노골적으로 보이지 않도록 조심하면서 곁눈으로 캐스를 보았다. 망사가 효과적으로 그림자를 드리우기 때문에 표정은 확인할 수 없었다. 망사를 들춰본다면 그 안에 겁먹은 얼굴이 있을 거라는 확신이 들었다. 그녀는 어깨를 딱딱하게 굳히고 있으며 방어적이었다. 그리고 믹에게서 떨어지려고 약간 몸을 움츠리고 있었다.

나는 일단 열린 공간으로 나온 다음 포도주잔을 집었다가 재빨리 내려놓고 샘에게 붙어 떨어지지 않았다. 샘은 걱정스러운 얼굴로 나를 바라보았다. "무슨 문제라도 있어?"

"응. 아니. 잘 모르겠어." 뱃속에서 나비가 꿈틀거리는 것 같았다. 캐스는 6번 집단 부인 중에서 가장 고립되어 있고, 마음대로 밖에 나갈 수도 없었다. 내가 뭔가 행동을 취한다면 샘이 막을 수 있을까? 믹은 독이었다. 젠처럼 교묘하고 사회적인 독소가 아니라 독충의 침처럼 공개적으로, 폭력적으로, 곧장 공격해오는 맹독이었다. "확인해볼 게 있어. 몇 분 뒤에 올게, 알았지?"

"리브… 조심해."

난 그를 마주 보았다. 샘이 걱정해주고 있다! 나는 그 점을 깨닫고 부끄러워하며 고개를 끄덕인 다음 미끄러지듯 교회 정면에 있는 입구로 향했다.

믹은 크게 손동작을 해가며 거칠어 보이는 남자 몇 명과 이야기를 나누고 있었다. 근육이 단단하고 머리를 짧게 깎은 남자들이었다. 나는 그들이 땅을 파거나 믿을 수 없을 만큼 시끄러운 기계를 조작하면서 길을 갈아엎고 다시 메꾸는 걸 본 적이 있었다. 그 옆에는 교회 수행원 둘이 서 있고, 입구에는 여성 두 사람이 대기하고 있었다. 나는 정문으로 다가서다가 안으로 들어갔다. 교회는 텅 비어 있고, 단 한 사람이 남아서 뒷좌석 근처에서 서성이고 있었다.

"케이? 캐스?" 내가 물었다.

그녀가 나를 쳐다보았다. "리, 리브?"

교회 안이 어둡다 보니 그녀가 아이섀도를 두텁게 바른 건지 눈가에 멍이 든 건지 잘 분간이 되질 않았다. 믹이 폭력을 행사하였다 해도 긴 옷이 그 흔적을 효과적으로 가려주고 있을 것이다. "괜찮은 거야?" 내가 물었다.

그녀가 입구 쪽을 바라보았다. "아니." 그녀가 속삭였다. "저기, 믹이… 나한테 신경 쓰지 마. 알았지? 안 도와줘도 돼. 나한테 접근하지 마." 바들바들 떨리는 그녀의 목소리 끝에 공포가 날카롭게 서려 있었다.

"여기서 널 찾겠다고 약속했잖아." 내가 말했다.

"그러지 마." 그녀가 고개를 저었다. "믹이 날 죽일 거야. 그걸 모르겠어? 내가 다른 사람과 얘기를 한다고 생각하는 날엔…."

"우리가 널 지킬 수 있어! 넌 도와달라고 말만 하면 돼. 그럼 우리가 널 빼내고 믹이 접근 못 하게 막을 거야."

번거롭게 그녀에게 말을 걸지 않는 편이 좋았을지도 몰랐다. 그녀는 고개를 젓고 문 쪽으로 물러섰다. 그녀의 신발이 소리를 내며 돌 바닥을 두드렸다. 망사 속에 있는 그녀의 얼굴은 단순히 겁을 내는 게 아니라 공포에 질려 있었다. 그녀가 뺨에 바른 흰색 파우더로는 오래전에 생겼던 멍울의 얼룩이 다 감춰지지 않았다.

믹은 밖에서 기다리고 있었다. 내가 캐스의 뒤를 따라 나타난다면 그는 아마 미쳐버릴 것이다. 게다가 내 판단에도 회의가 생기기 시작했다. 케이라고 불렀을 때 그녀는 아무 반응을 보이지 않았다. 하지만 그것만으로 판단할 수 있을까? 케이라는 이름은 어차피 가명이었다. 그녀는 기억 수술을 막 끝낸 참이었고, 나 역시 거울로 이뤄진 복도 같은 이곳에서는 로빈이 아니라 리브로 통했다. 만약 이만큼 시간이 흐른 뒤에 누군가 나를 로빈이라고 부른다면, 나는 듣자마자 나를 가리키는 거라고 인지할 수 있을까?

나는 혼란에 빠져 주변을 둘러보고 뒷문이 없는지 찾았다. 교회 중앙부에는 나밖에 없었다. 물론 이곳은 내가 좋아하는 장소가 아니었다. 이곳은 우리가 일요일용 나들이옷을 입고 떼를 지어 모여서 오늘은 누가 희생양이 될지 궁금해하면서 내뿜었던 적개심이 스며 있는 곳이었다. 하지만 지금은 적개심이 그처럼 노골적으로 흘러나오지는 않았다. 나는 믹이 흥미를 잃고 떠날 때까지 기다리면서, 넓은 공간의 정면 부근을 어슬렁거리며 사태를 새로운 시각으로 바라보려 노력해보았다.

나는 지금까지 교회 신도석의 앞쪽에 나가본 적이 없었다. 피오르는 연단에 뭘 감춰두고 있을까? 나는 제단 쪽으로 걸어가면서 생각해보았다. 연단의 뒤쪽은 심히 실망스러웠다. 연단 뒤는 그냥 조각이 새겨진 나무판일 뿐이었다. 그 안에는 선반이 있었다. 선반에는 종이로 만든 책이 두어 권 놓여 있을 뿐, 피오르가 그처럼 독특한 행위를 펼치도록 만들어 줄 만한 어린 동성애 상대 같은 건 들어 있지 않았다. 제단 역시 매우 심심했다. 제단에 있는 돌에는 보라색으로 염색한 천이 덮여 있고, 천 한가운데에는 금속으로 만든 받침대가 있고, 그 받침대 위에 신앙의 상징인 칼과 술잔이 놓여 있었다. 나는 칼이 마음에 걸려 더 가까이 들여다보았다. 모양새가 독특한 칼이었다. 칼은 올곧고, 끝부분이 완전히 일직선으로 잘려져 있었다. 두께는 1센티미터쯤이었다. 날도 서 있지 않고 점점 뾰족해지지도 않기 때문에 칼이라기보다는 잘 닦아서 반짝거리는 강철 막대기 같았다. 칼자루는 바구니처럼 생겼고 손잡이는 거칠며 회색이었다. 장식용으로 쓰기보다는 실용성을 염두에 두고 만든 물건처럼 보였다. 그때 무언가가 내게 잔소리를 하는 느낌이 들었다. 진짜 기억이 잘려나간 부위에 강렬한 유령 기억 덩어리가 나타나 가려움을 유발했다. 나는 그렇게 생긴 칼을 분명히 본 적이 있었다. 바구니의 바깥면에 무언가 붙어 있던 것처럼 희미한 흔적이 있었다. 그리고 칼날의 납작한 '측면'이 어딘가 이상했다. 고급강철처럼 광택이 나는데, 가만히 들여다보면 희미하게 무지갯빛으로 번득이는 회절성 얼룩이 있었다.

나는 식은땀을 흘리며 달아났다. 차가운 살갗에 블라우스가 닿자 얼음처럼 느껴졌다. 나는 몸을 펴고 오르간 연주자의 의자 옆에 보이는 작은 문을 향해 황급하게 달려갔다. 여기서 잡힐 생각은 없었다, 아직은! 누군가 우리에게 장난을 치고 있었다. 장난을 치는 장본인이 피오르나 그의 상관인 유어돈 주교라고 생각하자 심장이 아파 왔다. 그들은 우리를 가지고 놀았다. 바로 이게 그 증거였다. 이걸 누구에게 얘기하지? 대부분은 이해하지 못할 테고, 이해하는 사람이라면…. 밖으로 나갈 길은 없었다. 연구자들이 우리를 일찍 풀어주기로 결정하면 몰라도. 작은 출구로 나가보니 의무사제의 진찰실로 곧장 연결되었다. 그들이 이 일에 관여되어 있다는 끔찍한 예감이 강하게 들었다. 그들은 분명히 관계가 있었다.

여기서 나가야 한다. 나는 그 점을 깨닫고 넋이 나갔다. 사실 나는 그런 칼을 전에도 본 적이 있었다. 다들 그 칼을 보팔 블레이드라고 불렀다. 이유는 잘 모른다. 제단에 있던 보팔 블레이드는 확실히 기능을 상실한 상태였다. 그게 왜 거기 있을까? 보팔 블레이드는 날도 필요 없고 끝이 뾰족할 필요도 없었다. 그런 목적으로 사용하는 칼이 아니니까. 저 칼을 사용하는 자들은, 그러니까…. 그게 누구였지? 내가 한때 전적으로 사악한 무언가와 함께 있었다는 끔찍한 확신이 들었다. 나는 그 근거를 찾으려고 머리를 쥐어짰다. 그 사악한 무언가는 절대로 실험용 조직체 속에 있는 존재가 아니며, 검푸르게 부패하는 악취를 풍기는 존재였다. 내 기억은 또다시 주인을 배신하고, 나는 닫혀 있는 내 개인사의 문에 거칠게 부딪히고 나서 밝은 곳으로 다시 걸어 나왔다. 눈을 깜빡거리고, 결국 내가 완전히 틀린 걸 수도 있다고 생각하면서. 캐스는 케이가 아닐지도 몰랐다. 믹은 폭력적인 사람이 아닐지도 몰랐다. 칼과 술잔은 오해일 수도 있었다. 내가 누구고 과거에 무슨 일을 한 것인지도….

# 7
# 바닥

시간은 빙하처럼 천천히 흘렀다. 교회에서 벌어진 일에 관해서는 샘에게 한마디도 하지 않았다. 캐스의 눈이 멍들었다는 사실도, 교회 제단에 보팔 블레이드가 있다는 사실도 말하지 않았다. 샘은 삶을 편하게 받아들였다. 여자들의 세계에 대해 우울하게 떠들어대면 즐겁게 귀를 기울였다. 하지만 걱정거리가 벌레처럼 내 정신의 뒤쪽을 갉아먹고 있었다. 샘을 믿어도 될까? 믿고 싶었다. 하지만 그가 나를 추적해 온 사람이 아니라고 확신할 수가 없었다. 이건 끔찍한 딜레마다. 위험과 믿음이 저울의 양쪽에 놓여 있는 상황이었다. 그래서 나는 차고에서 무슨 일을 하는지 말하지 않았고, 지하에 있는 운동기구에 관해 얘기하지 않았다. 샘도 자발적으로는 무슨 일을 하는지 자세히 말해주지 않았다. 점심을 같이 먹는 여자들 두엇이 저녁 파티를 열자는 제안을 했다. 하지만 우리가 그런 사교 모임에 참석하면 우리도 답례해야 할 테고, 그 압박감은…. 흠, 우리 둘 다 견뎌내지 못할 것이다. 그래서 우리는 각자의 영역을 만들고 그 안에서 외롭게 사는 중이었다. 나는 캐스를 걱정했고, 샘은 고대인을 이해하고 싶어서 문서를 많이 읽고 텔레비전을 보았다.

허사로 돌아간 교회 모임을 끝내고 집에 돌아와서 망통신을 이용해 공개되어 있는 우리 집단의 점수를 확인해보았다. 젠은 사회적 유대감 항목에서 선두를 달렸고, 앨리스가 뒤를 잇고 있었다. 앨리스는 내 옷을 골라준 덕을 보는 모양이었다. 나는 놀랍게도 집단 내에서 맨 꼴찌였다. '활동'이라는 분류가 있어 살펴보니 나 말고 다른 사람들은 전부 짝과 섹스를 하는 모양이었다. 안정적인 관계를 유지하면 쉽게 점수를 올릴 수 있기 때문이다. 한두 주 전부터 점수를 확인해보니 캐스도 믹과 주기적으로 관계를 맺고 있었다.

이유를 꼬집어 말할 수는 없지만, 점수를 확인하고 나니 기분이 가라앉았다. 다른 사람들이 나를 지켜보고 있었다. 그들은 내가 샘과 관계하기를 바라고 있었다. 하지만 나는 젠이 조금이라도 만족할 만한 일은 하고 싶지가 않았다. 어린애 같은 생각이긴 하지만 그들은 분명히 내 점수를 확인하면서 내가 항복하기를 기다리고 있었다. 나는 그 점을 확실히 알았다. 그들은 샘이 내게 바라는 바가 있다고 믿으며, 내가 그걸 해줄 때까지 기다리는 중이었다. 유감스럽게도 그들은 샘과 나에 대해 잘 몰랐다.

그로부터 약 2주 뒤 나는 결국 한계에 도달하고 말았다. 덥고 피곤한 화요일 저녁이었다. 나는 밖에서 운동하며 아침 시간을 보내고 (아직 이웃에는 사람이 살지 않았다. 하지만 한두 주 안에 새 집단이 도착하면 두어 가족이 입주할 예정이었다) 오후 내내 차고에서 작업했다. 나는 용접 기술을 번거로운 옛날 방식으로 다시 익히고 있었다. 운좋게도 아직은 팔을 태워 먹거나 감전되지 않고 있었다.

이런 과정을 이전에도 겪었던 기억이 희미하게 남아 있었다. 몇십 년 전의 일이었다. 하지만 너무 오래전 기억일뿐더러 전부 주워들은 지식이었기 때문에 거의 다 잊어버린 상태였다. 내 작업 방식에는 뭔가 문제가 있었다. 조립품 하나에 집어넣으려던 강철 스프링들이 용접 부위 근처에서 불안한 상태였다. 마지막 스프링을 바이스에 물려놓고 구부리고 있던 참에 내가 한 시간 동안 작업했던 결합 부위가 딱 소리를 내며 부러지더니 작은 파편들이 사방으로 날기 시작했다. 조금만 더 왼쪽에 서 있었다면 파편이 눈에 맞았을 것이다. 나는 그 사건 때문에 심히 충격을 받고는 집 안으로 들어가서 샘과 내가 먹을 저녁을 준비했다. 샘이 올 시간이 다 돼가는데, 그는 하고 싶은 대로 내버려두면 우리 두 사람이 먹을 음식을 준비하는 게 아니라 텔레비전 앞에 주저앉기 때문이다.

그래서 나는 혼자 주방에 들어갔다. 나는 냉장고 안에 있는 냉동 포장 식품 가운데 우리가 먹을 만한 것을 뒤지다가 피자 상자를 바닥에 떨어뜨리고 말았다. 상자가 열리더니 내용물이 사방으로 쏟아졌다. 머리 꼭대기에서 우주 회전이 멈추는 게 바로 이런 순간이다. 이럴 때면 내가 얼마나 고립돼 있는지, 얼마나 외로운 존재인지 깨닫게 되었다. 그리고 모든 문젯거리가 나를 비웃었다. 이렇게 말도 안 되는 일이 벌어지다니. 나는 혼잣말을 하다가 눈물을 쏟았다.

나는 완전히 말도 안 되는 육체에 갇혀 있었다. 기억은 조금밖에 남아 있지 않았고, 그 기억의 옛 주인은 더 나은 삶을 찾으라고 나를 재촉하고 있었다. 나는 역사상에 존재했던 사회를 반영하는 도깨비집의 거울 방에 갇혀 있었다. 이곳 사람들은 기본적으로 제정신이 아니고, 비이성적인 법률과 무의미한 관습을 따르며 미쳐가고 있었다. 나는 이런 곳에서, 갱생 시설에 있었다는 사실을 기억한다고 생각하고, 옛 자신이 적어 놓은 편지를 읽고 있었다. 하지만 그게 정말 나 자신이 내게 쓴 편지라는 근거가 있는가? 그랬다는 기억도 없는데! 어쩌면 흥밋거리가 완전히 사라지고 인생이 지루한 나머지 흥분을 불어넣으려고 내가 지어낸 얘기일 수도 있었다. 나를 죽이러 돌아다니는 자들이 있다는 확신은 점점 더 믿기 어려워지고, 희미해졌다. 줄칼을 들고 덤볐던 사내만 아니라면, 사실 전혀 믿을 수 없는 생각이기도 했다.

누군가 나를 죽이려 드는데 그 이유가 기억나지 않았다. 지금이라면 숙련도가 떨어지는 수습 암살자라도 나를 찾아내서 그리 애쓰지 않고 쉽게 죽일 수 있었다. 나는 냉동 피자도 전자레인지에 제대로 넣지 못하고 바닥에 떨어뜨리는 존재니까. 나는 시간이 남으면 차고에 들어가 용접으로 석궁을 만들고, 직접 칼을 제작할 계획을 세우느라 분주했다. 한편 악당들은, 그런 악당이 정말로 존재한다고 가정하면, 원형 교도소처럼 완벽한 감시 사회를 운영하고 있으며, 교회 제단에 놓여 있는 칼처럼 초응축물의 기묘도 때문에 발생하는 레이저 얼룩과 웜홀을 발생시키는 도파관이 가장자리에 서려 있는 무기를 사용했다. 그런 칼을 이용하면 시공을 가를 수 있었다. 그자들은 환한 대낮에 나를 찾아올 것이다. 존재 프로그래머와 기억 편집자로 구성된 경찰국가 집단 전체가 그자들을 지원할 것이다. 나는 도망갈 곳이 없고, 연구자들이 조종하는 전송게이트를 이용하지 않는 한 여기서 빠져나갈 방법도 없었다. 들어오는 방법 역시 마찬가지다. 게다가 나는 케이와 연락이 끊긴 것인지, 캐스가 케이인지, 아니면 전혀 다른 사람이 케이인지 알지 못했다. 애초에 피콜로-47의 말을 들은 뒤 무슨 이유로 이곳에 들어오겠다고 결정을 했는지도 알 수가 없었다. 내가 가진 거라고는 기억뿐인데, 그 기억조차 믿을 수가 없는 것이다!

무기력하고, 앞길이 보이질 않고, 너무너무 작아진 기분이었다. 나는 눈물로 흐려진 시야를 통해 피자를 노려보았다. 바로 그때 정문 자물쇠가 찰칵 소리를 내며 풀리더니 현관을 지나는 발소리가 들렸다. 더 이상 견딜 수가 없었다.

샘은 주방에 와서 나를 보았다. 나는 쓰레받기를 찾느라 여기저기를 더듬으면서 흐느끼고 있었다.

"왜 그래?" 그는 주방 입구에서 서서 당황한 얼굴로 나를 바라보며 서 있었다.

"내가, 나는…." 나는 상자를 간신히 쓰레기통에 넣고 빗자루를 그 위에 떨어뜨렸다. "아무것도 아냐."

"아무것도 아닐 리가 없잖아." 그가 아주 논리적인 주장을 내놓았다.

"말하기 싫어." 나는 훌쩍거리면서 소매로 눈물을 훔쳤다. 이렇게 약점을 보이고 나니 창피하고 자기혐오가 생겼다. "별일 아니…."

"자." 그가 어깨에 팔을 두르며 위로했다. "자, 여기서 나가자."

"알았어."

그는 나를 데리고 주방에서 나가더니 거실을 지나 커다란 유리창으로 이끌었다. 그는 유리창 가운데 하나를 열었다. 나는 그게 무슨 뜻인지 이해하지 못한 채 그를 지켜보았다. 그 유리창은 바닥에서 천장까지 뚫려 있어서 그 자체로 문이나 마찬가지이며, 뒤뜰로 통했다. "따라와." 그가 잔디밭으로 나가며 말했다.

나는 그를 따라 밖으로 나갔다. 잔디는 점점 자라고 있었다. 나는 그가 무슨 생각을 하는 건지 알 수가 없었다.

"앉아봐." 그가 말했다. 나는 눈을 껌뻑거리며 긴 의자를 바라보았다.

"아, 알았어." 나는 다시 훌쩍거렸다.

"기다리고 있어." 그가 말했다. 그는 다시 집으로 들어가 버렸고, 나는 부조리한 상황에 놀라 멍한 채 홀로 남아 있었다. 잔디를 쳐다보았다. 잔디는 촉촉했고(매일 점심시간에 하늘에 구현된 약 백만 개의 미세 노즐에서 예정대로 물방울들이 부드럽게 떨어지며 강수가 진행되기 때문이다), 달팽이 한 마리가 풀줄기 위에서 힘겹게 전진하며 내 발치로 다가오고 있었다. 그리 멀지 않은 곳에 또 한 마리의 달팽이가 있었다. 연체동물들에게는 좋은 순간이었다. 세상을 향해 나아가며 만족할 수 있으니까. 순간적으로 녀석들이 부러워졌다. 나는 인간이 상상할 수 있는 가장 큰 달팽이 껍질에 갇혀 있었다. 그 껍질은 유리로 만들어져 있으며, 내 모든 행동은 연구자들의 기록 장치와 감시 장치에 낱낱이 노출되었다. 나는 건방지게도 이 껍질에서 기어나가 탈출하고 진짜 정체성을 찾을 수 있을 거라고….

샘이 무언가를 내게 내밀었다. "자, 마셔."

나는 큰 잔을 받아들었다. 파란색 유리잔 아래쪽에 고인 액체에서는 거품이 올라오고 있으며 위쪽 절반에는 맑은 액체가 들어 있었다. 킁킁거려보니 씁쓸한 레몬 냄새가 났다.

"마셔봐. 독은 아니니까."

나는 잔을 들어 올려서 한 모금을 마셨다. 숨어 있던 유령 같은 기억을 통해 그게 진토닉이란 걸 깨달았다. "고마워." 나는 훌쩍거렸다. 그도 크게 한 모금을 마셨다. "미안해."

"미안할 이유가 없는데." 그가 내 옆에 앉으며 말했다. 그는 피곤한 듯 재킷을 벗고 넥타이를 풀었다. 그리고 내 문제를 이해하는 것처럼 굴었다.

"난 아무 쓸모가 없어." 나는 어깨를 으쓱했다. "감당하기가 너무 힘들어."

"넌 쓸모없는 사람이 아니야."

나는 샘을 노려보았다. 그리고 한 번 더 훌쩍거려야 했다. 부비강을 수리할 수 있으면 좋겠다. "쓸모없는 거 맞아. 너한테 전적으로 의존하고 있잖아. 네가 일을 안 하면 난 아무것도 할 수가 없어. 나는 약하고 작고 근육 조율도 안 돼 있어. 저녁에 먹을 피자도 조리를 못 해서 바닥에 다 흘렸다고. 그리고, 그리고…."

샘이 한 모금을 더 마셨다. "저길 좀 봐." 샘이 정원을 가리켰다. "넌 온종일 이걸 즐길 수 있잖아. 난 요즘 좀비가 가득한 사무실에 앉아서 헛소리가 적힌 문서를 교정하고 있어. 나로 하여금 시간을 소비하게 만드는 일들은 끝이 없어. 문서의 오류를 수정하는 일이지. 그 덕분에 두통이 찾아와. 넌 최소한 정원이라도 있잖아." 그는 조심스럽고 이상한 표정으로 나를 쳐다보았다. 나는 그 표정을 보며 그가 실제로 무슨 생각을 하는지 궁금해졌다. "그리고 차고에서 하는 일도 있잖아."

"난…."

"염탐하려던 건 아니야." 그가 부끄러워하며 시선을 돌렸다.

"비밀도 아니야." 내가 말했다. 나는 술을 조금 더 마셨다. "뭘 만들어 보는 거야." 하마터면 그게 취미라는 말을 덧붙일 뻔했다. 그건 거짓말이다. 그리고 샘은 내가 지금까지 의도적으로 거짓말을 하지 않은 유일한 사람이었다. 지금 그에게 거짓말을 하면 돌아올 수 없는 강을 건널 것 같다는 생각이 들었다. 지금 닻처럼 고정된 건 나 자신의 존재뿐이고, 자신의 기억을 전혀 믿을 수 없으니 나는 더 이상 진실과 환상을 구분할 수도 없을 것이다.

"뭘 만들어 본다고?" 샘이 커다란 손으로 술잔을 돌렸다. "나가서 일해볼래?"

"일이라니?" 나는 화들짝 놀랐다. "왜?"

그가 어깨를 으쓱했다. "사람 좀 만나라는 얘기야. 집에서 나가서. 점수에 목매는 여자들 말고 다른 사람도 만나보라는 뜻이야. 그 여자들이 널 찾아오지?"

나는 아무 말 없이 고개를 끄덕였다.

"그럴 줄 알았어." 그는 내가 잔을 비우는 동안 눈치껏 입을 다물었다.

놀랍게도 기분이 조금 나아졌다. 일을 한다 이거지! "일자리는 어떻게 찾지?" 내가 물었다. "내 말은, 남자도 아닌데…."

"상공 회의소에 전화해서 일자리를 달라고 해." 그가 잔을 내려놓았다. 나는 잔을 쳐다보다가 달팽이 두 마리가 무지갯빛 점액을 남기며 하나의 풀잎 위에서 서로 반대 방향으로 기어가는 장면을 목격했다. "그럼 끝이야. 차가 널 데리러 올 거야. 그걸 타면 신체가 들어갈 만한 공간이 있는 곳에 도착할 거야. 여기 왔을 때도 신입 교육을 제대로 안 받았지만 수월했잖아. 너한테 무슨 일자리를 줄지, 대가는 얼마나 줄지 그건 모르겠어. 아마 남자보다 훨씬 조금 줄 거야. 암흑시대에는 그랬다고 하니까. 하지만 일자리가 너무 지루하면 언제든지 상공 회의소에 연락해서 바꿔달라고 하면 돼."

"일자리라." 나는 실감을 해보려고 그 단어를 소리 내 발음했다. 사실 그건 미친 짓이었다. 하지만 이 세계에서 안 그런 게 또 어디 있는가. "일자리를 얻을 수 있다는 걸 몰랐어."

그가 어깨를 으쓱했다. "불법도 아닌데 뭘." 그가 곁눈질로 나를 보았다. "그냥 연구자들이 기본 설정으로 안 해놓은 거지. 우리가 머리를 쓰면 찾아낼 수 있는 일종의 게임이긴 해."

"다른 사람도 만날 수 있다는 거지."

"그건 일터에 따라 달라." 샘은 잠시 망설였다. "일터에 가면 보통 좀비들이 있어. 하지만 연구자들은 일터마다 적어도 두 사람의 인간을 배치하지. 방문객도 있어. 그래도 엄청나게 지루해. 내 생각엔 너도 심심할 거야."

"하지만 지금처럼 정신을 피폐하게 만들진 않을 거야!" 나는 두 주먹을 불끈 쥐었다.

"그거야 가봐야 알지." 그가 고개를 저었다. "암흑시대의 직업은 무의미하고 불쾌한 경우가 많았어. 위험한 일도 있었고."

"아무것도 안 하는 편이 정신에는 더 위험해."

"이제 다시 내가 아는 리브로 돌아왔네." 샘이 미소를 지었다. 자주 볼 수 없는 밝은 표정이었다. 나는 그 표정을 보고 그가 실험 공간 밖에 두고 왔다는 행운의 여성을 진심으로 질투했다. "한 잔 더 갖다 주고 저녁 식사를 준비할게. 집 안이 아니라 여기서 먹을까? 이번 한 번만."

그거 아주 마음에 들었다. 나는 열정적으로 반응했다. "이번 한 번만이야."

나는 반복되는 악몽 때문에 아침 일찍 눈을 떴다.

내가 꾸는 악몽에는 종류가 있었다. 이번에 꾼 악몽은 형상의 질이 다른 꿈과 달랐다. 나는 신형이고 다시 남성이며 신체 구조는 대략 정규인간형이었다. 하지만 세포 수준에서부터 기계 신진대사용 보조 시스템으로 엄청나게 강화되어 있었다. 몸에는 내장 기관 대신 소형 융합 게이트웨이 전지가 들어차 있었다. 나는 종류가 서로 다른 체액을 순환시키기 위해 세 개의 심장을 사용했다. 피부는 다이아몬드 섬유망으로 강화되어 있었다. 그리고 나는 진공에서 수 시간 동안 생존할 수 있었다. 이런 장식물들은 내가 라인바저 캣츠 소속 군인으로 활동하는 데 필요했다. 나는 탱크이기 때문이다.

하지만 이 꿈이 악몽인 이유는 다른 데에 있었다.

작전이 시작된 것은 12일 전이었다. 우리는 (내가 속한 부대는) 보통 잠을 자지 않았지만, 계속되는 고속 기동 탓에 피로감에 절어 있었다. 이 조직체에서 벌어지는 교전은 연결 상태가 양호한 실제 우주 노드에 상급 사령부가 궤도 부대를 배치하자마자 시작되었다. '식스 핑거스 그린 킹덤'은 오염된 조립게이트를 사수하려고 유난히 끈질기게 노력했다. 그 조립게이트는 큐리어스 옐로우 검열봇에 계속 감염된 상태였고, 게이트를 통과하는 자들을 모조리 감염시켰다. 그린 킹덤은 패자 측의 마지막 저항 세력 중 하나였다. 우리는 기동 작전을 펼쳤고, 다른 검열세력의 보루들은 자신들의 광신적인 반계몽주의 네트워크 위상과 내부 방화벽의 정교한 망구조 때문에 우리에게 굴복했다. 그린 킹덤은 그들보다 훨씬 오래 생존해 왔다. 하지만 우리는 그들의 주 스위치 중 하나의 실제 우주상 위치를 알아냈다. 그 발견에는, 일단 우리 측 병력을 침투시키면 대규모로 전개해 활용할 수 있는 노드를 확보한다는 의미가 들어 있었다. 내가 속한 부대는 그 최전선에 있었다.

공격 벡터는 지름이 10미터인 전송게이트의 종단이었다. 게이트는 광속의 30퍼센트까지 가속했다가 갈색왜성인 엡실론 인디 B 주변을 돌고 있는 잔해 구름의 차가운 바깥쪽 경계를 자유낙하로 관통했다. 엡실론 B는 거대 가스 행성보다 약간 크고 표면 온도가 절대온도로 1천 도를 넘지 않는 항성이었다. 이 항성은 헤일로를 빠져나와 수 광분 떨어진 지점에 도착할 때까지 거의 눈에 보이지 않았다. 차갑고 고독한 혜성들이 이 항성의 주위를 돌고 있으며, 그 차가움이란 성간 공간의 차가움과 맞먹었다.

우리 쪽 공격 게이트는 동력이 공급되지 않은 상태이고 숨어 있었다. 이 게이트는 식스 핑거스 그린 킹덤 궤도의 경계 내 방어 구역을 단 몇 초 만에 표류해서 통과하고, 50킬로미터가 채 안 되는 범위에 있는 거대한 원기둥을 터무니없이 가깝게 스쳐 지나가게 되지만 발견하기가 아주 어려웠다. 게이트가 눈 깜짝할 새에 지나가는 동안 우리 부대를 포함한 서너 부대가 웜홀의 중심부에서 멀리 떨어져 있는 끝부분을 통해 고속 침투를 수행했다. 방어자 입장에서 보면, 우리는 그들의 집 문앞 허공에서 갑자기 출현했다. 우리 입장에서 보자면 죽음으로 이끄는 함정으로 떨어지는 셈이었다.

50킬로미터를 이동해 거주구역에 도착하기까지 50초가 걸렸다. 우리는 그 시간 동안 계속 감속하면서, 가속 우리 속에서 납작하게 눌려 있었다. 그동안 우리가 입고 있는 전투복은 저 혼자 날렵하게 움직이고 회피하면서 교란 장치와 미끼와 감마선 레이저 폭탄을 살포했다. 이 50초 동안 아군 병력의 80퍼센트가 국지 방어 포화에 사라졌다. 그야말로 다른 말이 필요 없는 대량 학살극이었다. 그럼에도 불구하고 우리는 운이 좋은 편에 속했다. 그나마 생존자가 있는 건 우리가 라인바저 캣츠 소속이기 때문이다. 캣츠는 미친 짓을 현실에서 구현하는 게 특기였다. 실제로 우주 공간을 지나 공격하는 게 미친 짓이라는 건 모르는 사람이 없었다. 따라서 그린 킹덤은 화력의 90퍼센트를 궤도 내에 집중적으로 배치하고, 타격 지점을 중심부의 바깥쪽이 아니라 장거리도약 전송게이트의 종단 부근에 고정해 두는 방법으로 비생산적인 실제 우주 공격에 대비하고 있었다.

나는 접근 작전 내내 무의식상태에 빠져 있었다. 그동안에 벌어진 일에 대한 기억은 전투복에 설치된 센서가 기록해뒀다가, 내 육체가 실체화하는 순간 즉시 되돌이켜 내 것으로 만들 수 있도록 저장해 둔 것이다. 나는 누워 있었고 몸 주변에서 전투복이 닫히는가 싶더니, 그다음 순간 나는 그린 킹덤 궤도에 있는 파괴된 격실에 서 있었다. 칼을 뽑고, 블라스터의 노드들을 눈에 있는 추적장치와 연결하고, 탈착이 더 용이한 거품을 발생시키고, 거주 공간으로 이동하는 동안 미친 듯이 돌격했던 기억들이 실시간으로 머릿속에 떠올랐다.

나는 기억을 가속했다.

일단 조직체를 점령한다 해도 민간인을 상대하기는 어려울 것이다. 다들 큐리어스 옐로우에게 검열당했기 때문이다. 그들을 감염시킨 건 검열 기능이 들어 있는 원형이었다. 반면에 후기 버전은 해킹되어 여러 가지 조사 기능과 인지 독재 기능이 들어 있었다. 검열 기능은 금지된 사건에 대한 기억만 지우고 끝나지 않았다. 감염자의 뇌에 포자를 심고 그들의 망통신에 부트로더를 넣었다. 감염자가 취약한 조립게이트에 업로드되면 그 두 가지가 작동해서 게이트 펌웨어를 감염시켰다. 따라서 우리가 방금 칼과 블라스터로 꿰뚫은 거주구에 살고 있던 주민들을 한데 모으고, 우리가 가진 조잡한 오염제거 게이트에 넣고 돌려서 그들을 재활용해야 했다.

바로 이 지점에서 환상적인 논리가 등장했다. 그들의 조립게이트는 성숙한 기술 직관에 따른 지식으로 빚어낸, 우아한 고급 제품이었다. 반면에 우리 조립게이트는 조잡한 임시 제품이고, 우리가 건져낼 수 있었던 지식을 이용해 몇 년에 걸쳐 직접 만든 장치였다. 아무것도 모르는 상태에서 그런 게이트들을 끌어모아 보니 오염이 얼마나 광범위하게 퍼졌는지 알 수 있었다. 오염은 기본적으로 이즈 공화국 내 모든 조립게이트에 퍼져 있었다. 우리가 가진 게이트는 엉망이었고 비효율적이었으며 느렸다. 작동은 했지만 빠르지 않다는 얘기다. 그래서 우리는 공격용 게이트를 반이중 모드에 놓고, 시민들을 분해하고 저장했다. 바이러스를 검사하고 훗날 환생시키기 위해서였다. 아직 모든 접근 공격이 확보되지 않았고 식스 핑거스 그린 킹덤의 다른 노드들이 악랄하고 절박하게 반격하는 중이기 때문에 빨리 이동해야만 했다.

한 시간 동안, 허둥거리는 시민들을 모아 게이트 안으로 집어넣고 나자 부대장인 노르닥 소령이 나를 불러 새 명령을 하달했다. “신체들 때문에 진행이 느려지고 있다.” 그녀가 말했다. “머리만 수집하라. 우리가 상황을 완전히 주도하면 그때 전부 다 부활시킬 테니까.”

J 갑판에 있는 대기 공간에는 엄청나게 많은 시민이 모여서 혼란과 공포에 빠진 채 서성이고 있었다. 나와 부대원 한 사람은 군중 속에서 사람들을 골라 외부로 나가는 과정이라고 말하면서 문으로 통과시켰다. 나가기 싫어하는 사람도 있었지만 장갑복을 완전히 갖춰 입은 탱크와 말싸움을 해봐야 아무 소용이 없으므로 그들은 원하든 원하지 않든 결국은 우리에게 오게 되었다. 타박상을 입느냐 골절상을 입느냐의 차이일 뿐 그들이 맞이하는 운명은 결국 똑같았다. 우리는 그들을 데리고 안쪽 문을 통과했다. 안쪽 문은 바깥쪽 문이 닫혀야 비로소 열렸다. 그리고 시민들은 예외 없이 머뭇거렸다. 안쪽 문 너머에 잔뜩 쌓인 폐기물과 조립게이트가 있고, 로럴과 내가 칼을 준비한 채 기다리고 있기 때문이다.

우리는 교대로 일을 맡았다. 힘들고 스트레스가 심한 일이었다. 나는 버둥거리는 희생자를 붙들었다. 희생자는 통통한 정규인간 여성도 있고, 뼈만 앙상하게 남아서 정말로 새 몸이 필요한 사내도 있었다. 그중에는 큐리어스 옐로우가 무서워서 조립게이트를 통과하지 않고 도망 다니다가 정말로 늙은 사람들도 있었다. 나는 희생자를 묶은 다음 피 때문에 끈적거리고 미끄러운 방의 바닥에 눕혔다. 그들은 대개 비명을 질렀다. 그리고 로럴이 보팔 소드를 목 뒤쪽에 있는 C7과 T1 목뼈 사이에 갖다 대면 오줌을 지렸다. 전원 버튼이 움찔거리고 나면 일반인들이 상상하는 것보다 더 많은 피가 솟아나 사방으로 튀었다. 그리고 비명이 멈췄다. 로럴이 칼을 뽑으면 나는 시체에서 손을 떼고 머리를 쫓아갔다. 머리는 대개 축축하게 젖어 있고, 절단 후 충격 때문에 눈꺼풀이 꿈틀거리고 있었다. 나는 머리를 조립게이트 속에, 최대한 낮고 빠르게 던져 넣었다. 게이트는 머리를 집어삼키고 두개골을 처리하기 시작했다. 일이 잘 진행되면 희생자는 영원히 탈분극하고, 삼투압으로 인한 괴사가 시작되기 전에 기록을 남길 수 있을 것이다. 로럴은 남은 신체를 붙잡고 구석에 쌓인 시체 산 쪽으로 던졌다. 특수부대 동료 하나가 주기적으로, 자주 오가면서 그 시체 산을 화물 운반 용구에 실어날랐다. 나는 전투가 패배로 기우는 가운데 피가 발바닥 밑에서 질퍽거리지 않도록 빗자루로 바닥을 세차게 두드렸다.

역겹고 불쾌한 작업이었다. 설사 그 일에 능숙해지고 최대한 빨리 움직인다 해도 평균적으로 50초에 시민 한 사람을 처리하는 게 전부였다. 그 작업에 투입된 여덟 팀 중 하나가 하루 동안 작업을 했으니 아마 하루 동안 최소 1만6천 명을 처리했을 것이다. 그리고 나는 아마도 운이 꽤 안 좋았던 모양이었다. 문이 열리고 그 너머에 있는 친구들이 우리에게 다음 육체를 보냈다. 희생자들은 목에 핏대를 세워가며 발버둥을 치고 비명을 질렀다. 내가 칼을 사용하고 로럴이 그들을 붙잡을 차례가 되었다. 나는 칼을 치켜든 채 겁에 질린 희생자의 얼굴을 내려다보았다. 악몽은 그때마다 조금씩 다르지만 그 얼굴은 바로 내 얼굴이거나….

케이의 얼굴이고….

…나는 일어나 앉아서 비명을 삼키고 있었다. 누군가 팔로 나를 안아주고 있었다. 나는 차게 식은 땀으로 뒤덮여 주체할 수 없이 떨고 있었다. 천천히 현실 인식이 돌아왔다. 나는 침대에 있고 방금 이불을 걷어찼다. 창문으로 달빛이 보였다. 나는 YFH 조직체에 있고, 낮에 상황이 얼마나 안 좋았든 간에 내 꿈 내용은 거기에 영향을 받지 않았다. 나는 억지로 참으며 작은 소리로 훌쩍거렸다.

"이제 괜찮아. 잠에서 깼으니까. 넌 안전해." 샘이 내 어깨를 두드려줬다. 나는 그에게 기대고 간신히 훌쩍임을 멈춘 다음 한숨을 쉬었다. 도로를 보수할 때 쓰는 착암기처럼 심장이 쿵쾅거리고 살갗이 축축했다. 샘이 나를 안은 팔에 힘을 줬다. "무슨 꿈을 꿨는지 얘기해볼래?" 그가 중얼거렸다.

"그건." (끔찍하고) "반복되는 꿈이야. 전생의." (잘못 편집된) "기억이지. 없애버리려 했던 것들이 돌아와서 나를 쫓아다녀." 나는 입에서 퀴퀴한 냄새가 나는 것 같아 자꾸 말을 멈췄다. 나는 내 과거의 그림자에 놀라 잠에서 깼을 뿐 완전히 정신을 차린 건 아니었다. 그런데 샘은 여기서 뭘 하는 거지?

"네가 잠든 채로 신음하고 중얼거리면서 몸부림을 치더라고." 그가 말했다. "발작할까 봐 걱정됐어."

이 나이에도 그러는 경우가 있단 얘기는 들어 봤다. 나는 한쪽 팔로 지탱하며 몸을 일으켰지만 샘에게서 몸을 떼지는 않았다. 그 대신 베개 밑에서 오른팔을 빼고는 그를 꼭 안았다.

"난 수술로 지운 게 아주 많아." 내가 천천히 말했다. "이 꿈이 그 일부라면 영원히 기억나지 않았으면 좋겠어."

"이제 사라졌잖아." 그가 나를 진정시켰다. 나는 다른 팔도 그의 몸에 두르고 힘을 줬다. 그는 크고 안정적이고 진지하고 단단했다. 진지한 샘. 나는 그의 목 아래에 있는 우묵한 곳에 얼굴을 대고 숨을 깊이 들이켰다. 한 번. 두 번. 그가 나를 안고 있으니 기분이 좋고 안심이 되었다. 든든한 샘. 신경질적인 웃음이 터지는 걸 억지로 참자 내 갈비뼈가 흔들렸다. "왜 그래?" 그가 물었다.

"아무것도 아냐." 나는 그의 목에 대고 말했다. 나는 이제 완전히 잠에서 깼고, 이 집에서 맨몸으로 자는 사람이 나 말고 또 있다는 사실을 깨달았다. 하지만 그 사실에 신경이 쓰이지는 않았다. 샘이 힘으로 나를 누르거나 내가 원치 않는 일을 억지로 밀어붙이지는 않을 거라고 믿기 때문이다. 샘은 믿을 수 없는 이방인이었다가 어느새 경계선을 넘어서 친구가 되었는데, 나는 그 점을 전혀 깨닫지 못하고 있었다. 나는 지금 혼자 있고 싶지 않았다. 그리고 그를 안은 채 손으로 등을 쓰다듬으며 얼굴을 그의 목 아래쪽에 대고 그의 체취를 들이마시는 거야말로 이 순간 이 우주에서 가장 자연스러운 행동이었다. "여기 있어 줄래? 혼자 있기 싫어."

그가 약간 긴장했다. 그가 손을 움직여 내 등을 어루만지는 게 느껴졌다. 나는 그의 품에 몸을 맡겼다. 피에 흠뻑 젖은 꿈속 기억과 정반대로 나는 샘을 생생하게 느낄 수 있었다. 그동안 나는 혼자 자면서 누구도 제대로 만져보지 않았다. 섹스는 말할 필요도 없었다. 그렇게 지낸 지 최소한 한 달은 넘었을 것이다. 그러니 내가 성적으로 흥분하고, 살을 더 맞대고 더 만지고 더 냄새 맡고 싶어 한들 조금도 이상한 구석은 없었다. 나는 목 아래쪽을 핥으면서 한 손을 그의 다리 사이에 넣었다. 나는 그곳의 상태를 알고도 그리 놀라지 않왔다. 그 역시 자기 부정의 삶을 살아왔기 때문이다.

"그러지 마…." 그가 중얼거렸지만 나는 그 말을 듣지 않았다. 그 대신 얼굴을 가슴 쪽으로 내리고 키스하면서 아래쪽에 있는 물건을 애무하고, 흥미가 없다는 그의 말이 거짓임을 밝혔다.

샘은 현실 세계에서 오도 가도 못하는 애인 때문에 참고 있었다. 나는 자존심과 나를 감시하는 점수 창녀들의 탐욕스러운 눈길 때문에 참고 있었다. 아침이 되면 우리 두 사람은 아마 후회할 것이다. 하지만 지금 나는 접촉에 취해 있었다. 나는 그의 허벅지에 뺨을 문지르며 그의 물건을 탐욕스럽게 핥았다. 그의 두 손이 내 머리카락을 만지며….

"안 돼." 그가 주저했다. 나는 그의 물건을 최대한 깊숙이 입안에 넣었다. 그는 목이 졸리는 것 같은 소리를 냈다. "하지 마, 리브. 제발 부탁인데…." 나는 물고 빨기를 계속하고, 그는 뭔가 말하려고 숨을 들이켜다가 약간 헐떡거렸다. 나는 그를 절정으로 이끌었고, 약간 김이 빠졌다. 확실히 너무 빨랐지? 그는 침대 너머에 서서 내게 등을 돌리고 어깨를 움츠렸다. "하지 말라고 부탁했잖아." 그가 시무룩한 목소리로 말했다.

나는 잠시 말문이 막혔다. "내가 원한 건…." 나는 말을 멈췄다. 입안에 알싸한 뒷맛이 남아 있었다. "널 행복하게 만들어주고 싶었어." 만약 포기하고 점수 창녀들 앞에서 창피를 당하게 된다면 적어도 그들의 얼굴에 대고 그대로 되돌려줄 수는 있을 것이다.

"흠, 좋은 방법이 아니었어." 그는 내가 상처라도 입힌 것처럼 긴장했고 방어적이었다. "우리가 서로 이해하는 줄 알았는데…." 그는 내가 할 말을 생각해내기도 전에, 내 시선을 피하면서, 옆걸음으로 침대를 돌아 방 밖으로 나갔다. 그리고 잠시 뒤 샤워 소리가 들렸다.

나는 완전히 잠이 깨서 가운을 걸치고, 입을 헹구는 대신 커피를 한 잔 만들어 마시려고 아래층으로 내려갔다. 샘이 내 침을 씻어내느라 바쁜 동안 욕실에 들어갈 생각은 없었다. 아직 자존심이 조금 남아 있다 보니 그와 눈을 마주치게 되면 그 잘난 자제력은 다 어디 갔느냐고 쏘아붙일 것 같았다. 그는 저 바깥 조직체에서 만난 대단한 애인에게 계속 넋을 놓고 있으면서도 내 펠라티오를 거부할 만큼 콧대가 높진 않았다. 그런데 결국 나는 단숨에 인간이 아닌 존재가 되고 말았다. 그것만으로도 샘을 증오할 이유는 충분했다. 하지만 나는 그를 증오하는 대신 차가운 커피를 앞에 놓고 주방에 앉아서 샤워 소리가 잦아들고 위층 불이 꺼질 때까지 기다렸다. 그런 다음 살금살금 침대로 가서 눕고, 동이 틀 무렵까지 내가 무엇에 사로잡혀 있는 건지 생각했다. 결국 나는 그의 상상 속에 있는 애인의 면전에 대고 쏘아붙일 기회가 올 때까지 두 번 다시 성적인 행위를 제공하지 않겠다고 결심했다. 그런 다음 잠이 들었다.

다음 날 아침 나는 샘이 일하러 나갈 때까지 꼼짝도 하지 않았다. 그리고 일어나서 상공 회의소에 전화를 했다. 전화를 받은 좀비는 간신히 인간의 지능을 흉내 내는 것 같았지만, 내일 택시를 보내주겠다고 약속했다. 나는 밖에 나가서 지칠 때까지 길을 뛰어다닌 다음 (기운이 빠지기 전에 달릴 수 있는 시간이 갈수록 늘어났다) 샤워를 했다. 그 뒤로 온종일 차고에서 석궁 작업을 진행하려 하지만 별 수확을 건지지 못했다. 내가 왜 이 일에 공을 들이는지 모르겠다. 결국 사람을 쏠 일도 없을 것 아닌가?

나는 샘이 먹도록 반쯤 해동된 피자를 남겨두고 조리법을 종이에 적어 주방에 남겨 뒀다. 그리고 어두워진 다음 집에 돌아왔다. 샘은 텔레비전을 켜두고 거실에 틀어박혀 있었고, 나는 몰래 위층으로 올라와서 그를 한 번도 보지 않고 잠자리에 들었다. 우리가 서로를 피하기 때문에 쉬운 일이었다.

깊이 잠들 수가 없었다. 이번 악몽은 종류가 달랐다. 도살장 꿈처럼 생생하지도 않았다. 하지만 어떤 면에서 보자면 그것보다 더 불편했다. 나는 형사, 또는 일종의 조사관이었다. 나는 어둠 속에 숨어 있는 악당들을 찾고 있었다. 그들은 끔찍한 범죄를 저질렀지만 모든 이의 기억을 변형시켰다. 그 결과 그들이 무슨 짓을 했는지, 누구인지 기억하는 사람이 없었다. 나도 그들이 무슨 짓을 했는지, 누구인지 몰랐다. 하지만 그들을 찾아내서 정의의 심판을 받게 하고, 그들이나 다른 모든 이들이 그들의 행적과 그 결과를 잊지 못하게 만드는 게 나의 일이었다. 따라서 나는 형사다. 나는 어슴푸레한 조직체 안을 거닐면서 단서를 추적했지만 나 자신의 신분도 모르고 그런 임무를 맡은 이유도 몰랐다. 심지어 내가 범죄자의 일원일 수도 있었다. 그들은 모든 사람이 자신의 신분과 행위를 잊게 만들었다. 그러니 자신들의 기억을 지우지 않았다고 장담할 수 있겠는가? 나는 죄목도 없고 기억하는 이도 없는 끔찍한 죄를 저질렀는지도 몰랐다. 그렇다면 나는 번복이 불가능한 검출 논리에 따라 나 자신을 체포하고 상위 권력이 운용하는 법정에 스스로를 내보내게 될 것이다. 그리고 재판을 받은 다음 이해할 수도 없고 저질렀는지 기억도 나지 않는 범죄 때문에 형을 선고받을 것이다. 나는 인간의 이해 범주를 넘는 형벌에 따라, 지울 수 없는 원죄의 희미한 얼룩만 품은 채 다른 기억을 거의 다 깎아낸 유령이 되어 어슴푸레한 조직체 속을 거닐게 될 터였다. 나는 범죄 우두머리를 찾아내고 과오를 속죄하기 위해 그곳에 파견되었고, 그런 이유로 떠돌고 있는 것이다.

나는 그들의 흔적을 찾아내고, 언젠가는 그들을 찾아내, 손을 내밀어 그들의 어깨를 붙잡고, 내가 노려보는 게 실은 나 자신의 뒤통수라는 사실을 깨달아….

나는 가슴이 쿵쾅거리는 바람에 땀을 흘리면서 한밤중에 눈을 떴다. 샘은 보이지 않았다. 그가 없다는 사실 때문에 잠시 화가 나고 반항적인 심정이 되었다. 하지만 이런 생각이 들었다. 유일한 친구에게 내가 무슨 짓을 한 거지? 나는 몸을 굴리고 동이 트기 전까지 씁쓸한 눈물로 베개를 적셨다.

하지만 다음 날, 나는 새로 일을 시작했다.

# 8
# 아이

나를 상공 회의소에 데려다줄 택시는 샘이 일하러 나가고 30분이 지난 다음 도착했다. 나는 준비를 마치고 기다리고 있었지만 일을 하러 간다는 생각 때문에 마음이 심란했다. 어떤 면에서는 꼭 필요한 일이었다. 샘에게서 독립할 수도 있고, 추가 수입원을 만들 수도 있고, 다른 피실험자들을 만날 수도 있고, 전업주부의 고독하고 틀에 박힌 생활에서 탈출할 수도 있으니까. 하지만 다른 관점에서 보면 옳은 선택인지 확신할 수가 없었다. 저들이 내게 어떤 일자리를 줄지 알 수도 없을뿐더러, 내 시간을 아주 많이 투자해야 할 텐데 아마도 지루하고 무의미한 일일 것이기 때문이다. 새로운 사람들을 만난다고는 하지만 그들을 보자마자 증오하게 될 수도 있을 것이다. 처음에는 좋은 생각이라고 판단했지만 이제 와서 생각해보니 일자리를 얻는다는 계획은 스트레스 그 자체였다.

당연한 얘기지만 택시 운전사는 아무 도움을 주지 못했다. 아무것도 알려주지 못하니까. "상공 회의소에 도착했습니다." 운전사가 말했다. "하차해주십시오." 나는 차에서 내려 오른쪽에 있는 으리으리한 건물로 향했다. 건물에는 나무와 청동으로 만든 회전문이 있었다. 망설이는 기색이 겉으로 드러나지 않으면 좋을 텐데. 나는 접수대에 있는 직원을 향해 나아갔다. "난 리브라고 하는데요. 저기, 10시에 하쇼 씨와 약속이 있어요."

"안쪽으로 곧장 들어가십시오, 부인." 좀비가 뒤에 있는 문을 가리키며 말했다. 그 문에는 반투명 유리창이 있고 위쪽에는 금박 스텐실로 글자가 새겨져 있었다. 나는 힐로 돌 바닥을 두드리며 걸어가 문을 열었다.

"하쇼 씨 계신가요?" 내가 물었다.

방에서 주인공 역할을 하는 것은 나무로 만든 널찍한 책상이었다. 책상 윗면에는 염색하고 보존처리를 한 대형 초식동물의 가죽이 사각형으로 덮여 있었다. 벽에는 나무판이 덧대어져 있고, 벽 위쪽에는 고리가 있고, 그 고리에 액자가 걸렸는데, 액자 안에는 솜씨가 서투르고 움직이지 않는 그림들이 들어 있었다. 검정 양복을 입고 악수를 하는 남자들의 단체 초상화나 증명서들이었다. 막 노년에 접어들었고 머리카락이 거의 남지 않고 뱃살이 많은 남자가 검정 양복을 입고 책상 뒤에 앉아 있었다. 그는 내가 들어서자 반쯤 몸을 일으키며 손을 내밀었다. 좀비인가? 나는 확신을 하지 못했다.

"안녕하십니까, 리브." 그는 자신감이 넘치고 편안한 목소리로 말했다. "앉으시겠습니까?"

"그럼요." 나는 책상 반대편에 있는 의자에 앉아서 다리를 꼬고는 그를 관찰했다. 그의 주의력이 분명히 살짝 흔들렸다. 나를 보면서 내 몸을 의식하기 때문이었다. 따라서 그는 진짜 인간이었다. 좀비들에게는 그런 프로그램이 들어 있지 않았으니까. "교회에서는 못

뷘 것 같은데요?" 내가 물었다.

"나는 이곳 직원이니까요." 그가 간단히 대답했다. "담배 피우십니까?" 그가 손짓으로 책상에 있는 나무상자를 가리켰다.

"아뇨, 안 피워요." 나는 약간 딱딱하게 말했다. 담배 냄새가 싫었지만 크게 해로운 것 같지는 않았다.

"잘 됐군요." 그가 담배를 하나 집어 들고 불을 붙이더니 들이마시며 생각에 잠겼다. "어제 일자리가 있는지 물어보셨죠. 마침 맞는 일자리가 있습니다. 실례를 무릅쓰고 개인 기록을 열람해서 알아봤거든요. 흡연자는 지원할 수 없는 자리입니다."

"그래요?" 나는 눈을 크게 떴다. 조금도 과장하지 않고 말하자면, 직원이라고 자칭하는 하쇼는 내가 생각했던 것과 달랐다. 나는 배치 데이터베이스를 운영하는 멍청한 좀비를 꾹 참고 상대해야 할 거라고 예상했었다.

"시립 도서관 일입니다. 주당 사흘만 일하면 되고요. 그 대신 11시간짜리 교대 근무를 해야 합니다. 운 좋게도 거기서 수습 사서로 일하게 될 겁니다. 단점이 있다면 초봉이 그리 많지 않습니다."

"정확히 뭘 하는 거죠?" 내가 물었다.

"도서관 일이죠." 그가 어깨를 으쓱했다. "책을 순서대로 모아놓고, 대출 상황을 기록하고, 연체자에게 고지를 하고, 과태료를 징수하면 됩니다. 사람들이 책을 찾거든 도와주고 원하는 정보를 찾아주고요. 쌓여 있는 책을 정리하고 새 책이 들어올 때 추가해주면 됩니다. 1번 집단에서 온 제니스 밑에서 일하게 될 겁니다. 제니스는 실험 초기부터 사서로 일해왔는데 곧 그만두고 떠날 겁니다. 그래서 후임을 훈련시켜야 하죠."

"그만둔다고요?" 나는 이상하다는 표정을 지으며 물어보았다.

"왜요?"

"아이를 가지려고요." 그가 대답하고는 천장을 향해 완전히 동그란 연기 고리를 만들어 날렸다.

처음에는 그게 무슨 말인지 이해할 수가 없었다. 너무 낯선 개념이었기 때문이다. "왜 일을 그만두고 그런…."

이번에는 그가 이상하다는 표정으로 나를 보았다. "임신했거든요." 그가 말했다.

머릿속에서 세상이 잠깐 빙글빙글 돌았다. 귀에서 이명이 들리고 무릎에서 힘이 빠졌다. 앉아 있어서 다행이었다. 나는 정신을 차리고 무슨 일이 벌어지는 건지 이해하기 시작했다. 제니스는 임신 중이었다. 그녀의 신체 안에 피포성 종양 같은 신생아가 있다는 뜻이었다. 문명시대가 시작되기 전 인간들은 야생적인 방식으로 아이를 품곤 했다. 제니스와 그녀의 남편은 아마도 섹스를 했을 테고, 그녀는 임신 능력이 있었을 것이다. "그러면 제니스는 분명히…." 나는 말을 하다말고 손으로 입을 막았다. 임신 가능이라니.

"그렇습니다. 제니스와 노엄은 아주 행복합니다." 하쇼가 열정적으로 고개를 끄덕이면서 말했다. 그는 무언가에 만족한 것 같았다. "우리도 그 부부 덕분에 아주 기쁩니다. 새 사서를 훈련시킬 필요는 생겼지만요."

"아, 나도 한번 보고 싶군요. 아니, 나도 한번 시도를 하고 싶다는…." 나는 말을 하다가 궁금증이 생기는 바람에 당황했다. 그녀는 의사들에게 임신 가능한 상태로 만들어달라고 요청한 것일까? 그렇지 않으면… 비열하고 끔찍한 의심이 들기 시작했다. 우리는 이미 임신이 가능한 상태인 걸까? 월경이 선사시대 여성에게 있어서 신진대사의 신호라는 건 알고 있었다. 하지만 지금까지는 그 의미를 제대로 알지 못했다. 아이를 갖는 건 힘든 일이기 때문에 능동적으로 의료 지원을 받아야 했다. 아이를 체내에 품는 건 그보다 더 어렵다. 그들이 우리를 집어넣은 육체가 너무나 정규인간에 가까워서, 섹스를 하다 보면 무작위적인 인간이 자동으로 발생할 수 있다니, 이 얼마나 끔찍한가. 암흑시대 의사들에게 인큐베이터가 있을 리가 없었다. 그러니 임신한다면 정말로 자연분만을 해야 할 것이다. 만약 샘과 내가 어젯밤에…. "실례합니다만 화장실이 어디 있죠?" 내가 물었다.

"나가서 왼쪽으로 두 번째 문입니다." 내가 서두르자 하쇼가 미소를 지었다. 5분 뒤에 사무실로 돌아가 보니 그는 계속 미소를 짓고 있었다. 나는 억지로 침착한 표정을 지으며, 속이 울렁거려서 화장실에 다녀왔다는 사실을 인정하지 않아야 했다. "괜찮으십니까?" 그가 물었다.

"이젠 괜찮아요." 내가 말했다. "미안해요. 먹은 게 잘못됐나 봐요."

"전혀 신경 쓰지 않으셔도 됩니다. 괜찮으시다면 저와 함께 도서관에 들러보시겠습니까? 제니스를 소개할 테니 잘 지낼 수 있을지 한번 보시죠?"

나는 고개를 끄덕였다. 우리는 택시를 잡으러 건물 정문으로 나갔다. 나는 조금 전에 세계관이 완전히 뒤집히고 망치로 두들겨 맞은 사람치고는 아주 잘 버티고 있었다. 신생아가 다 자라려면 얼마나 걸릴까? 1년? 그 사실 때문에 이 실험은 완전히 새로운 의미를 띠게 되었다. 나도 분명히 은연중에 같은 조건에 동의했을 거라는 암울한 예감이 들었다. 조그마한 계약서 속 어딘가에 임신 가능한 몸을 받아들일 것이며, 필요한 경우 임신을 하고 연구 목적으로 아이를 분만하겠다는 뜻으로 해석할 수 있는 구절이 있었을 것이다. 나는 그런 계약서에 서명했다. 피오르와 그의 친구들은 우리가 나약한 상태에 있는 동안에 기쁜 마음으로 그처럼 더러운 속임수를 통과시켰던 것이다.

나는 몇 분 뒤 윤리위원회가 독자적으로 감독할 거라던 약속이 쓰레기 한 줌만큼의 가치도 없다는 사실을 깨달았다. 극단적인 경우 우리 여성들 전부가 임신하고 아이를 낳을 수도 있다. 그러면 연구자들은 약 백여 명의 아기를 돌봐야 했다. 그 아기들은 암흑시대 시뮬레이션 환경 속에서, 적절한 의술과 교육과 사회화를 제공받지 못하며 살겠다고 동의한 적이 없었다. 책임감 있는 윤리위원회에게 이런 실험을 하겠다고 제안했다가는 씨알도 안 먹혔을 것이다. 따라서 윤리위원회가 그다지 윤리적이지 않거나, 아예 존재하지 않을 거라는 생각이 들었다.

이런 생각을 하는 동안 하쇼가 좀비 운전사에게 시립 도서관으로 데려가 달라고 말했다. 도서관은 내가 처음 가보는 구역에 있었다. 그 구역에는 시청이 있고, 하쇼가 손을 들어 가리키며 경찰서라고 알려준 건물이 있었다. "경찰서라고요?" 나는 멍한 표정으로 물었다.

"그래요. 경찰들이 머무는 장소죠." 그는 내가 살짝 정신이 나간 사람인 것처럼 쳐다보았다.

"여긴 범죄 발생률이 아주 낮아서 경찰력이 필요 없는 줄 알았는데요." 내가 말했다.

"아직은 그래요." 그가 뜻을 짐작할 수 없는 미소를 지으며 말했다. "하지만 세상은 바뀌고 있지요."

도서관은 층수가 낮은 벽돌 건물이었다. 정면은 유리로 되어 있으며 안내실로 이어지고, 회전문으로 들어가면 크고 책장이 그득한 두 개의 방으로 들어갈 수 있었다. 책장에는 하나 예외 없이 책이 (책이란 바보 같은 종이의 묶음이다) 들어 있었다. 그리고 그런 책장이 아주 많았다. 사실 나는 살면서 그처럼 많은 책을 본 적이 없었다. 모순적인 일이었다. 지금 당장은 그 기능을 사용할 수 없지만, 망통신을 이용하면 순간적으로 그보다 백만 배는 더 많은 정보를 불러올 수 있었다. 그런데 우리는 지금 정보적인 측면에서 불모지 사회에 묶여 있는 상태이므로 이곳에 줄지어 늘어선 죽은 나무가 활용 가능한 인간 지식의 총합이란 얘기가 되었다. 우리에게 허용된 것들은 모조리 정적이고 서투른 끄적거림뿐인 것 같았다. "이건 누가 사용하는 거죠?" 내가 물었다.

"구체적인 절차에 관해서는 제니스가 설명해 줄 겁니다만." 그가 번들거리는 정수리 위를 손으로 문지르며 말했다. "원하는 사람은 누구라도 대출을… 그러니까 도서대출부를 통해서 책을 빌릴 수 있습니다. 참고문헌 부서에 할당된 책은 역할이 조금 다르고, 개인 수집서적도 있죠." 그가 헛기침했다. "그런 것들은 비밀 자료에 속하기 때문에 열람할 권리가 없는 사람에게는 빌려줄 수가 없습니다. 극적으로 들릴 수는 있겠지만 사실 별로 낭만적인 건 아닙니다. 우리는 이 프로젝트에 관한 사항들을 종이에 아주 많이 기록해서 보관하는 것뿐이에요. 따라서 지식을 다루는 첨단 도구를 도입해서 실험 규칙을 어길 필요는 없죠. 그리고 그런 종이를 사용하지 않을 때는 어딘가에 보관해야 하므로 도서관을 이용하는 겁니다." 그가 문을 열어둔 채 손으로 잡고 있었다. "제니스를 만나러 가볼까요? 그리고 점심을 먹읍시다. 우선 여기서 일을 할 건지 의논해보고, 급여와 근무 조건이 어떻게 될지 얘기하죠. 일하기로 하면 교육을 언제부터 시작할지 결정해야 하고요."

제니스는 금발이고 몸매가 호리호리하며, 눈매가 사납고 근심 어린 표정을 하고 있었다. 그리고 무언가를 설명할 때면 덫에 사로잡힌 곤충처럼 뼈만 남은 긴 손을 퍼덕거렸다. 젠의 음모를 견뎌내다 보니 제니스는 산들바람 같은 느낌이었다. 첫째 날이 되어 나는 직장에 일찍 도착했지만, 제니스는 나보다 먼저 와 있었다. 그녀는 나를 잽싸게 낚아채더니 책장 뒤쪽에 있는 작고 어두운 방으로 데려갔다. 어제 돌아봤을 때는 눈치채지 못했던 공간이었다.

"여기 와줘서 너무 고마워." 그녀가 양손을 맞잡고 말했다. "차 마실래? 아니면 커피? 둘 다 있어." 제니스는 방 한구석에 있는 전기 주전자의 스위치를 켰다. "조만간 누가 나가서 우유를 가져와야 할 텐데." 그녀가 한숨을 쉬었다. "여기가 직원실이야. 주변에 아무도 없을 때 여기 와서 쉬거나 점심을 먹으러 가면 돼. 정오부터 한 시까지는 도서관 문을 닫고. 그리고 도서관 컴퓨터를 이용할 수 있는 단말기도 있어." 그녀는 소형 텔레비전과 별반 다르지 않은 사각형 기계를 가리켰다. 그 기계는 버튼이 달린 판과 나선형 전선으로 연결되어 있었다.

"도서관에 컴퓨터가 있다고?" 흥미로운 사실이었다. "그냥 망통신을 쓰면 안 될까?"

제니스가 뺨을 분홍색으로 물들였다. "유감스럽게도 그건 안 돼." 그녀가 사과했다. "연구자들이 고대인처럼 키보드와 화면으로 이용하게 해놨거든."

"하지만 고대에 썼던 사고 기계들은 하나도 안 남았잖아. 시뮬레이션을 제외하면. 물리적인 형태가 비슷하다는 건 어떻게 보장하지?"

"잘 모르겠어." 제니스가 생각에 잠겼다. "저기, 난 그 점을 생각해본 적이 없어. 이런 걸 어떻게 설계했는지도 몰라! 아마 실험 규칙 어딘가에 포함돼 있었겠지. 기밀 사항이 아닌 것들은 전부 온라인상에 있으니까 한번 찾아봐. 하지만 지금 당장은 그럴 시간이 없어." 주전자에서 물이 끓자 그녀는 인스턴트커피 가루가 담긴 머그잔에 뜨거운 물을 나눠 담느라 잠시 바빴다. 그사이 나는 그녀의 뒷모습을 대충 관찰해보았다. 아직 임신했다는 뚜렷한 징후는 보이지 않지만, 허리둘레가 조금 부푼 것처럼 보였다. 옷이 잘 재단되어 있어서 확실히 말하기는 어려웠다. "우선 접수대가 어떻게 운영되는지 그것부터 알아두는 게 좋겠어. 대출 관련해서 말이야. 누가 무슨 책을 빌려 갔는지, 반납 기일은 언제인지 잘 기록해둬야 해. 처음부터 익히기에는 그게 가장 쉬울 거야. 자." 그녀는 커피가 담긴 머그잔을 건넸다. "도서관 업무에 대해서 얼마나 알고 있어?"

내가 아침나절 내내 배운 건 암흑시대에 '도서관 업무'가 아주 방대한 영역의 정보를 관리했다는 사실이었다. 사람들은 도서관이 자율적으로 조직화하는 구조물이 되기 전까지 (꽤 짧은) 인생을 전부 바쳐가면서 최적화된 도서관 관리법을 연구했다. 제니스의 (그리고 나의) 자질은 진짜 암흑시대 사서의 근처에도 미치지 못했다. 그들은 분류 체계에 통달한 장인들이었고 정보를 분류하는 어휘들을 조정했다. 하지만 우리는 엄청난 인내심을 갖고 이리저리 뛰어다니면서 조그마한 시립 대출 도서관과 참고문헌 부서를 운영할 수 있을 뿐이었다. 나는 과거에 그쪽 방면으로 역사적인 기술을 조금 익혔던 모양이었다. 용접 기술과 달리 그런 기술들은 완전히 삭제하지 않았던 것이다. 나는 알파벳을 기억했고 도서 십진분류법을 즉시 떠올릴 수 있었다. 그리고 각 책의 표지 안쪽에 봉투가 있으며 그 봉투 안에 대출표를 넣어두고 책이 대출될 때도 그 표를 계속 유지해야 한다는 점 역시 타당해 보이므로….

오후가 중반에 이르기까지 총 다섯 권의 책이 반납되었고 이용자 한 사람이 방문해 두 권의 책을 빌려 갔다(아스텍 문화에 관한 책과 식인 식물의 유지 및 사육법에 관한 책이었다). 나는 YFH 조직체가 상근직 사서처럼 독특한 직업을 왜 유지하는지 궁금해지기 시작했다.

"나도 몰라." 제니스는 직원실에서 차를 한 잔 마시면서 말했다. 그녀는 삐걱거리는 흰색 나무 탁자 아래쪽으로 다리를 뻗고 있었다. "조금 더 바빠질 수도 있어. 여섯 시가 돼봐야 알 수 있거든. 사람들은 그 시간이 되면 대개 일을 끝내고 집으로 돌아가니까. 대출자들은 주로 그때 와. 하지만 사실 내가 꼭 있을 필요는 없어. 이런 일은 좀비도 완벽하게 처리할 수 있거든." 그녀는 약간 근심에 찬 것 같았다. "아마 일자리를 구하는 사람에게 원하는 걸 제공하는 데에 의미가 있는 것 같아. 그게 이 실험 전체에 내재한 결점이거든. 우리는 폐쇄 경제 속에 사는 게 아니야. 그러니까 사람들에게 일자리를 계속 공급해주지 않으면 모든 게 끝장이 난다고. 그래서 연구자들이 우리에게 월급을 주는 척 연기를 하고 우리도 일하는 척 연기를 하는 상황 속에 살게 된 거지. 최소한 교구를 합병할 때까지는."

"교구를 합… 이런 곳이 또 있다고?"

"그렇다던데." 그녀가 어깨를 으쓱했다. "연구자들은 우리를 작은 무대에 넣어뒀어. 그래야 우선 이웃이 누군지 알 수 있거든. 그 다음에는 더 큰 공동체로 연결되고 모든 게 산산조각이 나는 거야."

"그건 좀 비관적인 시각 아닌가?" 내가 물었다.

"그럴 수도 있지." 그녀는 잠깐이지만 보기 힘든 미소를 날렸다. "하지만 그게 현실적인 시각이라고."

제니스가 마음에 들기 시작했다. 유머 감각이 비뚤어지긴 했지만, 그녀가 곁에 있으면 마음이 편했다. 우리는 잘 지낼 수 있을 것 같았다. "다른 건 어때? 접근이 금지된 기록이나 컴퓨터는?"

그녀는 손을 내저었다. "하나만 기억해두면 돼. 피오르가 매주 한 번씩 이리로 와. 그러면 잠긴 방을 열어주고 한두 시간가량 혼자 있게 둬야 해. 그 사람이 문서를 갖고 가겠다고 하면 기록을 남기고 반납할 때까지 귀찮게 굴면 안 되고."

"다른 사람은 안 와?"

"흠." 그녀가 생각을 해보았다. "주교가 오거든 어디든 들어갈 수 있게 해줘." 그녀는 얼굴을 찡그렸다. "컴퓨터에 관한 건 묻지 말고. 사용법을 제대로 알려준 사람이 없거든. 사실 난 그게 뭔지 알지도 못해. 한가한 시간에 만져보고 싶으면 원하는 대로 해. 모든 행동이 기록된다는 것만 잊지 말고." 그녀가 나를 마주 보았다. "전부다." 그녀가 힘을 주어 강조하면서 같은 말을 반복했다.

맥박이 빨라졌다. "컴퓨터에 기록된다는 거야? 아니면 다른 곳에?"

"도서 대출 상황이나." 그녀가 말했다. "사람들이 들춰본 쪽 숫자까지 기록에 남아. 책이 전부 하드커버라는 건 눈치챘어? 암흑시대 기술로도 아주 작은 추적장치를 만들 수 있다니 놀랍지 않아? 그걸 책등에 넣어둘 수 있어. 그러면 독자가 책의 몇 쪽을 펼치는지 알 수 있지. 실험 규칙을 어기지 않으면서도."

"하지만 규칙은…." 나는 말을 멈췄다. 텔레비전은 기술적으로 별로 복잡해 보이지 않았다. 하지만 정말로 그럴까? 그런 기계의 내부에는 뭐가 들어 있을까? 카메라나 정말로 복잡한 통역 장치가 들어 있어서….

"암흑시대는 그냥 어둡기만 한 게 아니라 발전 속도가 빨랐어. 우리가 얘기하는 암흑시대는 조상들이 계산기로 숫자 두 개를 더하던 시대부터 최초의 감정 기계를 발명하던 시대까지야. 독극물을 다뤘지만 잘린 사지를 깔끔하게 붙이지도 못하던 주술사부터 시작해서 조직 재생이 가능해지고, 단백질체와 게놈을 완전히 제어하고, 필요에 맞게 신체 일부를 배양하던 시대까지를 일컫는 거지. 궤도에 도달하기 위해서 로켓을 쓰다가 우주 엘리베이터를 이용하는 시대이기도 하고. 조상들은 그 모든 걸 100년도 안 되는 기간에 이뤄냈다고." 그녀는 차를 한 모금 마시느라 잠시 숨을 고른다. "우리 현대인들은 암흑시대 정규인간들을 너무나 쉽게 과소평가해. 하지만 여기서 머무르다 보면 그런 습관은 벗어던지게 돼. 성직자들은, 그러니까 연구자들은 조상을 제대로 판단하기 위해서 다른 사람들보다 여기에 더 오래 머물러. 심지어 하쇼도 그래. 하쇼는 연구자들 밑에서 일하고 있지." 제니스는 그의 이름을 발음하며 불쾌감을 드러냈다. 하쇼는 무슨 짓을 해서 그녀에게 미움을 샀을까.

"연구자들이 우리보다 이걸 더 잘 다룬다고 생각해?" 나는 흥미가 생겨서 물어보았다.

"당근이지." (그녀는 정말로 '당근'이라는 말을 썼다. 진짜 옛날 사람이나 쓰는 고대 속어를 사용하는 걸 보니 그녀는 정말로 분위기에 푹 빠지는 유형인 모양이다) "여긴 겉으로 드러난 것보다 더 많은 일이 진행되고 있어. 연구자들은 이 사회를 안정시키는 방법을 연구하면서 상당히 많은 성과를 거뒀지. 두어 달 정도 운영한 결과라고는 믿을 수 없을 정도로." 그녀는 눈을 깜빡거리면서 눈 바로 위쪽 방구석을 날카롭게 쳐다보았다. 나는 그녀의 시선을 따라가 보았다. "저것까지 포함해서, 그들이 모든 걸 보고 들을 수 있다는 것도 그 정도 성과를 거두는 데에 일정 부분 도움을 줬을 거야. 어디까지나 일정 부분이지만."

"하지만 분명히 그게 다가 아니겠지?"

그녀는 수수께끼 같은 미소를 날렸다. "휴식 시간 끝났어. 일하러 갈 시간이라고."

나는 늦게 귀가했다. 반납된 책을 정리하고 접수대에 여러 시간 서 있다 보니 너무나 피곤했다. 집으로 들어서는데 걱정이 정신을 갉아먹기 시작했다. 거실이 환하고 텔레비전 소리가 들렸다. 나는 우선 먹을 것을 꺼내러 주방으로 향하고, 거기서 샘과 마주쳤다.

"어디 갔었어?" 그가 물었다.

"직장." 나는 지친 몸으로 야채수프 깡통과 빵 한 덩어리를 공격했다.

"오." 잠시 침묵. "무슨 일을 하게 됐어?"

샘이 냉장고에 넣어둔 버터는 돌덩이처럼 딱딱했다. "새 시립 도서관 사서가 되려고 교육을 받았어. 지금은 일주일에 세 번 출근하면 돼. 그 대신 하루에 열한 시간 일하지만."

"오."

그는 더러운 접시를 식기 세척기에 넣으려고 몸을 숙였다. 나는 간신히 늦지 않게 그를 제지했다. 세척기 안에는 깨끗한 그릇이 가득했다. "아냐. 우선 안에 든 것부터 비워. 알았지?"

"허." 그가 귀찮다는 표정을 지었다. "시에 새 사서가 필요하다고?"

"응." 그에게 설명해줄 의무는 없을 것이다. 안 그런가?

"제니스라는 사람 알아?"

"제니스라…." 그가 생각에 잠겼다. "몰라. 도서관이 있는 줄도 몰랐어."

"두어 달 있으면 제니스가 그만둘 거야. 그래서 후임자가 필요해."

그는 세척기의 맨 아래쪽에 있는 접시부터 차례로 빼서 조리대 위에 쌓았다. "그 여자가 일을 싫어하는 거야? 그런 일인데 넌 왜 맡은 거야?"

"그런 거 아니야." 나는 마침내 깡통에서 수프를 꺼내어 붉게 타오르는 버너 위에 올려둔 냄비에 담았다. "임신해서 그만두는 거야." 나는 몸을 돌려서 그를 바라보았다. 그는 드러내놓고 나를 무시하면서 식기 세척기에 집중하고 있었다. 아직도 부루퉁한 모양이었다.

"임신? 허." 그는 조금 놀란 것 같았다. "세상에 아기를 제 몸 안에 갖고 싶은 사람이 어디…."

"샘, 우린 임신할 수 있어."

나는 그가 내려놓던 접시가 바닥에 떨어지기 전에 간신히 잡았다. 나는 몸을 일으켰다. 그의 눈은 내 배를 향하고 있었다. 그는 너무 당황한 나머지 내 시선을 피하지도 못했다.

"우리가 임신할 수 있다고?

"제니스가 그렇다고 했어. 그리고 그녀의 몸 상태를 보건대 그 사실을 증명할 수 있는 증거도 가진 것 같아." 나는 샘을 잠시 쏘아보다가 수프가 담긴 냄비 쪽으로 몸을 돌렸다. "그릇 하나 줄래?"

"으, 응." 샘은 측은하게도 정말로 당황한 모양이었다. 그가 잘못한 건 없었다. 나도 여러 시간 동안 그 문제를 생각하고 있지만, 아직도 완전히 받아들이지는 못했으니까. "하나 꺼내줄…."

"생각해 봐. 우리는 실험이 3년 동안 계속된다는 걸 알고 참여하겠다고 서명했잖아, 그렇지? 도서관이 왜 재밌는지 알아? 조사해볼 수가 있어서 그래. 인간 신생아가 숙주체에 머무는 기간은 평균 270일 정도야. 한편 우리는 전부 가임 상태고. 섹스를 하면 점수를 벌고, 마지막엔 그걸 기반으로 추가 점수를 받을 거라는 얘기도 들었지. 역사적으로 볼 때 가임기간에 섹스하는 건강한 정규인간의 수태율은 월경 주기당 대략 30퍼센트야. 이게 다 무슨 의미인지 알겠어?"

"하지만, 나, 난, 그건 전부 네가…." 샘은 방패로 삼으려는 것처럼 수프 그릇을 앞으로 내밀고, 내가 앞으로 나오지 못하게 막으려 들었다.

나는 그를 노려보았다. "더 말하지 마."

"난…." 그가 말을 삼켰다. "자, 여기 있어."

나는 그릇을 받았다.

"내가 무슨 말을 하려던 건지 예상했겠지. 나도 짐작하고 있어. 그리고 네 생각이 맞아. 입 밖으로 꺼내지도 않았지만, 그 말은 취소할게. 알았지?" 그는 신경질을 부리는 것처럼 모든 단어를 한꺼번에, 아주 빨리 내뱉었다.

"입 밖으로 꺼내지는 않았지."

나는 그릇을 아주 조심스럽게 내려놓았다. 정말이지 그걸 샘의 머리에 던질 필요는 없었기 때문이다. 조금 진정한 다음 생각해보니 그의 말에도 일리가 있다는 사실을 깨달았다. 게다가 그는 지난밤에 우리가 섹스를 해서 내가 임신했다면 그건 전부 내 책임이라는 얘기를 입 밖으로 꺼내지 않았다. 우리 똑똑한 샘 같으니라고.

"맞수끼리 대결을 시키려면 양쪽이 다 있어야 하는 법이지." 나는 입술을 핥았다. "샘, 지난밤 일은 정말 미안해." 그다음 말은 정말이지 하기 힘들었다. "널 이용하려던 건 내 잘못이야. 너무 힘들어서 그런 거지만 그렇다고 용서될 일은 아니지. 나는 자제력이 뛰어나지 않아. 늘 그랬지. 하지만 두 번 다시 안 그럴게." 만약에 그런 일이 또 벌어진다면 그는 지금처럼 사과를 받지 못할 것이다. 그건 확실했다. "내가 널 좋아하긴 하지만, 넌 다처다부제를 좋아하는 편이 아니잖아. 그러니까 이런, 이런 짓들은…." 내 어깨가 흔들렸다.

"사과할 일이 아니야." 그가 말했다. 그는 한 걸음 앞으로 나섰다. 무슨 일이 벌어진 건지 깨닫기도 전에 그는 나를 끌어안았다. 그의 품 안에 있으니 너무 기분이 좋았다. "내 잘못이기도 해. 자제심이 부족했으니까. 네가 점점 내게 흥미를 갖는다는 건 알고 있었어. 그리고 네가 그런 생각을 할 수도 있는 상황을 만들지 말았어야 하는 건데…."

나는 훌쩍거렸다. "씨발!" 나는 소리를 지르고 그의 품에서 빠져나와 몸을 돌렸다.

수프가 끓어 넘치고 버너에서 불쾌한 냄새가 흘러나왔다. 나는 버너의 전원을 끄고, 냄비의 손잡이를 잡아 안전한 곳으로 옮겨놓고, 흘러넘친 것을 닦을 만한 물건을 찾아다녔다. 그러는 동안 샘은 1차 명령에 기계적으로 따르는 좀비처럼 식기 세척기에서 계속 그릇을 꺼내고 식기들을 찬장으로 옮겼다. 나는 마침내 남아 있는 수프를 그릇에 담고, 내가 먹을 빵을 잘라 접시에 쌓았다. 나는 왜 처음부터 전자레인지를 사용하지 않은 것일까.

"아직 먹지도 않았는데 거의 다 식었네."

"내 잘못이야." 그가 사과하는 표정을 지었다. "식사부터 하게 뒀더라면…."

"아니야." 우리는 서로에게 연신 사과를 하느라 숨이 찰 지경이었다. 뭐가 잘못된 걸까? "저기, 하나 물어볼게. 네가, 음, 서명한 계약서에 최대 실험 참여 기간이 적혀 있었어?"

"최대?" 그가 깜짝 놀랐다. "최소 기간이 3년이라는 조항만 있었어. 그건 왜?"

"이제 알았어." 나는 접시와 그릇을 집어 들고 거실로 이동했다. "원시적인 야생 상태에서 태어난 인간 신생아는 최소한 15년은 지나야 성숙한 상태에 도달해."

"그러면…." 그도 내 말뜻을 알아차렸다. "지금 내가 네 말뜻을 제대로 알아들은 거야?"

나는 접시와 그릇을 소파 옆에 있는 작은 탁자에 내려놓고 팔걸이에 걸터앉았다. 소파에 앉았다가는 영원히 일어나고 싶지 않을 것 같았기 때문이다. "내 말뜻이 뭔지 얘기해봐."

"모르겠어." 즉 그 말을 입 밖으로 꺼내기 싫다는 뜻이었다. 그는 소파의 반대편 팔걸이에 앉아서 나를 주시했다. "그자들이 우리를 감시하고 있는 거지? 항상. 그런데 그런 얘기를 해도 될까?"

나는 수프를 빨리 증발시켜 식히려고 입으로 불었다. "아니. 하지만 편집증적으로 걱정해봐야 아무 소용이 없잖아. 때가 되면 여기에는 최소한 백 명의 인간이 머무르게 될 거야. 피실험자 대 연구자의 비율은 20대 1쯤 되겠지. 그런데 정말 우리가 생각하는 것처럼 그들이 우리 대화를 모조리 실시간으로 감시할까? 망통신 상에서 점수를 가감하는 사건은 미리 프로그램되어 있어. 우리는 어쩌다가 그 조건에 맞는 행동을 하는 거고. 어떤 사람이 배우자에게 근접해서 오르가슴을 느끼면 망통신이 작동하는 거지. 누군가 재물을 파괴하거나 대중 앞에서 옷을 벗으면 좀비 무리의 망통신이 작동하고. 그렇다고 해서 사람이 자리에 앉아서 항상 화면을 들여다보는 건 아니지. 안 그래?"

실은 정말 그럴 수도 있었다. 우리가 원형 교도소에 갇혀 있고, 우리를 가둔 자들이 반쯤 맛이 간 학자들이 아니라 정보 요원이라면 말이다. 하지만 내가 이렇게 추측한다는 사실을, 그런 존재를 가정하고 있다는 사실을 저자들에게 알릴 생각은 없었다. 절대로. 내가 어떻게 이런 사실을 알고 있는지 나조차 모르기 때문에 더욱 그랬다.

"하지만 우리가 감시당하고 있으면…."

"내 말 좀 들어봐." 나는 숟가락을 내려놓았다. "우린 최소한 3년 동안 여기 있어야 해. 최대 기간은 명시되지 않았고. 그리고 우리는 임신할 수 있어. 내가 보기에 저자들은 진짜 암흑시대 시민을 양육하려고 계획하는 거야. 넌 잊었을지 모르지만 여긴 외떨어진 조직체야. 방어 가능한 국경이 존재한다는 뜻이지. 지금 우리가 걸치고 있는 이런 육체를 만든 조립게이트를 말하는 거야. 조립게이트는 그냥 사물을 만들기만 하는 장치가 아니야. 사물을 걸러낸다고. 그것들은 방화벽이야. 조직체라는 건 사실상 전송게이트를 조밀하게 연결한 독립적 네트워크야. 그 전송게이트는 방화벽으로 규정되는데, 그런 방화벽들이 장거리도약용 전송게이트를 통해 진입하려는 존재들로부터 가장자리를 수호하고 있지. 그 가장자리를 다른 말로 표현하면 경계선이고. 하지만 내부에 전송게이트가 없는 조직체도 있어. 그런 조직체를 규정하는 건 내부가 아니라 바깥쪽 국경이야. 우리는 YFH의 규칙에 따라 기능하고 있잖아. 그렇다면 그런 공간에서 태어난 존재들도 같은 규칙에 따른다는 뜻이야. 안 그래?"

"그러면 이동의 자유는 어떻게 되는데?" 샘이 불안한 표정을 지었다. "태어난 존재들이 이주를 원하면 막을 수가 없잖아?"

"이주할 수 있는 다른 우주가 바깥에 존재한다는 사실을 모르면?" 내가 우울한 어조로 말했다. 나는 수프를 한 숟갈 떠먹다가 움찔했다. 입천장에 화상을 입었기 때문이다. 씨발. "우리는 전생에 관해 얘기하면 안 되잖아. 저자들이 점수 체계를 조금만 더 엄격하게 운영하면 어떻게 될까? 아이들 앞이나 대중 앞에서 바깥 세계 얘기를 할 경우 점수를 잃는다면? 그럼 아이들이 진실을 어떻게 알겠어?"

"말도 안 돼." 그가 머리를 단호하게 좌우로 내저었다. "그런 짓을 왜 하겠어? 난 이 실험의 본 목적이 뭔지 이해해. 실험 고고학으로 암흑시대의 사회적 환경을 연구하는 거지. 그런데 정규인간을 만들어서 이렇게 미쳐 돌아가는 암흑시대 시뮬레이션에 가둬놓고 진짜 우주는커녕 여기가 역사의 재연이라는 사실도 알리지 않는다니…!"

"아직은 확실하지 않아." 나는 피로를 느끼며 말했다. "진실이 뭔지는 나도 확실히 몰라. 하지만 바로 그게 문제야. 우리에게는 꼭 필요한 자료가 없어."

"맞아. 바로 그거야." 그는 고통스러운 모양이었다. "그래서 기억 수술을 막 끝낸 사람들을 모집했다고 생각하는 거야?"

"그래. 그것도 같은 이유 때문이겠지." 나는 차갑게 갈라진 소파의 대륙 너머에 있는 그를 노려보았다. "하지만 그건 일부에 불과해." 나는 본래 여기서 나가야 한다고 말할 참이었다. 하지만 이제 그것만으론 충분하지 않았다. 나는 이만큼 많은 얘기를 공개적으로 끄집어냈지만, 말할 생각이 없는 사실도 있었다. 예를 들어, 우리는 여기서 나갈 수 없을 것이다. 이 실험에 끝이 있는 건지도 알 수 없었다. 만약 다음 세대에 관한 사실이 내 짐작대로라면 저자들은 우리를 영원히 여기 묶어둘 준비를 하고 있을 것이다. 그보다 더한 것도 계획 중인지 몰랐다. 그렇다면 아주 중요한 질문이 떠오르게 되었다. 이유가 뭘까? 그리고 왜 우리를 선택했을까?

나는 다음 날도, 그다음 날도 일하러 갔다. 사흘째 근무가 끝나고 나는 완전히 지쳐버렸다. 다시 말해서 기진맥진해버렸다는 뜻이다.

도서관 업무는 얼핏 듣기에 그리 힘들지 않았다. 하지만 도중에 점심을 먹으러 한 시간 쉬는 걸 제외하면 열한 시간을 내리 일하는 셈이고, 그러면 나는 녹초가 되었다. 낮의 도서관은 텅 빈 거나 마찬가지다. 하지만 매일 저녁 여섯 시쯤 되면 소수의 이용객이 들이닥쳤다. 그러면 대출표를 찾아 이리저리 뛰어다녀야 하고, 반납된 책을 분류해야 하고, 과태료를 징수해야 하고, 다른 것들도 정리해야 했다. 그러다가 아침이 되면 책장 사이로 책이 가득 담긴 수레를 몰면서 반납된 책과 분류 체계에서 벗어난 채 놓여 있는 책을 제자리에 꽂으며 일을 마무리 지었다. 그래도 시간이 남으면 청소를 할 수 있도록 책꽂이의 먼지를 떨어내야 했다.

"책 열람이 감시당한다는 건 어떻게 알았어?" 나는 근무한 지 이틀째 되는 날 오전 시간이 무르익을 무렵 제니스에게 물었다. "그러니까, 예를 들어서 이 책을 보자고." 나는 녹색 천으로 장정된 큰 종이묶음을 들어 제니스에게 보이면서 무게를 가늠했다. 책의 제목은 '가정에서 채소밭 꾸미기'였다.

"이걸 봐." 제니스가 책을 받아들더니 표지를 뒤로 젖혔다. 그러자 책등을 보호하는 플라스틱 껍데기가 구부러졌다.

나는 그녀가 가리키는 곳을 들여다보았다. "아하." 그곳에는 납작해진 파리처럼 생긴 물체가 있었다. 그리고 머리카락처럼 가느다란 더듬이 두 가닥이 책등 꼭대기에 있는 솔기까지 이어져 있었다. "이건…?"

"광섬유야. 내 짐작이긴 하지만." 제니스는 콧노래를 부르면서 책을 덮고 수레에 도로 밀어 넣었다. "말소리는 못 듣는 것 같아. 하지만 몇 쪽이 열렸는지는 알 수 있고, 책을 읽는 사람의 눈동자도 추적할 수 있어. 연구자들은 용의주도하게도 우리에게 전부 다른 얼굴을 부여해놨지. 우리는 예외 없이 두 눈이 모두 정상적으로 작동하잖아. 그건 우연이 아니야. 그렇지 않은 고대인도 있었거든. 만약에 들키지 않고 책을 읽으려면 거울 같은 선글라스와 시계를 준비하면 돼. 그러면 각 쪽에 똑같은 시간을 할당할 수 있으니까."

"그런 걸 다 어떻게 알아냈어?" 나는 존경스러운 목소리로 물었다. "그렇게 얘기하니까 꼭 전문적인…." '첩자'라는 단어가 튀어나올 뻔했지만 나는 약간 몸을 떨면서 입을 다물었다.

"의료시설에 들어가기 전에 형사로 일한 적이 있거든." 그녀가 나를 응시했다. "나는 그 방면 기술을 삭제하지 말라고 주문했어. 새 인생을 사는 데에 도움이 될 거라고 생각했거든."

"그러면 무엇으로부터…." 나는 늦지 않게 말을 멈췄다. "이 질문은 안 한 거로 해줘."

"당연하지." 그녀는 냉담하게 미소를 지었다. "자, 일반적으로는 출산을 한두 주 앞두고 병원에 입원하는 거라고 하더라고. 출산이 끝난 뒤에도 그 정도 더 있어야 하고. 그래서 말인데." 그녀가 머뭇거렸다. "힘든 부탁 하나 해도 될까?"

"응? 물론이지." 나는 별생각 없이 대답했다.

"난 아마 오랫동안 침대에 누워있게 될 거야. 그러면 엄청나게 지루하겠지. 하루에 볼 수 있는 텔레비전도 한계가 있고, 노엄은 일을 하잖아. 그래서 곁에 있어 줄 수가 없어. 그러니까 도서관에 있는 책을 갖고 문병 와줄래? 그래야 일에 대한 감각을 유지할 수 있거든."

"아, 얼마든지!" 나는 완전히 진심 어린 어조로 대답했다. 진심이었기 때문이다. 서너 주 동안 암흑시대 병원 같은 곳에 갇히게 되었다면 나도 방문객을 원할 것이다. "필요한 책을 알려줘. 그러면 되겠지?"

"고마워." 제니스가 감사를 표했다. "발판을 찾거든 이 책들 좀 책꽂이 맨 위에 올려놔 줘. 나보다 높은 곳까지 손이 닿잖아."

사흘째 되는 날 젠과 엔젤과 앨리스를 만나 점심을 먹기로 약속이 되어 있었다. 젠은 오늘 모일 장소로 '지배령 카페'를 골랐다. 나는 엉터리로 휘파람을 불며 도서관에서 약속 장소까지 걸어갔다. 나는 별 이유 없이 자부심을 느끼고 있었다. 새로 할 일을 찾았고, 내 힘으로 돈을 벌고 있고, 점심이나 먹으러 다니는 숙녀들은 꿈도 못 꾸는 사실을 알고 있었다. 나는 아직도 눈을 뜨고 지내는 시간의 절반 동안 미래를 걱정하고, 유리벽으로 만든 이 감옥에서 빠져나가 케이를 다시 만날 수 있기를 바랐다. 그것만 아니라면 나는 아마 아주 행복할 것이다.

지배령 카페는 이름에서 느껴지는 것보다 훨씬 더 화려했다. 카페 지배인은 젠이 일행을 즐겁게 만들어주고 있는 곳으로 나를 안내했다. 나는 그를 따라가며 내 옷차림이 조금 지나치게 간소하다고 느꼈다. 나는 평범한 치마와 스웨터를 입고 있었다. 반면에 젠은 곤충이 자아낸 실을 엮어 만든, 그 어느 때보다 색다른 옷들을 조합한 차림이었다. 화장을 하고 머리를 매만지느라 하루에 서너 시간을 보내는 게 분명했다. 엔젤은 그리 열정적으로 젠을 흉내 내는 것 같지 않았고, 오히려 점점 그녀와 반대되는 흐름을 타는 것처럼 보였다. 앨리스는 두 사람과 함께 있는 게 불편한 모양이었다. 하지만 내가 신경 쓸 필요는 없었다. 그들은 그저 이야기를 나눌 대상일 뿐이고, 점수 체계가 다 함께 연계되어 있어서 무시할 수 없는 존재일 뿐이었다. 고대인들도 가족에 대해 나와 비슷한 감정을 품었을 것이다.

"다들 안녕." 내가 의자를 잡아당기며 말했다. "오늘 기분은 어때?"

젠이 탁자에 있는 금속 양동이를 손으로 가리켰다. 천 같은 것이 양동이를 덮고 있었다. "아주 좋지!" 그녀가 선언했다. "자, 리브에게도 한 잔 줘. 별건 아니지만, 너도 우리랑 샤또 라피드 59년산을 즐겨봐."

"별거…." 그녀는 양동이를 덮고 있던 천을 젖혔다. 그 안에는 얼음이 잔뜩 들어 있고 한가운데에 녹색 유리병이 꽂혀 있었다.

"샴페인이야." 앨리스가 살짝 사과하는 어조로 말했다. "탄산이 든 포도주지."

"난 마실 거야." 젠이 병을 들어 따르고 엔젤은 장식이 새겨진 유리잔을 내밀었다.

"뭐야, 특별히 축하할 일이 있는 거야?" 젠과 엔젤은 보통 해가 지기 전에 술을 마시지 않았다. 따라서 경사가 있는 게 분명했다.

"흠." 젠이 사악하게 눈을 빛냈다. "긴 시간이 지나고 마침내 네가 지난번에 깎아 먹었던 사회 점수를 만회했기 때문에 이런 일을 벌이는 거라고 생각할지도 모르겠네." 나는 얼굴이 달아올랐다. "하지만 그건 아니야." 저 개년이. "그냥 앨리스가 한동안 술을 마실 수 없어서 이러는 거야."

"무슨 소리야?" 나는 상황을 파악하지 못하고 물었다.

"약 여덟 달 동안이지." 앨리스가 냅킨으로 입술을 두드리며 말했다. 그녀는 눈을 깜빡거리며 나를 보다가 다시 젠에게 시선을 되돌렸다. 마치 도움을 청하는 것 같았다.

"난…." 나는 말을 멈추고 입술을 핥았다. "너 임신했어?"

"응." 앨리스가 재빨리 고개를 끄덕였다. 그녀는 행복한 표정이 아니었다. 하지만 젠은 황홀한 얼굴이었다.

"앨리스와 아기를 위하여!" 그녀는 거품이 솟는 잔을 들어 올렸다. 나는 그녀의 행동을 따라 했다. 그러지 않으면 무례해 보일 것 같았다. 하지만 달콤하고 톡 쏘는 포도주를 한 모금 마시며 앨리스의 표정을 살펴보니 정전기가 방전되는 것 같은 느낌이 들었다. 나는 그녀가 무슨 생각을 하는지 정확히 알 수 있었다.

"네 건강을 위해서." 나는 유리잔 너머로 그녀에게 말했다. 그녀는 내가 감춰 둔 말뜻을 알아들은 게 분명했다. 어깨를 살짝 늘어뜨렸기 때문이다. 그녀는 술을 조금 홀짝거렸다. 나는 젠을 쳐다보았다. "넌?" 나는 발동이 걸린 입을 제어하지 못하고 물어보았다.

젠은 여전히 웃고 있었다. "그리 오래 걸리지 않을 거야." 그녀는 아주 침착하게 말했다. "그러면 나한테도 샴페인을 사줄 거지?"

나는 어디선가 간신히 웃음의 유령 비슷한 것을 불러왔다. "넌 아기를 정말 갖고 싶을 텐데."

"물론이지! 그리고 난 하나만 낳지 않을 거야." 젠은 측은하다는 표정으로 나를 보며 웃었다. "물론 네가 일을 시작했다는 소식도 들었어. 그 일 엄청 힘들 텐데."

"그 정도는 아니야." 나는 간신히 그렇게 대답하고 남은 말은 술잔 속에 흘렸다. 개 같은 년. "제니스도 임신했다는 소식은 들었지?" 당연히 들었겠지. "그녀의 후임자가 되려고 교육을 받고 있어." 이게 다 무슨 일이지? 이번 주에는 다 같이 생명 유지장치에 과부하를 걸기로 작정이라도 한 건가? "임신하지 않은 사람들은 일이 더 많아진다는 뜻이 되겠네."

"오, 너도 임신해야지." 젠이 무심코, 경박스럽고 확신에 찬 어조로 말했다. 나는 그녀의 말을 들으며 피가 차갑게 식었다. "너도 아이를 가지면 세상을 달리 보게 될 거야. 자, 여기요! 이봐요! 메뉴판 안 갖다 줄 거예요?"

# 9
# 비밀

시간이 빨리 흘렀다. 나는 암흑시대 사람들이 생식에 관해 어떤 생각을 하고 있는지 전혀 몰랐고, 그 문제를 해결하기 위해 백과사전에 머리를 묻고 오후 시간을 보내다 보니 그랬을 것이다. 지식의 한계 때문에 나는 위험하리만치 불이익을 받고 있었다.

나흘 동안은 휴무였다. 나는 샘이 사무실에 나간 뒤에도 한참 동안 잠을 잤다. 그다음엔 아래층으로 내려가서 운동을 했다. 우리 집 앞 도로 주변에 있는 주택 아홉 채 중 한 곳에 니키와 울프 부부가 입주했다. 하지만 울프는 직장이 있고 니키는 상상 이상으로 게을러서 정오까지 잠을 잤다. 그래서 나는 한 시간 동안 달리기를 할 수 있었다. 달리기가 끝나면 땀에 젖기는 하지만 이제 더 이상 숨을 헐떡이거나 통증을 느끼지 않았다. 우리가 살고 있는 생물계는 봄이었다. 나무와 꽃들이 개화를 준비하고 있었다. 하늘에는 자웅동체 식물이 뿌린 꽃가루가 가득 차 있었다. 꽃가루 때문에 코가 따끔거리고 콧물이 나왔지만, 그와 동시에 퍼져 나가는 향기는 (곤충을 유인하는 물질이지만) 좋았다.

운동이 끝나면 샤워를 하고, 단정한 옷을 골라 입고, 내가 번 돈을 쓰러 중심가에 있는 공구상에 갔다. 사실 이런 행위는 진짜 경제 활동이 아니며, 단순히 실험을 지속시켜주는 무의미하고 어리석은 서류 장난이었다. 그런 사실을 알고 있음에도, 샘의 돈이 아니라 내 돈을 쓰니 기분이 좋았다. 나는 땜질용 토치, 용융제, 땜납, 엄청나게 많은 구리선, 그 밖에 기타 여러 가지를 구입하고 공구점을 나섰다. 그리고 가정용품을 사러 갔다.

우선 어제 생전 처음으로 이름을 알게 된 여러 가지 물건의 목록을 들고 약국에 갔다. 백과사전의 '성적 건강' 항목에서 알아낸 이름들이었다. 유감스럽게도 사야 할 물건의 이름을 안다고 해서 곧바로 살 수는 없었다. 나는 살 수 없는 물품이 일종의 규칙에 따라 정해져 있다는 사실을 발견했다. 프로게스토젠 기반의 의약품을 아무나 살 수 없는 건 이해할 수 있었다. 하지만 흡수성 스펀지는 왜 팔지 않는 걸까? 백과사전에는 분명히 등재되어 있는, 남성 성기에 끼우는 플라스틱 껍데기를 팔지 않는 이유는? 약 30분에 걸쳐 알아본 뒤 나는 약국이라는 곳이 고의로 별 도움이 못 되도록 설계되었다는 사실을 깨달았다. 나는 종교적인 믿음을 바탕으로 섹스와 생식을 논한 글을 읽고 꽤 충격을 받은 적이 있었다. 내가 보기에 이 세계에 있는 약국이 구비한 상품들은 절충파 의학을 주장하는 자들의 지침에 따르는 것 같았다. 피임 기구가 없는 건 분명히 우연이 아닐 것이다. 그런 상황을 불평하는 사람이 없다는 사실이 놀라울 따름이었다.

백화점에서는 그래도 운이 좋았다. 나는 전자레인지와, 클립으로 매달 수 있는 소형 전등을 비롯해 몇 가지 물건들을 샀다. 그리고 공예품점을 찾아다녔다. 나는 원하는 물건을 찾느라 꽤 시간을 보내고 나서 공예품점의 한구석에서, 종이 상자에 들어 있는, 천을 짜기에 적합한 소형 목재 베틀을 찾아냈다. 베틀과 더불어 털실을 잔뜩 구입했기 때문에 수상하게 여기는 사람은 아무도 없었다. 나는 택시를 잡아타고 집에 돌아와서 전리품들을 차고에 배치했다. 그 옆에는 미완성 석궁과 다른 프로젝트의 결과물들이 놓여 있었다.

이제 활동을 시작할 때였다. 나는 홀로 싸워서 이곳을 빠져나갈 수 있다고 자신을 기만하는 걸 그만두고, 3년이 지나면 저자들이 나를 내보내 줄 거라고 스스로를 기만하는 것도 그만두어야 했다. 석궁을 포함해서 그동안 갖고 놀던 장난감들도 잊어버리자. 이제 남은 것은 냉정한 선택이었다. 나는 다른 사람들처럼 규칙에 순응하고 저자들이 만들어 놓은 소규모 조직체의 현지인으로 살 수도 있었다. 이곳에 정착하고 저 바깥에 또 다른 우주가 있다는 사실을 모르는 무고한 세대를 생산해나갈 수도 있었다. 30년이 지나면 나 역시 다른 삶이 있다는 걸 잊어버릴지도 몰랐다. 어차피 수술받기 전의 나 자신 역시 그리 대단한 걸 갖고 있진 않았던 거로 보이니….

혹은 정말로 무슨 일이 벌어지는 건지 알아볼 수도 있었다. 피오르와 그의 수상쩍은 상관인 유어돈 주교는 이 조직체를 갖고 뭔가 일을 꾸미고 있었다. 그건 확실했다. 이곳은 순수한 고고학적 실험 공동체가 아니다. 자세히 들여다보면 완전히 잘못된 설정들이 너무나 많았다. 저자들이 무슨 일을 꾸미는지 알아낼 수 있다면, 여기서 빠져나갈 방법도 발견할 수 있을 것이다.

그래서 나는 엄청난 개인 시간을 들여서 전선의 절연체를 힘들게 벗기고 그 안에 있는 구리선을 베틀에 걸고 있었다. 무슨 일이 벌어지는지 알아내려면 우선 개인적인 보안을 확보해야 했다. 벌레잡이 기계를 갖고 다니려면 (전자레인지의 두 번째 용도다) 구리 그물로 만든 어깨걸이 가방이 필요했다. 하지만 가게에 가서 패러데이 새장을 주문했다가는 당장 경보가 울릴 게 분명했다.

나는 거의 두 주에 걸쳐서, 암흑 속에서 오로지 손끝 감각에만 의존하면서, 구리선으로 1제곱미터 넓이의 광폭 직물을 만들어 냈다. 그건 정말로 번거롭기 그지없는 작업이었다. 구리선 가닥은 잘 구부러지고 부러지며, 절연체를 벗기는 데에도 엄청난 시간이 들었다. 게다가 출근도 해야 했다.

제니스는 요통이 조금 생겼다고 불평을 했고, 매일 아침 화장실에서 긴 시간을 보내고 있었다. 화장실에서 나올 때면 얼굴이 창백했다. 재치있는 농담을 하거나 장난을 치는 횟수도 점점 줄어들어 유감스러웠다. 그녀의 허리도 점점 부풀어 오르고 있었다. 그녀는 용기백배한 표정을 지었지만, 실제로는 겁에 질려 떨고 있을 것이다. 동물처럼 출산한다고 생각하면 (그리고 출산에 수반되는 위험과 고통을 생각하면) 누구든 겁을 집어먹을 것이다. 지금부터 영원히 이곳에 묶인 채, 협조하지 않으면 자신의 피와 살로 만들어 낸 결과물이 인질로 잡힌다는 끔찍한 사실은 깨닫지 못하더라도 말이다. 내가 궁금한 점은 따로 있었다. 왜 이런 체제에 저항하는 움직임이 없을까? 물론 원형 교도소에서 저항 운동을 조직하려면 그 사실을 철저히 함구해야 할 것이다. 아주 멍청한 사람이 아니라면 말이다. 하지만 은밀히 진행되는 반항의 기미조차 없다니 이상한 일이 아닐 수 없었다.

나는 도서관에서 YFH 조직체의 헌법을 확인해 보았다(누구든 읽을 수 있도록 도서관 앞쪽 독서대에 한 부가 비치되어 있었다). 헌법이란 언급하고 있는 사실 못지않게 언급하지 않는 사실도 중요하게 마련이다. 헌법에는 권리 장전이 있으며, 그 안에는 '생존권'이라는 구절이 명시되어 있다(하지만 암흑시대 역사를 읽어본 사람이라면 순진한 현대인이 예상하는 것과 뜻이 다르다는 사실을 알고 있을 것이다). 또한 그 헌법에는 사생활 보장권을 완전히 포기하라는 구절이 분명히 적혀 있었다. 내 의지와 상관없이 강제할 수 있다는 뜻이었다. 흐음. 헌법은 공개적인 규정을 구체적으로 밝힘으로써 YFH의 사법 체계가 어떤 조건으로 운용되는지를 보여주고 있었다. 이 세계에 들어오기 전에는 별 관심이 없었지만, 이제는 헌법의 내용이 나를 두렵게 만들었다. 그리고 나는 이 헌법이 이동의 자유를 전혀 언급하지 않는다는 사실을 발견했다. 이동의 자유는 검열 전쟁이 끝나고 큐리어스 옐로우의 마지막 둥지와 독재 밈이 소탕된 이래 인류의 거의 모든 조직체가 보장하는 당연한 권리였다. 하지만 그 일과 관련된 사항은 우리 도서관에서 하나도 찾아볼 수 없었다. 우리 도서관에 한해서 말하자면 역사는 2050년에서 끝났다. 그리고 2050년 이후에 일어난 일을 찾아보려면 어차피 컴퓨터 단말기를 사용해야 했다. 그것도 뭐가 뭔지 알 수 없는 대화형 문자 인터페이스를 거쳐야 하는데, 나 역시 아직 제대로 된 검색법을 알아내지 못해 더듬거리는 중이었다.

이 기간에 나는 샘을 거의 보지 못하고 있었다. 말다툼한 뒤로, 더 정확히 말하면 그다지 진실하지 않은 화해를 한 뒤로 그는 나를 피하고 있었다. 생식 능력이 있다는 사실을 알고 충격을 받아서 그럴 수도 있지만, 어쨌든 그와 나는 매우 소원해졌다. 그 악몽 같은 상황이 생기기 전만 해도, 내가 우리 두 사람 사이를 완전히 망쳐버리기 전만 해도, 그가 일을 마치고 돌아오면 나는 그를 안아주었다. 우리는 함께 웃거나 대화를 나눴고, 가까워지고 있었다(그건 분명하다). 하지만 그날 밤 일이 있고 나서 싸움을 한 뒤로 지금까지 우리는 손끝조차 마주하지 않고 있었다. 나는 고립된 느낌이 들고 조금 무서웠다. 우리가 살갗을 맞댈 수 있었다면 나는…. 잘 모르겠다. 이 문제는 솔직하게 생각해야 했다. 나는 섹스하고 싶은 욕구가 있었다. 하지만 이 세계에서 임신한다고 생각하니 죽을 것처럼 겁이 났다. 우리가 성적으로 끌리면 할 수 있는 일이 단 한 가지만은 아니겠지만, 어쨌든 이런 상황 전체가 아주 효과적인 분기점이 된 것만은 분명했다. 따라서 샘이 최대한 나를 피한다고 해서 그를 진심으로 비난할 수는 없었다. 그는 여기서 빨리 빠져나갈수록 사랑하는 여인을 더 빨리 찾아 나설 수 있었다. 그녀이 그를 포기하지 않고, 그가 실험에 참여한 지 5초 만에 다른 연애 상대를 찾아내고 기쁜 마음으로 체액을 교환하지 않았다고 가정할 때에나 의미가 있는 일이겠지만. 샘은 심사숙고하는 성격이고, 자신의 처지를 잘 알고 있었다. 그는 나라면 인사도 나누지 않을 사람에게 집착하고 있었다.

인생이란 그런 것이다.

도서관에서 일한 지 4주째였다. 12주가 되면 제니스가 출산 휴가를 떠나기로 했다. 그리고 나는 비명을 지르며 깨어날 수밖에 없는 악몽을 한 번 더 꿨다.

이번에는 여러 가지로 상황이 달랐다. 우선 눈을 떴을 때 안아줄 샘이 없었다. 그리고 등골이 서늘할 정도로 이번 꿈은 진짜라는 사실을 확신했다. 이건 단순히 끔찍한 꿈이 아니었다. 이건 정말로 내게 일어났던 일이다. 병원에서 삭제하지 않도록 지정되었던 진짜 사실이었다.

나는 비좁고 문이나 창문이 없는 사각형 방에서 책상에 앉아 있었다. 벽은 오래된 금빛이었다. 내가 책상에서 눈을 뗄 때마다 회절 현상 때문에 벽에는 탁한 무지갯빛이 서렸다. 나는 남성 정규인간의 몸을 걸치고 있었다. 하지만 지난번 악몽처럼 기계로 만든 전쟁용 시체는 아니었다. 그리고 나는 어떤 용도가 있는 복장처럼 단조로운 튜닉을 입고 있었다. 나는 그 옷이 의무사제가 운영하는 병원의 물건이라는 사실을 어렴풋이 인지했다.

눈앞에 있는 책상 위에는 거친 종이가 쌓여 있었다. 테두리가 너덜거리는 수제 종이로, 아주 오래전에 내가 직접 만든 물건이었다. 그 안에 심어 두었던 감시장치들은 너무 오랜 시간이 흐른 바람에 꺼져버렸다. 나는 왼손에 잉크를 이용하는 단순한 펜을 들고 있었다. 펜의 손잡이는 내가 지난번 육체의 대퇴골에서 뽑아낸 뼈로 만들어졌다. 사소하지만 개인적인 장식품이었다. 책상 저쪽에는 잉크병이 있었다. 그 잉크를 손에 넣기까지 엄청나게 긴 시간과 큰돈이 들었다는 사실이 떠올랐다. 잉크 자체는 별 의미가 없었다. 잉크 속에 떠있는 탄소 검댕의 입자들은 무작위적인 동위원소들이었다. 나는 그 잉크가 우주 어느 지역에서 만들어졌는지도 알지 못했다. 기원 불명의 잉크를 독 펜에 쓰다니, 이 얼마나 그럴듯한가….

나는 아직 존재하지 않는 인물에게 편지를 쓰고 있었다. 그 인물은 아마도 외로울 테고, 혼란스러울 테고, 정말로 잔뜩 겁에 질려 있을 것이다. 그가 겪을 고독과 고통을 상상하니 엄청난 동정심이 생겼다. 나도 똑같은 상황에 처한 적이 있고, 그가 무슨 일을 겪을지 잘 알고 있기 때문이다. 그리고 나 역시 항상 그와 함께하면서, 매 초를 그와 함께 살아갈 것이기 때문이다(뭔가 잘못됐다. 내가 재활 시설에서 읽었다고 기억하고 있는 편지는 단 세 장이었다. 하지만 이 편지 뭉치는 매우 두껍다. 뭐가 잘못된 것일까?). 나는 책상 위로 몸을 숙이고 펜을 꽉 움켜쥐었다. 너무 힘을 줬는지 섬유 모양을 한 종이 위로 힘들게 길을 만드는 동안 가운뎃손가락의 첫 마디가 아프고 자국이 남았다.

손가락의 감각과 몸에 새겨진 필기감이 떠오르자 끔찍할 정도로 선명하게 확신이 들었다. 내가 과거에 정말로 나 자신에게 스무 장짜리 편지를 썼다는 분명한 확신이. 나는 무슨 수를 쓰든 그 편지를 읽어야 했지만, 내 손에 들어온 것은 세 장뿐이었다.

나 자신에게:

지금 당장은 자신이 누구인지 궁금하겠지. 지금쯤이면 심하게 요동치던 감정도 가라앉았을 테고, 다른 사람의 감정 상태가 무엇을 뜻하는지도 알아챘겠지. 아직 그 단계에 도달하지 못했다면 지금 즉시 이 편지를 그만 읽어. 그리고 나중을 위해서 잘 보관해 둬. 이 편지에는 읽기에 불편한 내용이 있으니까. 너무 빨리 읽으면 자살을 하게 될지도 모르거든.

넌 누굴까? 그리고 난 누굴까?

이 질문에 대한 답은, 내가 너고 네가 나라는 거야. 하지만 넌 핵심적인 기억이 없을 거야. 특히 약 70년 전부터 내게 중요한 의미를 띠게 된 사건들을 전혀 기억하지 못한다는 게 중요한 사실이야. 70년은 무시무시하게 긴 시간이지. 촉진 이전 시대의 사람들은 대부분 그만큼 살지도 못했어. 넌 아마 내가 (너의 옛 자신이) 그런 경험들을 왜 모조리 지웠는지 궁금할 거야. 그 정도로 안 좋은 경험이었기 때문일까?

아니, 그렇지 않아. 사실 나는 이미 심부 기억 삭제수술을 두 번 받았어. 그러지 않았다면 지금쯤 겁에 질려 있을 거야. 여기, 내 머릿속에는 잃고 싶지 않은 것들이 들어 있어. 망각은 죽음하고 조금 비슷하지. 70년에 해당하는 기억을 단숨에 잃는 건 죽음이랑 정말 비슷하고.

다행스럽게도 요즘엔 죽음과 마찬가지로 망각도 되돌릴 수 있어. 제이드 선라이즈 조직체의 셉템버 허니 54블록에 있는 '실력자 리샤엘의 집'을 찾아가. 가서 조직 표본을 제출하고 요르단을 불러달라고 해. 요르단이 내가 맡겨 둔 최신 각인을 회수하는 방법을 알려줄 거야. 각인 블록을 네 정신에 결합시키는 방법도 알려줄 테고. 과정이 복잡하긴 하지만 그건 원래 네 소유였어. 그리고 네가 나였을 때 그것 덕분에 아주 행복했지. 사실 난 그것 덕분에 지금의 나 자신으로 존재하는 거야. 그게 없으면 너와 내가 무슨 관계인지도 알 수 없지.

한 가지 덧붙이자면, 그 각인에는 신탁 자금을 손에 넣을 수 있는 기억도 들어 있어. 신탁에는 25만 에쿠에 해당하는 금액이 있고.

(그래, 나는 남을 마음대로 조종하길 좋아하는 놈이야. 넌 다시 내가 돼야 해. 늦든 빠르든. 걱정하지 마. 너도 남을 조종하기 좋아하는 놈이니까. 네가 살아남아서 이 편지를 읽고 있다면 그 점은 확실해.)

자, 이제 기초적인 사항을 알려주지.

넌 심부 기억 삭제수술을 받고 회복하는 중이야. 넌 일단 회복하고 나면 밖으로 나가서 다른 사람들처럼 여행하면서 천직을 찾고, 살 곳도 찾고, 친구와 연인도 만들고, 너 자신을 위한 삶을 만들어 나가겠다고 생각하고 있겠지. 그건 아니야. 네가 기억 삭제수술에서 회복하고 있는 이유는 널 고용한 사람들이 '축복받은 특이점 병원'을 중심으로 이상한 사건들이 발생한다는 걸 알아냈기 때문이야. 그 병원을 운영하는 건 무형공화국 내 다크 도시 구역에 있는 의무사제들의 집단이야. 수술을 받고 나온 사람들은 심리적/역사적 연구 프로젝트의 일환으로 마련된 공간에 들어가지 않겠느냐는 제안을 받게 돼. 실시간으로 역할극을 하면서 첫 번째 암흑시대의 사회 조건을 검증하는 연구 프로젝트지. 연구자들 가운데 일부는 매우 미심쩍은 개인사의 소유자들이야. 그중에는 도피 중인 전범으로 보이는 자들도 있어.

네 임무는 (아니, 넌 이 임무를 거부할 권한이 없어. 내가 너를 대변해서 이미 자원했거든) YFH 조직체로 들어가서 무슨 일이 벌어지는지 알아내고, 다시 나와서 우리에게 알려주는 거야. 아주 간단해 보이지?

하지만 문제가 있어. 연구용 공동체는 옛 군용 감옥 안에 마련돼 있어. 전쟁이 끝난 뒤 재프로그래밍과 재활 시설로 이용되던 유리감옥이지. 당시에는 거기서 탈출하기가 불가능하다는 게 정론이었어. 최소한 보안이 엄청난 시설이라는 건 분명해. 이미 다른 첩자들이 그 안으로 침투했었어. 그중 한 사람은 네 동료이고 아주 경험이 많은 요원이었는데, 완전히 사라져버렸어. 그리고 7개월 전에 그의 임계 시한이 지났지. 또 한 사람은 4개월 늦게 나타나서 미리 지정한 노드에 보고를 올렸어. 그리고 반물질 장치를 숨겨놨다가 그를 만나러 간 담당 장교의 육체를 죽여버렸지.

두 요원 모두 정체가 드러났을 거야. 다들 강도 높은 사전 교육과 훈련을 받고 온실에 침투했었거든. YFH 조직체 안에 존재하는 저쪽 장거리도약 게이트 너머에 뭐가 있는지 예상할 순 없지만, 보안 수준이 높은 건 확실해. 아마 강력한 국경 방화벽이 있을 테고, 보안 수준이 최고인 감옥의 감시 설비를 통해 집중적인 대간첩작전이 시행되고 있을 거야. 역추적을 통해 네 업로드 벡터를 검사할 테고, 널 받아들이기 전에 배경을 철저히 조사할 거야. 그래서 심부 기억 삭제를 하려는 거야. 간단히 말해서, 네가 모르는 부분은 문제가 될 수 없잖아.

혹시나 해서 말하는 건데, 이 일에 대해서 자각몽을 꾼다면 기한이 지났다는 뜻이야. 이건 비상시에 대비해서 준비한 2차 설명이거든. 난 조금 있으면 다크 도시 구역에 들어갈 텐데, 그 전에 이 기억을 부분적으로 삭제할 거야. 자료와 연관된 연결을 지우고 자료 자체는 파괴하지 않고 남겨놓는다는 얘기지. 일정 시간이 지나고 나면 다시 나타날 거야. 의무사제들이 내가 편집해달라고 요청한 다른 기억들까지 추적해본 뒤에 이 기억이 나타났으면 좋겠어. 내가 잊었다는 사실조차 모르는 기억은 지울 수가 없을 테니까.

이 임무가 필요하게 된 배경이 뭐냐고?

내가 설명할 수 있는 부분은 정말이지 얼마 안 돼. 우리가 가진 정보는 걱정스러울 정도로 불완전하거든. 그 정보라는 것도 유어돈, 피오르, 한타라는 이름이 우연히 같은 장소에 출현하는 바람에 저인망식으로 끌어모은 쓰레기들과 뒤섞여있었어.

검열 전쟁이 벌어지는 동안에 큐리어스 옐로우는 이즈 공화국에 있는 거의 모든 조립게이트를 감염시켰어. 큐리어스 옐로우를 퍼뜨린 사람이 누군지는 몰라. 이유도 모르고. 큐리어스 옐로우는 단 한 가지 목표만을 위해 만들어진 거로 보이는데, 그 목표란 건 어떤 것과 관계가 있는 기억과 자료를 모조리 지우도록 설계된 심리전용 프로그램을 전달하는 거야. 큐리어스 옐로우는 조립게이트를 무단으로 점거해서 의료, 식량, 자재 송달을 필요로 하는 사람이나 문명에 필요한 거라면 뭐든지 검열에 노출되게 만들지. 당연한 얘기지만 우리 중에는 여기에 이의를 제기한 사람도 있어. 그리고 뒤이어 벌어진 내전 때문에 (그 내전 때문에 이즈 공화국은 산산조각이 나서 지금처럼 방화벽으로 보호되는 조직체 체계로 바뀌었지) 특정 주요 지역의 자료가 상당 부분 유실되어 버렸어. 특히 공화국이 제공하던 핵심 기능이, 그러니까 통상적인 시간 구조와 정체성을 인증해주던 능력이 멈춰버렸어. 큐리어스 옐로우 검열 웜은 물리쳤지만, 상황이 복잡해졌지. 매국노들이 독재를 시작했거든. 그런 독재자들은 큐리어스 옐로우 소프트웨어의 특성을 이용해서 사악한 이데올로기와 권력 구조를 퍼뜨렸어. 그다음은 혼돈이었고, 더 많은 정보가 사라졌지.

큐리어스 옐로우는 반대 세력들이 처음부터 새로 만든 깨끗한 조립게이트를 갖고 공격한다는 사실을 알게 되자 특정 군인들을 징집해서 잠복시켰어. 우리는 그런 군인들의 행적이나 기원에 대해 거의 모르고 있고.

큐리어스 옐로우의 능력을 이용해서 자신만의 소왕국을 만들려고 하는 위험한 기회주의자들에 대해서도 마찬가지 상황이야. 유어돈, 피오르, 한타는 최소 열여덟 곳이 넘는 지역 인지 독재와 관련되어 있어서 우리가 주목하게 됐어. 그들은 엄청나게 위험하지만, 아직 우리가 손을 댈 수는 없어. 그 까닭은, 단적으로 얘기하자면, 무형 공화국 군대에 어떤 서비스를 제공하고 있거든.

잠복 인원에 대해 우리가 알고 있는 건 다음과 같아. 전쟁 끝 무렵 몇 주 동안, 연합군이 마지막으로 남아 있던 큐리어스 옐로우의 네트워크를 박살 내고 살균하기 전에, 매국 독재 세력의 고위 계층들이 숨어버렸어. 전쟁이 끝나고 거의 60년이 지난 지금에 와서는, 큐리어스 옐로우의 유령이 아직 남아 있다는 얘길 들으면 다들 환상이라고 묵살해버리지. 하지만 설득력이 떨어진다고 해서 위험 요소를 무조건 무시하는 건 옳지 않다고 생각해. 큐리어스 옐로우가 정말로 잠복 세력을 만들어 놨다면, 초기 공세가 진압되고 나서 오랜 시간이 흐른 뒤 감염이 발생하도록 소규모 지역을 설계해놨다면, 우리가 다 함께 그자들을 추적하지 못한다는 건 근시안적인 재난이야. 그리고 나는 특별히 더 걱정하고 있어. YFH 조직체의 실험용 규칙 중에는, 이미 공개된 바 그대로, 위험하게도 그런 방향으로 전환하는 것도 허용하는 면이 있거든.

네가 YFH 조직체에 침투하기 전에 대량으로 기억을 삭제해주길 바라는 가장 큰 이유는 이거야. 나는 새 피실험자가 새 육체를 받을 때, 살아 있고 수정된 큐리어스 옐로우에 감염된 조립게이트로 그 육체를 통과시키는 게 아닐까 하고 의심하고 있어. 따라서 그렇게 해충을 만들어 내는 게이트가 너를 조사해보고 제 주인을 위해 제거해야만 하는 존재로 판단하지 못하게 하려면, 미리 기억을 편집하는 것 말고는 방법이 없어.

나는 이 편지를 나에게 보내려고 쓰고 있는 나 자신을 보았다. 편지의 내용이 나 자신의 살에 새겨져 있는 것처럼 또렷이 읽을 수도 있었다. 하지만 종이 위에는 아무 기록도 없었다. 내 옛 자신이 잉크에 펜을 담그는 걸 잊고, 오래전부터 거친 종이 위에 보이지 않는 자국을 새겨왔기 때문이다. 나는 그의 어깨 뒤에 서 있는 것 같지만, 그의 머리는 내 시야에 존재하지 않았다. 그리고 나는 그에게 비명을 지르려 했다. 안 돼! 안 된다고! 그런 식으로 하면 안 돼! 하지만 입 밖으로 아무 소리도 나오지 않았다. 꿈이기 때문이다. 나는 펜을 잡으려 시도해보지만 내 손은 그의 손목을 곧바로 통과해버렸다. 그리고 그는 환히 드러난 내 두뇌 위에 피로 만든 잉크와 신경 전달물질로 무언가를 계속 적어나갔다.

나는 공황 상태에 빠지기 시작했다. 이 방에 그와 함께 갇혀 있다 보니 기억들이 넘쳐 들어왔다. 그가 큐리어스 옐로우의 편집 공정을 피하려고 계획적으로 억눌러 두었던 기억들 말이다. 그 기억들은 날짜가 계속 바뀌는 공포와 환희와 생명의 전방위적인 축제였다. 그건 단숨에 담기에는 너무 많은 기억이고, 너무 강렬한 기억이었다. 왜냐하면 이제 나는 앞서 꿨던 꿈의 남은 부분, 다시 말해서 조건부로 해방된 조직체 원기둥 내부에서 벌어졌던, 칼과 장갑복과 되돌이킬 수 있는 학살극의 남은 부분을 기억할 수 있었다. 나는 우리 측 조립 게이트에 어떤 결함이 있었고, 구조 작전이 끝날 무렵 그 게이트가 어떤 식으로 부서졌는지 기억했다. 우리는 마지막으로 잘라낸 머리를 게이트의 입에 던져 넣었다. 로럴이 나를 보며, 세상만사가 완전히 지겨워지고 혐오스러워진 목소리로 말했다. “아, 씨발.” 나는 그곳에서 걸어 나와 심부 기억 삭제를 계획했다. 왜냐하면 그러지 않았다가는 그 모든 기억이 내 발목을 붙잡고 있다가 여러 해 동안 잡아당기면서 비명을 지르고 깨어나게끔 만들 것이기….

…그리고 나는 깨어나서, 위가 발작적으로 경련하고 뒤틀리다가 목구멍까지 기어 올라와서 밖으로 탈출하기 직전에 간신히 화장실에 도착했다.

내가 그런 짓을 했다니, 믿을 수가 없었다. 내가 그런 범죄를 저질렀다니, 믿기지 않았다. 하지만 그 학살극은 어제 일어난 일처럼 생생하게 기억났다. 그리고 만약 그런 기억들이 거짓이라면, 나에 관한 나머지 기억들은 뭐란 말인가?

그다음 날 처음으로 어깨걸이 가방을 사용한 건 전적으로 우연은 아니었다. 그 가방은 녹색 사각형 비닐의 모습으로 태어났다. 그리고 지금은 검정 나일론 안감을 뽐내고 있었다. 나는 그 안감을 꿰매기 위해서 욕을 퍼붓고 욱신거리는 손가락을 빨아댔다. 가방 안쪽에 붙어서 번쩍거리는 구리망을 숨기기 위해서였다. 이제 그 가방은 내가 안쪽 덮개를 접지 않는 한 쇼핑용 가방처럼 보였다. 그리고 검은 덮개로 내용물을 덮으면 제대로 된 쇼핑용 가방처럼 보였다. 가방 안에는 엄청나게 맛이 강한 에스프레소 분말 한 상자와, 여과지용 깔때기와, 따로 떼어놓으면 무해하지만 모아놓으면 꼼짝없이 유죄 선고를 받을 만한 작은 물건들이 몇 가지 들어 있었다. 물론 그건 그 물건을 보는 사람이 용도를 파악할 수 있는 경우의 얘기다. 가방이 평범해 보인다는 건 장점이었다. 내 기억들이 전부 환각이라면 몰라도 그렇지 않을 경우, 내가 오늘 일터에서 이 가방에 담아 집으로 가져오려는 물건은 커피 원두보다 훨씬 더 유해하기 때문이다.

나는 평상시처럼 이른 시간에 일터에 갔다. 제니스는 직원실에 있었으며 안색이 창백하고 불편해 보였다. "입덧이야?" 내가 묻자 그녀가 고개를 끄덕였다. "저런. 저기, 여기서 계속 쉬어. 반납 도서들은 내가 정리할게. 자, 발을 올려놓고…. 내가 처리하기 힘든 일이 생기면 바로 부를게."

"고마워. 그렇게 할게." 그녀는 벽에 등을 기댔다. "하지만 피오르가 오면 여기에 있을 수가…."

"그것도 나한테 맡겨." 내가 놀란 내색을 하지 않으며 말했다. 그가 이렇게 빨리 방문하리라고는 짐작하지 못했지만, 가방을 준비해 왔으니까….

"그래도 되겠어?" 그녀가 물었다.

"그럼." 나는 미소를 지어 그녀를 안심시켰다. "내 걱정은 안 해도 돼. 피오르가 오면 들여보낸 다음에 하고 싶은 대로 하도록 내버려둘 테니까."

"알았어." 그녀가 고마워했다. 나는 다시 밖으로 나가서 일을 시작했다.

우선 어제 들어온 반납 도서들을 수레에 싣고 책장들 사이로 끌고 다니면서 최대한 빨리 정리했다. 몇 분 정도면 충분했다. 이곳을 이용하는 사람들은 보통 독서를 오락으로 활용할 수 있다는 사실을 모르기 때문에 정기적으로 책을 대출하는 사람은 소수에 불과했다. 나는 오늘 해야 하는 먼지 제거와 청소를 생략했다. 그 대신 접수대 뒤에 있던 가방을 들고 문헌 보관실의 옆에 있는 참고문헌용 책장으로 향했다.

나는 가방에 성적 금기 사전을 집어넣었다. 그 책은 참고문헌용 책꽂이에 보관되어 있었다. 도서관 측에서는 괴상한 암흑시대 관습을 설명한 책 중 일부를 대출 불가능 도서로 분류했기 때문이다. 나는 만에 하나 잡히면 그처럼 외설스러우면서도 대단하지는 않은 책을 핑곗거리로 삼을 계획이었다. 그다음으로 수레를 그곳에 남겨두고, 가방이 금세 발견되지 않도록 맨 밑 선반에 숨겨두었다. 나는 접수대로 돌아갔다. 손에 땀이 흥건했다. 피오르는 문서 보관소에 들를 예정이고, 그렇다는 것은 내 계획을 진행할 수 있다는 얘기였다. 지금까지는 늘 제니스가 피오르를 상대했다. 하지만 지금 그녀는 아프다. 지금은 내가 이곳을 운영하고 있으며, 피할 수 없는 일을 뒤로 미루는 건 무의미한 행동이었다. 어쨌든 변명거리는 전부 준비해두었다. 나는 최근 들어 그 모든 변명을 머릿속에서 연습하느라 거의 잠을 잘 수 없었다.

오전이 중반으로 접어들 때쯤 검정 자동차가 나타나더니 도서관 계단 앞에 멈춰 섰다. 나는 읽던 책을 내려놓고 접수대 뒤에서 대기하려고 일어섰다. 제복을 입은 좀비가 앞 좌석에서 나오더니 뒷좌석 문을 열고는 옆으로 비켜섰다. 살찐 남자가 차에서 내렸다. 그의 번들거리는 흑발이 햇빛을 받아 번쩍거렸다. 사제용 흰색 목깃 때문에 그의 얼굴이 육체와 분리된 것처럼 보이고, 나머지 신체와 다른 세계에 존재하는 것 같은 느낌을 줬다. 그가 계단을 오르고 정문 앞에 서더니 문을 밀어서 열었다. 그리고 접수대로 걸어 왔다. "아, 리브. 여기서는 처음 보는군요."

나는 억지로 웃었다. "수습 사서거든요. 제니스가 아침부터 아파서 내가 대신 모든 걸 맡고 있어요."

"아프다고요?" 그가 올빼미처럼 나를 쳐다보았다. 나 역시 그를 똑바로 마주 보았다. 피오르는 육체적으로 인상적이지만 그와 동시에 노년에 막 접어드는 육체를 골라서 사용하고 있었다. 고대인들은 그런 상태를 '중년'이라고 불렀다. 그는 비만이라고 봐도 될 만큼 체중이 많이 나갔고, 어깨가 넓지만 웅크린 자세이다 보니 키는 나보다 아주 조금 큰 정도였다. 말을 할 때마다 아래턱이 흔들렸고, 코의 땀구멍이 잘 보였다. 그는 지금 콧구멍을 벌름거리면서 의심하듯 냄새를 맡고 있었다. 그가 나를 관찰하는 동안 텁수룩한 눈썹이 한가운데로 모였다. 그에게서는 케케묵은 생체 조직의 냄새가 났다. 마치 퇴비 더미에 아주 오래 묻혀 있던 사람 같았다.

"예, 입덧을 하고 있어요." 나는 제니스가 어디에 있는지 묻지 않기를 바라면서 솔직하게 대답했다.

"입덧이라…. 아, 무슨 얘기인지 알겠군요!" 그는 즉시 인상을 폈다. "음, 우리가 견뎌야만 하는 시험이지요." 달팽이가 흘린 점액 같은 동정심이 그의 목소리에서 스며 나왔다. "제니스는 분명 아주 힘든 시간을 보내고 있겠군요. 당신도 그렇고요. 나를 문헌 보관실에 데려다주기만 하면 됩니다. 그러면 업무를 방해하는 일도 없을 겁니다."

"알겠어요." 나는 접수대 옆에 있는 문으로 향했다. "이리 오시겠어요?" 이 늙은 두꺼비는 자신이 갈 곳을 분명히 알고 있었다. 하지만 그는 형식에 집착하는 인간이었다. 나는 참고문헌 구역에 있는 잠긴 문의 앞까지 그를 안내했다. 그는 조그마한 열쇠 꾸러미를 꺼내더니 혼잣말을 중얼거리면서 문을 열었다. "차나 커피 좀 갖다 드릴까요?" 나는 머뭇거리면서 물어보았다.

그는 동작을 멈추고 또 한 번 죽은 물고기 같은 눈으로 나를 쳐다보았다. "그건 도서관 규정에 어긋나는 일 아닌가요?" 그가 물었다.

"일반적으로는 그렇죠. 하지만 지금 들어가시는 곳은 정확히 말하면 도서관이 아니잖아요." 나는 수다를 늘어놓았다. "자료실에 계시는 데다가 책임 있는 인물이시라 마실 것을 드리면 어떨지 생각을…."

그는 더 이상 내게 흥미를 갖지 않았다. "커피면 됩니다. 우유는 넣고 설탕은 넣지 말고요." 그는 열쇠를 자물쇠에 꽂아둔 채 문 안으로 사라졌다.

지금이었다. 심장이 쿵쾅거렸다. 나는 직원실로 갔다. 문을 열어보니 제니스가 졸고 있었다. 그녀는 깜짝 놀라면서 창백한 얼굴로 몸을 일으켰다. "리브…."

"괜찮아." 나는 주전자가 있는 곳으로 가서 물을 채우며 말했다. "피오르가 왔어. 내가 들여보냈어. 저기, 집에 가는 게 어때? 몸이 아프면 여기 있어선 안 되잖아. 안 그래?"

"난 그동안 진지하게 생각하고 있었어." 제니스가 고개를 내저었다. 나는 근처를 뒤져서 커피와 여과지를 찾아내고, 내가 찾을 수 있는 가장 큰 머그잔 위에 깔때기를 세웠다. 그리고 순전히 내 마음대로 커피를 떠서 여과지 속에 넣다가 동작을 멈췄다. 커피를 너무 진하게 타서 가져가면 피오르는 아예 안 마실지도 몰랐다. "생각을 너무 많이 하지 마, 리브. 그건 좋지 않아."

"정말?" 나는 별생각 없이 물으면서 조그마한 판 초콜릿을 싸고 있던 은박지를 벗겼다. 약국에서 사뒀던 초콜릿이었다. 나는 주전자가 끓는 소리를 내는 동안 초콜릿의 반을 빻아서 커피 가루에 넣었다. 그리고 은박지를 작은 공처럼 뭉친 다음 쓰레기통에 던져 넣었다.

"여기서 나갈 생각을 하고 있다면 말이야." 제니스가 말했다.

"좀 전에도 말했지만, 내가 택시를 불러줄 테니까…."

"아니, 난 지금 여기서 빠져나간다는 얘기를 하는 거야." 고개를 돌려보니 그녀는 덫에 갇힌 동물 같은 표정으로 나를 보고 있었다. 이렇게 존재론적인 황량함이 찾아오는 순간이 있다. 이럴 때면 우리가 현실 속 균열을 임시로 가리기 위해 몸 둘레에 두르고 있던 거짓말의 고치가 흐느적거리며 녹아내리고, 아주 추악한 무언가를 직시하게 된다. 제니스에게도 그런 벌레가 있었다. 나와 같은 종류의 벌레가. 하지만 그녀의 벌레가 더 심각했다. "더 이상은 못 참겠어! 저자들이 나를 병원에 집어넣고, 내 성기에 두개골을 통과시키고, 사소한 사고를 일으킬 거야. 그러면 난 피를 흘릴 테고, 저자들은 나를 한타에게 던져주겠지. 한타는 길들여 둔 검열 웜으로 나를 교정할 테고. 나는 결국 이본과 파트리스처럼 웃으면서 병원에서 퇴원할 거야. 더 이상 지금의 나는 남아 있지 않을 테고, 나라고 생각하고 있는 물체만 남아서…."

나는 그녀를 붙들었다. "입 다물어!" 나는 그녀의 귀에 대고 씩씩거렸다. "그런 일은 안 일어날 거야!" 그녀는 훌쩍거렸다. 자제하지 않는다면 엄청나게 고통스러운 신음 소리가 그녀의 내부에서 밖으로 솟아 나올 것이다. 나는 어쩔 줄을 몰랐다. 그대로 두면 피오르가 듣게 될 테니까. "내가 계획을 세웠어."

"네가…, 뭐라고?"

주전자에서 물이 끓었다. 나는 더듬거리고 있는 그녀의 손을 얌전히 밀어내고 주전자 쪽으로 가서 전원을 껐다. "잘 들어. 집으로 가. 당장, 지금 바로 가라고. 피오르는 내가 맡을게. 정신 좀 차리고. 고립돼 있다고 생각하면 그만큼 더 고립된단 말이야. 놈들이 네 머리를 망치지 않도록 내가 막을게." 나는 웃어 보이면서 그녀를 다독였다. "날 믿어."

"너." 제니스는 큰 소리를 내며 훌쩍거렸다. 그리고 내게서 몸을 떼고는 탁자 위에 있는 상자에서 휴지를 꺼냈다. "너한테 계…. 아니, 아무 말도 하지 마." 그녀는 코를 풀고 심호흡을 한 다음 한 번 더 나를 바라보았다. 오랫동안, 나를 평가하는 것처럼, 뚫어지라 쳐다보았다. "눈치채지 못하고 있었어. 이게 다 거짓말이라고 생각하는 거지?"

"당연하지." 나는 주전자를 들고 끓는 물을 조심스럽게 깔때기에 부었다. 물은 커피 가루를 적시고 내려가면서 크산틴 알칼로이드를 추출하고, 가루 속에 숨어 있는 변비약 반 알을 녹이고, 세노시드 배당체와 이뇨 효과가 큰 카페인을 추출해서 커피가 김을 내고 있는 머그잔 속에 집어넣을 것이다. 조금이라도 운이 따른다면 피오르는 이 음료를 마시고 약 30분 뒤 강력한 배설 충동을 느끼고 10분을 투자해 그 충동을 해소해야 할 것이다. "그냥 긴장을 풀어봐. 일이 잘 풀리면 이틀 뒤에 무슨 일인지 얘기해줄게."

"알았어. 넌 계획이 있고." 그녀는 한 번 더 코를 풀었다. "나는 집에 가야 한다는 거지." 마지막 말은 질문이었다.

"그래. 지금 당장. 네가 여기 있다는 걸 피오르에게 들키지 마. 아파서 집에 있다고 했으니까."

"알았어." 그녀는 힘없이 웃었다.

나는 커피가 담긴 머그잔에 우유를 넣은 다음 집어 들었다. "난 이제 신부에게 커피를 갖다 줘야겠어." 내가 말했다.

"커피를…." 그녀가 눈을 크게 떴다. "알았어." 그녀는 문에 붙어 있는 고리에 걸린 재킷을 집어 들었다. "방해하면 안 되지." 그녀는 나를 보며 잠깐 웃었다. "행운을 빌게!"

그리고 가버렸다. 나는 홀로 남아서 피오르에게 갖다 줄 커피잔을 들고, 개수대에서 다른 물건을 집었다.

가장 간단한 계획이 최선인 경우가 많다.

도서관 컴퓨터를 이용한다면 무슨 짓을 하든 모조리 감시당할 게 분명했다. 내가 흥미로운 사실을 발견하는 순간, 저자들도 그 사실을 알게 될 터였다. 컴퓨터는 아마도 호기심이 지나치게 많고 덜 미친 사람을 유인하기 위한 꿀단지일 것이고, 그렇지 않다고 해도 쓸 만한 정보는 건지지 못할 것이다. 오래된 대화식 인터페이스는 원시적일 뿐 아니라 지능이 떨어졌기 때문이다.

사람을 이처럼 전문적으로 미치게 만들려면 기술이 필요하고, 계획이 필요하고, 수평적 사고가 필요하다. 내 사고는 이렇다. 피오르와 유어돈 주교와 동료 연구자들에게 약점이 하나 있다면, 연구 정신에 충실하다는 점이었다. 그들은 시대착오적인 첨단 감시 기술을 사용하지 않을 것이다. 암흑시대에는 비침투적인 기술만 쓸 수 있었기 때문이다. 그리고 그들은 문자로 기록한 설명서와 종이에 남긴 기록이 통용되는 곳에서 망통신을 이용해야 사용할 수 있는 정보 메타구조체를 쓰지 않을 것이다(어쩌면 그들이 종이에 적는 거야말로 진짜 비밀일지 몰랐다. 공격이 발생하는 상황을 생각한다면 실시간 자료 체계를 신뢰할 수 없기 때문이다).

도서관 내에서 그토록 보안이 엄중한 자료실이라는 건 그저 하나의 방이다. 그 방에는 창문이 없고, 서류가 놓인 선반이 가득했다. 문을 잠그는 자물쇠는 구멍에 막대를 끼우는 구식이었다. 그 이상은 필요하지 않을 것이다. 그들은 우리를 유리감옥에 가둬두고 있으니까. 유리감옥은 익명의 궤도 상 거주구역을 연결한 네트워크이며, 그 거주구역은 모조리 감시하에 있었다. 또한 항성 간 우주 깊숙한 곳에, 좌표와 궤도 변수들이 알려지지 않은 채 떠 있었다. 거주구역을 상호 연결하는 전송게이트는 소유자가 마음대로 켜고 끌 수 있으며, 보안이 확실한 단 하나의 장거리도약 게이트를 밖에서 이용해야 접근할 수 있었다. 그뿐이 아니었다. 연구자들은 배신자인 의무사제를 통해 병원을 운영하는 것 같았다. 그러니 불필요하게 도난 경보기까지 설치하지는 않았을 것이다.

나는 문을 두드리고 피오르에게 커피를 준 다음 참고문헌 쪽으로 돌아갔다. 그리고 몇 분 동안 백과사전을 뒤적이며 시간을 보냈다(고대인들은 신경 해부학에 대해서, 특히 계발적 가소성에 대해서 너무나 괴이한 생각을 품고 있었다. 그렇다면 그들이 성적 차별에 대해 갖고 있던 생각들이 어느 정도 설명되기는 했다).

우연히도, 나는 오래 기다릴 필요가 없었다. 피오르는 사무실 안으로 뛰어들어오더니 두리번거렸다. "저기… 직원용 화장실이 있습니까?" 그는 걱정스럽게 주변을 돌아보며 물었다. 그의 이마가 조명용 유리관에서 나오는 빛을 받아 번들거렸다.

"그럼요. 직원 휴게실을 지나가면 있어요. 이쪽이에요." 나는 느긋하게 직원실로 향했다. 피오르는 숨을 몰아쉬며 종종걸음으로 따라왔다.

"빨리 좀 갑시다." 그가 투덜거렸다. 나는 옆으로 비키면서 문을 가리켰다. "고마워요." 그가 쏜살같이 들어가며 덧붙였다. 잠시 뒤 그가 빗장을 더듬거리고 화장실 좌석을 건드리는 소리가 들렸다.

완벽하군. 운이 따라준다면 그가 휴지를 찾기도 전에 일이 터질 것이다. 그리고 휴지는 찾지 못할 것이다. 내가 숨겼으니까.

나는 문헌 보관실의 문 앞으로 돌아왔다. 피오르는 문을 열어놓고 열쇠도 자물쇠에 꽂아두었다. 이런 세상에. 나는 가방에서 비누와 날카로운 칼과 두루마리 휴지를 꺼내어 수레의 맨 밑 선반에 놓았다. 이렇게 곤란한 실수를 하다니!

나는 문이 닫히지 않도록 발끝을 문틈에 밀어 넣고 열쇠를 뽑았다. 그리고 열쇠의 양면을 비누에 대고 눌렀다. 자국이 선명하게 남도록 신중하게. 그 작업은 단 몇 초 만에 끝났다. 나는 종이를 이용해서 열쇠를 깨끗이 닦고, 비누를 감싸서 가방에 집어넣었다. 열쇠는 단순한 금속 장비다. 분실할 경우에 대비해서 열쇠 안에 추적 장치가 들어 있을 가능성도 완전히 무시할 수는 없었다. 하지만 열쇠는 분실된 게 아니었다. 피오르가 휴식을 취하는 동안 약 10센티미터 정도 움직였을 뿐이다. 그리고 그 열쇠에 바보 같은 암호 방식 인증 장치가 들어 있지는 않을 거라는 확신이 들었다. 그렇다면 왜 굳이 구멍과 막대를 이용하는 구식 열쇠의 모양을 흉내 내겠는가? 소프트웨어 잠금장치에 익숙한 침입자를 막아야 하는 경우 기계식 자물쇠는 놀라우리만치 효과적이었다. 그리고 시각적으로 감시하지 않는 장소가 딱 하나 있다면, 피오르가 일급 기밀 서류를 모아 놓은 문헌 보관실일 것이다. 특히 신부가 그 안에서 업무를 보느라 바쁠 경우 그럴 것이다. 나는 이처럼 가정을 늘어놓고는 목숨을 걸고 있었다.

나는 수레의 맨 밑 선반에 가방을 잘 숨겨놓은 다음 천천히 직원실로 돌아갔다. 그리고 피오르가 휴지를 달라고 불만스럽게 불러대는 소리를 듣고도 넉넉히 1분 동안 기다렸다.

그날은 제니스가 농담거리로 삼을 만한 일이 더 이상 생기지 않았다. 피오르는 자신의 소화 능력에 대해 투덜거리고 불평을 하면서 한 시간 뒤 떠났다. 나는 직원실에 있는, 소음이 심한 소형 냉장고 안에 비누를 넣어두었다. 우리가 우유를 보관하는 냉장고였다. 비누가 녹거나 변형되는 위험을 감수할 생각은 없었다.

나는 그날 저녁 문단속을 하고 집으로 돌아갔다. 심장이 입 밖으로 튀어나올 것처럼 뛰었다. 블라우스는 허리까지 땀에 젖어 달라붙었다. 바보 같이 굴었다는 건 알고 있었다. 이런 일을 벌이면 더 빨리 정체를 드러낼 위험이 생긴다. 하지만 장기적으로는 이러는 편이 더 낫다. 참고만 가능한 문헌 모음에서 꺼내온 도서관 소유의 책과 변형된 비누를 갖고 있다가 붙잡히는 것보다는 나았다. 이렇게 해두면 비명을 지르는 사람은 나 하나만이 아닐 테니까. 제니스는 큐리어스 옐로우가 무엇인지 알고 있으며 감시를 두려워하고 있었다. 이유는 모르겠다. 그런 정보를 어디서 얻었는지도 몰랐다. 하지만 그건 불길한 징조다. 제니스는 어떤 사람일까?

나는 집에 도착한 다음 우선 차고로 들어갔다. 분노에 찬 벌레잡이 장치에 처음으로 전원을 넣을 때가 온 것이다. 벌레잡이 장치는 내가 몇 주 전에 사뒀던 싸구려 전자레인지다. 나는 그 기계의 뚜껑을 열고 배선에 몇 가지 창조적인 조작을 해두었다. 전자레인지는 기본적으로 강력한 극초단파 발생기가 있는 패러데이 새장이었다. 음식에는 수분이 있는데, 전자레인지는 그 수분에 강력하게 흡수되는 파장의 전자기 에너지를 발생시킨다. 물론 그건 내게 아무 도움이 되지 않았다. 하지만 나는 조금 창의적인 속임수를 써서 전자레인지의 자전관을 효과적으로 개조하는 데에 성공했다. 이제 이 기계는 요란스러운 파장 범위의 전자파를 생성했다. 저녁거리를 제대로 완성해주지는 못하겠지만, 그 대신 안에 집어넣은 전자 회로를 제대로 망가뜨릴 수는 있었다. 나는 기계의 문을 열고 구리망 가방을 흔들어 안에 들어 있던 물건들을 쏟아 넣었다. 그리고 직물 안을 뒤져서 비누를 꺼냈다. 그건 절대로 튀겨버리면 안 되는 물건이니까. 내가 근무를 서는 도서관에 올 때마다 그런 일이 벌어진다면 피오르는 의심을 하게 될 것이다.

나는 전자레인지의 문을 닫고 15초 동안 책을 지졌다. 그리고 전자레인지 옆면에 테이프로 붙여 둔 회로판의 버튼을 눌렀다. 불빛은 전혀 발생하지 않았다. 내가 만든 사형수 감방에서는 아무 소리도 들려오지 않았다. 즉 책의 척추 속을 기어 다니는 생물을 효과적으로 구워버렸다는 뜻이었다. 흠, 그건 책을 도서관에 돌려놓은 다음에 확인할 수 있을 것이다. 피오르가 모레 아침에 교회에서 나를 따로 호명한다면 일이 잘못됐다는 걸 알 수 있을 것이다. 하지만 어느 날 저녁 도서관에서 더러운 책을 한 권 빼돌린 행위는 어떤 방으로 들어가는 열쇠를 훔쳐낸 일에 비하면….

석고를 준비해야지! 나는 마음속으로 자책했다. 하마터면 잊을 뻔했다. 나는 적절한 양을 덜어서 떨리는 손으로 요거트 그릇에 넣고, 양을 재서 물 한 비커에 넣은 다음 찻숟가락으로 덩어리를 저었다. 열이 발생하며 뜨거워졌기 때문에 나는 비커를 두 손으로 번갈아 잡았다.

10분 뒤 나는 제빵용 쟁반에 하얗고 축축한 덩어리를 놓았다(이 덩어리가 석고다. 즉 수산화 황산칼슘이다). 나는 석고가 충분히 식었을 거라 판단하고, 비누의 각 면에 대고 한 번씩 눌렀다. 나는 비누가 연해지고 녹지는 않을지 걱정스러워서 긴장되었다. 하지만 준비는 충분했다는 결론을 내렸다. 그래서 나는 무명천으로 쟁반을 덮어두고 집으로 들어갔다. 시간은 거의 10시이고, 나는 배가 고프고 지쳐버렸다. 내일은 비번이지만 그래도 일을 하러 나가서 제니스를 만나고 그녀가 괜찮은지 확인할 생각이었다. 하지만 다음번에 피오르가 문헌 보관실을 방문하면 그가 떠난 직후 안으로 숨어들어 갈 준비를 해야만 했다. 그러면 그가 뭘 숨겨뒀는지 알 수 있을 것이다….

# 10
# 상태

일요일 아침이 밝았다. 날씨는 시원하고 그윽했다. 나는 신음을 내면서 이불을 뒤집어쓰고 싶은 충동과 싸웠다. 일정이 예상하지 못하게 꼬이는 바람에 나는 어제 일을 했다. 내일도 해야 했다. 11시간짜리 하루에게 연달아 두 번 두드려 맞은 것 같은 기분이었다. 젠과 엔젤 같은 점수 창녀들과 억지로 친하게 굴면서 쉬는 날의 절반을 보내고 싶은 생각은 없었다. 하지만 나는 간신히 침대에서 빠져나와, 방구석에 있는 의자에서 점점 성장하는 옷더미에서 일요일용 복장을 끄집어냈다(조만간 세탁로소 여행을 가야 했다. 그리고 시간을 투자해서 지하실에 내려가 집에서 빨 수 있는 옷들을 세탁해야 했다. 쉬는 날은 잡일이 더 늘어났다. 언젠가 끝이 나긴 할까?)

아래층으로 내려가니 샘이 힘들게 콘플레이크를 떠서 우유 그릇에 넣고 있었다. 그는 그 일에 정신이 팔린 것 같았다. 걱정 때문에 속이 뒤틀릴 것 같았지만 나는 억지로 버너 위에 물이 담긴 냄비를 올리고 달걀 두 개를 조심스럽게 그 안에 넣었다. 억지로라도 식사를 해야 했다. 입맛이 별로 없고 규칙적으로 운동을 하다 보니 근육 조직이 너무 빨리 연소되기 시작했다. 나는 거의 침묵을 지키고 있는 망통신을 흘끗 조회해서 우리 집단의 주간 점수를 살펴보았다. 늘 그렇듯 나는 무리 내 여성 가운데 거의 꼴찌에 위치하고 있었다. 나보다 성적이 안 좋은 사람은 캐스뿐이었다. 그 점을 확인하자 익숙한 근심이 고통을 유발했다. 나는 이제 그녀가 케이는 아니라고 거의 확신하고 있었다. 하지만 그녀에 대한 걱정을 멈출 수가 없었다. 돼지 같은 믹을 참고 살아야 하기 때문이다. 그러자 속이 한 번 더 뒤집혔고, 나는 출발하기 전에 할 일이 있다는 사실을 떠올렸다.

"샘."

그가 그릇에서 눈을 떼고 나를 흘끗 쳐다보았다. "응?"

"오늘 말인데. 놀라지 말았으면 좋겠어. 만약에… 만약에…." 나는 그다음 말을 이을 수가 없었다.

그는 숟가락을 내려놓고 창밖을 쳐다보았다. "날씨가 좋네." 그가 인상을 찡그렸다. "걱정거리라도 있어? 교회 때문에 그래?"

나는 간신히 고개를 끄덕였다.

그의 눈에서 잠시 초점이 사라졌다. 자신의 점수를 확인하는 모양이었다. 그가 고개를 끄덕였다. "또 벌점을 받은 건 아니지?"

"아니야. 하지만 걱정이 돼서 그래. 내가…." 나는 고개를 내저었다. 그다음 말을 꺼낼 수가 없었다.

"사람들이 또 너를 지목할 거란 얘기군." 그가 천천히, 무덤덤하게 말했다.

"맞아." 나는 고개를 끄덕였다. "그냥 그런 예감이 들어서 그래."

"그러라고 해." 그가 화를 냈고, 나는 잠시 겁을 먹었다. 그리고 놀랍게도 그가 화를 내는 대상이 내가 아니라는 점을 깨달았다. 그는 피오르가 교회에서 내게 핀잔을 줄 거라는 사실에 화를 내고 있고, 예배 참석자들 역시 그 행위에 동참할 거라는 사실에 분을 느끼고 있었다. 그는 분개하는 것이다. "그럼 나가버리자고."

"그러면 안 돼, 샘." 물이 끓고 있었다. 나는 시계를 확인하고, 토스터를 껐다. 내 요리 실력으로 만들 수 있는 건 삶은 달걀과 토스트가 한계다. "그러면 너도 공격 대상이 돼. 우리가 둘 다 공격을 받으면…."

"난 상관없어." 그는 침착하게 내 눈을 응시했다. 지난 한 달 동안 그랬던 것과 달리 그는 이제 자기 생각을 말로 표현했다. "난 결심했어. 저자들이 우리를 한 사람씩 공격하도록 가만히 보고 있진 않을 거야. 우리는 둘 다 실수를 했어. 그런데 위험은 너만 감수하고 있잖아. 난 그동안 우리 두 사람을 공정하게 대하지 않았어. 난." 그는 잠시 머뭇거렸다. "상황이 달라졌으면 좋겠어." 그는 그릇을 내려다보고 내가 알아들을 수 없는 말을 중얼거렸다.

"샘?" 나는 자리에 앉았다. "샘. 너 혼자 조직체를 전부 상대할 수는 없어." 그가 슬픈 표정을 지었다. 슬프다고? 이유가 뭐지?

"나도 알아." 그가 나를 바라보았다. "하지만 이대로는 너무 무력하잖아."

슬프고 화가 났구나. 나는 일어서서 버너 쪽으로 걸어간 다음 화력을 크게 낮췄다. 달걀들이 냄비 바닥에 부딪히고 있었다. 토스터에서는 틱틱 소리가 났다. "이 감옥에 갇히겠다고 서명하기 전에 그 점을 생각해야 했는데." 내가 말했다. 비명을 지르고 싶었다. 나는 엄청나게 많은 기억을 삭제했다. 아마도 내 예전 자신, 그러니까 내게 편지를 쓰고 그 사실을 잊어버린 예전 자신이 계획했던 것보다 더 많은 기억이 지워졌을 것이다. 나는 그렇게 의심하고 있었다. 그래서 애당초 내가 여기에 있다는 사실에 반쯤 놀랐던 것이다. 케이가 망설이다가 실험에 참여하지 않겠다고 했다면, 나는 아마도 그녀와 행복하게 살겠다고 선택했을 것이다. 암살자가 추격해 오든 말든.

"감옥이라." 그가 씁쓸한 미소를 지었다. "훌륭한 표현이네. 탈옥할 방법이 있으면 좋겠어."

"주교에게 물어봐. 어쩌면 악행을 저질렀다고 일찍 내보내 줄지도 모르잖아." 나는 토스트를 꺼낸 다음 버터를 발랐다. 그리고 달걀 두 개를 전부 꺼내어 접시에 내려놓았다. "그렇게 됐으면 좋겠네."

"오늘 교회까지 걸어갈까?" 내가 아침 식사를 끝내는데 샘이 주저하다가 제안했다. "2킬로미터쯤 돼. 어떻게 보면 먼 것 같지만…."

"좋은 생각이야." 나는 그가 말을 너무 많이 늘어놓기 전에 말허리를 끊었다. "작업화를 신고 나올게."

"그래. 여기서 10분 뒤에 만나." 샘은 주방에서 나가다가 나와 살짝 몸을 스쳤다. 나는 깜짝 놀랐지만, 그는 알아채지 못한 것 같았다. 그는 속으로 뭔가를 꾸미고 있었다. 하지만 터놓고 물어볼 수가 없어 혼란스러웠다.

아침 산책으로 2킬로미터는 괜찮은 거리였다. 샘은 내가 손을 잡게 내버려두었다. 우리는 조용한 대로를 따라 걸었다. 갑자기 검푸르고 녹색으로 잔뜩 뒤덮인 가로수들이 등장하기 시작했다. 각 구역 사이에 있는 터널을 세 개 통과하고 나니 교회 인근에 도착할 수 있었다. 우리는 500미터가 넘는 시야는 확보할 수 없었다. 아마도 그렇게 하면 우리가 볼 수 있는 지형지물이 자연적인 중력 덕분에 구체의 겉면에 붙어 있는 게 아니라, 원뿔 영역 안쪽 면의 일부라는 사실을 분명히 해주기 때문일 것이다. 하지만 사람이 거의 눈에 띄지 않았다. 대개 교회에 올 때면 택시를 타므로, 우리가 교회에 거의 도착할 때까지 대부분의 사람은 출발하지도 않았던 것이다.

내가 보기에 교회 예배는 시작만 그럴듯했다. 하지만 다른 사람들에겐 그렇지 않은 모양이었다. 피오르는 예배 참석자들이 열정적으로 '우리는 먼저 맨해튼을 접수한다'를 부르도록 인도한 다음 복종의 본성과, 범죄와, 사회 속 우리의 위치와, 서로 간의 의무에 대해 장광설을 늘어놓기 시작했다.

"우리는 문명의 이기를 누리기 위해 이곳에 있습니다. 그리고 우리 아이들을 더 향상시키고 도덕적으로 순수한 상태를 획득할 수 있는 위대한 사회를 만들어가기 위해 이 자리에 있습니다. 안 그렇습니까?" 그는 멍한 눈으로 뒤쪽 벽 너머에서 어른거리는 영원함을 바라보면서 연단에서 고함을 쳤다. "사회 규범은 플라톤의 이상 사회가 지상에 먼저 구현된 모습입니다. 앞서 말한 우리의 목표를 달성하기 위해서는 사회 규범을 지켜나가야만 합니다. 그래야 유토피아의 과실을 담고 숙성시킬 수 있는 공간이 생기기 때문입니다." 그는 말 그대로 열변을 토하고 있었다. 나는 그 사실을 깨달으며 속이 거북해졌다. 그는 무슨 말을 하고 싶은 걸까? 내 뒷줄에 있는 사람들은 눈치만 보고 있었다. 죄책감을 느끼는 건 나만이 아니었다.

"그렇다면 기본 규칙을 어긴 사람을 우리 사회의 일원으로 인정할 수 있겠습니까? 죄인의 감정 상태를 고려해서 죄를 비판하지 않고 견뎌야만 하겠습니까?" 그가 물었다. "아니면 누군지 알 수 없는 그들의 감정을 상하지 않도록 지상에 현현한 악의 화신과 나란히 살아가야 하겠습니까?"

드디어 시작이군. 나는 죽을 것처럼 두려워졌다. 내 예상대로 비난의 선행 과정이 진행되자 복부에 힘이 빠져버렸다. 도서관의 책 한 권을 몰래 봤다고 해서 이렇게까지 몰아붙일 리는 없었다. 피오르는 비누에 새겨진 자국과 석고와 내가 열쇠를 복제하려고 준비하던 틀을 본 게….

"그래선 안 됩니다!" 피오르가 연단에서 고함을 질렀다. "절대로 있을 수 없는 일입니다!" 그는 주먹으로 연단을 내려쳤다. "하지만 그런 일이 벌어져서 매우 유감스럽습니다. 에스더와 필은 아무것도 모른 채 속아 넘어간 배우자들의 등 뒤에서 몰래 사악한 정분을 나누고 영혼을 더럽혔을 뿐 아니라, 사회의 구조 자체까지 더럽힌 것입니다!"

뭐? 그가 노린 대상은 내가 아니었다. 하지만 격한 안도감은 그리 오래가지 못했다. 참석자들은 큰 소리로 분노와 불만을 쏟아냈다. 그런 반응을 주도한 건 3번 집단이었다. 피오르가 고발한 사람들이 3번 소속이었다. 다른 사람들은 하나같이 주변을 둘러보고 있었다. 나도 그들처럼 돌아보았다. 지금 대중과 달리 행동하면 위험하기 때문이다. 두어 줄 뒤에 사납게 움직이는 무리가 있었다. 잘 차려입은 교회 신도들이 서로를 마주 보고 있었다. 겁을 먹은 여성과 방어적 태도를 보이는 흑발 남성이 눈길을 피하면서 걱정스럽게 주변을 둘러보았다. 하지만 그들은 피오르가 고발을 계속하는 동안 빠져나갈 길을 찾고 있었다. 주변 정황으로 볼 때 이미 늦은 뒤였지만.

"특히 젠에게 감사를 드립니다. 이 사실을 제게 알려주셨으니까요." 피오르가 냉정한 목소리로 말했다. 망통신이 신호음을 울렸다. 보통 때라면 내가 한 달 동안 모아야 하는 점수보다 더 많은 점수가 올라갔다는 신호다. 속 좁은 고자질쟁이와 같은 집단이라는 이유만으로 상향조정이 된 것이다. 젠은 간통을 고발하고 큰 점수를 얻었다. "여러분께 묻겠습니다. 만약 우리 안에 질병이 있다면 어떡해야 하겠습니까?" 피오르는 연단에서 청중을 훑어보았다. "우리 사회를 정화하려면 무엇을 해야 할까요?"

역겨운 공포감이 내게 되돌아와 복수했다. 내가 예상했던 것보다 훨씬 더 안 좋은 일이 일어날 참이었다. 보통 때라면 피오르는 몇 사람을 지목해서 조롱하고, 웃음거리로 만들고, 경멸의 뜻으로 손가락질했다. 참고문헌에 속한 도서관 책을 몰래 훔쳐봐도 조금 모욕을 주긴 하겠지만 보통 때와 크게 다른 행위라고 볼 수는 없을 것이다. 하지만 이건 심각한 악행이었다. 두 사람이 실험 사회의 기본 전제를 뒤집다가 잡힌 것이다. 피오르는 의분을 내세워 주도권을 잡고 있고, 분위기는 점점 더 추악해지는 중이었다. 뒤쪽 열에서 누군가가 목청 높여 고함을 지르면서 앞뒤가 안 맞는 격분과 분노를 토했다. 나는 샘의 손을 붙잡았다. 그리고 망통신을 확인한 다음 얼어붙었다. 피오르가 젠이 받은 점수만큼 3번 집단의 점수를 깎은 것이다!

"상황이 더 안 좋아지기 전에 여기서 나가자." 나는 샘의 귀에 대고 속삭였다. 샘도 고개를 끄덕이며 내 손을 힘주어 잡았다. 사람들이 일어서면서 고함을 지르고 있었기 때문에 나는 최대한 빨리 옆걸음으로 통로 측면을 향해 이동했다. 필요한 경우 팔꿈치로 미는 것도 마다치 않으면서. 반대편에서 알아들을 수 없는 소리를 지르고 있는 믹이 눈에 들어왔다. 그의 목에는 핏줄이 전선처럼 솟아 있었다. 캐스는 보이지 않았다. 나는 계속 움직였다. 폭풍이 끓어오르는 중이었다. 캐스에 관해 물어볼 수 있는 상황이 전혀 아니었다.

등 뒤에서 피오르가 정당한 정의가 어떻다는 둥 계속 소리를 치고 있었다. 하지만 군중의 소음에 묻혀 거의 들리지 않았다. 문이 열리고 사람들이 주차장으로 쏟아져 나갔다. 누군가 왼발을 밟았기 때문에 나는 고통으로 숨을 헐떡였다. 하지만 나는 뒤따라오는 샘을 보지 않고 몸을 똑바로 세운 채 고통을 느꼈다. 문가에서 충돌이 벌어졌지만 나는 거기서 멈추지 않고 조금씩 모여 있거나 허우적거리는 사람들을 피하면서 계속 전진했다. 샘이 나를 따라잡았다. “나가자.” 나는 그의 손을 잡으면서 말했다.

앞쪽에 사람들이 모여 있었다. 그 중심에는… 젠이 있었다. “리브!” 그녀가 나를 불렀다.

나는 분명한 이유도 없이 그녀를 무시할 수는 없었다. “왜 그래?” 내가 물었다.

“우릴 도와줘.” 그녀가 두 팔을 벌리고 흥분으로 눈을 번쩍이면서 활짝 웃었다. 그녀는 약간의 대조를 통해 두 번째 성적 매력을 드러내 주는, 단조로운 검정 비단 드레스를 입고 있었다. 마치 오르가슴이라도 느끼려는 것처럼 그녀의 가슴이 부풀어 오르고 있었다. “어서!” 그녀가 교회 입구 근처에 모인 검정 옷차림의 사람들을 가리켰다. “파티를 열 거란 말이야!”

“그게 무슨 뜻이야?” 나는 그렇게 물으면서 그녀의 등 뒤를 쳐다보았다. 그녀의 남편인 크리스는 어디에도 보이지 않았다. 그 대신 그녀를 추종하거나 숭배하는 것처럼 보이는 사람들이 모여서 또 하나의 집단을 만들고 있었다. 12번 집단의 그레이스, 9번 집단의 미나, 7번 집단의 티나… 그들은 하나같이 우리 집단보다 늦게 들어온 집단 소속이었다. 그들은 젠을 지켜보면서, 그녀가 지도자인 양 기대를 품은 눈으로….

“조직체를 정화하라고!” 그녀가 말했다. 쾌활하다고도 할 수 있는 목소리였다. “어서! 우리가 힘을 합치면 다른 사람들도 우리 뜻에 따르게 만들고 모든 걸 한데 모을 수 있어. 그리고 점수를 엄청나게 벌 수 있지. 지금 이 자리에서 강력한 성명을 발표하면 그렇게 될 거야. 비정상인과 배교자들에게 메시지를 전달하자고.” 그녀는 열광적으로 나를 보았다. "알았지?"

"어, 알았어" 나는 중얼거리면서 뒤로 물러서다가 따라오던 샘과 부딪쳤다. "사람들에게 교훈을 주겠다는 거지, 응?"

샘이 내 어깨를 붙들고 손에 힘을 준다. 너무 나서지 말라는 경고다. 하지만 젠은 사소하게 빈정거림 따위에 신경을 쓸 기분이 아니었다. "바로 그거야!" 그녀는 황홀경에 빠지고 있었다. "정말 재미있을 거야. 크리스와 믹에게 준비를 하라고 해뒀…."

뒤쪽 어디선가 고음의 비명이 들렸다. "미안해." 내가 중얼거렸다. "속이 좋지 않아." 샘이 나를 앞쪽으로 밀었다. 나는 비틀거리면서 젠을 지났고, 계속 더듬거리면서 사과를 했다. 상황은 더 악화되지 않았다. 젠은 신뢰할 수 없는 사람이나 정숙한 바보에게 낭비할 시간이 없었다. 게다가 그녀는 이미 손길에 밀려 교회 문가에 있는 사람들에게 이동하면서 공동체 가치에 대해 뭔가 소리를 지르고 있었다.

우리는 간신히 주차장 끄트머리에 도착했다. 나는 넘어지지 않도록 샘의 팔을 꽉 붙들었다. "저 사람들을 막아야 해." 나는 나도 모르게 그렇게 말했다. 저 두꺼비 같은 피오르는 무얼 풀어놓으려고 그렇게 많은 점수를 한 집단에서 다른 집단으로 옮긴 걸까. 점수 창녀들 앞에서 그런 짓을 저지르면 남은 결과는 하나뿐이었다. 가장 작은 소동이 벌어진다 해도 3번 집단은 필과 에스더를 찢어 죽이려 들 것이다. 하지만 젠이 있었다. 젠은 이번 일을 사회 정화로 몰아세우면서 군중의 우두머리가 되려 할 것이다. 나는 지금 어떤 현실이 새로 형성되고 있는지 알 수 있었다. 그리고 그 일에 전혀 관여하고 싶지 않았다.

"현명하지 않은 행동이야." 샘은 고개를 내저었지만, 걸음걸이를 늦췄다.

"허튼소리가 아니라고!" 나는 고집을 부렸다. 침을 삼켜보니 목이 바짝 말라 있었다. "사람들이 필과 에스더를 폭행할 테고…."

"아냐. 이미 그런 단계는 넘어섰어." 그가 와들와들 떨리는 목소리로 말했다.

나는 힘주어 두 다리를 멈췄다. 샘도 어쩔 수 없이 멈춰 섰다. 그러지 않으면 나를 밀쳐야 하기 때문이다. 그가 거칠게 숨을 몰아쉬었다. "뭐든 해야 한다니까."

"뭘. 어떻게?" 그가 심호흡했다. "최소한 스무 명 이상이 모여 있어. 3번 집단뿐 아니라 이번 일에 동참하면 고결함을 알릴 수 있다고 생각하는 멍청이들까지 합세했다고. 우리가 성공할 가능성은 없어." 그는 뒤쪽을 흘끗 바라보고 몸을 떠는 것 같았다. 그러더니 갑자기 나를 잡아당기고 속도를 높였다. "멈추지 마. 돌아보지도 말고." 그가 쉿소리를 냈다. 나는 당연히 그 자리에서 멈추고는 뒤로 돌아서 무슨 일이 벌어지고 있는지 보았다.

이런 젠장. 다리가 비틀거렸다. 무슨 일이 벌어지는지 보는 동안 샘이 한쪽 팔로 나를 받쳐줬다. 이제 더 이상 비명은 들리지 않았다. 하지만 그런다고 해서 일이 사라지는 것은 아니었다. 비명은 내 두개골 속에 있는 사적인 공간에서 계속되고 있었다. "놈들이 계획한 거야." 아주 어두운 터널 속 저 먼 곳에서 내 목소리가 말하고 있었다. "놈들이 준비한 거라고. 어쩌다가 생긴 일이 아니야."

"맞아." 샘이 고개를 끄덕였다. 그의 얼굴이 우유 찌꺼기처럼 하얗게 질렸다. 눈에 보이는 것만으로도 충분히 미친 짓이기 때문에 설명은 더 필요하지 않았다. "기술 문명이 발생하기 전까지 다수의 문화권에서 결속을 강화하기 위해 사람을 제물로 삼는 의식을 이용했어.” 그가 중얼거렸다. “피오르는 도대체 언제부터 그런 의식을 시연하려고 계획했을까?”

교회 옆에 있는 포플러 나뭇가지에 밧줄이 두 가닥 걸려 있었다. 그리고 두 무리의 사람들이 밧줄을 팽팽하게 당기는 무언가를 위쪽 나뭇잎 속으로 끌어올리느라 바쁘게 움직이고 있었다. 나는 눈을 감았다. 밧줄 두 가닥이 약간 구부러진 것 같았다. 구심 가속도 때문에 그런 것 같았다. 하지만 실은 내 눈에 눈물이 맺혔기 때문일 것이다.

“그런 건 상관없어. 총만 있으면 지금 당장 젠을 쏴버릴 텐데. 진짜 쏴버릴 거야.” 나는 공포나 걱정 때문에 어지러운 게 아니라 분노 때문에 어지럽다는 사실을 불현듯 깨달았다. “저 쌍년은 죽여야 해.”

“그래도 달라지는 건 없어.” 샘은 거의 넋을 놓은 것 같았다. “폭력이 심해지면 살인의 무게가 희석될 뿐이야. 그런다고 해서 살인이 끝나진 않는다고. 사람들은 파티를 벌일 테고, 네가 그런 짓을 해봐야 흥밋거리만 늘어날 뿐….”

“그렇겠지. 난… 하지만 내 기분은 좋아질 거 아냐.” 젠은 오늘 밤 창문을 걸어 잠그고 베개 밑에 야구 방망이를 넣어두고 자야 할 것이다. 안 그러면 큰일이 벌어질 테니까. 저 거짓말쟁이 쌍년은 충분히 그런 취급을 당할 만한 존재다.

“내 기분도 좋아지겠지.”

“우리가 할 일이 전혀 없을까?”

“저 사람들을 위해서?” 그가 어깨를 으쓱했다. 이제 비명은 들리지 않았지만, 사람들은 그 대신 음조가 없는 일종의 성가를 부르고 있었다. “없어.”

나는 몸을 떨었다. “집에 가자. 지금 당장.”

“그래.” 우리는 다시 함께 걷기 시작했다.

우리는 도로로 나왔다. 노랫소리가 뒤를 따라왔다. 나는 뒤를 돌아보고 무너져 버릴까 봐 겁에 질렸다. 내가 할 수 있는 일은 아무것도 없었지만, 공범자가 된 것처럼 기분이 더러웠다. 피오르는… 그놈은 잡아 죽여야 했다. 언제가 되든 내가 잡아 죽일 것이다. 하지만 지금 당장은 이를 악물고 그에 관해 아무 말도 하지 않을 것이다. 피오르가 전체주의의 힘을 우리에게 가르치려고 이 사소한 쇼를 준비했다는 생각이 들었다. 그리고 지금 이 순간 모든 첩자와 감시자들이 눈을 크게 뜨고 반대 의견의 징후를 찾을 것이기 때문이다.

10분쯤 걸어서 시체를 뜯어먹는 광기로부터 1킬로미터 정도 떨어진 다음 나는 샘의 팔을 잡아당겼다. "좀 천천히 가자." 내가 제안했다. "숨도 돌리고. 이젠 안 뛰어도 돼."

"숨을 돌…." 샘이 나를 쳐다보았다. "나한테 화가 난 줄 알았는데."

"아냐. 너한테 화가 난 게 아니야." 나는 속도를 낮추고 계속 걸었다.

그가 내 팔에 손을 얹었다. "우리는 동참하지 않았잖아."

나는 아무 말 없이 고개를 끄덕였다.

"거기 있던 사람들 가운데 4분의 3은 우리처럼 겁을 먹고 있었어. 하지만 한 번 시작되고 나니 막을 수가 없었던 거지." 그가 고개를 흔들었다.

나는 심호흡을 했다. "아직 시간이 있었을 때 반대하지 못한 것 때문에 나 자신에게 실망하고 있어. 정신을 바짝 차리면 군중을 조종할 수 있거든. 하지만 아까 그랬던 것처럼 일단 사람들이 무리 지어 움직이기 시작하면 붙들어두기가 정말 힘들지. 피오르는 불을 붙일 필요도 없었어. 그런데 일부러 그런 거야. 바비큐에 휘발유를 붓는 것처럼." 바비큐나 휘발유라는 말은 내가 최근에 익힌 단어들이었다. "그런 설교를 하고 점수를 바꿔놨으니, 설사 멈추려 해도 어쩔 수 없었을 거야."

"그게 선택의 문제였던 것처럼 얘기하네." 나는 곁눈질로 그를 바라보았다. 샘은 바보가 아니지만 보통 때는 추상적인 개념을 써가며 얘기하지 않는 사람이었다. 그가 말을 계속 이었다. "정말로 그 상황을 멈출 수 있었을 거라고 생각해? 리브, 이 사회는 맹목적이야. 저놈들은 관념적인 이유로 사람을 죽이기 쉽도록 설정을 해둔 거라고. 너도 젠을 봤잖아. 정말로 그녀가 행동을 시작한 다음에도 막을 수 있었을 거라고 생각해?"

"그년 갈빗대에 칼을 꽂았어야 했는데." 나는 잠깐 입을 다물고 터덜거리며 걸었다. "아마 실패했겠지. 네 말이 맞아. 하지만 그렇다고 해서 기분이 나아지지도 않네."

우리는 일요일용 의상을 입고, 인공적으로 만들어진 늦봄과 정오의 태양열로 서서히 달아오르면서, 길을 따라 천천히 걸었다. 길고 노랗게 시들어가는 잔디 속에서 무척추동물들이 삑삑 소리를 내고 있었다. 산들바람이 불자 머리 위에서 낙엽수 잎들이 바스락거렸다. 따뜻한 바람 속에서 샐비어와 목련의 냄새가 났다. 길은 우리 앞쪽에서 언덕으로 들어가면서 전송게이트를 내장하고 있는 또 다른 터널들로 이어졌다. 그 전송게이트들은 겉과 속이 뒤집힌 우리 세계의 진짜 지형을 숨기고 있었다. 샘은 휴대용 손전등을 꺼내더니 끈을 손목에 걸고 흔들어 댔다.

"난 전에도 폭도를 겪어 본 적이 있어." 내가 말했다. 그걸 잊을 수만 있다면 얼마나 좋을까. "폭도들은 독특한 추진력이 있지." 나는 필을 잘 알지 못했지만, 그의 표정과 군중의 그림자를 쫓아가던 갈망을 떠올리자 힘이 빠지고 몸이 떨렸다. 그 갈망이란 바로 젠의 사악한 즐거움이었다. "그 추진력이 일정 지점을 넘어서면 할 수 있는 일이라고는 빨리 도망쳐서 그다음에 벌어지는 일과 아무 관계가 없다고 확신하는 것뿐이야. 만약 모든 사람이 그럴 수만 있다면 폭도는 존재하지 않겠지."

"그렇겠군." 우리는 터널의 경계 구역을 걸어서 통과하고 있었다. 샘의 목소리는 가라앉은 것처럼 들렸다. 그가 손전등을 켰다. 원뿔 모양의 빛이 앞쪽에서 미친 듯이 뛰어다니고, 길이 왼쪽으로 굽기 시작했다.

"영웅이 되고 싶은 바보가 칼을 들고 날뛰어도 일단 제힘으로 움직이기 시작한 폭도를 멈출 수는 없어." 나는 다른 이유 때문이 아니라 나 자신의 이익을 위해서 말했다. "전투용 장갑복을 입고 중무장을 하고 있어도 마찬가지야. 끝이 없이 몰려드니까. 뒤쪽에 있는 사람은 앞에서 무슨 일이 벌어지는지 볼 수 없거든. 그리고 지원 병력도 없이 폭도의 앞을 가로막은 바보는 금세 죽어버려. 폭도를 엄청나게 많이 처치하더라도. 어쨌든 칼을 들고 맞선 바보나 폭도들이나 머리가 나쁘기는 마찬가지야. 폭도를 막으려면 발생하기 전에 행동해야 하니까. 우선 앞을 막아서서 아니라고 말해줘야 하는 거지."

우리는 터널 속에서 어두운 굽잇길을 따라 걷고 있었다. 입구나 출구는 전혀 보이지 않았다. 샘이 한숨을 쉰다.

"그렇게 행동할 만한 사람을 하나 알고 있어." 그가 슬픈 목소리로 말했다. "바로 내가 사랑했던 남자야. 바보는 아니지만, 그 사람이라면 그런 상황에 어떻게 대처하는지 알고 있을 거야."

남자라고? 샘은 그런 취향처럼 보이지 않았다. 하지만 나는 성 역할을 고정해버린 시선으로 그를 보고 있다는 사실을 깨달았다. 그가 나를 봤던 것과 같은 시선이었다. 그리고 실험에 자원하기 전에 그가 누구였는지, 어떤 사람이었는지 알 방법이 전혀 없다는 사실도 깨달았다. "그럴 수 있는 사람은 없어." 내가 부드러운 어조로 말했다.

"그럴지도 모르지. 하지만 나라면 다른 판단보다 로빈의 판단을 믿을 거라고…."

나는 막 벽에 부딪힌 것처럼 급히 걸음을 멈췄다. 목 뒤에 있는 털들이 전부 곤두섰다. 그리고 위가 음식물을 밀어 올릴 것처럼 또다시 뒤틀렸다.

"왜 그래?" 샘이 물었다.

"네가 애타게 그리워하던 바깥 세계 사람 있잖아." 나는 신중하게 말했다. "그 사람 이름이 로빈이군. 맞아?"

"응." 그가 고개를 끄덕였다. "말하면 안 되는 건데. 벌점을 받을…."

나는 물에 빠진 사람이 구명조끼를 붙들듯 그의 손을 움켜쥔다. "샘, 샘." 넌 바보야! 그래, 너 말이야! (나는 우리 둘 중 누구를 지칭하는지 확실히 알 수가 없다) "나한테 로빈을 아느냐고 물어볼 생각은 한 번도 안 해봤어?"

"왜? 그런다고 무슨 소용이 있는데?" 희미한 빛 속에서 그의 동공이 팽창하고 어두워졌다.

"넌 이 세상에서 제일 크고…." 무슨 말을 해야 할지 알 수가 없었다. 정말로 모르겠다. 어안이 벙벙하다는 말로는 내 심정을 가장 완곡하게 표현할 수밖에 없었다. "로빈에게 알려준 이름이 케이 맞지?"

"너…."

"케이. 맞아? 틀려?"

그는 긴장하면서 손을 잡아빼려 했다. "맞아." 그가 인정했다.

"그랬…군." 산소가 희박해지는 것 같은 느낌이었다. "저기, 샘, 일단 계속 집으로 가자. 알았지? 우리가 여기 오기 전에 어떤 사람인지 안다고 해서 지금 우리가 처한 상황이 바뀌지는 않잖아?"

어두워서 그의 표정을 확인할 수가 없었다. "너는 분명히 보라…."

하마터면 그의 빰을 때릴뻔했다. 나는 마음대로 움직일 수 있는 손을 뻗고 검지를 그의 입술에 댔다. "우선 집에 가자고. 얘기는 그다음에 해." 내가 말했다. 속은 아직도 울렁거렸다. 나 자신의 어리석음과 의도적인 무분별 때문에. 자, 이제 단번에 핵심으로 뛰어들었군. 그리고 두뇌에 염좌라도 생긴 것 같은 기분이 되었다. 이제 어떡하면 좋지?

그가 한숨을 쉬었다. "알았어." 그는 아직도 내 이름을 부르지 않았다. 하지만 손전등을 고쳐 잡고 앞길을 비췄다. 그때 반대쪽 벽에 문의 윤곽이 보이기 시작했다.

여행을 많이 할수록 보는 게 적어진다니 웃기는 일 아닌가.

전송게이트를 통해 여행하면 노드 사이에 있는 지점을 피하게 되었다. 게이트란 결국 공간 구조에 나 있는 구멍이기 때문이다. 아주 현실적인 관점에서 볼 때 사이의 지점이라는 건 존재하지 않았다. 차를 타고 여행하는 것과 별로 다르지 않았다. 차에 타고, 좀비에게 목적지를 말하면 그가 속도를 높였다. 차의 보닛 밑에 기계가 있고 그 기계가 덜그럭거리면서 화석화한 고대 생물체를 증류한 액체를 점화하는 것 같은 일은 벌어지지 않았다(그냥 소형 입구 발생기와 효과음 발생장치가 있을 뿐이다). 하지만 주변 환경과 상호작용을 한다고 보면 느낌은 똑같았다.

그런데 자동차와 복도와 게이트와 우리가 다른 사람과 플레이한다는 사실을 부정하는 머릿속 게임의 바깥에는 진짜 우주가 있었다. 때로는 그 진짜 우주가 우리의 얼굴을 후려치기도 한다.

바로 지금이 그렇다. 우리는 대략 사각형인 지형을 연결해 놓은 곳에서 살고 있었다. 그 지형들은 몇 개의 거대한 원통형 개척지의 구부러진 안쪽 면에 펼쳐져 있고, 원통형 개척지는 (중력을 대체할 수 있는) 구심 가속도를 발생시키기 위해 회전했다. 그와 동시에 이름을 알 수 없는 갈색왜성들의 주변에서 궤도를 따라 돌고 있었다. 하늘은 화면이고 바람은 냉난방 조절의 결과이고 길에 있는 터널은 필요에 따라 만들어 놓은 환각이었다. 너무 넓어진 옥외 무대를 따라 산책을 하다 보면 가파른 언덕이나 절벽과 마주칠 것이다. 그리고 그 언덕은 올라갈 수 없을 것이다. 왜냐하면 몇 미터만 올라가면 수직으로 상승하기 때문이다. 나는 처음부터, 굳이 말하자면 이론적으로 그런 사실을 알고 있었다. 나는 그것들이 전부 어떻게 이어지는지 심각하게 고민한 적이 없었다. 각 터널에 전송게이트가 있을 거라고 가정한 게 전부였다. '하지만 만약에 다른 출구가 있다면?'

나는 샘의 손을 움켜쥐었다. "잠깐! 손전등을 뒤로 돌려. 그래, 거기, 바로 거기야."

"저게 뭔데?" 그가 물었다.

"한 번 조사해보자고." 나는 샘을 잡아당겼다. "이리 와. 조명이 필요하니까."

터널 벽은 완곡하게 구부러지고 끝이 이어진 콘크리트판으로 구성되어 있으며, 속이 빈 관 형태였다. 관의 지름은 대략 8미터 정도다. 길은 평평한 아스팔트층이고 그 가장자리가 관의 벽과 만났다.

만나는 지점은 측면의 중간 지점 바로 밑이다(이제야 생각해보니 도로 층 밑에 무엇이 있을지 궁금했다. 아마도 고체가 있겠지만, 사실 그 밑에는 뭐가 있어도 이상하지 않았다). 내 주의를 끄는 것은 반대편 벽에 있는 사각형 홈이었다. 가까이 가서 살펴보니 폭이 1미터, 높이가 2미터쯤 되는 단순한 금속판이 터널의 한쪽 면 안으로 들어가 있었다. 손잡이나 자물쇠처럼 생긴 것은 보이지 않았다. 그 대신 직경이 수 밀리미터쯤 되는 구멍이 한쪽 모서리 바로 옆에 약간 위쪽으로 뚫려 있었다.

"전등 좀 줘봐."

"자." 그는 아무 대꾸도 하지 않고 전등을 건넸다. 나는 벽에 최대한 붙어서 틈새로 빛을 비춰보았다. 경첩처럼 보이는 것도 없고 다른 것도 보이지 않았다. 나는 몸을 웅크리고 앉아서 구멍 안으로 빛을 비춰보았다. 역시 마찬가지로 아무것도 없었다. "흐음."

"그게 뭔데?" 그가 근심스럽게 물었다.

"문이야. 알 수 있는 거라곤 그게 전부야." 나는 몸을 일으켰다. "지금 당장은 아무것도 해볼 수가 없어. 집에 가서 생각해보자고."

"집에 가면 제대로 얘기를 할 수가 없잖아!" 희미한 전등 불빛 속에서 보니 그의 두 눈이 새하얗다. "그자들이 전부 엿들으니까."

"모든 걸 다 감시하는 건 아니야." 나는 그를 안심시켰다. "자, 집에 가자. 오늘 오후엔 잔디를 깎고 싶으니까."

"하지만…."

"제초기는 차고에 있어." 나는 무자비하게 말을 이었다. "다른 물건들하고 같이."

"그래도…."

"집에 도착했는데 우리를 기다리고 있는 사람이 아무도 없으면 저자들이 터널을 감시하고 있지 않다는 뜻이잖아, 샘. 최근에 망통신을 본 적 있어? 없다고? 흠, 우린 지금까지 단 1점도 감점당하지 않았어. 감시 범위에 틈이 있는 거야. 난 그들이 감시하지 않는 다른 장소도 한군데 알고 있어. 그리고 여기서 나가고 싶은 사람이 너 말고 또 있다는 사실도 알아야 해."

그 사실까지 샘에게 말하고 나니 안전하다는 생각이 들었다. 저자들이 지금 당장 내 머리를 비우고 나를 큐리어스 옐로우의 먹잇감으로 쓴다 해도, 이제 그들이 물리쳐야 할 적은 셋이 됐다. 나와 샘과 제니스 말이다. 케이는 지금 당장은 거부할지 모르나 (아니, 나는 그를 계속 샘으로 생각해야 한다고 속으로 되뇌었다) 내 생각에 나를 악당들에게 팔아넘기지는 않을 것이다. 이제 샘을 괴롭히는 문제가 무엇인지 알 수 있을 정도로 그의 마음을 자신 있게 들여다볼 수 있었다. 케이를 그토록 갈망했으면서도 그녀를 믿을 수 있을지 확신이 안 섰다니 이 얼마나 우스운 일인가. 난 이제 샘을 믿었다. 하지만 그와 다시 섹스를 할 수는 없을 것 같았다. 인생은 묘한 것이다. "너도 나가고 싶지?" 내가 물었다.

"응." 그가 심하게 떨면서 말했다.

"그러면 조금만 더 날 믿어야 할 거야. 아직 탈출 계획이 서지 않았거든." 나는 그의 손을 쥐어짜듯 세게 잡았다. "하지만 세워가는 중이야."

우리는 함께 빛을 향해 걸어갔다.

그날 오후 샘은 청바지와 티셔츠로 갈아입고 잔디를 깎았다. 나는 작업 바지를 입고 안전 고글을 쓰고 차고에 있었다. 석고 틀에서 금형을 만들어 냈고, 그 안에 땜납을 부었다. 신기한 물건을 넣어두는 피오르의 보관함 열쇠의 복제본을 땜납으로 만들고 있었다. 납 열쇠는 자물쇠에 넣고 돌릴 수 없다. 하지만 판형을 만드는 원형으로는 충분히 사용할 수 있었다. 그리고 나는 작은 놋쇠 주괴가 완성되기를 기다리고 있었다.

감시하는 자가 있다면 혼동을 일으키도록 나는 주위에 소도구를 배치해 두었다. 낚시도구점에서 구입한 목재 간이 벽들이었다. 벽에는 무의미한 헌사들이 새겨져 있었다. 내가 몰두하고 있는 작업을 샘에게 보여주자 그는 눈을 빠르게 껌뻑이더니 고개를 끄덕였다. "수제 십자수를 만드는 여자들의 모임에 쓸 거야." 나는 사실과 전혀 상관없는 말을 지어냈다. 그런 모임은 없지만, 비정상적인 행위가 벌어지는지 감시하는 자가 있으면 반사적으로 끌어댈 비상용 설명으로는 그럴듯했다.

우리는 아마 유리병 안에 살고 있을 것이다. 그리고 밝은 조명과 감시장치가 쉬지 않고 우리에게 향해 있을 것이다. 하지만 살아 있는 인간이 우리의 일거수일투족을 실시간으로 감시하지는 않을 것이다. 우리는 연구자보다 수적으로 월등히 우세하고, 연구자들은 주로 집단적인 사회화에 관심이 있기 때문이다(적어도 대외적으로는 그렇게 알려져 있다). 지적인 생명체를 제대로 감시하려면 관찰자 역시 관찰 대상만큼 강력한 마음 이론을 보유하고 있어야 했다. 우리 피실험자들은 수에 있어서 연구자들보다 두 자릿수만큼 많고, 나는 이 실험에 초인적인 메타 지성체가 관여하고 있다는 증거를 아직 보지 못했다. 따라서 승률은 내 편이었다. 적이 어느 정도 신적인 존재라면 지금 당장 수건을 던지는 편이 낫다. 하지만 그렇지 않다면… 원하는 것을 모조리 무의식 기제에 맡기면 되었다. 물론 그 과정에서 무언가를 잃어버릴 위험은 감수해야 하지만. 원형 교도소의 영광은 이렇게 사라지는 것이다.

교회 예배는 분명 상상할 수 있는 모든 수단을 동원해서 감시되고 있을 것이다. 하지만 예배가 끝나면 피오르와 그의 친구들은 사적인 교수형을 모든 각도에서 재연해보고 진짜 암흑시대 군중을 움직였던 사회적 역학을 알아내느라 무척 바쁠 터였다. 내가 차고에서 해내는 일을 감시하는 것은 아주 먼 미래의 일일 것이다. 어쩌면 심심한 나머지 내가 이웃 남자와 섹스를 하거나 구석에서 병적으로 훌쩍거리지는 않는지 흘끗 살펴볼 수는 있겠지만. 그들 자신은 필요한 물리적 인공물이 있으면 조립게이트를 이용해 마음대로 만들어 내기 때문에, 내 작업을 보더라도 암흑시대의 취미라고 간주하고, 나를 보며 조금 둔하지만, 기본적으로는 잘 적응하고 있는 부인이라고 생각할 것이다. 내가 실제로 무엇을 이뤄냈는지 파악하려면 꽤 긴 시간이 필요할 것이다. 심지어 나는 지난주에 옷감을 짜는 행위로 2점을 벌기도 했다. 나는 그들의 눈앞에서 고생해가며 손으로 패러데이 새장을 만들어 어깨걸이 가방의 안감으로 만들어 넣었건만 그들은 내가 전통적인 여성의 손기술을 성실하게 연습한다고 봤지 않은가! 그들의 감시 체제에는 빈틈이 있고 그들의 이해 수준에는 더 큰 틈이 있었다. 그들은 바로 그런 틈 때문에 몰락할 것이다.

열쇠 제작에 집중하고 연구자들에 대한 증오를 키우다 보니 오늘 아침 교회 바깥에서 일어난 일을 떠올리지 않을 수 있었다. 그러다 보니 내가 머릿속에 부딪힌 막다른 골목, 또는 터널 속에서 부딪쳤던 문의 문제, 또는 오늘 아침에 잠에서 깬 뒤로 벌어진 모든 문젯거리도 잊어버릴 수 있었다. 그것들을 제외하면 오늘 역시 또 하나의 지루한 일요일이라고 생각할 수 있었다.

나는 한없이 긴장하며 몇 분을 보내고 나서 (하지만 시계는 족히 네

시간이 지났다고 거짓말 같은 주장을 하고 있었다) 차고에서 나왔다. 뜨거웠던 아침 햇빛은 부드러워지면서 오후의 장밋빛으로 바뀌었고, 곤충들이 청록색 하늘 아래에서 삐거덕거리며 움직이고 있었다. 차고에 있느라 목가적인 여름의 오후를 놓친 모양이었다. 몸이 떨리고, 피곤하고, 배가 너무 고팠다. 게다가 돼지처럼 땀을 흘리고 있었으니 악취도 풍기고 있을 것이다. 샘은 보이지 않았다. 나는 집 안으로 들어가 곧장 욕실로 향했고, 옷을 모조리 벗은 다음 샤워기를 조정해 모든 것이 씻겨 내려갈 때까지 차가운 물세례를 받았다.

나는 샤워를 끝내고 옷장 속을 뒤져 여름용 원피스를 꺼냈다. 그리고 먹을 걸 만들어야겠다고 막연하게 생각하며 아래층으로 내려갔다. 전자레인지로 저녁을 만들고 석양이 지는 환상을 보며 집 뒤에 있는 평상에서 먹으면 될 거라 생각하면서. 그 대신 나는 정문으로 들어오던 샘과 마주쳤다. 그는 초췌해 보였다.

"어디 갔다 왔어?" 내가 물었다. "먹을 걸 만들려던 참인데."

"교회 묘지에. 마틴과 그렉과 알프와 함께 있었어." 나는 그를 더 자세히 관찰했다. 셔츠는 땀으로 얼룩져 있고 손톱 밑에는 흙이 있었다. "매장하고 왔어."

"매장?" 나는 그게 무슨 뜻인지 잠시 깨닫지 못했다. 그러다가 머릿속에서 뭔가가 찰칵거리고, 현기증이 일어났다. 내 머리를 중심으로 온 세상이 도는 것 같았다. "그… 나한테 말을 해주지 그랬어."

"넌 바빴잖아." 그가 나를 무시하듯 어깨를 으쓱했다.

나는 걱정스러운 눈으로 그를 바라보았다. "피곤해 보여. 가서 샤워할래? 먹을 걸 만들게."

그가 고개를 내저었다. "배 안 고파."

"그럴 리가 있나." 나는 그의 오른팔을 잡고 주방으로 이끌었다.

"내가 안 보는 동안 몰래 과자를 먹은 게 아니라면 넌 점심을 걸렀어. 그리고 시간이 이렇게 지났는데." 나는 심호흡을 했다. "상황이 얼마나 안 좋았어?"

"상황은…." 그가 말을 멈추고 심호흡을 했다. "상황은…." 그는 다시 말을 멈췄다. 그리고 울음을 터뜨렸다.

샘은 분명히, 아주 생생하게 죽어본 적이 있을 것이다. 그는 내가 알기로 최소한 90년 이상 살았고, 기억 삭제수술을 받았다. 그는 수술의 부작용인 분열성 정신병을 경험했고, 나처럼 수술 후 단계에 있는 바보들과 결투를 하며 시간을 보냈고, 폭력적인 죽음과 질병이 인생의 불쾌한 연회 음식일 수밖에 없는, 기술시대 이전 단계에 멈춰 있는 외계인들과 함께 살았다. 하지만 성인 두 사람이 서로 동의하에 약식 결투를 벌이고 나서 겪는 효과라는 것은, 미리 만들어 둔 조립게이트 백업 덕분에 미약한 두통을 겪는 게 전부다. 교회 주차장에서 갑자기 벌어진 무의미한 폭력의 뒤처리를 하는 것은 엄청난 차이가 있었다.

백업도 없고, 두 번째 기회도 없고, 머리를 긁으면서 30분에 해당하는 인생 동안 무슨 일이 있었는지 생각해볼 수도 없다는 건 중요하지 않았다. 중요한 차이점은 내가 그 당사자일 수 있다는 점이었다. 그런 상황이 내게 닥쳐올 경우, 한 가지 확실한 사실이 있었다. 연단에 있는 두꺼비가 사람을 헷갈려서 잘못 호명하면 나뭇가지에 묶인 밧줄 끝에 매달려서 목이 졸리고 꿈틀거릴 사람은 나일 것이다. 내가 이번 희생자일 수도 있었다. 실제로는 그렇지 않았지만, 결국은 운명의 장난일 뿐이었다. 샘은 방금 전장에서 돌아왔고, 그 사실을 확실히 인지했다.

그래서 우리는 뒤뜰에 있는 나무 의자에 앉았다. 나는 몸을 곧추

세우고 앉았고, 샘은 내 무릎에 머리를 올려두고 있었다. 그는 아기처럼 울지는 않지만 숨을 헐떡이다가 가끔 훌쩍거렸다. 나는 그의 머리를 어루만지면서, 동정심의 거친 면도날에 손을 베지 않고, 샘에게 진정하고 프로그램에 잘 따르라고 말하고픈 욕구에 굴복하지 않도록 애를 썼다. 누구든 판결이 나면 상처를 입게 마련이었다. 그리고 만약 내가 귀를 기울이기만 하면 그는 나름의 방식으로 그 사실을 털어놓을 것이다. 그게 아니라면….

흠, 지난밤에 내 얘기를 들어준 사람은 아무도 없었지만 그렇다고 해서 샘에게 똑같이 대하지는 않을 것이다.

"네가 창고에 있는 동안 그렉 일당이." 마침내 그가 입을 열었다. "뒤처리를 도와줄 수 있는지 묻더라고. 오늘 아침에 내가 얘기하던 게 그거야. 그자들이 나에게 관심을 둘 기회를 주지 말자는 거지. 방법은 여러 가지가 있어. 당시에 아무것도 할 수 없었다면 일이 벌어진 뒤에 뭔가 하는 것도 한 가지 방법이 될 수 있겠지." 그는 다시 말을 멈추고 약 1분 동안 훌쩍거렸다.

그는 울음을 멈추더니 조용히, 침착하게, 생각에 잠긴 어조로 말을 이었다. 자신에게 설명을 들려주면서 이해하려고 애를 쓰는 것 같았다. "택시를 타고 교회에 갔어. 그렉이 삽을 가져오라길래 시키는 대로 했지. 가보니까 마틴과 알프가 있었어. 리즈도 있었고. 리즈는 필의… 부인이야. 몰은 병원에 있어. 사람들을 말리려고 했거든. 그러자 몰을 때린 거야. 폭도들이 그랬다는 얘기야. 괜찮은 사람들이 더 있긴 했지만 대부분 겁에 잔뜩 질려서 시신을 매장하는 일에 손을 보태지도 못했고 미망인을 위로하지도 못했어."

"미망인이라." 이 단어는 '임신'이나 '폭도 무리'처럼 이 자그마한 감옥에서 처음 듣는 말이었다. 그리고 그런 단어들과 마찬가지로 달갑지 않았다(여기 아주 오래 머문다면 '죽음'이란 단어도 그렇게 될 것이다).

"그렉이 교회 안에서 사다리를 가져왔어. 마틴이 사다리를 타고 올라가서 시신이 매달린 밧줄을 끊었지. 우리가 필을 내리는 동안 리즈는 아무 말도 하지 않았어. 하지만 에스더를 내리자 못 참더라고. 다행히 사라가 호밀주를 한 병 들고 와서 그녀의 곁에 앉았어. 그렉과 마틴과 알프와 나는 그다음에야 땅을 파기 시작했어. 사실 바로 그 자리에서 땅을 파기 시작했는데, 알프가 그건 피오르가 잘못 생각한 거라는 얘길 꺼내더라고. 그리고 묘지에 매장해야 한다고 말했어. 그래서 그렇게 했지. 알프가 판자를 몇 개 가져왔거든. 내 생각에 깊이는 충분한 것 같아. 다들 그런 일을 처음 해봐서 말이지."

그는 한동안 입을 다물었다. 나는 그의 옆얼굴과 뒷머리를 만져줬다. "2백일 째더라." 이윽고 그가 말했다.

"7개월 째라고?"

"백업 없이 지낸 시간이 그렇다는 거야." 그가 말뜻을 확인해줬다.

그만큼의 시간을 잃어버렸다고 생각하니 무서웠다. 더 무서운 건 필과 에스더의 마지막 백업이 YFH 조직체와 바깥 세계를 차단하고 있는 조립게이트 방화벽 속에 갇혀 있다는 점이었다. 확실한 건 아니지만, 그 백업은 큐리어스 옐로우에 감염됐을 확률이 높았다. 큐리어스 옐로우는 감염된 희생자의 망통신을 경유해서 조립게이트 사이에 복제본을 만들지 않던가? 그 점을 떠올리자 YFH 안에 있는 우리 망통신의 기능이 이상하게 제한되어 있다는 사실이 걱정스럽게 느껴졌다. 다른 장소에 보관된, 더 오래된 필과 에스더의 백업은 존재하지 않을 것이다. 그게 사실이라면, 그리고 감염된 노드를 살균할 수 없다면, 그들은 우주에서 영원히 사라진 것이다.

샘은 한참 동안 입을 열지 않았다. 햇빛이 붉게 변하고 약해지는 동안 우리는 계속 의자에 앉아 있었다. 나는 그 뒤에도 잠깐 두 손을 그의 어깨에 가만히 내려놓고 정원의 저편 끝에 있는 나무들을 바라보았다. 그는 아무 징조도 보이지 않고 갑자기 중얼거렸다. "난 거의 처음부터 네가 누군지 알고 있었어."

나는 다시 그의 뺨을 어루만졌다. 아무 말도 하지 않고서.

"일주일이 지나기 전에 알았어. 넌 그동안 내내 이 안에서 찾아야 하는 친구 얘기를 했잖아. 넌 그게 캐스라고 생각했고."

나는 계속 어루만지면서 자신을 최대한 진정시켰다.

"난 처음에 충격을 받은 상태였던 것 같아. 넌 그 전에 아주 역동적이고 자신감에 차 있고 침착해 보였고…. 처음에 그 방 안에서 눈을 떠보니 나는 엄청나게 부풀어 있고 어기적거리는 존재가 돼 있더라고. 최악이었지. 그런데 네 모습을 보니까 너무 겁이 났어. 처음에는 내가 잘못 생각한 줄 알았는데 아니었어. 그래서 말을 하지 않았지."

나는 움직임을 멈추고, 한 손은 그의 어깨에 두고 다른 손은 그의 옆얼굴에 얹었다.

"둘째 날에 자살할 뻔했는데, 넌 눈치를 못 채더라."

젠장. 나는 눈을 깜빡거렸다. "내 문제랑 씨름하고 있었거든." 나는 간신히 입을 열었다.

"응, 이제는 그랬다는 걸 알고 있어." 그의 목소리는 졸린 것처럼 부드러웠다. "하지만 한동안 널 용서할 수 없었어. 저기, 난 예전에도 여기 와봤어. 바로 여길 말하는 게 아니라, 여기랑 비슷한 곳에 가봤다는 얘기야."

"아이스 구울 사회를 말하는 거야?" 나는 참지 못하고 충동적으로 말했다.

"응." 그가 긴장하더니 몸에 힘을 주었다. "촉진 이전 단계에 있는 원시인들로 가득한 행성이지. 그들은 외부에서 도와주지 않는 한 촉진에 도달하지 못할 거야. 제힘으로 기술을 구축하느라 너무 오래 걸렸기 때문에 구하기 쉬운 화석 연료가 바닥났거든." 그가 다리를 내젓고 일어나 앉았다. 그는 내 옆에 있긴 했지만 손을 뻗어 만지기에는 너무 멀었다. "살아가고 다음 세대를 낳고 늙어 죽고 가끔 전쟁을 벌이고 가끔 기아와 재난과 전염병에 시달리는 거지."

"거기 얼마나 오래 있었다고 했지?" 내가 물었다.

"60년." 그가 고개를 돌려 나를 똑바로 바라보았다. "나는, 어떤 단위의 일부였어. 음, 번식 단위라고 표현해야 알아듣겠지. 그 단위를 가족이라고 불러. 알다시피 난 아이스 구울이었지. 나는 청년기 후반에서 노년기에 이를 때까지 거기 있었어. 하지만 그들이 날 돌봐주는 걸 거부하고 툰드라 지대로 나가서 망통신을 통해 업로드를 요청했어. 그곳에 너무 오래 머물렀던 모양이야. 난 중병에 걸렸고 보살핌에 중독된 거나 마찬가지 상태였지." 샘은 먼 곳을 바라보고 있었다. "우리가 알고 있는, 촉진 이전 시대의 도구를 사용하는 원시 인류는 K형 번식 전략을 써. 나는 배우자들보다 오래 살았어. 자식은 셋이었고, 걔들은 각각 '이' 배우자와 '저' 배우자를 맞이했고, 손주들은 그것보다 더 많았…."

그가 한숨을 쉬었다.

"나한테 다 알려주고 싶은가 보군." 내가 말했다. "정말 그래도 괜찮겠어?"

"모르겠어." 그가 나를 바라보았다. "그냥 내가 누군지, 내가 어디서 왔는지 알려주고 싶어." 그가 두 발 사이에 있는 돌을 내려다보았다. "하지만 지금의 나에 대해서는 알려주고 싶지 않아. 이건 가짜잖아. 난 더러워진 것 같거든."

나는 일어섰다. 그는 이 정도면 충분히 많은 것을 얘기한 셈이었다. "자, 내가 정리해볼게. 너는 한때 외계 조류학자였어. 감정적으로 안정감을 얻기 위해서 연구 대상에게 너무 가까이 다가갔어. 넌 신체상 불쾌감에 시달리는 중증 환자야. YFH 조직체는 입문자용 설문조사에서 그걸 알아내지 못했어. 넌 자기 부정과 타인 부정의 전문가고, 비참하게도 자살에 실패했어." 나는 그를 똑바로 바라보았다. "그것 말고 더 있어?" 나는 그의 두 손을 잡았다. "더 있냐고?" 나는 그에게 소리를 질렀다.

이 순간 나는 몇 가지 사실을 단번에 깨달았다. 나는 정말로, 진심으로 그에게 화를 내고 있었다. 하지만 장기적으로 보면 내가 그에게 느끼는 감정은 분노만이 아니었다. 그리고 나는 그동안 미친 듯이 운동을 하면서 이곳에 처음 들어왔을 때보다 훨씬 나은 육체 상태에 도달했다. 샘도 지금 나처럼 일어서 있었다. 그는 나보다 30센티미터쯤 크고, 30킬로그램쯤 더 무겁다. 남자이기 때문이다. 그리고 그는 체격이 탱크 같았다. 그만큼 나보다 크고 안 좋은 경험이 계속되는 바람에 충격에 빠진 사람에게 화를 내고, 그의 면전에 대고 소리를 지르는 건 일반적으로 그리 현명한 행동이 못되었다. 하지만 나는 신경 쓰지 않았다.

"***." 그가 중얼거렸다.

"뭐라고?" 나는 그를 노려보았다. "부탁인데 한 번 더 말해줄래?"

"***." 그는 너무 작은 소리로 말했고, 나는 혈액이 귀를 두드리는 소리 때문에 알아듣지 못했다. "그래서 자살을 하지 않은 거야."

나는 고개를 저었다. "무슨 말인지 제대로 못 알아들었어."

그가 나를 쏘아보았다. "넌 도대체 누구야?" 그가 물었다.

"상황에 따라 달라. 아주 오래전엔 역사가였어. 그다음에 전쟁이 벌어졌고, 난 군인이었지. 그리고 역사 교육을 받아야 하는 군인이 됐어. 그다음에 기억을 잃었지." 나도 그를 똑같이 쏘아보았다. "현재 나는 좀 괴팍하고 무능력한 주부이자 시간제로 일하는 사서야. 알았어? 하지만 이건 말해줄게. 난 언젠가 다시 군인이 될 거야."

"그건 전부 외적인 요소잖아! 그건 네가 아니라고. 넌 나한테 아무것도 얘기해주지 않을 거지! 넌 어디서 왔어? 한 번이라도 가족이 있었어? 그 사람들은 어떻게 됐어?"

그는 걱정하고 있었다. 나는 갑자기 그가 나를 두려워한다는 사실을 깨달았다. 두려워한다고? 나를? 나는 뒤로 물러섰다. 그리고 지금 내가 어떤 표정을 짓고 있을지 알아차렸다. 내 모든 혈액이 단숨에 얼음물로 바뀐 것 같은 느낌이 들었다. 그의 질문 때문에, 내가 짐작하기로는, 이전의 나 자신이 수술을 받기 이전에 애써 잊어버렸던 기억 하나가 표면으로 떠올랐기 때문이다. 내가 애써 잊으려 했던 이유는, 그 기억이 다시 떠오르면 그걸 다시 잊는 일이 고통스럽기 때문이다. 하지만 서투른 의사가 개입해 그 기억을 지우는 게 더 심각한 문제라는 사실을 알고 있었기 때문이기도 했다. 나는 거칠게 의자에 앉아서 시선을 다른 곳으로 돌렸다. 샘이 나를 동정하는 게 싫었다.

"전부 전쟁으로 죽었어." 나는 기계적으로, 딱딱하게 말했다. "그 얘기는 하고 싶지 않아."

잠이 들자 억눌려 있던 기억 속에서 또 하나의 공포 이야기가 떠올라서 나를 찾아왔다. 이건 진짜 기억이고, 정말로 일어났던 일이었다. 그리고 나는 이 기억의 어느 한구석도 바꿀 수 없었다. 바로 그 점 때문에 이 기억은 진짜 악몽이었다.

결말은 이미 정해져 있고, 그 결말은 행복하지 않았다.

이 꿈속에서 나는 늘씬한 정규인간 남성이었다. 머리카락은 녹색이고 길며 찰랑거렸다. 배우자들은 내 머리카락을 화제에 올리면서 유쾌하게 웃었다. 나는 아주 젊고 (간신히 90살쯤 산 것 같다) 행복했다. 적어도 처음에는 그랬다. 나는 핵심적인 배우자 세 명과 안정적인 가족관계를 유지하고 있으며, 종종 대여섯 명의 섹스 친구와 다양한 관계를 맺었다. 우리는 완전히 자웅동체였다. 선천적으로 그런 경우도 있고, 난쟁이 원숭이로부터 복제해 온 변연계를 이식해서 그런 경우도 있었다. 우리 가정은 아이가 여섯이었고, 15년 내로 둘을 더 가질 계획을 하고 있었다. 나는 운이 좋게도 마음 이론의 역사를 연구하는 천직에 종사하고 있었다. 마음 이론이란 촉진 이후에 비로소 중요해진 문화관의 한 분야였다. 예를 들어 이 분야의 역사에 따르면, 구식 23세기 동안 약 30년에 걸쳐서, 망명 인류의 대부분은 짐보였다. 짐보란 인간과 비슷한 수준의 의식을 가지고 있으며 상위 정신의 보호를 받는 드론을 가리켰다. 그런 일이 벌어진 이유와 인지 독재가 몰락한 이유야말로 내가 매우 흥미롭게 연구하는 문제였으며, 나는 현장 조사 차 옛 기억 사원을 자주 방문했다.

큐리어스 옐로우가 으르렁거리며 갑자기 등장해서 역사의 상당 부분을 삭제하고 항성 간 문명을 통째로 날려버렸을 때, 그리고 내 가족 역시 휩쓸려 들어갔을 때(그래서 이 사건은 나 자신의 문제가 됐다), 나는 그런 현장 조사 때문에 집에 없었다.

큐리어스 옐로우가 처음 출현했을 때 나는 완전히 육체적인 몸을 걸치고 모바일 아카이브 서커 호를 방문하고 있었다. 서커 호는 천천히 이동하는 우주선으로, 효율적으로 운용되는 이동식 원통형 거주구였다. 동력으로는 멀리 떨어진 A0형 초거성의 내부에서 전송게이트를 통해 뽑아 온 플라즈마를 이용했다. 서커 호는 느린 상대 속도로 갈색왜성 항성계들 사이를 허우적거리듯 이동했다. 은하 이쪽에 있는 해당 항성계 간의 간격은 채 1파섹이 되지 않았다. 운항 중 다른 물체가 근접하는 일은 몇 백 년에 한 번 일어나기 때문에 승무원들은 탬플릿 동결 백업 상태에 들어가 있다가 흥미로운 일이 발생하면 우주선의 조립게이트를 통해 환생했다. 서커 호는 자급자족이 거의 가능하고 자가 보수도 가능한 우주선이었다(항성 속에 설치한 동력 수도꼭지는 예외였다. 그리고 방화벽으로 철저하게 보호된 전송게이트가 수 세기 전에 서커 호를 만든 연구 기관 지대에 연결되어 있다). 서커 호의 내부 시스템 전체는 조직체 네트워크로부터 완전히 분리되어, 3만 년 이상 임무를 수행하도록 설계되어 있었다. 우주선의 수명이 유지되는 동안 문명이 적어도 한 번은 멸망할 수도 있다는 점을 처음부터 예견했기 때문이다. 나는 함장인 베켄을 직접 인터뷰하기 위해 나와 있었다. 그는 인지 독재가 끝난 직후에 태어났고, 생존자들을 기억하고 있을 가능성이 있었다.

이상한 점은 이 지점부터 시작되었다. 나는 그들의 얼굴이 기억나지 않았다. 라우로, 아이엠빅-18, 뉴얼은 내게 있어 아주 소중한 존재였다. 그들은 단순한 연인이 아니라 정말 문자 그대로 나라는 사람을 규정하는 존재였다. 내 정체성의 대부분을 구성하는 데에 있어 내가 고독하지 않았다는 점과 내가 무리의 일원이었다는 점은 필수 요소다. 우리는 단체로 신경 내분비를 조율했기 때문에 서로 가까이 있기만 해도 엔도르핀이 서서히 분비됐다(한때 그런 과정을 임의적으로 '사랑에 빠진다'고 표현하던 시절이 있었다). 우리는 관심사와 능력과 직업에 있어 서로를 보완하는 일에 집중했다. 가족은 단순한 초개체가 아니라 만족스러우며 지복이라 할 수 있는 현상이었다. 나는 아마 초년을 외롭게 보냈던 모양이었다. 하지만 그 부분은 별로 기억나지 않았다. 상대적으로 중요성이 희미해졌기 때문일 것이다.

그런데 그런 사람들의 얼굴이 기억나지 않았다. 비통함이 소멸하고 일생이 한 번 더 지나간 지금까지도. 그 사실이 아직도 나를 괴롭히고 있었다.

뉴얼은 손발이 빨랐고, 나를 놀리면서 몰래 냉소적인 기쁨을 즐겼다. 라우로는 예의가 아주 바르지만, 사랑을 나눌 때는 전혀 그렇지 않았다. 아이엠빅-18은 극단적으로 다른 외계인이었고, 환상을 충족시키기 위해서 동시에 둘 이상의 육체를 걸치고 나타나곤 했다. 우리 애들은….

그들은 전부 죽었다. 의심의 여지 없이 내 잘못이었다. 큐리어스 옐로우는 본래 조립게이트 사이에서 몰래 증식했다. 그러면서 인간을 자료 패킷으로 이용해 거세한 명령어들을 교환하는 피어 투 피어 네트워크를 만들어 냈다. 운 나쁘게 감염될 경우 큐리어스 옐로우는 감염자의 망통신에 커널을 설치했다. 그리고 그 사람이 백업을 하거나 전송되기 위해서 조립게이트에 들어가면 (그런 과정은 망통신을 통해 진행되었다) 큐리어스 옐로우는 가장 먼저 게이트의 메모리 버퍼를 공격했다. 조립게이트 제어 노드는 자료를 실행하지 못하도록 설계되어 있었다. 하지만 큐리어스 옐로우를 만든 사람은 표준 구조상 설계의 허점을 찾아낸 게 분명했다. 감염된 게이트를 사용해 해체되고 재조립된 사람들은 여행하면서 깨끗한 조립게이트를 감염시켰다. 큐리어스 옐로우는 사람을 질병 매개체로 사용했던 것이다.

이즈 공화국을 공격한 초기 형태의 큐리어스 옐로우는 어떤 소프트웨어를 설치했다. 그 소프트웨어는 감염된 게이트를 통과하는 사람들을 편집하는 방법으로 어떤 특정 사건과 관련된 역사적 정보를 편집하도록 설계되어 있었다. 그게 어떤 사건인지는 정확히 알 수 없었지만, 나는 오래된 인지 독재 세력 하나가 파괴된 후폭풍일 거라고 추측했다. 하지만 그 기제는 감염이 네트워크 전체에 퍼진 다음에만 작동했다. 따라서 큐리어스 옐로우는 몇 년 동안 조용히 전파된 다음 갑자기 모든 장소에 출현해 충격을 주었다.

나는 기억의 꿈속에서 서커 호의 지휘실에 앉아 차를 마시고 있었다. 이 당시의 서커 호는 '고마운 지속성' 모드로 운항 중이었고, 옛 일본의 카미 호수에 있던 사원과 같은 형태를 취하고 있었다. 나는 다리를 꼬고 (우주선의 관리관인) 셉티마의 맞은 편에 앉아서 베켄 함장이 오기를 기다리고 있었다. 오프라인 상태로 기록해 온 질문을 몇 가지 풀어내고 있는데 망통신이 덜컥거렸다. 캐시 일관성 오류가 발생한 것 같았다. 우주선의 전송게이트가 방금 차단됐기 때문이다.

"문제가 생겼습니까?" 내가 셉티마에게 물었다. "방금 오프라인 상태가 됐는데요."

"그럴지도 모르겠군요." 셉티마가 귀찮다는 표정을 지었다. "조사해보라고 지시를 내리겠습니다." 그녀는 내 뒤쪽을 응시했다. 나는 그 모습을 보며 이 괴상하고 늙은 기록 관리관이 서너 개의 복제를 만들어서 우주선 내 동심 원통형 거주구를 돌아다니고 있다는 사실을 깨달았다.

그녀가 빠르게 눈을 깜빡거렸다. "보안상 비상사태가 발생한 모양입니다. 어떤 침입자가 방금 복사 공기층을 공격한 것 같습니다. 여기서 잠깐만 기다려주십시오. 가서 진행 상황을 알아보겠습니다."

그녀는 지휘실의 출입문 쪽으로 걸어갔다. 나중에 최대한 재구성해본 바에 따르면 바로 그 순간 말벌 크기의 공격로봇 18,329대가 우리 가족의 집에 있는 조립게이트에서 튀어나왔다. 우리는 옛 지구의 유실된 건축물, '폴링워터'를 본떠 만든 고대형 주택에 살고 있었다. 촉진 이전 시대의 전통에 따라 설계한 건물이었다. 그 집에는 문과 계단과 창문이 있었다. 하지만 차단할 수 있는 내부 전송게이트가 없었다. 로봇들은 게이트가 딸린 부엌에 있던 아이엠빅-18을 빠른 속도로 제압했다.

로봇들이 엄청나게 빠른 속도로 재구축했기 때문에 아이엠빅-18은 고통으로 비명을 지를 수도 없고 망통신 상에 고통의 신호를 보낼 수도 없었다. 로봇들은 웅웅거리면서 악의에 찬 안개 형태로 집안 곳곳에 산개했다. 그리고 빠른 속도로 살인을 집행했다. 여기서 잠깐 피가 흩날리고, 저기서 잠깐 비명이 들리는 식이었다. 큐리어스 옐로우는 가정용 조립게이트를 오염시켰고, 독재용 소형 로봇들이 이용할 공간을 확보하기 위해 우리들의 백업을 고의적으로 삭제했다. 그리고, 지금 나는 기억하지 못하지만, 그때 내 삶에 의미를 부여하던 모든 것들이 무자비하게 잘려나갔다.

로봇들은 처형을 마치고 나서 육체를 먹어치우고 더 많은 로봇 부품을 분비했다. 그 부품들은 스스로 조립되어 공격 로봇 떼를 이루고 큐리어스 옐로우의 적을 계속 추적할 터였다.

내가 지금 이런 사실들을 알고 있는 것은, 큐리어스 옐로우가 육체 살해 기록을 전부 보관해뒀기 때문이었다. 큐리어스 옐로우가 왜 그런 행동을 했는지 아는 사람은 없었다. 제작자에게 보고하려고 그랬다는 이론이 있긴 했다. 나는 보안 공격로봇들이 내 가족과 아이들을 먹어치우는 테라헤르츠 레이더 지도를 수없이 반복해서 지켜봤기 때문에, 그 광경은 아직도 내 머릿속에서 생생하게 타오르고 있었다. 로봇들이 육체상 적으로 삼은 사람들은 수백만 명이었다. 그들은 편집되지 않고 파괴되었다. 나 같은 생존자는 거의 없었다. 나는 그 광경을 처음 접하는 것처럼 보고 다시 보며, 그 공포를 생생하게 느꼈다. 나는 그 공포 때문에 라인바저 캣츠에 입대시켜달라고 탄원서를 내고 탱크가 되었다(하지만 그건 30년 뒤에 '고마운 지속성' 모드의 서커 호가 격리되어 있던 저항 세력의 보루와 접촉한 다음의 일이었다).

나는 잠에서 깼다는 사실을 알고 있었지만, 악몽은 끝나지 않았다. 자는 동안 소금기가 있는 눈물이 흘렀기 때문에 뺨이 가려웠다. 나는 몸을 웅크리고 불편한 자세를 취하면서 침대 가장자리로 움직였다. 누군가 팔을 내 허리에 두르고 있었다. 그리고 목 뒤에 부드러운 숨결이 느껴졌다. 나는 잠깐 어떤 상황인지 파악하지 못하다가 이내 깨닫기 시작했다. "나 이제 깼어." 나는 중얼거렸다.

"응, 잘했어." 그가 졸린 목소리로 말했다. 그는 얼마나 오랫동안 여기 있었을까? 나는 침대에 혼자 올라왔었다. 그가 내 의사와 상관없이 여기 있다고 생각하니 아주 잠깐이지만 고통이 느껴졌다. 하지만 나는 혼자 있고 싶지 않았다. 지금은.

"자고 있었어?" 내가 물었다.

그가 하품했다. "그랬나 봐. 잠이 들어버렸네." 그가 긴장하며 팔에 힘을 줬다. 나도 긴장했다. 나는 그의 가슴과 다리가 이루고 있는 곡면 속으로 몸을 들이밀었다. "괴로워하던데."

"아직 너한테 얘기하지 않은 것 때문에 그래." 아직도 그에게 얘기하는 게 좋은 생각인지는 알 수 없었다. "큐리어스 옐로우가 가족을 죽였어."

"뭐? 하지만 큐리어스 옐로우는 사람을 죽이지 않잖아. 편집하…."

"그렇지 않은 경우도 있었어." 나는 그에게 몸을 기댔다. "대부분은 편집됐지. 하지만 소수는 추적당하고 살해됐어. 큐리어스 옐로우 제작자를 알아낼 수 있는 사람들을 죽인 것 같아."

"그건 몰랐어."

"아는 사람은 많지 않아. 직접적으로 영향을 받은 사람은 아마 죽었겠지. 우연히 죽지 않은 사람은 삶을 다시 구축하고, 방화벽으로 둘러싸여 있으면서 남아 있는 이즈 공화국 세력이 제공한 외부 입력 장치를 하나도 사용하지 않은 초소형조직체를 만들기 위해 힘겹게 노력하고 있었으니까."

"하지만 넌 안 그런 거군."

내 허리를 감고 있는 샘의 팔을 통해 긴장감을 느낄 수 있었다.

"저기, 나 피곤해. 그리고 그 일을 다시 떠올리고 싶지 않아. 지나간 고통이니까. 무슨 얘기인지 알겠지?" 나는 그의 몸에 기대고 긴장을 풀려 노력했다. "난 습관적으로 혼자 지내는 생물이 돼버렸어. 전쟁 중에는 사람과 너무 가까워지지 않으려고 애를 썼고. 그리고 그때 이후로는 그럴 만한 기회가 없었지."

그의 호흡이 길어지고 평온해졌다. 이미 잠든 모양이었다. 나는 눈을 감고 그처럼 잠을 청해보았지만 수면을 취하기까지는 오랜 시간이 걸렸다. 그는 도대체 얼마나 간절하게 다른 인간과 접촉하고 싶은 걸까 궁금했다. 나 같은 인간과 다시 침대를 공유하다니 말이다.

# 11
## 지하

월요일은 근무하는 날이었다. 보통 점심 모임이 있었다. 하지만 어제 그 일이 있었던 뒤라 젠과 함께 식사할 생각이 들지 않았다. 나는 놋쇠 열쇠를 보안 가방에 숨기고 일을 하러 갔다. 도서관에 들어가자마자 쌓여 있는 책에 달려들고 청소를 시작했다. 그리고 오전 시간이 중반에 접어들고 나서야 제니스가 아직 출근하지 않았다는 사실을 깨달았다.

그녀가 괜찮았으면 좋겠다. 어제 제니스를 보았는지 기억이 나질 않았다. 하지만 무슨 일이 있었는지 알게 되었다면…. 흠, 나는 그녀가 희생자들과 얼마나 가까운 사이인지 몰랐다. 그리고 잘 아는 사이였다면 어떤 심정일지, 그것 역시 상상에 맡길 수밖에 없었다. 그녀는 이틀 전에 몸이 좋지 않았다. 지금은 어떤 상태일까?

나는 접수대로 향했다. 오늘 할 일은 마쳐두었다. 그리고 지금까지 이용객이 단 한 사람도 오지 않았기 때문에 나는 양심에 거리낌 없이 입구에 있는 팻말을 한동안 '운영이 끝났습니다' 쪽으로 뒤집어

놓았다. 직원실에는 관리용 물품들이 쌓여 있었다. 잠깐 그 안을 뒤져보니 제니스의 전화번호가 나왔다. 나는 전화를 걸었다. 꽤 긴 시간이 흐르고 걱정이 될 때쯤 누군가가 전화를 받았다.

"제니스?"

그녀는 피곤한 목소리였다. 전화 회선이 본래 소리를 왜곡하도록 설계되었다는 사실을 고려하더라도 그랬다. "리브, 너야?"

"응. 걱정하던 참이었어. 좀 괜찮아?"

"온종일 아파. 솔직히 말하면 도서관에 가고 싶지 않아. 그래도 괜찮겠어?"

나는 주변을 둘러보았다. "응. 도서관이 죽어버린 것 같아. 마치…." 나는 제때 말을 멈췄다. "저기, 이틀 정도 쉬면 어때? 어차피 두 달 뒤면 안 나올 거잖아. 그러니 무리할 필요 없어. 모레가 비번이니까 네가 원한다면 책을 좀 갖고 방문할게. 괜찮겠어?"

"나야 아주 좋지." 그녀가 감사를 표했다. 나는 조금 더 수다를 떤 뒤 전화를 끊었다.

'운영이 끝났습니다'를 도로 '운영 중입니다'로 돌려놓고 있는데 기다란 검정 리무진이 도서관 바깥의 연석에 모습을 나타냈다. 나는 격하게 숨을 들이켰다. 피오르가 지금 여기서 뭘 하는 거지? 신부는 차에서 내린 다음 평소답지 않게 누군가를 위해 열린 문을 붙잡고 있었다. 그 누군가란 자줏빛 옷을 입고 실내모자를 쓴 인물이었다. 나는 그게 누구인지 정확히 알아챘다. 주교인 유어돈이었다.

주교는 죽은 사람처럼 비쩍 말랐고, 피오르가 땅딸막하고 동그랗게 보일 정도로 키가 컸다. 두 사람은 황새와 두꺼비 같았다. 유어돈은 유난히 피부가 창백했고, 광대뼈는 칼날처럼 돌출해 있었다. 그는 테가 두껍고 뿔처럼 생기고 사각형인 안경을 쓰고 있었고, 썩은 상아 색깔의 얼마 안 되는 직모가 그의 두피를 덮고 있었다. 그는 뼈다귀 같은 두 손을 맞잡고 성큼성큼 걸어 나왔다. 피오르는 그를 따라가느라 숨을 헐떡거리면서 중얼거렸다. "잠시만요, 잠시만!" 피오르가 불렀다. "제발…."

주교가 도서관 문을 밀어서 열고는 멈춰 섰다. 그의 눈동자는 아주 탁한 파란색이고, 흰자위는 약간 누랬다. 눈빛에는 싸늘한 경멸이 담겨 있었다. "피오르, 자넨 전에도 일을 망쳤잖나." 그가 쇳소리를 냈다. "앞으로 자위용 환상은 혼자만 간직하는 게 좋을 거야." 그는 몸을 돌리다가 나를 발견했다.

"안녕하세요?" 나는 억지로 미소를 지어 보였다.

그는 기계를 대하듯 나를 쳐다보았다. "나는 유어돈 주교라고 합니다. 우리를 문헌 보관실로 데려다주시죠."

"아, 예. 물론이죠." 나는 접수대에서 황급히 나온 다음 손짓을 해 뒤쪽을 가리켰다.

피오르는 헛기침을 하고 숨을 몰아쉬면서 건들거리는 걸음으로 우리 뒤를 따랐다. 반면에 유어돈은 깡마른 몸으로 우아하게 움직였다. 관절을 모조리 기름을 잘 친 베어링으로 대체한 것 같았다. 나는 그가 풍기는 어떤 분위기 때문에 몸서리를 쳤다. 그가 피오르를 바라보는 시선은… 나는 실로 오랜만에 인간의 얼굴에서 그처럼 순수한 경멸감을 목격할 수 있었다. 나는 두 사람을 문제의 방으로 데려갔다. 분노로 침묵하는 사신이 내 뒤에서 따라오고 있었고, 그 뒤에는 무능력하고 말만 번지르르한 두꺼비가 쫓아오고 있었다.

나는 문헌 보관실 쪽에 도착한 뒤 옆으로 비켜섰다. 피오르는 화를 내고 있는 유어돈의 눈길을 받고 크게 위축된 채 열쇠 꾸러미를 뒤졌다. 그는 문을 열고 쏜살같이 안으로 들어갔다. 유어돈은 잠깐 멈추더니 얼음물 같은 눈으로 나를 보았다. "우리를 방해하지 마십시오." 그가 나에게 통보를 했다. "어떤 일이 있더라도 말입니다. 아시겠습니까?"

나는 필사적으로 고개를 끄덕였다. "저, 저는 접수대에 있을 테니 필요하면 부르세요." 이가 덜덜 떨릴 것만 같았다. 이놈은 도대체 뭐지? 나는 전에도 염세주의자를 만난 적이 있었지만 유어돈은 차원이 달랐다.

뭘 하는지는 몰라도 피오르와 주교는 문헌 보관실에서 거의 세 시간 동안 머물렀다. 두 번 정도 고성이 흘러나왔고, 주교가 성난 뱀처럼 쉭쉭거리자 피오르가 간사한 목소리로 애원을 했다. 나는 접수대 뒤에 앉아서 10초마다 뒤를 돌아보고 싶은 충동을 억눌렀다. 그리고 산업시대가 시작되기 이전에 옛 지구의 유럽에서 벌어졌던 마녀사냥의 역사를 기술한 책을 읽으려고 애를 썼다. 그 사건에는 이곳에서 벌어지는 것과 비슷하게 충격적인 면이 있었다. 공동체들은 상호 불신 속에 여러 분파로 분열되었고, 세속적인 권력에 취한 탐욕스러운 종교 지도자 앞에서 상대 분파를 경쟁적으로 비난했다. 하지만 뒤에 있는 방 안에서 뱀과 두꺼비가 서로 죽이려고 공격이라도 하듯 소음을 내는 바람에 나는 책의 내용에 집중할 수가 없었다.

정해진 점심시간이 꽤 지났을 때 피오르와 유어돈이 모습을 드러냈다. 피오르는 위축되고 원망에 찬 것 같았다. 유어돈은 기분이 좋아 보였다. 하지만 그게 기분 좋은 상태라면, 화가 났을 때 어떨지는 알고 싶지 않았다. 그는 피부를 잡아당겨 놓은 해골처럼 웃었다. 핏기없는 입술이 위로 말려 올라가는 바람에 누런 이가 보였고, 웃음에는 즐거움이 단 한 톨도 남아 있지 않았다. "이제 업무로 돌아가는 게 좋겠군." 그는 나를 향해 고갯짓도 하지 않고 접수대 앞을 스쳐 지나가면서 피오르를 꾸짖었다. "지연된 걸 아주 많이 벌충해야 할 거야." 그는 정문을 밀고 나갔다. 기다란 검정 리무진이 구역 끝을 돌아 나오더니 평상시에 머무는 소굴로 주인을 실어나를 준비를 했다.

몇 분 뒤 피오르가 언짢은 표정으로 비틀거리면서 내 앞을 지나갔다. "내일 들를 겁니다." 그가 중얼거리면서 발로 문을 걷어찼다. 신부를 기다리는 리무진은 없었다. 그는 휘청거리면서 정오의 열기 속으로 걸어나갔다. 하, 저 잘난 놈이 고꾸라진 꼴 좀 보라지!

나는 그가 시야에서 사라질 때까지 기다렸다가 밖으로 나가서 문에 매달린 팻말을 '운영이 끝났습니다'로 뒤집었다. 그리고 문을 잠근 다음 심호흡을 했다. 오늘 이런 일이 생길 거라고는 기대하지 않았다. 하지만 이렇게 좋은 기회를 놓칠 수는 없었다. 나는 직원실에 가서 가방을 집어 든 다음 문헌 보관실로 향했다.

이제 진실이 드러날 시간이 됐다. 나는 피오르가 도서관을 나선 뒤 2분도 지나기 전에 복제한 열쇠를 조심스럽게 자물쇠에 꽂았다. 열쇠를 돌리자 심장이 쿵쾅거렸다. 자물쇠는 잠시 움직이지 않고 버텼다. 하지만 열쇠를 흔들자 (열쇠의 이가 핀과 정확히 맞지 않았던 모양이다) 무언가 제자리로 떨어지는 느낌과 함께 끼익 소리가 살짝 들리더니 자물쇠가 풀렸다. 나는 문을 활짝 열어젖히고 조명 스위치로 손을 뻗었다.

나는 창문이 없고 의자도 없고 탁자도 없는 작은 방 안에 서 있었다. 천장에는 전선이 매달려 있었고 전선 끝에는 아무 장식도 없는 전구가 붙었다. 삼면 벽에는 전부 책장이 있었고, 바닥 중앙에는 작은 문이 있었다.

"이게 다 뭐야?" 나는 주위를 둘러보면서 큰 소리로 물었다.

책장에는 서류철들이 있었다. 서류철은 아주 많았다. 하지만 설명이 붙은 서류철은 하나도 없었다. 전부 일련번호뿐이었다. 바닥에 있는 문을 제외하면 모든 것이 먼지를 뒤집어쓰고 있었다. 문은 최근에 열린 흔적이 있었다. 나는 숨을 들이켰다가 재채기를 하지 않으려고 인상을 찡그렸다. 피오르가 이런 식으로 살림을 꾸렸다면 유어돈이 화를 내는 것도 무리가 아니었다.

나는 가장 가까운 선반을 보고 무작위적으로 고른 서류철을 꺼냈다. 서류철에는 단추가 있었다. 서류철을 열어보니 종이가 가득했다. 기계로 광택을 낸 종이들이 누렇게 바래 있었고, 그 위에는 16진수 무더기가 열을 맞춰서 한심한 잉크로 인쇄되어 있었다. 각 종이의 맨 위에는 순서를 나타내는 숫자가 있었다. 나는 몇 초 뒤 그 문서의 의미를 알아냈다. 그건 일련화시켜 놓은 정신 지도였다. 고대인들은 그걸 보고 '헥스 덤프(hex dump)'라고 불렀다. 모든 문서가 헥스 덤프였다. 서류철 속에는 약 500장의 종이가 들어 있을 터였다. 눈에 보이는 서류철에 전부 그만큼 종이가 들어 있다면 도합 약 10만 장이라는 뜻이다. 그리고 각 종이에는 약 1만 개의 숫자가 있었다. 믿을 수 없으리만치 비효율적으로 줄 세워놓은 매체 안에 저장된 정보가 무엇인지는 몰라도 그리 대단한 분량은 아니었다. 작은 포유류 동물의 게놈에서 여분의 엑손을 전부 짜내고 남은 것과 비슷한 양이었다. 인간의 지도는 그것보다 서너 자릿수만큼 더 컸다.

나는 고개를 젓고 서류철을 제자리로 돌려놓았다. 쌓여 있던 먼지의 두께로 보아 아주 오랫동안 아무도 들춰보지 않은 게 분명했다. 내용이 뭔지는 몰라도 피오르와 유어돈이 보러 온 것은 그 문서가 아니었다. 그렇다면 남는 것은 바닥에 있는 문뿐이었다.

나는 몸을 숙이고 놋쇠 고리를 잡았다. 그리고 경첩이 있는 나무 문을 뒤집자 아래로 내려가는 계단이 모습을 드러냈다. 계단에는 양탄자가 깔렸고, 좌우에 나무로 된 난간이 있었다. 그래, 도서관 밑에 비밀 지하실을 만들었다 이거지. 나는 두려운 나머지 키득거리지 않도록 혼잣말을 했다. 난 그동안 그 위에서 뭘 한 거지?

나는 당연히 아래로 내려갔다. 피오르가 필과 에스더에게 한 짓을 볼 때 문헌 보관실에 있다가 발각되면 나는 아마 죽을 것이다. 그러니 다음 단계로 나아가는 것은 아주 정확하게 논리적인 선택이었다.

계단 끝에는 희미한 빛이 있었다. 계단은 그리 길지 않았다. 바닥은 문으로부터 3미터 밑에 있었다. 맨 밑에 도달하자 조명을 켜는 스위치가 있었다. 나는 스위치를 누르고 주변을 살폈다.

그다음 순간 나는 더 이상 암흑시대에 있지 않았다.

내가 계속 암흑시대에 머무르고 있었다면 지하실에서 곰팡내가 나고, 벽은 벽돌로 이뤄졌으며, 천장에는 나무로 만든 욋가지가 있었을 것이다. 혹은 콘크리트와 철근이 있었을지도 모른다. 하지만 벽면은 커다란 다이아몬드 구조물이었고, 바닥에는 얼룩말 무늬가 그려진 털가죽이 깔렸으며, 천장에는 수명이 짧은 전구가 매달리는 대신 형광 페인트가 칠해져 있었다. 그리고 아주 고풍스러워 보이는 침대 의자가 있었다. 내가 보기에 그 의자는 오르트 개척 시대가 끝난 뒤로부터 환경보호공화국들이 생기기 전까지의 시기에 유행이 끝난 물건이었다. 그리고 체고가 4미터쯤 되고 내골격으로 체형을 유지하는 곤충처럼 생긴, 검정 수지로 만든 독특한 의자도 있었다. 흐음, 나는 어깨너머로 뒤를 흘끗 돌아보았다. 유어돈과 피오르가 위쪽 문을 열어놓고 여기서 상대방을 쓰러뜨릴 만큼 고함을 질러댔다면 아마도 접수대에서 그 소리를 들을 수 있었을 것이다.

지하실에 있는 나머지 물건들은 훨씬 더 당혹스러웠다.

우선, 완제품 군용 조립게이트임이 분명한 물건이 있었다. 그건 높이와 지름이 약 2미터쯤 되는 땅딸막한 원기둥 모양의 기계였다. 표면은 불투명하고 매끄러운 백색 카보니트릴 장갑이었다. 그 옆에는 내구도를 높인 제어용 워크스테이션이 있었다. 워크스테이션은 표면이 거친 나무 받침 위에 놓여 있었다. 보통 그런 장비는 방사 제어를 확보한 전장에서 사용하며, 일단 사용하면 전장을 원하는 대로 주무르고 목숨을 구할 수 있었다. 플루토늄이 있다고? 그럼 핵무기를 만들면 된다. 나는 그 장비를 작동시킬 수 있는 권한이 없었지만 (그런 상태에서 만지작거렸다가는 아마 10억 개의 경보장치가 울려댈 것이다) 그게 여기 있다는 사실은 청동 시대에 쌍엽기가 날아다니는 것만큼이나 어울리지 않는 일이었다.

두 번째로, 벽에는 거치대가 늘어서 있었고 그 안에 다양한 장비가 놓여 있었다. 거기에는 교회 제단에 있던 것과 같은 보팔 소드에 쓰는 발생장치가 분명한 물건이 있었다. 그걸 보자 불쾌한 기억들이 떠올랐다. 그런 칼로 어떤 일을 할 수 있는지 기억하고 있었기 때문이다. 방에서는 피가 분수처럼 솟아오르고, 한쪽에는 목이 없는 시체들이 이미 장작더미처럼 쌓여 있고, 그 옆에는 탈출용 게이트가⋯ 나는 속이 울렁거렸다. 나는 숨을 몰아쉬고 반대편에 있는 선반을 보았다. 선반은 아주 많았다. 그중에는 정교한 사각형 고밀도 저장 장치 덩어리가 쌓여 있는 선반도 있었지만, 공간의 대부분은 종이가 잔뜩 들어 있는 고리형 바인더가 차지하고 있었다. 이번에는 옆면에 일련번호 대신 인간이 읽을 수 있는 구식 제목이 붙어 있었다. 내게는 별 의미가 없는 제목들이었다. '개정판 짐바르도 프로토콜 4.0', '교회 수준에 적용하는 도덕성 델타 계수', '확장형 숙주 선택 기준'⋯.

숙주 선택 기준이라고? 나는 그 바인더를 선반에서 꺼내고 읽기 시작했다. 어느 정도 시간이 흐른 뒤 나는 고개를 저으며 바인더를 제자리에 돌려놓았다. 몸이 더럽혀지고 어느 정도 오염된 것 같은 기분이 들었다. 나는 그 문서의 내용이 뭔지 정말이지 이해하고 싶지 않았지만, 유감스럽게도 그 뜻을 알고 있었다. 이제 나는 그 지식을 이용해 무슨 일을 할지 고민해봐야 했다.

나는 조립게이트를 보며 생각에 잠겼다. 그 게이트가 큐리어스 옐로우에 감염되지 않았을 확률은 아주 높았다. 연구자들은 몸소 감염되고 싶지 않을 테니까. 그렇다고 해도 탈출에 도움이 되지 않기는 마찬가지였다. 내가 총에 상응하는 무언가를 피오르의 머리에 겨누고, 유어돈이 복수하는 상황보다 더 무시무시한 것으로 협박하지 않는 한 내 마음대로 작동시킬 수는 없을 터였다. 나는 아직 유어돈의 성격을 제대로 파악하지 못했지만, 아마도 그가 애써 실행에 옮길 복수라는 건 죽음보다 더 끔찍할 것이다.

젠장. 그 문제는 더 심각하게 생각해야 했다. 하지만 최소한 내일 피오르가 돌아오기 전까지는 시간이 있었다.

도서관 사업은 죽었다. 문자 그대로 죽었다. 나는 위로 올라가서 문헌 보관실을 잠근 다음 팻말을 '운영 중입니다'로 되돌려놓고, 접수대에 앉아서 긴장한 상태로 좀비들이 감옥으로 끌고 가기 위해 나를 찾아오는지 두 시간 정도 기다려보았다. 하지만 아무 일도 일어나지 않았다. 나는 점심시간에 읽고 싶은 책을 읽고 있었을 뿐, 아무 경보장치도 건드리지 않았던 것이다. 이제 와서 생각해보니 그리 놀랄 일은 아니었다. 피오르와 유어돈, 그리고 정체를 알 수 없는 한 타라는 인물이 감시장치를 설치하지 않을 만한 곳이 딱 한군데 있다면 그건 바로 실험용 도구를 숨겨두는 장소였다. 그런 작자들은 원형 교도소의 감시하에서 잘 살 수가 없으니까.

오후가 중반에 이르렀을 때 나는 30분 동안 도서관을 걸어 잠그고 가장 가까운 전자기기 상점에 가서 쓸만한 물건을 샀다. 그리고 불안에 떨며 한 시간 동안 그 물건을 지하실에 설치했다. 끝내고 나니 만족스러웠다. 그 물건이 제대로 작동한다면 피오르와 유어돈은 자부심을 가져도 좋을 것이다. 이 미쳐 돌아가는 시뮬레이션이 아주 실제적이라는 증거가 될 테니까.

도서관에 오는 사람이 없어서 나는 30분 일찍 퇴근했다. 때는 푸근한 여름 저녁이었다. 나는 약 2킬로미터를 걸어가야 했다. 사람은 거의 보이지 않았다. 공원 관리인 몇 명이 잔디를 깎고 있었지만, 일반적인 시민은 없었다. 오늘이 공휴일인데 나만 몰랐던 걸까? 알 수가 없었다. 나는 마을 중심가에서 벗어나는 길을 만날 때까지 한 발 한 발 걸음을 옮겼다. 그리고 그 길을 따라 짧은 터널 속으로 들어간 다음 다시 밝은 곳으로 나왔다. 거주구역의 거리는 조용했고 가로수가 보였으며 거의 고여 있는 것 같은 시내가 옆으로 지나가고 있었다.

걸어가다 보니 사람 목소리가 들렸고, 어느 집에서는 음식을 조리하는 냄새가 희미하게 흘러나왔다. 사람들이 집에 있었다. 신기하게도 나는 그동안 혼자 유폐된 게 아니었다. 그 얼마나 유감스러운 일인가. 나는 잠깐 환상에 빠졌다. 내가 도서관 접수대에 앉아서 기다리는 동안 학술청 소속 학자들이 YFH 조직체에 문제가 있다는 걸 알아채고 이곳에 와서 피수용자 모두를 탈출시키는 환상에. 참 기분 좋은 백일몽이었다.

나는 곧 거주구역을 연결하는 다음 터널에 도달했다. 이번에는 입구가 시야에서 사라진 뒤 손전등을 꺼냈다. 내가 짐작했던 대로 터널 한쪽 벽의 움푹 들어간 곳에 문처럼 생긴 판이 있었다. 나는 수첩을 꺼내고 목록에 그것을 추가했다. 나는 상관관계가 있는 구역들의 지도를 천천히 만들어가고 있었다. 지도는 고리 모양의 그래프처럼 보였고, 그거야말로 정확한 참모습이었다. 노드들은 네트워크를 이루고 있었는데, 그 연결선이 곧 도로였다. 그리고 도로를 따라 어딘가에 전송게이트가 있었다. 방금 내가 지도에 추가한 건 관리 시에 이용하는 해치였다.

전송게이트를 눈으로 볼 수는 없었다. 한순간 어느 구역에 있다가 보이지 않는 막으로 걸어 들어가는 순간 다른 구역에 출현하기 때문이다. 그래도 내가 충분히 똑똑하기만 하다면, 해치들의 위치를 알면 다른 정보도 알아낼 수 있었다. 그 정보라는 건 바로 네트워크의 구조였다. 이 네트워크는 왼쪽 지향일까, 오른쪽 지향일까. 해밀턴 경로는 존재하는 구조일까? 그보다 더 퇴화한 경우라면 전송게이트가 아예 없을 수도 있었다. 그렇다면 실제로 압력 손실을 막기 위해 밀폐할 수 있는 칸막이벽으로 갈라놓은 단일 원통형 거주구라는 얘기가 되었다. 혹은 모든 구역이 몇 파섹씩 떨어진 다른 공간에 존재할 수도 있었다. 나는 최대한 가정을 배제하려고 노력했다. 눈을 크게 뜨고 조사하지 않으면 중요한 걸 놓칠 수도 있었다.

나는 평상시와 비슷한 시각에 집에 도착했다. 긴장됐고 불안했지만, 이상하게 마음이 놓이기도 했다. 지나간 일은 어쩔 수 없는 법이다. 피오르는 내일 내 간섭을 알아챌 수도 있고, 그러지 못할 수도 있었다(혹은 운이 좋으면 유어돈이 한 일이라고 생각할 수도 있었다. 나는 그럴 가능성도 얼마든지 있다고 봤다. 두 사람은 사이가 안 좋았다. 따라서 내가 카드를 제대로 쓰기만 한다면 그들의 분열을 이용할 수도 있었다). 결과가 어떻든 난 새롭게 뭔가를 배우게 될 것이다. 그러지 못한다면… 흠, 나는 이미 멈출 수 있는 단계를 넘어섰다. 내가 그들의 사소한 게임에 대해 알아냈다는 사실이 발각되면 나는 그 즉시 살해당할 것이다. 그들은 혼란을 일으키지도 않을 것이고, 교회에서 점수 창녀들이 보는 가운데 절차에 따라 굴욕을 주지도 않을 것이다. 그저 단숨에 뇌를 뽑아내고 나를 종료시켜 버릴 것이다. 그에 비하면 피오르는 불장난을 하고 있었다.

샘은 거실에서 텔레비전을 보고 있었다. 나는 살금살금 걸어서 위층으로 올라갔다. 샤워를 너무 하고 싶었다. 나는 방에 들어가서 옷을 벗어 던진 다음 욕실로 돌아가서 물줄기를 틀었다. 오늘 받은 스트레스를 씻어버릴 생각이었다.

들어온 지 몇 초 지나지 않아서 발소리가 들렸다. 그리고 욕실 문이 열렸다. "리브, 들어왔어?"

"응." 내가 말했다.

"얘기 좀 해. 긴급 상황이야."

"샤워 좀 끝내고." 나는 안절부절못하고 말했다. "그것도 안 돼?"

"그 정도는 괜찮을 것 같아."

작은 고통이 누적된 결과 나는 지금 정말로 기분이 좋지 않았다. 방해를 받아서 샤워도 마음 놓고 못 한다면 그게 어디 사람 사는 세상인가? 나는 능숙하게 비누칠을 하고 머리를 적신 다음 비효율적인 계면 활성제를 두피에 조심스럽게 발랐다. 2분에 걸쳐서 온몸을 헹구고, 나는 물을 잠근 다음 수건을 집으려고 문을 열었다. 그리고 놀란 얼굴을 한 샘과 마주쳤다.

"수건 좀 줘." 나는 상황을 풀어나가려고 최선을 다하면서 말했다. 그는 황급히 내 부탁을 들어줬다. 어항처럼 속이 다 들여다보이는 사회에서 여러 달을 살다 보니 내 신체 감각에 이상한 면이 생겼다. 맨몸으로 샘의 앞에 서니 놀라우리만치 당황스러웠던 것이다. 나는 그도 같은 느낌을 받았을 거라 생각했다. "그렇게 급한 일이 뭔데?" 샤워실에서 걸어 나와보니 그가 내게 주려고 수건을 들고 서 있었다.

"전화가 왔었어." 그가 애써 시선을 돌리며 중얼거렸다. 그의 눈길은 자꾸 내 쪽으로 돌아오고 있었다.

"그래, 누가 걸었는데?" 그는 내가 민감한 보석이라서 손을 대지 않으려는 것처럼 수건으로 나를 감쌌다. 나는 몸을 떨고 그런 행동을 무시하려 노력했다.

"퍼가 전화했어. 퍼와 엘이 믹에게서 좋지 않은 말을 들었대. 두 사람은 그 문제를 해결하려고 의논하고 있어."

"좋지 않은 말이라." 나는 생각을 집중했다. 피부에 묻은 물이 갑자기 차게 식었다. "그게 무슨 말이지?"

"캐스 얘기인가 봐." 나는 속으로 긴장했다. "믹이 피오르에게서 말도 안 되는 얘길 들었다고 했나 봐. 신부가 이곳에서 통용되는 규칙을 하나 말해줬대. 뭐라더라. '자녀를 많이 낳고 지수함수적으로 번성하라.' 아이를 가지면 추가 점수를 엄청나게 받을 거라고 했대."

"그거 좋지 않은데." 내가 신중하게 말했다. "딱 믹이 할 법한 일이잖아."

"흠, 맞아. 퍼도 그렇게 말했대. 하지만 믹이 엘에게 캐스의 의지와 상관없이 그 추가 점수를 받겠다고 했다는 거야." 그가 불안한 목소리로 말했다. "엘은 그게 정확히 무슨 뜻인지 모르겠고."

심장이 크게 두근거렸다. "캐스는 어제 교회에 오지 않았어, 샘. 지난번에 나와 만났을 때는 말을 안 하려고 들었고. 겁을 먹은 것 같았어.” 나는 무슨 일이 벌어질지 알 것 같다는 불쾌한 기분이 들었다. 정말이지 그런 일이 실제로 벌어지는 건 싫었다.

“그래, 음, 퍼가 나한테 전화를 했어. 엘한테 얘기를 들었는데, 믹이 전에 농담을 했었대. 캐스가 영원히 탈출하는 걸 막겠다면서 그랬다는 거야. 그는 그게 정확히 무슨 뜻인지 몰랐지만 좋지 않은 생각이 든다고 했어. 리브, 무슨 일이 벌어지는 거지? 믹이 캐스를 묶어두고 일하러 가거나 물리적인 폭력을 쓰거나 그와 비슷한 일을 하는 게 사실이라면 우린 어떡해야 하지?

샘은 암흑시대의 시뮬레이션 속에 사는 사람치고는 가끔 가슴이 아플 정도로 순진했다. “샘, ‘강간’이란 말이 무슨 뜻인지 알아?”

“들어 봤어.” 그가 조심스럽게 말했다. “그건 낯모르는 사람과 관련된 개념이고, 보통 살인이 수반되었다고 하던데. 그럼 네 말은….”

나는 몸을 돌렸다. “상황이 어떻게 돌아가는지 알아봐야 해. 그게 사실이라면 그녀를 거기서 구출해야 하고. 좀비 경찰은 도움이 안 될 거야. 이 문제에서는 피오르도 마찬가지고. 게다가 피오르는 어차피 뇌가 망가진 놈이라고. 유어돈조차 그렇게 생각하고 있어.” 나는 잠시 말을 멈췄다. “이거 아주 심각한데.”

캐스가 겪을 일을 생각하니 겁이 났다. 우리가 그녀를 구출하려고 한다면 우리 집단 구성원의 일부가 어떤 반응을 보일지 상상해보니 더욱 겁이 났다. 지난 일요일의 사건만 없었다면 나는 조금 더 희망적으로 생각할 수도 있었다. 하지만 이제는 그처럼 소중하게 여기는 점수가 깎일 위험이 발생하면 우리의 이웃들이 소름 끼치는 야만성을 발휘하며 무슨 짓이든 할 거라는 사실을 잘 알고 있었다. “제니스라면 도와줄 텐데, 그녀는 지금 아파. 앨리스도 도와줄 것 같군. 엔젤은 겁을 먹었겠지만, 우리가 제대로 설득하면 아마 도와줄 거야.

젠은… 젠은 눈에 안 띄었으면 좋겠고. 남자들 쪽은 어때?"

"퍼는 우리랑 같은 생각이야." 샘이 간단히 대답했다. "그도 그런 생각은 싫어하거든. 엘은 안 도와줄 것 같아. 내가 부탁하면 그렉과 마틴과 알프도 참여할 거야. 팀을 꾸리는 거지." 그가 이상한 눈길로 나를 보았다.

"살인은 안 돼." 내가 경고했다.

그가 몸서리를 쳤다. "당연하지! 절대 안 돼. 하지만…."

"정확히 무슨 일이 벌어진 건지 누군가 가서 확인해봐야 해. 믹이 악질적인 농담을 한 걸 수도 있으니까. 그렇지?"

그가 고개를 끄덕였다. "맞아. 누가 가지?"

"내가 갈게." 나는 단호하게 말했다. "당장 오늘 밤에 가자. 우선 옷을 차려입어야겠어. 넌 사람들에게 전화해. 이 근처로 모이라고 해. 난 안으로 들어가기 전에 할 일을 준비할게. 그러면 예상치 못하게 불쾌한 일이 생기진 않을 거야. 알았지?"

그가 고개를 끄덕이고 나를 쳐다봤다. 그의 표정이 이상했다. "다른 건 없어?"

"응." 나는 몸을 내밀고 그의 입술에 재빨리 키스했다. "이제 움직여."

세 시간 뒤 우리는 캐스와 믹이 산다는 집의 길 건너편에 있는 조용한 거주구역 내 빈집에 숨어 있었다. 그 집을 알아낸 건 친절한 좀비 택시 운전사 덕분이었다. 이 동네는 아직도 4분의 3이 빈집이었다. 우리는 세 대의 택시에 나눠 타고 5분 간격으로 내려서 숨었다. 퍼는 첫 번째 무리에 속해 있었다. 그는 쇠지렛대를 이용해서 우리를 빈집 안으로 들여보냈다. 가구는 많지 않았고 사방에 먼지가 쌓여 있었다. 물론 실내는 어두웠다. 불을 켜서 믹이 미리 경계하게끔 만들고 싶지 않았으니까. 그래도 집 앞 정원에서 두 시간 동안 숨는 것보다는 그편이 나았다.

인원은 총 다섯이었다. 나, 샘, 퍼, 그렉, 그렉의 배우자인 태미. 태미는 결단력이 있었고 아주 조용하게 화를 냈다. 샘이 전화로 그렉에게 알리기 전까지는 상황이 정말로 얼마나 심각한지 몰랐기 때문에 그런 것 같았다. 시각은 거의 자정이었고 우리는 하나같이 피곤했다. 그래도 나는 계획을 다시 점검했다.

"자, 한 번 더 말할게. 난 길을 건너가서 초인종을 울릴 거야. 그리고 캐스를 만나겠다고 할 거야. 믹의 반응에 따라서 샘과 퍼는 치고 들어갈 수도 있고 대기할 수도 있어. 나한테 호루라기가 있으니까. 한 번 불면 들어와서 나와 만나라는 신호고, 두 번은 믹을 잡으라는 신호야." 나는 말을 멈췄다. "그렉, 태미, 너희는 스타킹을 머리에 뒤집어써. 너희가 캐스를 데려가서 보살펴줘야 할 상황이 되면 믹이 너희를 못 알아봐야 하니까."

"네 예상이 틀렸으면 좋겠어." 태미가 우울한 목소리로 말했다.

"나도 그래. 진심이야. 나도 그렇다고." 나는 곁눈질로 퍼를 보았다.

"믹은 처음 알게 된 때부터 머리가 이상했어." 퍼가 중얼거렸다.

"시작하기 전에 추가할 사항은 없어?" 내가 일어서며 물었다.

"있어." 퍼가 말했다. "네가 호루라기를 불지 않고 10분이 지나도 나오지 않으면 난 바로 들어갈 거야." 그가 쇠지렛대를 움켜쥐었다.

"나도 그러는 게 좋겠다고 생각했어." 나는 고개를 끄덕이고 일어선 다음 길 건너편으로 향했다.

믹의 집 정원에는 잡초가 무성했다. 잔디도 키가 컸다. 불이 켜진

창문은 없었지만, 그것만으로는 아무것도 알 수 없었다. 우리 집처럼 집의 앞쪽에 온실이 있었다. 문은 열려 있었다. 나는 안으로 걸어 들어가서 정문을 바라보았다. 문에는 크고 무거워 보이는 새 자물쇠가 설치되어 있었다. 나는 초인종을 눌렀다. 아무 일도 일어나지 않았다. 한 번 더 누르자 현관이 밝아졌다. 나는 긴장하면서 마음의 준비를 했다.

"너군." 믹이 나왔다. 그는 내 얼굴에 대고 트림을 했다. 그의 숨결에서 시큼한 포도주 냄새가 났다. 그는 더러운 티셔츠와 통이 넓은 반바지를 입고 있었고, 뚜껑을 딴 금속 깡통을 움켜쥐고 있었다. "원하는 게 뭐야?" 그가 나를 힐끔거렸다. "귀찮게 굴지 말라는 말 기억 안 나?"

"캐스를 만나고 싶은데." 나는 침착하게 말했다. 현관에는 물건들이 쌓여 있었다. 빈 식료품 상자와 쓰레기처럼 보였다. 역겹고 들척지근한 냄새가 났다. "지난 일요일에 교회에 안 왔잖아."

"그래?" 그는 깡통을 들더니 한 모금을 마셨다. 그리고 교활한 시선으로 나를 바라보았다. "들어와."

그가 집 안쪽으로 물러섰다. 나는 문턱을 넘어들어갔다. 처음에는 샘과 내가 사는 집과 똑같아 보였으나 들어가 보니 쓰레기장이었다. 현관에는 뜯어진 인스턴트식품 상자와 썩어가는 음식 조각이 쌓여 있었다. 위층에선 무언가가 새어 나오고 있었고, 한쪽 벽에는 악취가 나는 얼룩이 번졌다. "그년은 위층에서 쉬고 있어." 그가 계단참을 가리키며 말했다. "가서 직접 보지그래?"

나는 그를 노려보았다. "캐스가 싫어하지 않을까."

"싫어하지 않을걸." 내가 계단에 발을 올리자 그는 아래쪽에서 옆걸음으로 이동하더니 문을 닫고 두 개의 자물쇠를 모두 돌렸다. "쭉가." 그가 말했다. "아무것도 걱정하지 말라고." 그가 히죽거렸다.

그걸로 충분했다. 나는 목에 줄을 걸고 그 끝에 호루라기를 묶은 다음, 입고 있는 점퍼 속에 숨겨두었었다. 나는 계단을 두 칸씩 뛰어 올라가면서 호루라기를 꺼내 두 번 불어 날카로운 소리를 냈다. 믹은 움찔거리더니 뒤로 돌아 나를 올려다보았다. 그의 표정은 혼란스러움에서 천천히 분노로 바뀌었다. "그건 왜 분 거지?" 그가 소리를 쳤다. 그다음 그의 뒤쪽에서 누군가 문을 두드리는 통에 요란한 소리가 났다.

나는 계단 꼭대기에 도착한 다음 재빨리 주변을 살폈다. 우리 집과 마찬가지로 가장 큰 침실은 왼쪽이었다. 한쪽 벽을 따라가며 더러운 옷가지가 쌓여 있었다. 하수구가 막힌 탓에 역겹고도 들큼한 냄새가 났고, 그게 다른 냄새를 덮고 있었다. 두 번째 냄새의 정체는 잘 구분이 되지 않았다. 나는 침실로 달려들어서 손을 뻗어 불을 켰다. 뭔가가 꽥액 소리를 냈다.

아래층에서 뭔가가 쪼개지고 부서지는 소리와 더불어 발음이 불분명하고 분노에 찬 고함이 들렸다. 하지만 나는 침대를 보며 정신을 집중하느라 다른 걸 신경 쓸 여력이 없었다. 방 안에 있는 가구들은 대부분 쓰레기가 되어 있었다. 누군가가 집어 던지거나 도끼를 휘두른 것 같았다. 침대만이 예외였지만 그것조차 매트리스가 드러나 있었다. 매트리스에서는 배설물과 퀴퀴한 오줌 냄새가 났고 근처에서 파리들이 윙윙거리며 날아다녔다. 그리고 그 위에 사람이 있었다. 캐스가 발가벗은 채 누워 있었다. 그녀의 팔은 침대 머리 쪽 판에 묶였고 다리는 양쪽 바닥에 묶여 있었다. 그녀는 더러웠고 허벅지와 얼굴에 멍이 있었다. 반복적으로 주먹에 맞은 것 같았다. 꽥액 소리를 낸 것 역시 그녀였다. 믹이 그녀의 턱뼈를 부러뜨린 것 같았다.

"위로 올라와." 나는 복도를 향해 소리쳤다. 그리고 돌아서서 캐스를 보았다. "우리가 구해줄게." 나는 몸을 숙이고 스위치를 누르면 날이 나오는 칼을 꺼냈다. 비상용으로 사뒀던 도구였다. "아플 거야." 팔을 묶고 있던 줄을 썰기 시작하자 그녀가 흐느껴 울었다. 그녀가 몸을 움직이자 뭔가 덮여 있는 매트리스에서 끔찍한 악취가 풍겼다. 나는 그녀가 마른 정도가 아니라 반쯤 기아 상태에 있다는 걸 깨달았다. 그녀의 팔에는 상처가 있었다. 밧줄 때문에 부풀어 오른 붉은 화상 자국이었다.

아래층에서는 부서지고 쪼개는 소리가 더 많이 들렸다. 화난 고함이 뒤를 이었다. 캐스는 흐느끼더니, 마지막 줄이 끊어지자 크게 신음 소리를 냈다. 팔이 힘없이 늘어지자 신음이 더 커졌다. 그녀의 손은 부어 있었고 멍이 든 것처럼 보였다. 상태가 심각한 것 같았다. 하지만 시간을 낭비할 수가 없었다. 나는 침대의 발치로 가서 오른쪽 발목을 묶고 있는 줄을 썰기 시작했다. 그러자 그녀가 비명을 질렀고, 나는 믹이 그녀의 도주를 막기 위해 무슨 짓을 했는지 눈으로 확인했다. 밧줄에는 피가 묻어 있었다. 믹이 발목의 굵은 힘줄을 끊어놨다. 발목은 힘없이 흔들거렸고, 발목이 움직일 때마다 그녀가 비명을 지르려 애를 쓰는 바람에 부러진 턱뼈에서 골골거리는 소리가 났다. 아이를 가지면 점수를 아주 많이 벌 거라 했다고? 나는 분노가 치솟아 고함을 쳤다. 문가에 누군가 서 있었다. 눈을 돌려보니 샘이었다. 샘의 얼굴에는 상처가 있었고 그 상처에서 피가 흘렀다. 그리고 한쪽 눈이 부어 있었다. 그의 상처에 신경을 쓰는 바람에 나는 다시 자제력을 회복했다. "이리 와." 나는 긴장한 목소리로 말했다. "와서 캐스의 다리 좀 잡아줘…."

아래층으로 내려가 보니 그렉이 전화를 걸어 구급차를 부르고 있었다. 그렉과 태미를 제외한 사람들은 전부 조금씩 부상을 입었다. 샘의 눈두덩은 내일 아침이면 검고 아름답게 변할 터였고, 퍼는 샘 및 그렉과 힘을 합쳐 믹을 쓰러뜨리다가 발길질에 갈빗대를 맞았다. 그들은 믹을 온실 바닥에 눕혀 두었고, 우리는 그를 어떻게 처분할지 의논했다. 나는 처음에 살인을 금지한 걸 진심으로 후회했지만, 무엇보다 캐스의 안전이 급선무였다. 믹을 처리할 시간은 얼마든지 있었다. 그가 정신을 잃고 있는 동안 자신의 토사물에 질식해 죽지 않는다면. 물론 그럴 경우 여러 가지가 쉬워지긴 할 것이다.

"캐스는 어때?" 태미가 물었다. "내가 가서…."

"안 돼." 나는 그녀의 앞을 가로막았다. "내 말을 믿어. 그녀는, 병원에 보내야 해. 집에서는 해줄 게 없어."

"얼마나 심하길래?" 태미가 다시 물었다.

"병원에 가야 한다니까." 나는 믹이 캐스의 다리에 저지른 일을 태미에게 보이고 싶지 않았다. 오늘 밤에는 더 이상 다른 아무것도 책임지고 싶지 않았다.

5분이 지나기 전에 구급차가 도착했다. 구급차는 진부한 빨간색 초승달이 그려진 흰색 사각형 차량이었다. 예의가 바르고 파란 제복을 입은 좀비 둘이 집의 정문으로 다가왔다. "이쪽이에요." 내가 그들을 위층으로 안내했다. 나는 처음으로 사방에 좀비가 있다는 사실이 기뻤다. 좀비는 자주적인 인식능력이 있는 사람과 달리 불편한 질문을 하나도 하지 않았다. 위층 캐스의 곁에는 샘이 있었다. 그리고 잠시 뒤 좀비들이 바퀴 달린 접이식 들것을 가지러 아래층으로 몰려 내려왔다.

"가까운 친지가 누굽니까?" 좀비들은 캐스를 들것에 태우고 계단을 내려왔고, 그중 하나가 물었다.

퍼가 믹을 가리키려 하자, 태미가 그의 손을 쳐냈다. "나예요!" 그녀가 말했다. "내가 같이 갈게요."

"요청이 승인됐습니다." 좀비 하나가 말했다. "앞 좌석에 타주십시오." 그들은 캐스를 차의 뒤쪽으로 데려갔고 태미가 뒤를 따랐다.

그렉은 잠시 그녀의 모습을 보다가 몸을 돌려 믹을 쳐다보았다. "믹은 어떻게 할 거야?" 그렉이 물었다.

퍼의 얼굴이 딱딱하게 굳었다. "아무것도 안 할 거야." 퍼가 입을 열고 실언을 하지 못하도록 내가 재빨리 대답했다. "우리가 처음에 동의한 거 기억하지? 우리 손으로 죽이면 안 돼." 나는 잠시 말을 멈췄다. "내일 무슨 일이 생기든 그건 별개의 문제지만."

"경찰이 뭔가 해주지 않을까?" 잠시 뒤 퍼가 물었다.

"아닐걸." 샘이 계단을 내려오며 말했다. 그는 눈에 젖은 수건을 대고 있었다. "좀비들은 이런 상황을 처리하게끔 프로그래밍 돼 있지 않을 거야. 운이 나쁘면 꽃밭을 짓밟았다거나 문을 부순 것 때문에 우릴 잡으러 올 순 있겠지. 하지만 좀비가 이런… 사건에 대응할 수는 없을 거야." 샘은 아주 또렷한 정신으로, 쓰러져 있는 믹을 쳐다보았다.

"집에 가자." 내가 제안했다. "내일 저녁에 만나서 다시 얘기하는 게 좋겠어."

"난 그 말에 찬성이야." 그렉이 말했다. 샘도 고개를 끄덕였다.

나는 쓰러져 있는 믹을 노려보았다. "만약에 보복하려고 우리를 쫓아온다면 죽여야겠지."

"확신이 없는 것처럼 말하는군." 퍼가 말했다.

"확신이라고?" 나는 그를 쏘아보았다. "씨발, 난 지금 이 자리에서 저놈 목을 따고 싶어! 다만 일요일이 있으니까…," 나는 침을 꿀꺽 삼켰다. "간신히 참는 거지." 나는 그를 더 강렬하게 노려보았다. "넌 이놈을 두들겨 팼잖아. 그런데 더 맞겠다고 쫓아올 것 같아?"

그렉이 고개를 저었다. "오히려 그랬으면 좋겠는데." 그가 뜻을 알 수 없는 미소를 반쯤 입에 올리며 말했다. 나는 몸을 떨었다. 아주 잠깐이지만 그의 얼굴에서 젠이 떠올랐다.

"자, 가자고." 나는 샘의 손을 붙들었다. "퍼, 택시 두 대만 불러줄래?"

샘과 함께 집에 돌아온 시각은 새벽 1시 경이었다. 우리는 더럽고 피곤하고 멍이 든 상태였다. "먼저 들어가." 내가 온실에서 걸음을 멈추고 말했다. "셔츠를 쓰레기통에 버려야겠어." 샘은 아무 말도 없이 고개를 끄덕이고 안으로 들어갔다. 나는 차가운 달빛을 받으며 옷을 벗으려고 뒤에 남았다. 머릿속이 멍하고 피곤했다. 하지만 그와 동시에 오늘 밤에 한 일이 만족스러웠다. 나는 문제를 해결했고, 결과는 꽤 만족스러웠다. 나는 캐스네 집 침대에 있던 오물이 묻었을지도 모르는 바지를 벗은 다음 샘의 뒤를 따랐다.

샘은 거실 문가에 서서 보드카 병과 큰 컵을 두 개 들고 있었다. 그는 불을 켜두지 않았다. 하지만 셔츠를 벗은 그의 모습이 보였다. 기다란 창문으로 들어온 달빛 때문에 그의 드러난 어깨가 은색으로 빛났다. "오늘 밤엔 꿈을 꾸고 싶지 않아." 그가 컵을 내게 내밀며 말했다.

"나도 그래." 나는 잔을 하나 받고 그를 스치며 지나가 거실로 들어갔다. 나는 피곤했지만, 또 한편으로는 흥분했고 긴장한 상태였으며 내일 벌어질 일이 걱정됐다. 그리고 캐스 때문에 뜨거운 분노가 불타고 있었다. 난 왜 더 일찍 그녀를 찾아가 보지 않았을까? 그리고 피오르와, 유어돈과, 이런 악몽을 만들어 놓고 우리를 끌어들여 살도록 일을 꾸민, 아직 얼굴을 모르는 그 개새끼를 향한 증오가 새로이 피어올랐다. "뭐 하고 있어?" 나는 소파에 몸을 내던지고 잔을 내밀었다. 샘이 무색의 독주를 잔에 따랐다. "이리 와."

그는 내 옆에 앉은 다음 자신의 술잔을 채우고 병마개를 닫았다. "네 말을 더 일찍 들었어야 했는데." 그가 한 모금을 들이켜고 말했다.

"음?" 나는 잔을 들어 올렸다. "병원에서 잘 치료했으면 좋겠어. 캐스는…."

그리고 꽤 오랫동안 침묵이 이어졌다. 실제로는 1, 2초 정도였겠지만 몇 시간이 흐른 것 같았다.

"난 몰랐어."

"아는 사람은 아무도 없었지." 하지만 이제 와서 그런 얘기를 해봐야 설득력 없는 변명처럼 들렸다. 그래서 나는 말 대신 다른 것으로 입을 채우기 위해 보드카를 한 모금 더 머금었다.

"리, 리브. 네가 알아야 할 게 더 있어." 나는 그를 노려보았다. 그는 나를 마주 보고 있었다. 갑자기 내가 거의 벌거벗고 있다는 사실이 떠올랐다. 그 역시 그리 많은 옷을 입고 있지 않았다. 나는 이제 눈을 다른 곳으로 돌리지 않았다.

"얘기해봐." 나는 평정심을 유지하려 애쓰며 말했다.

"나는…, 아." 그는 고통스러운지 시선을 돌렸다. 나는 별 감흥이 없었다. "어제 내 진심과 다른 얘길 했어. 그중에는 상처를 줄 만한 말도 있었어. 사과하고 싶어."

"사과 안 해도 돼." 내가 말했다. 심장이 고통스러울 정도로 빠르게 뛰었다.

"아냐, 해야 해. 저기, 내가 한 말 중엔 진심이 아닌 것도 있었어.

하지만 '***' 라고 말한 건 진…."

"그만해." 내가 손을 들어 올렸다. "그 말은. 네가, 어, 젠장." 머리가 핑핑 돌았다. 늦은 시각이었고, 나는 생각을 너무 많이 했고, 보드카를 마시고 있었고, 샘은 내 귀가 듣기를 거부하는 단어들을 꺼내고 있었다. "난 방금 네가 한 말을 듣지 못했어. 네가 전에도 같은 말을 한 건 확실히 알고 있는데 그것도 못 들었어." 그가 영문을 모르겠다는 표정을 지었다. 상처도 받은 것 같았다. "내 말은, 네가 하는 말을 듣긴 했지만 이해하질 못한다는 거야." 점점 걱정되기 시작했다. "넌 같은 구절을 사용했지? 정확히 같은 단어를 쓴 거지? 나한테 뭔가 문제가 있는 게 아닐…." 그는 일어서서 큰 걸음으로 찬장에 가더니 태블릿을 가져왔다. 태블릿은 한동안 그 자리에서 먼지만 뒤집어쓰고 있었다. "왜 그래?"

그가 태블릿에 대고 무언가를 말했다. 그리고 내 눈앞으로 내밀었다. 흐릿한 글자들이 화면에서 빛나고 있었다.

사랑해

"뭐라고?" 내가 말했다. "넌 ***라는 말을 하려고 한 건데…." 나도 내가 그 단어를 발음한다는 건 알고 있었다. 그런데 들리지가 않았다. "씨발." 나는 고개를 내저었다. "내가 문제야, 샘. 정말 미안해." 나는 일어서서 그를 안았다. "나도 ***. 이건 그냥, 내 언어 모듈이 고장 났나 봐. 계속 그 말을 하려고 한 거야?" 나는 몸을 멀찍이 떼어내고 그의 얼굴을 보았다. "그런 거야?"

"응." 그가 인정했다. 그는 걱정스러운 표정이었다. "난 그런 말을 쉽게 하지 않아. 그리고 나도 그 말이 들리지 않아, 리브. 난 내 머리가 이상해진 줄 알았어."

"그렇지 않아." 나는 그의 가랑이를 느낄 수 있을 만큼 바짝 붙어 있었다. "그리고 넌 정말로 진지하게 대하는 사람에게만 그 말을 하는 거지?" 그가 고개를 끄덕였다. "그리고 넌 나와 아주 가까운 사람이기 때문에 이런 얘길 할 수 있어. 난 지금 우쭐한 기분이고, 행복하고, 그리고, 그리고…." 나는 말을 멈췄다. 세 글자로 이뤄진, 그처럼 행복하게 만드는 단어의 뜻을 이해할 수 없다는 게 무슨 의미인지 당연히 알고 있어야 한다는 생각이 들었다. 하지만 정확히 떠오르질 않았다. "우린 여기서 나가야 해."

그가 끄덕였다. "난 이런 게 정말 싫어." 그는 절망스럽게 말했다. 그러면서 손을 내둘러서 자신의 몸을 포함한 바깥쪽 모든 것을 가리켰다. "난… 저자들은 내게 이런 면이 있다는 걸 알아챘어야 했어. 난 크고 느리고 고착되어 있는 게 싫어. 저자들은 임시로 고쳐줄 수도 있겠지. 하지만 그것도 싫어. 그냥 처음부터 그런 존재가 아닌 쪽이 더 쉽잖아. 그냥 처음부터 나한테 이, 이런…." 그의 호흡이 너무 빨라졌다.

분노가 솟았다. 그 분노는 샘이 아니라 피오르 및 기타 얼간이들에게 향했다.

"넌 큰 몸 불쾌감이 있는 거구나. 그렇지?" 그가 끄덕였다. "이제 알겠어." 케이는 외계인의 몸으로 한평생을 살았다. 그리고 계속 몸을 바꿨지만 편한 형태에 제대로 정착하지 못했던 모양이었다. 물론 치료받으면 고칠 수 있겠지만, 이 조직체는 사람들의 문제를 고쳐주는 곳이 아니었다. "샘." 나는 그의 뺨에 입을 맞췄다. "우린 여기서 나가야 해. 네 태블릿 어디 있어?"

"저기."

"보여줄 게 있어." 나는 그를 놓아주고 태블릿을 가져왔다. 이 조직체가 얼마나 많은 수단을 동원해서 우리를 생물학적 결정론에 기반한 독재의 희생양으로 만들고 있는지 보여줄 생각이었다. "자, 이게…." 나는 재빨리 화면을 넘겼다. "저기, 처음 보는 항목이 생겼어!"

"뭐?" 그는 내 어깨너머에서 화면을 들여다보았다.

"새로 내려온 행동 점수 목록. 성별에 기반함. 허." 나는 화면을 노려보았다. 배우자와 섹스를 하면 최초 1회에 한해 5점을 받게 돼 있었다. 그리고 한동안 매번 할 때마다 점수가 떨어지며, 최소 점수는 1점이었다. 다른 말로 하자면 섹스는 감소함수였다. "간통은." 그 사악한 행동은 벌점 100점이었다. 정신 나간 항목은 그게 다가 아니었다. 임신하면 50점을 받았다. 아이를 출산하면 또 50점을 받았다. 그런데 유산이 뭐지? 그게 뭔지는 몰라도 유산은 간통만큼 가혹한 취급을 받았다. 에스더와 필은 그런 행위 때문에… 그 일은 더 생각하지 말자. 항목은 더 남아 있었다. 절대 일어날 것 같지 않은 행위들이었고, 벌점도 매우 컸다. 하지만 강간은 없었다. 살인을 해도 벌점은 70점뿐이었다. 이런 기준에 도대체 무슨 의미가 있단 말인가? 어이없는 일이었다! "저놈들은 단체로 정신병에 걸린 조직체를 만들 생각인 거야. 아니면 어딘가 정신 나간 사람들이 살던 사회에서 점수 체계를 가져왔든지."

"둘 다 맞을 수도 있어." 샘이 하품을 했다. "저기, 시간이 너무 늦었어. 우리 둘 다 좀 자야 한다고. 일단 자고 이 문제는 내일 다시 생각해보자. 다른 사람들과 함께."

"그래." 나는 태블릿을 내려놓았다. 내일 피오르가 다시 도서관에 오기 때문에 다른 계획을 실행에 옮겨야 한다는 얘기는 하지 않았다. "내일은 아주 재미있는 하루가 될 거야."

# 12
# 가방

나는 잠에서 깬 뒤에도 침대에서 긴 시간을 보냈다. 내가 믹에게 하고 싶은 일을 상상하고, 그가 어떤 처분을 받아야 마땅할지 상상하면서. 하지만 그런 일은 일어나지 않을 것이다. 나는 결국 유난히 폭력적인 상상을 하다가 잠에 빠졌고 다시 꿈을 꿨다. 하지만 이번 꿈은 악몽이라기보다 탱크로 살기 시작했던 시절의 회상에 가까웠다. 그런 회상이 아직도 감정적인 영향을 조금이나마 줄 수 있다면 악몽과 다르지 않았을 것이다. 하지만 그 회상은 소름이 끼치면서도 중요한 의미가 담겨 있었다. 단, 시간이 흘렀고 필요성이 사라진 뒤라 직접성은 퇴색되어 있었다.

나는 서커 호가 '고마운 지속성' 모드의 형태를 취하고 항성 간 공간을 천천히 이동하는 동안 거의 30년에 걸쳐 승선하고 있었다. 내가 할 수 있는 일은 아무것도 없었다. 우리는 큐리어스 옐로우 때문에 오프라인 상태였다. 큐리어스 옐로우는 자립 체제를 기반으로 삼아 서커 호를 특별취급하기 위해 공격한 것 같았다. 나는 가족 걱정 때문에 반쯤 정신이 나갔고 내가 처한 상황의 불안함 때문에 화가 난 상태였다. 그래서 나는 오프라인 상태가 일시적인 정전 상황이 아니며, 거대하고 엄청나게 추한 어떤 것이 이즈 공화국을 굴복시켰고, 그걸 피할 방법이 전혀 없다는 사실이 확실해진 다음에야 우주선의 조립게이트 안으로 들어갔다. 서커 호가 다음 목적지에 도달하기 전까지는 진상을 알아낼 가능성이 없었다. 그 목적지란 약 30조 킬로미터 떨어진 갈색왜성의 주위를 도는 아주 차가운 거대 가스 행성의 궤도 상에 있는, 잘 알려지지 않은 종교 피난처였다. 나는 흥미로운 일이 하나라도 생기면 역직렬화해주겠다는 약속을 베켄 함장에게서 받아낸 다음에야 나 자신을 장기간 백업 공간에 보관했다.

눈을 깜빡이며 조립게이트에서 깨어나 보니 주변 우주의 모습이 바뀐 상태였다. 나는 30년 동안 잠들어 있었고, 그동안 우리가 이동한 거리는 지구식 표현으로 3광년이었다. 우주선은 높은 중력 가속도 상태에서 델타 피난처와 랑데부하기 위해 열흘 동안 감속했다. 묵상하던 자들의 수도원은 삭제되어 저장 공간 깊숙한 곳에 보관되어 있었다. 수도원의 비트와 원자는 재구성되어 암울하고 모난 군사산업 복합체 구조물로 변해 있었다. 베켄 함장은 저항 세력의 비밀 결사에 우주선을 내주기를 꺼렸지만, 그들이 감염되지 않고 깨끗한 나노 생태계를 구축하려고 어설프고 엉성하게나마 노력하는 것을 보고는 외부와 연결되지 않은 독립형 조립게이트를 기꺼이 복제하고 제공해 주었다. 또한 함장은 기쁜 마음으로 나를 수면 위로 끌어올려 주었다. 나는 그렇게 저항군과 만났다.

당시만 해도 (나는 그때 처음으로 합류했다) 라인바저 캣츠는 난민, 반대 의견을 가진 사람들, 자신의 의식상 공간을 좌지우지하려는 모든 시도를 불쾌하게 생각하는 비협조적인 외계인주의자들의 비공식적인 모임이었다. 그들은 몇 개의 비좁은 거주 공간에 살았고, 환경의 인공미를 감추려는 노력은 거의 하지 않았다. 내가 전송 포드에서 나와서 얼마나 잠들어 있었는지 설명하려던 처음 몇십 분 동안, 입을 꾹 다문 준 군사 요원들은 내 몸을 수색해야 한다고 주장했다. 감염을 일으키는 것은 역사 웜이었다. 그 웜은 조립게이트에 침투했다. 누군가 감염된 조립게이트에 들어가면 웜은 그 사람의 기억 덩어리를 거칠게 삭제했다(그런 삭제 과정은 대개 무작위적이지만, 이즈 공화국 이전의 일들을 기억하고 있었다면 그건 지워질 확률이 높았다). 그리고 자신의 커널을 복제해 그 사람의 망통신에 투입했다. 그뿐 아니라 한꺼번에 자동적으로 진행되는 기능이 있었다. 감염되지 않은 게이트를 발견할 경우 그 게이트를 디버그 모드로 전환하고, 대화형 인터페이스를 통해 명령어를 입력하고, 자신을 업로드하려는 충동이 발생하게 되어 있었다. 그 조립게이트가 감염된 부트로더를 그 사람의 망통신에서 실행하고 그걸 복사해서 실행 순서에 포함시키는 순간, '쾅!' 감염된 게이트가 또 하나 탄생하는 것이다.

입자 조립은 오래전에 완성된 탄탄한 기술이었다. 조립게이트는 수십 년 동안 독보적으로 사용되었으며, 최고의 기술이었고, 동일한 보조체제를 사용했다. 새 조립게이트가 필요하면 가장 가까운 조립게이트를 찾아가서 자신을 복제하라고 명령하면 그만이었다. 우리는 큐리어스 옐로우가 준동하기 시작했다는 사실을 알지 못했다. 하지만 큐리어스 옐로우는 일단 세상 밖으로 나오기 시작하자 이상 기체처럼 퍼져 나갔고 네트워크를 여과하면서 모든 곳에 존재했다.

웜이 인간의 두뇌를 감염 매개체로 이용하면서 잠복 형태로 조립게이트 네트워크를 잠식하기까지는 어느 정도 시간이 걸렸다. 하지만 감염이 임계 질량에 도달하고 나면 웜이 조직체 전체로 퍼지는 걸 막을 길은 없었다.

일단 활동 개시 신호가 전달되면 모든 활동이 속도를 높였다. 그리고 갑자기 우선권을 가진 실행 경로가 생겼다. 감염된 조립게이트는 방어를 시작하고, 가장 가까운 전송게이트로 연결된 보안 망통신을 축출하고, 자신들끼리 직접 통신을 시작하면서 지시사항과 정보를 교환하기 시작했다. 큐리어스 옐로우는 이 시점에서 흥미로운 특성을 갖게 되었다. 감염 조립게이트는 서로에게, 피어 투 피어로 메시지 패킷을 보낼 수 있었다. 적절한 인증 키가 있으면 작동하고 있는 먼 게이트에 큐리어스 옐로우가 명령을 보내서 사물을 만들어 낼 수 있었던 것이다. 그런 식으로 사물을 수정할 수도 있었고 또는 그런 식으로 그 게이트를 통과하는 사람을 바꿀 수도 있었다. 말하자면 만능 상자가 되어버렸다.

무시무시한 무기들이 (아마도 무작위적으로) 출현해서 탐색과 파괴 임무를 수행했다. 어떤 기준으로 공격 대상을 정하는지는 아무도 몰랐다. 정체를 알 수 없는 인물이 어디선가 매크로를 작성하고 있었다. 그런 공격을 받지 않으려면 모든 전송게이트 연결을 끊어버리고, 영역 내에 있는 감염 조립게이트를 꺼버리는 수밖에 없었다. 하지만 그런 조처를 해도 조립게이트 자체는 아직 감염 상태이고, 그 안에서 큐리어스 옐로우가 동작하고 있었다. 따라서 그 장치를 이용해 조립게이트를 만들면 그것들도 감염될 터였다. 템플릿을 완전히 새로 설계한다 해도 말이다. 큐리어스 옐로우는 나노 조립게이트에 사용하는 패턴 인식 코드를 제 것으로 만들고, 조금이라도 유사한 부분이 있는 것을 만나면 그 속으로 자기 자신을 삽입했다. 유일한 해결책은 복제 기술이 존재하지 않았던 시절의 기술 수준으로 돌아가서, 감염된 게이트를 이용해 원시적인 도구를 만들고,

촉진 후 기술 세계의 잔해를 이용해 깨끗한 조립게이트를 새로 만드는 방법밖에 없었다.

아니면 그냥 큐리어스 옐로우에게 항복하고 적응하며 사는 수밖에 없었다. 라인바저 캣츠가 한 음절짜리 단어들로 내게 설명해준 것처럼 말이다. 그들은 설명을 마친 다음 어떻게 할 생각이냐고 내게 물었다. 그리고 라인바저 캣츠에 입단하겠느냐고 물었다.

나는 그런 과정을 거쳐서 결국 탱크가 되었다. 하지만 그건 진짜 이유가 아니었다.

베개 너머에서 밝은 새벽빛이 비치는 바람에 잠에서 깼다. 나는 기지개를 켜고 하품을 하고 옆에서 자고 있는 샘을 바라보았다. 그리고 심장이 멈출 정도로 포근한 심정이 되어 바깥세상으로 돌아가고 싶다고 염원했다. 내가 로빈이고 그녀가 케이이며, 우리 두 사람 모두 적절하게 조정된 인간이고, 우리 두 사람 모두 원하는 존재가 될 수 있고 원하는 걸 할 수 있는 세상으로. 나는 잠시 그가 과거에 어떤 사람이었는지 하나도 몰랐다면 얼마나 좋을까… 생각했다.

나는 억지로 침대에서 내려왔다. 오늘은 근무일이었다. 최소한 상대할 고객이 한 사람은 있었기 때문에 도서관으로 출근해야 했다. 그 고객이란 피오르였다. 나는 피곤했고 불안했으며, 차가운 햇빛을 받으면서 혹시 모든 걸 망치진 않았는지 걱정했다. 어젯밤에 그런 일이 있었는데도 정상적으로 일하러 가려니 묘한 기분이 들었다. 이건 좀비와 다를 바가 없지 않은가. 완전히 무의식적인 습관에 따라 행동하는 생물이며, 누군지 알지도 못하는 인형 조종사의 명령에 무조건 복종하는 존재 말이다. 아니, 이건 단순한 반복 업무가 아니야. 나는 그렇게 상기했다. 내게는 다른 목적이 있었다. 도서관 일은 그저 위장이었다. 이 세계에서 정확히 무슨 일이 벌어지는 건지, 내가 왜 파견되었는지, 유어돈과 피오르가 누구인지는 아직 전부 파악하지 못했다. 하지만 충분한 단서가 수면 위로 떠올랐기 때문에 경험에 기반해 추측을 할 수는 있었다. 그리고 내가 유추한 결과는 그리 아름답지 않았다.

YFH 조직체는 밖에서 보자면 분명 성공적인 사회 심리 실험일 터였다. 이 조직체는 창발적인 규칙과 내부 역학이 존재하는 소우주 공동체였다. 그 내부 역학은 도서관에서 남는 시간에 읽고 있는 어떤 책의 내용과 무서우리만치 비슷했다. 유어돈과 피오르는 이 조직체를 이용해서 학술청이 임명한 윤리위원회의 눈을 피해가며 암흑시대 사회에 관해 상당량의 연구 결과를 제공하고 있음이 분명했다. 하지만 유리감옥의 내부에서는 빠른 속도로 변화가 진행되고 있었다. 유어돈과 피오르, 그리고 정체를 알 수 없는 한타라는 작자가 실험을 계속 진행하겠다고 발표하고, 피실험자들 모두가 계약을 연장하기로 합의했다고 말한다면 자세히 조사할 사람은 없을 것이다. 그때쯤이면 피실험 인구는 거의 두 배로 늘어나 있을 터였다. 피실험자의 절반은 새로 태어난 시민들이고, 바깥 세계에 있는 윤리위원회는 그 사실을 알지 못할 것이다. 상황이 그보다 더 나빠질 수도 있었다. 나는 반드시 병원에 가서 캐스를 문병하고 산부인과 시설이 어떻게 운영되는지 알아봐야 했다. 분명히 암흑시대 시설치고는 첨단 설비일 테고, 저자들은 그 시설을 이용해서 출산율을 몇 배 높이려고 계획하고 있을 것이다.

문헌 보관실에 있는 서류철의 문제도 남아 있었다. 그 안에 10억 워드에 달하는 자료가 들어 있다는 건 알고 있었다. 그 자료를 보관해 둔 매체는 최소 300년 동안 남아 있을 것이며, 3천 년 동안 유지

될 가능성도 있었다. 포자다. 저자들은 아기를 포자로 이용할 것이다. 큐리어스 옐로우가 더 이상 발현하지 않는 이유는 기억이 나질 않았다. 그 부분은 너무 깊이 파묻혀 있어서 꺼낼 수가 없는 기억이었다. 하지만 분명히 관련이 있을 것이다. 최초의 큐리어스 옐로우 감염은 인간 보균자를 통해 퍼져 나갔다. 큐리어스 옐로우는 인간 보균자를 적당히 편집해서 자신의 커널 코드를 삽입했고, 그 인간들이 눈에 보이는 조립게이트에 디버그 명령을 올리고 실행하도록 조종했다. 큐리어스 옐로우는 망통신을 통해 전파됐다. 우리가 쓰는 망통신은 현재 제대로 작동하지 않는 상태 아닌가? 흐음. 새 조립게이트는 이전 것과 달랐지만, 옛 게이트처럼 독보적으로 사용되기는 마찬가지였다. 차이점은 큐리어스 옐로우의 감염 전략을 예방하도록 설계되었다는 것뿐이었다. 자꾸 도서관 지하에 있는 군용 규격 조립게이트가 떠올랐다. 내가 알아채지 못한 요소가 있었다. 아직 정보가 부족해서 깨닫지 못한 무언가….

나는 출근 복장을 한 채 커피가 담긴 머그잔을 들고 주방에 서 있었다. 그런데 어떻게 그 자리에 있는지 기억이 나질 않았다. 나는 추상적이면서도 정체를 알 수 없는 공포에 휩싸여 잠시 몸을 떨었다. 나는 이 실험 시설의 진짜 목적을 파악하려고 애를 쓰면서 내성적인 안개에 휩싸인 채 기계적으로 옷을 입고 걸어 내려와서 커피를 만든 걸까? 그렇지 않다면 뭔가 다른 문제가 생긴 걸까? '사랑해'라는 글자를 읽을 수는 있었지만, '***'라는 말을 알아들을 수 없다는 건 내 언어중추에 뭔가 심각한 문제가 있다는 뜻인데, 그것과 관련이 있는 걸까? 내가 기억 소실을 겪고 있는 거라면, 나는 중병에 걸린 상태였다. 내 말은, 정말로 병에 걸렸다는 뜻이다. 내가 못에 걸린 스웨터처럼 풀어져 버릴 거라는 상상을 하자 등허리가 따끔거리며 식은땀이 흘렀다. 내 기억력 속에서 개념과 경험이 연결되는 부분에 빈틈이 아주 많다는 건 알고 있었다. 하지만 너무 많이 삭제됐다면? 지나치게 편집을 했기 때문에 그나마 남아 있던 부분들이 계속 사라지고, 말과 기억과 인식능력까지 없어지는 것일까?

현재의 내가 누구인지 모른다는 건, 과거의 나를 모르는 것보다 훨씬 더 안 좋다.

나는 최대한 빨리 집에서 나온 다음 (샘은 위층 침대에서 자고 있었다) 일터로 걸어갔다. 날씨는 여전히 더웠고 (예정에 따라 '여름'이라는 계절로 넘어가는 것 같았다) 나는 반대편 경로를 거쳐 도서관이 있는 중심가에 다른 길로 진입하려고 보통 때와 반대 방향으로 출발했음에도 불구하고 일찍 도착했다.

나는 도서관의 문을 열었다. 도서관은 깨끗하고 잘 정리되어 있었다. 나와 제니스 둘 다 없는 동안 좀비 청소부가 일하는 것 같았다. 나는 피오르가 오기 전에 커피를 한 잔 더 마시고 마음을 다잡으려고 뒤쪽 방으로 갔다가 주전자에서 물이 끓고 있는 것을 보고 깜짝 놀랐다.

"제니스! 여기서 뭐 하는 거야? 아픈 줄 알았는데."

"오늘은 많이 좋아졌거든." 그녀가 창백한 얼굴에 웃음을 띠며 말했다. "지난주엔 점점 더 아프더라고. 그리고 허리까지 아팠지. 지금은 구역질도 덜하고, 몸을 많이 구부리거나 무거운 걸 들지 않으면 한동안 괜찮을 것 같아. 그래서 출근하고 접수대에 잠깐 앉아 있기로 했어."

젠장. "흠, 요 며칠 간은 정말 조용했어." 내가 말했다. "넌 안 나와도 돼." 갑자기 어떤 생각이 떠올랐다. "너도 일요일 사건 얘기는 들었지."

"응." 그녀가 표정을 숨겼다. "아주 안 좋은 일이 생길 거라고는 예상했어. 에스더와 필은 너무 경솔했거든. 하지만 그런 일까지 벌어질 줄은…."

"커피 마실래?" 나는 만약 잘못되면 엄청난 곤경에 빠지게 될 일을 벌이기 위해서 그녀를 내보내야 했다. 그래서 즉흥적으로 연기했다.

"응, 고마워." 그녀는 진지한 표정을 지었다. 내가 잘 알고 있는 표정이다. "그 유들유들한 똥 덩어리를 목 졸라 죽여야 하는데."

"오전에 피오르가 올 거야." 나는 우연히 떠오른 생각인 것처럼 최대한 어조를 꾸미면서 그녀의 주의를 끌려고 말했다.

"오늘 온다고?" 그녀가 날카로운 시선으로 나를 쳐다봤다.

나는 입술을 핥았다. "어젯밤에 사고가 있었거든. 나… 너한테 꼭 부탁하고 싶은 게 있어."

"무슨 부탁인데? 혹시 일요일 사건에 대한…."

"아니야." 나는 심호흡을 했다. "우리 집단 사람인 캐스 얘기야. 그 사람 남편인 믹이, 음, 저기, 어젯밤에 나를 포함한 몇 사람이 그 집을 방문했어. 그리고 캐스를 병원에 데려갔지. 우리는 믹이 캐스에게 접근하지 못하도록 노력하고 있어. 그런데…."

"믹이라. 키가 작고 코가 크고 눈은 완전히 맛이 간 사람 말하는 거지? 맞아?"

"맞아."

제니스가 작은 소리로 욕을 했다. "상황이 얼마나 심각한데?"

나는 그녀에게 어디까지 얘기할지 가늠해 보았다. "최악이야. 믹이 캐스를 다시 만나면 죽일지도 몰라." 나는 그녀를 바라보았다. "피오르도 그 사실을 알고 있어. 모를 리가 없다고! 하지만 아무 조치도 취하지 않았어. 돌아오는 일요일이 되면 그런 일에 끼어들었다는 이유로 우리를 비난하고 엄청난 점수를 깎을 거라고 예상하는 중이야."

그녀가 생각에 잠기며 고개를 끄덕였다. "내가 뭘 해주면 돼?"

나는 주전자를 껐다. "오늘 병가를 내줘. 지난 며칠 동안 그랬던 것처럼. 병원에서 캐스를 만나줘. 병원에서 턱을 치료해줬으면 말은 할 수 있을 거야. 우리가 그녀를 온종일 지켜줄 순 없어. 하지만 옆에 누가 있어 줘야 할 거야. 믹이 나타나면 경찰을 불러줄 사람도 있어야 하고. 병원 좀비들이 그런 일까지 해주진 않을 것 같아."

"커피 안 줘도 돼. 나 지금 나갈게." 그녀는 일어서면서 묘한 표정을 짓고 나를 쳐다보았다. "피오르에게 뭘 하려는 계획인지는 몰라도 행운을 빌어." 그녀가 말했다. "고통을 주는 거라면 좋겠는데." 그녀는 문을 향해 이동했다.

나는 제니스가 떠난 다음 접수대로 가서 기다렸다. 피오르는 오전이 무르익을 무렵 나타나더니 대놓고 나를 무시했다. 커피를 마시겠느냐고 물어봤더니 그는 긍정적인 반응을 하는 대신 무표정한 얼굴을 했다. 의심하고 있는 것 같았다. 어젯밤에 벌어진 일 때문일까? 하지만 그는 혼자 와 있었다. 경찰을 대동하지도 않았고 지원해 줄 점수 창녀 추종자 무리를 데려오지도 않았다. 그렇다면 나를 못 본 척한다는 뜻이었다. 그래서 나는 아무것도 잘못되지 않은 척을 했다. 그는 참고문헌 쪽에 있는 잠긴 문으로 향했고, 나는 그가 사라질 때까지 터질 것만 같은 호흡을 간신히 참고 있었다.

나는 가방이 남의 것이라도 되는 양 손잡이를 움켜쥐고 만지작거렸다. 가방 안에는 날을 잘 갈아둔 조각칼이 들어 있었다. 단검에는 못 미치는 무기였지만 피오르가 칼싸움에 능숙할 것 같진 않았다. 운이 따른다면 그는 아무것도 알아채지 못할 것이다. 또는 내가 지하실에 설치한 약간의 변경 사항이 유어돈의 작품이라고 생각할 가능성도 있었다. 그렇다면 그대로 내버려 둘 거라는 생각이 들었다. 칼은 최악의 상황에 대한, 그러니까 피오르가 내 행동을 전부 파악했을 때를 위한 대비책이었다. 내가 한때 작업하던 무기에 비하면 형편없는 물건이었지만 그래도 무방비한 것보다는 나았다. 나는 꼼꼼하고 정상적인 사서처럼 접수대 뒤에 앉아 조각칼로 신부의 목을 썰어버리는 극단적인 환상을 즐기면서 그가 문헌 보관실에서 나오기를 기다렸다.

나는 도로로 이어지는 앞뜰 너머를 바라보았다. 길 양쪽에 있는 벚나무의 잎사귀들이 만들어 낸 빛과 그림자의 무늬가 콘크리트 포장 도로 위에서 흔들리고 도로 합쳐지기를 반복하고 있었다. 그것들을 지켜보는 동안 허리에서 땀이 흘렀다. 파편화된 정보를 이리저리 뒤지고 있자니 또 머리가 아팠다. 나는 일시적으로 나 자신과 분리되어 있어서 꼭 알고 있어야 하는 사실을 깨닫지 못하는 것일까?

해결되지 않는 의문점은 여러 가지였다. 이즈 공화국이 몰락한 다음 몰아닥친 혼돈 속에서 사라졌던 배신자이자 심리전 전문가 세 명이, 우리가 거의 알지 못하는 역사 기간을 실험적으로 재현하고 그 속에 등장했다. 이유가 뭘까? 도서관 선반에 놓인 서류철에는 큐리어스 옐로우의 바이트 코드처럼 보이는 정보가 종이에 인쇄되어 있었다. 이유가 뭘까? 나는 왜 '사랑해'라는 말을 알아들을 수 없을까. 나는 왜 단기 기억상실증에 걸렸을까. 지하실에는 왜 독립적인 조립 게이트가 있을까. 피오르는 그걸로 뭘 하는 걸까. 유어돈은 왜 우리에게 아기를 엄청나게 많이 낳게 하려는 걸까?

나는 그 답을 모른다. 하지만 한 가지는 아주 분명하다. 저 개자식들은 한때 큐리어스 옐로우를 위해 일했다. 또는 인지 독재 세력을 위해 일했다. 그리고 이 모든 일은 검열 전쟁의 여파와 관련되어 있었다. 나는 이전의 나 자신이, 그러니까 마키아벨리즘을 믿고 자신의 대퇴골을 깎아 만든 펜을 사용하는 인물이 이런 일련의 사건에 깊은 의구심을 품었기 때문에 여기 들어와 있었다. 그는 YFH 조직체의 방화벽을 뚫고 나를 침투시키기 위해서, 자신의 정체가 드러나지 않도록 기억을 상당 부분 삭제해야 했다. 그런데 내가 상황을 제대로 이해하려면 바로 그 기억들이 필요했다!

혼란스러웠다. 그리고 단순하고 개인적인 문제보다 더한 것이 위험에 처해 있었기 때문에 심히 걱정스러웠다. 그 위험을 일으키는 것은 연구자들뿐 아니라 다른 희생자들이기도 했다. 나는 큐리어스 옐로우가 처음 등장하면서 일으킨 고통과 괴로움을 희미하게 기억하고 있었다. 그리고 그 웜의 선형 네트워크와 감염된 조립게이트를 하나하나 썰어버리는 게 얼마나 끔찍하고 고통스러웠는지도 어렴풋이 기억이 났다. 그 결과 통합되어 있던 항성 간 문명이 파열됐고, 뒤엉킨 다이아몬드 조각 조직체들로 부서져 버렸다. 우리가 그걸 어떻게 저지했던 건지…?

발소리가 들렸다. 피오르가 이상하리만치 자기 만족적인 표정을 지으며 도서관 문으로 향하고 있었다.

"신부님, 다 끝나셨어요?" 내가 말했다.

"예. 오늘 일은 끝났지요." 그는 나를 향해 머리를 기울였다. 분명 예의 바른 행동이었지만 내가 보기에는 잘난 척하는 고갯짓 같았다. 그런데 그가 이마에 골을 만들면서 인상을 찡그렸다. "아 참, 리브. 어젯밤 소동에 참여했었지요?"

나는 왼손으로 가방 속에 있는 칼을 움켜쥐었다. "네." 나는 그를 가만히 노려보았다. "믹이 캐스에게 무슨 짓을 하려 들었는지 아나요?"

"압니다." 그에게 뭔가 변화가 생겼다. 그는 말하는 도중에 태도를 바꿨다. "남편과 부부 사이의 신성한 관계에 끼어드는 건 실로 심각한 문제입니다. 하지만 상황에 따라서는 정당할 수도 있겠지요." 그가 근엄한 표정으로 나를 쳐다보았다. "알고 있겠지만, 캐스는 임신 중이었습니다."

"그래요?"

내가 당혹스러워서 그렇게 반응했다고 생각했는지, 피오르는 설명을 했다. "당신들이 끼어들지 않았다면 그녀는 아이를 잃었을 거라는 얘깁니다." 그가 흘끗 시계를 보았다. "아, 이만 실례해야겠군요. 약속이 있어서요. 잘 있어요." 그는 쏜살같이 문을 빠져나갔다. 나는 믿을 수가 없어서 입을 벌린 채 그의 뒷모습을 보고 있었다.

피오르는 태아의 건강은 걱정하면서 산모가 공격당하고, 반복적으로 강간당하고, 수 주 동안 감금당하고, 다시 걷지 못하게 불구가 되었다는 사실은 신경 쓰지 않았다. 도대체 이유가 뭘까? 그는 좀비처럼 인간에게 감정을 이입하지 못했다. 뭐가 잘못된 걸까? 그리고 그는 왜 갑자기 어조를 바꿨을까? 맹세해도 좋지만, 그는 분명히 어젯밤의 행동을 비난하려 했다. 그러다 갑자기 논조를 조정했다. 우리가 캐스를 구출한 방법을 놓고 다시 한 번 폭동에 가까운 사태를 조장했다가는 주교가 어떻게 나올지 몰라 겁을 먹은 것일까? 아니면 다른 이유가 있는 걸까?

저자들은 우리가 아이를 많이 낳기를 바라고 있었다. 하지만 그게 왜 중요할까? 큐리어스 옐로우와 관계가 있는 것일까?

나는 피오르가 완전히 사라질 때까지 이를 갈고 있다가 의자에서 뛰어 내리고는 '운영이 끝났습니다' 팻말을 걸어 놓고 잠긴 방으로 향했다. 조립게이트를 제외하면 비밀 지하실의 모습은 지난번 보았던 것과 똑같았다. 조립게이트는 뭔가를 공급받거나, 냉각 중이거나, 천장에 있는 관을 통해 무언가가 유입되는 것처럼 덜컹거리고 부글거렸다. 피오르는 조립게이트에 시간이 오래 걸리는 일련의 작업을 걸어놓은 것 같았다. 하지만 나는 그 문제를 지금 당장 조사하려고 지하실에 내려온 게 아니었다. 나는 전원을 켜고 장비들이 있는 선반에 두고 갔던 캠코더에서 영상 카트리지를 회수해야 했다.

캠코더는 조그마한 금속 상자였다. 한쪽 끝에는 렌즈가 있고, 반대편은 화면에 덮여 있는 상자였다. 내부 구조는 알 수 없었다. 진짜 암흑시대의 유물이 아니라는 것만은 분명했다. 도서관 책에서 그림을 봤으니 알고 있었다. 하지만 기능은 같았다. 이 조직체에 있는 다른 기계장비들도 마찬가지였겠지만, 이 무대를 설계한 자들은 아마도 캠코더에 너무 많은 것을 추가하지 않으면서 적절한 기능을 부여할 방법을 알아내려고 여러 시간 동안 매달렸을 것이다. 그들은 틀렸다. 하지만 크게 틀리지는 않았다. 본래 캠코더는 '테이프'나 '디스크'라고 하는 물건을 사용했다. 하지만 이 캠코더는 30년 동안 일어나는 모든 일을 모래알 크기의 메모리 다이아몬드에 전부 기록하는 게 고작이었다.

나는 캠코더를 조작해보려고 소파에 앉았다. 나는 가방을 옆에 내려놓고 한 시간이나 세 시간 분량을 뒤로 돌릴 수 있을 때까지 화면을 찔러댔다. 그리고 어두워진 화면을 보며 재생을 가속시켰다. 화면이 밝아지고 피오르가 들어왔다. 나는 그가 선반으로 가서 서류철을 두어 개 뒤지는 모습을 3배속으로 지켜보다가 그가 뭘 읽는지 확인하려고 재생을 멈추고 확대했다. 그는 '가족 안정성 색인'을 흘끗 보았다. 그게 뭔지는 알 수 없었지만. 그리고 '성범죄 정책'을 읽었다. 그 다음 조립게이트로 가서 터미널을 가리키며 말을 걸었다. 망막 스캔 등의 생물학적 인증을 하는 모습은 보이지 않았다. 하지만 암호는 이용한 것 같았다. 원통형 게이트가 중심축을 기준으로 회전했고, 그가 안으로 걸어 들어갔다. 나는 재생을 가속시켰다. 약 15분이 지나자 그가 눈을 깜빡이며 다시 걸어 나왔다. 그는 자신을 백업한 것 같았다.

그는 제어 터미널로 돌아가서 몇 가지 지시를 내렸다. 그러자 게이트가 통통거리기 시작했다. 나는 뒤를 돌아보았다. 게이트는 아직도 그 작업을 수행하고 있었다. 오래 걸리는 합성 작업인 것 같았다. 그는 계단으로 향했고….

씨발! 나는 순식간에 뒤로 돌면서 가방으로 손을 뻗었다. 조립게이트 원통이 열리고 있었다.

나는 왼손에 칼을, 오른손에 가방을 들었다. 상황은 명확했다. 피오르는 나를 의심하고 있었다. 그는 자신을 백업했고, 기습을 준비했고, 나는 실수를 저질렀다. 원통이 회전하자 내부에 있는 틈이 눈에 들어왔다. 흰빛이 흘러나왔고, 제비꽃과 기타 이상한 휘발성 유기물의 냄새가 났고, 증기가 조금 발생했다. 그 안에서 누군가 혹은 뭔가가 움직이고 있었다.

나는 가방을 치켜들고 칼로 방어할 준비를 한 채 앞으로 달려나갔다. 그때 그자가 몸을 일으키면서 머리를 돌렸다. 기회는 단 한 번뿐이었다. 심장이 마구 뛰었다. 나는 빈 어깨걸이 가방을 들어 올려 상대의 머리에, 검고 곧은 머리카락 위에 씌우고는 (살이 붙은 턱이 화난 것처럼 흔들렸고 두 손이 올라오고 있었다) 칼날을 목에 대고 소리쳤다.

"움직이지 마!"

피오르의 복제가 동작을 멈췄다.

"이건 칼이야. 움직이거나 소리를 내거나 머리 위에 있는 가방을 치우려 들면 목을 자를 거야. 무슨 말인지 이해했으면 알았다고 대답해."

그가 우물거리며 말했다. 하지만 어조는 마치 즐거움을 느끼는 것 같았다. "싫다면?"

"그럼 목을 잘라야지." 나는 칼을 살짝 움직였다.

"알았다." 그가 다급하게 말했다.

"좋아." 나는 칼을 고쳐잡았다. "이제 몇 가지 말해주지. 네 망통신이 작동하고 있으니 도움을 요청할 생각이겠지. 그건 틀린 생각이야. 망통신은 대역 확산식 통신을 하는데 네가 머리에 뒤집어쓰고 있는 건 패러데이 새장이거든. 아래쪽이 열려 있긴 하지만 지금 우리는 지하실에 있어서 신호가 약해. 무슨 뜻인지 알겠나?"

침묵. "아무도 없나!" 그가 약간 당황하면서 말했다. 영리한 놈 같으니라고.

"그렇게 말해줘서 고맙군. 안 그랬으면 목을 잘랐을 테니까." 내가 말했다. "아까도 말했지만, 가방을 벗으려고 시도하면 즉시 죽여버릴 거야."

그가 몸을 떨고 있었다. 아, 이러면 안 되는데 나는 상황을 즐기고 있었다. 네가 한 짓을 전부 생각하면 백 번을 죽여도 모자란단 말이야. 나는 왜 이러는 걸까? 나는 강렬한… 열망이나 동경을 느끼며 몸을 떨고 싶은 지경이었다. "지시를 내릴 테니 잘 들어. 잠시 뒤에 일어서라고 말할 거야. 그러면 천천히 몸을 일으켜. 두 팔은 옆구리에 붙이고. 만약에 목에서 칼이 느껴지지 않으면 곧바로 동작을 멈추는 게 좋을 거야. 계속 그러고 있으면 죽일 테니까. 두 발로 서게 되면 앞으로 50센티미터 걸어 나와. 그리고 천천히 두 손을 뒤로 돌려. 그다음엔 깍지를 껴. 자, 천천히 일어서."

피오르는 아주 냉정하게, 내가 지시한 대로 정확히, 조금도 발작적으로 움직이거나 주저하지 않고 움직였다. 그 점은 인정해 줄 수밖에 없었다. 그게 아니라면 복종하지 않았을 경우 어떻게 될지 잘 알았기 때문일 수도 있다. 다른 사람들이 자신을 얼마나 증오하는지 정확히 알고 있었을 테니까.

"앞으로 한 발 나와. 그리고 손을 뒤로 돌려." 내가 말했다. 그는 앞으로 걸어 나왔다. 칼을 목에 대고 있으려면 팔을 뻗어야 했지만 나는 칼을 쥐지 않은 손을 아래로 내려서 그의 오른쪽 팔 부근에 두었다. 지금이 제일 위험한 순간이었다. 그가 발에 힘을 주고 뒤로 물러나면서 왼쪽 어깨로 막는다면 내게 큰 충격을 줄 수 있었다. 도망칠 수도 있었을 것이다. 하지만 나는 피오르가 진지하고 육체적인 일대일 싸움에 대해 거의 모를 거라고 생각했다. 설사 알았다 해도 머리에 가방을 뒤집어쓰고 있었기 때문에 그는 잠시 방향 감각을 추스를 수 없었고, 나는 시간을 조금 벌었다. 나는 옆으로 비켜서서 오른손을 주머니에 넣고 원하던 물건을 찾았다. 그리고 튜브 안에 들어 있는 물질을 그의 손과 손가락에 짜냈다. 도서관 사서가 야전에서 임시로 사용하는 수갑, 즉 순간접착제였다. "손을 움직이지 마." 내가 말했다.

"이게 뭐…." 그는 말을 멈췄다. 물론 그는 손을 움직일 수밖에 없었고, 접착제는 조그마한 틈새로 흘러들어 갔다. 그 접착제는 물보다 점성이 적었지만 단 몇 초 만에 중합하는 물질이었다. 나는 칼을 그의 목 옆면으로 옮기고 작업이 제대로 됐는지 확인했다. 살점이 찢어져도 상관없다면 그는 이제 손을 뗄 수 있었다. 하지만 나는 그런 상황까지 염두에 두고 있었다.

"좋아. 이제 천천히 앞으로 세 발 걸어나갈 거야. 그래, 움직여도 돼. 내가 말하면 멈추고. 천천히, 천천히, 그만!"

나는 아무것도 없는 바닥의 정중앙에 그를 멈춰 세웠다. 생각을 더 할 필요가 있었다. 그는 임시로 만든 덮개를 뒤집어쓰고 거칠게 숨을 쉬고 있었다. 그의 식은땀에서 악취가 났다. 이제 그는 내가 살려두지 않을 거라는 사실을 금세 깨달을 터였다. 그러면 통제가 불가능했다. 약 20초쯤은 여유가 있을 테니….

"남편이 '***'라고 말했는데 못 알아들었어." 나는 일상적인 대화를 나누듯 물었다. "그게 무슨 뜻이지?"

"네가 큐리어스 옐로우에 감염됐다는 뜻이지." 그는 이상할 정도로 차분했다.

"넌 여기 누가 들어오는지 감시하려고 자신을 복제했어." 내가 말했다. "영리한 작전이었지. 내가 조립게이트를 사용할까 봐 걱정이 됐나?"

"그래." 그가 짧게 대답했다.

"저 조립게이트는 내가 감염된 변종에 면역이지?" 나는 이 질문의 답에 모든 걸 걸었기 때문에 긴장하며 물었다.

그는 말로 답을 알려주지 않았다. 하지만 으르렁거리면서 그가 두 손을 잡아떼기 시작했기 때문에 내 생각이 맞았다는 걸 알 수 있었다. 그리고 시간이 약 3초밖에 안 남았다는 것도. 나는 그의 뒤로 접근해서 오른쪽 손을 조심스럽게 그의 가슴 밑으로 내렸다. 손이 가랑이 사이에 닿자 그가 동작을 멈췄다. 나는 잠깐 안도했다. 그는 해부학적으로 정규인간이고 남성이었다. 나는 그의 불알을 잡고 악랄하게 비틀었다. 그는 말을 못하고 숨도 제대로 못 쉰 채 앞으로 튀어나갔다. 그가 격렬하게 움직이는 바람에 나는 하마터면 넘어질 뻔했다. 그리고 가방이 날아갔다. 하지만 상관없었다. 왜냐하면 그가 숨도 쉴 수 없는 끔찍한 고통에 넋이 나간 동안 내가 그의 머리를 들어 올리고 설골 밑에 있는 경동맥과 갑상 연골을 칼로 부드럽게 그었기 때문이다.

자, 피오르와 나의 차이점은 내가 살인을 즐기지 않는다는 데에 있었다. 하지만 나는 살인하는 방법을 알고 있었다. 피오르는 통제 망상으로 쾌감을 느끼고 점수 창녀들이 연인들의 목을 매다는 걸 지켜보는 자였다. 하지만 조립게이트에게 무기를 소지한 상태로 자신을 복원하라는 명령을 내릴 생각은 하지 못했다. 그리고 무슨 말을 하든, 무슨 행동을 하든 상관없이 내가 그를 죽일 거라는 사실을 알아채는 데에 20초가 걸렸다. 피오르는 기본적으로 멀리서 버튼을 눌러가며 실험이나 운영하는 전형적인 관료형 살인자였다. 반면에 나는….

나는 다시 한 번 기억을 잃었다.

내전은 60년 동안 지속되었다. 인간이 진출한 우주 공간 가운데 아주 멀리 떨어져 있는 어느 구석에서는 아직도 그 전쟁이 벌어지고 있을지 모른다. 피해 확산을 막으려다가 장거리도약 네트워크가 산산조각이 났을 때, 항성 간의 연결은 광속 통신의 시간 지연만큼 떨어져 있는 영역으로 부서져 버렸다. 해방된 빛 원뿔 너머 저 먼 곳, 영원히 어둡고 차갑고 고립된 소규모 영역에서는 큐리어스 옐로우가 아직도 작동하고 있을 것이다. 그리고 이즈 공화국이 해체됐을 때 연결을 끊어버린 자유로운 포스트휴먼 기지들도 남아 있을 것이다. 편집, 다시 말해서 기억 삭제는 큐리어스 옐로우가 휘두르는 치명적인 무기였지만, 그런 조직체들 가운데 일부는 의도적으로 잊혔을 것이다. 그들의 중심 전송게이트 끝부분은 항성 내부에 떨어졌을 것이며, 그들이 존재했다는 기억은 감염된 조립게이트를 사용했던 모든 사람에게서 지워졌을 것이다. 큐리어스 옐로우가 진짜 무서운 점은 우리가 얼마나 많은 걸 잃어버렸는지 알 수 없다는 데에 있었다. 전면적인 대학살전은 마치 일어난 적도 없는 것처럼 우리의 기억에서 사라질 수 있었다. 활동 중인 역사가와 고고학자들에게 큐리어스 옐로우 웜이 독특한 방식으로 복수했던 것도 아마 그 때문이었을 것이다. 큐리어스 옐로우는, 또는 그 웜을 만든 제작자는, 우리가 무언가를 기억할까 봐 두려웠던 것이다….

나는 캣츠에 입단한 뒤 처음 30년 동안 탱크로 활동했다. 무슨 일이 벌어진 건지 확실히 알게 된 다음부터, 내 안에는 인간적인 것이 거의 남아 있지 않았다. 과거를 전문적으로 다루는 사람에게 무작위적으로 벌어졌던 잔혹 행위의 사례를 듣고 나면 그런 상태를 일반화하는 건 어렵지 않다. 거기에 더해 나는 고마운 지속성 모드인 서커 호에 승선한 채 30년에 걸쳐서 비존재 상태에 있었다. 그건 나 자신을 갉아먹는 작은 죽음이었다. 30년이라는 시간이 있으면 아이가 성인이 될 수 있고, 배우자들이 절망하고 비탄에 젖은 다음 다시 살아갈 수도 있다. 설사 어떤 기적이 일어나 우리 가족이 나의 경력으로 인한 숙청의 대상이 되지 않았더라도, 그들은 내게 잊힌 존재였다. 사람은 그런 가혹한 경험을 하고 나면 신랄해지게 마련이었다. 너무 신랄해져서 인간성이 무의미하다 생각해 포기하고, 실험적으로 더 악의에 찬 정체성을 갖게 마련이었다.

당시의 내 몸에 관해 얘기해보자. 내 몸무게는 대략 2톤이었고 내 어깨는 지면에서 3미터 높이에 있었다. 신경계는 유기체가 아니었다. 나는 탱크 몸체의 고통 신경계와 감각을 공유하며 작동하는 실시간 시뮬레이션이었다(가상체로 완전히 이주해서 장시간 동안 머무를 때 발생하는 위험성은 잘 알고 있었다. 하지만 그런 위험은 체형을 유지하고 실제 세계와 가까이 지내면 어느 정도 예방할 수 있었다. 게다가, 그때는 내게 긴급하게 해결할 문제도 있었다). 나는 필요한 경우 정신을 평상시의 열 배로 가속할 수 있었다. 피부는 외골격이었고, 그 외골격에는 충격 흡수용 퀀텀닷 매트릭스로 둘러싸인 단결정 다이아몬드가 박혀 있었다. 퀀텀닷 매트릭스는 무선 주파수 대역으로부터 약한 엑스선 대역에 이르기까지, 배경 색깔에 맞춰 빠르게 색깔을 바꿀 수 있었다. 손톱은 필요할 때 돌출시킬 수 있는 다이아몬드였고, 주먹은 쥐고 내밀면 블라스터를 발사할 수 있었다. 나는 먹지 않고, 숨 쉬지 않고, 배설을 하지 않았다. 동력은 플라즈마 줄기를 감싼 코일에서 얻었다. 그 플라즈마 줄기는 위치가 알려지지 않은 항성의 광구에 설치된 게이트에서 전송되었다.

나는 호출명으로 '리델하트'*를 사용했다. 캣츠의 다른 부대원들은 그게 무슨 뜻인지 몰랐다. 그래서 10년 동안 유혈이 낭자한 열여섯 번의 교전을 치른 뒤에 나를 단기 선임하사로 승진을 시켜주고 복제를 백 번 시켰던 모양이다. 로럴이나 다른 부대원 몇 명과 달리 나는 문제가 생겼을 때 멈추지 않았다. 나는 우리가 민간인 1만6천 명의 목을 자르고 그들의 목을 전술 조립게이트에 집어넣었으나 그 장치가 시민들을 백업하지 못했다는 사실을 알았을 때도 쇼크 상태에 빠지거나 분열 장애를 겪지 않았다. 나는 필요한 일이라면 뭐든

* 영국 군사이론가. 제2차대전에서 독일이 펼친 기갑전에 이론적으로 기여했다고 알려졌다.

해내는 사람이었다. 남아 있는 침투조가 후퇴할 시간을 벌기 위해, 여섯 개의 나 자신을 이용해 자살 공격을 해야 했을 때도 주저하지 않았다. 내가 느낄 수 있는 감정은 차가운 증오뿐이었다. 그래서 내가 아프다는 상태를 인지했을 때도 의료 지원을 요청할 생각이 없었다. 전투 능력이 감소할 위험이 있었기 때문이다. 그림자 속에 숨어서 우리 모두를 감시하던 지휘관 중에 내 의지에 반하는 것이 옳다고 생각하는 사람은 없었다.

우리는 처음 30년 동안 전통적인 방법으로 전쟁을 벌였다. 우리는 큐리어스 옐로우의 통제하에 있는 조직체로 연결된, 반쯤 잊힌 전송게이트를 찾아냈다. 그리고 안으로 들어가서 이주자용 방화벽으로 사용되는 조립게이트들을 쏴 부수고, 교두보를 구축하고, 싸우면서 전진했다. 우리는 감염되지 않은 조립게이트를 직접 만들어 설치하고, 그들의 머리에 들어 있는 큐리어스 옐로우를 제거하기 위해 시민들을 강제적으로 그 조립게이트에 통과시켰다. 살아남은 사람들은 그런 처치가 끝난 뒤 보통 우리에게 감사하게 마련이었다.

처음에는 상대적으로 쉬웠다. 하지만 우리는 시간이 흐르면서 우리가 공격하는 조직체들의 방어가 점점 튼튼해진다는 사실을 알아챘다. 시간이 더 흐르자 큐리어스 옐로우는 냉혹하고 가차 없이 싸우도록 시민들을 프로그래밍하기 시작했다. 나는 벌거벗은 아이들이 존재론적인 분열에 시달리면서 양손에 서투르게 보팔 블레이드를 움켜쥐고 탱크를 향해 걸어오는 광경을 보았다. 물론 그보다 더한 광경도 본 적이 있었다. 어떤 소규모 인류가 큐리어스 옐로우의 이상(理想), 다시 말해 고차원적인 목표에 모든 걸 바친다는 관념에 감동한 모양이었다. 그들은 웜을 개조해서 그 그림자 속에 매국 독재를 퍼뜨릴 수 있는 소프트웨어를 심었다. 그와 같은 지역 압제자들이 활동 기간에 만들어 낸 공포는 초기 형태의 웜이 사용했던 거칠고 직접적인 전술보다 훨씬 더 사악했다.

나는 훨씬 더 나중에 벌어진 작전 활동을 통해 그 사실을 깨달았다. 그리고 단속적으로 떠오르는 옛 자신의 기억이 따르면, 나는 한가한 시간이 되면 그런 사태의 결과가 어떨지 생각하기 시작했다. 나는 그런 합작의 심리학을 연구했고, 그 연구 결과는 사람들이 캣츠의 내부 지식 데이터베이스에서 가장 많이 검색해 본 문서가 되었다. 사령부로 오라는 호출을 받았을 때 별로 놀라지 않았던 건 아마도 그 때문이었던 것 같다. 나는 호출 명령과 더불어 그동안 나 자신에 추가되었던 부분을 종합하고 정규인간의 육체로 되돌아간 다음 이동하라는 명령을 받았다.

처음에는 불안했다. 나는 세월이 흐르면서 기갑 부대원으로 존재하는 데 익숙해졌고, 손쉽게 접근할 수 없는 항성이나 외행성의 추운 궤도에서 활동하며 거의 모든 시간을 보내는 데 익숙해졌다. 숨쉬고 먹고 자고 감정을 느끼는 건 불안하고 무의미한 장애였다. 나는 지휘관들이 적의 동기 유발 체계를 이해하려 애쓴다는 걸 알아챘다. 그러자면 우리가 해방시킨 사람들의 허가가 필요했다. 그렇다 해도 왜 내가 나약한 육체에 나 자신을 바쳐야 한단 말인가? 하지만 나는 결국 중요한 게 나 자신이 아니라는 걸 깨달았다. 나는 사령부 인원들과 함께 일을 할 수 있어야 했다. 그래서 나는 다양한 나 자신들을 다시 끌어모으고, 수천 톤에 달하는, 최근까지 내 팔다리였던 중금속에 들어 있는 내 정체성을 삭제하고, 가장 가까운 곳에 있는 야전 지휘 노드에게 업로드 절차를 밟아달라고 신청했다.

정신을 차리고 보니 나는 조립게이트 터미널에 몸을 기대고 있었다. 피가 뚝뚝 떨어지는 칼을 너무 꽉 쥔 나머지 왼손 손가락에 쥐가 날 정도였다. 방 저쪽에서는 피가 불쾌한 연못을 만들고 있었다.

내 생각이 맞았다면 피오르는 망통신을 사용할 틈이 없었을 것이다. 그는 가방에서 머리가 빠져나오는 순간 심각한 육체적 고통을 느꼈을 것이고, 출혈 때문에 정신을 잃었을 것이다. 겨우 10초 만에 정신을 잃다니, 그건 너무 친절한 대접이었다.

하지만 나는 이제 커다란 문제에 봉착했다. 110킬로그램에 달하는 죽은 고깃덩어리가, 식물성 양탄자 한가운데에 새로 생긴 10리터짜리 피 웅덩이 안에 놓여 있었다. 양탄자는 이미 죽어가고 있었다. 이것보다 더 강력한 증거가 존재할 수 있을까? 아 참, 내 스웨터와 치마와 실용적인 신발도 피를 뒤집어쓰고 있었다. 상황이 별로 좋지 않았다.

나는 웃었다. 그러자 광기가 깃든 병적인 키득거림이 흘러나왔다. 이거 심각한데. 하지만 뭔가 방법이 있을 거야….

조립게이트가 고장 나고 체액이 웅덩이를 이루고 생기가 빠져나간 고깃덩어리들이 쌓여 있던 때가 잠깐 떠올랐다. 그러자 어느 정도는 마음이 안정됐다. 그 덕분에 할 일이 분명해졌다. 나는 피오르의 팔을 붙잡고 시험 삼아 당겨 보았다. 창백한 피오르의 육체가 출렁거렸다. 그 팔을 내 어깨에 걸쳐봤더니 그의 몸이 양탄자에서 떨어져 나오면서 수 센티미터가량 내 쪽으로 미끄러졌다. 나는 신음 소리를 내며 한 번 더 당겨봤지만 그를 옮기는 건 쉽지 않았다. 나는 잠시 행동을 멈추고 주변을 둘러보았다. 도구 선반에 전선 같은 것들이 있었다. 나는 그쪽으로 가서 2미터가량 되는 전선을 꺼낸 다음 피오르의 팔 밑으로 집어넣고 그의 상체에 감았다. 나는 마침내 그를 게이트 속 공간에 되돌려 놓았다. 그를 안에 두는 건 쉽지 않았다. 다리 하나가 자꾸 삐져나왔기 때문이다. 하지만 나는 결국 남은 전선으로 그의 몸을 일으켜 세워서 잘 넣어둘 수 있다는 사실을 알아냈다.

"좋아. 잠깐 쉬자." 나는 헐떡거리고 야전용 터미널을 들여다보면서 혼잣말을 했다. 지금 너 자신에게 말을 거는 거야, 리브? 나는 모순된 질문을 던졌다. 벌써 미쳐가는 거야? 가상계 터미널을 누르자 화면에 빨갛고 끈적거리는 자국이 남았다. 하지만 나는 마침내 대화형 인터페이스를 띄울 수 있었다. 게이트에는 미리 설정해 둔 백그라운드 합성 작업이 상당수 대기하고 있었다. 하지만 게이트는 멀티태스킹이 가능했고, 나는 인터럽트 명령을 내릴 참이었다. "게이트, 천연 폐기물 원료를 받고 분해하라, 이상."

"접수 완료." 게이트가 말했다. 그리고 문이 조금 삐걱거리면서 증거물을 덮어버렸다.

"게이트, 현재 목록에서 청소 용구 세트를 선택하라. 필요한 건 한 세트다. 한 세트를 만들어라. 이상."

"접수 완료. 조립 중." 게이트가 말했다. "완료에 걸리는 시간, 현재 작업 완료 후 6분." 아, 현대 생활은 너무나 편리했다.

나는 휴게실로 올라가서 커피를 만들었다.

물이 끓는 동안 나는 겉옷을 벗어 개수대에 넣었다. 기본적인 세척 도구는 있었다. 그리고 세제는 얼룩 제거 효과가 뛰어났다. 아마 진짜 암흑시대에는 이렇게 좋은 세제가 없었을 것이다. 두 번 헹구고 나니 얼룩이 사라지고 치마와 스웨터는 그냥 물에 젖은 옷이 되었다. 나는 옷을 비틀어 짠 다음 열 배출구에 널고 다이얼을 돌려 공기 온도를 올렸다.

나는 다시 지하실로 내려왔다. 조립게이트가 열려 있었다. 그리고 내가 요구한 물건이 안에 놓여 있었다. 피오르는 이제 양탄자 청소용 기계와 흡수성 수건 더미로 변했다. 나는 청소 기계의 용기에 물을 채우기 위해 한 번 더 위층을 오갔다. 용제 냄새 때문에 어지러웠지만 약 30분 뒤 나는 양탄자와 벽과 선반에서 눈에 보이는 핏자국을 지울 수 있었다. 천장 타일에 튄 피는 쉽게 처리할 수 없었다. 하지만 그 자리에서 살인이 벌어졌다는 걸 알지 못하는 사람이라면 그런 자국을 봐도 위층에서 물이 샜다고 생각하게 마련이었다. 그래서 나는 양탄자 청소기를 도로 게이트에 넣고 혼잣말을 했다.

"그건 눈속임이야." 나는 그렇게 말하고 하품을 했다. 치솟았던 아드레날린이 마침내 가라앉는 모양이었다. "피오르, 유어돈, 그리고 또 한 사람. 그 셋은 비상시 집단행동 제어를 연구하던 심리전 전문가야." 일시 기억상실 상태가 뒤흔들리면서 조각난 기억들이 더 풀려나는 듯했다. 그 기억이란 인물에 대한 신상 명세…. "전범들이지. '제3국민의 영광스러운 미래 세계'에서 정보기관을 운영했고. 이 자들은 살충제가 살포되자 도주했어. 지난 30년 동안은 항살충제를 만들었고, 그다음엔 큐리어스 옐로우를 강화시키고 있어."

나는 눈을 깜빡거렸다. 방금 내가 말했던 건가? 그게 아니면 다른 내가, 내 언어중추를 이용해서 소통하려고 나머지… 나에게 말을 걸었던 건가?

"긴급 명령이다. 적진에서 탈출하라. 긴급 명령이다. 적진에서 탈출하라." 나는 그럴 생각이 없었는데 손이 저절로 게이트 터미널을 향해 움직였다. "씨발!" 나는 소리를 질렀다. 그래도 손은 멈추지 않았고, 할 일을 아주 정확하게 아는 것처럼 움직였다. 출력 프로그램을 설정하는 것 같았다.

"사용 불가." 게이트가 평이하고 미안하지 않은 투로 말했다. "장거리도약 네트워크 연결 불가."

내 손이 뭘 하는 건지는 모르지만 일이 제대로 풀리지 않는 것 같았다. 내 기억 속에서 뭔가가 풀려 나왔다. 거대하고 추한 어떤 것이. "리브, 꼭 탈출해야 해." 나 자신의 목소리가 말하고 있었다. "이 프로그램은 60초 뒤에 자동으로 삭제돼. 지금 위치에서는 외부 복합체와 네트워크를 연결할 수 없어. 반드시 탈출해야 해. 이 프로그램은 55초 뒤에 자동으로 삭제될 거야."

겉옷을 다 벗고 있었는데도 식은땀이 척추를 따라 오르내렸다. "넌 누구야?" 내가 속삭였다.

"이 프로그램은 50초 뒤에 자동으로 삭제될 거야." 나의 내부에서 뭔가가 대답했다.

"알았어, 듣고 있다고! 나갈게. 나간다니까!" 나는 겁에 질렸다. 목소리가 말하는 '이 프로그램'은 '나'를 뜻했다. 그 목소리는 큐리어스 옐로우의 부트 커널 같은 일종의 기생 소프트웨어였다. 그런데 어디로 탈출하지? 나는 천장을 올려다보았다. 그러자 어떤 생각이 떠올랐다. 나는 올라가야 했다. 세계의 벽을 통과해서. 어쩌면, 아마도, 이 조직체는 다른 조직체 사이에 끼어 있는지도 모를 일이었다. 만약 그게 사실이라면, 위쪽이나 아래쪽에 있는 갑판을 부수고 나가기만 하면 전송게이트에 도달할 수 있는 길이 있을 것이고, 무형 공화국의 복합체에 복귀할 수 있을 것 같았다. "위로 올라가라는 거지?"

"이 프로그램은 30초 뒤에 자동으로 삭제될 거야. 탈출 경로는 그게 맞아. 대화형 인터페이스 종료."

머릿속이 아주 조용해졌다. 나는 조립게이트 터미널 옆에 서서 몸을 떨면서 빠르고 얕게 숨을 쉬었다. 머릿속에 있던 그림자는 조심스럽게 정적만 남겨놓고 가버린 것 같았다. 내가 느꼈던 공포는 이제 공허했고, 존재론적인 불안감만이 남아 있었다(그자들이 내 머릿속에 좀비 코드를 숨겨놨다 이거지? 누구 짓인지는 모르겠지만). 하지만 나는 다시 나로 돌아왔다. 나는 존재하기를 갑자기 멈추지 않을 것이며, 내 육체를 걸치고서 미소를 짓는 고기 인형에게 자리를 내주지도 않을 생각이었다. 내게 말을 건 것은 그저 탈출 패키지였다. 그 패키지는 미리 정해놓은 기간이 지나거나 내가 뭘 해야 할지 몰라 일정 수준 이상의 스트레스를 받으면 자동으로 귀환해 보고하도록 설정되어 있었다. 하지만 게이트를 조종해 밖으로 나가지 못하면 의식 수준에서 위장하고 있는 나를 호출해서 원하는 바를 말하게 되어 있었다. 그건 상관없었다. 그 패키지가 시키는 대로 움직여서 탈출할 수 있다면 내 두개골 안에 동승하고 있는 조그마한 승객을 끄집어내고 만사가 행복하게 끝날 테니까! 게다가 나 또한 무슨 수를 쓰든 탈출하고 싶었다. 그러니까 이제 행복한 생각을 해보자.

"염병할, 방금 피오르를 죽였다고." 내가 속삭였다. "여기서 나가야 하는데! 어떡하면 좋지?"

올라와 보니 휴게실이 사우나처럼 증기로 가득했다. 나는 숨이 막혀 기침하면서 온도를 내리고, 축축한 내 옷을 끄집어내고 입은 다음 문으로 향했다. 그런 다음 (이게 제일 어려운 단계였다) 머리를 매만지고, 가방을 들고, 침착하게 정문 앞 공터 너머에 있는 도로변으로 가서 지나가는 택시를 불러 세웠다.

"집에 데려다줘." 나는 두려움으로 이가 덜덜 떨리는 걸 참으며 운전사에게 말했다.

나는 집에 도착했다. 긴 시간에 걸쳐 샘과 공유한 그 건물은 이제 익숙한 장소였다. 택시를 타니 집까지 채 5분도 걸리지 않았다.

하지만 다른 항성계로 이동하는 것처럼 느껴졌다. "여기서 기다려." 나는 운전사에게 말하고 차에서 내려 차고로 향했다. 샘은 보고 싶지 않았다. 나는 그가 일터에 있기를 진심으로 바랐다. 그를 보면 참을 수 없을 것 같았기 때문이다. 혹은 최악에는 그를 끌어들이게 될 수도 있었다. 다행히 그는 보이지 않았다. 나는 간신히 차고로 들어가서 무선 해머 드릴과, 여분의 드릴 한 줌과, 비가 올까 봐 치워 뒀던 기타 유용한 도구들을 챙겼다. 그리고 다시 택시로 돌아갔다. 나는 차가 출발한 뒤에도 다른 일을 전부 잊으려고 자신을 채찍질하고 있었다.

차는 거주구역으로 거슬러 올라갔다. 길옆에는 말뚝이 박힌 흰색 울타리들이 있었고, 그 너머에 층수가 높지 않은 주택들이 있었다. 주택들 사이에는 나무가 있었다. 바깥은 온도가 높았고 절지동물들이 큰 소리로 빽빽대고 있었다. 차가 터널 입구로 진입했다. 나는 심호흡을 했다. "새로 명령을 내릴 거야. 바로 이 자리에 멈춘 채 1분간 대기해. 그리고 터널 안으로 계속 들어가. 무전기는 끄고. 교차로가 나올 때마다 무작위적으로 방향을 정하고 계속 전진해. 장애물을 피하는 경우를 제외하고는 절대로 멈추지 마. 한 시간 요금을 미리 낼 테니까, 요금이 다 떨어질 때까지 계속 이동해. 명령을 복창해봐."

"1분 동안 대기. 이동. 교차로마다 무작위적 방향 전환. 요금 한도 초과 시까지. 장애물은 피할 것. 확인하셨습니까?"

"실행해!" 나는 말을 마치고 차 문을 연 다음 장비를 들고 터널 입구로 이동했다. 나는 긴장한 상태로 좀비 운전사가 출발할 때까지 기다렸다가 암흑 속으로 돌아가기 시작했다.

굽이를 돌자 터널이 더 어두워졌기 때문에 나는 커다란 금속 전등을 꺼냈다. 다른 것들과 마찬가지로 전등 역시 진짜가 아닐 테고

전기 화학적 배터리도 들어 있지 않았을 것이다. 자동차와 우주선에 동력을 공급하는 바로 그 항성 기반 전송게이트에서 전류를 몇 방울만 뽑아오면 백색 다이오드 판을 작동시킬 수 있었다. 지금 상황에서 그 사실은 희소식이었다. 나는 걸어가면서 전등으로 양쪽 벽을 비췄다. 그러다가 오목하게 들어가 있는 문을 발견했다. 지난번 이곳에 왔을 때와 달리 나는 준비가 돼 있었다. 해머 드릴을 꺼낸 지 단 몇 초 만에 돌이 안쪽으로 조금 미끄러져 들어갔다. 차고에서 보냈던 그 많은 시간이 보상을 받는 것 같았다. 해머 드릴이 문 옆의 콘크리트를 물고 씹는 동안 발생하는 소음 때문에 귀가 멍했다. 하지만 합성바위 덩어리는 계속 떨어져 나왔다. 숨을 들이켜자 매캐한 먼지로 가득한 공기가 폐를 들쑤셨다. 나는 마스크가 필요했었다는 사실을 깨달았지만 이미 늦은 뒤였다. 드릴이 밝은색의 금속을 스치기 시작하자 소리와 감각이 달라지기 시작했다. "하!" 나는 뒤를 돌아보고 싶어 몸이 미칠 듯이 근질거리는 걸 참으면서 작은 소리로 말했다.

문의 정체를 파악하기 위해 문틀 표면을 제대로 드러내기까지 2분여가 걸렸다. 하지만 더 많이 드러날수록 나는 더 행복해졌다. 콘크리트 터널은 속이 빈 관이었고 문은 연결 지점 근처에 있는 검사용 해치였다. 내 생각이 맞는다면 연결 지점은 전송게이트가 아니라 물리적인 차단벽이었다. 차단벽은 압력이 낮아지면 해당 구역을 밀폐하도록 설계되어 있었다. 내가 파낸 문을 통과하면 압력문 설비 속으로 들어가게 될 테고, 에어록을 지나 다른 구역으로 이동 수 있을 터였다. 위와 아래로 이동하면 우주선의 이물과 고물 쪽으로 갈 수 있다는 뜻이었다. 사소한 문제가 있다면 문이 잠겼다는 점뿐이었다.

나는 주머니를 뒤져서 차고에서 가져온 장난감을 꺼냈다. 양초를 녹여 만든 밀랍틀에 일부러 산화시킨 철을 집어넣고, 거기에 여행 용구점에서 구입한 마그네슘 덩어리를 잘게 썰어 넣고 섞은 물건이었다. 간단히 말하면 그 장난감이란 조잡한 테르밋 화약이었다. 나는 화약 한 줌을 자물쇠 부위에 (번거롭게도 자물쇠가 콘크리트 속에 박혀 있었다) 바르고, 라이터를 아래쪽에 대고 불을 붙인 다음, 얼른 손을 떼고 재빨리 고개를 돌렸다. 질끈 감았음에도 눈이 멀 것처럼 밝은 섬광이 터져 나왔고, 눈꺼풀 속에는 내 팔의 잔상이 보랏빛으로 남았다. 탁탁 소리가 커다랗게 들렸다. 나는 천천히 서른을 센 다음 다시 몸을 돌리고 문을 세게 밀었다. 처음에는 꿈쩍도 안 하던 문이 조용히 움직이기 시작했다. 조금 드러난 문틀 속에 빛을 내며 뻥 뚫린 자물쇠가 보였다. 나는 압력이 급격하게 빠져나가는 일이 없기만을 바랐다.

나는 문 안으로 들어가 두리번거렸다. 나는 작은 방에 있었고 그 방 안에는 단순해 보이는 기계가 그득했다. 가스통과 회전축과 기계식 밸브가 보였다. 석기 시대에나 만들었을 원시적인 구조였다. 공구상에서 가져온 도구로 유지하고 보수할 수 있도록 설계해둔 것 같았다. 혹시 정말로 그때 만들어진 건가? 나는 머리를 긁었다. 애초에 이 거주구가 일종의 구석기 시대 광신도들을 위해 만들어졌고 옛 지구의 조직체를 본뜬 거라면, 유어돈과 피오르가 자신들의 목적에 이용하려고 재단하기도 꽤 쉬웠을 것이다. 옛날의 나 자신이 이 장소에 그들의 목적에 맞는 특색이 있다고 했던 것도 그런 뜻일 수 있었다. 다른 것들보다 벽에 고정된 사다리와 바닥에 있는 해치가 눈에 띄었다. 나는 해치에 다가갔다. 해치는 수동 바퀴로 잠겨 있었다. 바퀴를 돌리는 건 그리 어렵지 않았다. 잠시 뒤 해치가 회전하며 위로 열렸고, 희미한 산들바람이 불어왔다.

흐음, 압력차가 있긴 했으나 그리 대단하진 않았다. 아래쪽에 개방된 통로가 있다는 뜻이었다. 제대로 된 갑판이 존재할 가능성도 있었다. 하지만 내게 말을 걸었던 나 자신은 위로 올라가라고 했다. 나는 기어오르기 시작했다. 천장에 있는 해치에도 수동 바퀴가 달려 있었다. 그걸 돌리는 데는 더 오랜 시간이 걸렸다. 하지만 내부에 일종의 스프링이 장치되어 있었는지 해치는 자동으로 위를 향해 열렸다. 영리한 설계였다. 이 거주구를 설계한 자들은 압력이 바깥쪽에서 샐 거라고 예상했다. 이곳처럼 회전하는 원통형 거주구에서 바깥쪽이란 아래를 뜻했다. 따라서 아래로 가는 해치를 여는 데에 더 큰 힘을 들이도록 설계해야 했다. 하지만 위로 향하는 해치에는 아래쪽에서 발생한 유출상황으로부터 도망치기 쉽게 하려고 보조 동력이 적용되어 있었다. 나는 그런 설계 철학이 마음에 들었다. 그런 것들 덕분에 목숨을 더 쉽게 보전할 수 있으니까.

나는 터널 속으로 기어들어 간 다음 잠시 멈춰 서서 헤드램프를 착용했다. 그리고 램프를 켠 다음 해치보다 높은 곳까지 기어 올라갔다. 나는 사다리에서 내려와 옆으로 비켜선 다음 해치를 닫았다. 나는 사다리밖에 없는 어두운 터널의 바닥에 있었다. 위쪽 저 멀리에는 구멍이 뚫린 것 같은 그림자들이 보였다. 내가 남긴 흔적들은 위가 아니라 아래로 내려가고 있었다. 나는 위쪽에 문이 있기를 바랐다. 이렇게 멀리까지 왔는데 모든 문이 고장 나 있거나 감압 상태에 있다면 그거야말로 최악의 상황일 터였다.

# 13
# 등반

부대 사령부는 나를 곧장 참모진에게 보내지는 않았다. 그들은 나를 조립게이트에 집어넣었고, 나는 본래의 정규인간의 육체를 걸치고 나왔다. 왜소해지고, 너무나 나약해졌지만, 살아 있는 것 같은 기분이 들었다. 이제 와 생각해보니 그건 YFH 조직체에 도착했을 때 만큼이나 놀라운 경험이었다. 내가 부활하자 그들은 나를 분해하고 224종의 자료로 쪼갠 다음 양자 암호화된 서로 다른 전송게이트들로 나누어 보냈다. 물론 나는 그런 과정을 느낄 수 없었다. 나는 그냥 조립게이트로 들어간 다음 다른 게이트 속에서 눈을 떴다. 하지만 그 과정에서 암호 재조합 회로를 통과했고, 일련번호가 제거된 자료열과 합쳐졌다가 재조립되었다. 그 덕분에 몇 개의 노드가 적의 손에 들어간다 한들 적은 내가 어디서 왔는지, 어디로 가는지, 내가 누구인지 알아낼 수가 없었다.

나는 눈을 깜빡거리고 다시 살아났다. 그리고 칸막이 공간의 문을 열었다. 긴장한 상태에서 잠시 시간이 흘렀고, 나는 반쯤 신화적인 존재가 된 라인바저 캣츠의 본부에 막 발을 내디딜 참이었다. 체구가 탄탄하고 고양이를 닮은 여성 외계인이 기다리고 있다가 손톱이 날카로운 손가락으로 나를 두드렸다. "자네가 로빈이군. 맞지?" 그녀가 말했다. "사랑해."

"죄송합니다만, 다른 사람과 혼동한 것 아닙니까?" 내가 물었다.

그녀가 미소 비슷한 것을 띠면서 바늘처럼 뾰족한 송곳니를 드러냈다. "그럴 일은 없어. 이건 그냥 자네의 새 망통신에 집어넣은 분석적 시험 방법이야. 이 말을 알아듣는다면 자네에겐 큐리어스 옐로우의 사본이 없는 거지. 미쳐 돌아가는 막사에 온 걸 환영하네, 특무 하사. 난 사니 의무대위야. 우선 얘기를 나눌 만한 방을 찾고 나서 상황을 설명해주지."

사니는 교활한 이기주의와 겁많은 비밀주의를 섞어놓은 묘한 인물이었다. 그녀는 내 논문을 읽고 나를 전선에 남겨 두는 건 낭비라고 판단했다. 그리고 그녀는 자기 생각을 실행에 옮길 영향력이 있었다. 그녀는 그렇게 판단한 이유를 설명해줬고, 나는 얘기를 다 들은 뒤 동참하는 쪽으로 마음이 기울었다. 그 문제는 적의 방어선에 구멍을 내는 것보다 훨씬 더 흥미로웠고, 장기적으로 볼 때 더욱 중요했다.

"큐리어스 옐로우는 쳐부술 수 있어." 그녀가 설명했다. "웜 사육장의 내부결합력 유지에 필요한 비용이 가용 대역폭을 초과할 때까지 네트워크 연결을 분열시켜 버리면 돼. 그러면 공격 조직력을 상실할 테고 우린 각개 격파를 할 수 있을 거야. 하지만 그다음이 진짜 힘든 문제지."

"다음이라." 나는 고개를 흔들었다. "벌써 전후 상황까지 염두에 두고 있는 겁니까?"

"그래. 자, 큐리어스 옐로우는 사라지지 않을 거야. 인간이 활동하는 공간에 있는 조립게이트를 전부 다른 단일 기종으로 교체했지만, 저것들은 아직도 조직적으로 웜 공격을 해서 마지막 시기처럼 감염되기 쉬운 상태를 만들어 놓고 있잖아. 여러 기종을 운용하려면 비용이 많이 들기 때문에 단일 기종을 사용하는 지역이 경쟁 우위에 서게 될 테고…. 장기적으로 보면 결국 유사한 감염에 취약한 상태로 진화하게 될 거야. 그래서 구조적인 해결책이 필요해. 큐리어스 옐로우를 계획적으로 가둬버릴 방법 말이야. 가장 좋은 방법은 웜을 제거하는 게 아니라 그 용도를 변경시키는 거지."

"용도를 변경시키다니요?"

"면역 체계로 작동하게 하는 거야."

그게 우리 팀의 목표였다. 우리와 동일한 50개 팀이 아톤 장군 겸 주임사제의 지휘 아래, 30년에 걸쳐서 단 하나의 짧은 문장을 만들어 내고 그걸 무기로 바꿨다. 우린 수백 가지 가능성을 체계적으로 반복해 적용하고, 감염된 게이트 네트워크를 방화벽으로 둘러싸 놓고 각각의 효과를 실험해보았다. 그리고 마침내 제대로 작동하는 최후의 해결책이 완성됐다. 그걸 작동시키고 살포하는 데에 수십 일이 걸렸다. 하지만 큐리어스 옐로우를 궁극적으로 쓰러뜨릴 1천 개의 네트워크 연결점에 인정사정없는 물리 공격을 가할 주력 부대가 준비를 끝내자, 완성된 백신이 그들을 맞이했다.

큐리어스 옐로우는 공동으로 움직이는 웜이기 때문에 멀리 떨어진 노드에서도 지시를 받았다. 그 웜은 지시를 받으면 이웃과 비교해보고, 맞는 지시라는 결론이 나와야 실행에 들어갔다. 그래서 감염된 게이트 하나를 전복시키기도 쉽지가 않았다. 우리는 수천 개의 게이트를 동시에 습격하고 우리가 부여하는 새 지시사항이 진품이니 복종하라고 설득했다. 그 지시사항은 네트워크로 퍼져 나가기 시작했다. 살충제는 해킹한 큐리어스 옐로우였고, 그 안에는 새로운 소프트웨어가 들어 있었다. 그 소프트웨어는 여러 기능을 동시에 수행했고, 새 감염이 일어나지 않도록 막아야 했다. 살충제를 뿌려 둔 조립게이트를 인간이 통과하면 모든 종류의 큐리어스 옐로우 감염이 치료되고, 그의 언어 중추에 사니가 고안한 분석 패치가 적용되었다. 패치란 간단한 실독증 알고리즘이었다. 큐리어스 옐로우에 감염된 사람은 '사랑해'라는 말을 들을 수 없었다. 작전이 마지막 단계에 도달하면, 살충제는 감염 게이트 속에 자리를 잡고 큐리어스 옐로우의 제작자가 전파하는 새 지시를 거부하게 되어 있었다.

우리는 30년 동안 그 모든 작업을 해내고 작전을 실행에 옮겼다. 개별적인 군인 복사체 수만 명이 제일 먼저 점령한 게이트에 살충제 복사본을 업로드하기 위해 수비가 강화된 지점들을 공격하다가 죽었다. 물론 민간인 사망자도 엄청났다. 큐리어스 옐로우 노드들은 연결이 차츰 끊겨가는 가운데 전투를 준비하고 무작위적인 방어 수단을 실행에 옮겼으며, 웜을 지지하는 부역자들은 보이지 않는 공격자들에게 채찍을 휘둘렀다. 그 과정에서 수백만 명이 죽었다. 하지만 결국 열흘 거리 안에 있는 공간에서 벌어지던 저항은 소멸했다. 사방이 혼란에 빠졌고 잔혹 행위와 앙갚음과 공황 상태가 만연했다. 조직체 안에 있는 조립게이트가 전부 정지하면서 기아가 발생하고 생명 유지장치가 작동을 멈추는 경우도 있었다. 하지만 우리는 승리했다. 연합군 안에 있던 파벌들은 해산하거나 소규모 행정부로 바뀌었다. 그리고 방어 능력이 거의 남지 않은 옛 거대 조직체를 재건하는 긴 사업을 시작했다.

라인바저 캣츠의 구성원들은 대부분 전쟁 이전의 활동으로 돌아갔다. 역사적으로 유명한 재연 전문가 몇 사람은 은퇴한 메타휴먼 권력자들을 위해 일했다. 그 메타휴먼 권력자들은 혼돈이 벌어지던 지난 수십 년 동안 잠을 자면서 시간을 보냈다. 하지만 우리 중에는 그 모든 일을 흘려보내고 잊지 못하는 사람도 있었고….

먼 옛날, 나는 어리고 불멸자였다. 그때 나는 뜨거운 목성의 궤도를 도는, 부분적으로 사람이 거주할 수 있도록 개조된 위성에서, 2킬로미터 높이의 절벽으로 올라가 뛰어내린 적이 있었다. 그때는 자급자족이 가능한 생물계와 깊은 중력 우물이 유행이었고, 그 두 가지가 결합한 휴양 상품이 거래되고 있었다. 적어도 그게 내 핑계였다. 나는 낙하산 없이 뛰어내렸다. 중력 가속도는 0.3G 정도로 낮았지만 그래도 무지갯빛 안개가 낀 밀림의 나뭇가지들을 뿌옇게 가리고 있는 2킬로미터 높이의 폭포에서 뛰어내리는 행위였다. 당시 나는 신화 속 인물을 닮은 육체를 시험해보고 있었고, 떨어지면서 처음으로 날개를 펴 보고는 가운뎃손의 손가락 사이에 있는 얇은 거미줄의 장력을 느껴보았다. 경험이 늘어나면서 나는 만나는 사람들에게 한 번 그 기분을 느껴보라고 진심으로 추천하고 다니는 지경에 이르렀다. 그러다가 어느 때인가 왼쪽 날개가 상승기류에 휘말렸고, 나는 몸이 뒤집힌 채 산등성이를 향해 곤두박질쳤다. 그리고 산에 부딪히고 튕겨 나왔다. 손가락들이 아주 심하게 꺾여 부러졌고, 나는 날개로 몸을 감싼 채 회전하면서 죽음을 향해 추락했다.

내가 절벽 위로 되돌아가자 사람들은 내 인생의 마지막 30초를 반복해서 보게 만들었다. 나는 고개를 젓고 조립게이트로 들어가서 정규신체로 복귀한 다음 그 폭포 아래에 있는 바위투성이 연못가의 찻집에 갔다. 나는 거기서 오랫동안 머물렀다. 그대로 추락해서 폭포 밑에 도달한다는 게 어떤 느낌일지 계속 궁금했다. 가운뎃손에는 뜨겁고 둔한 통증이 있을 테고, 굴러떨어지는 동안 차가운 바람이 나를 후려칠 테고, 확실히 죽을 거라는 생각이 들면서….

그 답은 끝내 알지 못할 거라는 생각이 들었다.

그건 아주 오래전에 일어난 일이었다. 나는 라인바저 캣츠와 함께 머리카락이 쭈뼛해질 만한 위상 활동을 펼치면서 워프하는 방법을 익혔다. 시공을 비틀고 다니다 보니 우리는 거주하고 있는 공간의 구조를 파악하는 능력에 손상을 입었다. 건축 구조란 사회 조직에 영향을 끼치거나 통제력을 발휘하게 마련이었다. 하지만 전송게이트로 연결된 조직체에서는 그게 영향을 끼치는 것만으로 끝나지 않았다. 구조를 설계한 자는 곧 독재자였다.

엄청난 수의 우리 대다수는 차갑고 깊숙한 우주 공간에서, 원통형 구조물 속에 살았다. 그 구조물은 갈색왜성이나 항성계 바깥쪽에 있는 가스 거성의 주위를 돌도록, 구식으로 설계되어 있었다. 그 안의 세계는 오래전에 분해된 지구와 조금도 닮은 점이 없었다. 사실 인간이 거주할 수 있는 공간의 기저에 뭐가 있는지 신경 쓰는 사람은 없었다. 하지만 불편 사항이 발생하거나 수리하거나 교체해야 할 때는 예외였다. 사람들은 우주에 뚫린 구멍으로 엮은 텅 빈 무대 위에 화려하고 방이 많은 대저택을 세웠다. 그러다 보니 어두운 우주 공간에서 사용하는 광년이란 단위는 중요성이 약해졌다.

하지만 긴급 보수용 통로를 기어 올라간다면 얘기가 달라진다. 그러면 그 중요성을 깨닫게 된다.

사다리의 가로대는 통로의 반 회전방향 쪽 벽에 붙박여 있었다. 위를 올려다보자 끝이 보이지 않는 어둠이 전등불 빛을 집어삼켰고, 사다리 역시 그 속으로 올라가고 있었다. 아래쪽에는 폭포 끝에 있던 바위처럼 무자비한 바닥이 보였다. 나는 속도를 조절하며 꾸준히 올라갔다. YFH 조직체 거주구역 곡률의 반경은 아주 작았다. 따라서, 만약 이 거주구가 단일 원통이라면 직경은 분명 수 킬로미터 정도였을 것이다. 거주구의 천장은 아주 높아서 4층 건물 옥상에 올라가 봐도 손에 닿지 않았다. 그리고 4층 건물은 중심가에서 가장 높은 건물이었다. 하지만 나는 이미 그보다 훨씬 더 높이 올라왔고, 그런데도 입구는 전혀 보이지 않았다.

나는 2백 단을 오른 다음 쉬었다. 벌써 팔이 저리고 근육이 아팠다. 여러 주에 걸쳐서 운동하지 않았다면 이미 초주검이 돼 있을 터였다. 나는 얼마나 올라가야 하는지 알 수가 없었고, 슬슬 걱정되면서 속이 거북해졌다. 내 생각이 틀렸다면? 나는 YFH 조직체가 눈에 보이는 그대로일 거라고 가정하고 있었다. 즉 다수의 거주구역을 전송게이트로 연결해놓은 구조일 거라고 생각했다. 그리고 다양한 진짜 우주용 거주구를 아우르는, 자급자족 가능한 다른 조직체 구역 사이에 YFH 조직체가 끼어 있을 줄 알았다. 하지만 연구자들이 단순히 바깥쪽 네트워크로 나가지 못하도록 차단하는 방식으로 이곳을 만들어 둔 게 아니라면? 따지고 보면 이곳은 한때 유리감옥이었다. 만약 내 머릿속에 있는 옛날의 나 자신이 완전히 잘못 알았던 거라면? 우리가 불시착한 곳이 정말로 단일한 공간이라면? 그렇다면 나갈 길은 없었다.

그렇다고 돌아갈 수는 없었다. 유어돈은 이제 내가 빠져나왔다는 사실을 알고 있을 것이다. 그는 좀비들을 동원해서 나를 추적하고 있을 것이다. 병정개미가 쥐를 구석으로 몰듯이. 샘은 무슨 일이 생긴 건지 모른 채 혼자 남을 테고, 더 외로워지고 더 미쳐가고 더 우울해질 것이다. 믹은 결국 캐스를 다시 손에 넣을 테고, 젠은 앨리스와 엔젤을 거느리고 사악한 심리 조종 놀이를 계속할 테고, 피오르는 공동체 전체를 지긋지긋하고 증오가 가득 찬 인형 무리로 천천히 변화시킬 테고, 그 인형들은 불안과 공포에 기반한 암흑시대의 음운에 맞춰 춤을 출 것이다. 그리고 나는 이제 그들이 무슨 게임을 하는지 꽤 확신하고 있었다.

이건 고고학 실험이 아니었다. 여기는 심리전 실험실이었다. 연구자들은 행동을 통제할 수 있는 신생 사회를 설계하고 있었다. YFH 조직체는 다음 세대 인지 독재의 표본이었다. 그들은 수면 위로 떠올라서 개선된 신종 큐리어스 옐로우를 방비가 없는 네트워크에 살포할 계획이었다. 신종 웜은 조잡한 검열 체제를 설치하지 않을 것이다. 그들이 설계한 소프트웨어는 교묘한 방법으로 희생자에게 행동 규범을 강요할 것이다. 그 결과로 등장한 사회는 착취하기에 용이할 것이다. 그 미래 사회에서는 일요일마다 교회에 가야 할 것이고, 모든 교회 제단에는 칼과 술잔이 놓여 있을 것이며, 모든 연단마다 변태성욕자가 올라서서 밀고와 불신을 설파할 것이다. 이웃집에 사는 점수 창녀들은 실존적인 파시즘을 강제하려고 원형 교도소의 커튼을 잡아 젖힐 것이다. 그리고 그 모든 건 시작에 불과하다. 유어돈과 피오르는 예방 접종이 돼 있지 않은 충성스러운 보균자들을 다수 양육할 테고, 그들은 결국 신종 큐리어스 옐로우의 보균자가 되고 말 터였다. 그러면 마지막에는 인류가 거주하는 우주 전체가 의무사제의 병원에서 나온 회복기 환자 무리로 변하고 마는 것이다.

나는 실패를 용납할 수 없었다.

침묵 속에 수 분이 흘렀다. 나는 다시 움직이기 시작했다. 나는 한 손을 위로 올리고, 발을 하나 올리고, 다음 손을 올리고, 다음 발을 올렸다. 그렇게 다섯 번을 반복하고 심장이 다섯 번 뛸 동안 쉬었다. 다시 다섯 번 반복하고 박동이 다섯 번 뛸 동안 쉬었으니 도합 열 단을 올라갔다. 그걸 아홉 번 반복했다. 이제 나는 고뇌의 통로를 백 단 더 올라간 셈이었다. 우울한 생각이 나를 잠식했다. 기름이 묻어 있는 곳을 밟고 미끄러진다면, 또는 그냥… 정상에 도달하지 못한다면 어떻게 될까. 가로대 사이의 간격은 20센티미터였다. 나는 약 5백 단을 올랐으니 백 미터 높이에 있는 셈이었다. 바닥에 떨어지며 나는 그 즉시 박살이 날 터였다(물론 추락하는 도중 사다리에 부딪힐 것이다. 약한 코리올리 힘의 영향을 받고 있으니까. 측량용 추와 줄을 갖고 왔다면 이 원통형 거주구가 얼마나 큰지 대략 계산할 수 있었겠지만, 나는 거기까지는 예상하지 못했다). 어깨와 팔꿈치가 바이스로 조이는 것처럼 아팠다. 나는 오랜 시간을 들여 지하실에서 그 바보 같은 운동 기구를 당기고 밀었었다. 하지만 30분 동안 운동을 하는 것과 목숨을 걸고 매달리는 행위에는 차이가 있었다. 기억상실이 한 번 더 일어나면 나는 즉사할 터였다. 얼마나 올라온 걸까? 거주 가능한 갑판들끼리는 얼마나 떨어져 있을까? 운이 나쁘면 수 킬로미터씩 떨어져 있을 테고….

나는 실패할 수 없었다. 라우로, 아이엠빅-18, 뉴얼은 한때 내게 존재의 이유였고, 바로 그렇기 때문에 나는 실패하지 말아야 했다. 내가 잊는다면 그들은 존재한 적 없는 사람들이 되고 말 터였다. 기억은 곧 자유다.

6백 단을 오르자 두 팔이 살려달라고 비명을 질렀다. 허벅지 근육도 그리 행복한 것 같지는 않았다. 나는 이를 악물고 구원이 나타나기를 바랐다. 그때 머리 위에 그림자가 보였다. 나는 동작을 멈추고 잠시 헐떡거리면서 그림자의 윤곽을 관찰했다. 벽에 사각형 그림자가 있었다. 저게 구원일까? 나는 계속 올라갔다. 한 손을 끈질기게 다른 손의 위로 올리면서, 그곳에 도달할 때까지, 약 9백 단을 올랐다.

그림자는 높이가 인간의 키 정도 되는 짧은 통로로 들어가는 입구였고, 사다리의 측면에 있었다. 통로는 벽 속으로 2미터 가량 이어졌고, 그 끝에는 두꺼운 곡면 압력문이 있었다. 문에는 회전 바퀴가 있었다. 드디어 도착한 것이다! 나는 기뻐서 춤이라도 추고 싶었지만 두 팔이 떨어져 나갈 것 같아 그만두었다. 나는 통로로 걸어 들어가서 강력한 불빛을 촛불 모드로 바꾸었다. 그리고 앉아서 벽에 등을 기대고 눈을 감은 다음 속으로 백까지 숫자를 셌다. 나는 그럴 만한 자격이 있었다. 하지만 문 너머에 뭐가 있을지는 알 수 없었다.

팔이 내 것 같지 않았지만 오래 머무를 수는 없었다. 나는 1, 2분 뒤 억지로 일어서서 회전 바퀴를 살펴보았다. 작동은 하는 것 같았지만 돌려보니 꿈쩍도 하지 않았다. "씨발." 나는 큰 소리로 욕했다. 상황은 절망적이었다. 지렛대만 있으면 될 텐데. 그렇게 생각하자 손전등을 갖고 있다는 사실이 기억났다. 손전등은 한쪽 끝에 조명 장치가 있는 긴 알루미늄 막대였다. 나는 손전등을 바퀴살 사이에 꽂고, 전등에 몸을 얹고, 벽에 힘을 주면서, 바퀴를 돌리기 위해 내 모든 것을 실었다.

몇 분이 지난 뒤 나는 바퀴가 돌아가지 않을 거라는 사실을 인정할 수밖에 없었다. 그러자 이 거주구를 지은 사람들이 자동 안전장치에 집착한다는 사실이 떠올랐다. 반대편이 상당한 진공 상태이기 때문에 바퀴가 돌아가지 않는 거라면? 양쪽 압력차가 너무 커서 자동으로 문이 잠겼거나, 너무 오랫동안 진공 상태였기 때문에 아예 문을 용접해버린 거라면? "씨발." 나는 다시 투덜거렸다. 바보 같은 유어돈과 피오르가 보안 수단이랍시고 잠가놓은 것일 수도 있었다.

다른 층이 전부 진공에 노출돼 있다면 통로 안으로 들어간들 무슨 의미가 있을까? 물론 그건 그자들이 애초에 이런 통로의 존재를 알고 있다는 가정하에나 해볼 수 있는 생각이었다.

나는 얼굴에 흐르는 땀을 닦고 다시 벽에 기댔다. "위로 갈까, 아래로 갈까?" 나는 큰 소리로 물었다. 하지만 대답하는 사람은 없었다. 아래로 가면 최소한 공기가 있는 층이 있었다. 위로 가면… 흠, 아무것도 없을지 모른다. 또는 악당들이 모르는, 제대로 갖춰진 궤도 거주구로 통하는 길이 있을지도 모르는 일이었다. 저 문을 지나가면 '올드 패러디'의 시가가 나오거나, '장 리'에 있는 맥주 가게의 뒷골목이 나올지도 모른다. 운이 좋다면. 그리고 그런 장소들이 순전히 내 상상의 산물이 아니라면 말이다.

나는 커다란 손전등을 허리춤에 꽂고 사다리로 되돌아갔다. 사다리 가로대를 천 개 더 올라가 봐도 수확이 없으면 탈출 계획을 수정할 생각이었다. 2천 단을 올랐다는 건 약 5백 미터를 이동했다는 뜻이었다. 이런 상황에 처할 줄 알았더라면 등산 장비를 가져왔을 것이다. 윈치가 있으면 좋을 테고, 하다못해 밧줄만 있어도 몸을 사다리에 묶고 쉴 수 있었을 것이다. 나는 잠깐 로켓팩과 엘리베이터 차를 떠올렸다. 그리고 다음 단을 붙잡은 다음 올라가기 시작했다.

9백 단을 더 오르자 슬슬 죽을 거라는 생각이 들었다. 두 팔은 비명을 지르고 있었고, 왼쪽 허벅지는 곧 쥐가 날 거라고 나를 협박했다. 나는 숨을 고르려고 잠시 멈췄다. 심장이 방망이질하고 있었다. 다시 그 절벽에 오른 것 같은 느낌이 들었다. 이 거주구의 반경은 수 킬로미터 정도임이 분명했다. 이 지점의 중력이 출발 당시와 별로 다르지 않았기 때문이다. 나는 지구의 표준 중력 가속도와 같은 힘이 작용하는 통로에 있었다. 따라서 종단 속도는 초당 80미터쯤일 것이다. 어쩔 수 없이 손을 놓으면 코리올리 힘 때문에 나는 치즈 강판에 갈리듯이, 시속 2백 킬로미터의 속도로 사다리에 문질러지면서 빨갛고 기름진 흔적을 남길 것이다. 물론 계속 올라갈 수는 있었다. 하지만 완전히 지칠 때까지 올라가면 다시 내려가기도 절대 쉽지 않을 터였다. 그런 생각이 들자 내려가 봐야 별 소용이 없다는 생각이 들었다. 체중을 끌어 올릴 필요는 없겠지만 크기가 두 배로 늘어난 것처럼 느껴지는 왼쪽 팔꿈치를 들어 올리면 뜨거운 열기가 느껴지고 욱신거리면서….

위쪽에 발판이 또 하나 보였다. 스무 단 위였다. 바닥으로부터 계산하면 대략 4백 미터 높이였다. "저게 뭐지?" 나는 혼잣말을 했다. 좋지 않은 징조였다. 나는 오른손을 뻗었다. 그건 분명 발판이었다.

정신을 차리고 보니 나는 두 다리를 심연에 내민 채 발판에 앉아 있었다. 어떻게 도착했는지는 분명치 않았다. 또 기억을 잠깐 잃은 게 분명했다. 그 사실을 깨닫자 몸이 떨리고 피가 차갑게 식었다.

나는 주변을 둘러보았다. 발판은 아까 보았던 것과 마찬가지로, 회전 바퀴가 달린 문이 있고 길이가 2미터였던 통로 바로 밑에 있었다. 내가 지독하게 운이 없다는 뜻이거나… 흠, 최소한 문을 다시 열어볼 수는 있었다. 열리지 않으면 쉴 수도 있었다. 그다음에는 위인지 아래인지, 앞인지 뒤인지를 선택해야 했다. 혹사당한 근육이 어느 정도 회복되기 전까지는 정말이지 다시 오를 수 없을 것 같았다. 그래서 나는 내려가는 상상을 해보았다. 아래로, 아래로, 유어돈의 조그마한 전체주의 환상 속으로 깊이 내려가는 상상을.

그게 아니라면 사다리를 놓아버리는 방법도 있었다.

또는 문이 열릴 수도 있었다.

나는 15분 동안 쉬고 문에 다가섰다. 한 손으로 붙잡고 힘을 주자 바퀴가 부드럽게 풀렸다. 문이 틀에서 떨어져 나와 한쪽으로 젖혀지자 오랫동안 붙어 있던 밀폐 부위가 한숨 소리를 냈다. 열린 곳을 들여다보자 도저히 이해할 수 없는 세계가 눈에 들어왔다.

통로 앞쪽 바닥은 평평했고 약간 거칠었으며 회색 점이 규칙적으로 새겨져 있었다. 마찰력이 큰 전형적인 포장도로였다. 그 구역은 펜로즈 타일*로 이루어져 있었다. 이동 가능한 조립게이트가 초거대 원통형 공간의 안쪽 표면을 기어 다니면서, 한 번 지나온 경로는 다시 지나가지 않으면서, 타일을 깔아놓은 것 같았다. 머리 위에 있는 회색 천장은 곡면을 이루며 아주 먼 곳까지 이어지다가 위로 상승하는 오목한 수평선과 만났다. 가느다란 다이아몬드 바늘들이 바닥에서 솟아 나와 천장을 찌르면서 천상과 지상 간의 거리를 고정하고 있었다. 내가 방금 걸어 나온 문은 다이아몬드 바늘의 아래쪽에 자리하고 있었다. 바늘들은 거대했고, 서로 멀리 떨어져 있었다.

이곳은 거주층 사이의 공간을 유지해주는 중간층인 것 같았다. 또는 전송게이트 복합체와 연결되지 않은 상태에서 개조되고 관리되고 사람이 사는 층일 수도 있었다. 나는 유어돈이 설치한 경계선을 뚫고 올라와서 진공 상태로 열려 있는 층에 도달했던 것이다. 만약 내려갔다면 나를 기다리고 있는 건… 어쩌면 나는 연구자들이 사는 층에 도착했을지도 모른다. 그자들이 업그레이드된 큐리어스 옐로우를 만드는 장소 말이다. 또는 또 다른 진공 층에 도달했을 지도 모른다. 아마 그럴 가능성이 높았을 것이다.

무릎이 내 것 같지 않았다. 나는 방금 기어 올라왔던 방사상(放射

* 비주기적이면서도 면 전체를 덮을 수 있는 타일

狀) 통로의 바깥벽에 몸을 기댔다. 기운이 하나도 남아 있지 않았다. 나는 위를 올려다보았다. 천장은 약 5백 미터 높이에 있었다. 나는 천장이 거의 평면에 가깝다는 사실과 현실의 세면대가 엄청나게 크다는 사실을 깨달았다. 이곳엔 구름이 있었다. 구름은 다이아몬드 바늘의 정상 부근에서 모이고 있었다. 공기는 약간 흐릿했고 마른 효모의 냄새가 났다. 바닥에는 이상하게 생긴, 언덕과 평지처럼 보이는 단색 혹들이 튀어나와 있었다. 거대한 거주구 조립게이트가 재료로 이용할 물질들을 보관해둔 것 같았다. 나는 수만 킬로미터 위쪽에 있는, 원통 구조의 위쪽 끝을 확인하려 했지만 뿌연 안개에 가려 보이지 않았다. 빛은 천장에 있는 조그마한 광점 수천 개로부터 흘러나오고 있었다.

나는 이곳에서 걸어나가기 훨씬 전에 굶어 죽을 것이 분명했다.

잠시 쉬고 싶었지만, 불안감 때문에 얼른 움직일 수밖에 없었다. 피로감을 해소해야 한다는 건 알고 있었다. 하지만 케이를 떠올릴 때마다 공황 상태가 몰려올 것만 같았다. 내 머릿속에 머물면서 기억상실을 일으키는 뭔가가 (나는 그것의 존재를 어느 정도 확신하고 있었다) 어떤 일을 벌일지 몰라 두렵기도 했다. 내가 할 수 있는 일은 사다리를 따라 이동하면서 다음 층에서 더 희망적인 것과 마주치기를 바라는 것뿐이었다. 다음 층은 위쪽으로 약 1킬로미터 떨어진 곳에 있었다. 하지만 나는 거기까지 도달할 수 없을 것 같았다.

나는 절뚝거리면서 사다리로부터 떨어져서 가장 가까운 평지로 향했다. 그 근처에는 감정이 있는 기계가 있을 것 같았다. YFH 조직체의 경계 바깥에 있는 세계와 통신할 수 있게 해주고, 현실과 접촉할 수 있게 해주는 기계 말이다. 망통신을 호출해 봤지만, 반응은 둔하고 차가웠다. 보이는 거라고는 정지 상태에 있는 우리 집단의 점수 목록뿐이었다. 샘이 '***'라고 말했을 때 못 알아들은 건…. 나는 멍하니 생각했다. 큐리어스 옐로우 때문이었지. 점수 추적 체계가 큐리어스 옐로우에 기반하고 있었던 거야.

나는 평지에서 2백 미터쯤 떨어진 곳에서 생명의 징후를 발견했다. 서로 닮지 않은 두 개의 막대와 구체로 구성된 택시 크기의 물체가 저장물의 꼭대기 쪽으로 몸을 숙이고 있었다. 그 물체는 관 모양의 센서를 내 쪽으로 내밀더니 언덕을 뛰어넘었다. 센서가 흐릿해지더니 무지갯빛 원반으로 바뀌었다. 구체와 막대는 그 물체의 뒤쪽에서 회전하고 있었다. 구체들은 커지고 얇아지더니 회절성 광택을 뿜으며 꽃양배추처럼 펼쳐졌다. 나는 걸음을 멈추고 그 물체가 올 때까지 기다렸다. 그 물체는 생물계 건설을 전문적으로 감독하는, 일종의 지능형 정원사인 것 같았다. 정원사가 나를 적으로 간주하고 죽이려 든다면 막을 방법은 전혀 없었다. 물론 무딘 조각칼로 탱크를 공격해볼 수는 있겠지만, 이길 가능성은 상대적으로 매우 낮았다. 하지만 그 사실을 알고 있다 해도 기다리는 동안 마음은 편하지 않았다.

그 물체는 겁이 날 정도로 빠르게 접근하다가 3미터를 남겨놓고 멈춰 섰다. "안녕." 내가 말했다. "대화 기능이 있나?"

정원사는 나를 내려다볼 수 있는 거리까지 접근했다. 작은 꽃들이 열렸다 닫히면서 아주 작은 소음을 발생시켰다. "당신은 누구십니까? 여기서 뭘 하고 있습니까?"

나는 아주 약간 마음을 놓았다. "난 로빈이야." 그 이름은 이상하고 낯설었다. "여긴 무슨 조직체지?"

정원사는 웅웅거리고 찰칵 소리를 내더니 고민하는 코브라처럼 자신의 윗면을 조금 납작하게 변형시켰다. "안녕하십니까, 로빈. 이곳은 조직체가 아닙니다. 이곳은 89번 밸러스트 구역이고, '수확 지식' 모드인 서커 호의 내부입니다. 이곳은 거주 가능한 생물계가 아닙니다. 여기서 뭘 하고 계십니까?"

이곳은 조직체가 아니었다. 나는 서커 호에 승선하고 있었다. 그렇다면 이 우주선 안에 있는 장거리도약 게이트는 딱 하나일 테고, 방화벽으로 강력하게 보호되어 있을 것이며…. 나는 눈을 감고 휘청이지 않으려고 애를 썼다. "중죄를 보고할 수 있는 합법적인 담당자를 찾고 있어. 대규모 신분 도용 범죄가 발생했거든. 조직체가 아니라면 여긴 뭐지?"

"저는 그 질문에 대답할 권한이 없습니다. 당신은 로빈입니다. 필요에 따라 질문하겠습니다. 여긴 어떻게 오셨습니까? 당신은 현재 육체적으로 피로하다는 징후를 보입니다. 치료를 받으시겠습니까?"

눈을 떠보려 했지만, 몸이 반응하지 않았다. "도와줘." 나는 그렇게 말하려고 했다. 그러자 눈이 열렸고, 나는 다시 사다리로 돌아가 한 손으로 매달린 채 끝이 보이지 않는 원통형 통로의 심연 속으로 다리를 내밀고 있었다. 하지만 가로대는 보이지 않았고, 이 통로에는 다른 통로가 연결돼 있었고, 무수히 많은 광점들이 가득했고, 무언가 벽에서 나오더니 나를 향해 다가왔다. "도와줘." 나는 한 번 더 말했다. 그 물체가 내게 몸을 구부렸다.

"함장 숙소에 경보를 보내겠습니다."

암흑.

우리는 약 100일 전에 지역 복합체에 승리를 선언했다. 그리고 복원에 수반되는 두통 수치가 낮아지기 시작했다. 우리는 큐리어스 옐로우를 본래 살던 상자 속으로 몰아넣고 그 위세 하에 번성하던 매국 독재세력을 쳐부쉈다. 하지만 재시작이 확실해지기 전까지 전쟁은 끝난 게 아니었다. 그리고 그건 전혀 다른 문제였다.

"문제는, 임시 정부의 절반가량이 사라졌다는 거야." 이제 최고참대령이 된 사니가 내게 말했다(우리는 군사 공간 속 참모 회의실에 있었다. 회의실은 좁아터진 베이지색 공간이었고, 보안을 위해 익명성이 보장되어 있었다). "이름난 적들은 전부 체포했어. 하지만 다른 자들은 어디에 있지?" 그녀의 목소리는 그다지 행복하지 않았다.

"그냥 사라질 순 없죠. 흔적도 안 남길 순 없잖습니까?" 앨이 말했다. 앨은 인내심이 강한 전령(傳令)이었다. 그는 우리 연구팀이 작전 소요 부대 및 본부의 수신 지령 해석 부대와 계속 연락할 수 있도록 해주었다. 우리가 '환희'라고 부르는 고객은 가끔 모호한 발표를 했는데, 수신 지령 해석 부대는 그 뜻을 알아듣기 쉽게 풀이해주었다. "아직 풀어야 할 원한이 아주 많습니다."

"예전보다 틈새로 숨어들기가 아주 쉬워졌잖아." 사니가 참을성 있게 설명했다. "공화국이 통일되어 있던 시기에는 신분 추적이 쉬웠지. 하지만 공화국이 끝장난 뒤로 독립적인 조직체가 엄청나게 많아졌단 말이야. 그중에는 대화하려 들지 않는 곳도 있고. 그런 조직체의 자료 모델은 이행성(移行性)이 아니야. 따라서 지금 이 우주에는 자료 모델 불일치가 너무 많고, 우린 그걸 정규화할 수가 없어."

사니가 한 말의 뜻은 이랬다. 이즈 공화국은 촉진 후 문명에 있어 가장 중요한 공통 서비스를 제공했다. 그 공통 서비스란 시간과 인증이었다. 시간 기준이 없으면 같은 금융 상품이 다른 장소에서 동시에 실행되지 않는다는 걸 보장할 수가 없었다. 인증이 없으면 육체 A 속에 있는 인물이 신분 A의 소유자라는 걸 확신할 수가 없었다. 우주여행 시대 이전에는 시간 문제가 해결하기 쉬웠다. 당시의 시간은 지리에 종속되는 기능이었고 네트워크 연결과 무관했기 때문이다. 그때는 사람을 추적하기도 쉬웠다. 당시 사람들은 종족과 성별과 나이 등을 즉시 바꿀 수 없었기 때문이다. 그 중요성은 사람을 대상으로 하는 중죄를 예방하는 데에서 그치지 않았다. 시간과 인증이 없으면 돈이나 법 집행 같은 사소한 것들이 아예 작동하지 않는 것이다.

이즈 공화국이 산산조각이 난 지금, 그 뒤를 잇는 조직체들은 시간 기반을 공유하지 않고 있었다. 따라서 그 틈새로 들어가 사라지는 행위가 가능했다. 조직체 B로 가려고 조직체 A를 떠난 불행한 이주민이 출발 당시와 다른 육체를 가리키는 정신을 갖고 목적지에 도달했다고 해보자. 그때 그 이주민이 갖고 여행한 모든 인증 수단들이 본래의 신분과 연결되어 있다면? 조립게이트 방화벽 간에 절대적인 신뢰가 없다면 우리는 큰 문제에 봉착할 터였다. 그래서 우리는 바깥세상으로 나가 일상 업무로 돌아가는 대신 군사 공간 속 음침하고 작은 방에 모여서 토론을 하고 있었다.

"귀환자들도 큰 문제를 일으킬 거야." 사니가 덧붙였다. "그냥 숨어 살고 싶은 개인을 얘기하는 게 아니야. 그런 사람들은 보통 숨어서 새 신분을 만들고 전쟁 기억을 지우고, 새 인생을 살겠지. 하지만 잡아 죽여도 시원치 않을 범죄자들 역시 전부 다 그런 생각을 할 거야. 내일이면 완전히 다른 사람이 될 수 있다고! 우리가 직면한 모순은 이런 거야. 이적 행위를 했던 자들이 과거 행적을 전혀 기억하지 못한다면, 그런 자들을 학대하는 데에 과연 의미가 있을까? 직무 유기자들이라면 계속 거짓말을 하도록 내버려두는 게 최선이라고 봐. 하지만 조직적인 전범 집단들은 진짜 심각한 문제가 될 거야. 그놈들이 조직을 유지하면서 기억에 매달린다면 모든 게 다시 시작될 수 있으니까. 트래픽을 분석하면 그놈들 떼거리를 처벌할 수 있겠지. 하지만 어딘가에 신분 조합기를 준비해뒀다면? 깨끗한 신분을 대량으로 만들고 외떨어진 조직체에 들어가서 범죄자들과 뒤섞인다면? 그 조직체에 육체들이 드나들면 무슨 일이 벌어질까? 그놈들은 방화벽을 관장할 경우 무슨 짓이든 할 수 있다고. 정치적인 협잡을 벌일 수 있다는 거지."

"그럼 그런 일들을 조사하면 되겠군요." 앨이 제안했다.

나는 그를 노려보고, 약 2초 동안 자신을 억누른 다음 입을 열었다. 앨은 종종 이해가 느렸다. "작금의 조직체들이 어떤 생각을 하고 있는지는 그 한마디로 잘 설명할 수 있겠군." 내가 지적했다. "하지만 우리는 모든 곳의 통제권을 확보하지 못했어. 직접 통신할 수 있는 네트워크 내에서 벌어지는 큐리어스 옐로우의 협동을 무력화한 것뿐이니까. 완전히 청소하려면 그것보다 더 나아가야 한다는 얘기지."

"그럼 어떻게 하자는 거죠?" 앨은 미소를 지을 수 있는 얼굴을 만들지 않고 상형 문자로 즐거움을 표시했다. "이 작업은 아직 진행 중이잖습니까. 악당들을 한데 모으면 어떻게 처리할지 생각해보시는 게 어떨까요?"

# 14
# 병원

건조한 상태를 귀로 들을 수 있었다. 입에서는 파란 맛이 났다. 그리고 나는 발기했다. 입술을 핥아보니 입이 바짝 말라 있었고 그 안에서 뭔가 죽은 맛이 났다. 그리고 나는 발기할 수가 없었다. 그럴 만한 물건이 없었으니까. 지금 내가 겪고 있는 건 중증…기억상실이었다. 나는 그 사실을 깨달으며 눈을 떴다.

나는 거칠게 풀을 먹인 흰색 시트를 덮은 채 이상한 소켓이 붙어 있는 흰색 벽을 보고 있었다. 침대 양쪽에는 빛바랜 녹색 벽걸이들이 모여서 커튼을 구성하고 있었다. 누군가 나에게 등 부분이 세로로 갈라져 있는 이상한 가운을 입혀 놓았다. 그 가운도 녹색이었다. 이게 병원이군. 나는 눈을 감고 공황 상태에 빠지지 않으려고 애를 쓰면서 그렇게 생각했다. 여긴 어떻게 온 거지? 하지만 공황을 참는 것만으로는 아무 정보도 얻을 수가 없었다. 나는 숨을 헐떡이며 일어나 앉으려고 애를 썼다.

몇 초가 지나자 현기증이 사라졌기 때문에 나는 한 번 더 시도해

보았다. 심장이 마구 뛰었다. 속이 뒤집혔고 머리 앞쪽이 아팠다. 나는 해파리처럼 나약해진 기분이었다. 그러는 동안 공황 상태가 다시 내 주의를 빼앗으려고 꿈틀대기 시작했다. 누가 날 이리로 데려왔지? 유어돈이라면 나를 보자마자 죽였을 텐데! 침대 프레임에는 고리가 있었고 그 고리에는 버튼이 있는 상자가 매달려 있었다. 나는 상자를 집어 들고 적당히 버튼을 눌렀다. 그러자 다리가 올라갔다. 이게 아니야! 10초 뒤 나는 등 밑부분의 침대가 솟아오른 상태로 불편하게 앉아 있었다. 그 자세에서는 압박감이 생겨 복부가 불쾌했다. 그래도 수직 상태를 유지하자 마음이 아주 조금 편안해졌다. 주변 환경을 조금이나마 통제할 수 있다는 생각 때문이었다. 하지만 더 큰 불안감이 다시 스멀스멀 기어 올라왔다.

아, 정원사가 있었지. 나는 다시 기운이 빠졌다. 머릿속에서 형성되던 설명이 안갯속에 갇히면서 상황이 이해되질 않았다. 정원사가 날 이리로 데려왔나? 그런데 여긴 어디지? 이 침대는… 나는 여러 침대 가운데 한 곳에 누워 있었다. 침대들은 하얗고 천장이 높은 방의 벽을 따라 줄지어 있었다. 반대쪽 벽 높은 곳에는 창문들이 늘어서 있었다. 창문 너머로 파랗고 하얀 하늘이 흘끗 보였다. 주위에는 용도를 알 수 없는 장비들이 흩어져 있었다. 어떤 침대 옆에는 보관함이 있었고… 방 반대편 끝에 있는 침대에는 사람이 있는 것 같았다.

나는 눈을 감고 거부할 수 없는 공포감의 무게를 맛보았다. 나는 아직 유리감옥 속에 있었다. 그 사실을 깨닫자 구역질이 솟았다.

하지만 힘이 없어서 아무것도 할 수가 없었다. 게다가 나는 혼자가 아니었다. 신발이 바닥을 때리는 소리가 들리더니 누군가가 나를 향해 이동하며 말했다. "네 시에 끝납니다." 감정이 실리지 않은 목소리였기 때문에 나는 좀비일 거라고 예상했다. "상담자는 저녁에 들를 겁니다. 환자가 약해진 상태이니 심한 자극은 피해주십시오."
커튼이 뒤로 젖혀졌다. 하얀 가운을 입고 머리에 이상한 장식을 얹은 여성 좀비가 눈에 들어왔다. 좀비가 나를 바라보았다. "방문객이 왔습니다." 좀비가 단조롭게 말했다. "무리하지 마십시오."
"어." 나는 간신히 말하고 머리를 돌려 누가 왔는지 보려고 힘을 주었다. 하지만 상대방은 아직 커튼에 반쯤 가려 잘 보이지 않았다. 나는 악몽을 꾸는 기분이었다. 괴물이 나를 향해 기어온다는 사실을 알고 있는 상태에서….
"아, 이거 우리 사서가 아니십니까!"
나는 생각했다. 염병할, 저 목소리는! 그와 동시에, 거의 심통을 부리는 것처럼, 피오르가 커튼을 피해 돌아 나오더니 침대의 난간에 몸을 기댔다. 그의 얼굴에는 어리벙벙하고 정중한 표정이 떠올라 있었다. 저자가 어떻게 이 자리에 있는 거지? "어딜 가는 중이었는지 얘기해줄 수 있겠습니까?"
"아뇨." 나는 간신히 이를 갈지 않고 말했다. "딱히 어딜 가는 건 아니었어요." 악몽이 나를 따라잡았고, 절망의 웅덩이가 나를 집어삼키겠다고 위협하고 있었다. 저자들은 나를 붙잡은 다음 갖고 놀려고 다시 데려왔던 것이다. 나는 속이 뒤집히고 몸이 뜨거워졌다.
"어디 봅시다, 리브." 그의 태도는 말 그대로 지나치게 상냥했다. 그는 한 손으로 내 이마를 짚었다. 나는 그의 손이 축축하고 차갑다는 사실을 알아챘다. "오, 이런. 열이 있군요." 그는 내가 몸부림을 치기 전에 손을 치웠다. 나는 몸을 떨었다. "왜 곧장 이리로 데려왔는지 알겠습니다."
나는 이를 악물고 최후의 일격을 기다렸다. 하지만 피오르는 다른 생각이 있는 것 같았다. "나는 모든 양을 보살펴야 하는 목자이기 때문에 여기 너무 오래 머물 수가 없습니다. 당신은 확실히 병에 걸렸군요." 그는 병이라는 말을 이상하게 강조했다. "최근 들어 이상하게 행동한 것도 그걸로 전부 설명이 됩니다. 하지만 다음에 벽을 기어 올라가고 싶다는 생각이 들면 먼저 나를 찾아와서 얘기를 나눕시다." 그는 잠깐 말에 힘을 실었다. "훗날 후회할 만한 일은 하면 안 되지요."

나는 몸을 떨면서 간신히 시선을 옮겼다. "난 후회하지 않아요." 피오르는 왜 나를 갖고 노는 것일까?

"어허!" 그는 내 말을 인정하지 않는 것처럼 잠시 혀를 찼다. "당연히 후회하고 있을 겁니다! 인간은 후회하는 존재니까요. 하지만 우리는 어쩔 수 없이 주어진 것을 최대한 즐길 수밖에 없습니다. 안 그렇습니까? 당신은 이 작은 교구에서 있을 곳을 찾고 적응하기까지 오래 걸렸습니다. 그래서 그런 상황을 예의주시하던 우리 쪽 사람들이 걱정하고 있었지요. 나는… 솔직히 말해도 될까요? 나는 당신이 고질적으로 분열을 초래하는 악영향을 미칠까 봐 근심했습니다. 그런데 내 생각과 반대로 당신은 좋은 의도에 따라 행동했습니다. 그리고 이웃을 돌봤지요." 그의 턱밑으로 진의를 파악할 수 없는 표정이 스쳐 지나갔다. "그래서 나는 당신의 행동을 선의로 해석하기로 했습니다. 이제 쉬세요. 대화는 나중에 또 나누도록 하고. 건강해진 다음에 말입니다."

그는 뚱뚱한 몸을 곧게 펴고 몸을 돌리기 시작했다. 등골로 냉기가 지나갔기 때문에 나는 한 번 더 떨었다. 내가 자신을 죽였다는 사실을 모르는 것처럼 굴고 있잖아! 나는 피오르가 여러 개의 복사체를 운영한다는 사실을 알고 있었다. 하지만 그것들은 분명히 서로를 인지하고 있었을 것이다. 아마도 망통신을 이용해서. 그러면 도대체 왜….

"저기." 나는 간신히 말했다.

"예?"

"저기." 문장을 만들기가 어려웠다. 나는 정말로 열이 났다. "그건 도대체, 도대체…."

"난 시간이 많지 않습니다!" 그는 귀찮은 것처럼 언성을 높이고 콧소리를 냈다. 그가 옷의 주름을 폈다. "간호사? 간호사!" 그는 목소리를 낮추고 내게 말했다. "남편을 불러오라고 사람을 보내겠습니다. 할 얘기가 아주 많을 테니까요." 그는 말을 마치고 몸을 돌린 다음 허우적거리듯 이동하더니 다른 환자가 누워 있는 침대로 향했다.

나는 어느새 턱을 덜덜 떨고 있었다. 열 때문이었는지, 그렇지 않으면 시커멓고 막을 길 없는 분노 때문이었는지는 모르겠다. 난 널 죽였단 말이다! 그런데 그걸 모르고 있어? 간호사가 원시적인 진찰 도구를 움켜쥐고, 실용적인 신발을 신고 요란하게 발소리를 내며 다가왔다. 그리고 나는 몸이 엄청나게 안 좋다는 사실을 깨달았다.

좀비 간호사는 차가운 유리 막대를 귀에 넣어 보고, 가까이 다가서서 내 눈을 들여다보는 등 진찰을 했다. 그리고 병을 꺼내더니 사탕처럼 보이는 물체를 한 알 건넸다. 하지만 실제 맛은 역겨웠다. 병원은 진짜 암흑시대의 시설과 비슷하게 설정되어 있었지만 사혈기나 심장 이식이나 그에 준하는 야만적인 행위가 한계인 것 같았다. 나는 사탕처럼 생긴 물체가 꽤 큰 비용을 들여서 만든, 내 신진대사에 괴상한 무작위적 효과를 끼치도록 합성한 약일 거라고 짐작했다. "수면을 취하십시오." 간호사가 설명했다. "당신은 아픕니다."

"추, 추워." 내가 작은 소리로 말했다.

"수면을 취하십시오. 당신은 아픕니다." 간호사는 몸을 숙이더니 그리 촘촘하게 제조되지 않은 담요를 끌어올려 주었다. "수분을 많이 섭취하십시오." 옆에 있는 탁자에 놓인 컵은 텅 비어 있었다. 하지만 어차피 나는 몸이 너무 떨려서 담요 밑에 있는 손을 뺄 수도 없었다. "당신은 아픕니다."

정말 그랬다. 팔과 다리뿐 아니라 모든 관절이 다 함께 비명을 지르고 있었다. 지금 당장은 내 것이 아니었으면 좋겠다는 생각이 들 만큼 아픈, 엄청난 양의 근육도 그 비명에 합세하고 있었다. 머리가 지끈거렸고 추워서 죽을 것 같았으며 속이 별로 좋지 않았다. 의식 상실과 기억상실 증세도 여전히 남아 있었다. "난 어디가 잘못된 거지?" 내가 말했다. 그 말을 꺼내는 것도 여간 힘들지가 않았다.

"당신은 아픕니다." 좀비가 같은 말을 반복했다. 좀비와 말싸움을 해봐야 아무 소용이 없었다. 그 안에는 아무도 없었고, 마음 이론도 없었고, 그저 반사 작용과 미리 저장된 대화 목록만 있을 뿐이었다.

"누구에게 물어보면 되지?"

좀비 간호사는 몸을 돌렸다. 내 질문이 새 응답을 끌어낸 것 같았다. "상담자가 오늘 저녁 여덟 시에 방문할 겁니다. 모든 질문은 상담자에게 하십시오. 환자분은 약해진 상태이니 지나치게 신경을 써서는 안 됩니다. 수분을 많이 섭취하십시오." 좀비는 조금 전에 시야에서 사라졌던 물병을 손에 들고 병실 반대편으로 가져가더니 잠시 뒤에 돌아왔다. "수분을 많이 섭취하십시오."

"알았다고…." 나는 몸서리를 치고 담요 속에서 몸을 웅크려보았다. 많은 걸 물어봐야 한다는 생각이 어렴풋이 떠올랐다. 사실 내가 정말로 해야 할 일은 억지로 침대에서 내려간 다음 머리카락에 불이라도 붙은 것처럼 달리는 것이었다. 하지만 지금 상태로는 내 힘으로 물을 마실 수만 있어도 대단한 일일 것 같았다.

나는 누워서 천장을 바라보았다. 분노와 수치심이 뒤엉키며 치솟았다. 피오르를 죽였던 건 상상이었을까? 그렇지 않다. 기억이 생생했으니까. 하지만 다른 기억들도 마찬가지였다. 대량학살과 끝없이 이어지는 전쟁의 기억도 그만큼 생생했다. 그리고 내 기억에는 사실이 아닌 것도 있었다. 그렇지 않은가? 내 발성 기관을 통해서 또 다른 목소리에게 말하던, 자동실행되던 기억이 그랬다. 내가 잘못 기억한 게 아니라면, 그건 분명 내가 아니었다. 그건 내게 이식된 상태로 작동하던, 수정된 웜이었다. 난 점점 더 자신을 믿을 수가 없었다. 기억상실이 계속 발생하기 때문에 더욱 그랬다.

"그렇지?" 내가 물었다. 나는 다시 눈을 떴다. 그러자 샘이 깜짝 놀랐다.

그는 피오르가 서 있던 자리에서 몸을 내밀고 있었다. 나는 한동안 기억을 잃었다는 사실을 즉시 깨달았다. 계속 추웠지만 이제 그 원인은 고열이 아니었다. 시트가 땀으로 축축했다. 창문으로 들어오는 빛을 보건대 저녁때가 다가오고 있었다. "리브?" 샘이 걱정스럽게 물었다.

"샘." 나는 손을 들어 그에게 내밀었다. 그가 내 손가락들을 감싸주었다. "나 아파."

"소식 듣자마자 왔어. 피오르가 사무실로 전화했더라고." 그는 약간 충격을 받은 것 같았다. 그의 눈에는 불안감이 담겨 있었다. '어떻게 된 거야?"

나는 다시 몸서리를 쳤다. 축축한 시트가 나를 괴롭히고 있었다. "나중에." 말은 그렇게 했지만, 사방에 감시의 눈이 있으므로 지금은 말할 수 없다는 뜻이었다. "물 좀 줘." 입이 바짝 타들어 갔다.

"계속 기억상실 증상이 생겨."

"간호사가 상담자 얘기를 하던데." 샘이 말했다. "한타 박사라고 했어. 이따가 널 보러 올 거래. 괜찮아질 것 같아? 어디가 아픈 거야?"

나는 샘의 손을 최대한 강하게 움켜쥐었다. "나도 몰라." 그가 물잔을 건넸고, 나는 물을 마셨다. "의심 가는 바가… 아니야. 확실하지 않아. 내가 얼마나 오래… 잠들어 있었지?"

"아까 왔을 때는 날 못 알아보더라고." 샘이 말했다. 그는 둘 중 한 사람이 물에 빠져 죽기라도 하는 것처럼 내 손을 잡고 있었다. "날 못 알아봤다니까."

"기억상실이 점점 심해져." 내가 말했다. 나는 입술을 핥았다. "세 번이었어." 아니, 네 번이었다. "오늘만 해도 그랬어. 이유를 모르겠어. 계속 기억이 떠오르는데 그 가운데 어느 정도나 실제 기억인지 확실하지가 않아. 내 생각엔." 나는 피오르를 죽였다고 말하기 전에 입을 다물었다. 정말로 죽였지만, 신부가 그 사실을 모를 수도 있었기 때문이다. "탈출한 것 같았어. 그런데 눈을 떠보니까 여기더라." 나는 눈을 감았다. "피오르는 내가 아픈 거라고 했어."

"내가 뭘 해주면 될까?" 샘이 애처롭게 물었다. "널 어떻게 고칠 수 있지? 여긴 조립게이트가 없는데…."

"여긴 암흑시대 기술을 써." 그를 꽉 붙들고 있다 보니 손이 아팠다. 나는 어쩔 수 없이 힘을 뺐다. "그 시절에는 사람을 분해하고 재구축하지 않았어. 약과 수술을 이용했지. 손상된 조직을 그대로 남겨 두고 수선했고."

"그건 미친 짓이잖아!"

나는 약하게 킬킬거렸다. "내 말이 그 말이야. 상담자라는 건 바로 의사를 가리키는 거야." 의사는 기이하고 퇴화한 단어였고 이제는 과거와 뜻이 같지 않았다. 이 감옥 바깥에 있는 진짜 세상에서 의사는 학자이고 조사하는 사람이지 인간 두뇌를 만지는 기술자가 아니었다. 나는 자기 복제를 하는 유기체가 어떻게 작동하는지 아는 사람이 하나도 없고 연구할 요소가 있던 진짜 암흑시대에도 그런 의미였을 거라고 생각했다. "그자는 내게 무슨 문제가 있는지 알아내고 고치려 할 거야. 이곳 지하실에 의료 조립게이트가 없는 거로 볼 때…." 나는 끔찍한 생각이 떠올랐기 때문에 그의 손을 움켜쥐었다. 그자들이 의료용 조립게이트를 갖고 있다면, 그건 아마 큐리어스 옐로우에 감염되어 있을 것이다. "나를 거기에 못 집어넣게 막아줘!"

"어디에 집어넣는다는 거야? 왜 그래, 리브? 리브, 또 기억상실이 왔어?"

주변 사물들이 회색으로 변했다. 그가 내게 몸을 내밀었고, 나는 그의 귀에 대고 속삭였다. "***." 그러자….

절박하면 필요성이 생기게 마련이었다.

앨과 사니를 만나 위원회 회의를 한 뒤 5년이 지났다. 많은 것들이 바뀌었다. 예를 들어 내가 달라졌다. 나는 더 이상 군사 표현형이 아니었다. 사니도 마찬가지였다. 우리는 이제 시민이었다. 군 경험이 있는 소체들은 전역하면서 혼란스러운 재건의 순환 속으로 흘러들었고 이즈 공화국의 미래가 되었다.

다시 인간이 되는 건 낯설었다. 정규형이든 다른 형이든 마찬가지였다. 나를 구성하던 상당 부분이 유실됐기 때문이다. 전쟁이 터진 다음 나는 서커 호에 갇혀서 약 한 세대를 보냈다. 그때의 나는, 나라는 인물이 품고 다니던 것과 내 머릿속에 들어 있던 것만으로 한

정되어 있었다. 그러다가 군용이 되고 나서는 정체성을 구성하는 요소 일부를 버려야 했다. 임무 중에는 이유를 분명히 알 수 없는 것들도 있었다. 어떤 것들은 이해할 수 있었지만(전쟁 중 적의 파벌에게 고통을 가하고 상처를 입히느라 발생하는 양심의 가책은 억눌러 둬야 한다), 뚜렷한 의미가 없고 비약이 심한 것도 있었다. '고마운 지속성' 모드의 서커 호에 승선했던 동안 남겨 둔 기록에 따르면, 나는 산업화 이전 시대의 바로크 음악에 오랫동안 심취해 있었다. 하지만 지금은 선율 한 토막도 기억나질 않는다. 나는 결혼도 다시 했고 아이도 가져봤다. 하지만 그 시기의 기억이나 감정이 남아 있질 않아서 혼란스러울 따름이었다. 어쩌면 그건 깊은 슬픔에 대한 반작용일 수도 있고 아닐 수도 있었다. 하지만 나는 이제 제대를 했고, 애착을 두고 반응했던 모든 것들로부터 탈출하는 경로를 취한 다음 표류했다. 나를 붙잡고 유지해줄 수 있는 것은 새 일거리뿐이었다.

라인바저 캣츠는 중요 인적 자원을 모은 집단이었다. 전역 후 확인해보니 내가 받은 급료는 상당했다. 신중하게 운용하면 두 번 다시 일할 필요가 없을 만한 금액이었다. 적어도 수십 년 동안은. 전쟁은 돈이 되는 사업이었다. 승자 측에 속해 있다면, 그리고 전쟁 동안 정신을 놓아버리지 않을 수만 있다면.

나는 군사 공간을 떠났고 (민간 사회에서 재조합되기 전에, 복잡한 익명성 재조합 네트워크를 이용하고 단방향 검열 게이트를 통과해서 군사 모듈을 벗겨내는 과정을 거친 다음) 리크텐스타인 인지 공화국에서 어정쩡한 남성 젊은이로 재조립되었다. 어정쩡한 존재가 된다는 것에 대해서는 할 말이 많았다. 특히 생식기 없이 몇 해를 살아온 뒤에는 더욱 그랬다.

리크텐스타인은 활기차고 냉소적인 풍자 작가들의 개척지였다.

그들은 아주 복잡했지만 대부분 예술적 원시주의로 회귀하곤 했다. 그곳은 시각 필터를 사용해서 모든 것을 검정 필치로 그려내고, 신체를 채색하는 게 관습인 곳이었다. 그들의 인생은 머시니마* 상태를 지향하고 있었다. 그건 이상한 존재 방식이었지만, 나는 늘 자신이 탱크라는 초유령 자각을 갖고 살다가 그런 삶을 접한 터라 친숙하고 편안했다. 그래서 리크텐스타인의 갤러리와 살롱을 전전하면서 다른 거주자들과 재치 넘치는 대화나 믿기 힘든 이야기를 나눴다. 또한 남는 시간이 많았기 때문에 목욕탕이나 부유시설에 자주 들렀다. 나는 절대 같은 인물로 같은 몸에 두 번 들어가지 않는다는 원칙을 세우고 있었다. 하지만 그렇게 익명성을 유지하고, 되는대로 산다 해도 눈물을 흘리는 연인들까지 피할 수는 없다는 사실을 깨달았다. 인구의 절반가량이 누군가를 잃고 방황하고 있었으며, 세상을 탐색하고 있었다.

겉으로 보기에 나는 처음 사오십 일 동안 목표를 두지 않고 살았다. 하지만 속으로는 전쟁 비망록 형태의 결과물을 낼 수 있는 작업을 하고 있었다. 그 작업이란 단일 시점을 도발적으로 장려하고, 객관성이라는 허울을 씌우지 않는 구식 텍스트를 연재하는 일이었다. 하지만 대외적으로는 저축에 의지해 살아가고 있었다. 전역자 관리청은 보안성이 좋은 위장 신분을 제공해 주었다. 위장 신분에 따르면 나는 장자상속제를 따르는 조직체 출신이며, 송금을 받아 방탕하게 살고 있었고, 젊은 시절에 고향을 떠나 그다지 완고하지 않은 (그리고 정치성이 농후한) 생물계에 머문 적이 있었다. 그런 설정을 유지하는 건 어렵지 않았다. 하지만 마음속 깊은 곳에서는 그처럼 하

* 게임 엔진이나 컴퓨터 그래픽을 이용한 짧은 애니메이션

찮고 의미가 부족한 인생이 불안했다. 나는 중요한 일을 하며 살고 싶었다. 그리고 여러 해 동안 사니의 원조를 받아 내가 추진해오던 프로젝트를 생각하면, 익명성은 어쩔 수 없이 필요했다. 설사 내가 유명해진다 해도 그건 내 활동 때문일 뿐, 내 이름과는 무관할 터였다. 방탕한 생활이 도를 더해가면서 나는 일종의 우울증 상태로 빠져들어 갔다.

그러던 어느 날 아침 나는 침대 옆에 있는 항성계 모형이 시끄럽게 트럼펫 소리를 내는 바람에 잠을 깼다. 손님이 찾아왔다는 뜻이었다.

나는 내가 누구이고 어디에 있는지 상기했다. 나는 엄청나게 아팠다. 바로 그 순간 한타 박사가 작고 차가운 놋쇠 원반을 내 가슴 한복판의 맨살에 대고 눌렀다. "아우!"

"심호흡하세요." 그녀가 별로 불친절하지 않은 어조로 지시했다. 두꺼운 안경알 너머에서 졸린 올빼미 같은 눈이 끔뻑거리고 있었다. "아, 다시 의식의 영토로 돌아왔군요?"

나는 대답을 하려다가 갈라진 목소리로, 발작적으로 기침했다. 경련이 일어나고 근육이 굳으면서 갈빗대 부근이 아팠다. 한타는 청진기를 치우면서 살짝 뒤로 물러섰다. "알았어요." 그녀가 말했다. "잠깐 기다려줄게요. 물 한 잔 줄까요?"

기침이 잦아들면서 나는 그녀가 침대의 등 부분을 올려놨다는 사실을 깨달았다. "예, 주세요." 나는 몸을 떨었고 힘이 없었지만, 이제는 죽을 것처럼 춥지는 않았다. 그녀는 물잔을 내밀었다. 나는 간신히 물을 흘리지 않고 받아 들었다. 하지만 손이 위험할 정도로 떨렸다. "내가 무슨 병에 걸린 거죠?"

“그걸 알아보러 온 거예요.” 한타는 몸집이 작은 여성이었다. 나보다도 작았다. 피부는 까무잡잡했지만, 피오르처럼 자줏빛이 도는 갈색은 아니었다. 머리카락은 짧았고 곧 노화가 닥칠 것을 암시하는 회색 흔적에 덮여 있었다. 그녀의 눈가에는 주름이 있었다. 그녀는 앞면을 단추로 잠그는 기묘한 흰색 오버코트를 입고 있었고, 직업을 상징하는 고대 상징물을 갖고 있었다. 상징물이란 카두세우스*와 청진기였다. 그녀는 청진기의 입 부분을 내 가슴에 대고 문질렀다. 그녀는 동료 성직자 두 사람과 정반대로, 친절하고 편견이 없고 신뢰가 가는 인상이었다. 하지만 아름다움은 진실이 아니었고, 내 직감은 그녀에 대해 경계심을 풀지 말라고 경고를 하고 있었다. “열병이 얼마나 지속됐죠?”

“열병이라뇨?”

“뜨거웠다가 추워지는 증상 말이에요. 몹시 춥고 몸이 떨렸다가 너무 뜨거워지길 반복하는 현상을 얘기하는 거예요. 식은땀도 날 테고.”

“아, 그러니까 대략….” 나는 인상을 찡그렸다. “오늘이 무슨 요일이죠? 내가 여기 얼마나 있었죠?”

“여섯 시간이에요.” 한타가 참을성 있게 대답했다. “오후에 이리 들어왔어요.”

나는 발작적으로 몸을 떨었다. 피부가 얼어붙는 것 같았다. “그때보다 한두 시간 전부터 이랬어요.”

“피오르 의사 신부한테 들었어요. 벽을 기어 올라갔다더군요.” 그

* 그리스 신화에서 헤르메스가 들고 다니는 지팡이. 뱀 두 마리가 지팡이를 감싸고 있다. 본래 의술을 상징하는 것은 아스클레피오스의 지팡이지만 혼용되는 경우도 있다.

녀가 중립적이고 직업적인 어조로 말했다. 비난하는 기색은 없었다.

나는 침을 삼켰다. "그때부터 이랬어요."

"운이 좋군요." 한타는 수수께끼 같은 미소를 짓고는 내가 입고 있는 환자용 가운을 끌어내리고 왼쪽 어깨에 청진기를 댔다. "잠깐만요. 금방 끝나요. 흠." 그녀는 청진기에 박혀 있는 결정체를 들여다보더니 눈살을 찌푸렸다. "이건 정말 오랜만에 보는데… 아, 미안해요." 그녀가 몸을 폈다. "이 부근에서 벽을 기어오르는 행동은 안전하지 않아요. 인근 생물계 중에는 유기설계가 통합되지 않은 곳도 있거든요. 질량비 유지 구역에는 접촉 금지 신호를 발산하지 않는 뉴클레오타이드 틀을 모조리 먹어치우는 복제기가 있어요. 당신에겐 그런 장치가 없고요."

나는 한 번 더 침을 삼켰다. 입이 이상할 정도로 타들어 갔다. "뭐라고요?"

"과정은 모르겠지만, 기계 해충류에 감염됐다는 뜻이에요. 열이 나는 건 면역 체계가 아직 그걸 억제하고 있기 때문이고요. 기계적 융해 작용이 시작되기 전에 발견해서 다행이지만…, 어쨌든 유전자 배열 순서를 알아내는 대로 고쳐줄게요."

"음." 나는 한 번 더 몸서리를 쳤다. "그랬군요."

"괜찮을 거예요. 벽 안쪽을 기어 올라가지 말라는 말은 안 해도 되겠죠?" 나는 고개를 흔들었다. 발각될까 봐 두려워했던 게 부끄러울 지경이었다. "좋아요." 그녀는 내 어깨를 두드렸다. "또 시도할 생각이 들거든, 부탁이니까 먼저 나를 찾아와요. 불행한 사고가 또 일어나면 안 되니까." 그녀는 조심스럽게 청진기를 떼더니 카두세우스에 감았다. 뱀이 감긴 지팡이와 청진기가 결합하면서 조그맣게 찰칵 소리를 냈다. "항로봇 처치를 해줄 거예요. 그럼 즉시 건강해질 테고요."

한타 박사는 코트를 추스르고 침대 옆에 있는 의자에 걸터앉았다. "이건 좀 안 어울리는 역할 아닌가요?" 나는 과감하게 물어보았다. 피오르나 유어돈이 그런 질문을 받았다면 내 머리를 물어뜯었을 것이다. 하지만 한타는, 신뢰할 수는 없다 해도 그들보다 접근하기 쉬워 보였다.

"실수를 안 하는 사람은 없어요." 그녀가 다시 미소를 지었다. 약간 초자연적이고 아주 솔직한 미소였다. 마치 나도 공감할 법한 농담을 듣고 웃는 것 같았다. 나는 그럴 만한 요소가 뭔지 알 수 없었지만. "이 실험의 진실성은 내게 맡겨두세요." 그녀는 내 의견을 무시하는 손짓을 했다. "물론 신부들이 보고 있지 않은 곳에서는 걱정할 수도 있겠죠. 규칙을 악용하는 사람들도 있을 테고요. 하지만 그런 건 정상이에요. 여기 있고 싶지 않은 사람도 있을 거예요. 계약서에 서명하고 나서 생각이 바뀐 사람도 있을 테고요. 내가 할 수 있는 말은, 참가자들이 결과에 실망하지 않도록 최선을 다하겠다는 거예요." 그녀는 뭔가를 가늠하려는 것처럼 눈썹을 추켜세우며 나를 바라보았다. "이렇게 규모가 큰 실험을 하는 건 쉽지 않아요. 그리고 우리도 실수를 해요. 내가 그 이상 뭐라고 말할 수 있겠어요? 우리 중에는 다른 사람보다 실수를 더 많이 하는 사람도 있어요." 그녀는 그렇게 말하면서 살짝 혐오하는 표정을 지었다. 그걸로 모든 걸 설명하는 것 같았다. 그녀는 내게서 공감을 끌어내려 하고 있었다. 나는 그보다 더 나은 판단을 내리고 있었음에도 반사적으로 고개를 끄덕였다.

"하지만 그런 실수들이…." 나는 말을 해도 될지 확신이 서질 않아 입을 다물었다.

"말해봐요." 그녀가 몸을 내밀었다.

"캐스는 어떻게 됐죠?" 나는 힘을 끌어모아 물어보았다.

지금까지 열려 있고 친근했던 한타의 표정이 바닥에 있는 문처럼 닫혀버렸다. "그건 왜 묻죠?"

나는 또 한 번 입술을 핥았다. "마실 것 좀 주세요." 그녀는 의자에서 내려선 다음 침대를 돌아가서 물병에 남은 물을 컵에 따르고는 아무 말도 없이 내게 건넸다. 나는 물을 마셨다. "그것도 피오르가 사소한 실수를 한 건가요." 나는 본래 가볍게 말할 생각이었으나 말투에서 비아냥이 뚝뚝 떨어졌다.

"아, 그래요." 한타는 두리번거리더니 병실 반대편을 쳐다보았다. 나는 커튼 때문에 그쪽을 볼 수 없었다. 나는 몸서리를 쳤다. 이번에는 열병 때문이 아니었다. "나라면 사소하다고 표현하진 않을 테지만요." 그녀가 건조한 목소리로 말했다. 그 속에는 내가 얼굴을 마주 보고 있지 않아서 다행이라고 생각할 만한 무언가가 숨어 있었다. 하지만 다시 나를 쳐다보는 그녀의 얼굴은 완전히 보통 때로 되돌아와 있었다. "캐스는 괜찮을 거예요."

"믹은요?" 내가 물었다.

"그 문제는 논의 중이에요."

"논의 중이라. 에스더와 필에게 일어난 일은 미리 논의됐던 건가요?"

"리브." 사실 그녀도 속이 상한 것 같은 표정을 지을 만큼 뻔뻔한 인물이었다. "그건 아니에요. 누군가 계산을 완전히 잘못했던 거예요. 연구자들은 원시 시대의 자료를 다시 확인해봤고, 그, 에스더와 필의 행동이 당시에 그리 드물지 않았다는 사실을 알아냈어요. 당신 말이 맞아요. 그 일이 일으킨 결과가, 음, 사람들이 저지른 일이….

피오르 소령은 군중의 분위기를 잘못 판단했어요. 그런 일은 두 번 다시 없을 거예요. 우리도 이번 경험을 통해 배운 게 있으니까요. 그리고…." 그녀는 침을 꿀꺽 삼킨 다음 커튼 쪽을 향해 아주 살짝 고개를 끄덕였다. "부부의 사이가 나빠지면 공식적으로 사회의 승인을 받고 결별할 수 있는 절차가 마련될 거예요. 우리는 사악한 사람들이 아니에요. 우리는 이 실험을 장기적으로 이어가고 있다고요. 사람들이 불행해지면, 모든 사람이 불행해지면 조직체가 순조롭게 유지될 수 없어요. 그러면 실험도 실패할 테고요."

실험이 실패할 거라고? 나는 그녀를 쳐다보며 의구심을 품었다. 진심으로 하는 말인가? 피오르와 유어돈은 아주 냉소적이었다. 그래서 이 실험을 진심으로 믿는 사람이 존재한다는 사실을 알고 나는 깜짝 놀랐다. 그리고 좀비 경찰이 길에서 옷을 벗은 사람을 어떻게 처리하는지 알았던 때처럼, 그녀의 정직함에 화들짝 놀라서 갑자기 얼이 빠졌다. "어. 무슨 얘기인지 알 것 같군요." 나는 고개를 흔들고 얼굴을 찡그렸다. 목이 아팠다. "하지만 믹이 있는 한 우리 중 누군가는 끝내 행복하지 못할 거예요."

"아, 믹 문제는 어떤 식으로든 처리할 거예요." 카두세우스가 신호음을 울렸다. 한타는 그것 때문에 조바심을 내며 말했다. "심리적인 손상은 치료할 수 없을 거예요. 아마 백업에서 복원할 필요는 없을 테고요. 지금 시점에서 보자면 다행이죠. 하지만 믹의 동기 부여 체계는 처음부터 다시 설계해야 할 거예요." 그녀는 지팡이에 매달린 뱀의 머리를 보며 인상을 찡그렸지만, 그 이상은 설명하지 않았다. "캐스는… 괜찮아질 거예요. 지금 당장은 육체적인 손상을 치료하고 있지만, 몸이 좋아지면 어떤 인물이 되고 싶은지 물어볼 거예요." 그녀는 잠깐 침묵했다. "그 정도 수준으로 손상을 입은 환자를 대할 때 대부분의 의료 협회들은 총체적인 기억 수술을 처방해요. 아니면 간단히 현재 복제본을 종료시키고 백업에서 복원하죠. 나는 그녀의 의견을 듣지도 않은 상태에서 그렇게 심각한 조치가 승인을 받을 거라고 생각하지 않아요."

그녀는 다시 입을 다물었다. 나는 잠시 후 그녀가 나를 지켜본다는 사실을 깨달았다. "뭐가 잘못됐나요?"

"당신이 겪는 의식상실에 관해 얘기하려고요."

"의식… 뭐요?" 나는 반응을 자제했지만, 바보처럼 굴기에는 너무 늦은 상황이었다.

한타 박사가 한쪽 눈썹을 들어 올리고 팔짱을 꼈다. "알다시피 난 멍청하지 않아요." 그녀가 다른 사람에게 말을 거는 것처럼 시선을 돌렸다. "여기 있는 사람들은 우리가 고용하기 전에 하나같이 편집 조정과 경험 축소를 거쳤어요. 이 조직체에 의료 감독관이 있는 건, 여러 가지 이유가 있겠지만, 정체성 위기가 발생할 때를 대비하기 위해서예요. 사람들은 대부분 과거에 어떤 사람이었는지, 왜 기억 수술을 받았는지 어렴풋하게 느끼고 있어요. 가끔은 기억을 못 하는 사람도 있지만요. 기억을 너무 깊이 묻어서 그게 뭐였는지 아예 모르는 거예요. 고통스러운 기억이겠죠. 하지만 난 보통 그런…. 흠! 당신은 이 병동에 들어온 뒤로 기억을 두 번 상실했어요. 알고 있어요? 두 번째 기억상실이 일어나는 동안 당신 남편과 얘기를 해봤어요. 기억상실이 점점 더 자주 일어난다더군요."

그녀는 자신을 끌어안는 것처럼 팔짱을 꽉 낀 채로 나를 향해 몸을 내밀었다. "나를 달가워하지 않는 사람의 일에 무례하게 끼어드는 건 싫지만, 당신은 정말이지 도움이 아주 절실하게 필요한 상태예요. 당신은 병원에서 투여한 반응 억제제에 부작용을 보이는 것 같아요. 세부 검사를 안 한 상태라 장담할 순 없지만, 당신은 일종의 위기 상태를 향해 나아가는 걸 수도 있어요. 과장하긴 싫지만, 최악의 경우에 당신은… 음, 당신 자신을 구성하는 것들을 완전히 상실할 수도 있어요. 예를 들면, 자가 면역 체계에 그런 문제가 생기면 선행성 기억상실이 오게 돼요. 자료를 보니 당신은 보체계통에 체험 업그레이드를 했더군요. 베이스식 인식 장치는 잘못된 대상을 공격할 수가 있어요. 새 기억 구조가 아예 자리를 못 잡는 거죠. 혹은 단순히 이전에 받았던 기억 편집이 엉망이라 누수가 발생하고 무작위적으로 종합적인 기억상실이 발생하는 걸 수도 있어요. 그러면 시간이 지나면 괜찮아질 거예요. 그 과정은 즐겁지 않겠지만. 하지만 당신 스스로 문제가 있다고 인정하지 않는다면 앞으로 어떻게 될지 알려줄 수가 없고, 치료도 조금밖에 할 수가 없어요."

"아." 나는 시간이 지난 다음에야 뜻을 파악했다. 하지만 한타는 놀라울 만큼, 내가 생각에 잠긴 동안 잘 기다려주었다. 내가 아무것도 모르는 사람이었다면 그녀가 정말로 나를 좋아한다고 맹세할 수도 있었을 것이다. "문제는." 나는 어디까지 얘기해야 할지 모른 채 입을 열었다. 그러자 냉기가 척추를 주물렀고, 나는 미친 듯이 몸을 떨었다.

"문제점을 터놓는다는 건…." 한타가 카두세우스를 들어 올렸다. "고통스러울 거예요. 하지만 그건 잠깐이에요. 그리고 기계 전염병에 잡아먹히는 것보다는 낫죠." 그녀는 카두세우스로 내 어깨를 가리키면서 희미하게 미소를 지었다. 나는 지팡이에 있는 독사가 살에 닿자 인상을 찡그렸다. 독사가 내 순환계에 보조제를 투입하고 '전염병'을 처리할 수 있도록 인공 면역 체계를 업그레이드하기 시작하자 어깨가 조금 따끔거렸다. 나는 얼굴을 찡그리지 않으려고 애를 썼다.

"감염은 시간이 지나면 사라질 거예요. 하지만 감염체가 빨리 적응하면서 로봇살균 바이러스를 이기는 수준까지 진화할 위험성도 있어요. 그래서 밤새워 지켜볼 생각이에요. 어디까지나 관찰 목적이에요. 치료가 잘 되면 내일이면 건강해져서 집에 갈 수 있을 거예요. 회복이 필요하니 일주일 동안 일을 쉬어야 한다고 보고해둘 생각이에요. 그리고 기억 문제에 관해 내가 했던 말을 잘 생각해봐요. 아침에 상태를 보러 올 테니까 그때 얘기해보자고요."

뱀 머리들이 나를 봐주었다. 그것들은 한타가 일어서는 동안 지팡이로 되돌아가 휘감겼다. "푹 자도록 해요!"

당연한 얘기지만 나는 전혀 잠들 수 없었다.

처음에는 냉기에 몸을 떨었고, 가끔 숨을 들이켜는 걸 잊었다가 원시 반사 때문에 헐떡거리면서 공기를 잔뜩 빨아들이기를 반복했다. 그러는 가운데 어느 정도 시간이 흘렀다. 호흡 정지가 걱정될 경우 잠을 잔다는 건 말도 안 되는 행위였다. 그래서 나는 여흥 삼아 하루 동안 있었던 일을 머릿속에서 되새겨보았고, 절망적으로 겁을 먹는 지경에 이르렀다. 대동맥혈 덩어리가 유령처럼 벽에 투사됐고, 피오르를 죽였다는 죄책감의 그림자가 어른거리면서…. 피오르? 그는 내가 자신을 죽였다는 걸 모르고 있잖아! 그 사건 전체가 환각이었단 말인가? 미친 듯이 통로를 기어 올라간 일은 절대 환각이 아니었다. 지나치게 학대당한 팔 근육이 불타고 있었으니까. 사제와 의사는 다들 그 사실을 알고 있었다. 그들이 찾아왔다는 것 자체가 상상의 산물이 아니라는 얘기였지만. 나는 기계 감염 및 정체가 불분명한 정신적 위기와 동시에 싸우고 있었다. 그러니 머리가 이상해졌다고 의심하는 것도 당연하지 않은가?

병실 조명은 어두침침했다. 창문을 통해 엿볼 수 있는 하늘은 점점 보랏빛으로 바뀌고 있었고, 여기저기 붙박여 있는 발광성 점들이 깊은 물웅덩이를 통과하며 굴절된 것처럼 이상하게 빛나고 있었다. 저자들은 내가 큐리어스 옐로우와 도서관 지하실에 있는 조립 게이트의 존재를 안다는 걸 모를 거야. 나는 속으로 생각했다. 그들은 그저 내 정신이 붕괴했고, 그것 때문에 벽을 기어오른 거로 생각했겠지. 고대인들은 그런 증상을 해리성 둔주라고 부르지 않았던가? 나는 기계 해충류에 감염되었고, 피오르는 나를 치료하려고 한타를 불렀다. 그는 교회에서 이 일을 언급하지 않을 것이 분명했다. 실험의 완성도를 저하할 수 있으니까. 어쩌면 그들의 말이 맞을 수도 있었다. 피오르를 죽였다는 사실이 상상에 불과할 수도 있었다. 나는 단순히 심각하게 억눌린 기억의 조각을 떠올리고 있는 게 아니었다. 나는 잘못된 삭제 작업의 잔해를 이용해서 스스로 거짓 기억들을 합성하고, 그 조각들을 모아 이야기를 지어내고 있었다. 캣츠에 몸담았던 시절의 기억은 그저 한때 플레이했던 게임의 추억을 떠올린 게 아니었을까? 줄거리와 인격 모델이 있는 다중 접속 체감 세계라면…. 게임에 참여했던 기억은 없지만, 중독 증상을 없앨 생각이었다면 가벼운 기억 삭제로 그런 증상을 날려버리겠다고 생각했을지도 모른다.

나는 그런 것들을 물어볼 만한 사람이 없다는 사실을 깨달았다. 샘에게 물어본다고 가정해보자. 샘이 라인바저 캣츠라는 이름을 들어본 적이 없다 한들 그 단체가 존재하지 않는다는 근거로 삼을 수는 없었다. 모든 사람이 기억 삭제 시술을 받았으니까! 목이 타지만 않으면 낄낄거리며 웃고 싶었다. 나는 리브다! 그리고 가짜 기억을 잔뜩 만들어 내서 자신을 괴롭히고 있다! 무형 공화국의 복도에서 나를 추격해왔던 남자는 실존 인물일까? 칼을 들고 나를 불러냈던 미친 여자는? 나는 단 한 번도 제대로 본 적이 없는 적으로부터 도망치고 있었다. 곁눈질로 흘끗 본 것 같다는 이유만으로. 마치 맹시에 시달리는 것과 비슷했다. 맹시란 이상한 신경성 증상이다. 맹시를 겪는 사람은 눈에 보이지도 않는 사건을, 추측을 통해 시야에서 감지할 수 있었다. 어쩌면 나는 위험한 적의 기지를 추적하는 정보요원일 수도 있었고… 그냥 환자일 수도 있었다. 한때 게임으로 실제 삶을 대체했다가 이제 그 대가를 치르고 있는 아픈 여성에 불과할 수도 있었다.

나는 눈을 뜬 채 누워서 새벽을 맞이했다. 그리고 오한이 사라졌다는 사실을 불현듯 깨달았다. 몸이 아프고 힘이 없었지만 그런 증상은 오랜 시간 동안 등반하면 생길 수 있었다. 나는 누워 있으면서 병실 안에 떠다니는 미묘한 소음들을 알아챘다. 에어컨에서 나오는 작은 백색 소음, 시계가 째깍거리는 소리, 조용하게 흐느끼는….

흐느끼는 소리라고?

나는 몸을 곧게 일으켰다. 시트와 담요가 몸에서 떨어졌다. 공포심과 더불어 신비로운 안도감이 동시에 머릿속에서 요동쳤다. 캐스를 구해야 한다는 생각과 더불어서, 캐스가 여기 있다면 내 기억은 진짜라는 생각이 떠올랐고, 그렇다 한들 모든 기억이 진짜라는 뜻은 아니라는 생각이 이어졌다. 그리고 마지막으로 떠오른 건, 그게 진짜일 경우 캐스는 분명히….

"씨발." 나는 반사적으로 중얼거렸다. 나는 침구를 끌어 올리고 겁먹은 아이처럼 몸을 웅크렸다. 엄지손가락을 빨고 싶었다. "난 아직 준비가 안 됐어." 너무 작게 말하다 보니 아무 소리도 나지 않았다. 혼잣말로 진심을 드러낼 때는 조용히 말해야 한다. 진실은 부끄럽고 마음을 아프게 하니까. 나는 한타가 한 말을 돌이켜 보았다. '몸이 좋아지면 어떤 인물이 되고 싶은지 물어볼 거예요.' 그녀는 기억 수술을 제대로 할 능력이 있을까? 나는 곰곰이 생각해보았다. 제대로 실력을 갖춘 의무사제가 간접적이나마 연구진에 참여하지 않는다면 그게 더 놀라울 것이다. 그거야말로 실험 조직체가 사소한 윤리적 곤란함을 미리 방지할 수 있는 최고의 예방책이었으니까(또는 비밀 군사 시설에 발생할 수도 있는, 사소한 침입 문제에 대한 예방책이기도 하지. 나 자신도 더는 전적으로 신뢰할 수 없는, 거짓을 지어내고 냉소적인 나 자신이 그렇게 덧붙였다).

나는 다시 누웠다. 흐느낌은 한동안 계속되었다. 그리고 좀비 간호사가 신발 소리를 내며 문제의 침대로 다가가는 소리가 들렸다. 속삭이는 목소리와 한숨 소리가 나더니 코골이가 이어졌다. 하얀 유령 같은 간호사가 내 침대의 발치에서 멈춰 서더니 희미한 달걀꼴 얼굴을 들이밀었다. "필요한 것 있으십니까?" 간호사가 물었다.

나는 고개를 저었다. 거짓말이었다. 하지만 내가 필요한 건 그렇게 얻을 수가 없었다.

결국, 나는 잠이 들었다.

# 15
## 회복

다음 날 아침은 떨어진 꽃병처럼 산산이 조각난 상태에서 시작됐다.

"또 기억을 잃었어. 리브, 네 상태가 점점 안 좋아져." 그는 커다란 손으로 내 작은 손을 감싸고 있었다. 내 손은 힘없이 창백했다. 그는 엄지로 내 손목을 쓰다듬었다. 그의 눈을 들여다봤더니 슬픔이 담겨 있었기 때문에 나는 이유가 뭔지 궁금해서….

액체 금속으로 이뤄진 뱀 머리 두 개가 내 손목을 물었다. 나는 비명을 지르면서 몸을 빼냈다. 뱀 머리들이 진정제를 주사하자 손이 얼얼했다. 뱀 머리 지팡이를 들고 있는 여인은 여신이었다. 그녀는 피부가 금빛이었고 눈이 불타고 있었다.

나는 다시 탱크였다. 정확히 말하자면 나는 다수의 탱크였고, 얼어붙을 것 같은 밤을 뚫고 적의 거주지를 향해 강하하고 있었다. 이게 더 나중에 벌어진 일이었던가? 나는 가상계 인터페이스 연결을 끊고 머리를 흔든 다음 주위를 살피다가 오락실에 있는 다른 플레이어를 바라보았다. 그러자 속삭이는 내 목소리가 들려왔다. "그건 이렇지 않았는데…."

거친 종이 위에는 거위 깃털이 음각으로 새겨져 있었고, 펜대는 인간의 뼈로 만들어진 물건이었다. 처음에는 아무것도 기억하지 못할 거야. 만약 기억이 난다면 놈들이 경험 벡터를 분석해서 너를 위험요소로 분류할 수 있거든.

"오늘 아침엔 상태가 너무 안 좋군요. 보조약이 효과를 발휘해서 감염은 확실히 해결됐는데…. 이래서는 하등 쓸모가 없어요."

"그럼 어떻게 할까요? 이러다가는 완전히 선행성 기억상실 상태에 빠져 버릴 위험이…."

래피어를 그의 배에서 뽑아내자 창자가 숨 막히는 악취를 뿜었다. 그는 결투장에서, 멸종한 비행 포유류의 대리석 조각상 밑에 있는 장미 덤불 사이에 누워 있었다. 나는 갑자기 경악했다. 그는 내가 사랑할 뻔했던 사람이었다.

"고정시켜요."

"안 돼요! 본인이 동의하지 않은 상태에선 그럴 수 없어요."

누군가의 손목을 감싸고 있는 손에 힘이 들어갔다. 거의 아플 정도로. "지금은 동의할 수 있는 상태가 아니에요. 눈이 있으면 좀 보라고요. 경련을 시작하면 어떡하려고 그래요?"

나는 다시 탱크였다. 공포가 그득한 가운데 반복 작업을 하고 있었다. 내 복사체 둘이 비명을 지르는 여인을 붙들고 있었고, 나는 칼을 휘둘러 그녀의 목을 관통했다. 내 격자형 발가락 밑으로 피가 떨어지고 있었다.

나는 날고 있었다. 뼈가 부러진 탓에 엄지손가락이 격하게 노래를 불렀고, 나는 얼간이처럼 떨어지고 있었다. 아래쪽에서는 요란한 소리를 내는 폭포수의 신선한 물 냄새가 올라왔다.

"그만해." 누군가 중얼거리는 소리가 들렸다. 내 입술엔 피가 맺혀 있었다. 입술을 꿰뚫을 정도로 깨물고 있었기 때문에. 여러 대의 탱크에 제압당하고 있는 건 나였다. 코앞에 눈이 불타는 여인이 있었고, 그 뒤에 나를 사랑하는 남자가 있었다. 그의 이름이 뭔지는 기억나지 않았지만.

뱀 두 마리가 다시 깨물더니 세차게 빨아들였다. 그리고 태양이 어둠에 뒤덮였다.

재시작:

누군가 내 오른손을 붙잡고 있다는 사실을 알았다.

그리고, 무한에 가까운 시간이 지나고, 나는 그가 아직도 내 손을 붙잡고 있다는 점을 깨달았다. 인내심이 대단한 사람이었다. 나는 여전히 침대에 누워 있었고, 주변이 아주 밝았기 때문이다. "몇 시야?" 나는 일하러 가야 한다는 생각에 조금 당황하면서 물었다.

"진정해. 점심시간이 다 됐어. 그리고 모든 게 다 잘 됐어."

"다 잘 됐다니…." 샘이 내 손을 움켜쥐었다. "여기 얼마나 있었던 거야?"

"얼마 안 됐어."

나는 눈을 뜨고 그를 쳐다보았다. 그는 침대 옆 의자에 앉아 있었다. 나는 얼굴을 찡그렸거나, 웃었거나, 그런 반응을 보였다. "거짓말."

그는 웃지도 않았고 고개를 끄덕이지도 않았다. 하지만 물이 흐르듯 그에게서 긴장이 빠져나갔다. 그는 긴장감이 다 사라지자 축 늘어졌다. "리브? 기억이 나?"

나는 왼쪽 눈구석에 있는 먼지 같은 것을 없애려고 빠르게 눈을 깜빡였다. 기억이 나느냐니…. "난 많은 걸 기억하고 있어." 나는 그렇게 대답했다. 그 기억 중 진실이 어느 정도인지는 별개의 문제였다. 기억을 정리하려 시도만 해도 머리가 아팠다! 나는 탱크였다. 나는 죽음을 동경하며 방탕하게 살아가는 생체비행사였다. 슬픈 게임 플레이어일 수도 있었고, 신분을 완전히 숨긴 요원일 수도 있었다. 하지만 그 모든 가능성은 하나같이 어리석었고 현실성이 떨어졌다. 그보다는 나를 둘러싼 것들이 내게 말해주는 모든 사실이, 내가 신경쇠약에 걸린 작은 마을의 사서라는 사실이 덜 어리석었고 더 그럴듯했다. 나는 앞으로 한동안 그쪽을 믿고 따르기로 했다. 나는 물에 빠지고 있는 것처럼 샘의 손을 꽉 붙잡았다. "얼마나 심각했어?"

"오, 리브. 정말 심각했어." 그는 나를 향해 몸을 내밀고 나를 끌어안았다. 나도 최대한 힘을 주어 그를 안았다. "최악이었어." 그는 떨고 있었다. 그 점을 깨닫자 걱정이 점점 커졌다. 나를 이 정도로 걱정한 건가? "널 잃어버리는 줄 알고 무서웠어."

나는 그의 목 밑에 얼굴을 묻었다. "그런 거 아니니까 걱정하지 마." 이제는 내가 그를 잃을 수도 있었다는 생각 때문에 존재론적인 공포를 느끼며 몸을 떨었다. 샘은 지난주부터 나를 붙잡아주는 닻이 되었고, 요동치는 정체성의 물결 속에서 피난처가 되었다. "난… 흠. 오늘은 머릿속이 조금 복잡하네. 뭐가 어떻게 된 거야? 언제 내 소식을…?"

"난 최대한 빨리 왔어." 그가 내 귀에 대고 중얼거렸다. "어젯밤에 전화가 왔는데 병문안은 안 된다고 하더라고. 시간이 너무 늦어서." 그가 긴장했다.

"그리고?" 나는 답을 재촉했다. 남은 얘기가 더 있다는 느낌이 들었다.

“넌 열이 났어.” 그는 아직 긴장하고 있었다. “한타 박사는 중대한 고비라고 했고. 고정제를 처방해야 했는데 네 승낙이 필요하다고 했어. 난 그런 건 상관없으니 처방하라고 했는데 거절하더라고.”

“고정제라니? 뭘 고정하는데?”

“네 기억들.” 그는 더 긴장했다. 나는 몸이 차가워지는 걸 느끼면서 그를 놓아주었다.

“고정제가 무슨 작용을 하는데?”

뒤쪽에 있던 한타 박사가 대답했다. 나는 그녀를 보려고 몸을 돌렸다. “기억은 여러 가지 방식으로 부호가 돼요. 시냅스 연결의 경중 차이로 남기도 하고, 서로 다른 신경 연결의 경중 차이가 되기도 하죠. 당신이 가장 최근에 겪은 기억 삭제와 편집에는 문제가 있었어요. 그래서 경험들이 솟구치기 시작했고요. 그런 현상 때문에 강화된 면역 체계가 경고를 보내기 시작했어요. 그런데 기계성 감염에 노출되는 바람에 상태가 더 심각해졌어요. 연상작용의 결과가 통합될 때마다 내생성 로봇살균 바이러스는 그걸 기계성 감염으로 간주하고 신경 세포를 죽이려 들었죠. 장기 연상작용을 형성하는 능력이 빠르게 상실되고 있었어요. 다른 말로 표현하자면 뇌 손상이 진행되고 있었다는 얘기죠. 고정제는 보통 기억 편집의 마지막 단계에서 사용해요. 난 그걸 이용해서 뚫고 나오는 옛 기억들을 재정규화하고 삭제했어요. 미안하지만 이제는 옛 기억을 다시 꺼낼 수 없을 거예요. 이미 통합시켰던 건 남아 있겠지만 다른 것들은 영원히 사라졌어요.”

샘은 나를 붙잡은 손에서 힘을 빼고 있었다. 나는 의사를 바라보며 그에게 몸을 기댔다. “내가 정신을 조작해도 좋다고 허락했나요?” 내가 물었다.

한타는 말없이 나를 바라볼 뿐이었다.

“허락했냐고요!” 나는 같은 질문을 반복했다. 정신이 나갈 것만 같았다. 내 뜻과 상관없이 그랬다면 이건….

“했어.” 샘이 말했다.

“뭐?”

“박사는…, 넌 상태가 아주 심각했어.” 그가 다시 내게 다가왔다. “박사는 너에게 상황을 설명했어. 나한테도. 난 처방을 하라고 했어. 하지만 박사는 그럴 수 없다고 했지. 그런데 네가 섬망 상태에 빠졌어. 중얼거리기 시작하길래 박사가 너에게 물었지. 넌 그러라고 대답했어.”

“하지만 기억이 안 나는데….” 나는 입을 다물었다. 그런 것 같은 기억이 났다. 하지만 확신할 수가 없었다. “아.”

나는 한타를 쳐다보았다. 그녀의 얼굴에 떠오른 표정을 읽을 수 있었다. 나는 그녀를 오랫동안 쳐다보았다. 그리고 간신히 고개를 끄덕일 수 있었다. 아주 살짝. 하지만 그걸로 충분했다. 그리고 우리 모두 동시에 안도의 숨을 내쉰 것 같았다. 나는 그러는 동안에도 계속 생각하고 있었다. 젠장, 이젠 내가 어디서 왔는지 알아낼 방법이 없는 거지? 하지만 처방을 받지 않았을 경우 발생할 상황보다는 낫겠지. 공격에 대해서는 정확히 기억나지 않지만, 그 사이에 있었던 일은 기억이 나니까. 그 결과도…. 그건 앞뒤가 맞는 얘기잖아. 아마 그게 내 삶의 새 줄거리겠지. “훨씬 나은 것 같아.” 나는 조심스럽게 말했다.

샘이 웃었다. 그 웃음은 히스테리와 정상 상태의 경계에 생생하게 걸쳐 있었다. “몸이 좋아졌다고?” 그는 다시 나를 끌어안았다. 나도 곧바로 그를 마주 안았다. 한타는 미소를 지었다. 복잡한 상황이 해결돼서 안도하는 것 같았다. 의심이 많고 편집증적인 나의 일부분은 훗날 다시 생각해보기 위해 그녀의 웃음을 기록해 두었다. 하지만 비밀 요원인 나조차도 한타가 겉으로 보이는 그대로의 인물이고, 윤리적 전통을 따르는 사람이며, 그 무엇보다 환자를 최우선으로, 진심으로 생각하는 사람이라고 결론을 내릴 참이었다. 피오르나 유어돈은 그녀보다 훨씬 못한 사람이었지만, 최소한 셋 가운데 한 사람이 그렇다는 것도 나쁘지는 않았다.

"그럼 나는 언제 집에 갈 수 있죠?" 나는 기대감에 차서 물었다.

나는 그날은 물론이고 다음 날 저녁까지 병원에 붙들려 있었다. 병원 생활은 지루했다. 그 지루함의 연쇄를 끊어주는 건 흰옷을 입고 음식과 의료 용구와 암흑시대 약물을 실은 수레를 끌고 다니는 유령들뿐이었다.

아직도 열이 나고 통증이 있었다. 그리고 기운이 없었다. 하지만 나는 혼자 일어서서 화장실에 갈 만큼 회복됐다. 나는 화장실에 갔다가 돌아오는 길에 나와 같은 병동에 있는 또 다른 환자의 침대를 가리고 있던 커튼이 젖혀진 걸 알아챘다. 주변을 살펴보니 간호사는 보이지 않았다. 나는 마음을 정하고 그 침대에 다가갔다.

환자는 캐스였다. 그녀는 엉망이었다. 중합체 튜브가 그녀의 두 다리를 발부터 허벅지까지 감싸고 있었다. 철사가 그녀의 다리를 들어 올리고 있다 보니 그녀가 덮고 있는 이불이 골을 만들고 있었다. 얼굴에 있는 멍은 나아가는 중이라 흉측한 황록색으로 변했고, 눈부근만이 예외였다. 그녀의 눈은 부어있는 동시에 공허해 보였고, 눈꺼풀은 힘없이 닫혀 있었다. 그녀는 여전히 여윈 상태였고, 반투명 봉지에 가득 찬 액체가 관을 통해 그녀의 손목으로 천천히 방울져 들어가고 있었다.

"캐스?" 내가 작은 소리로 말했다.

그녀가 눈을 뜨더니 나를 보았다. "그어어." 그녀가 말했다.

"뭐라고?" 그녀가 살짝 움찔거렸다. 등 뒤에서 발소리가 들렸다. "캐스, 너 괜찮은 거야?"

좀비 간호사가 다가왔다. "환자에게서 물러서 주십시오. 환자에게서 물러서 주십시오."

"캐스는 상태가 어때?" 내가 물었다. "캐스에게 무슨 짓을 한 거지?"

"환자에게서 물러서 주십시오." 간호사가 말했다. 그리고 좀비의 다른 반사 행동이 작동하기 시작했다. "모든 질문은 의료 담당자에게 하셔야 합니다. 협조해 주셔서 감사합니다. 침대로 돌아가 주십시오."

"캐스…." 나는 한 번 더 불러보았다. 대규모 기억 수술의 결과가 눈송이처럼 내 정신을 뚫고 떨어지면서 닿는 것들을 모조리 얼려버렸다. 나는 두려웠다. "캐스, 너 괜찮아?"

"침대로 돌아가 주십시오." 간호사가 위협적으로 내게 손을 대며 말했다.

"간다고, 간다니까." 나는 부상을 입고 측은한 상태인 캐스를 뒤로하고 발을 끌며 이동했다. 나는 한때 그녀가 케이라고 생각했고, 그녀에게 집착했다. 진짜 케이는 늘 옆방에서 자고 있었는데. 그때 캐스는 악몽 속에 살고 있었다.

나는 그 시점에서 윤리적인 문제에 봉착한 것 같았다. 한타는 나쁘지 않았다. 하지만 피오르 및 유어돈과 협력하고 있었다. 그녀는 어떤 인물일까? 나는 인지부조화 때문에 얼굴을 찡그리고 머리를 흔들었다. 한타는 불법 기억 수술을 하고, 희생자의 머릿속에 동의했다는 기억을 심는 사람일까? 나는 한 번 더 머리를 흔들었다. 한타가 그랬을 거라고 진심으로 믿진 않았지만, 확신할 순 없었다. 시술이 끝나고 나서 환자가 의사에게 동의했다면 그것도 직권 남용일까?

밝고 햇빛이 가득한 화요일 아침이었다. 한타가 서류판을 들고 오더니 침대 옆에 앉았다. "자!" 그녀가 생생하고 만족스럽게 웃었다. "정말 잘했어요, 리브. 회복이 아주 잘 진행되고 있어요. 이제 집에 가도 될 것 같아요." 그녀는 펜을 들더니 서류판에 주석을 달았다. "아직 회복하는 중이니까 앞으로 며칠 동안은 절대 무리하지 말아요. 최소한 앞으로 일주일 동안은 일하러 가면 안 되고요. 가능하면 그다음 월요일까지 쉬는 게 좋아요. 이걸 갖고 있다가 일하러 갔을 때 제니스에게 주세요. 고용 공제 증명서예요. 조금이라도 이상이 있거나 어지럼증이 생기거든 즉시 병원에 전화하세요. 그럼 구급차를 보낼게요."

"정신을 못 차리고 환각을 보면 구급차도 별 도움이 안 될 텐데요." 나는 애매하게 물었다.

한타가 헝클어진 자신의 머리카락을 매만져 정리했다. "우리는 조직체 이주민을 계속 늘리는 중이에요." 그녀가 말했다. "구급대원은 다음 주나 돼야 도착할 테고요. 추가 기술을 업그레이드해서 이식해야 하거든요. 하지만 2주가 지난 다음부터는 구급차를 부르거나 간호사를 만나거나 경찰을 호출할 경우, 좀비가 아니라 사람을 만나게 될 거예요." 그녀가 병실을 흘끗 살펴보았다. "솔직히 말하면 시간이 더 많이 걸릴 것 같지만요."

"내가 물어보려는 건…." 나는 그 문제를 어떻게 꺼내야 할지 몰라서 말끝을 흐렸다. 하지만 한타 박사는 내가 무슨 얘기를 할지 알고 있었다.

"그때 구급차를 부른 건 잘한 일이에요." 그녀가 단호하게 말했다. "그건 확실해요." 그녀가 강조의 뜻으로 내 팔을 만졌다. "하지만 좀비는 예외 상황에서 도움이 안 돼요." 그녀는 살짝 한숨을 쉬었다. "일을 배워갈 수 있는 인간 조수가 있으면 훨씬 나아지겠죠."

"이 조직체를 얼마나 확장할 거죠?" 내가 물었다. "처음 설명을 들을 당시에는 구성원이 열 명인 집단을 열 개 만들 거라고 했어요. 하지만 경찰과 구급대원을 갖추려면 그걸로는 분명히 부족할 텐데요?"

그녀가 놀란 표정을 지었다. "맞아요. 참가자 백 명은 그저 점수를 재정규화할 수 있는 비교군의 규모예요, 리브. 그게 단일 교구죠. 우리는 참가자들이 서로 알게 되는 과정을 통제하고 있어요. 그래서 열 개 집단을 한 교구로 묶었죠. 하지만 참가자들은 이제 거의 적응했어요. 다음 주에는 복합체를 열고 모든 이웃을 한꺼번에 연결할 거예요. 그러면 YFH 조직체가 정말로 존재하게 되는 거예요! 아주 재미있을 거예요. 모르는 사람들도 만나게 될 테고, 그러면 좀비의 숫자도 아주 많이 줄어들 거예요."

"우와." 나는 공허한 목소리로 말했다. 머리가 빙글빙글 돌았다. "이웃을, 음, 얼마나 많이 연결할 생각이죠?"

"아, 서른 교구쯤 돼요. 그 정도면 소도시를 구성할 수 있어요. 우리가 설정한 모델에 따르면 그게 안정적인 사회를 구성할 수 있는 최소 규모예요."

"그렇게 많은 인원을 파악하는 건 보통 일이 아닐 텐데요." 내가 천천히 말했다.

"말도 말아요." 한타 박사가 일어서서 흰색 코트의 주름을 폈다. "모든 걸 다 파악하려면 내 몸이 최소한 두 개는 더 있어야 한다니까요." 헝클어진 곱슬머리가 그녀의 목깃 뒤에 걸렸다. "자, 당신이 괜찮다면 이제 난 가봐야겠어요. 집에 가고 싶거든 아무 때나 퇴원해도 돼요. 접수대에 있는 간호사에게 알려주기만 하세요. 궁금한 게 더 있나요?"

"네." 나는 다급하게 말했다. 그리고 잠시 머뭇거리다가 물었다. "내가 고비였을 때, 혹시라도…. 그러니까, 조금이라도 바꿔버리고 싶은 생각이 들지 않았나요? 고정 알고리즘을 처방하는 것 말고요."

한타의 커다란 갈색 눈이 나를 주시했다. 그녀는 생각에 잠긴 것 같았다. "저기, 변화가 필요하다고 판단되는 사람들의 정신을 전부 바꾸려고 했다가는 시간이 부족해서 다른 일을 하나도 못할 거예요." 그녀가 미소를 지었다. 이어 그녀의 표정이 차갑게 바뀌었다. "게다가 당신이 의심하는 건 상당히 미심쩍은 행위예요, 윤리적인 견지에서요, 브라운 부인. 내 대답은 두 가지예요. 첫째, 내가 환자 개인을 어떻게 평가하는지와 별개로, 나는 환자의 이익에 반하는 일은 절대로 하지 않아요. 그리고 둘째, 난 당신에게 실망했어요. 잘 가요."

그녀는 몸을 돌리고 가버렸다. 이제 진짜로 발을 뺄 수가 없게 됐군. 나는 낭패감 때문에 속이 불편했다. 나라는 인간은 이놈의 입 때문에…. 나는 그녀를 따라가서 사과하고 싶었다. 하지만 그러면 오해를 눈감아달라고 요청하는 꼴이 되고 말 것이다. 멍청하기는. 나는 속으로 생각했다. 그녀의 말이 맞았다. 피실험자의 이익을 최우선으로 생각하는 의료 감독관이 없다면 이런 조직체를 운용할 수 없을 터였다. 그런데 나는 방금 연구자 가운데 내 편이 될 수도 있는 유일한 인물의 심기를 건드렸다. 그녀라면 내가 더 잘 적응하도록 도와줄 수 있었을 텐데 나는…. 젠장, 젠장, 젠장.

이제 병원에서 할 일은 단 하나도 남지 않았다. 나는 일어서서 샘이 어젯밤에 갖다 준 가방 속을 뒤져보았다. 속옷과, 꽃무늬가 그려진 옷과, 끈이 달린 샌들이 들어 있었다. 하지만 그는 내 핸드백을 잊었다. 뭐 어때, 이 정도로 신경을 쓴 것도 대단한 일이지. 나는 단정하게 차려입은 다음 한타 박사가 병동을 떠날 때까지 한참을 기다렸다가 접수대로 향했다. 나는 가는 길에 다른 병동을 지나쳤다. '산부인과'라고 적힌 병동이었다. 수개월 뒤면 북적거릴 장소였지만 지금은 음울할 정도로 텅 비어 있었다. 나는 경쾌한 걸음으로 접수대에 도착했다. "퇴원할 거야." 내가 말했다.

데스크에 있던 좀비가 고개를 끄덕였다. "리브 브라운 부인이 스스로 병원을 떠나십니다." 좀비가 웅얼거렸다. "좋은 하루 되십시오."

병원은 대로에 붙어 있었고, 상점가와 기다랗게 늘어선 사무실 건물들 사이에 있었다. 날씨는 화창했고 푸근했다. 밖으로 나오자 내 마음도 붕 떠올랐다. 기분은 좋았고 텅 빈 것 같았으며, 깃털처럼 몸이 가벼웠고, 세상일은 조금도 걱정되지 않았다! 지금 당장은 그렇겠지. 고집 센 나 자신의 일부분이 음침하게 투덜거렸다. 늘 경계를 늦추지 않던 나 자신조차도 어깨를 으쓱하고 한숨을 쉬는 것 같은 느낌이었다. 그래, 오늘 하루는 쉬면서 회복하자고. 피오르는 정말로 나를 처벌하지 않았다. 그 점에서는 한타 박사에게 감사하고 있었다. 덕분에 나는 정말로 선택의 여지를 얻었다. 나는 피할 수 없는 일을 피하려고 계속 발길질을 하고 버둥거릴 수 있었다. 또는 집에 가서 며칠 동안 쉬면서, 게임을 계속하고 정착할 수도 있었다. 그러면 피오르와 점수 창녀들이 내게 원치 않는 주의를 기울이는 걸 피할 수 있겠지. 그리고 즐거운 척하면서 문제를 생각해볼 수 있었다. 나는 이 상황을 게임으로 간주할 생각이었으니까. 그뿐만 아니라, 젠을 다시 대면하고 싶은 생각이 들 경우, 그녀와 똑같은 방식으로 물리치는 게 최선이라는 생각도 들었다. 탈출 방법은 나중에 언제라도 다시 생각해볼 수 있을 것이다. 게다가 나는 샘과의 관계를 정말로 회복하고 싶었다. 편집증과 근심 때문에 우리 두 사람이 멀어지는 건 정말이지 싫었기 때문이다.

택시를 타고 집에 오기까지 세 시간이 걸렸다. 지나가다가 '숙녀의 미용실'에 들러서 머리를 매만지고, 백화점까지 들렀기 때문이었다. 미용실과 백화점의 직원들은 아직 전부 좀비였기 때문에 불편했다. 하지만 적어도 좀비들은 방해를 하진 않았다. 그리고 나는 어차피 옷을 더 사야 했다. 내가 그날 입었던 옷이 어떻게 됐는지 모를뿐더러, 최신 유행 의상을 입는 건 쉽고 바람직하게 점수를 올리는 방법이었다. 그리고 그 옷은 지금 당장 입을 수 있었다. 나는 새 의상을 두어 벌 사면서 화장품 매장에 들렀다. 화장품 매장에는 사람이 없었고, 샘을 놀라게 해주자는 생각이 들었기 때문에 나는 좀비 점원이 인간 같지 않은 속도로 화장을 해주는 동안 기다렸다. 암흑시대 사람들은 재조립 나노 조립게이트는 사용하지 않았지만, 천연물을 이용해 외모를 바꾸는 방법은 아주 잘 알고 있었다. 점원이 화장을 끝낼 때쯤 거울을 보니 내 얼굴을 거의 알아볼 수 없을 정도였다.

아직 몸은 완전히 회복되지 않았다. 예상보다 훨씬 빨리 지치기 시작했다. 그래서 나는 쇼핑을 끝내고 구입한 물건을 배달시켜놓고 택시를 타고 집에 갔다. 집은 내가 예상했던 그대로 난장판이었다. 도서관에서 일하는 동안 청소를 의뢰했던 업체가 들르긴 했지만, 그들은 매주 한 번씩 오는 게 전부였다. 샘은 더러운 접시들을 주방에 쌓아두었고, 빈 잔들은 거실에 남겨 두었다. 나는 그것들을 무시하고 피해 다니려 했지만 30분이 한계였다. 내가 어느 정도 정착할 생각이라면 그것들을 처리해야 했다. 내가 맡은 역할의 일부였으니까. 그래서 나는 그릇들을 전부 주방으로 옮기고 식기 세척기에 돌리기 시작했다. 그런 다음 잠시 누워 있었지만, 불만족이라는 이름의 사악한 악마가 머릿속에 기어 들어왔다. 그래서 나는 일어난 다음 거실을 치우기 시작했다. 가구를 배치해 둔 상태가 너무 마음에 안 든다는 생각이 떠올랐다. 이유를 제대로 설명할 수는 없지만, 소파도 마음에 들지 않는 구석이 있었다. 소파는 치워버려야 했다. 나는 한동안 모든 사물의 위치를 바꿨다. 그러다가 여섯 시가 다 됐다는 사실을 깨달았다. 샘이 올 시간이었다.

나는 요리 실력이 한심했다. 종이 상자에 적힌 지시사항을 간신히 해독하는 수준이었다. 휴게실에 있는 식탁에 식기를 막 늘어놓으려는데 문이 덜걱거리는 소리가 들렸다.

"샘?" 나는 그를 불렀다. "나 돌아왔어!"

"리브?" 그도 나를 불렀다.

나는 복도로 걸어나갔다. 샘은 한층 더 놀랐다. "리브?" 그가 입을 벌리고 나를 바라보았다. 아주 즐거운 순간이었다.

"화장품 매장에서 조금 사고를 쳤지." 내가 말했다. "마음에 들어?"

그는 잠깐 눈살을 찌푸리더니 간신히 고개를 끄덕였다. 나는 화장만 한 게 아니라 매장 제품 가운데 가장 섹시하고 노출이 심했던 옷을 사서 입고 있었다. 나는 칭찬을 받고 싶었다. 샘은 감정 표현이 아주 서툴렀지만, 그 반응은 그런 점을 고려해도 너무 지나쳤다. 잘 생각해보니 그는 피곤해 보였고 양복 재킷 안에서 축 늘어져 있었다.

"오늘 힘들었어?" 내가 물었다.

그가 다시 고개를 끄덕였다. "난, 음." 그가 잠시 숨을 돌렸다. "네가 아픈 줄 알았어."

"아파." 나는 많이 피곤했지만 그에게 내색하고 싶지 않았다. "하지만 집에 와서 기분이 좋아. 그리고 한타 박사가 다음 주 내내 쉴 수 있게 조치해줬거든. 그래서 너를 조금 놀라게 해주려고 준비했지. 지금 배고파?"

"점심을 안 먹었어. 아까는 입맛이 별로 없었거든." 그가 생각에 잠겼다. "별로 좋은 생각이 아니었나 봐."

"이리 와." 나는 그를 휴게실로 데려간 다음 자리에 앉혔다. 그리고 주방으로 가서 전자레인지를 켜놓고, 미리 포도주를 따라둔 잔 두 개를 집은 다음 식탁으로 돌아갔다. 그는 아무 말도 하지 않았다. 하지만 호기심에 찬 눈으로, 내가 공격해오는 미사일이라도 되는 것처럼 나를 좇았다. "자. 건배하자. 우리…미래를 위해서."

"우리… 미래?" 그는 잠시 갸우뚱거리다가 머릿속에 무언가 떠오른 것처럼 포도주잔을 들고 마침내 내게 미소를 지었다. 마음속에 있던 어떤 의심에 굴복하는 것처럼. "그러자."

나는 서둘러서 상을 차렸고 우리는 식사를 했다. 솔직히 말해서 음식 맛을 제대로 느낄 수가 없었다. 샘을 보고 있었기 때문이다. 나는 유리처럼 예민해질 때마다 그를 잃을 뻔했다. 내 내부에서 거대하고 복합적인 부드러움의 결정체가 형성되고 있었다. "오늘 어땠는지 얘기해줘." 나는 그의 반응을 끌어내기 위해 물었다. 그는 중얼거리면서 사권 박탈 행위에 대한 서류를 잃어버렸다는 둥 두서없이 얘기를 꺼냈다. 그러면서 내 얼굴을 내내 들여다보았다. 나는 그에게 어서 먹으라고 일러줘야 했다. 그가 식사를 끝내자 나는 식탁을 돌아가서 그의 그릇을 치웠다. 그가 뜨거운 눈으로 나를 쳐다보는 게 느껴졌다. "우리 얘기 좀 해." 내가 말했다.

"그래야겠어." 그의 목소리가 감정으로 충혈되어 있었다. "리브."

"따라와." 내가 말했다.

그가 일어섰다. "어디로? 왜 이러는 건데?"

"얼른." 나는 손을 뻗어 그의 넥타이를 쥐고 살짝 당겼다. 그는 나를 따라 복도로 나왔다. "이쪽으로." 나는 그가 거칠게 몰아쉬는 숨소리를 들으며 천천히 계단을 올라갔다. 침실 문 앞에 도착하자 그는 그제야 뒤로 물러섰다.

"이러면 안 돼." 그가 갈라진 목소리로 말했다. "왜 그러는지 모르겠지만 이러면 안 돼."

"얼른." 나는 그를 살짝 잡아당겼고 그는 나를 따라 침실 안으로 들어왔다. 나는 마침내 손을 놓고 돌아서서 그를 마주 보았다. 그를 올려다보자 몸속이 느슨해졌고 가랑이가 따뜻해졌다. "케이. 샘. 어느 쪽이든 상관없이 사랑해."

나는 동작을 멈추고 눈을 크게 떴다. 그의 동공이 팽창되어 있고, 그가 곤혹스러워한다는 걸 깨달았기 때문이다. 내 말을 못 알아들었잖아! "이게 마법의 문장이잖아, 샘." 나는 내가 진심이라는 걸 깨달았다. 이건 젠이 악의를 품고 찔렀던 앰풀 주사기의 부작용이 아니라 그것보다 더 근본적인 반응이었다. "지난번엔 네가 이 말을 했잖아. 나도 지금 너에게 그 말을 하는 거야." 그의 표정에서 긴장이 사라졌다. "이리 와."

이제 그는 혼란스러워했다. "하지만 만약 우리가…."

"토 좀 그만 달아." 나는 손을 뻗어서 넥타이의 매듭을 잡아당겼다. 그의 목깃에서 넥타이가 풀렸고, 나는 맨 위에 있는 단추를 만지작거렸다. 그는 윗입술을 씹었다. 나는 손가락을 통해 그가 몸을 떨고 있다는 사실과, 그가 따뜻하고 엄청나게 단단하고 믿음직하다는 사실을 느꼈다. 나는 그에게 다가가서 몸을 기댔다. 옷 너머로 그가 나만큼 흥분했다는 걸 느낄 수 있었다. "널 원해, 샘, 케이. 우리 두 사람 사이에는 장벽이 하나도 없었으면 좋겠어. 너무 힘들단 말야. 난 이미 너를 두 번이나 잃을 뻔했어. 다시는 그러고 싶지 않아."

그가 크고 억센 두 손을 내 어깨에 올렸다. 그의 숨결이 뺨에 와 닿았다. "유감이지만 이런 식으로는 안 될 것 같아, 리브."

"원래 인생은 두려운 거야." 나는 단추를 하나 더 풀었다. 그리고 그의 얼굴을 올려다본 다음 동작을 멈췄다. 나는 몸을 펴서 막 그에게 키스하려 했지만, 그의 표정은 어딘가 이상했다. "왜 그래?"

"너야말로 왜 그래?" 그가 쉿소리를 냈다. "이건 너답지 않아, 리브. 무슨 일이야?"

"지난주에 못한 일을 하고 있는 거야." 나는 두 팔로 그를 감싸고 이마를 그의 어깨에 얹었다. 하지만 그는 생각에 빠지기 시작했고, 그 생각은 나의 단순한 욕망을 뚫고 지나갔다. "난 안 좋은 일을 겪었어. 그래서 아주 많은 것들을 새로운 시각으로 보게 됐어, 샘. 넌 한 번이라도 그런 적 있어? 어리석고 미친 것 같고 어쩌면 사악하기까지 한 일을 저지르고 난 다음에서야 네가 조금이라도 소중하게 여겼던 것들을 전부 위험에 빠뜨렸다는 사실을 깨달아 본 적이 있느냐고. 난 안 가본 곳이 없고 안 해본 일도 없어. 그것도 두 번 이상. 가장 최근에는 그저께 그런 일이 벌어졌지. 난 내 존재가 실패로 정의되는 게 싫어. 그래서 빠져나오는 중이야. 난 우리 관계가 변했으면 좋겠어. 내가 싫은 건…."

"리브, 그만해. 그만하라고. 나 지금 겁이 난단 말이야."

뭐라고? 나는 마음에 상처를 입고 뒤로 물러선 다음 그를 노려보았다. 얼음물이 든 양동이를 뒤집어쓴 것 같은 기분이었다.

"지금 한 말은 진심이 아니지?" 샘이 물었다. 그는 그렇게 확신하는 것 같았다.

"진심이야!" 내가 주장했다.

"정말?" 그가 냉소적인 표정을 지었다. "넌 지난주만 해도 이런 식으로 자신을 내던지지 않았잖아."

"그때도 그랬을 거야. 내가 그렇게 심히 갈등하지 않고, 조금만 더 있었더라면." 그때 그가 입으로 말하지 않고 내게 전하려 했던 그 많은 말들이 제대로 이해되었다. 나는 혼란에 빠져 비명을 지르지 않으려고 한 손으로 입을 막았다.

"그럼 지금은 갈등하지 않는다는 얘기군." 그가 말했다. 그는 나를 부드럽게 침대 쪽으로 이끈 다음 밀어서 침대 끝에 걸터앉게 하고, 내 옆에 나란히 앉았다. "하지만 병원에 갔을 땐 갈등을 겪고 있었어, 리브. 넌 내가 아는 내내 갈등을 겪고 있었다고. 그러니까 네가 집에 왔을 때, 그리고 내게 몸을 던졌을 때 내가 순간적으로 의심한 건 이해해줄 수 있겠지? 일주일 전만 해도 섹스를 절대로 안 하겠다고 맹세했잖아."

내가 손수 만들어놨던 심연이 입을 쩍 벌리고서 내 앞에 놓여 있었다. 한타 박사가 고정제를 처방한 이래 더 이상은 피할 수 없는 심연이. 나는 변해버린 나 자신에게 붙박여 있었다. 그리고 잃어버린 것을 되돌릴 수가 없었다. "난 일주일 전의 내가 아니야." 내가 긴장한 목소리로 말했다. "그 첫 번째 이유는, 한타가 기억상실을 고쳤기 때문이지. 그리고 나는 어딘지 말하고 싶지 않은 곳에서 나 자신의 죽음에 대한 감각을 회복했어. 그게 연구자들이 내게 한 짓 때문은 아니라는 걸 말해둘게. 나는 그렇게 생각해." 하지만 냉소적인 나의 일부는 이렇게 말했다. 난 아까 '사랑해'라고 말했어. 지난번에 그 말을 했을 땐 큐리어스 옐로우-핵이 작동했지. 누군가 내 망통신에 손을 댄 거라고.

잠에서 깼을 때 자신이 어젯밤에 이미 죽어버린 건 아닌지 확신할 수 없을 때가 있다. 그럴 때 몸에 스며드는 차가운 공포가 뼈밖에 없는 손으로 방금 나의 척추를 건드렸다. 나는 도서관 지하실에 있던 차가운 피 웅덩이와 한타 박사가 교활하게 이끌어낸 승낙 사이에서 무언가를 잃은 것 같았다. 샘의 말이 맞았다. 옛날의 나라면 이런 행동을 하지 않았을 것이다. 옛날의 나라면 다른 종류의 일들을 두려워했을 것이다, 정당한 이유가 있었기 때문에. 그리고 나는 아직도 피오르와 유어돈이 두려웠다. 또한 아직도 정도를 벗어난 방식으로 운영되는 사회에서 벗어나고 싶었다. 하지만 우리는 서커 호에 타고 있었다. 그리고 나는 그게 무슨 뜻인지 알고 있었다.

"난 아직도 널 원해." 내가 그에게 말했다. 하지만 의심 많은 벌레가 덧붙였다. "그런데 지난주에 널 원했던 것과 같은 이유로 널 원하는 건지는 모르겠어."

"저자들한테 붙잡혔구나."

나는 몸을 흔들며 웃었다. "오래전에 붙잡혔어. 그걸 얼마 전까지 몰랐을 뿐이지." 나는 그를 움켜잡았다. 하지만 욕망 때문만은 아니었다. 그만큼 공포도 컸다. "넌 여기 왜 온 거야, 케이? 실험에 참여하겠다고 서명한 이유가 뭐냐고?"

"널 따라서 온 거야."

"웃기지 마!" 나는 이제 알 수 있었다. "이유는 그것만이 아니지.

그리고 아이스 구울로 지냈던 시절로부터 도망치고 싶었다는 말도 하지 마. 거긴 왜 갔지? 넌 무엇으로부터 도망치고 있는 거지?"

샘은 한동안 반응을 하지 않고 침묵을 지켰다. "그걸 말하면 넌 날 싫어하게 될 거야."

"그래?" 나는 기회를 발견했다. 나는 뒤뚱거리며 침대 위로 올라가서 옷 밑으로 책상다리를 하고 앉은 다음 두 손을 무릎에 얹었다. "네 얘기를 다 들어도 널 싫어하지 않으면 섹스하게 해줄 거야?"

"그게 무슨 관계가…."

"내 행동의 동기는 내가 판단하게 해줘, 샘." 그게 오염됐다 해도 말이야. "넌 자꾸 나를 예상하려 해. 그게 나쁜 습관이 되고 있다고. 전에는 그럴 만한 이유가 있다고 판단했기 때문에 너랑 자고 싶지 않았어. 그러다가 그 이유가 더 이상 남아 있지 않게 되니까 이제는 내가 달라져서 싫다는 거야? 넌 내가 자발적으로 변화할 수 있다고 신뢰하지 않는 거야."

그가 고개를 가로저었다.

"그게 얼마나 모욕적인지 알기는 해?"

"내 뜻은 그런 게 아니…."

"난 바뀔 수 있어. 그래서 이러고 있는 거라고!" 나는 심호흡을 했다. "나는 전쟁 당시의 내가 아니야, 샘. 그 전의 나도 아니고, 심지어 그 뒤의 나도 아니야. 나는 지금의 나일 뿐이야. 지금의 나는 과거의 나 자신들이 자리를 바꿔가며 변화한 최종 결과물이야. 연구자들은 나를 암흑시대로 밀어 넣을 수는 있지만, 암흑시대를 내게 밀어 넣을 수는 없어. 예상 수명을 백 년쯤 줄여도 그럴 수 없고, 네가 선호했던 기억들을 아무리 많이 지워도…." 나는 말꼬리를 흐렸다. 방금 뭔가 결정적으로 중요한 사실을 깨달았다는 느낌이 들었다. 하지만 그게 뭔지는 끄집어낼 수가 없었다.

그가 나를 묘한 얼굴로 바라보았다. "날 싫어하게 될 거야." 그가 말했다. "끔찍한 짓들을 저질렀거든."

"그래?" 내가 어깨를 으쓱했다. "나도 나쁜 짓을 하고 다녔어. 저 바깥세상에는 날 죽이려는 자들이 있어, 샘. 내가 수행하고 있다가 우연히 지워져 버린 어떤 임무 때문에 그런 줄 알았는데, 지금은 확신이 없어. 어쩌면 그자들이 날 쫓는 건 그냥, 음, 과거의 어떤 나 때문인지도 몰라. 참전해서 싸웠던 나 말이야. 난 전투 요원이었거든."

그가 생각에 잠기면서 몸을 앞뒤로 흔들었다. "이 자리에 전쟁 범죄자가 아닌 사람은 없어." 그가 말했다.

'피가 차게 식는다'는 문장이 정말로 물리적인 감각을 표현한다는 걸 알게 되니 아주 흥미로웠다. 하지만 내가 무조건적으로 사랑하는 사람이, 속옷을 바꿔 입지 않아도 같은 방에 머물 수 있는 사람이 옆에 앉아 있는 상태에서 그런 감각을 느끼는 건 전혀 달갑지 않았다. 그리고 그가 한 말이 내게도 적용된다는 걸 깨달으니 더욱 좋지 않았다. "이 자리에 괴물이 아닌 사람은 없지." 난 건방져 보이려고 애를 쓰면서 말했다. "아니면 과거 인생의 유령들에게 쫓기는 기억상실증 환자만 있든지."

"YFH 조직체가 특정 사람들에게 아주 편할 거라고 생각해 본 적 있어?" 샘이 천천히 물었다.

나는 참을성이 바닥나고 있었다. "지겨워 죽을 것 같은 강의를 한 다음에 나를 이 침대에 눕혀놓고 섹스를 할 생각이야?"

그의 얼굴색이 우스꽝스럽게 변했다. "듣고 나서도 우리 두 사람이 다 그걸 원한다면."

'듣고 나서도 우리 두 사람이 다 그걸 원한다면'이라. 흠, 결국은 있는 그대로 대할 수밖에 없다는 거군. "얘기해 봐. 얼마든지 들어 줄 테니." 내가 말했다.

그가 몸을 떨었다. "그런 식으로 말하지 마."

"흠. 이건." 문자 그대로는 아니지만. "진심인데. 어느 정도는."

"전쟁이 발발했을 때 어디에 있었어?" 그가 물었다.

이런. 그걸 물을 거라고는 예상하지 못했다. 일반적인 상황이라면 그런 정보를 드러내는 건 절대적인 금기였다. 작전 보안이 깨지면 적이 내 신분을 정확히 알아낼 수 있고, 그걸 단서로 삼아 나를 원하는 대로 활용할 방법을 얼마든지 고안해낼 수 있기 때문이다. 그러면 나는 작전상 위험에 처하게 된다. 이론적으로, 내가 공개적으로 한 모든 일은 어딘가에 있는 데이터베이스에 저장된다. 하지만 우리는 서커 호의 한복판에 있었고, 내가 잘못 알고 있는 것이 아니라면, 이곳에는 데이터가 드나드는 통로가 하나뿐이었다. 그리고 샘은 비밀결사의 일원이 아니었다. 그래서 나는 현재 우리가 도청당하고 있을 가능성이 낮다고 판단했다. 특히 이렇게 일반적인 상황에서는.

"난 모바일 아카이브 서커 호에 타고 있었어. 승무원들을 인터뷰하고 있었지." 내가 대답했다. "우리는 네트워크가 작동을 멈춘 뒤 약 30년 동안 단절돼 있었어." 샘은 신음을 내며 생각에 잠겼다. "이제 네 차례야." 나는 화제를 돌리려고 재촉했다.

"난 감사관이었어." 샘이 또다시 입을 다물었다. "그래서 그자들이 날 징집한 거지."

"그자들이라니?"

"유아론자 국가를 말하는 거야. 정확한 명칭은 '제3 사상범죄 용서불가 부대'야. 그자들은 연결이 끊긴 구역에 있는, 보안을 확립하지 못한 기억 사원을 수색해서 쓸어버리고 있었어. 난 마침 거기 고립돼 있었지. 큐리어스 옐로우가 퍼져 나간 뒤 24시간이 지나기 전에 벌어진 일이었어. 난 이미 검열당하고 감염에 노출된 상태였고. 그자들은 그냥 나를 잡아서 분산형 의식 거부 부대에 집어넣어 버렸어. 그 뒤로 수십 일 동안 나는 검색 범위 밖에 있는 묘지를 헤집고 다녔지. 그자들은 결국 나를 개조하고는 남아 있는 보관 기록들을 지우는 임무를 맡겼어."

세상에. 저런 자들이 있었는데 나는 라인바저 캣츠가 추악하다고 생각했던 건가? 나는 몸을 떨었든지, 아니면 그에 상응하는 행동을 무의식적으로 했던 모양이다. 샘이 내게서 살짝 몸을 뺐기 때문이다. "유아론자 국가는 어떤 분파와 동맹을 맺었지?" 나는 그의 주의를 끌려고 물었다.

"분파?" 그가 머리를 내저었다. "우리는 모든 사람을 적으로 삼았어, 리브. 제정신이 있는 사람이라면 공격적인 유아론자 사이보그 유기체와 힘을 합칠 리가 없잖아."

"하지만 넌…." 나는 억지로 그에게 다가가면서 물었다. 그가 긴장하고 있으며 불행해 보였기 때문이다. "넌 그냥 하나의 구성 요소였을 뿐이잖아, 안 그래?"

그가 고개를 저었다. "난 어느 정도 자율성이 있었어. 유아론자 국가는 전쟁이 끝나기 전에 우리에게 소량의 자유 의지를 부여했거든. 나도… 흠, 난 전쟁이 일어나기 전에 사는 방식이 지금의 너와 아주 비슷했어. 유아론자 국가는 나를 업그레이드해서 전투 괴물로 바꿔놨어. 그리고 점령전(占領戰)에 투입했지. 사람들이 우리를 뭐라고 불렀는지 알아? 강간 기계라고 불렀어. 상대의 저항 의지를 꺾으려면 뇌를 건드리면 되잖아. 하지만 전자기펄스로 망통신을 구워버렸을 경우에는 육체적으로 공격해야 해. 그자들은 부대원에게 역방향 척추가 들어 있는 남성 성기를 장착해놨단 말이야. 우린… 끔찍한 짓을 하고 다녔어. 결국 우리는 패배했어. 내가 속했던 구역이 적의 연합군에게 패배했다는 뜻이야. 적은 우리의 연결을 끊어버렸어. 정신을 차려보니 다시 과거의 나로 돌아가고 있더라고. 하지만 기억과 더불어 유아론자 국가가 내 머릿속에 쑤셔 넣었던 것들까지 잔뜩 남아 있었어. 나는 벽과 바닥의 존재를 못 믿으면서 감방에서 닷새를 보내다가, 내가 존재하는 것과 같은 이유로 그것들도 존재한다는 사실을 깨달았어. 그리고 내가 유아론자 국가에 소속돼 있던 동안 저지른 일들 때문에." 그가 심호흡을 했다. "너무 수치스러워서 인간이나 남성이 되기 싫었어."

"그랬군. 하지만." 나는 시간을 끌었다. "그때는 너 자신이 아니었잖아."

"나도 그렇게 생각할 수 있으면 좋겠어." 그의 목소리는 비참했다. "지금이라면 그런 짓은 하지 않을 거야. 하지만 그땐…. 확신에 차서 그런 짓을 저질렀던 기억이 나. 아이스 구울과 같이 산 데에는 그런 이유도 있었어. 나는 유아론자 국가 같은 걸 만들겠다고 꿈을 꾸는 종족이 되고 싶지 않았어. 나는, 우리는, 인류의 위상공간에 존재하는 모든 생각을 사고하겠다는 욕망이 있었어. 배가 고파서 늘 음식을 먹지만 단 한 번도 배가 부르지 않은 상태를 상상할 수 있겠어? 유아론자 국가는 악의로 기억 사원을 박살 냈어. 자신들이 고안하지 않은 사고를 보관하고 있다는 이유만으로. 나도 그런 행위에 기여했다고. 나는 그런 과정의 효율을 열심히 높였어. 그러고 싶었기 때문에." 그가 심호흡을 했다. "난 사람들을 죽였어, 리브. 영구적으로 죽였다고."

"그럼 나와 별 차이가 없네."

"네가?" 그가 나를 노려보았다. "하지만 아까 말하기로는…."

"전쟁은 서커 호에 있을 때 시작됐지만 난 거기 머물지 않았어." 나는 심호흡을 했다. 이 얘기를 빼놓을 수 없을 것 같았다. "난 자원해서 입대하고 라인바저 캣츠의 군사 작전에 참여했어. 그리고 약 30년 동안 기갑 연대로 지냈지. 마지막에는 심리전 요원이었고."

"흠." 그의 목소리가 흔들렸다. "그건 예상하지 못했군."

"여기 있는 사람 중 전쟁에서 싸우지 않은 사람이 얼마나 될까."

"그건 생각 안 해봤어."

"참전자들은 그 기억을 남기기 싫어해. 국지적인 종전이 확인되자마자 대부분 사람은 슬그머니 도망쳐서 의무사제를 찾아갔지."

"맞아." 그가 잠시 말을 쉬었다. "하지만 리브, 난 괴물이야. 내 머릿속엔 두 번 다시 되새기고 싶지 않은 일들이 남아 있어. 기억 삭제를 했는데도. 그러니까 나와 너무 가까워지지 마."

"샘." 나는 그에게 다가갔다. "난… 나도 묻어버리고 싶은 일이 있어. 나도 너와 같은 말을 할 수 있다고. 그게 마음에 걸려?"

"무슨 소리야. 네가 한 일 말이야?"

"응."

"아니."

"그럼 됐군." 이번에는 내 목소리가 떨리고 있었다. "아까 한 말은 아직도 유효해. 난 거래를 제안했고 넌 동의했잖아?"

그가 몸을 움츠렸다. "내가 그랬다고?"

입이 바짝 말랐고, 나는 침을 삼켰다. "지금 당장 그러자는 얘기가 아니야." 내가 말했다. 놀랍게도 그건 내 진심이었다. "하지만 난 여전히 널 원해. 그렇다는 걸 네가 받아들이고, 내가 아직도 나라는 걸 받아들이기만 한다면. 네가 어쩔 수 없이 저질렀던 일에 대한 증오를 나한테 투사할 필요는 없어. 게다가, 지난번에 보니까 네 물건에는 돌기 같은 게 전혀 없었다고."

"하지만 넌 너무 많이 바뀌었어!" 그가 얼어붙어 있다가 갑자기 녹은 공기 밸브처럼 소리를 질렀다. "한타 박사가 널 치료한 뒤로. 그 전에 넌 너였어. 침울했고, 생각에 잠겨 있었고, 냉소적이었고, 재미가… 제대로 표현할 말을 모르겠군. 한타가 무슨 짓을 했는지는 몰라도 넌 그것 때문에 달라졌어. 넌 누군가 기대했다는 이유만으로 행동을 그만두기도 하는 사람이었어. 그런데 이제는 나랑 섹스를 하려고 덤비잖아! 미래가 어떨지 뻔히 보이는데도 진심으로 YFH 조직체에 갇히고 싶어? 갇혀서 임신하고 싶으냐고?"

나는 그가 한 말을 잠시 생각해보았다. "그러면 안 돼?" 한타는 양심적인 의사 이상의 인물이었고, 나는 임신하고 살아남을 자신이 있었다. 따지고 보면 내 가게에 있는 암컷 포유류들은 이미 그 과정을 거치지 않았던가? 그러니 힘들어 봐야 얼마나 힘들겠는가.

"리브." 그는 이제 내가 전투형으로 변신해서 눈앞에서 스파이크와 총과 장갑복을 드러내기라도 한 것처럼 쳐다보고 있었다. 나는 킬킬거렸다. 유령이라도 본 것 같은 표정이잖아! "그자들이 너한테 무슨 짓을 한 거야?"

"괴물로 살지 않을 방법을 제시한 거지." 나는 기대에 차서 그에게 몸을 내밀었다. "키스해줄래?"

최선을 다해 계획을 세웠지만 우리는 결국 사랑을 나누지 못했다.

사실 청소를 끝내고 침대에 가니 샘이 일어났다. 그는 졸리지만 근엄한 목소리로, 혼자 자겠다는 고집을 꺾지 않았다.

나는 너무 화가 나고 혼란스러워서 울 것 같았다. 내 문제는 간단하게 요약할 수 있었다. 하지만 해결책은 내 손에 들어오지 않았다. 내가 크게 바뀌어서 그런 건 아니었다. 한타가 가속화를 시켰든 아니든 그것과는 상관없이, 나는 한동안 힘든 상황에서 벗어나기로 결심했다. 그 사실을 겉으로 표현하면 큰 전환점이 생길 것 같았다. 샘은 아직 나를 따라잡지 못했을 뿐이다. 가치관과 믿음이 완전히 뒤집힌 사람 곁에 머무르는 건 심히 불편할 터였다. 샘이 병원에 있다가 다른 사람이 된 채 멍한 표정으로 집에 돌아왔다면 나는 믿을 수 없으리만치 화를 냈을 것이다. 하지만 그가 나를 지나치게 걱정하지 않았으면 좋겠다. 나는 괜찮았다. 사실 나는 의무사제들의 감독하에 처음으로 눈을 떴던 이래 그 어느 때보다 기분이 좋았다.

문제점은 남아 있었다. 피오르와 유어돈은 큐리어스 옐로우를 순차적으로 복사해놓고 그걸로 수상한 일을 꾸미고 있었다. 그들은 모든 사람에게 이식되어 있는 보안 패치를 물리칠 방법을 알아냈다. 그리고 큐리어스 옐로우를 통해 설치한 사회 통제 규칙을 이용해 새롭게 독재할 방법을 연구하고 있었다. 하지만… 진짜 중요한 문제는 따로 있었다. 그게 나랑 무슨 상관이란 말인가? 나는 이미 겪을 만큼 겪었다. 더 이상 나 자신의 기억 때문에 고통받을 필요가 없었다. 나는 사니를 비롯해 블루 보안 조직에 있던 자들이 원했던 일을 하다가 죽을 뻔했다. 나는 의무를 다했고, 실패했다. 그러니 이제는….

나는 병원에 있으면서 포기할 수도 있다는 점을 깨달았다. 그게 더럽고 사소한 나의 비밀이었다. 내겐 샘이 있었다. 나는 할 일이 있으며, 그 일은 아마도 내가 예상하는 만큼 흥미로워질 잠재력이 있을 것이다. 나는 이곳에 적응해서 한동안 행복하게 살 수 있었다. 편의시설이 원시적이고 이웃 중에는 취향에 맞지 않는 사람도 있었지만. 독재세력이라 해도 시민 대다수에게 편안한 일상생활을 제공할 필요가 있었다. 나는 계속 싸울 필요가 없었다. 그리고 한동안 저항을 그만둔다면 그들도 나를 내버려둘 터였다. 나는 언제든지 다시 시작할 수 있었다. 내가 그만두면 아무도 고함을 치지 않을 것이다. 샘은 다를 수도 있지만. 그리고 그도 결국은 새로운 나에게 적응할 것이다.

이론상으로는 모든 게 완벽했다. 하지만 그렇다 한들 내가 울면서 홀로 잠드는 데에는 아무 도움이 되지 못했다.

# 16
# 긴장감

다음 날은 금요일이었다. 나는 늦게 일어났다. 아래층에 내려가 보니 샘은 이미 출근한 뒤였다. 나는 감염되고 멍청하게 등반을 시도한 후유증 때문에 피로했고 기운이 하나도 없었다. 그래서 일을 별로 하지 못했다. 침실과 주방을 오가고, 책을 읽거나 순한 차를 마시며 대부분 시간을 보냈다. 샘이 집에 왔을 때(그는 아주 늦게 귀가했다. 게다가 시내에 있는 스테이크 전문 식당에서 저녁을 먹고 포도주를 석 잔 마신 상태였다), 나는 어디에 갔다 온 건지 물었고, 그는 입을 꾹 다물었다. 우리는 둘 다 고집을 부렸고, 결국 아무 얘기도 하지 못했다.

토요일이 되어 아래층으로 내려가 보니 샘은 마침 잔디 깎는 기계를 치우는 참이었다. "창고 좀 정리하는 게 좋겠어." 그는 인사를 하는 대신 그렇게 말했다.

"왜?" 내가 물었다.

"거기 넣어둘 물건이 있어서."

"이런, 뭘 넣어두려고?"

"난 곧 나갈 거야. 이따가 봐."

그는 말 그대로 10분 뒤 택시를 타고 가버렸다. 어디로 가는지는 알 수 없었다. 그게 이틀 동안 우리가 나눈 가장 중요한 대화였다.

나는 어리석게 굴었다는 사실 때문에 자책했다. '어리석다'는 말은 그날의 표어였다. 나는 차고로 가서 밖에 내놓을 물건을 골랐다. 차고는 미완성 프로젝트가 모여 있는 고물 하치장이었다. 나는 용접 장비와, 만들다 만 석궁을 포함한 기타 물품들을 내놓기로 했다. 기타 물품들이란 내가 빠져나가야 할 것이 나 자신이 아니라 내가 있는 장소라고 잘못 생각했던 시기에 만들었던 것들이었다. 게다가 벌써 사라진 물건도 있었다. 샘이 골프 클럽 같은 것들을 넣어두려고 이미 청소를 시작한 것 같았다. 그래서 내 물건들을 한쪽 구석에 모아놓고 방수포를 씌웠다. 눈에 안 보이면 마음에서도 멀어지고 차고에도 없는 거나 마찬가지지. 나는 속으로 그렇게 생각했다.

나는 집에 들어가서 텔레비전을 보려고 애를 썼다. 하지만 텔레비전 방송은 공허하고 느렸다. 그리고 당연하게도 거의 이해가 되질 않았다. 곡면으로 구성된 저해상도 화면에서는 밝고 흐릿한 빛들이 천천히, 지루하게 움직였다. 줄거리도 이해가 되질 않았다. 내가 알 수 없는 지식에 기반하고 있었기 때문이다. 나는 마음을 단단히 먹고 텔레비전을 끈 다음 홀로 지루함에 맞섰다. 그때 전화가 울렸다.

"리브?"

"여보세요? 누구… 제니스! 잘 지내?" 나는 물에 빠진 사람처럼 수화기를 움켜쥐었다.

"응. 리브, 들어봐. 오늘 할 일 있어?"

"아니, 아마도… 없어. 왜?"

"이번에 새로 생긴 해변 근처에 카페가 있거든. 오늘 오후에 중심가에서 친구들과 만나서 거기 가보기로 했어. 너도 와보면 어때? 물론 네가 괜찮다면."

"난…." 나는 잠시 말을 끊었다. "며칠 동안 쉬어야 해. 한타 박사가 그러라고 했거든." 나는 그녀가 말뜻을 파악할 때까지 기다렸다. "도서관 일은 별문제 없고?"

"문제가 있어도 넌 전혀 모를걸." 제니스가 나를 무시하는 투로 말했다. "사실은 책을 읽으면서 한가하게 보내고 있어. 어쨌든 병원에서 전갈을 보냈어. 그러니까 도서관 일은 신경 쓰지 마."

"아, 그러면 됐네. 내가 어디로 도망이라도 가지 않는 한 괜찮겠군. 거긴 어떻게 가면 돼?"

"택시를 타고 '마을 카페'에 데려다 달라고 하면 돼. 난 두 시쯤에 갈 거야. 카페가 괜찮으면 얘기나 좀 하자고."

제니스가 뭔가를 숨기고 있다는 예감이 들어 몸이 근질거렸다. 하지만 그녀가 숨기는 게 무언지는 아주 잘 알 것만 같았다. 나는 몸을 조금 떨었다. 나는 정말로 동참하고 싶은 걸까? 아마 그렇지 않을 것이다. 하지만 내가 참여하지 않으면 그들끼리 이야기를 시작할 것이다. 게다가 그들이 어리석게도 위험한 일을 꾸민다면, 그러지 못하도록 설득하는 게 한타 박사에 대한 의무일 것 같았다. 나는 텔레비전을 흘끗 바라보았다. "알았어. 이따가 봐."

시간은 이미 한 시였다. 나는 유행에 맞는 옷으로 갈아입고 택시를 불러 '마을 카페'로 향했다. 제니스가 말한 친구들이 누구인지는 전혀 짐작할 수가 없었지만 적어도 그녀가 젠을 초대할 만큼 무신경할 것 같지는 않았다. 그것과는 별개로, 나는 무리하게 나쁜 인상을 주고 싶지 않았다. 점수를 올리려면 외모가 중요했다. 사람들은 그런 것에 신경을 썼다. 또한 제니스라는 인물은 별 생각 없이 이런 일을 꾸미지 않는 사람이었다.

날씨는 아주 좋았다. 하늘은 짙은 파란색이었고 포근한 산들바람이 불고 있었다. 제니스는 해변이 새로 생겼다고 말했다. 적어도 그 말은 맞았다. 나는 지금까지 본 적 없는 이웃 지역을 통과하고 있었다. 택시는 앞면에 떡갈나무 판자를 대놓은 집들을 지나갔다. 각 집의 앞쪽에는 흰색 말뚝 울타리와 무자비하게 깎아버린 잔디밭이 있었다. 택시는 방향을 왼쪽으로 꺾어 주택들보다 더 높은 벽돌 건물을 끼고 돈 다음 가로수 길을 따라 내려갔다. 좌우에는 이상하게 생긴 건물들이 있었다. 그리고 다른 택시와 사람들까지 있었다! 내가 탄 택시는 인도를 따라 걸어 다니는 사람을 두엇 지나쳤다. 나는 샘과 나만 그렇게 걸어 다닌다고 생각하고 있었다. 어떤 사람들이 우리처럼 걸어 다니고 있었을까?

택시는 막다른 골목까지 들어간 다음 멈춰 섰다. 하얀 탁자와 실외용 구조물들이 놓여 있었고, 반원형 차양이 햇빛을 가려주었다. 길옆에서는 석조 분수가 보글거리며 물을 뿜었다. "마을 카페에 왔습니다." 운전사가 말했다. "마을 카페에 왔습니다. 요금이 계좌에서 차감되었습니다." 택시의 문을 열고 내리는 동안 왼쪽 눈가에서 파란 숫자들이 떠다녔다. 탁자에는 사람들이 앉아 있었다. 그중 한 사람이 손을 흔들었다. 제니스였다. 그녀는 지난번보다 훨씬 상태가 좋아 보였다. 이를테면, 그녀는 웃고 있었다. 나는 그쪽으로 다가갔다.

"제니스, 안녕." 제니스의 옆자리에 태미가 앉아 있었지만 나는 무슨 말을 건네면 좋을지 알 수가 없었다. "다들 안녕?"

"리브, 안녕! 이쪽은 태미야. 이쪽은 엘레인이고…."

"엘이라고 불러." 엘이 중얼거렸다.

"그리고 이쪽은 버니스야. 우선 앉아. 뭘 주문할지 의논하던 중이었어. 먹고 싶은 것 있어?"

나는 자리에 앉았다. 각 자리 앞에는 중합체 위에 목록을 인쇄한 메뉴판이 놓여 있었다. 메뉴에 정신을 집중하려는 순간, 카페로 들어가는 문 위에 있는, 쇠창살로 막혀 있는 상자가 탁탁거리는 소음을 내더니 소리를 지르기 시작했다. "안녕하신가요! 오늘도 아름다운 날입니다…."

"난 진토닉으로 할게." 내가 말했다.

"주목해주십시오. 오늘은 두 가지를 알려드리려 합니다." 상자가 말을 이었다. "여러분께서 즐겨보시라고 아이스크림 판매를 시작합니다. 오늘의 맛은 송로버섯과 바나나입니다. 그리고 미리 알아두십시오. 오늘 오후 늦게 가벼운 소나기가 내릴 확률이 있습니다. 경청해주셔서 감사합니다."

태미가 인상을 찡그렸다. "우리가 온 다음부터 10분마다 저러고 있어. 좀 닥쳐줬으면 좋겠는데."

"계산대에 가서 말해봤어." 제니스가 사과하듯 말했다. "끌 수가 없다더라고. 이 구역에는 어딜 가든 저게 있어."

"그래? 그런데 여기가 무슨 구역이야? 들어본 적이 없는데." 나는 혹시라도 무례하게 군 건지 몰라서 즉시 메뉴판에 얼굴을 묻었다.

"나도 잘 몰라. 여긴 어제 등장했거든. 그래서 와봐야겠다고 생각한 거야."

"벌써 다 본 거나 마찬가지네." 버니스가 말했다. 그녀는 피부가 검고 살짝 살집이 있었으며 약간의 혐오감을 계속 드러내고 있었다. 그녀를 교회에서 본 적이 있는 것 같았지만 내가 아는 건 그게 전부였다. "난 망고 라씨로 할게."

검은 정장 차림에 길고 하얀 앞치마를 두른 좀비 남성이 발을 끌며 카페에서 나왔다. "주문하시겠습니까?" 좀비는 콧소리가 섞인 고음으로 물었다.

"그래요." 제니스가 음료수의 이름을 줄줄 읊었다. 점원은 다시 카페로 들어갔다. 대부분 알코올이 없는 음료였다. 나만 예외인 것 같았다. 이런. "태미와 엘과 나는 몇 주 전부터 토요일마다 만나고 있어." 그녀가 나를 보며 말했다. "남편들한테는 재봉 모임이라고 말했고. 소문을 나누고 음료도 마시기에 좋은 핑계잖아. 그 사람들은 아무리 큰일이 생겨도 재봉 모임이 뭔지 모를 거야. 그러니까…."

"재봉 모임이 뭐야?" 버니스가 물었다.

엘이 머뭇거리면서 거대한 가방에 손을 넣더니 천으로 만든 에어록 덮개 같은 것을 꺼냈다. 그 물체는 다채로운 실로 엮여 있었고 핀이 꽂혀 있었다. "다 함께 자수를 놓는 모임 같은 거야. 이렇게." 그녀는 바늘을 뽑더니 엄지손가락의 불룩한 부분으로 바늘 뒤쪽을 밀다가 제 손을 찔렀다. "난 아직 잘하는 건 아니야." 그녀가 슬픈 목소리로 덧붙였다.

"바느질이라면 난 사양할게." 내가 말했다. "하지만 음료수와 소문이라면 얘기가 다르지."

"제니스가 그럴 것 같다고 하더라." 태미가 나를 보며 사과하는 듯한 미소를 잠깐 띠었다. "혹시 믹이 어떻게 됐는지 알고 있어?"

또 조심해야겠군. "잘 몰라. 한타 박사에게 물어봤는데 논의 중이라고 했어. 그게 무슨 뜻인지는 모르겠지만. 캐스는 아직 병원에 있더라고."

"아, 그렇군." 태미가 의자에 등을 기댔다. "내가 장담하는데 그 두 사람은 일주일 안에 실험에서 퇴출당할 거야."

나는 몸을 떨었다. 서커 호에 출입할 수 있는 길은 하나뿐이었다. 보안상의 이유 때문이었다. 승무원들은 바깥 세계의 문명이 멸망할 경우 그 문을 닫게 되어 있었다. "그럴 확률이 얼마나 되는지는 잘 모르겠어." 내가 말했다. "한타 박사는 일을 단숨에 해결하는 수단이 있더라고. 그녀가 분명히 캐스에게 뭔가를 해줄 거야. 그리고 믹은 아직 캐스를 찾아가지 않았고. 그때… 이후로."

"피오르는 어때?" 제니스가 물었다.

그들이 정보를 뽑아내려고 나를 초대했다는 의심이 점점 짙어졌다. 하지만 별 상관은 없었다. 음료는 내가 사는 게 아니었으니까. "캐스 사건이 끝난 다음에 우연히 그와 마주쳤어." 내가 말했다. 그때 카페 문이 열리더니 점원이 우리가 주문한 음료를 들고 돌아왔다. 나는 그가 몸을 돌릴 때까지 입을 다물었다. "그는, 음, 우리가 예상 불가능한 일을 했다는 사실을 인정하지 않는 것 같았어. 하지만 그와 동시에 믹이 너무 지나쳤다는 건 인정하더라고. 우리가 그의 문제를 대신 해결해 준 셈이지."

"오." 제니스는 실망한 표정이었다. 나는 그 순간 깨달았다. 그녀가 내게 물었던 것은 그녀가 병가를 쓴 날 도서관에서 일어났던 일이었다.

"병원에서 한타 박사와 얘기를 해봤어." 내가 말했다. "그녀는, 어, 음, 그녀는 에스더와 필에게 일어났던 일을 승인한 적이 없었어. 그것 때문에 주교를 질책한 것 같은 인상을 받았고. 그런 일이 다시 생기지 않도록 이혼 절차에 관한 규칙을 점수 체계에 추가할 예정이래. 믹을 따라 하는 사람이 생기지 않도록 강간 항목도 넣을 거라고 했고."

"흐음." 제니스는 생각에 잠긴 것 같았다. "연구자들이 암흑시대를 정확히 재연할 생각이라면 강간에 엄청난 벌점을 부여하겠지. 하지만 남성이 붙잡힐 때만 그럴 거야."

"뭐?" 태미가 화를 냈다. "그럼 무슨 의미가 있어?"

"다른 건 뭐 의미가 있나?" 제니스가 건조하게 물었다. 그녀는 핸드백에 손을 넣더니 직물을 꺼내고 나에게 건넸다. "이거, 네 물건이지? 도서관에 두고 갔더라고." 그녀가 말했다.

나는 침을 꿀꺽 삼킨 다음 실험적으로 만들었던 가방 안에 꿰매두었던 패러데이 새장을 황급히 핸드백에 집어넣었다. "고마워. 확실히 내가 두고 간 거야." 내가 중얼거렸다.

제니스는 천천히 미소를 지었다. "조금 엉성하긴 해도 잘 반짝거리더라고."

일이 점점 복잡해지는군. "아직 손을 더 봐야 해." 나는 즉흥적으로 대답했다. "어디서 찾았어?"

"안쪽 방에서. 청소하다가 발견했어."

심장이 방망이질 쳤지만 알아채는 사람은 아무도 없었다. 제니스는 나를 본 다음 엘에게 시선을 돌렸다. "무슨 생각을 하고 있어?" 그녀가 물었다.

엘이 어찌할 줄을 모르면서 자수에서 눈을 뗐다. "속이 좀 안 좋은 것 같아." 그녀가 핑크 레모네이드로 손을 뻗으면서 말했다. "내일 예배는 난리가 나겠지?"

"달라진 게 많으니까." 태미가 동의했다.

"무슨 얘기야?" 내가 물었다.

제니스가 나를 보며 고개를 끄덕였다. "아, 맞다. 넌 이번 주 내내 병원에 있었지. 화요일부터이긴 하지만 어쨌든."

태미가 태블릿을 꺼내더니 탁자에 올려놓았다. "여기 새로운 게 많이 생겼어." 그녀가 화면을 두드리며 말했다. "알아둬야 할 거야."

"뭔데?" 내가 물었다.

"우선 마지막 집단이 도착한 모양이야."

"우리 집단 다음에 14명이 대기 중이라고 했는데." 나는 계산을 해보았다. "그럼 6명이 부족한 거잖아, 최소한."

태미가 태블릿을 두들겼다. "YFH 조직체를 동시에 여러 개 운영하고 있었대. 우리는 하위구역 가운데 하나고. 그걸 교구라고 부르지. 월요일부터 전부 연결될 거래. 그럼 새 이웃이 많이 생기겠지."

거기까지는 한타가 얘기한 그대로였다. "그런데?"

제니스가 마치 평가하는 것처럼 나를 오래 쳐다보았다. "밖에서 실험에 참여하겠다고 서명하면서 들었던 얘기보다 훨씬 더 크다는 뜻이야. 뭐 떠오르는 생각 없어?"

나는 그녀의 배를 보았다. 아직 많이 부푼 것 같지 않았다. 나는 거의 무의식적으로 옆쪽을 곁눈질했다. "엘, 내가 남의 뒷일이나 캐는 것처럼 보이지 않았으면 좋겠지만, 너 혹시…."

"임신했느냐고?" 엘이 아주 연한 푸른색 눈으로 나를 보더니 배 위에 손을 얹었다. "뭘 보고 그런 생각을 했는데?"

나는 너무 눈에 띄게 얼굴을 찡그리지 않으려고 애를 썼다. "나도 생리가 늦어지고 있어." 버니스가 말했다.

아예 끊어진 거겠지. "또 뭐가 달라지는데?" 내가 물었다.

"새 시설이 많이 열릴 거야." 태미가 열심히 설명했다. "영화관이랑 수영장이랑 대형 체육관이랑 공연장이 생긴대. 가게도 늘어나고. 그리고 시청이 업무를 시작한대."

버니스가 나보다 먼저 소리를 냈다. "우와. 나도 그 얘기는 못 들었는데!"

"우리를 편하게 만들려는 모양이야." 제니스가 말했다.

"우리가 편해지는 거 맞아?" 내가 물었다. "연구자들이 편해지는 게 아니고?" 내 시선은 그녀들의 배로 향했다. 신생아가 들어 있는 배로. 사실 그 자리에서 배 안에 아이가 없는 사람은 나뿐이었다. 샘 덕분이었다.

"그런다고 뭐가 달라져? 우리 대부분은 머지않아 기저귀를 가느라 바빠서 다른 건 신경도 못 쓸 텐데."

제니스는 입으로 꺼내는 말에 정반대되는 뜻을 담을 때마다 사용하는 목소리가 따로 있었다. 지금 그녀는 그 목소리를 과장해서 사용하고 있었다.

나는 활짝 웃었다. "그럼 다들 가만히 누워서 멋들어진 새 오락 시설을 이용하기만 하면 된다고 생각한다는 거지?"

"리브." 태미가 경고하듯 말했다. "이건 진지한 얘기라고."

"아, 물론 그러시겠지." 나는 열광하며 동의했다. "그렇고말고!" 나는 음료수를 다 마셔버렸다. "너희는 아직도 중요한 얘기가 많이 남아 있겠지만 난 방금 설거짓거리가 남아 있다는 게 기억났어. 그리고 우리 남편이 돌아오기 전에 차고도 깨끗하게 치워놔야 하거든." 내가 일어섰다. "물건 찾아줘서 고마워, 제니스. 나중에 보자고."

일명 재봉 모임의 나머지 회원들은 의심스러운 눈으로 나를 쳐다보았다. 하지만 제니스는 나를 보며 미소를 짓고 윙크를 했다. "나중에 봐!"

나는 서둘러 그 자리를 떠났다. 나는 제니스가 좋았다. 하지만 그녀가 만든 재봉 모임 때문에 겁을 먹었다. 제니스는 이 조직체가 마음에 들지 않았다. 그건 확실했다. 그리고 한타 박사의 도움을 받아 그 문제를 해결할 생각도 없었다. 나는 피오르에게 제니스 얘기를 보고해야 한다는 점을 깨달았다. 그녀는 도움이 필요했다. 내일 예배가 끝나고 말하면 될까?

다음 날 교회에 가는 길은 긴장되고 힘들었다. 샘과 나는 평상시처럼 외출복을 입고 택시를 불렀다. 샘은 내내 아무 말도 하지 않았다. 그는 요즘 앓는 소리로 의사소통을 대신하는 습관이 생겼다. 그리고 내가 다른 곳을 볼 때마다 이상한 곁눈질로 나를 훔쳐보았다. 나는 모르는 척했다. 사실 나도 긴장하고 있었다. 예배가 끝난 뒤 피치 못하게 피오르와 불쾌한 대화를 나눠야 한다는 생각을 억누르다 보니 그럴 수밖에 없었다. 교회는 요즘 들어 북적거렸고, 우리는 간신히 자리를 차지할 수 있었다. 다른 교구에도 최소한 교회가 있긴 할 테니 (그리고 피오르의 복사체가 설교를 하고 있을 터이니) 인원이 더 이상 늘어날 것 같진 않았다. "앞으로 더 일찍 출발해야겠어." 내가 그렇게 말하자 샘이 노려보았다.

피오르는 교회에 들어와서 앞쪽으로 나아갔다. 곡조가 쉽고 가식적인 음악이 연주되기 시작했다. 작곡가는 브레히트라는 인물이었다(망통신이 알려주었다). 연주가 끝나자 피오르가 본격적으로 예배를 시작했다. "여러분, 우리는 우주 속에서 우리가 차지하는 위치와, 인생의 거대한 순환과정에서 우리가 영원히 맡아야 할 역할을 확인하기 위해 오늘 이 자리에 다 함께 모였습니다. 그 누구도 우리에게서 그것들을 앗아갈 수는 없습니다. 오늘과 또 다른 날을 전부 우리에게 하사하시고 수행할 역할을 주신 설계자를 찬양할지어다! 설계자를 찬양할지어다!"

"설계자를 찬양할지어다!" 참석자들이 복창했다.

"여러분, 인생의 참뜻과 행복은 위대한 설계에 따라야 발견할 수 있다는 걸 기억합시다. 모든 것은 제자리에!"

"모든 것은 제자리에!" 참석자들이 우렁찬 목소리로 대답했다.

"또한 리브 브라운 부인이 행복해졌다는 사실에 감사를 드립시다. 그녀야말로 이제는 확실히 제자리를 찾았습니다. 그리고 파견나가 있는 신도들이 캐산드라 그린 부인에게 위안과 평안을 찾아주었으니 그것 역시 감사드립시다. 그녀는 병원에서 회복하고 있습니다! 행복과 평안과 위안을!"

"행복과 평안과 위안을!"

나는 고개를 끄덕였지만, 행복하면서도 혼란스러웠다. 피오르가 이 많은 사람 중에서 다른 신도들에게 표본으로 삼을 사람으로 왜 나를 골랐는지 이해할 수가 없었다. 나는 주위의 눈치를 살피다가 젠을 발견했다. 그녀는 한두 통로 너머에 있었고, 뱀 같은 눈으로 나를 노려보고 있었다.

"이웃을 보살피고, 그들이 우리 사회의 관습에 따르도록 돕고, 기쁨과 슬픔을 함께 나누고, 그들을 받아들이고 용서하는 것은 우리의 의무입니다. 이웃이 도움을 청하거든 가서 여러분의 관대함을 베푸십시오. 우리는 모두 이웃입니다. 그리고 이번 주에 도움을 구하지 않은 이웃이 다음 주에는 그 누구보다 도움이 필요할지도 모릅니다. 그들을 인도하고 보살펴주십시오. 그리고 필요한 경우라면 그들을 꾸짖어…."

나는 졸기 시작했다. 피오르의 목소리는 정확한 박자에 따라 오르내리면서 최면 효과를 일으켰다. 문이 닫혀 있었기 때문에 교회 안은 덥고 갑갑했다. 그리고 피오르는 금주의 죄인을 따로 저주하지 않고 설교를 계속할 것 같았다. 그 점은 고마웠다. 나는 지난주에 한 일 때문에 점수를 망쳐버릴 수도 있었기 때문이다. 그는 내 예상을 넘는 관용을 보여주고 있었다. 나도 그의 설교 내용을 따라야 할까? 제니스에 관해 보고하지 말고 내가 직접 그녀를 교정해야 할까?

"… 기억하십시오. 여러분은 형제들의 수호자입니다. 그와 동시에 여러분은 형제의 행동에 따라 평가를 받을 것입니다. 항해가 끝없이 이어지기를, 아멘!"

"항해가 끝없이 이어지기를!" 사람들이 복창했다. "아멘!"

우리는 일어섰다. 그리고 다시 제창 시간이 돌아왔다. 박수가 곁들여지면서… 이번에는 무슨 말인지 이해할 수가 없었다. 찬송가 책에는 행군과 자유와 빵에 관한 얘기라고 적혀 있었다. 노래가 끝나자 신부와 종자가 교회 앞쪽에서 내려갔고, 예배가 끝났다.

나는 크게 실망했다. 하지만 교회를 줄지어 나와서 환한 햇빛 속으로 들어가자 마음이 놓이기도 했다. 뷔페가 우리를 기다리고 있었다. 샘은 평상시보다 더 조용했지만 당장은 그 점이 신경 쓰이지 않았다. 나는 포도주 한 잔을 집어 들고, 통밀과 버섯을 절인 음식이 놓인 접시를 낚아채고는 어슬렁거리면서 우리 집단의 영역으로 이동했다.

"정착하기로 한 거야?" 왼쪽 어깨너머에서 목소리가 들렸다. 나는 얼굴이 혐오감으로 일그러지려는 걸 간신히 참았다. 목소리의 주인은 당연히 젠이었다.

"난 이웃 사람들을 걱정하거든." 나는 그렇게 말하고 내 안에 있는 진심을 하나 남김없이 모조리 쥐어짜 모았다. 그런 다음 그녀에게 미소를 지었다.

물론 그녀는 나를 쏘아보고 있었다. "나도 그래!" 그녀가 떨리는 목소리로 말하고는 주변을 둘러 보았다. "그래도 오늘 피오르가 자비로워서 다행이긴 해. 우리 중 어떤 사람이 험한 일을 당할 거라고 들었는데."

교활한 년. "무슨 얘긴지 모르겠어." 나는 말을 시작했다. 하지만 교회 종이 울리는 바람에 이어갈 수가 없었다. 보통 종은 박자에 맞추는 것처럼 은은하게 울리게 마련이었다. 그런데 이번에는 종에 뭔가 끼어들기라도 한 것처럼 초조하고 요란하게 울리고 있었다. 사람들이 돌아서서 종탑을 바라보고 있었다. "저건 이상한데."

"그러게." 그녀는 오만하게 코웃음을 치고는 근처에 모여 있는 남자들을 향해 몸을 돌렸다.

"내 얘기 아직 안 끝났어."

"꿈 깨, 자기야." 그녀는 씩 웃고는 떠나버렸다.

나는 신경이 쓰여서 종탑을 올려다보았다. 아래쪽 문이 조금 열려 있었다. 이상하다는 생각이 들었다. 딱히 내가 신경 쓸 일은 아니었지만, 뭔가 풀어진 건 아닐까? 그렇다면 도와줄 사람을 불러야 했다. 나는 지나가던 좀비에게 포도주잔과 접시를 넘기고, 하이힐을 신은 걸음으로 잔디를 밟지 않도록 신경 쓰면서 다가갔다.

종이 점점 더 심하게 부딪치고 덜컹거리면서 신경을 거슬리는 소리가 커졌다. 정면 계단에, 문 아래쪽에 무언가 검은 물체가 있었다. 나는 그쪽으로 다가가면서 아래를 내려다보았다. 불쾌하고 익숙한 악취가 코를 꿰뚫었고, 눈에서 눈물이 흘렀다. 나는 돌아서서 고함을 쳤다. "여기 좀 와봐요! 도와줘요!" 그리고 문을 밀어서 열었다.

종탑은 아주 높았고, 뾰족탑 바로 밑에 뚫린 작은 창문 때문에 빛이 그득한 공간이었다. 창문을 통해 흘러들어온 햇빛이 위쪽에 있는 들보와 거기에 매달린 여러 개의 종을 지나 긴 그림자를 드리우고 있었다. 그림자는 회반죽을 칠한 바닥 위에서 어지럽게 흔들리고 맞부딪치면서, 퍼져가는 검정 액체의 웅덩이에 얼룩을 만들고 있었다.

검은색은 점점 퍼져갔고, 그림자는 회색이었으며, 창백한 진자가 바닥 위에서 흔들리고 있었다. 1초가 지나자 눈이 어둠에 점점 적응했고, 1초가 더 지나자 나는 그 광경이 뭘 의미하는지 알 수 있었다.

나를 불러들였던 무조성 명종곡을 끝없이 연주하고 있는 사람은, 하고 많은 사람 중에, 바로 믹이었다. 그가 자의와 상관없이 음악에 통달했다는 사실은 즉시 명백하게 드러났다. 그는 종을 당기는 줄에 발목이 묶인 채 매달려 있었다. 그의 머리는 바닥 위에서 끝없이 진자운동을 하며 두 줄기 혈흔을 남기고 있었다. 누군가 테이프로 그의 두 팔을 몸에 묶어두고, 입에 재갈을 물리고, 양쪽 귀에 피하주사용 바늘을 꽂아두었다. 자줏빛으로 충혈된 그의 머리에 공급되던 혈액이 관을 통해 꾸준히 밖으로 새어나가면서 점점 바닥나고 있었다. 피로 그린 고리와 소용돌이와 나선이 섬세한 세공선을 만들고 있었다. 하지만 바닥이 약간 기울어진 탓인지 피가 문 안쪽으로 흐르면서 웅덩이가 형성되고 있었다

나는 그토록 예술적인 전시품을 구현한 실력이 존경스러워서 멍하니 넋을 놓으면서도 그와 동시에 범인이 현장 근처에서 어슬렁거릴지 모른다는 생각에 겁을 먹었다. 그리고 믹의 종말을 보고 만족하는 나 자신 때문에 완전히 속이 뒤집혔다. 그래서 나는 생각해 낼 수 있는 한 가장 상황에 어울리고 사회적으로 적절한 행동을 했다. 즉 폐가 튀어나올 정도로 비명을 질렀다.

현장에 가장 먼저 도착한 자는 (내가 비명을 지르고 약 2초 정도 지난 뒤였다) 별 도움이 되지 못했다. 그는 즉흥적으로 만들어진 샹들리에를 한 번 쳐다보더니 몸을 구부리고 점심으로 먹었던 음식물을 피 웅덩이에 추가했다. 하지만 두 번째 온 사람은 자원해서 무덤을 파러 갔던 마틴이었다. "리브? 괜찮아?"

나는 고개를 끄덕이고 훌쩍거리면서 간신히 숨을 쉬었다. 나는 쓰러질 것 같았고, 눈물 때문에 시야가 흔들렸다. "저걸 봐." 나는 손가락으로 가리켰다. "가, 가서… 피오르를… 불러오는 게 좋겠어. 그 사람이라면 어떡해야 하는지 알겠지."

"경찰을 부를게." 마틴은 피 웅덩이를 피해 걸어간 다음 조심스럽게 토했고, 제의실 입구 근처의 벽에 붙어 있던 전화기를 집어 들었다. "여보세요? 교환수?" 그는 수화기 위쪽에 있는 스위치를 건드려 보았다. "이상한데."

내 두뇌는 다시금 조금씩 돌아가기 시작했다. "뭐가?"

"전화기 말이야. 아무 소리가 안 나. 작동을 안 하는데."

나는 훌쩍거리면서 재킷 소매로 코를 닦았다. 그리고 그를 쳐다보았다. "그건 정말 이상한데." 맞아. 머릿속 한구석에서 침묵을 지키고 있던 나 자신이 말했다. 이상해. 그것도 안 좋은 방향으로. "나가보자."

앤드류는 (그가 토하던 사람이었다) 막 볼일을 끝내고 나서 몸을 숙이고는 숨이 막히고 훌쩍거리는 소리를 냈다. 마틴이 그의 팔을 잡고 일으켜 세웠다. 우리는 다 같이 밖으로 나갔다. 무슨 일인지 궁금한 사람들이 입구 쪽으로 모여들고 있었다. "누가 경찰 좀 불러." 마틴이 소리를 쳤다. "신부를 찾아서 데려오고!" 사람들은 그를 밀치고 안으로 들어갔다가 경악하면서 소리를 지르고는 도로 나왔다.

누군가 우리에게, 신도들에게 경고를 보내고 있었다. 나는 휘청거렸지만, 간신히 잔디밭에 도착했다. 샘이 거기서 걱정스러운 눈으로 보고 있었다. "넌 예배 시간 내내 나랑 같이 있었지." 내가 쉿소리를 냈다. "그동안 계속 내 옆에 있었고. 내가 어디에 있었는지 알고 있지."

"그런데?" 그가 영문을 모르겠다는 눈으로 나를 보았다. 나도 마찬가지로 그를 바라보았다. 내가 왜 이러는지는 모르지만 그래도….

샘은 상황을 파악했다. 그의 어깨가 갑자기 긴장했다. "상황이 얼마나 심각해?"

"믹이." 나는 조용히 헐떡거렸다. 더 이상 말이 나오지 않았다. 내가 어쩔 수 없이 봤던 것들이 떠오르면서 말을 이을 수가 없었다. 나는 살인자가 종을 울리는 밧줄로 믹의 발목을 어떻게 묶었는지 보았다. 그리고 그를 찌른 방식을 보았고, 뼈와 굵은 힘줄 사이의 살집이 있는 틈에 두꺼운 밧줄을 넣었다는 점까지 확인했다. 나는 약간 걱정이 되었다. 그들은 믹의 시체를 끌어내리고 나면 그가 마비되어 있는 동안 살인자가 우선 그를 강간했다는 사실을 알게 되고, 그다음에 살인자가 고깃덩어리에서 피를 빼듯 그를 매달았다는 사실을 알게 될 터였기 때문이다. 나는 잠시 뒤 샘의 어깨에 기대어 훌쩍거리고 있었다. 그는 몸을 빼내지 않고 조용히 나를 안아주었다. 그동안 사람들은 우리를 에워싸고 술렁거리면서 얘기를 나누고 있었다. 나는 살면서 끔찍한 광경을 수없이 목격했다. 하지만 믹을 살해한 방식에는 판결을 내린 듯한 신중함이 깃들어 있었다. 그건 소름 끼치는 도덕적 선언이었고, 정의를 구현했다는 맹목적인 확신이기도 했다. 비록 예배 시간 내내 샘의 곁에 있긴 했지만, 나는 범인이 누군지 정확히 알고 있었다. 왜냐하면 캐스를 구출하던 그날 밤, 나는 여러 시간 잠이 들지 못한 채 믹에게 바로 그런 짓을 하겠다고 상상했기 때문이다.

"흠, 브라운 부인. 당신을 여기서 보다니 이 얼마나 흥미진진한 일인지 모르겠군요! 늘 사건이 벌어지는 곳에만 있잖습니까."

유어돈 주교는 해골처럼 턱을 열고 사소한 농담이라도 하는 것처럼 미소를 지었다. 샘은 내 옆에서 이리저리 오가면서 입을 다물고 있었다. 주교에게 말대꾸하지 말아야 한다. 특히 그가 확실히 재치있는 유머를 펼칠 때는 더욱 주의해야 했다. 날아다니는 나비 밑에서 방해를 받고 일요일을 망친 분노의 용광로가 이글거리고 있었기 때문이다.

피오르가 목청을 가다듬었다. "그녀는 용의자가 아닙니다." 그가 딱딱하게 말했다.

"뭐라고?" 유어돈이 뱀처럼 재빨리 고개를 돌렸다. 옆에 있는 좀비 경찰들이 불안하기라도 했는지 긴장한 채 허리띠에 있는 경찰봉에 손을 얹고 있었다.

내가 문제의 문을 열고 30분이 지난 지금, 경찰들은 교회 주변을 포위하고 있었다. 그들은 유어돈의 허락이 떨어지기까지 사람들이 귀가하지 못하게 잡아두고 있었다. 유어돈은 분명히 불쾌한 상태였다. 이 공동체에서는 지금까지 냉혹한 살인이 벌어진 적이 없었다. 그리고 우리가 실험이라는 명목하에 이곳에 머무르고 있다면, 고대인들이 그런 살인을 현대의 신분 도용이나 이성 오염만큼이나 극악무도한 범죄로 취급한다는 사실을 기억해야 했다. 이제 이 조그마한 교구에 결함이 있다는 건 명백했다. 우리는 진짜 경찰 우두머리도 없었고, 숙련된 수사관도 없었다. 그 결과 주교는 어쩔 수 없이 양 떼를 직접 보살펴야 했다.

"제가 봤습니다. 그녀는 남편과 함께 도착했고, 예배 시간 내내 자리에 있었습니다. 그리고 그녀가 문에 다가가고, 안으로 들어가고, 비명을 질렀다고 증언하는 사람들이 여럿 있습니다. 그녀는 혼자 안에 들어갔고 기껏해야 10초가량 머물렀습니다. 그녀가 그 정도

시간에 그런 공격 행위를 저질렀다고 생각한다는 건….”

“내가 뭔가 물어볼 때나 말하게.” 유어돈의 뺨이 실룩거렸다. 그가 너무나 갑자기 마틴에게 주의를 돌렸기 때문에 나는 무릎에서 힘이 빠졌다. 보이지 않는 손이 내 두개골을 쥐고 있다가 사라진 것 같았다. “당신은 뭘 봤지요?”

마틴은 헛기침을 하고 더듬거리면서 내가 시체 앞에서 비명을 지르는 걸 봤다고 설명했다. 그때 경찰관 하나가 피오르에게 잠깐 다가가더니 소곤거리면서 그와 대화를 나눴다.

유어돈이 부하를 노려보았다. “그만할 수 없나?”

피오르가 움직였다. “새로운 정보가 있습니다, 주교님.”

“그래? 그럼 얼른 말해봐! 시간이 없으니까.”

피오르는 (신도들에게 군림하는 것 말고는 관심사가 없는, 오만하고 건방지고 광대 같은 신부는) 바람이 빠진 비행선처럼 쭈그러들었다. “예비 과학 수사 결과에 따르면 살인범이 DNA를 남긴 것 같습니다.”

유어돈이 콧소리를 냈다. “왜 더 빨리 형사를 위임하지 않았던 거지? 말해봐, 내 시간을 낭비하지 말고.”

피오르는 경찰에게서 서류를 한 장 받아들었다. “PCR 검사를 곁들여서… 아니, 설명은 생략하겠습니다. 결과에 따르면 일치하는 지문의 주인은, 어, 접니다. 그 밖에는 YFH 조직체에 있는 어떤 사람과도 일치하지 않습니다.”

유어돈이 분노했다. “그럼 지금 자네가 그 사람을 매달고 피를 뽑았다는 건가?”

피오르는 신통하게도 물러서지 않았다. “아닙니다, 주교님. 살인자가 우리를 농락하고 있다는 얘깁니다.”

나는 현기증 때문에 샘에게 기댔다. 하지만 그건 내 상상이었어.

믹을 그렇게 만들겠다는 상상. 난 아무한테도 얘기한 적이 없다고. 그럼 내가 살인자란 뜻이잖아! 그런데 난 안 했어. 도대체 어떻게 된 거지?

"거기까지." 유어돈이 손뼉을 쳤다. "오늘의 할 일. 피오르 신부, 자네는 한타 박사와 협력해서 경찰 국장을 선발하고, 훈련시키고, 배치하게. 그리고 시민 네 명을 뽑아서 경사로 임명할 수 있는 권한을 주도록. 또한 나중에 나와 의논해서 판사를 선임하고, 배심 앞에서 죄상을 묻는 절차를 만들고, 사형 집행인도 임명하도록 하지." 그가 신부를 노려보았다. "그리고 자네는 돌아가서 예배당을 내가 맡겼던 초기 상태 그대로 되돌려 놓을 거라고 믿고 있겠네. 또한 양 떼를 보살피는 목자의 임무 역시 다해야 할 거야. 많은 신도가 지침을 간절히 원하고 있을 테니까!"

주교는 몸을 돌린 다음 검고 긴 전용 리무진을 향해 빠른 걸음으로 되돌아갔다. 원시적이지만 효과적인 자동 무기를 소지한 좀비 경찰 셋이 그의 뒤를 따랐다. 나는 샘의 품 안에서 축 늘어져 있었고, 그는 나를 받쳐주었다. 피오르는 주교가 차의 문을 쾅 닫은 다음에야 길게 숨을 내쉬고는 침울하게 고개를 저었다. "그래 봐야 좋을 게 없는데." 그는 우리를 보며 투덜거렸다. 우리란 현장 목격자들과, 우리를 조심스럽게 에워싸고 있는 좀비들이었다. "경찰은 해산하도록. 시민 여러분은 양심의 소리에 귀를 기울여야 할 겁니다. 최소한 여러분 가운데 한 사람은 오늘 예배 시간 전에 무슨 일이 있었는지 정확히 알고 있을 겁니다. 그런데도 침묵을 지킨다면 결코 도움이 되지 않을 겁니다."

좀비 경찰들은 흩어졌고, 호기심에 차서 시끌벅적한 교구민들이 그 뒤를 따랐다. 나는 조심스럽게 피오르에게 다가갔다. 마음이 아주 불편했고 이게 옳은 일인지 확신할 수는 없었지만. 그래도….

"아, 무슨 일입니까?" 그는 눈을 찡그리고 축복을 담은 미소를 지어냈다.

"신부님, 저, 얘기 좀 나눌 수 있을까요?" 나는 머뭇거리며 물었다.

"물론이지요." 그가 좀비 경찰을 흘끗 바라보았다. "제의실에 가서 대걸레와 양동이와 청소 용구를 가져와. 그리고 종탑 바닥을 청소해."

"무슨 얘기인가 하면…." 나는 말꼬리를 흐렸다. 양심에 너무나 찔렸고, 무슨 말을 더 해야 할지 알 수가 없었다. 교회 저쪽에서 호기심 어린 눈동자들이 내가 무슨 얘기를 하나 궁금해하고 있었다.

"범인이 누군지 알고 있습니까?" 피오르가 물었다.

"아뇨, 제니스 얘기를 하고 싶은데요. 그녀가 요새 아주 이상하게…."

"제니스가 믹을 죽였다고 생각합니까?" 털이 많고 위로 올라간 눈썹 밑에 검은 눈동자가 들어 있었다. 그 눈동자가 귀족적인 코를 사이에 두고 나를 내려다보고 있었다. 그 코는 목을 감싸고 늘어져 있는 기름진 피부 조직과 서로 다른 얼굴에 속해 있었다. "그렇게 생각하는 겁니까?"

"어, 아니요…."

"그럼 나중에 얘기하죠." 그가 말했다. 그는 얘기가 끝났다는 사실을 내가 깨닫기도 전에 다른 좀비 경찰을 불렀다. "거기, 거기 너! 장의용품 창고에 가서 관을 꺼내고 종탑으로…." 그리고 다음 순간 그는 장화 둘레로 성직자용 겉옷을 나부끼며 내게서 멀어졌다.

"자." 샘이 말했다. "어서 집에 가자." 그는 팔로 나를 부축하며 데려갔다.

나는 울지 않으려고, 눈동자를 움직이지 않았다. "그러자."

그는 나를 이끌고 주차장을 가로질러 줄을 서서 기다리는 택시들 쪽으로 다가갔다. "피오르에게 무슨 얘길 하려고 했어?" 그가 작은 소리로 물었다.

"아무것도 아냐." 그가 정말 절실히 알고 싶었다면 다른 때에, 내가 외로울 때 물어볼 수 있었을 것이다.

"못 믿겠는데." 그는 택시를 타는 동안 아무 말도 하지 않았다.

"그럼 믿지 마." 택시는 목적지가 어디인지 물어보지도 않고 도로변에서 출발했다. 좀비들은 보기만 해도 우리를 식별할 수 있었다.

"리브." 나는 그를 쳐다보았다. 그가 나를 노려보았다. 그의 표정이 심각했다.

"왜 그래?"

"내가 널 미워하게 만들지 마."

"너무 늦었어." 나는 비통한 목소리로 말했다. 그때는, 정확히 말하자면 바로 그 순간에는, 그게 진심이었다.

# 17
# 임무

살인이 일어난 다음 날에는 비가 왔다. 비는 부드럽고 가볍지만 끊이지 않게, 그 주의 남은 날 동안 내 기분을 완벽하게 반영하면서 내렸다.

나는 집안을 마음껏 돌아다녔고, 의사의 지시에 따라 마음을 편하게 먹었다. 도서관에 일하러 갈 필요도 없었다. 따라서 행복해야 했다. 난 여기서 행복해지기로 마음을 먹지 않았던가. 하지만 나는 샘과의 관계를 망쳐버린 것 같았고, 내 주변에는 어둡고 무서운 저류가 흐르고 있었다. 그 저류란 나와 반대되는 결정을 내린 사람들과, 내가 조심스럽게 줄타기를 하지 않으면 당장에라도 물고 늘어질 사람들이었다. 이제 나는 모든 일을 제대로 생각해 볼 시간이 있었고, 제니스 얘기를 꺼내려 했을 때 피오르가 귀를 기울이지 않았다는 사실에 너무나 감사하고 있었다. 생명의 값어치는 매주 떨어지고 있었다. 게다가 이곳에는 공짜 부활이 없었다. 매일 같이 백업할 수 있는 가정용 조립게이트가 없었으니까.

나는 진심으로 걱정하고 있는 걸까?

그렇다.

나는 화요일까지 간신히 버티다가 붕괴하고 말았다. 나는 새벽 햇빛을 보면서 일어났고(최근 들어 제대로 잠들지 못했다), 샘이 욕실 부근에서 돌아다니는 소리를 들었다. 창문 밖을 보니 식물들 앞에 반투명 커튼이 드리운 것처럼 빗방울이 떨어지고 있었다. 나는 더 이상 참을 수 없다는 사실을 깨달았다. 혼자서는 단 하루도 집에 있고 싶지 않았다. 한타 박사는 일주일 동안 쉬면서 회복하라고 말했지만, 몸은 이상이 없었다. 일터에 가면 최소한 할 일은 있을 터였다. 말할 상대도 있었다. 최근 들어 이상하게 행동하긴 하지만 제니스는 일종의 친구였다. 그녀를 만났을 때 내가 무슨 말을 할지 몰라 께름칙하긴 했지만.

나는 출근 복장을 갖춰 입고 평상시처럼 아래층에 내려가서 택시를 불렀다. 걷고 싶은 생각도 있긴 했지만, 밖에는 비가 내렸다. 미리 사둔 방수 장비도 없었다. 우주선에 비가 내리다니, 누가 이런 생각을 한 거지? 나는 정문 현관 앞에서 기다리다가 택시가 나타나자 쏜살같이 질주해서 뒷좌석으로 뛰어들어갔다. "도서관으로 가." 내가 헐떡거리며 말했다.

"알겠습니다, 부인." 운전사는 보통 때보다 조금 더 가속하며 출발했다. "날씨가 언제까지 이럴까요?"

음? 나는 몸을 떨었다. "방금 뭐라고 했지?"

"공공 사업국에서 일하는 지미가 그러는데 지금 하수 설비에 문제가 생겨서 이러는 거랍니다. 호우용 배수로를 한 번 쓸어내야 한대요. 참, 나는 아이크라고 합니다. 만나서 반가워요."

나는 우아하게 정신을 차리려고 애를 썼다. "난 리브예요. 택시는 오래 몰았어요?"

그가 킬킬거렸다. "여기 처음 온 때부터 몰았죠. 사서이신가요? 사서분은 처음 뵙는군요. 여기서 시내까지 가는 건 문제가 없는데, 도서관이 어디에 있는지는 알려 주셔야 합니다."

"연결 구역이에요." 나는 간신히 말했다.

"알겠습니다. 그거면 됩니다." 그는 앞유리용 와이퍼가 움직이는 속도에 맞춰 당김음을 연주하듯 운전대를 두드리다가 차의 방향을 급격하게 틀었다. "사서는 종일 뭘 하나요?"

"택시 운전사는 뭘 하죠?" 나는 계속 몸을 떨면서 쏘아붙였다. 차를 수동으로 조작하잖아! 이런 기계를 좀비가 아니라 우리 같은 사람에게 맡기다니…. 연구자들은 이 조직체를 정말 제대로 운영할 생각이었다. 즉 그에 맞는 점수 체계를 우리 머릿속에 이식해 놨다는 뜻이었다. "이용자들은 도서관에 와서 책을 신청해요. 우린 그걸 도와주고요." 나는 어깨를 으쓱했다. "그것 말고 다른 일도 있지만 아주 간단히 얘기하면 그게 다예요."

"아하. 나는 온종일 차를 몰아요. 무선으로 호출이 들어오면 요금을 알아보고, 손님이 가고 싶은 곳으로 모셔다드리죠."

"지겹겠군요. 그렇죠?'

그가 웃었다. "내가 보기엔 책을 찾는 일이 지겹겠는데요. 그러니 우리 둘 다 비슷하다는 얘기네요! 시내 광장에 왔습니다. 시청이 보일 거예요. 여기서 어디로 갈까요?"

시내 구역에는 비가 내리지 않았다. "여기서 내려주세요. 도서관까지는 걸어가야겠어요." 하지만 그는 내 제안을 받아들이지 않았다.

"아닙니다. 뭐가 어디에 있는지 익혀둬야 하거든요. 도서관이 어디에 있는지 알려주세요."

나는 항복했다. "다음 교차로에서 좌회전하세요. 그리고 직진해서 두 구역을 간 다음에 우회전하고 세우세요. 그러면 눈앞에 보일 거예요."

나는 완전히 당황한 상태로 일터에 도착했다. 왜 그랬는지 정확한 이유는 알 수 없었다. 유어돈이 경사 계급과 판사를 만든다는 얘기는 이미 들은 바가 있었다. 최종적으로 좀비는 모두 사라지고 모든 걸 우리 손으로 하게 되는 걸까? 나는 그래야 암흑시대 시뮬레이션을 정확히 운영할 수 있다는 사실을 깨달았다. 그러면 이 모든 일의 규모는 내가 상상했던 것보다 훨씬 더 커질 터였다.

나는 출근 시간에 조금 늦었다. 도서관은 이미 열려 있었다. 하지만 이용객이 없었기 때문에 나는 곧장 접수대로 가서 제니스를 보고 웃었다. 그녀는 책에 코를 박고 있었다. "안녕!"

그녀가 움찔거리며 몸을 일으키고는 놀란 표정을 지었다. "리브. 오늘 올 줄은 몰랐는데."

"흠, 계속 집에 앉아 있으니 지겨워서. 한타 박사는 나만 괜찮으면 오늘 출근해도 된다고 했어. 그리고, 음, 비가 내리는 걸 지켜보기만 하는 것보다는 낫잖아, 안 그래?"

제니스가 고개를 끄덕였다. 하지만 별로 달갑지는 않은 것 같았다. 그녀는 보던 책을 덮고 조심스럽게 접수대 속에 넣었다. "응, 그렇겠네." 그녀가 일어섰다. "커피 한 잔 줄까?"

"응, 마실래!" 나는 그녀를 따라 뒤쪽 직원실로 들어갔다. 돌아오니 기분이 아주 좋았다. 내가 속한 곳은 여기라는 생각이 들었다. 제니스는 기분이 좋지 않았지만 그건 내가 도울 수 있을 것 같았다. 우리 둘이서 도서관을 운영하면 되잖아! 그것보다 더 좋은 게 어디 있겠어? 아이크는 냄새나고 위험한 택시나 모는데.

"자, 그러면." 제니스는 주전자를 켜고는 비판적인 눈으로 나를 훑어보았다. "난 두어 시간 정도 나갔다 와야겠어. 혼자 도서관을 맡아도 괜찮겠어?"

"당연하지!" 나는 치마의 주름을 폈다. 옷에 보푸라기가 있어서 훑어본 건가?

그녀는 눈살을 찌푸리더니 이마를 만졌다. "부탁인데 이른 아침부터 너무 흥분하지 말아줘. 너 왜 그래?"

"그동안 지루했거든!" 나는 목소리가 높아지는 걸 간신히 참았다. "집에 있으면 지루해. 그리고 일주일 내내 비가 오잖아." 나는 의자를 하나 더 꺼내어 앉았다. "매일 같이 쇼핑하러 갈 순 없지. 집 안을 청소하고 정리하는 것도 한계가 있고. 텔레비전은 지루하잖아. 여기 들러서 책을 빌리면 되겠지만 내 생각엔…." 나는 서서히 말을 멈췄다. 내가 무슨 생각을 하고 있었더라?

"무슨 말인지 알겠어." 그녀의 눈가에 힘없는 미소가 걸렸다. "샘은 어때?"

나는 긴장했다. "그건 왜 물어?"

그녀의 미소가 희미해졌다. "어제 샘이 여기로 찾아왔어. 네 얘기를 하고 싶다더라. 내 의견도 알고 싶었고…. 너와 얘기를 할 수가 없었대. 그래서 그 얘기를 할 상대가 필요했다더라고. 리브, 이런 건 좋지 않아. 너 괜찮은 거야? 내가 도와줄 일 없겠어?"

"있어. 화제를 바꿔주면 돼." 나는 가볍게 말했다. 하지만 그녀는 내 말을 듣자마자 얼어붙었다. "샘은 내가 한 말 때문에 상처를 받은 거야. 그 문제는 당사자들끼리 풀면 되고." 분노와 죄책감 때문에 속이 뒤틀렸지만 나는 이를 악물고 참았다. 제니스는 아무 잘못이 없었다. 하지만 샘은 생각이 짧았다. 돼지 같은 놈. "우리가 알아서 해결할게." 나는 그녀를 안심시키려고 덧붙였다.

"알았…어." 제니스는 레몬 조각이라도 삼킨 것 같은 얼굴이었다. 그때 주전자에서 물이 끓기 시작했다. 그녀는 일어서서 두 개의 머그잔에 뜨거운 물을 부었다. 그리고 크림 가루를 떠 넣고는 섞었다. "오해하지 말고 들어줘, 리브. 넌 병원에서 퇴원한 다음부터 변한 것 같아. 예전과 너무 달라졌다고."

"음? 그게 무슨 뜻이야?" 나는 입으로 불어 커피를 식혔다.

"아, 사소한 일들을 얘기하는 거야." 그녀는 나를 보며 눈썹을 치켜 올렸다. "넌 이상하게 흥분하고 있어. 내면보다는 바깥일에 더 관심을 쏟고 있고. 그리고 유머 감각이 사라진 것 같아."

"유머 감각이 무슨 상관인데?" 나는 화를 내지 않으려고 머그잔을 노려보았다. "난 지금 내가 어떤지 알아. 과거에 어땠는지도 알고."

"내가 한 말은 잊어버려." 제니스가 한숨을 쉬었다. "미안해. 내가 왜 이러는지 모르겠어. 요즘 들어 점점 못되게 굴고 있거든." 그녀는 한동안 침묵을 지켰다. "내가 몇 시간 정도 자리를 비워도 괜찮았으면 좋겠는데."

나는 억지로 웃을 수 있었다. 엄밀히 따지자면 제니스가 무슨 문제로 자리를 비우든지 내가 신경 쓸 일이 아니었지만…. "친구끼리인데 뭐 어때."

그녀는 나를 묘한 눈으로 쳐다보았다. "고마워." 그녀는 커피를 한 모금 마시더니 얼굴을 찌푸렸다. "진짜 지독한 맛이야. 그래도 마실 수 있는 게 이것뿐이니 없는 것보다야 낫겠지만." 그녀는 계속 얼굴을 찡그렸다. "이러다가 늦겠네. 점심 때쯤 돌아올게."

"알았어." 내가 말했다. 그녀는 일어서서 문에 걸린 재킷을 집어

들고는 밖으로 나갔다.

나는 커피를 다 마시고 접수대로 돌아갔다. 정리할 서류가 조금 있긴 했다. 하지만 좀비 청소부들이 일을 다 끝낸 뒤라 책꽂이 꼭대기에는 닦아낼 먼지조차 남아 있지 않았다. 일이 지루했던 회사원 두어 명이 들러서 책을 반납하고 점심시간에 읽을 책을 찾아 책장을 뒤졌다. 그때를 제외하면 도서관은 죽은 거나 마찬가지였다. 그래서 나는 다시 접수대에 앉아 연체 도서 반납 선반을 더 체계적으로 운영할 방법을 고민하고 있었다. 그때 정문이 열리더니 피오르가 걸어 들어왔다.

"당신이 있을 줄 몰랐군요." 그가 미심쩍은 듯 통방울 같은 눈을 가늘게 뜨고 말했다.

"정말요?" 나는 모든 본능이 조심하라고 비명을 질렀음에도 불구하고 의자에서 뛰어내려 그에게 미소를 지었다.

"정말입니다." 그가 코를 킁킁거렸다. "다른 사서분은, 그러니까 제니스는 안에 있습니까?"

"오전에 나갔어요. 하지만 돌아올 거예요." 나는 그를 보면서 끔찍한 기시감을 느꼈다. 악몽이 재현되는 것 같은 기분이었다.

"흠. 그럼 나한테 신경 쓰지 마세요. 문헌 보관실에 볼 일이 있으니까요." 그가 더 큰 소리로 말했다. "방해하지 말아요."

"아, 알겠어요." 나는 마지못해 뒤로 물러섰다. 피오르는 무언가를 숨기고 있었다. 그는 어딘가 이상했고, 그의 눈에는 야생적인 긴장감이 깃들어 있었다. 나는 불현듯 도서관에 우리 두 사람밖에 없다는 사실과 그의 체중이 내 두 배는 된다는 사실을 또렷하게 깨달았다. "오래 계실 건가요?"

그가 내 어깨너머를 보며 눈을 깜빡거렸다. "아뇨, 오래 걸리지 않을 겁니다, 리브." 그리고 그는 몸을 돌린 다음 느린 걸음으로 참고문헌이 있는 쪽과 문헌 보관실로 향했다. 나에게는 눈길도 주지 않았다. 나는 잠깐이지만 내 직감을 믿지 않았다. 결국 피오르는 그 정도밖에 안 되는 경멸스러운 인간이었다. 그는 자신의 내부에만 갇혀 있는 인간이기 때문에, 그 곁에 너무 오래 머무르면 내가 그의 상상에 지나지 않는다는 생각이 들 정도였다. 그때 피오르가 콧방귀를 뀌는 소리가 들렸다. 그가 자물쇠에 열쇠를 꽂는 소리가 들렸고, 바닥이 삐걱거렸다. "나와 함께 들어가시겠습니까? 안에서 할 얘기가 있는데요."

나는 황급히 그의 뒤를 따랐다. "내가 무슨 자격이 있어서 신부님과 얘기를 하겠어요?" 나는 그를 따라 들어가지 않을 핑계를 찾아 절박한 심정으로 뇌를 뒤졌다. "제니스 얘기를 하려는 건가요?"

그가 몸을 돌리고 뚫어져라 쳐다보는 바람에 나는 꼼짝을 할 수가 없었다. "그럴 수도 있겠군요." 그는 이제 평상시의 피오르 그 자체였다. 그래서 나는 그를 따라가며 문을 통과하고 지하실로 향하는 계단을 내려갔다. 절망적인 긴장이 내 뱃속을 물어뜯었다. 하지만 나는 걱정을 해야 하는 건지 아닌지 결정을 내리지 못하고 있었다.

계단 아래에 있는 이상한 방에 도착하자 피오르가 걸음을 멈췄다. "한타 박사가 정확히 어떤 사람이라고 생각하지요?" 그가 물었다. 그는 걱정거리에 짓눌려 지친 목소리로 말하고 있었다.

나는 깜짝 놀랐다. 이건 또 뭐지? 내부적으로 정치 공작이 벌어지고 있는 건가? "그녀는…." 나는 대화 상대가 누구인지 절실하게 깨닫고는 말을 참았다. "시원시원하고 솔직하죠. 좋은 사람이고, 상대를 걱정해주고요. 난 그녀를 신뢰해요." 나는 마지막 말을 충동적으로 덧붙였다. '당신은 안 믿지만요'라는 말을 덧붙이고 싶은 욕구를 참으면서. 나는 간신히 움직여서 한쪽 벽에 있는 물품 보관용 선반을 등졌다. 뭐든지 손에 쥘만한 물건이….

"예상과 다르지 않군요." 피오르가 작은 소리로 말했다. "한타 박사가 당신에게 무슨 짓을 했지요?"

"박사가 얘기하지 않았나요?"

"당신 입으로 듣고 싶어서 물은 겁니다." 그는 다급하게 작은 목소리로 말했다. 그리고 내 마음속에서 무언가가 뚝 부러졌다. 더 이상 이게 꿈이라고 생각할 순 없어, 안 그래? 그래서 나는 시간을 끌었다.

"나는 기억상실을 자주 겪고 있었어요. 그러다가 우주선의 질량 조절용 물질들을 보관해주는 상층에서 더럽고 끈적거리는 물체를 만졌죠. 그러는 바람에 내 면역 체계가 망가졌고, 기억의 흔적들이 잠식되기 시작했어요. 한타 박사는 어쩔 수 없이 항로봇제를 처방했고, 상황이 악화하는 걸 막으려고 완전한 기억 고정제를 투여했어요." 나는 손을 등 뒤로 돌렸고, 천천히 뒷걸음질을 쳐서 그에게서 멀어지고 벽으로 다가갔다. "내가 보기에 그녀는 놀랄 만큼 윤리적인 의사예요. 이곳에 있는 다른 사람들이 비밀리에 행동하는 걸 고려하면요. 혹시 신부님은 다르게 생각하시나요?"

"흐음." 피오르는, 그러니까 가짜 피오르는 조립게이트 터미널 쪽으로 몸을 숙이고 무언가를 입력했다. "그래요. 솔직히 말하자면 그렇습니다."

그가 시선을 돌리고 있는 동안 나는 뒤로 더 물러서다가 선반에 부딪혔다. 좋았어. 나는 마음속으로 어떤 행동을 취해야 할지 이미 정해놓고 있었다.

피오르는 꿋꿋이 말을 이었다. "당신보다 먼저 이곳에 들어왔던 전임자 중 한 사람이, 사실 그 사람들은 아직도 신분을 완전히 숨긴 채 활동하고 있지만, 그 문제를 조사했지요. 한타는 그녀의 본명이 아닙니다. 아니, 그보다는, 그녀가 한때 아스클레피오스 동맹의 일원이었다고 얘기하는 편이 낫겠군요." 나는 조금 숨을 헐떡거렸다. "아, 기억하고 있군요? 그녀는 생체 해부자예요, 리브. 인류 재구축 방식에 대해 독자적인 신념을 갖고, 몸 바쳐 그걸 추진하던 핵심 분파의 한 사람이죠."

"내가 무엇으로부터 도망쳐서 여기까지 왔는지 일깨워주다니, 고맙군요." 나는 비틀거리며 말했다. "앞으로 일주일 동안 그것과 관련된 악몽을 꾸게 될 거라고요."

그는 몸을 돌리고 나를 노려보았다. "넌 멍청한 건가? 그게 아니라면…." 그는 말을 멈췄다. "미안해. 하지만 진심으로 할 말이 그것밖에 없다면 넌 정말로 선을 넘어…." 그는 화가 난 것처럼 터미널을 두드려댔다. "젠장. 적어도 이곳에 있는 다른 사람들을 조금은 걱정해줄 거라고 생각했는데."

나는 구역질을 진정시키려고 애를 쓰면서 심호흡을 했다. 아스클레피오스 동맹은 또 다른 독재 광신도들이었고 형태학적 집단이었다. 그들은 유아론자 집단보다 더 나빴다. 그들은 비명을 지르는 사람들을 한 번에 한 명씩 난도질하는 방식으로 조직체를 재구축했다. 한타 박사가 아스클레피오스의 일원이라면, 그런 인물이 유어돈 및 피오르와 함께 일한다면, 그들이 만들어가는 미래는 공포 그 자체였다. "그녀는 그렇지 않아. 그럴 리가 없다고."

"그럼 피오르 의무소령은 그냥 살이 찌고 자신밖에 모르는 정신과 의사라고 생각했겠군?" 그는 나를 보면서, 조금도 즐거워 보이지 않으면서, 씩 웃었다. "그만해, 리브. 난 너한테 무슨 일이 생긴 건지 알고 있어. 한타가 네 머리를 완전히 망가뜨린 거야. 우선 네가 동의하게 만들었겠지. 아스클레피오스 놈들은 형식에 목을 매니까. 피오르와 유어돈 역시 전범들이긴 마찬가지고. 젠장, 이곳에 있는 사람들은 거의 대부분 완전히 잊어버리고 싶을 만큼 끔찍한 짓을 저질렀다고. 여기가 왜 실험 조직체였는지는 기억하고 있어?"

"기억하느냐는 게 무슨 소리야?" 그건 처음 듣는 말이었다.

"아. 기억 고정제를 맞았지. 그렇다면 말이 되는군." 그는 마지막으로 터미널을 한 번 눌렀다. 그러자 신호음이 들렸고 화면이 초록빛을 뿜었다. "우리가 순순히 기억상실증에 걸리지 않았다면 독재자들이 발을 붙일 수 있겠어? 공동체가 단체로 기억을 잃으면 뭐든지 숨길 수 있잖아. '이제 누가 아르메니아인들을 기억하겠어?'" 그는 한 걸음 뒤로 물러섰다. "잘 들어. 우리는 한타가 네 머릿속에 이식한 조건 설정을 부숴야 해."

이번에는 정말로 뱃속이 뒤틀렸다. 구역질이 났다. 그는 괴물이었다. 한타가 고쳐주기 전에 내가 몸을 담그고 있던 불안 속으로 다시 끌어들이려는 괴물이었다. 나는 다시 그 사다리를 올라가고 있었고, 빠져나갈 방법이 없다는 걸 알고 있었다. 우리는 여기 갇혔다. 저항은 무의미했다. 나는 정말이지 도망쳐야 했다. 주교를 부르고 경찰을 불러서 저자를 체포해야 했다. 하지만 그건 나 자신을 배신하는 행위도 되지 않겠는가? "네가 믹을 죽인 거야?" 내가 속삭였다. "그 육체엔 어떻게 들어갔지?"

"그렇다고 대답하면 마음이 좀 편해지겠어?" 그의 목소리는 놀라우리만치 부드러웠다. "아니면 더 불편해지려나?"

"나는…." 나는 한 번 더 공기를 들이마셨다. "알고 싶어."

가짜 피오르는, 로빈은, 천천히 눈을 깜빡이고, 통방울 같은 눈을 감았다. 나는 긴장했다. 하지만 그는 내가 다시 정신을 차리고 움직이기 전에 눈을 떴다. "네가 피오르를 죽인 다음이었어." 그가 말했다. "나는 조립게이트에 들어가서 나 자신을 백업했고, 육체와 신경가닥 속으로 들어가도록 프로그래밍해서, 피오르의 껍데기를 뒤집어쓰고 나오려다가…." 그가 나를 보며 고개를 끄덕였다. "나는 두 시간 뒤에 나오도록 설정했어. 네가 엉망인 현장을 정리할 시간이 필요했으니까. 하지만 넌 분명히 그사이에 일어난 일을 기억하지 못할 거야. 나는 게이트 속에서 정신을 차린 다음 지하실이 조금 깨끗해졌다는 걸 알았지. 그리고 네가 보이질 않길래 어쩔 수 없이 내가 나머지를 처리했지. 피오르는 게이트 안에 자신을 백업해뒀고 나는 그의 생체를 쓰고 있었기 때문에 그의 이식물 내용을 뽑아낼 수 있었어. 그다음에 피오르의 복사체 하나가 너를 조사하러 오더라고. 그래서 네가 그냥 실종됐다고 말해줬지. 내 말을 믿더라. 피오르는 다중복사체를 제대로 활용할 줄 모르더라고."

"나는 일요일 아침에 캐스를 보러 병원에 갔어." 그가 조용히 말했다. "그런데 그날 아침에 나보다 먼저 방문한 사람이 있었어. 그 일에 관해서는 아무 소문도 들은 바가 없었지만, 상황이 아주 심각했지. 한타가 나중에 그 일을 덮은 것 같아. 하지만 그래도 네가 알고 싶다면…, 나는 믹을 붙잡았어. 빈 주택의 지하실에 살고 있더라고. 다른 사람들이 일하러 나간 사이에 주방에서 먹을 걸 훔쳤지. 우리가 서로 믿고 사는 사람들이라는 건 알고 있었어? 다들 뒷문을 안 잠가두고 살잖아. 믹은 캐스에게 재갈을 물렸어. 한타가 조직 지지대로 그녀의 다리를 고정해둔 건 너도 봤겠지. 그래서 그녀는 아무것도 할 수가 없었어. 내 말은, 도망치려 했지만 그리 멀리 가진 못했다는 거야. 믹은 그녀를 또 강간했어, 리브. 내가 세 번째 기회를 안 주는 건 너도 잘 알지?"

나는 침을 꿀꺽 삼키면서 고개를 끄덕였다. 진짜 무서운 건 내가 마음의 눈을 통해 모든 걸 볼 수 있었다는 사실이다. 피오르의 육체에 들어간 나는 몰래 믹에게 다가갔다. 그는 놀라서 펄쩍 뛰어올랐고, 캐스는 절망적으로 몸부림을 치고 있었다. 믹은 아마 방해가 되지 않도록 그녀의 몸을 묶어놨을 것이다. 피오르의 육체에 들어간 나는 믹의 두개골 아래쪽을 갈겼다. 하지만 솜씨는 별로 훌륭하지 못했다. 그 시점에서 이미 분노를 조절할 수 없었기 때문에. 그래서 지주막하 출혈이 발생하는 것도 신경 쓰지 않았다. 피오르의 몸에 들어간 나는 믹이 다시 못 깨어나도 상관이 없었다. 사실 나는 그가 다시 깨어나는 게 매우 좋지 않은 일이라고 생각했다. 최소한 캐스에게는. 그리고 믹을 이용해서, 그의 선례를 따르겠다고 생각하고 있는 경계성 소시오패스들에게 경고를 보내면 좋을 것 같아서….

그건 바로 나였다. 나는 한때 그랬다. (조용하고 평화를 좋아하고 가족에게 헌신하는 역사가였던) 예전의 나와 달리, (약간 침착하지 못하고, 내 전체 인생처럼 보였던 것과 싸운 뒤 항복하고 그 즐거움을 누리려다가 금세 시들해진) 지금의 나와 달리. 그건 바로 한가운데 있던 나, 사신의 얼굴을 한 살육 기계인 나였다. 나는 그의 눈을 들여다보았다. 그 안에는 엄청난 슬픔이 깃들어 있었다. 그리고 역겨운 죄책감이 깃들어 있었다. 그 죄책감은 내가 정말로 그를 주교에게 일러바치겠다고 생각한 걸 자각하면서 생긴 죄책감과 똑같았다. 나는 가장 존경받는 시민의 도플갱어가 살인을 저지르고 돌아다니는 걸 용납할 수 없었기 때문에 그의 존재를 주교에게 알릴 생각이었고….

나는 뒤로 돌린 손으로 선반을 뒤지다가 가장 먼저 닿은 것을 붙잡았다. 그건 무거운 서류 뭉치, 다시 말해 위층 선반에서 가져온 큐리어스 옐로우 코드 모음의 일부였다. 나는 힘차게 두 걸음 앞으로 나아가 서류 뭉치를 치켜든 다음 그의 머리를 최대한 세게 가격했다. 그는 축 늘어지더니 쓰러졌다. 하지만 나는 그 자리에 남아서 일을 마무리 짓지 않았다. 그 대신 몸을 돌리고 계단을 향해 달렸다. 지상으로 올라가서 문을 닫을 수 있다면 그는 여기 갇힐 테고 그러면 주교를 불러올 시간이….

"어딜 가는 거야?" 제니스가 계단 꼭대기에서 마비총으로 나를 겨눈 채 천천히 말했다. 방아쇠울 안에서 하얗게 변한 그녀의 검지가 눈에 들어왔다.

나는 두 손을 들면서 말했다. "쏘지…."

그녀는 쏘았다.

나는 신음을 하면서 손을 들어 이마를 만졌다. 리브가 때린 부위가 엄청나게 아팠다. 누군가 내 손목을 잡고 시험적으로 잡아당겼다. 나는 눈을 떴다. 제니스가 보였다. 그녀는 걱정스러운 표정이었다. "어떻게 된 거야?" 내가 물었다.

"계단으로 도망치는 걸 내가 잡았어. 아주 서둘러서 가던데." 제니스가 나를 흘끗 쳐다보았다. "넌 어떻게 된 건데?"

나는 이마를 한 번 더 만져보았다. 그리고 너무 아파서 얼굴을 찡그렸다. "뭘 집어서 날 때렸어. 서류함인 것 같아. 그래서 기절했고." 한심하군, 한심해. 나는 속이 조금 좋지 않았다. 주변을 둘러보니 목이 칼에 찔린 것처럼 아팠다. "그리고 머리를 조립게이트에 부딪쳤어."

"내가 제때 와서 다행이었군."

"허. 네가 연루된 일에 운이 개입할 수나 있나."

"그건 그때나 그랬지." 그녀가 생각에 잠기면서 말했다. "혼자서 괜찮겠어? 난 도서관 문을 닫아야 하는데."

"얼른 가서 닫아." 나는 얼굴을 찡그리고 숨을 크게 몰아쉬며 일어났다. 이 몸은 힘을 많이 줘야 움직였고, 내부에 절연체도 많이 들어 있었다. 그리고 뛰어다니기에 적합하지도 않았다. "누가 우릴 보기라도 하면…."

"그건 내가 알아서 처리할 거야."

제니스는 위층으로 사라졌다. 나는 앉은 채로 간신히 구역질을 참았다. 리브는 하마터면 우리 두 사람의 인생을 망칠 뻔했다. 얼마나 아슬아슬했는지 깨닫자 공포가 몰려왔다. 내가 이전에 제니스의 정체를 알아내지 못했다면, 나는 여기 혼자 갇혀 있었을 테고 리브는 눈 하나 깜빡이지 않고 나를 죽였을 것이다. 의사의 명령에 따라서.

리브를 어떻게든 처리해야 했다. 예상하지 못했던 상황이었다. 한타는 분명히 (그녀의 본명은 비신스키 의무대령이었다) 그녀를 손에 넣었고, 일주일을 낭비했다는 사실은 가볍게 여길 수 없었다. 한편 그녀는 유용한 것들을 알고 있었다. 딜레마군. 딜레마야. 한타가 적용해 둔 세뇌를 손쉽게 되돌리는 방법이 있다면…. 젠장. 한타는 기술자였다. 따라서 그 세뇌란 동기부여/가치를 해제시키는 핵이었을 테고, 엄청나게 정교했을 것이다. 또한 리브의 인격이 정상적으로 작동하도록 남겨둔 채 한두 가지 특성의 효율만 조절해서 그녀를 작고 착한 점수 창녀로 바꿔놓았을 것이다.

나는 다리를 벌리고 앉아서 엄청나게 울렁거리는 뱃속을 진정시키려고 숨을 세 배는 몰아 쉬었다. 그리고 육체적으로는 더 나은 나의 반쪽을 죽일 수밖에 없다는 사실을 받아들이려고 애를 썼다. 그건 몇 번을 해봐도 속이 뒤집히는 일이었다.

위층에서 덜컥거리는 소리가 들렸다. 나는 숨을 헐떡거리면서 일어서고는 무슨 일이 벌어진 건지 확인하려고 휘청거리며 나아갔다. 나는 이 몸이 싫었다. 하지만 이걸 사용하면 다른 아군이 못 가는 장소에 들어갈 수 있었다. 실험자들의 내부 보안은 엉터리였다. 인증용 암호도 없었다. 인증용 암호란 여러 가지의 조합이어야 했다. 함께 아는 것 조금, 그냥 아는 것 조금, 비밀스러운 것 조금, 그리고 나다운 것 조금. 하나의 조직체 내에 있는 모든 조립게이트를 사용할 수 있으면 나다운 것만으로도 충분하겠지만, 그래도 보안이 너무 허술하다는 건 사실이었다. 나는 위층 바닥 쪽으로 다가서서 잠시 기다렸다. "누구야?" 나는 낮은 소리로 물었다.

"나야." 제니스가 말했다. "리브를 처리하는 것 좀 도와줘."

"흐음." 나는 계단을 올라갔다. 제니스는 계단 꼭대기에서 기다리고 있었다. 옆에는 도서관에서 사용하는 테이프로 손목과 발목이 한데 묶인 리브가 있었다. 리브는 몸을 조금 꿈틀대면서 의식을 회복하고 있었다. "리브를 어떻게 처리하는 게 좋겠어?" 내가 물었다.

"아래층으로 데려갈 수 있겠어?" 제니스가 헐떡거리며 물었다.

"응." 나는 몸을 내밀고 리브의 발목을 잡았다. 이 육체는 터무니없이 체중이 많이 나갔지만 그래도 힘은 약하지 않았다. 나는 들고 끌었다. 제니스는 리브의 머리가 계단에 부딪히지 않도록 그녀의 두 팔을 들어 올렸다. 나는 바닥에 도착한 다음 리브를 끌고 조립게이트로 향했다. 그녀는 눈을 굴리고 있었고, 얼굴이 붉게 상기되어 있었다. 나는 자신을 증오하면서 몸을 앞으로 숙였다. "너라면 어떻게 하겠어?" 내가 물었다.

"읍! 으읍!"

끝까지 반항적이군. 그래야 나답지. 나는 제니스를 올려다보았다. "왜 안 죽였어?"

"그러고 싶지 않아서." 제니스가 말했다.

"뭐? 넌 아까 그냥…."

"그냥 게이트에 집어넣어!" 그녀는 스트레스를 받은 것 같았다.

나는 리브의 겨드랑이에 손을 집어넣고 들어 올렸다. 그녀는 내게 부담을 주려고 다리를 끌었다. "나도 너만큼이나 이 짓을 반복하기 싫어." 내가 말했다. "하지만 이 마을은 너무 좁아서 우리가 공존할 수 없단 말이야."

나는 그녀를 조립게이트에 집어넣었다. 그녀는 두 다리를 밖으로 내밀었다. 하지만 나는 미리 예상하고 있다가 그녀의 왼쪽 신장 부근에 주먹을 꽂아넣었다. 그러자 그녀의 허리가 꺾였다. 나는 문을 밀어 닫았다. "됐어?" 나는 제니스를 노려보았다. "이제 어떡할까?" 기분이 더러웠다. 나 자신을 죽일 때마다 단 한 번도 예외 없이 기분이 더러워졌다. 내가 보기에 그게 바로 나와 제니스의 차이점이었다. 나는 어려운 결정을 다른 사람에게 미뤘다.

제니스는 조종장치를 들여다보았다. "생각하는 중이야." 그녀가 중얼거렸다. "저기, 그녀의 템플릿을 뽑아낼 건데 괜찮겠어?"

"씨발." 나는 고개를 내저으며 포기하겠다는 뜻을 표현했다. 조립게이트 안에서 툭 소리가 났고, 나는 얼굴을 찡그렸다. 그 안에 내가 들어 있다고 생각하니 끔찍했다. "왜?"

"왜냐하면." 제니스가 나를 바라보았다. "널 그 상태로 계속 끌고 다니면 피오르가 의심할 테니까. 이제 너 자신으로 돌아갈 때가 된 것 같지 않아?"

"돌아간다고?"

"다시 리브가 되라는 거야." 그녀가 참을성 있게 말했다.

"아." 나는 한 번 더 같은 소리를 냈다. "아, 무슨 말인지 알겠어." 머리를 부딪친 바람에 둔해지고 멍청해진 모양이었다. 제니스의 말이 맞았다. 리브를 죽일 필요가 없었다. 그러자 갑자기 그녀를 주먹으로 때리고 대규모 나노 조립게이트 속에 던져넣으면서 불쾌했던 기분이 훨씬 나아졌다. 내 얼굴을 스스로 때리는 것이, 다른 사람에게 그 일을 시키는 것보다는 나은 것과 같은 이유였다.

"템플릿을 떠놓을 테니까 너도 따라 들어가. 현재 네가 가진 신경상태의 증가분을 꺼내서 리브에게 부여할 테니까. 그러면 양쪽 기억을 전부 가진 상태로 그녀의 육체 안에서 깨어나게 될 거야. 주도권은 네가 갖고 있을 테고. 그러면 되겠지?"

조립게이트 안쪽에서 둔탁한 타격음이 들렸고, 희미하게 구역질을 하는 소리가 그 뒤를 이었다. 제니스는 망통신으로 리브를 마비시켜놓고 틀을 채취하는 프로그램을 작동시켰다. 그러자 박피성 디지타이저 거품이 게이트 내부의 격실을 채우기 시작했다. "그래야 할 텐데." 내가 말했다.

"피오르가 사태를 파악할까 봐 걱정이 되거든. 믹에게 벌어진 사건을 잘 생각해보면 모든 걸 알아챌 수도 있잖아."

나는 깊이 한숨을 쉬었다. "알았어. 나도 뒤따라 들어갈게. 네 말이 맞는 것 같아."

"그럼 너도 동의하는 거지?" 천장에서 내려오는 희미한 불빛 때문에 그녀가 초췌해 보였다. "좋았어. 그러면 이번 일도 완전히 한심하지는 않게 마무리되는 거야. 그다음에는…?"

"그다음에는 앉아서 이 모든 사태에 관뚜껑을 씌울 방법을 찾아내야지. 우선 리브가 알고 있는 사실을 내 것으로 만들고 나서."

"맞아." 그녀가 입술을 뒤틀며 희미하게 웃었다. "넌 항상 현실적으로 문제에 곧장 뛰어들기 때문에 숨통을 터준다니까."

"한 번 탱크였으면 영원히 탱크지." 나는 그녀에게 상기시켜 주었다.

"맞아." 그녀가 같은 말을 반복했다. 나는 잠깐 옛날 그녀의 그림자를 볼 수 있었다. 그러자 양심의 가책 때문에 가슴이 아팠다.

"빨리 나 자신으로 돌아갈수록 더 좋고."

우리는 게이트가 저 혼자 칙칙거리는 동안 입을 다문 채 한참을 앉아 있었다. 마침내 터미널이 신호음을 냈다. 그리고 찰칵 소리가 나더니 게이트의 잠금장치가 풀렸다. 나는 걸어가서 문을 열었다. 내부는 평상시와 마찬가지로 텅 비어 있었고 건조했다. 슬쩍 돌아보니 그녀가 나를 지켜보고 있었다.

"준비됐어?" 그녀가 물었다.

"저쪽에서 만나, 사니." 나는 문을 닫으며 말했다.

그게 끝이었다.

블루 보안 조직은 라인바저 캣츠의 방첩부대 소속이었다. 조직은 검열 전쟁이 끝나면서 해체되었고 관련 기억 흔적도 전부 삭제한 것으로 알려져 있었다. 나는 조직원이었기 때문에 그게 사실이 아니라는 걸 알고 있었다. 우리는 해체되지 않았고 지하로 숨어들었다. 임무가 끝나지 않았기 때문이다.

그건 위태로운 사업이었다. 잔혹한 사람들에게 불쾌한 일을 하는 게 우리의 일이었다. 신분을 위장하려면 돈이 들었다. 그것도 아주 많이. 그리고 요즘에는 국경을 넘으며 환전하기가 쉽지 않았다. 지역 민병대와 정부들은 환율과 통화 장벽을 비롯한 다수의 고대 관습을 다시 시행했다. 상대적으로 개방적인 조직체가 있는가 하면 군벌

정치로 전락한 조직체도 있었다. 인증과 유일성 추적을 엄청나게 강화한 곳이 있는가 하면, 산소세만 내면 내가 나를 누구라고 생각하든 신경을 쓰지 않는 곳도 있었다(전자는 고향으로 삼기에 아주 좋았고, 후자는 도피처로 삼기에 좋았다). 전쟁 후 발생한 파편화의 영향으로 우리는 엄청나게 돌아다니면서 외모를 바꿔야 했고, 때로는 기억도 바꿔야 했으며, 여분의 복사체를 만들고 증가분을 모아야 했다. 처음에 우리는 캣츠의 숙청 작업으로 해방된 중심지의 도움을 받아 살아갔다. 그 뒤로는 다양한 사업체를 설립해서 부족한 부분을 메꿨다(혹시라도 '죽음의 독사 암살 부대'나 '코드웨이너 중공업'이라는 이름을 들어봤다면, 그게 바로 우리였다). 군사적으로 보자면 우리는 느슨한 연계 조직 형태로 활동했다. 그리고 나는 정보 요원과 전투 요원으로 활동한 경험이 잘 결합하여 있다 보니 핵심 요원 중 하나가 되었다.

교전이 공식적으로 종결되고 약 500일이 지난 뒤, '녹색 일출 조직체'에서 호출이 왔다. 그곳은 기술을 엄격하게 제한하는 조직체였기 때문에 나는 정규인간 육체를 걸쳤다. 그리고 떠돌이 검술 사범으로 위장했다. 나는 다양한 암시장을 이용해서 군용 두뇌를 손에 넣었다. 그 결과 공중에 떠 있는 머리카락을 칼로 가르는 시범을 보일 수 있었다. 두 번째 위장용 신분은 기술 제한이 없는 어느 곳에서 즉결 심판을 피하고자 도망 온, 무장이 해제된 망명자였다. 나는 그런 신분을 내세운 덕분에 임기 표적을 발견할 경우 '오데사 소개' 프로그램을 사용했고 '스페인 죄수' 사기로 그들을 속였다. 당시 나는 그런 일을 아주 많이 하고 있었지만, 문제의 사건 당시 무슨 일을 벌이고 있었는지는 기억나지 않았다.

지정된 접선 장소는 오렌지 나뭇잎 거리에 있는 공중목욕탕이었다. 길은 좁고 자갈이 깔렸고 산비탈에 면하고 있었다. 그 길은 번

화가 부근에서 시작되어 은 세공인들의 구역을 따라 내려간 다음 항구로 이어졌다. 술에 취한 것처럼 기울어진 아파트 건물 밖에서 아이들 무리가 막대기를 던지면서 시끄럽게 놀고 있었다. 흔히 볼 수 있는 경량 차량들이 길 한복판을 열심히 오르내리며 이동했고, 화물을 운반하는 인부들과 인력거 운전사들이 서로 욕을 하다가 소규모 염소떼를 이끌고 올라가던 목동에게 함께 화풀이를 하고 있었다.

나는 그곳에 오래 머문 참이었기 때문에 정확히 뭘 해야 할지 알고 있었다. 나는 무심히 오가던 소년을 발견하고 손가락을 튕겼다. 소년은 내게 다가왔다. 친구들이 보지 못하도록 그다지 빠르지 않은 걸음걸이로. 그는 지저분했으며 영양 상태가 부실했고, 옷은 색이 바랬으며 기운 곳이 많았다. 완벽했다. 내 손가락 사이에 동전이 나타났다. "더 갖고 싶니?" 내가 물었다.

그가 고개를 끄덕였다. "섹스는 안해오." 그는 혀짧은 소리를 냈다. 더 자세히 관찰해보니 소년은 구개 파열을 앓고 있었다.

"그러려고 부른 거 아니야." 나는 소년의 팔이 닿지 않는 곳에서 동전을 하나 더 꺼냈다. "찻집 알지. 가서 뒷골목에 대기하는 사람이 있는지 봐줘. 있으면 이리 와서 알려주고. 없으면 들어가서 주인인 사니를 찾아. 그리고 탱크가 인사를 하더라고 말해. 그다음에 이리 돌아와."

"동전 두 개오." 소년이 손가락을 두 개 내밀었다.

"알았어. 두 개 줄게." 나는 그를 노려보았다. 그는 다가왔을 때와 같은 식으로 사라졌다. 나는 그 아이에게 재능이 있다는 점을 깨달았다. 아이는 전문가 같았다. 그러자 얼른 의심이 들었다. 진짜 전문가라면? 우리는 오래전에 쉬운 목표물들을 만들어 두었다. 그들 가운데 잘 검거되지 않는 자들이 아직도 우리보다 앞서서 돌아다니고 있었다.

오래 기다릴 필요는 없었다. 2분쯤 지나자 입술이 갈라진 소년이 돌아왔다. "다니 아주마가 그러는데 꿀단지가 넌치고 있대오. 그리로 데러다줄게오."

꿀단지가 넘치고 있다면 좋은 상황은 아니었다. 나는 그에게 동전 두 개를 넘겨주었다. "알았어. 어느 쪽이지?"

소년은 내 앞에서 재빨리 사라졌다. 하지만 따라가지 못할 만큼 빠르지는 않았다. 우리는 수상한 골목의 뒤쪽으로 돌아간 다음 몇 초간 평범한 뒤뜰로 이뤄진 미로를 통과했다. 소년은 흔들거리는 나무 울타리를 넘어가더니 다른 골목으로 들어갔다. 그 골목에는 퇴비가 많았고 악취가 진동했다. 그리고 우리는 특별한 점이 없는 뒷문에 도착했다. "어기에오."

나는 칼자루에 손을 얹었다. "정말이냐?" 나는 소년을 노려보았다. 그러자 뒤쪽 계단 옆에 깡패 둘이 몸을 맞대고 죽어 있는 모습이 눈에 들어왔다. 소년이 나를 보며 웃음을 번뜩거렸다.

"깡배들이 언는지 뒷골목을 학인하라고 했던 건 너잖아, 로빈."

"사니?"

그는 부랑아답게 고개를 숙여 인사를 했다. 나는 눈을 크게 떴다. 깡패들은 자는 것처럼 보였다. 코에서 피만 흐르지 않았다면. 전투에 특화되지 않은 정보장교 출신치고는 아주 훌륭한 솜씨였다. "시간 없어. 인증해."

우리는 늘 하던 대로 인증했다. 함께 아는 것 조금, 그냥 아는 것 조금, 비밀스러운 것 조금, 그리고 나다운 것 조금. 그것들은 하나같이 예전에 이즈 공화국이 우리에게 베풀었던 것과 관계가 있었다. "됐어, 대장. 날 왜 부른 거야?" 그때는 사니가 나의 대장이 아니었지만, 옛 습관은 오래가는 법이었다.

"꿀단지가 새고 있어." 소년은 혀짤배기 흉내를 그만두고 몸을 쭉 폈다. 사니의 타고난 존재감이 열 살짜리 소년의 부족한 신체를 통해 빛을 내고 있었다. "우리는, 우리라는 건 베라 식스를 말하는 거야, 200일 전에 유명한 유령 무리가 무형 공화국에서 문제를 일으키고 있다는 정보를 접했어. 일이 아주 빠른 속도로 확대되고 있다고. 기억 세탁소 몇 군데가 뚫리고 유리감옥이 탈취당한 것 같아."

나는 벽에 몸을 기댔다. "유리감옥?"

사니가 고개를 끄덕였다. "누군가 안에 들어가서 거울을 닦아야 해. 누군가 다른 사람이. 난 50일 전에 복사체를 하나 만들어 보냈는데 아직 소식이 없어. 유감이지만 아주 철저하게 신분을 숨겨야 할 것 같아."

"젠장, 아주 좆같네." 나는 죽어 있는 깡패들이 원인을 제공하기라도 한 것처럼 그들을 노려보았다.

유리감옥은 전쟁 포로들을 위한 재활 시설이었다. 그들에게 재사회화를 독려하고, 그들이 전쟁 후 사회와 약간 비슷한 무언가로 흡수될 수 있도록 돕는 것이 목적이었다. 유리감옥은 한때 모바일 아카이브 서커 호라고 불렸던 우주선을 개조한 소규모 조직체였다. 출입할 수 있는 전송게이트는 단 하나뿐이었다. 전쟁 포로들은 악당인 상태로 들어갔다가 시민이 되어 나왔다. 최소한 첫 설립 목적은 그랬다.

"자세히 얘기해줘." 내가 말했다.

"누군가 우리 작전 보안을 뚫은 모양이야." 사니가 말했다. 나는 몸서리를 치고 깡패들을 쳐다보았다. "맞아." 소년이 내 시선을 좇으며 말했다. "아까 시간이 얼마 없다고 했잖아. 군사적 적대 세력에서 차출된 일군의 무리가 무형 공화국의 '전략 기억상실 병참부'에 침투해서 자금과 유리감옥의 통제권을 탈취했어. 기존 수용자들을 전부 추방했기 때문에 안에서 무슨 일이 벌어지는지 아는 사람이 없어. 유리감옥은 새로운 경영 방침 아래에 운용되고 있지."

"난 그런 일을 할 능력도 없고 어울리지도 않아. 매그너스를 보내면 안 돼? 합성주의자들이나. 위쪽에 얘기해서 신세대 협동조직이나 베테랑 연합을 호출하고 적합한 인물이 없는지…."

"난 이제 존재하지 않아." 사니가 차분하게 말했다. "내 증가분이 안에 들어갔다가 연락이 끊어졌다고 했지. 그 뒤로 악당들이 내 원형을 추격해서 죽였어. 내가 거의 완전히 죽을 때까지 반복해서. 이건." 소년은 뼈밖에 없는 가슴을 두드렸다. "그냥 일부야. 난 유령이야, 로빈."

"하지만." 나는 입술을 핥았다. 충격을 받은 탓에 심장이 쿵쾅거렸다. "놈들은 나도 그냥 죽여버리지 않을까?"

"먼저 정체성을 죽여버리고 들어가면 괜찮아." 사니의 유령이 나를 보고 웃었다. "앞으로 어떡하면 되는지 설명해줄게…."

# 18
## 연결

나는 나였다. 관절이 삐걱거리고 심장이 벌렁거렸다. 주위는 따뜻하고 어두웠다. 나는 졸렸다. 나는 두 팔로 무릎과 턱을 감싼 채 웅크리고 있다는 사실을 점점 인식하면서… 아. 그럼 난 이제 피오르 역할을 할 수 없는 건가? 맞아. 그건 마음에 드는군. 기억 무더기에 추가할 사실이 하나 더 생겼네. 주사위를 던지고 어떤 숫자가 나오나 어디 한번 보자고.

나는 지난 2주 동안 거의 항상 동시에 두 장소에 존재했다. 나는 병원에 입원해 있었고, 집에서 회복을 했다. 한타 박사와 얘기를 나누고, 종탑에서 겁을 집어먹고, 신부에게 제니스 얘기를 꺼내려 했다. 또 하나의 나는 도서관에 살며 직원실에서 잠을 잤고, 거주구의 출입 금지 구역을 조심스럽게 탐험했고, 최근에는 제니스와, 그러니까 사니와 음모를 꾸몄다. 영원히 계속되는 불일치의 충격을 이중으로 겪으면서… 계단에서 손에 총을 들고 있는 사니와 정면으로 마주치고, 일주일 전과 똑같이 깜짝 놀라고, 손에 칼을 든 채 그녀와 함께 지하실로 굴러떨어졌지. 그녀는 더 이상 혼자가 아니라는 사실을 깨닫자 주저앉아서 울었고. 그 자리에서 직접 눈으로 보지 않았다면 절대 믿지 않았을 거야. 다이아몬드처럼 단단하던 사니가 그렇게 위축되다니? 사람이 고립되면 얼마나 이상해지는지….

"정신 차려, 리브. 말 좀 해보라고! 제발 부탁이야. 너 괜찮은 거야?" 그녀가 다급한 목소리로 말했다. "아무 말이나 좀 해봐!" 그녀가 걱정스러운 얼굴로 내게 몸을 내밀었다. "상태가 어때?"

"어디 좀 볼까." 나는 눈을 몇 번 더 깜빡인 다음 팔을 풀고 힘을 주어 몸을 폈다. 나는 다시 리브였다. 젠장, 그래도 몸은 가볍네! 피오르의 육체에 들어가 있는 동안 구심력의 사슬이 몸을 조이는 가운데 열흘 이상을 지냈으니, 거기서 풀려난 건 그야말로 놀라운 감각이었다. 산들바람만 불어도 날아갈 수 있을 것 같았다. 나는 기쁨에 겨워 씩 웃었고, 제니스를 쳐다본 다음 얼굴을 딱딱하게 굳혔다. "난, 그러니까 리브는 너를 피오르에게 고발할 뻔했어."

제니스의 얼굴이 창백하게 변했다. "언제?"

"믹을 처리한 뒤에. 생각 좀 해볼게." 나는 눈을 감았다. 갑자기 폭풍처럼 치솟은 아드레날린을 제거할 필요가 있었다. "위험도는 낮아. 나는, 그러니까 리브는 확신하지 못했거든. 그리고 시기를 잘못 선택했어. 그녀는 네가 누군지 몰랐어. 그냥 네가 못된 짓을 했다고 생각하고는, 널 보호하려고 고발할 생각이었지. 피오르는 다른 일에 정신이 팔려서 꺼지라고 했고. 피오르가 그 일을 다시 떠올리지 않는 한, 너는 안전해."

"젠장." 제니스는 한 걸음 뒤로 물러났다. 나는 그녀가 아직도 마비총을 쥐고 있다는 걸 알아챘다. 하지만 총구는 바닥을 향하고 있었다. 그녀는 약간 휘청거렸다. 마음이 놓여서 그랬는지 충격 때문인지는 알 수 없었다. "아슬아슬했군."

나는 심호흡을 했다. "난 지금까지 한 번도 세뇌를 당해본 적이 없었어." 내 마음 일부에는 아직도 한타 박사가 동정적이며, 그녀가 친절한 의사이며, 어디까지나 나에게 도움을 주려고 그런 거라는 생각들이 남아 있었다. 하지만 그녀의 창자로 줄넘기를 하고 싶어 안달이 난 마음이 훨씬 더 컸다. "나는." 호흡이 너무 빠르니 진정하자. "기분이 별로 좋지 않아."

"핑 좀 확인해보자." 제니스가 잠시 주저했다. "날 사랑해?"

"사랑해." 내 심장이 다시 속도를 올리기 시작했다. "오, 이제 들리는데!"

"그래." 제니스가 고개를 끄덕였다. "하지만 난 못 들었어. 그거 알고 있어? 내가 보기에 차이가 있는 복사체를 합치면 망통신에 올라가 있는 큐리어스 옐로우의 일부를 새로 덮어버리는 것 같아."

"몰랐어." 나는 조립게이트에서 걸어 나온 다음 조심스럽게 문을 닫았다. "전에도 이런 적이 있었어. 그때도 알아들었거든." 나는 인상을 찡그렸다. "샘과 얘기를 할 때 그랬어. 병원에서 퇴원한 뒤에. 그러니까, 리브가 그랬다는 거지."

"신기하군." 그녀는 머리를 한쪽으로 기울였다. 아주 사니다운 몸짓이었지만 지난 몇 달 동안 알고 지냈던 제니스가 그러고 있으니 완전히 이상해 보였다. "어쩌면 그녀가…." 제니스가 손가락을 튕겼다. "저자들은 큐리어스 옐로우의 용도를 변경한 거야. 우리가 이곳에서 품고 다니는 건 행동 점수 체계 같은 걸 불러오는 데에 사용했잖아. 하지만 만약 한타가 일반적인 용도의 부트로더처럼 작동하도록 그걸 수정해왔다면…."

나는 몸서리를 쳤다. 그 결과는 자명했다. 큐리어스 옐로우의 원형은 인간을 감염 매개체로 쓰긴 했지만, 자신이 감염된 조립게이트 내에서만 실행됐다. 수정된 큐리어스 옐로우는 숙주 인간의 망통신 내부에서 실제로 실행되고 실용적인 효과를 발휘할 수 있었다. 그러면서도 진단 패치에 걸리지 않으니 훨씬 더 무서웠다. 그걸 이용하면 어떤 일을 할 수 있는가 하니…. "좀비를 얘기하는 거야?"

"그래." 제니스는 유령이라도 본 것 같은 표정을 지었다. "우린 아직 유리감옥 안에 있는 건가? 아니면 실험자들이 다른 곳으로 재배치했을까?"

"아직 유리감옥 안에 있어." 나는 확답했다. 지금까지 여기저기서 모은 소식 가운데 그거야말로 첫 번째 희소식이었다. "그녀가 위층에서 봤다고 기억하고 있는 건 서커 호의 '수확 지식' 모드였어. 내 말은, 우리가 다른 서커 호에 있을지도 모른다는 거였는데, 이미 네가 다 설명한 것 같군."

"나도 그렇게 생각해." 그녀가 점점 활기를 띠며 고개를 끄덕였다. "따라서 네가 시청에서 발견한 구역이." 나는 피오르의 몸으로 돌아다니다가 그곳을 찾아냈다. "아마도 이곳 현지에서 유일한 전송게이트겠군. 그렇지?"

"개인적인 거주지로 통하는 단거리 게이트들이 있어." 나는 다시금 몸서리를 쳤다. 정체를 들키지 않고 시청에 들어갔다가 나온 건 순전히 운이 좋았기 때문이다. 10분 뒤 진짜 피오르와 마주쳤으니까. "그자들은 시청에 있는 허브를 꺼놨어. 처음에 우리를 가입시키면서 사용한 환영회장도 발견했지. 내 기억이 맞는다면 '고마운 지속성' 모드에선 장거리도약 전송게이트가 직접 단거리 게이트를 통해서 운항 통제 갑판과 연결되어 있어. 하시만 전송게이트 자체는 주 기밀실 밖에 있는, 중장갑으로 만든 포드 안에 보관되어 있지.

누군가 안에 핵무기를 던져 넣을지도 모르니까. 따라서 운항 중에 '수확 지식' 모드를 재건조하지 않았다면, 바로 길 건너에 있는 시청이나 대성당에서 장거리도약 노드로 갈 수 있는 길이 있을 거야."

"그래." 그녀가 고개를 끄덕였다. "그런 거군. 만약 여기가 서커호의 '수확 지식' 모드라면 다음 착륙 때까지는 약 200년이 남아 있겠지. 그럼 예를 들어 가족당 다섯 아이가 태어난다고 가정하고 지수 함수적으로 증가한다고 치면…. 흠, 저자들은 인증되지 않은 인간 매개체를 약 2만 명 양육하게 될 거라고 기대하고 있겠군. 한타는 그들 모두에게 망통신을 이식할 시간이 있고. 따라서 목적지에 도착하면 새로 태어난 보균자들로 네트워크가 넘치게 될…."

"그런 일은 일어나지 않을 거야." 내가 이를 드러내며 웃었다. "그건 절대로 의심하지 마. 그자들은 우리를 가둬뒀다고 생각하겠지만, 이 상황을 제대로 보면, 우리는 절대 질 리가 없어."

"직접 공격해서 놈들을 잡을 수 있다고 생각해?" 사니가 물었다. 그녀는 잠깐 동안 완전히 제니스였다. 고립되어 있고, 상처를 입고, 겁을 먹은 제니스.

"내가 어떻게 하는지 잘 봐." 내가 그녀에게 말했다.

그날 남은 시간은 별일 없이 지나갔다. 나는 제니스에게 작별 인사를 하고 평상시처럼 집에 갔다. 최소한 나를 감시하는 자들에게는 그렇게 보였을 것이다. 하지만 나는 지난 몇 시간 동안 멍한 상태로 공상을 하면서, 상충하는 기억들을 이리저리 돌려보고 내가 서 있는 위치를 확인하려 노력했다. 그리고 내가 있는 위치가 아주 독특하다는 결론을 내렸다. 나는 한편으로 믹의 시체를 발견하며 리브가 느꼈던 전율, 제니스를 '신뢰할 수 없을지도 모른다'는 의심, 제니스가 우호적이고 개방적인 한타 박사에게 해를 끼칠지도 모른다는 걱정 등을 내 안에 담고 있었다. 또 다른 한편으로 나는 로빈의 경험도 갖고 있었다. 시청 부근을 몰래 돌아다녔던 경험, 잠긴 구역을 발견하고 간발의 차로 피오르를 피했던 기억 등. 병원에서 믹과 만난 기억도 있었다. 그리고 캐스도. 도서관에 들러 제니스를 만난 기억도 있었다. 제니스는 처음에 죄책감으로 인한 공포에 시달렸으나 천천히 자신이 (내 입장에서 보기에) 단순한 방관자가 아니라 같은 편이라는 것을 확신했다. 그다음엔 인식 암호가 필요했고, 서로 정체를 파악하자 충격이 밀려왔다.

제니스는 나보다 거의 반년가량 더 오래 혼자였고, 그러다가 혼자가 아니라는 걸 깨닫고는 주저앉아서 울었다. 그녀는 한타 박사의 손길이 자신에게 미치는 것도 시간문제라고 확신하고 있었다. 두려움, 고립되었다는 느낌, 한밤중에 누군가가 문을 두드릴지도 모른다는 공포, 결국 그들에게 굴복하고 말 거라는 생각. 그녀는 실험자들이 임신을 계획의 일부로 활용할 거라는 사실을 아무도 모르고 있을 때 아이를 가졌다. 그녀가 아직도 정상적으로 활동한다는 게 놀라울 따름이었다.

점수 체계와 실험 규칙이야말로 진정한 장애물이었다. 우리가 아는 바에 따르면 YFH 조직체 인구의 절반은 어둠 속을 더듬거리면서, 정체를 자발적으로 드러내지 않으면서 하나의 분파를 형성할 수 있었다. 하지만 비밀 조직이 그동안 교활하게 구축해 온 상부 구조를 어떡해서든 수면 위로 올리지 않으면 잠재적인 우군들을 연결할 수 없고, 진정한 적의 정체를 폭로할 수 없을 터였다. '이간질하고 지배하라'는 말은 괜히 나온 것이 아니었다.

나는 공구상에 들른 다음 적당한 시각에 집에 돌아왔다. 샘이 없었기 때문에 무슨 일을 할 수 있을지 보려고 곧장 차고로 향했다. 지금은 역습할 때가 아니었지만, 나는 나 자신에게 너무 화가 났다. 그 물건들을 전부 치워버리려고 하다니! 다른 것은 둘째 치더라도 나는 역사적인 무기를 제작하는 일에 매료되어 있었다. 이 모든 일이 끝나고 나면 취미 생활로 삼을지도 모른다. 그런 사치를 누릴 기회가 있다면 말이지만.

하지만 석궁을 쓸 일은 없을 것 같았다. 내가 제련하려 했던 칼도 마찬가지였다. 사니와 나는 군용 기능을 모두 탑재하고 살균처리까지 마친 조립게이트가 있었다. 우리는 어젯밤에 그 조립게이트에 작업을 걸어두었다. 조립게이트는 천천히, 그리고 열심히 폴리니트로헥소스 덩어리를 잔뜩 만들었다. 조립게이트로 무기를 만들려면 긴 시간이 걸린다. 그리고 에너지 밀도가 높은 물건일수록 더 많은 시간이 필요하다. 그래서 우리는 화학무기에 최적화되도록 조립게이트를 개조했다. 내일 일을 하러 가보면 일차적으로 생산된 기계식 권총들이 기다리고 있을 터였다. 그러면 논리적으로 그다음 질문이 떠오를 수밖에 없다. 내가 만든 패러데이 새장 가방은 이제 무슨 역할을 하게 될까?

나는 여기저기 흩어져 있는 강철 주괴 무더기와 쏟아져 있는 스크루드라이버 사이에서 이리저리 뛰어다니다가 속사포처럼 욕을 쏟아내면서 왼발을 움켜쥐었다. 그때 조명이 조금 바뀌었고, 나는 차고 문이 열렸다는 사실을 깨달으며 긴장했다. "도대체 뭐가…."

"리브?"

"씨발." 나는 신음을 했다. "젠장. 망치를 떨어뜨려서…."

"리브? 뭐하는 거야?"

나는 간신히 진정했다. "망치를 떨어뜨렸는데 이 주괴 무더기에 떨어졌다가 튕기면서 발가락에 맞았어." 나는 조금 더 뛰어다녔다. 통증이 줄어들기 시작했다. "저 나쁜 망치를 벌줘야겠어."

"망치?" 그가 잠시 말을 멈췄다. "술 마셨어?"

"아직 안 마셨어." 나는 벽에 기댄 다음 시험 삼아 발을 바닥에 내려놓아 보았다. "아우. 난 조금 전에 한 번 더, 흐, 새사람이 되기로 결심했어. 취미 생활 같은 게 있는 여자 말이야." 나는 눈썹을 치켜세웠다.

그는 냉소적인 표정으로 나를 보았다. "직장에서 안 좋은 일이 있었어?"

"직장에 좋은 일이 어딨겠어. 애당초 직장이라는 게 존재한다는 것부터 안 좋은 일인데."

그가 눈살을 찌푸렸다. "무슨 취미를 가지려고?"

"금속 가공 같은 걸 제대로 해보려고. 혹시 내가 보던《칼 제작 안내서》라는 책이 어디 있는지 알아? 나답지 않게 굴던 동안에 그걸 집어 던지려 했는데 그럴 시간이 나질 않았거든."

그의 머리 위에서 빛이 생기는 게 눈에 보일 지경이었다. "리브? 너 돌아온 거야?"

"물론 오늘은 직장도 엉망이었어. 지겨워서 시를 읽었으면 말 다 한 거지. '어젯밤 나는 계단에서, 그 자리에 없는 크고 뚱뚱한 남자를 만났다. 그 남자는 오늘도 그 자리에 없었다. 분명히 내 머릿속에 있을 것이다.' 오그덴 내슈빌이라는 사람의 글이야. 고대인들은 어떤 이유가 있어서 그 사람을 좋아한 게 분명해. 자, 가서 저녁이나 차려보자고."

샘은 앞장서서 다시 집안으로 물러났다. 그는 머릿속으로 시의 내용을 곰곰이 생각하면서 소리를 내지 않고 입을 우물거렸다. 나는 일을 하면서 실제로 시를 읽은 적이 있었다. 단지 즉석에서 지어낸 엉터리 시가 그에게 먹혔기만을 바랄 뿐이었다(시는 실제로 대화 감시 체계를 무력화시켰다. 은유와 감정 상태를 해석하는 건 인공지능의 한계를 넘어서는 문제였다).

우리는 주방에 도착했다. "요리를 또 하려고?" 그가 조심스럽게 물었다. 지난 며칠을 돌이켜보니 그는 내가 벌인 몇 가지 실험의 대상이 되고 싶은 생각이 많지 않은 것 같았다.

"그냥 피자나 시켜먹는 게 어때? 포도주를 곁들이고."

"왜?" 그가 나를 노려보았다.

"내가 저녁에 뭘 하자고 제안할 때마다 그걸 일일이 즉석 상담 치료로 바꿔놔야겠어?"

그가 어깨를 으쓱했다. "그냥 물어본 거야." 그가 몸을 돌리기 시작했다.

나는 그의 어깨를 붙잡았다. "그러지 마."

그가 놀란 표정으로 몸을 홱 돌렸다. "뭐?"

"'어젯밤 나는 계단에서, 그 자리에 없는 크고 뚱뚱한 남자를 만났다. 그 남자는 오늘도 그 자리에 없었다. 분명히 내 머릿속에 있을 것이다.' 나 최근에 내가 아니었어, 샘. 하지만 오늘은 훨씬 더 기분이 좋다고." 나는 눈을 찡그리면서 그가 알아듣기를 바랐다.

"오, 그렇다는 건…."

"쉿!" 나는 경고의 뜻으로 손가락을 치켜들었다. "감청하고 있을지도 몰라."

샘은 눈을 크게 뜨더니 내게서 몸을 빼내기 시작했다. 나는 그의 어깨를 꽉 붙들고 바짝 다가선 다음 그의 몸에 팔을 둘렀다. 그는 나를 밀어내려 했지만 나는 그의 어깨에 얼굴을 묻었다. "얘기 좀 해."

내가 속삭였다.

"무슨 얘기?" 그도 속삭이며 대꾸했다. 그는 적어도 나를 밀어내지는 않았다.

"현재 상황에 대해서." 나는 그의 귓불을 핥았다. 그는 전기가 통하는 전선을 밀어 넣기라도 한 것처럼 놀랐다.

"하지 마!" 그가 쉿소리를 냈다.

"뭐 어때?" 나는 반응이 재밌어서 말했다. "기분이 좋아질까 봐 무서워?"

"하지만 우린, 저자들이…."

"음식을 주문할 거야. 식사하는 동안에는 너무 무거운 얘기는 하지 말자고. 알았지? 그다음에 위층으로 올라가자. 너한테 보여줄 게 한두 가지 있으니까. 도청을 피하는 방법 말이야." 나는 속삭이듯 덧붙였다. "제발 좀 웃어."

"그렇게 어색해 보여?" 그는 두 팔을 내리더니 내 허리에 느슨하게 걸쳤다. 나는 몸서리를 쳤다. 지난주에는 그토록 해주기를 갈망했던 행동이었는데…. 아니, 이제 그 생각은 하지 말자.

"응. 놈들은 정상적인 행동을 추적하려고 저수준 감시장치를 사용하고 있거든. 우리가 이상하게 움직이면 그때부터 고급 감시장치를 불러내지. 그러니까 이상하게 행동하지 마."

"아." 나는 그를 올려다보았다. 그가 나를 내려다보고 깜짝 놀라는 순간 나는 키스를 했다. 땀과 더불어 먼지와 서류들의 곰팡내가 희미하게 느껴졌다. 그 짧은 순간이 지나가자 그는 열광적인 반응을 보였다. "이건 정상적인 행동인가?"

"어우! 우선 저녁부터 먹자고." 나는 웃으며 몸을 뒤로 뺐다.

"우선 저녁부터." 그는 어둡고 진지한 표정을 지으며 나를 쳐다보았다.

나는 전화를 걸어서 피자와 포도주 두 병을 주문했다. 그리고 샘이 거실로 가는 동안 호흡을 가라앉혔다. 상황이 적응하기 힘들 정도로 너무 빨리 변하고 있었다. 내가 원하는 건 이 세계에 불만을 품은 동료를 추가로 작전에 영입하는 것뿐이었는데, 갑자기 복잡한 감정의 덩어리와 직면하게 되었다. 사실 샘과 나 사이에는 문제가 너무 많았고, 그 문제는 간단히 풀 수가 없었다. 실제로 함께해낸 일은 별로 없었음에도. 우리에게는 그럴 만한 시간이 없었고, 샘은 커다란 신체 때문에 문제를 겪고 있었다. 그리고 과거의 나는 두 사람 사이를 완전히 망쳐 놓았다. 그 원인은 독사 같은 한타 박사의 영향…. 아, 뒤늦은 깨달음이란 얼마나 멋진가. 생각해보니 샘의 불만과 수동성은 우리 둘 사이에서 곪아가는 상처였다. 그리고 나는 그것 때문에 샘이 적극적으로 상황을 해소하도록 돕지 못한 건 아닐까 어느 정도 의심하고 있었다.

그 당시의 내 생각을 돌이켜보니 죄책감이 들었다. 나는 굴복하겠다고 생각했고… 그랬다면 놈들은 내 인생을 지옥으로 만들었을 것이다. 나는 정말로 피오르와 유어돈과 한타가 원하는 대로 내 인생의 통제권을 넘길 생각이었을까? 명확하게 그럴 의도는 아니었을 거라고 생각하지만, 결과는 같을 터였다. 나 자신의 과거에 겁쟁이인 시절이 있었던 기분이 들었다. 그것도 자발적으로 겁쟁이였던 시절이. 그 사실로 인해 이상하게도 기분이 더러웠다. 평상시의 나 자신도 스스로 그런 경향이 있다고 느끼곤 했기 때문이다. 한타는 과거의 나와 지금의 나를 새로 만들지 않았다. 그저 내 마음 지도 속의 경중을 조금 조정했을 뿐이다. '악이 승리하려면 딱 한 가지 조건만 성립하면 된다. 그 조건이란 선한 사람들이 아무것도 하지 않는 것이다.' 그것도 절대적으로. 그리고 샘은 나의 그런 면을 본 셈이었다. 으윽.

벽장에서 신호음이 울렸다. 나는 피자 상자를 받고 포도주를 꺼냈다. 나는 거실로 가면서 신발들을 걷어차 복도에 흩어 놓았다. "샘?" 그가 뒤로 돌았다. 그는 다시 소파에 누워서 텔레비전으로 스포츠 채널을 보고 있었다. "텔레비전 소리 좀 높여."

그는 눈을 크게 뜨고 나를 봤지만 결국 내가 시키는 대로 했다. 나는 그의 옆에 앉았다. "자. 마늘과 두부를 얹은 레몬 프라이드 치킨 스테이크야." 나는 상자를 열고 한 조각을 꺼내서 그의 입 앞에 들이밀었다. "먹을래?"

"왜 이래?"

"네가 먹는 걸 보고 싶어서." 나는 그에게 몸을 기대고 피자를 그의 얼굴 앞으로 들어 올렸다. 닿을락 말락 한 거리에. "먹어. 아마 실제로는 엄청 먹고 싶을 텐데. 그렇지?"

"이런." 그는 몸을 앞으로 내밀고 한 입을 베어 물었다. 나는 손을 뒤로 뺄 생각이었지만 움직임이 너무 늦었고, 그는 이미 먹고 있었다. 나는 웃으면서 몸을 더 붙였다. 그리고 그가 내 어깨에 손을 두르고 있다는 사실을 깨달았다. 그가 우물거리면서 말했다. "넌. 참 기가. 어려운. 사람이야."

"남을 조종하려 들고." 내가 말했다. "귀찮게 굴지."

"전부 다 맞는 말인데?"

"그래, 난 돌아가면서 그러는 사람이다." 나는 그에게 한 입을 더 먹였다. 그리고 생각을 바꿔서 그에게 새 피자 조각을 건네고 남은 것을 내가 먹었다.

"너는 내가 이해했다는 생각이 들 때마다 규칙을 바꿔." 그가 불평했다. "어디 또 바꿔봐…."

"내 잘못이 아니야. 내가 규칙을 만드는 게 아니니까."

"그럼 누가 만드는데?"

나는 손가락을 세워 천장을 가리키고 흔들었다. "우리가 도서관에서 했던 대화 기억해?" 지난 토요일 나는 지하실에서 나와 제니스를 만났다. 그녀는 그 뒤 샘에게 전화를 해서 도서관에서 만나자고 약속을 잡았다. 그는 피오르의 육체에 들어간 나를 보고 크게 놀랐고, 지하실과 조립게이트를 보고 나서도 그만큼 놀랐다. "내 얼굴 기억해?" 그는 미심쩍은 표정을 지으며 고개를 끄덕였다. "제니스와 나는 모든 걸 해결했어. 사소한 견해차도 일치를 봤고. 지금은 기분이 훨씬 좋아. 그리고 모든 걸 포기할 생각도 줄어들었어."

그가 팔에 힘을 주었다. 따뜻하고, 편안하고, 존재감이 있는 팔이었다. "이유가 뭐야?"

나는 심호흡을 하고 그에게 피자를 한 조각 더 건넸다. 짧게 말하는 게 낫겠다는 생각이 들었다. 이러다가는 그가 피자를 다 먹을 것 같았으니까. "네가 그런 식으로 사는 걸 싫어하니까."

"하지만 나는…." 그가 말을 하려다가 말았다.

"그렇게 살고 싶어?" 내가 끼어들었다.

그는 나를 바라보았다. "지난주에 너를 지켜보면서…." 그는 머리를 흔들었다. "그런 식으로 정착하면 너무너무 좋을 거라는 생각이 들었어." 그는 자신의 말 속에 깃든 비아냥을 강조하면서 한 번 더 머리를 흔들었다. "선택의 여지가 있기는 해?"

"우린 출신지에 관해 얘기하면 안 되잖아." 나는 말을 고르느라 잠시 쉬었다. "되돌아갈 수도 없고." 나는 경고가 담긴 눈짓을 그에게 보냈다. "하지만 우선순위를 조정하면 더 편하게 살 수는 있어."

샘이 내 말을 알아들었을까?

샘이 한숨을 쉬었다. "그게 가능해야 말이지." 그가 자신의 무릎을 흘끗 내려다보았다.

"내가 너한테 새 우선순위를 정해줄게." 내가 말했다. 심장이 더 빠르게 뛰기 시작했다.

"정말?"

"그래." 나는 피자 상자를 내려놓고 그에게 몸을 대고 비볐다. "우선 나를 들어 올려서 위층 욕실로 데려가는 것부터 시작해보자고."

"욕실?"

"그래." 나는 또 한 번 그에게 키스했다. 하지만 이게 과연 잘하는 일인지 모르겠다는 생각이 불현듯 떠올랐다. "우리는 욕실에서 함께 샤워를 할 거야. 그리고 서로 몸을 닦아주고, 얘기도 하는 거지. 직장 냄새를 풍기면서 자러 갈 수는 없잖아?"

"샤워라니…." 역시 그의 매력은 '예'나 '아니요'로 대답하지 않는 데에 있었다. 나는 키스로 그의 말을 막고, 나 자신의 반응에 놀라 몸을 떨었다.

"지금 당장 가."

일은 계획대로 돌아가지 않았다.

계획이야 아주 간단했다. 샘을 다시 동참시키면 그만이었다. 하지만 그러기 위해서 그와 적절한 대화를 나누는 건 별개의 문제였다. 늘 그렇듯 도청당할 위험이 있었기 때문이다. 하지만 멍청한 도청봇만 접속해 있는 동안에 적이 기대하던 행동을 해서 의심스러운 행동을 덮어버리면 발각되지 않을 확률이 높아진다. 멍청한 도청봇은 단어를 감시하는 것 정도가 한계였다. 그리고 적들은 여분의 복사체가 크게 부족했기 때문에 우리가 한 말을 항상, 전부 감시할 수가 없었다.

순진하게 생각하는 것처럼 보인다해도 할 말은 없었다. 우리는 결혼한 부부였고, 나는 두 사람 중 어느 한쪽이 상대방을 유혹한 다음 샤워실로 끌고 들어가면 (도청에 장애가 생기도록 훌륭한 백색 소음이 많이 발생하고, 물줄기 때문에 입술의 움직임을 볼 수 없고, 두 사람이 아주 바짝 붙어 있어도 부자연스럽지 않으므로) 감시를 피하기에 좋을 거라 생각했던 것이다.

나는 샘에게 바짝 붙었을 때 내 살갗이 따끔거리고, 몸이 따뜻해지고, 친밀감을 나눌 장소로 가고 싶다는 욕구가 생길 거라고는 미처 예상하지 못했다. 특히 샘이 끔찍하리만치 갈등을 하면서도 그에 상응하는 욕망을 품었을 거라고는 전혀 예상하지 못했다. 그도 사람이었다. 그리고 우리는 둘 다 원하는 바가 있었다. 우리는 그 사실을 너무 오랫동안 애써 무시해왔다.

샘은 내가 시키는 대로 했다. 나는 계단을 반쯤 올라갔을 때, 그대로 진행되면 내가 자제력을 잃을 거라는 점을 깨달았다. 나는 그에게 그만두라고 말할 뻔했다. 하지만 어떤 이유에선지 입이 떨어지질 않았다. 그는 나를 욕실 양탄자에 내려놓고 아주 가까이 섰다. "이제 어떡하면 돼?" 그는 긴장이 담긴 목소리로 작게 말했다.

"음, 옷을 벗어야지." 어쩌다 그렇게 됐는지 정말 모르겠지만, 내 손은 어느새 그의 허리띠를 풀고 있었다. 나는 블라우스의 단추를 여는 그의 손을 느끼면서 몸서리를 쳤다. 공포 때문은 아니었다. "이제 샤워해야지."

"이건 그다지 좋은 생각이…."

"닥쳐."

"넌, 저기, 임신하게 될 거야."

"안 해." 그건 나중에 생각할 문제라고. 나는 그의 등에 손을 둘렀고, 척추 아래쪽에 돋은 가느다란 남자의 체모를 느꼈다. 그리고 바짝 다가섰다. "이제 그건 걱정하지 않아."

"하지만." 그가 내 치마의 지퍼를 내렸다. 그의 손이 내 허벅지로 이동했다. "분명히."

나는 그의 입을 막으려고 키스했다. 남은 것은 속옷뿐이었다. "샤워하자. 지금 당장." 욕망이 치솟으면서 그나마 남아 있던 자제력을 산산조각내겠다고 위협하는 바람에 이가 마구 맞부딪쳤다.

우리는 속옷을 입은 채 샤워용 칸막이 안에 들어갔다. 나는 물의 압력을 최고로 올리고 수온을 중간으로 맞췄다. 그의 혀에서는 마늘과 꿀을 비롯해 무언가 그의 일부임을 짐작하게 하는 맛이 났다. 우리는 서로 부둥켜안고, 물줄기를 맞으면서 서 있었다. 등을 통해 그의 긴장이 느껴졌다. 당연한 얘기지만 그는 발기했다. 난 왜 아직도 옷을 걸치고 있는 거지? 잠시 후 나는 아무것도 입고 있지 않았다. 그리고 또 잠시 후 나는 벽에 몸을 부딪쳤다. 두 무릎을 들고, 내 안으로 들어온 그의 크기 때문에 숨이 턱 막히면서.

"할 얘기가 있다면서…."

우주 전체가 이곳에 있었다. 나는 두 팔로 그를 감쌌고 굶주린 것처럼 그의 입술에 달라붙었다. 나는 할 얘기가 있었다. 하지만 지금 당장은 그것보다 우선순위가 높은 일이 있었다.

"개관 기념식이 열려."

"그래?"

"서커 호는. 그래!"

"응…."

"나가는 전송게이트가 하나뿐이야. 다음 항성계까지는 200년이 걸려. 우리가 연결을 끊으면 나쁜 놈들이 점수를 지급하지 못해. 독재자가 당근을 제공하지 못하게 만드는 거지. 그러면 복종에 따른 보상도 없어지고. 그래…."

"전복시킨다는 거지? 그러니까, 그…."

그는 성난 바다처럼 헐떡거렸다. 나는 그의 안에서 자신을 잃고 항복했다. 내가 리브로 살던 초기에는 임신을 한다는 생각조차도 두려웠다. 그다음에 한타가 무언가를 조정했지만 그건 별것 아니었다. 이제 나는 더 이상 임신을 신경 쓰지 않았다. 임신을 견뎌낼 수 있을 것 같았다. 지금 이 순간 샘을 가지는 비용이 임신이라면 대가를 치를 생각이었다. 나는 계획에 집중하고 싶었다. 하지만 우리는 몹시 흥분했다. 샘은 조금도 섬세한 면이 없이 계속 몸을 움직였다. 본래 그런 사람이 아니었기에, 그가 대양에서 자기 자신을 잃고 있다는 뜻이기도 했다. 우리가 서로를 찾아낼 수 있고 밤새 달라붙어 지낼 수 있다면, 어떻게 될지는 모르는 일이었다. "샘, 네가, 네가 해줬으면 하는 게…."

"오!" 잠시 뒤 그보다 더 작은 "오!" 소리가 났고, 온기가 퍼져 나가는 감각 때문에 나는 모든 게 사라져버릴 때까지 그에게 몸을 대고 문질렀다. 그리고 나는 영원히 이어지는 몇 초 동안 대양이 되었다.

일은 예상대로 진행되지 않았지만, 이상하게도 잘 진행됐다. 우선 미친 듯이 욕망을 쏟아붓고 나서 우리는 물줄기 속에 주저앉았다. 그런 다음 상대방의 몸에 묻은 비누를 깨끗이 씻어 주었다. 이제 샘은 내 손길에서 빠져나가지 않았다. 하지만 말이 없었고 생각에 잠긴 것처럼 보였다. 나는 키스를 했고 그도 응답해주었다. 나는 잠시 뒤 피부가 떨어져 나가는 것 같은 느낌이 들기 시작했고, 수증기 때문에 앞이 거의 보이질 않았다. "몸을 말리고 침대로 가자." 나는 또 다른 근심 때문에 약간 동요하며 말했다.

"그래." 샘은 샤워기를 끄고 칸막이 문을 열었다. 밖은 추웠다. 나는 몸서리를 쳤다. 놀랍게도 샘이 나를 두 팔로 감싸 안았다.

"편안했어?" 내가 머뭇거리며 물었다. "조금 전에."

그는 잠시 생각해보았다. "너랑 함께해서 편안했어."

"하지만…."

그가 내 등에 입을 맞췄다. "너였으니까 어렵지 않았어."

이제 아무것도 우리를 가르지 못했다. 우리는 얼마나 엉망진창인지 스스로 잘 알고 있었다. 우리는 오해 때문에 둘 다 비참한 결과에 다다랐고, 더 나빠질 것도 남아 있지 않았다. 샘은 인간이 되고 남성이 되고 커다란 몸이 된다는 생각에 겁을 먹지 않았던가? 그렇다. 나는 임신한다는 개념을 받아들이기 힘들었다. YFH 조직체에 피임약이 있던가? 전혀 없었다. 하지만 우리는 그 모든 것들을 지나왔다. 이제부터는 모든 게 아주 단순해질 것이다.

그래서 우리는 수건으로 서로를 닦아주었다. 나는 그의 손을 잡았고, 그와 함께 침실로 갔다. 그리고 우리는 곧 다시 사랑을 나누었다. 천천히, 부드럽게.

다음 날 아침 늦게, 나는 헝클어지고 행복한 마음으로 비틀거리면서 아래층으로 내려갔다. 그리고 현관으로 이어지는 복도에 편지가 한 통 놓여 있는 걸 발견했다. 얼음물을 한 바가지 뒤집어쓴 것 같은 기분이 들었다. 나는 편지를 들고 주방으로 가져가서 커피 기계가 저 혼자서 부글거리고 칙칙 소리를 내는 동안 읽어 보았다.

수신 : 리브 브라운 부인

발신 : 조직체 관리 위원회

브라운 부인께.

부인께서 YFH 조직체에 오신지 넉 달이 되었습니다. 우리 작은 공동체에는 그동안 여러 가지 변화가 있었습니다. 위원회에서는 조만간 부인께서 참여하겠다고 동의하신 제2단계 실험의 시작을 공표할 예정입니다.

따라서 부인을 첫 번째 주민 회의에 초대하려 합니다. 회의는 정기적으로 예정되어 있던 주일 예배를 대신해서, 일요일 오전에 시청에서 열릴 예정입니다. 이날 회의에서는 곧 다가올 제2단계 실험을 설명하게 됩니다. 그리고 뒤를 이어 대성당에서 H. 유어돈 박사 주교가 주관하는 추수감사절 예배가 열립니다.

그럼 이만 줄이겠습니다….

이로써 상황은 새로운 국면으로 접어들었다. 나는 머리를 내저은 다음 커피가 담긴 두 개의 머그잔을 들고 위층으로 올라갔다. 그리고 가는 길에 내게 온 것과 완전히 똑같고 이름만 샘으로 대체된 편지를 집어 들었다.

"네 생각은 어때?" 그는 편지를 다 읽은 뒤에 물었다.

"정확히 거기 적힌 그대로일 거라고 생각해." 내가 어깨를 으쓱했다. "일이 점점 커지고, 새로운 사람들이 등장하고, 새 풍경이 생기고… '대성당'도 연다잖아! 구성원 2백 명짜리 교구를 운영하듯 시를 운영할 수는 없잖겠어? 서로 얼굴을 전부 익힐 방법이 없으니까. 따라서 사람들이 제 역할을 하게 하려면 집단 간 점수 체계를 바꿔야겠지. 다른 도시의 정체가 모호한 것도 설명해야 하고, 익숙하지만 누군지는 모르는 사람들의 존재도 설명해야 하잖아."

그의 뺨이 꿈틀거렸다. "이걸 좋아해야 하는 건지 모르겠네."

"오, 그렇게 나쁘진 않을 거야." 나는 눈을 굴리며 그를 안심시켰다.

"그래?"

내가 고개를 끄덕였다. "응." 한 가지 생각이 떠올랐다. "저기, 점심시간에 직장 밖으로 나올 수 있어?"

"뭐? 너 지금…."

"그래. 1시쯤에 도서관으로 와. 나가서 점심 같이 먹자." 나는 그를 보며 웃었다. "어때?"

"네가 그러고 싶다면…." 그는 내 말을 이해했다. "그래, 가능할 것 같아."

나는 15분 일찍 도서관에 도착했다. 가방을 (그 자체나 안감에도 이상한 점은 하나도 없는 가방을) 움켜쥐고서. 하지만 도서관 문은 이미 열려 있었고, 제니스가 먼저 도착한 상태였다. "제니스?" 나는 사무실 문을 열고 안을 살펴보았다.

그녀는 보이지 않았다. 나는 한숨을 쉬고 문헌 보관실로 향했다.

지하실에 내려가 보니 제니스가 탄창을 서류함에 넣고 있었다. "좀 도와줘." 그녀가 긴장한 목소리로 말했다. "우리가 여기 있는 동안에 피오르나 유어돈이 오면…."

"알았어." 탄창은 약간 바나나처럼 생겼기 때문에 서류함에 딱 들어맞지는 않았다. 하지만 나는 서류함 하나당 네다섯 개의 탄창을 집어넣고는 다시 선반에 올려놓았다. 제니스는 아직 합성 젤 캡슐에 둘러싸여 있는 기계식 권총 여섯 정을 의자 위에 늘어놓았다. "편지 받았어?" 내가 물었다.

"그래. 노엄도 받았고." 노엄은 그녀의 남편이었다. 나는 그 사람에 대해 아는 게 거의 없었다. "놈들이 일을 진행하고 있어. 더 이상 고립 정책으로 목적을 달성하지 않고 경찰을 법제화하는 날이 오게 되면 우리도 힘들어질 거야."

"나도 같은 생각이야." 나는 잠시 말을 멈췄다. "숙녀들의 재봉 모임은 어떻게 됐어?" 그런 모임을 갖자고 제안한 건 나였다. 내가 로빈일 때였다. 모임을 이끈 것은 제니스였다. 나는 리브일 때 그들과 한 번 만난 적이 있었고, 모임은 제니스가 알아서 해결할 수 있을 거라 생각했다.

"점심때 이리로 오라고 했어. 서둘러!" 그녀는 오늘따라 아주 초조하게 굴었다.

"알았어. 나도 서두르고 있다고." 나는 마지막 탄창을 선반 위에 있는 서류함에 쌓아놓았다. 온 세상이 큐리어스 옐로우의 순진무구한 인쇄물처럼 보였다. "샘도 오라고 했어. 무슨 얘기인지 알아들은 것 같아."

"오, 잘됐네. 너희 두 사람 문제가 해결되길 바라고 있었거든." 그녀는 잠깐 웃었다. "이제 올라가자. 도서관 문을 열고 그다음에 정부를 엎어버려야지."

# 19
## 장거리도약

이 단계에서는 치밀해 봐야 별 소용이 없었다. 그래서 제니스는 어느 카페 안쪽에서 운영되고 있는 요리 출장 서비스에 샌드위치를 배달해달라고 부탁했다. 그리고 숙녀들의 재봉 모임 겸 혁명 지휘 통제소 모임이 열렸다. 우리는 정문을 잠그고, '운영이 끝났습니다' 간판을 걸고, 아래층에 집결했다.

"준비 기간은 하루 남았어." 제니스가 말했다. "리브, 네가 상황을 요약해 줘."

사람들이 나를 쳐다보았다. 표정을 보니 내가 이 자리에 설 줄 몰랐던 모양이다. 나는 미소를 지었다. "이곳은, 이 조직체는 원래 유리감옥으로 설계됐어. 군 교도소였다는 얘기지. 이 시설은 너무 완벽하게 작동했어. 그리고 YFH 비밀 조직은 감옥이란 장소가 사람들을 가두기만 하는 게 아니라, 밖에 있는 사람들이 못 들어오도록 막는 곳이기도 하다는 걸 알아챘지. 그래서 여기에 연구 시설을 만든 거야. 우리가 지금 보고 있는 게 그 시설이고." 그녀는 뒤쪽 벽 선반에 놓인 서류함들을 가리켰다. "놈들은 큐리어스 옐로우를 통해 퍼져 나가는 새로운 형태의 인지 독재를 개발하고 있어. 그걸 위해서 보균자 인구를 양육할 계획이고. 놈들은 미리 정해놓은 '실험' 종료 시각이 되면 이곳에 있는 모든 사람을 일반 사회 속에 복귀시킬 생각이야. 그리고 아이들을 통해서 큐리어스 옐로우를 뿌리는 거지." 제니스는 자신도 모르게 배에 손을 얹었다. "그런 놈들을 도와주고 싶어?"

방 안에 있는 사람들이 중얼거리다가 빠르게 목소리를 높였다. "아니!"

"그거 마음에 드는 대답이군." 제니스가 무미건조한 목소리로 말했다. "자, 그럼 다음 문제로 넘어가지. 우린 뭘 하면 좋을까? 리브와 나는 그동안 해답을 찾아다녔어. 혹시 짐작 가는 사람 있나?"

샘이 손을 치켜들었다. "장거리도약 게이트를 고정시킨 프레임을 폭파하려는 거지?" 그가 차분하게 말했다. "이 우주선을 가장 가까운 인간 조직체에서 수조 킬로미터 떨어진 곳에 불시착시킬 계획이고. 그다음에 비밀 조직원을 추적해서 쏴버리고, 백업 네트워크를 찾아서 정지시키고, 연기가 나는 폐허에서 펄쩍펄쩍 뛰겠지."

제니스가 웃었다. "그거 나쁘지 않네! 또 다른 의견은?"

엘이 손을 들었다. "투표도 할 거야?"

제니스는 깜짝 놀란 것 같았다. "그 비슷한 것도 생각해봤어." 그녀가 어깨를 으쓱했다. "하지만 그건 아직 조금 이른 것 같지 않아? 내가 빼먹은 게 있나?"

나는 헛기침을 했다. "우리는 장거리도약 게이트의 위치를 알고 있어. 그건 좋은 소식이지만 그와 동시에 나쁜 소식이기도 해."

"왜?" 헬렌이 물었다. 그들은 점점 관심을 갖기 시작했다. 좋은 징조였다. 하지만 제니스와 내가 설득력 있는 그림을 제시하지 못하면 나쁜 징조로 변할 수도 있었다. 그들은 바보가 아니었고, 상황이 절박하지 않았다면 우리가 지하로 데려오지 않았을 거란 점을 알고 있었다.

"리브?" 제니스가 나를 재촉했다.

"알았어. 자, 배경을 설명하지. 우리는 모바일 아카이브 서커 호에 타고 있어. 과정은 모르지만, 검열 전쟁 동안에 승무원들이 모두 사라졌지. 내 짐작으로는 승무원 근무 교대 시간이나 뭐 그런 때에 큐리어스 옐로우가 작동한 것 같아. 어쨌든 지금 우리가 있는 이 조직체는 사실 잘게 쪼개진 구역을 단거리도약 게이트로 덧대고 이어 놓은 거야. 그 게이트는 다들 봐왔던 터널에 있지. 하지만 그런 구역은 별개의 거주구에 흩어져 있는 게 아니라 한 척의 우주선 안에 있는 하나의 물리적 복합체 속에 모조리 위치하고 있어. 그래서 교도소로 바꿀 수 있었던 거지. 서커 호에 출입할 수 있는 장거리도약 게이트는 하나뿐이야. 그 게이트는 장갑으로 감싼 포드의 한쪽 끝에 있고, 포드는 선체 외벽 바깥에 있어. 터널의 반대편 끝에 있는 단거리도약 게이트가 그 포드와 연결되어 있고. 이게 서커 호의 표준 보안이라는 건 짐작했겠지. 바깥에서 누군가 핵무기를 던져넣어도 선체 바깥에서 소모되어 버리는 거지. 어쨌든 우선 장거리도약 포드로 이어지는 단거리도약 게이트를 탈취하고 점령해야 해. 그다음엔 장거리도약 포드를 파괴해야 하고."

"의무사제들의 건물에 있는 적의 작전 기지와 우리를 연결하는 통신을 단절시켜야 해. 그리고 모든 사람에게 분명히 알려야지. 유어돈과 피오르가 지금처럼 존재론적 독재를 해나가면서도 반대에 부딪치지 않았던 건 우리 중 상당수가 지시에 따르면 보상을 받을 거라는 그들의 말에 현혹됐기 때문이야. 한타는 그들에게 비장의 무기를 제공했고. 놈들은 보상을 줄 걱정을 안 해. 결국은 한타가 시간을 갖고 흐름에서 벗어난 사람들을 전부 교정할 테니까. 일단 바깥과 단절되면 적은 백업에 접근할 수 없고 사회적인 동기를 부여할 수도 없어. 그럼 정면으로 붙어보는 거지. 하지만 차단에 실패하면 적은 그냥 교구 구역을 연결하는 게이트를 막고 한 번에 한 구역씩, 차근차근 우리를 정리할 거야."

나는 잠시 말을 멈추고 입술을 핥았다. "난 전쟁이 벌어지기 전에 서커 호에서 지낸 적이 있어. 장거리도약 포드로 가는 문은 지휘실 부근에, 음, 그러니까 관제 구역에 위치하고 있었어. 유어돈이 새로 조립하고 있는 구조에서 보자면 대성당이나 시청이 있는 위치가 그 쯤이야. 지난주에 근처를 염탐하고 유어돈이 사는 곳을 알아냈어. 시청 맨 위층에 거주지를 마련해 놓고 보안을 삼엄하게 깔아놨더라고. 안으로 들어가진 못했지만, 아래층은 여기저기 들러봤지. 시청은 내가 타고 있던 시절의 서커 호 함장 숙소와 놀라울 만큼 비슷해. 따라서 장거리도약 포드로 가는 전송게이트는 시청 맨 위층에 있을 거야. 함장 선실과 붙어 있을 테고 보안이 철저하겠지."

나는 말을 멈췄다.

제니스가 일어섰다. "상황 설명은 이게 다야. 남은 문제는 간단하게 말할게. 여기 있는 사람들은 전부 모레 시청에서 열리는 기념식에 초대됐지. 거기 참석해야 한다는 게 내 생각이야. 나는 이 생산 공장을 이용해서." 그녀는 손짓으로 조립게이트를 가리켰다. "차단 기능이 있는 가방과 기타 연장을 만들고 있어. 그걸 가져가도 감시에 걸릴 위험은 없다는 얘기야. 리브?"

나는 목청을 가다듬었다. "계획은 이래. 연장을 갖고 간 다음 유어돈이 모두에게 인사말을 하려고 연단에 오르자마자 풀어놓는 거야. 그린 팀은 시청 1층을 확보하고 적의 무장을 모조리 해제시켜. 그리고 유어돈과 피오르와 한타의 복사체를 최대한 찾아내서 죽여. 놈들은 백업이 있고, 살아 움직이는 복사체도 한둘이 아닐 거야. 하지만 우리가 최대한 빨리 움직인다면 시청에 있는 복사체가 밖으로 연락하는 건 막을 수 있을 거야. 그동안 옐로우 팀은 함장 숙소로, 그러니까 주교의 숙소로 올라가서 우주선의 측면에 붙어 있는 장거리도약 포드를 폭파해. 질문 있어?"

여러 사람이 손을 들었다.

"알았어. 구체적으로 설명할게. 엘, 버니스, 헬렌, 프리스, 모게인, 질은 그린 팀이야. 그린 팀은 제니스가 총괄해. 샘, 그렉, 마틴, 리즈는 옐로우 팀이고 내 지휘를 받아. 옐로우 팀은 여기 남아. 브리핑을 할 테니까. 그린 팀은 점심을 먹고 일하러 가. 그리고 오늘 오후나 내일 개인적으로 도서관에 와. 그러면 제니스가 정리를 해 주고, 지원도 해 주고, 브리핑도 할 거야."

뒤쪽에 있는 사람이 더 중얼거렸다. 제니스가 목청을 가다듬었다. "한 가지 더 있어. 무엇보다 작전 보안이 중요해. 조금이라도 말이 새어나가면 우리는 모조리… 죽진 않을 거야. 그것보다 더 나쁘지. 한타는 뇌를 제대로 망가뜨릴 수 있는 설비를 병원에 완비해놨거든. 만약 누구든지 이 지하실 밖에 나가서 이런 계획에 연루됐다는 걸 조금이라도 발설하면, 놈들은 단거리 게이트를 차단하고, 그 사람을 격리시키고, 다른 사람들이 준비했던 탄약과 칼이 다 떨어질 때까지 좀비들을 쏟아부을 거야. 그다음에 우리를 싣고 가서 행복하고 실실거리며 웃는 노예로 바꿔놓겠지. 그게 죽는 것보다는 낫다고 생각하는 사람이 있으면… 그건 상관없어. 개인적인 선택이니까. 하지만 너희들 가운데 누구 한 사람이라도 신부 놈들을 찾아가고 그런 선택을 내게 강요할 생각이라면, 내 선택은 우선 그자부터 쏴 죽이는 거라는 걸 알아둬."

"이 계획에 동참하기 싫은 사람이 있으면 지금 당장 말해. 위층에 남아 있다가 다른 사람들이 다 돌아간 다음에 말해도 괜찮아. 우리에겐 조립게이트가 있어. 그러니까 상황이 정리될 때까지 너희를 백업해서 얼음 속에 넣어둘 수 있다는 뜻이야. 겁이 나는데도 동참할 필요는 전혀 없어. 하지만 명시적으로 빠지겠다는 뜻을 밝히지 않는 사람은 내 명령에 따라야 해. 그리고 그런 사람은 죽음을 각오하고 내 명령에 절대적으로 복종해야 해. 우리가 우주선을 장악할 때까지."

제니스가 모든 사람을 돌아보았다. 그녀의 표정은 냉혹했다. 잠깐 동안 예전의 사니가 돌아와서 위장막 속을 밝히는 전등처럼 겉모습을 뚫고 밝은 빛을 뿜으면서, 무시무시하고 야성적인 면을 드러내는 것 같았다. "전부 알아들었나?"

그렇다고 대답하는 목소리가 방 여기저기서 메아리를 울렸다. 임신한 여성 한 명이 큰 소리로 말했다. "뭘 기다리고 있는 거야? 시작하자고!"

시간은 우리를 기다리고 있는 긴장의 순간을 끌어당기면서 쏜살같이 지나갔다.

우리에겐 병참 문제가 있었다. 도서관 지하실에 조립게이트가 있다는 건 훌륭한 장점이었다. 사실 우리가 세운 작전에서 조립게이트는 필수불가결한 요소였다. 하지만 조립게이트가 대량으로 찍어낼 수 있는 물건에는 제약이 있었다. 희귀 동위원소가 없었기 때문에 장거리도약 포드를 핵무기로 날릴 수가 없었다. 탱크 몸체나 전투용 드론을 만들 수 있는 설계 템플릿도 없었다. 있는 거라고는 개인 화기 정도였다. 조립게이트로 전송게이트를 만들 수는 없었기 때문에 웜홀 관련 기술도 쓸 수 없었다. 다시 말해서 보팔 블레이드를 만들 수가 없었다. 시간이 충분하고 감시로부터 완전히 자유로울 수 있다면 그런 제약 사항도 결국 해결했을 것이다. 하지만 제니스는 우리가 공급할 수 있는 원료 질량이 시간당 최대 100킬로그램이라고 말했다. 피오르든 다른 사람이든 도서관 지하실에 조립게이트를 설치해두기로 결정한 사람이 의도적으로 기능에 제한을 둔 것 같았다. 나 같은 사람이 침공의 발판으로 삼지 못하도록. 그들은 다수의 프로젝트를 부족한 인원으로, 지나치게 서둘러 진행하고 작전 보안 역시 엉성하게 준비한 셈이었다. 그렇다고는 해도 보안 장치가 아예 없는 것과는 하늘과 땅만큼의 차이가 있었다.

제니스는 결론을 내렸다. "조립게이트를 밤새 가동해서 가소성 RDX 덩어리와 기폭장치와 여분의 탄약통을 만들 거야. 여섯 시간 동안 돌리면 10킬로그램을 제작할 수 있어. 고성능 폭발물이 그 정도 있으면 경보를 작동시키지 않고 소비할 만한 에너지를 낼 수 있을 거야. 그걸로 장거리도약 프레임에서 작업할 수 있겠어?"

"10킬로그램이라고?" 나는 고개를 저었다. "그거 실망스러운 결과인데. 아주 안 좋아."

그녀가 어깨를 으쓱했다. "유어돈을 상대로 첨단 기술을 사용하고 싶으면 맘대로 해."

그녀의 말에는 일리가 있었다. 더 복잡한 무기의 설계 템플릿에는 트로이 목마가 숨어 있을 가능성이 아주 컸다. 권총이나 원료 수준의 화학적 폭발물보다 더 정교한 무기에는 예외 없이 우리가 발견할 수 없는 잠금장치와 센서가 들어 있을 터였다. 그녀가 만들어 낸 권총은 조준기와 방아쇠가 전부 기계식이고 경보 기능이 없는 조잡한 무기였다. 심지어 다른 사람이 내 무기를 빼앗아 나를 공격하지 못하게 해주는 생체 인식 잠금장치조차 없었다. 내가 제작하던 석궁보다는 수준 높은 무기였지만, 그렇다고 해서 수준이 엄청나게 높지는 않았다. 하지만 다른 식으로 생각해보면 유어돈이나 피오르가 역이용할 수 있는 비밀스러운 전자장치도 들어 있지 않았다.

"탄창은 확인해봤어? 만약이라는 게 있잖아."

제니스가 고개를 끄덕였다. "불막대기에서는 불이 제대로 나오더라고. 그건 걱정할 필요 없어."

"흠, 최소한 제대로 작동하는 게 하나는 있단 얘기군." 마비총을 두어 자루 준비해놓으면 더 마음이 놓일 것 같았지만, 이제는 피오르의 육체를 이용하고 있지 않으니 준비하기가 쉽지 않았다.

제니스가 나를 보았다. "이제 승패의 갈림길이군."

나는 심호흡을 했다. "선택의 여지도 없잖아."

"아, 그건 그렇지만 백업이 있잖아." 그녀가 어깨를 굳히면서 방어적인 태도를 보였다. "이번 생에는 이게 마지막 활약이군. 이런 식으로 굴러갈 거라고는 생각하지 못했는데."

"나도 그래." 나는 가방을 다 꾸리고 일어섰다. "마음을 바꿀 것 같은 사람은 없어?"

"그러면 안 되는데." 그녀는 내면 어딘가에 초점을 맞춘 채 벽을 응시했다. "그러면 안 되고말고." 그녀는 다시 배에 손을 얹었다. "다 이유가 있어서 임신 중인 여성들을 뽑은 거야. 세상을 보는 눈이 바뀌거든. 나도 그 정도는 알게 됐지." 그녀가 눈을 반짝거렸다. "두 가지 경우가 있어. 아직도 YFH 조직체의 역할극에 빠져 있는 사람들은 속으로 화가 나면서도 겁이 날 거야. 한편 그걸 억누르고 엄마가 되려고 마음의 준비를 한 사람들은, 뇌를 갖고 장난을 치는 놈들이 아이에게 저지르려는 짓 때문에 더 화가 나지. 일단 공포와 불신을 극복하고 나면 분노가 남는 거야. 임신 중인 여성들은 마음을 바꾸지 않을 거야. 그리고 보면 알겠지만, 남자들도 전부 부인이 참가한 사람들로만 골랐어."

"그랬군." 제니스는, 아니 사니는 칼처럼 날카로웠다. 그녀는 비밀 활동 조직을 구성할 때 어떤 것들이 필요한지 잘 알고 있었다. 하지만 그녀를 칼에 비유한다면, 그 칼은 날이 깨지기 쉬운 칼이었을 것이다. "사니, 뭐 하나 물어봐도 돼?"

"그럼." 그녀의 목소리는 느긋했다. 하지만 나는 그 속에 살짝 긴장이 서렸다는 걸 깨달았다. 그녀의 눈가에 주름이 생겼다. 내가 왜 그 이름으로 불렀는지 알고 있었던 것이다.

"다 끝나면 뭘 할 거야?" 나는 적절한 단어를 선택하려고 애를 썼다. "우리는 석기 시대에서 막 빠져나온 거나 다름없는 조그마한 거품 조직체에 갇히게 될 거 아냐. 일종의 세대 간 우주선인 셈인데… 앞으로 수십 년이나 수백 년 동안 여기서 나가지 못할 거라고. 그것도 최소한으로 계산했을 때! 물론 다 끝나고 수면 상태로 들어가지 않을 때나 적용되는 말이지만. 내 생각에 넌 분명히 여기서 탈출하고 싶을 거야. 나가서 모든 사람에게 경고하고 싶겠지. 바깥쪽에서 YFH 조직체를 부숴버리라고. 그런데 그러는 대신에 우리는, 음, 머리 위 높은 곳에 있는 탈출로를 무너뜨리는 거로 사건을 마무리 지으려는 거잖아. 우리 손으로 바깥 세계와 차단되고 나면 넌 뭘 하고 싶어?"

사니는 내 목이 두 개로 늘어나는 광경을 목격한 것 같은 얼굴로 나를 쳐다보았다. "은퇴하고 싶어." 그녀는 불안한 시선으로 지하실 여기저기를 살펴보았다. "여길 보면 소름이 끼치는군. 빨리 집에 가야겠어. 저기, 리브 아니 로빈, 우리는 여기 속한 사람들이야. 여긴 유리감옥이지. 전쟁이 끝난 뒤 상처 입은 사람들이 오는 곳이야. 재프로그래밍을 해야 하고 갱생해야 하는 사람들 말이야. 유어돈과 한타와 피오르는 여기 속해 있었지만… 우리 역시 그런 사람들이라고 생각하지 않아?" 그녀는 뭔가에 사로잡힌 것 같은 표정이었다.

나는 잠시 생각해보았다. "아니, 그렇게 생각하지 않아." 그리고 힘들여 대답했다. "하지만 여길 좋아하게 될 수도 있을 거라는 생각은 들어. 저런… 놈들이 압력을 가하지 않는다면."

"그게 이곳의 설립 목적이었어. 쉴 수 있는 집, 유혹적인 은퇴, 고통스러운 마음의 상처에 발라주는 연고 말이야. 샘이 기다리는 집으로 가." 그녀는 나를 쳐다보지 않고 계단 쪽으로 걸어갔다. "지금까지 네가 해왔던 일을 생각해봐. 샘이 한 일도. 난 손에 피를 묻히고 살았고, 그 사실을 잘 알고 있다고." 그녀는 계단을 반쯤 올라갔다. 나는 그녀를 따라잡기 위해 움직여야 했다. "바깥세상은 우리 같은 사람들로부터 보호받아야 한다고 생각하지 않아?"

나는 계단 꼭대기에 서서 대답을 생각해보았다. "그럴지도 모르겠네. 아마 네 말이 맞을 거야. 우린 끔찍한 짓을 하고 다녔지. 하지만 그때는 전쟁 중이었고, 꼭 필요한 일이었다고."

그녀가 심호흡했다. "나도 너처럼 자신감이 있으면 좋겠어."

나는 그녀를 보며 눈을 깜빡거렸다. 내가 자신감이 있다고? 그녀가 겁에 질린 채 이곳에 홀로 있었다는 걸 알기 전까지, 나는 늘 사니야말로 자신감이 넘치는 사람이라고 생각해왔다. 하지만 공모자들이 전부 가버린 지금, 그녀는 혼란스럽고 약간 길을 잃은 사람처럼 보였다. "난 의구심을 용납할 수 없어." 나는 그 말을 인정했다. "의심하기 시작하면 무너져 버릴 테니까."

그녀가 사격장에 처음으로 비치는 조명처럼 찬란하게 미소를 지었다. "그러지 마, 로빈. 널 의지하고 있으니까. 내게 필요한 군대는 너뿐이야."

"알았어." 내가 말했다. 그리고 우리는 헤어졌다.

나는 안감에 그물을 댄 가방을 어깨에 메고 집으로 걸어갔다. 오늘은 택시를 타고 싶지 않았다. 특히 아이크를 만날 가능성이 있었기 때문에 더욱 그랬다. 이유는 모르지만 온 세상이 유난히 활기차 보였다. 풀은 더 진한 녹색이었고 하늘 역시 더욱 파랬다. 공공 건물들 바깥의 꽃밭에서 흘러나오는 향기는 압도적으로 달콤하고 낯설었다. 피부는 엄청난 양의 정전기라도 충전해 둔 것 같은 느낌을 주었고, 두피의 모낭들은 곤두서 있었다. 나는 살아 있다는 느낌을 받았다. 내일 이맘때면 난 죽을지도 모른다. 실패할 경우 죽어서 영원히 사라질 것이다. 전송게이트는 YFH 비밀 조직의 손에 계속 남아 있을 것이고, 그들과 공모한 자들은 남겨뒀던 우리의 복사체를, 그게 어떤 형태든지 주저하지 않고 모조리 삭제할 것이다. 나는 먼지처럼 바싹 말라 역사의 일부가 될 것이고, 만에 하나 다음 세대에 역사가라는 직업이 존재한다면 그들의 연구 소재가 될 것이다.

하지만 어떻게든 살아남는다면, 강화되지 않은 상태에서 이곳에 갇혀 앞으로 세 번을 더 살 것이다.

여러 가지 감정이 뒤섞였다. 전에는 전투에 뛰어들면서 (내 기억에 따르면) 죽음을 걱정하지 않았다. 하지만 그때 난 인간이 아니었다. 나는 여러 대의 탱크로 구성된 기갑 연대였다. 아군이 완전히 패전하지 않는 한 나는 죽을 수 없었다.

하지만 이제는 샘이 있었다. 샘이 위험에 처할 수 있다고 생각하자 마음이 위축됐다. 우리 두 사람의 운명을 YFH 비밀 조직의 처분에 맡긴다고 생각하니 다른 의미로 불편했다. 고개를 숙이고 항복하라. 그러면 괜찮을 것이다. 그건 '그녀'가 개인적으로 내렸던 결정이지만, 그 결정이 다시 돌아와 나를 좇고 있었다. 나는 분명 그녀를 거부했다. 하지만 그녀도 내 일부였다. 분리할 수 없고 회피할 수도 없는 나의 일부였다. 나는 굴복한 적이 있다는 사실을 영원히 벗어던질 수 없을 테고….

나는 사니가 굴복했다는 사실을 깨달았다. 유어돈이나 피오르가 아니라 전쟁의 끝에게. 그녀는 더 이상 싸우고 싶지 않았다. 그녀는 정착하고 싶었고, 가정을 갖고 싶었고, 소도시의 사서가 되고 싶었다. 이제는 제니스가 진짜 사니였다. 문자 그대로 그랬다. 음모자들이 유리감옥을 부패시키고 악용했지만, 그래도 심리적인 화학작용은 우리에게 영향을 끼치고 있었다. 사니는 그 점을 얘기하려 했던 건지도 모른다. 개인사는 지워지지 않고 남겠지만 우리는 이제 더 이상 과거의 자신이 아니고, 과거에 했던 일의 행위자도 아니었다. 나는 우리가 정복하고 기습했던 거주구의 시민들의 눈에 내가 어떤 모습으로 비쳤을지 상상해보았다. 그리고 맹점을 발견했다. 그들이 나를 보고 공포에 질렸다는 건 알고 있었다. 하지만 장갑복의 안쪽에, 총의 너머에 있던 건 그냥 나였다. 그렇지 않은가? 하지만 그들은 그걸 알 도리가 없었다. 아니, 이젠 상관없는 일이었다. 다 끝났으니까. 나는 어쩔 수 없이 간직한 채 살아가야 했다. 내가 했던 일들 역시 어쩔 수 없었으니까. 그때는 꼭 필요한 일처럼 보였다. 잔인한 소프트웨어에게 기억을 검열당하고 싶지 않았기 때문에, 혹은 상황이 더 나빠지면 웜을 몰래 심어놓은 비양심적인 기회주의자들에게 검열당할 수도 있었기 때문에 나는 싸워야 했다. 그리고 일단 싸우겠다고 마음을 먹고 나면 그 결과 역시 끌어안고 살아야 했다. 그게 유어돈, 피오르, 한타와 우리의 차이였다. 우리는 전쟁으로부터 자유로워질 수 있다면 얼마든지 의구심을 품을 생각이었다. 하지만 그자들은 적에게, 다시 말해서 우리에게 전쟁을 다시 떠안기기 위해 계속 싸우고 있었다.

떠올리기에 좋은 생각은 아니었다. 그건 완전히 음울한 생각이었다. 나는 그런 생각을 하지 않고도 살아갈 수 있었다. 그런다고 해서 순순히 나를 내버려두진 않겠지만. 그래서 나는 그런 생각을 물리치기 위해 가방을 휘두르고 흥겹게 휘파람을 불며 걸었다. 그리고 나 자신을 바깥에서 바라보려고 애쓰면서 이동했다. 나는 기분이 좋은 사서였고, 겉으로 보기에는 여름용 옷을 입은 젊은 여성이었다. 어깨걸이 가방을 메고 있었고, 일과를 마친 다음 걸어서 돌아가면서 휘파람을 불고 있었다. 하지만 그 그림의 이면에는 악몽에 쫓기는 퇴역 군인이 있었다. 그 인물은 기계식 권총이 든 군용 배낭을 움켜쥐고 있었고, 마지막으로 살금살금 막사에 돌아가고 있었….

저기, 잠깐 멈춰볼 수도 있잖아?

안 그러는 게 나아.

나는 집에 도착해서 가방을 주방에 두었다. 거실에는 텔레비전이 작동하고 있었기 때문에 나는 신발과 깔창을 벗어 던졌다.

"샘."

그는 평상시처럼 몸을 웅크린 채 깜빡거리는 화면을 보면서 소파에 누워 있었다. 손에는 맥주 깡통을 쥐고 있었다. 그는 내가 들어서자 흘끗 쳐다보았다.

"샘." 나는 그와 함께 소파에 앉았다. 나는 그가 텔레비전을 보고 있지 않다는 사실을 깨달았다. 그의 시선은 방 끝에 있는 유리문 너머의 테라스에 머물고 있었다. 그는 천천히, 침착하게 숨을 쉬고 있었고, 그의 가슴은 끊임없이 오르내리고 있었다. "샘."

그가 나를 보며 눈을 깜빡거렸다. 그리고 잠시 후 그의 입꼬리가 위로 올라갔다. “늦게까지 일했나 봐?”

“걸어왔어.” 나는 두 발을 들어 올렸다. 소파의 부드러운 쿠션이 나의 두 발을 집어삼켰다. 나는 몸을 옆으로 기울여 그에게 기대고 머리를 그의 어깨에 얹었다. “난 느끼고 싶었어….”

“연결돼 있다는 감각 말이지.”

“응. 바로 그거야.” 나는 그의 심장 박동을 느낄 수 있었다. 그의 호흡이 깊은 곳에서, 내 세계의 근원에서 꿈틀거리고 있었다. “널 보고 싶었어.”

“나도 보고 싶었어.” 그의 손이 내 뺨에 닿더니 위로 올라가면서 이마에 있는 머리카락을 뒤로 넘겨주었다.

이런 순간이 되면 재조립되지 않은 인간이라는 사실이 싫어졌다. 그런 인간이란 껍질 같은 뼈에 갇혀서 고립되어 있으면서도 생각은 할 수 있는 젤리였고, 사랑하는 이로부터 영원히 좁혀지지 않는 아주 짧은 간극 만큼 떨어져 있어야 하는 하는 존재였다. 그리고 저주파 음성 대역에서 어쩔 수 없이 온갖 의미를 쥐어짜야 하는 존재이기도 했다. 인간은 모두 섬이었다. 바닥도 없고 지각도 없는, 밤이라는 이름의 대양에 떠 있는 섬이었다. 과거 한때 내가 갖고 있던 기능의 절반이라도 남아 있었다면, 그리고 그런 자원을 건네줄 수만 있다면 (그리고 샘이, 케이가 그걸 원한다면) 우리는 다중통신을 이용해 이처럼 한심하고 인간적인 한계에 제약을 받는 직렬 소통보다 천 배는 더 심오하게 소통할 수 있었다. 우리가 무엇을 상실하고 무엇을 공유하지 못했는지 깨닫자 가슴이 심히 아팠다. 하지만 그럴수록 그를 원하는 마음은 더욱 커졌다. 나는 거북한 동작으로 그의 허리를 끌어안았다. “왜 그렇게 오래 걸렸어?”

“도망치고 있었거든.” 그는 이윽고 고개를 돌려서 곁눈질로 나를 보았다. “나 자신에게서.”

“나도 그랬어.” 나는 과감하게 물어보았다. “네 걱정거리에는… 이렇게 사는 것도 포함돼?”

“너무 가까워서 그래.” 그가 침을 삼켰다. “그들이 내게 원했던 존재 방식과 너무 가까워서.”

나는 ‘그들’이 누구인지 묻지 않았다. “탈출하고 싶어? 조직체를 떠나고 싶어?”

그는 아주 오랫동안 입을 열지 않았다. “그건 아니야.” 마침내 그가 말했다. “그러면 내가 원치 않는 존재로 되돌아가야 하거든. 무슨 말인지 이해하려나 모르겠지만. 케이는 위장이었어, 리브. 가면이었다고. 공허한 여인이지. 진짜 사람이 아니라.”

나는 그에게 바싹 달라붙었다. “넌 성장해서 그녀가 되고 싶은 거잖아. 난 알고 있어.”

“알고 있었다고?” 그녀가 눈을 크게 떴다.

“저기, 내가 왜 여기에 있다고 생각하는 거야?”

“그거 맞는 말이네.” 그는 잠깐이지만 슬퍼 보였다. “넌 떠나고 싶어?”

사실 우리는 머물거나 떠나는 것에 관해 얘기하고 있지 않았다. 그건 알고 있었다. 그가 정말로 뜻하는 건…. “난 그런 줄 알았어.” 나는 그의 셔츠 단추를 만지작거리면서 인정했다. “그때 한타 박사가 내 문제를 정리해버렸지. 그리고 난 진정으로 원하는 게 뭔지 깨달았어. 난 치료할 수 있는 장소, 나 자신이 될 수 있는 장소를 원했던 거야. 공동체를. 평화를.” 나는 그의 셔츠 속에 손을 넣었다. 그의 숨소리가 조금 거칠어지고 높아지기 시작했다. 나는 그 소리를 들으며 두 다리를 꼬았다. "사랑을." 나는 잠시 말을 멈췄다. "꼭 그녀와 같은 식으로 원하는 건 아니라는 설명을 덧붙일게." 그가 손으로 내 머리를 매만지고 있었다. 그리고 다른 손으로는…. "좀 더 해줘."

"난 무서워, 리브."

"나도 똑같아."

잠시 후. "나도 네가 묘사했던 걸 원하고 있어."

나는 숨을 헐떡거렸다. "나도. 똑같아. 오."

"사랑을."

그리고 우리는 계속해서 말이 없이, 인간이 아닌 인공지능 감시자가 해석할 수 없는 언어로, 접촉과 애무로 이루어진 언어로, 인간 종족의 역사만큼이나 오래된 언어로 대화를 나누었다. 우리가 서로에게 건넨 말은 간단했다. 무서워하지 마. 사랑해. 우리는 절박하고 단호하게 그 말을 건넸고, 두 사람의 육체는 소리 없이 목청을 높여 서로를 격려하고 있었다. 밤의 어둠 속에서 서로를 향해 손을 뻗는 가운데, 나는 결국엔 모든 게 다 잘 될 거라고 감히 나 자신에게 말했다.

우리는 실패할 리가 없었다.

그렇지 않은가?

아침 식사는 조용한 가운데 치열하게 진행되었다. 나는 커피와 토스트를 먹은 다음 헛기침을 하고 신중하게 계획해 둔 연설을 시작했다. "교회에 가기 전에 먼저 도서관에 들러야겠어, 샘. 장갑을 놓고 왔거든."

"그래?" 그가 나를 쳐다보았다. 걱정 때문에 그의 이마에 주름이 생겼다.

나는 힘차게 고개를 끄덕였다. "장갑 없이 교회에 갈 순 없어. 격식에 어긋난단 말이야." 격식은 감시자들이 주목하는 단어 가운데 하나였다. 사실 장갑은 복장 규정에 해당하지 않았지만, 핑계로 쓰기에 좋았다.

"알았어. 나도 같이 가야겠네." 그가 곧 에어록 밖으로 쫓겨나 죽을 사람처럼 아주 기분 좋게 말했다. "그럼 얼른 출발해야겠네."

"그래. 가방 좀 가져올게." 내가 말했다.

"나도 새 조끼를 입어야겠어."

나는 눈을 크게 떴다. 그의 의상 감각은 심지어 나보다도 더 작위적이었다. "위층에 가서 입고 올게." 그가 설명했다. 나는 잠시 그가 다른 말을 덧붙일 것 같다고 생각했다. 뭔가 낯뜨거운 말을. 하지만 그는 늦지 않게 간신히 그 말을 참았다. 나는 속이 거북했다.

"조심해, 자기야."

"조심할 게 뭐 있겠어." 그가 부자연스럽게 반어적인 의미를 담아 말했다. 그는 일어서더니 침실로 이어지는 계단으로 향했다(그 침실은 이제 우리 두 사람의 침실이었다. 더 이상 외로운 밤이란 건 존재하지 않았다). 심장 박동이 빨리지는 것 같았다. 이제 부스러기를 치우고, 접시를 식기 세척기에 넣고, 신발을 신을 차례였다.

샘이 계단을 내려왔다. 그는 교회용 의상을 걸치고 있었다. 그는 정장 속에 주머니가 많이 달린 조끼를 받쳐 입고 있었다. 그리고 손에는 어젯밤에 함께 꾸린 서류 가방을 들고 있었다. "자, 그럼, 갈까." 그가 힘없이 웃어 보이며 말했다.

"응." 나는 대답을 하고 시간을 확인하고 꽤 큰 핸드백을 들었다. "시작해볼까."

우리는 약 10시쯤 도서관에 도착했다. 우리는 문을 통과해 안으로 들어갔다. 지하실로 통하는 문은 이미 열려 있었다. 나는 계단을 내려가면서 가방에 손을 넣었다. 누군가 작전을 누설했다면 적이 우리를 기다릴지도 모른다고 의식했기 때문이다. 하지만 내려가 보니 제니스가 있었다.

"안녕, 제니스." 나는 살짝 불안한 목소리로 말했다.

"안녕." 그녀가 총구를 내렸다. "혹시 몰라서 말이야."

"그래야지. 샘, 어서 내려와." 나는 다시 제니스를 쳐다보았다. "그렉, 마틴, 리즈는 아직 안 왔군."

"맞아." 제니스가 의자에 앉으면서 잿빛 플라스틱 덩어리들을 가리켰다. "샘, 네가 이걸 운반하면 일이 더 잘 풀릴 것 같은데."

"물론이지." 샘은 천천히 걸어와서 벽돌을 하나 집었다. 그는 시험 삼아 벽돌을 움켜쥐고는 냄새를 맡아보았다. "흠, 성공의 냄새가 나는데. 기폭장치는?"

"소파에 있어." 나는 여분의 탄창이 쌓여 있는 위치를 발견하고 두 개를 집었다. 그리고 총알이 제대로 삽입됐는지 확인해보았다. "인지 통신기는 어디에 있어?" 내가 물었다.

"배달 중이야." 제니스가 조립게이트를 가리켰다. "시계도 맞춰놔야 해."

"알았어." 헤드셋과 인지 무선 통신기가 없으면 작전을 매끄럽게 수행할 수 없었다. 하지만 그것들은 가장 마지막에 조립해야 했다. 위험 수준이 가장 높았기 때문이다. 그것들은 금속관이나 화학물질 폭약과 달리 조작하기가 쉬웠다. 그리고 조립게이트 속에 내장된 경보장치를 건드릴 확률이 고대 물품 무더기보다 훨씬 더 높았다. 무선 장비가 작동하지 않으면 대체할 물품은 한심한 수준이었다. 기계식 손목시계와 사전에 계획한 사격 개시 시각이 전부였으니까.

샘이 조끼 주머니에 들어가도록 컴포지션-C 덩어리를 주무른 다음 쑤셔 넣었다. 갑자기 살이 찌기라도 한 것처럼 그가 입은 조끼의 허리 부근이 불룩해 보였다. 그 위에 재킷을 걸치자 단추가 잠기지 않았다. 그의 행동을 보고 있으니 한때 기억하고 있던 뭔가가 떠올랐다. 우려의 소지가 있는 기억이었다. 하지만 정확히 떠오르지는 않았다. 나는 머리를 내젓고 위층으로 올라간 다음 접수대 뒤에서 기다렸다.

몇 분 뒤 마틴과 리즈가 함께 도착했다. 나는 두 사람을 지하실로 내려보냈다. 걱정하고 있던 참에 그렉이 나타났다. 시간이 부족했다. 현재 시각은 10시 42분이었고, 모임은 약 15분 뒤면 열릴 예정이었다. "왜 이렇게 늦었어?" 내가 물었다.

"상태가 좋지 않았어." 그가 말했다. 술을 먹다가 온 것 같았다. "제대로 잘 수가 없었거든. 끝내버리자고, 응?"

"그래." 나는 지하실 쪽을 가리켰다. "다른 사람들은 안에 있어."

남은 시간은 10분이었다. 문이 열리고 제니스가 나왔다. "됐어. 난 쇼를 하러 강당에 가볼게." 그녀가 내게 말했다. 초현실적인 미소를 지으면서. "행운을 빌어."

"너도." 그녀가 몸을 앞으로 내밀었고 나는 잠깐 그녀를 껴안았다. 그리고 그녀는 시청 쪽으로 향하는 도서관 길을 따라 걸어갔다.

"샘은 어디 있어?" 내가 물었다.

"아, 밑에서 해야 할 일이 남았다던데." 리즈가 세 배는 거만한 목소리로 말했다. "마지막 순간이라 초조하겠지." 잠시 후 샘이 계단을 걸어 올라왔다. "얼른 가자, 샘. 그러다가 쇼를 놓친다고."

나는 입을 열었다. "시작할 시간이야!

기억의 파편들이 한 시점으로 모여들었다.

우리는 다섯 명이었다. 남자 셋, 여자 둘. 우리는 중심가의 전면을 따라 걸으며 시청으로 향했다. 다들 교회용 복장에 약간의 변화를 주고 있었다. 샘의 조끼, 나의 신발, 마틴의 가방이 그 변화였다. 눈에 띄지 않는 이어폰이 일행의 왼쪽 귀에서 웅웅거리고 있었고, 살색 송신장치가 턱선에 나란히 붙어 있었다. 우리는 사업가들 같았다.

"군중과 합류해. 사람들이 강당 입구로 이동하거든 '비상구'라고 적힌 문에서 왼쪽으로 빠져. 반대편에서 나와 합류한다."

목적의식. 긴장감. 쿵쾅거리는 심장과 불안감. 손가락 끝에서 희미하게 석유 냄새가 났다. 늘 그렇듯 감각이 예민해졌기 때문이다.

일반적인 시민으로 (즉 실험 참여자들로) 구성된 집단과 교구민들이 중심가에서 가장 큰 건물의 정면 계단과 개방된 기념식장 안으로 모여들고 있었다. 그중에는 내가 아는 얼굴도 있었지만 대부분 모르는 사람들이었다.

젠이 어슬렁거리며 군중 속에서 나오더니 미소를 띠고 내게 접근했다. 뱃속이 얼어붙었다. "리브! 이거 정말 멋지지 않아?"

"그러게." 나는 약간 지나치리만큼 냉정하게 말했다. 그녀가 나를 노려보았기 때문이다. 그녀는 눈을 가늘게 떴다.

"흠, 난 가볼게." 그녀가 걸어가려는 것처럼 몸을 돌리다가 동작을 멈추고 말했다. "너는 이날을 축하하고 있을 줄 알았는데."

"그러고 있는데." 나는 눈썹을 추켜세우고 그녀에게 말했다. "너는?"

"흥!" 그녀는 아니꼬운 웃음을 짓고 축하를 하듯 빙글빙글 돌면서 크리스의 품에 뛰어들었다.

척추를 따라 식은땀이 오르내렸다. 하지만 대부분은 마음을 완전히 놓는 바람에 흐른 땀이었다. 나는 비상구 팻말이 있는 쪽으로 이동했다. 편리하게도 팻말은 화장실 옆에 있었다. 나는 아주 잠깐 멈춰 서서 곁눈질로 주변을 살피고는 시간을 확인했다(작전 개시까지 남은 시간은 3분이었다). 그리고 비상구 손잡이에 몸을 기댔다. 삐걱거리는 소리가 나며 문틈이 벌어졌고, 나는 콘크리트로 미끄럼 방지 바닥을 만들어 놓은 계단통으로 걸어 들어갔다.

철컥. 나는 주위를 살폈다. 리즈가 총구를 내렸다. 오늘 내 움직임이 너무 느린데. 나는 절망적으로 생각했다. 그리고 마이크의 입력을 막았다. "2분 전." 나는 그녀가 서 있는 벽감 반대편의 구석으로 후진하면서 말했다. 그녀가 고개를 끄덕였다. 나는 가방 안에 손을 넣어 총을 꺼내고, 여분의 탄창을 주머니에 꽂고, 가방을 떨어뜨렸다. 철컥. 내가 장전하는 소리였다.

1분 전. 샘과 그렉과 마틴 세 사람 중에서 마틴이 조금 머뭇거리는 것 같았다. 나는 마이크를 켰다. "나를 따라오도록."

나는 2주 전 피오르의 육체를 훔쳐서 걸치고 있을 때 이 건물을 탐색했다. 극도로 조심스럽게, 그 순간 피오르가 다른 곳에서 볼일을 보고 있다고 힘겹게 확신을 하면서. 1층에는 로비와 커다란 강당이 있었고, 건물 약도에 따르면 '법정'이라고 부르는 방이 두 개 있었다. 2층은 사무실들이 마주 보고 있는 공간이었다. 우리는 2층을 그냥 통과했다. 3층은…. 흠, 나는 그 당시 3층에서 그리 긴 시간을 보내지 않았다.

우리는 문 앞에서 멈춰 섰다. "정각." 내가 손목시계 바늘의 움직임을 눈으로 좇으며 말했다.

1초 뒤 헤드셋에서 신호음이 들렸다. "작전 개시." 제니스가 말했다.

"개시."

그렉이 빠르게 문을 열었고 마틴과 리즈가 몸을 숙이며 안으로 들어갔다. 그리고 바닥에 아무것도 깔리지 않은 복도에 아무런 이상 징후가 없다고 알려왔다. 나는 앞장서서 복도로 전진했다. 문이 하나 더 있었다. 그렉이 억지로 비상구 손잡이를 비틀었다. 양탄자가 깔린 좁은 통로였다. 지금쯤이면 유어돈은 분명 나가고 없겠지? 나는 앞으로 돌진했다. 내가 있는 곳은 지루할 정도로 평범한 거실 안이었다. 가구들은 암흑시대 풍이었다. 구석에 있는, 매끄럽고 하얗고 가운데가 불룩한 조립게이트만이 예외였다. "여기다." 내가 말했다. "산개하라."

우리는 가택 수색 전문가가 아니었다. 만약 무장한 저항 세력이 대기하고 있었다면 우리는 금세 밥이 되었을 것이다. 하지만 집은 비어 있었다. 침실이 셋, 거실 하나, 사무실 하나(그곳에는 책상과 고대 컴퓨터 단말기와 책들이 있었다), 부엌과 욕실과 상자가 가득 들어 있는 방 하나가 전부였다. 그리고 집은 공허했다. 장거리도약 게이트만큼이나 분위기라고 할 만한 것이 전혀 없었을 뿐 아니라 시대착오적인 요소도 있었다.

"이제 어떡하지?" 샘이 물었다.

"정면을 확인해보자." 나는 아파트의 정문으로 걸어갔다. 그러자 그렉이 몸을 비틀며 나를 앞지르더니 잠금장치를 풀었다. 그는 문을 활짝 열고 걸어나갔다. 나는 우리 위치를 확인하기 위해 그 뒤를 따랐다. 그 순간 소음이라고 부르기에는 너무 엄청난 굉음이 들리고 진동이 느껴지면서, 땅이 솟아올라 내 무릎을 후려쳤다.

"공황 하나." 귓속에서 제니스의 목소리가 들렸다. 사전에 그린 팀이 사용하기로 정해놓았던 암호였다. 폭탄이군. 나는 현기증을 느끼며 생각했다.

등 뒤에서 찰칵 소리가 들렸고, 고통에 젖은 비명이 들렸다. 나는 재빨리 뒤로 돌았고 그 덕분에 목숨을 건졌다. 짧게 몰아친 총격이 내 옆을 꿰뚫고 지나갔다. 나 대신 리즈가 휘말렸다. 총탄이 그녀를 정면으로 덮쳤고 그녀의 몸이 회전했다. 나는 계속 몸을 틀면서 한 쪽 무릎을 꿇고 손목이 돌아갈 정도로 총을 연사해 탄창을 비웠다.

"***." 귀울음이 가득한 귓속에서 제니스가 말했다.

"다시 말해." 나는 그렉을, 한때 그렉이던 무언가를 노려보았다. 내 뒤에 있는 사람이 끔찍한 소리를 냈다. 나는 그게 리즈라고 생각했다. "적색경보 상황. 아군 두 명 사망."

"반복한다. 공황 둘." 제니스가 말했다. "놈들이 보팔…."

핑크 노이즈가 귀를 가득 채웠고 그녀의 목소리가 갈라졌다. 학습형 인공지능 감시 체계가 인지 무선 통신을 가로막았다. "정신 차려!" 나는 리즈를 살펴보고 있는 샘에게 고함쳤다. "따라와!"

우리는 계단 꼭대기에 있는 층계참에 있었다. 유어돈의 아파트는 건물의 한쪽 측면을 전부 차지하고 있었다. 하지만 그 반대편에는…, 문이 있었다. 나는 문을 향해 쇄도하면서 탄창을 갈아 끼웠다. 그렉이 날 죽이려 했어. 나는 깨달았다. 그렇다면 놈들에게 알렸다는 얘기고, 따라서….

나는 문 옆에서 걸음을 멈추고 샘에게 남은 옆쪽으로 가라고 수신호를 보냈다. 그런 다음 마음을 다져 먹고 문의 허리께에 탄창 하나를 전부 쏟아부었다.

귀가 윙윙거렸다. 나는 손으로 다음 탄창을 더듬어서 꽂았고, 샘은 문을 걷어찬 다음 몸을 숙이고 복도 측면에 있던 좀비 경찰의 머리를 재빨리 쏘았다(그놈은 즉사하지 않고 바닥에 떨어진 산탄총 쪽으로 조금씩 손을 움직이고 있었다. 그 뒤에 있던 두 놈은 꼼짝도 하지 않았다). 샘이 얼마나 효과적으로 진입하는지 보고 있자니 순간적으로 어떤 사실이 떠오르며 등골이 차가워졌다. 그는 전혀 주저하지 않았다. 우리 뒤쪽에서는 리즈가 계속 신음하고 있었다. 마틴은 아무 도움도 못 될 것 같았다. "여긴 어디지?" 내가 큰 소리로 물었다.

"사무실이 많아." 샘이 발로 걷어차 문을 열고 오리걸음으로 들어가면서 말했다. "현대식 사무실이야." 나는 그의 뒤를 따랐다. 다음 문은 더 튼튼했다. 들어가 보니 위로는 유리문이 달린 발코니가 보였고, 아래에는 바닥이 탁 트인 방이 있었다. 한쪽에는 사무실 크기만 한 조립게이트가 있었고, 유리문이 일렬로 늘어서 있었고….

"이게 그거 맞아?"

정답이었다. "게이트들이야." 내가 말했다. "스위치 허브도 있고. 아래로 어떻게 내려가야…."

"안녕하신가, 리브." 이어폰에서 불쾌감을 유발하는 목소리가 들렸다. "알고 있겠지만 성공하지 못할 거야."

피오르는 헤드셋을 어디서 구했을까? 그렉이 줬을까? 아니면 그린 팀을 한 사람 잡은 건가?

샘은 어안이 벙벙한 표정이었다. 그는 문자 그대로 입을 쩍 벌리고 있었다. 나는 그 역시 같은 통신망에 있다는 걸 너무 늦게 알아차렸다.

"넌 졌어, 리브." 피오르가 대화체로 덧붙였다. 그의 목소리 너머에서 소음이 들렸다. "너희 계획은 알고 있었지. 그 방 밖에는 경비원들이 있어. 거길 빠져나가서 장거리도약 포드에 도착한다 해도 넌 죽을 거야. 레이저 울타리가 작동하고 있거든. 너한테는 정말 엄청나게 실망했어. 하지만 장난감 총을 내려놓고 항복하면 아직은 뭔가 유용한 걸 건질 수도 있겠지."

나는 검지로 입술을 건드리고 샘이 고개를 끄덕여서 알아들었다는 신호를 보낼 때까지 기다렸다. 스위치 허브실과 단거리도약 게이트들이 모여 있는 층으로 내려가는 계단에는 문이 있었다. 나는 그 문으로 걸어갔다.

나는 속이 얼마나 불편한지 샘에게 보여주고 싶지 않았다.

"넌 좆도 몰라, 피오르." 내가 가벼운 목소리로 말했다.

"알고 있는데?" 그가 잘난 척하면서 반응했다. "유감스럽게도 그렉이 죽는 바람에 더 숨기는 것도 의미가 없어졌지. 간단히 말해서 넌 실패했어. 넌 절대로…."

나는 이어폰을 뽑아서 던져버리고 샘에게도 나를 따라 하라고 미친 듯이 신호를 보냈다. 그는 이어폰을 빼서 들여다보았다. 그가 막 내던지려는 순간 폭발이 동시에 두 번 일어났다. 그의 왼손 손가락에서 빨간 안개가 뿌옇게 퍼져 나왔다. 그는 고통 때문에 욕을 하며 몸을 숙였다.

"샘!" 나는 그에게 고함을 쳤다. 그가 다친 손을 끌어안고 헐떡거렸다. "샘! 몇 초만 더 버티면 돼! 피오르는 우릴 못 막아. 막을 수 있으면 벌써 여기 와 있을 테니까! 사니가 붙들어두고 있는 거야! 놈이 도망치기 전에 장거리도약 포드를 날려야 해! 재킷을 줘!"

"선택의 여지가…." 그가 몸서리를 치며 숨을 몰아쉬더니 머리를 내저었다. "리브."

나는 총을 발치에 놓고 그의 어깨를 붙들었다. "왜 그래?"

고통에 찬 그의 눈을 들여다보니 아주 온화한 무언가가 스쳐 지나갔다. "미안해." 그가 더듬거리면서 말했다. "난 네가 원하는 사람이 될 수 없었어."

"그게 무슨…."

권총 손잡이를 움켜쥐고 있던 그의 커다란 주먹이 내 뒤통수를 가격하더니 나를 새까만 암흑 속으로 곧장 밀어 넣었다. 그리고 나는 그 암흑에서 너무 늦게 빠져나왔다.

# 에필로그

긴 이야기를 요약하자면, 우린 이겼다.

어떤 사람의 육체가 절벽에서 굴러떨어져 한참 아래쪽에 있는 비정한 지면을 향해 자유 낙하하는 광경을 재생해놓고 지켜보니 아주 색다른 느낌이 들었다. 그게 나의 몸이 아니고, 두 번째 기회란 건 없을 경우에 말이다.

사니와 내가 (그리고 오합지졸 저항 세력의 다른 사람들이) 발로 차서 문을 닫고 유어돈의 소규모 독재 세력을 전복시키고 몇 년이 흐른 뒤, 나는 샘이 죽는 영상을 수없이 다시 보았다. 그는 나를 때린 다음 문 바깥쪽 바닥에 부드럽게 내려놓았다. 그리고 신음 소리를 내면서 내가 토사물로 질식하지 않도록 힘겹게 몸을 돌려놓았다. 그 다음엔 고통을 참으며 일어서서 총을 내려놓았다. 그는 줄지어 있는 단거리도약 게이트들을 지나가면서, 난간이 있고 고리 모양의 지지용 노드가 중간까지 이어져 있는 짧은 금속 복도를 찾아냈다. 그는 멈춰 섰고, 다시 돌아와서 내가 그 복도와 일직선 상에 있지 않도록 옮겨 주었다. 그리고 그는 안으로 걸어 들어갔다.

적이 그 안에는 레이저 울타리가 있다고 말했는데도 걸어 들어가려면 어떤 생각을 하고 있어야 할까? 그는 그것도 모자라서 플라스틱 폭탄 10킬로그램 분량이 주머니에 들어 있는 조끼를 입고 있었다.

샘은 금속 복도의 중간까지 들어갔다. 섬광이 잠깐 번쩍하더니 전송게이트가 긴급히 정지하면서 문이 부풀어 오르고 검은색으로 변했다. 그리고 포드의 측면으로 웜홀의 끝부분이 튀어 나갔다. 그다지 극적인 광경은 아니었다.

우리는 그렇게 절벽 아래쪽에 도달했다.

내가 정신을 잃고 있는 동안 제니스와 그린 팀원들은 맡은 임무를 수행했다. 제니스는 처음부터 배신자가 나올 거라고 예상하였던 모양이다. 혼자서 몇 가지 깜짝쇼를 준비해놨기 때문이다. 유어돈은 강당 앞쪽에서 보팔 블레이드로 그녀를 두 동강 냈다. 따라서 또 한 명의 제니스가 비상구에서 걸어 나와 자신의 가슴에 총구멍을 냈을 때 그는 상당히 놀랐을 것이다. 나는 제니스가 속임수를 썼다는 걸 알아차렸어야 했다. 밤새도록 조립게이트를 돌렸는데 고성능 폭약을 10킬로그램 밖에 못 만들었다는 건 너무 작위적인 변명이었다. 하지만 이제 와서 생각해보니, 그녀는 이미 그때부터 아무도 믿지 않았던 것 같다. 나까지도.

내가 정신을 잃고 있는 동안 피오르는 (잔혹한 사니들로 구성된 분대 병력에 의해 길 너머에 있는 경찰서에 갇힌 채 절박한 상태에서) 자신의 망통신을 이용해 우리의 지휘 통신망에 접속했다. 통신 장치는 예상했던 대로 설계도 수준에서 구멍이 뚫려 있었다. 하지만 사니는 늘 그보다 한 걸음 앞서 있었다. 그렉은 그날 아침에 벌어질 일을 미리 피오르에게 알려주었고, 피오르는 레이저 울타리와 추가 경비 병력이면 충분할 거라 생각했다. 심리전 쪽 전문가들은 본래 탱크처럼 생각하지 못했다. 그리고 캣츠의 전투 요원처럼 생각하지도 못했다. 두 사람의 나는 (사니 때문에 도서관 창고에 갇혀 살았고 샘에게 접근할 수도 없어서 엄청나게 열이 받은 상태였음에도 불구하고) 로켓 추진식 수류탄으로 그를 처치했다. 그동안 3개 분대 병력의 나는 산개해서 몸을 숨기고 있던 유령들을 찾아 교구 교회들을 이 잡듯이 뒤졌다. 제니스는 나중에 이렇게 설명했다. "믿을 수 있는 군인이 리브뿐이라면 리브를 최대한 활용해야지." 비록 두 사람의 내가 죽긴 했지만, 그녀에게 개인적인 유감은 없다.

왜냐하면 강당에서 웅크리고 있던 집단 구성원들의 머리 위로 비처럼 쏟아지던 먼지가 바닥나고, 우리의 다른 복사체들이 관제 구역과 병원을 종횡무진으로 뛰어다니면서 미친 듯이 조립게이트를 찾아내서 유어돈과 피오르가 더 기어 나오지 못하도록 패턴 버퍼를 지우고 있을 때, 연단으로 뛰어 올라가서 천장에 총을 한 발 쏘고 조용히 하라고 외쳤던 사람은 사니였기 때문이다.

"친구들." 그녀가 희미하게 떨리는 목소리로 말했다. "친구들. 실험은 끝났다. 감옥은 문을 닫았다. 진짜 세계로 온 걸 환영한다."

그건 전부 여러 해 전에 벌어진 일이었다. 역사의 강은 아무도 기다려주지 않았다. 거대한 사건이 벌어져도 우리는 우리의 인생을 살고, 그 사건들이 만들어 낸 지형에 적응하게 마련이다. 그건 문제의 사건에 기여를 한 우리 같은 사람들도 마찬가지였다.

점수로 만들어 낸 독재 정치를 물리쳤건만 바뀐 게 거의 없다는 사실이야말로 가장 신기한 점이었을 것이다. 우리는 아직도 정기적으로 주민 모임을 열고 있다. 그리고 여전히 정규인간의 몸을 걸치고, 소규모 가족을 이루고 산다. 심지어 피오르나 유어돈이 맺어준 부부 관계를 그대로 유지하며 사는 사람도 많다. 우리는 계속 암흑시대의 복식을 따른다. 그리고 이전처럼 일자리도 유지한다. 게다가 원시적인 방법으로 아이도 낳는다. 가끔씩은.

하지만….

우리는 마을 모임에서 투표를 한다. 독선적인 연구자가 교구민을 마음대로 조종하기 위해 수정을 가할 수도 있는, 비밀 기준에 따르는 점수 체계 같은 건 존재하지 않는다. 우리를 인형처럼 춤추게 만드는 주인 같은 건 없다. 우리가 선출한 시장도 그럴 수는 없다. 우리는 정규인간의 몸을 걸치고 가족 단위로 살아가지만, 가정마다 조립게이트를 한 대씩 사용하고 있다. 신형으로 변하고 싶어 하는 사람은 거의 없다. 우리 가운데 상당수가 전쟁 동안 살아 있는 무기가 되어 아주 긴 시간 지내봤기 때문이다. 우리는 사방에 설치된 조립게이트를 통해 현대 의학 기술을 손에 넣었고, 적극적으로 사용하고 있다. 복식과 일상생활에 쓰이는 실내 장식용품들에 대해서는 뭐라고 설명하기 어렵지만, 나는 그걸 사회적인 관성이라고 간주하고 있다. 최근에 상점가에서 사슬 갑옷을 걸치고 바지는 안 입은 파란색 자웅동체 켄타우로스를 본 적이 있었는데, 과연 무슨 일이 벌어졌겠는가? 눈썹 하나 꿈쩍하는 사람도 없었다. 최근 들어 이 도시 사람들은 아주 관대해졌다. 그래야만 했다. '수확 지식' 형태를 취한 우주선이 어디든 도착할 때까지, 우리는 아무 데도 갈 수 없기 때문이다.

나로 말하자면, 이제 더 이상 싸울 필요가 없다. 나는 적에게 굴복했던 나 자신의 소망을 완전히 이뤘고, 부작용은 하나도 없다. 나는 아주 운이 좋았고, 그 사실을 생각하노라면 울 것 같은 기분이 들 정도다.

나는 딸이 있다. 이름은 앤디다. 안드로메다의 약칭이다. 앤디는 크면 남자애가 되겠다고 맹세를 했다. 하지만 사춘기가 되려면 아직도 6년이 남았고, 아마도 몸이 바뀌기 시작하면 생각을 바꿀 것이다. 중요한 건 그 아이가 원하는 건 뭐든 될 수 있는 사회에 살고 있다는 점이다. 앤디는 리브와 샘 사이에서 무작위적으로 골라낸 표현형처럼 보인다. 그 아이가 특정 각도로 빛을 받고 있을 때 슬쩍 옆얼굴을 보다가 숨이 턱 하니 막힐 때가 있다. 절벽에서 뛰어내리던 샘의 모습이 엿보이기 때문이다. 그는 내가 이미 임신했다는 사실을 알고 있었기 때문에 내가 다치지 않도록 조심스럽게 배려하고 나서 뛰어든 건 아니었을까? 그건 불가능했지만, 가끔씩 그가 짐작을 한 건 아니었을지 궁금했다.

안드로메다는 (놀랍게도) 병원에서, 친절한 한타 박사의 도움을 받아 낳았다. 이제는 한타의 머리에 온종일 총구를 겨눌 필요가 없다. 사니가 그녀에게 환자의 이익을 최우선으로 하는 의사가 되도록 자기 자신을 재프로그래밍하든지, 아니면 유어돈과 피오르의 운명을 따르든지 선택하라고 말했기 때문이다. 나는 출산을 한 다음 로빈으로 되돌아왔다. 다른 식으로 표현하자면, 우리가 가진 의료 장비의 능력이 닿는 한에서 최초의 로빈에 최대한 가까운 상태로 되돌아왔다. 이 세상 모든 아버지는 살면서 최소한 한 번은 자연 분만을 경험해봐야 한다(성인이 된 다음에 해보라는 얘기다). 하지만 나는 다시 로빈이 될 필요가 있었다. 무고한 사람들의 피를 손에 묻히지 않은 버전의 나는 그뿐이었기 때문이다.

이제 시간이 늦었다. 앤디는 위층에서 자고 있다. 나는 기억 속에 남아 있는 사건들을 고정시키기 위해서, 어떤 존재였는지 거의 기억도 나지 않는 인물이 아주 오래전에 쓴 편지처럼, 이 기록을 종이 위에 직접 손으로 써서 적어오고 있다. 기억 수술 같은 게 없다 해도, 과거의 자신을 잊어가는 동안 등 뒤의 암흑 속에서 흔적을 남기고 사라져 가는 빛줄기처럼, 우리는 나약한 존재다. 사실 나는 전쟁 전의 나에 대해 별로 알고 싶지 않다. 나는 여기서 편안하게 살고 있고, 여기서 앞으로 오랫동안 살 거라 기대하고 있다. 지금까지 고생하며 살아왔던 전체 기간보다 더 오랫동안. 만약 내 인생의 전반부에 대해 기억할 수 있는 게 두꺼운 기록 뭉치와 나를 향했던 샘의 모순적인 사랑뿐이라면 그걸로도 충분하다. 하지만 기억하지 못하는 것과 의도적으로 잊는 것에는 차이가 있다. 그래서 나는 종이에 기록을 남기는 것이다.

마지막으로 한 가지만 더. 아내는 지금 방 저편에 있는 소파 위에서 졸고 있다. 나는 아내에게 한 가지 물어볼 게 있고, 그러기 위해서 깨우려는 참이다. "샘이 그 통로로 걸어 들어가면서 무슨 생각을 했을 것 같아?"

오. 이건 편리하군. 아내는 하품하더니 말한다. "나야 알 수 없지. 그 자리에 없었으니까."

"추측은 해볼 수 있잖아?"

"내 생각엔 두 번째 기회가 있기를 바랐을 거야."

"그게 다야?"

그녀가 일어선다. "진실은 따분할 때도 있는 거야, 로빈. 뭐 해? 어서 그것도 비망록에 적어 넣으라고."

"알았어. 오늘 분량을 끝내기 전에 추가하고 싶은 말이라도 있어? 조금 있으면 자러 갈 건데."

"어디 보자…." 케이가 어깨를 으쓱한다. 네 개의 어깨 관절을 사용하는, 믿기 어려울 만큼 유려한 동작이다. "아니. 얼른 끝내고 올라와." 그녀는 느긋하게 미소를 짓고 계단으로 향한다. 자는 것 말고 다른 일을 염두에 두고 있다는 걸 암시하듯 엉덩이를 흔들면서. 그녀는 샘으로 존재하기를 그만둔 다음부터 훨씬 더 행복해졌다. 그건 그녀가 공황 상태에서 도서관 지하실에 마지막 백업을 해두고 아주 짧은 시간이 지난 뒤에 벌어진 일이었다. 그리고 이 글을 읽는 사람이라면 확신할 수 있겠지만, 나도, 행복하다.

굿나잇.

## 작가 소개 및 작품 해설

찰스 스트로스는 영국 출신 SF/판타지 작가다. 초기 작품은 하드 SF와 스페이스 오페라에 치우치는데, 그중에서도 기술적인 특이점을 배경으로 삼는 작품들이 많다. 기술적인 특이점의 정의는 여러 가지가 있지만, 간단히 말하면 인류가 물질 입자와 에너지를 양자 수준에서 마음대로 다룰 수 있고, 최소한 인간과 대등한 능력을 보유한 인공지능을 만들 수 있는 가상의 어느 시점을 가리킨다. 그 시점을 특이점이라고 부르는 이유는, 특이점 이후로 인류의 생활상과 능력이 완전히 달라지기 때문이다. 스트로스는 이런 특이점을 작품에 적극적으로 도입했는데, 특히 특이점 이후의 세계는 네트워크상에 펼쳐질 것이라는 가정을 즐겨 이용한다. 이는 그의 경력과도 무관하지 않은 것으로 보인다. 스트로스는 전업 작가가 되기 전 컴퓨터와 리눅스 관련 기사를 쓰는 기고가로 활동했기 때문이다. 그의 대표작이라 할 수 있는《점점 빠르게》, 에스카톤 시리즈로 불리는 2부작, 그리고 이 책《유리감옥》이 특이점을 배경으로 삼은 SF에 속한다. 이 네 작품은 2003년에서 2006년 사이에 출간되었다.

정통 스페이스 오페라로 분류할 수 있는 또 하나의 줄기는 Saturn's Children 시리즈다. 이 시리즈는 장편 두 권과 하나의 단편으로 구성되며, 장편 두 권은 각각 2008년과 2013년에 출간되었다.

그다음으로 스트로스가 최근에 후속작들을 집필 중이라고 스스로 밝힌 Merchant Princess 시리즈가 있다. 이 시리즈는 평행우주 이야기이고 대체역사물이니 역시 SF로 분류할 수 있다. 기본 설정은 평행우주 이야기에서 흔히 볼 수 있듯 평행우주 사이를 넘나들 수 있는 인물들을 중심으로 하지만 시리즈 이름에서 보듯 두 세계에 걸친 상업활동이라는 요소가 추가되어 개성을 더하고 있다. Halting State 시리즈 역시 일종의 대체역사 SF로 분류할 수 있겠다.

영미권 SF/판타지 시장에서 작가 한 사람이 두 장르의 작품을 모두 집필하는 건 흔한 일이다. 그리고 두 장르의 장점을 교차해서 수용하는 것도 꽤 자주 일어나는 일이다. 거기에 더해 비교적 최근 세대라 할 수 있는 일군의 작가들은 본인이 흥미를 느꼈던 게임이나 소설의 세계관을 명시적으로 빌려 딱히 장르를 선 긋기 힘든, 그러면서도 재기 넘치는 작품들을 쏟아내는데, 스트로스 역시 이런 작품들을 선보이고 있다. The Laundry Files 시리즈가 정확히 이 영역에 속한다. IT 기술, 수학, 러브크래프트 풍 세계관에 바탕을 둔 호러 요소, 첩보물이라는 요소가 한데 모인 것이 이 시리즈이며, 2004년에 출간된 《The Atrocity Archives》를 필두로 지금까지 여섯 권이 출간되었고 세 권이 더 계획되어 있다.

찰스 스트로스는 TRPG 설정인 AD&D와도 밀접한 관계가 있다. AD&D 세계관 설정이나 고전 명작 CRPG인 '네버윈터 나이트 2'와 '플레인스케이프: 토먼트'를 즐겨본 사람이라면 데스나이트, 슬라드,

기스저라이 등의 괴물이나 종족 이름을 들어보았을 것이다. 그 존재들을 만든 사람이 바로 찰스 스트로스이니, 그가 RPG 게임 설정에 큰 관심을 뒀다는 점은 충분히 짐작할 수 있다.

스트로스는 그 밖에도 SF 작가인 코리 닥터로우와 함께 크리에이티브 커먼즈 라이센스(CCL: 저작권자가 제시한 조건을 만족하면 이용 가능한 라이센스) 하에 작품 일부를 공개하는 운동을 펼친 바 있다. 지금도 찰스 스트로스의 공식 블로그에 들어가면 CCL의 범위 안에서 다운로드 받아 읽어볼 수 있는 작품들이 있다.

그는《점점 빠르게》로 2006년 로커스상을 수상했고, 단편 SF로 휴고상을 여러 차례 수상한 바 있다. 본서《유리감옥》은 2007년에 프로메테우스상을 수상했으며, 같은 해 휴고상 최종 후보에 올랐다.

*

SF는 상상력을 무기로 삼는 가장 첨예한 장르로 알려져 있다. 하지만 SF 역시 이야기이기 때문에 제약과 갈등이 빠질 수 없다. 물론 그 제약과 갈등은 현재 우리가 볼 수 있는 것들과 전혀 다르므로 읽는 이에게 두 배의 즐거움을 선사한다.

그런데 기술적 특이점을 다루는 SF는 특히 그 지점에서 많은 고민을 할 수밖에 없다. 특이점이란 인류가 태초부터 지니고 살아왔던 여러 굴레를 넘어서는 지점이기 때문이다.《유리감옥》에서는 '감정을 가진 기계', '조립게이트', '전송게이트' 등 특이점 이후에나 사용 가능한 과학과 기술을 이용한 개념들이 마구 쏟아진다. 인공지능이야 이제는 전혀 새로운 개념이 아니지만, 정신과 기억을 포함한 존재 자체를 유물론적인 관점에서 얼마든지 복제할 수 있는 장치

나 웜홀 통로로 연결된 우주란 그동안 여러 SF에서 사용해왔던 클리셰인 동시에 일종의 궁극적인 설정이기도 하다. 《유리감옥》의 인류는 그야말로 우주 전역에서, 원하는 모습으로 원하는 존재가 되어 살아갈 수 있다.

찰스 스트로스는 거기에 네트워크를 더한다. 주인공 로빈을 비롯한 모든 이들은 네트워크에 기반을 두고 살아가며, 웜홀 네트워크가 닿는 곳이 곧 거주 공간이다. 하지만 무언가를 복사하고 재조립할 수 있다는 건, 편집하고 검열할 수 있다는 뜻이기도 하다. 현대 사회에 사는 우리는 편집과 검열 권한이 누군가의 손에 들어갈 때 어떤 결과가 벌어지는지 잘 알고 있다. 검열을 받는 뉴스, 임의로 편집된 창작물도 그만한 영향을 미치는데 하물며 정신과 기억을 조작할 힘이 어느 한 세력에게 주어진다면? 《유리감옥》은 그런 일이 가능한 세계를 배경으로 삼는 광대한 스페이스 오페라이다.

특이점 이후라는 배경이 가져다준 자유는 그렇게 다시 갈등과 제약과 고통을 불러온다. 주인공 로빈은 그 세 가지에 더해 암살자들에게 쫓기는 처지이기도 하다. 그러면서 그런 위협이 실은 망상은 아닐지, 자신의 정체성이라 믿고 있던 것이 실은 전부 다 착각은 아닐지 의심한다. 《유리감옥》은 상당한 규모의 스페이스 오페라이면서도 이처럼 인물 조형이라는 필수적인 요소를 탄탄히 움켜쥐고 있다. 따라서 독자는 얼음물 폭포 속에 뛰어든 것처럼 낯선 개념에 두들겨 맞으면서도 서서히 작품 속 세계에 빠져들게 될 것이다.

작가 소개에서 언급했듯 찰스 스트로스는 본작에서도 RPG 게임과 관련된 요소를 삽입해 두었다. 보팔 블레이드/보팔 소드라는 무기가 바로 그런 요소다. 보팔 소드란 루이스 캐럴 원작인 《거울 나라의 앨리스》에 등장하는 검으로, 재버 워키의 목을 자른 무기다.

D&D 계열 게임 설정에서 이 보팔 소드를 차용하는데, 흔히 보팔 소드에는 적을 즉사시키는 힘이 있다. 이 점을 염두에 두고 작품 속 '교회'의 묘사를 읽는다면 한 번 더 미소를 짓게 되리라 생각한다.

마지막으로, 원작에서는 "역사적이거나 고고학적인 목적이 있는 경우" 외에는 오로지 '초' 단위의 시간 체계를 사용하고(기가 초, 테라 초 등) 환산표를 마련해두었으나, 난해한 용어가 적지 않은 본작에서 독자들의 이해와 몰입을 돕기 위해 우리에게 익숙한 분과 시간, 날짜 등으로 환산하였음을 밝혀 둔다.

김창규

옮긴이 **김창규**

작가 및 번역가. 2005년 과학기술창작문예 중편부문 당선. 2014년 SF어워드 단편 부문 최우수상 수상. 2015년 SF어워드 단편 부문 우수상 수상. 여러 지면에 SF 단편을 실었으며, 《이중도시》, 《뉴로맨서》, 《블라인드 사이트》 등 외서를 다수 번역했다. 현재 창작과 번역을 겸하며 SF 관련 강의도 진행하고 있다.

# 유리감옥

**초판 1쇄 인쇄** 2016년 8월 20일
**초판 1쇄 발행** 2016년 8월 25일

**지은이** 찰스 스트로스
**옮긴이** 김창규
**펴낸이** 박은주
**기획** 김창규, 최세진
**디자인** 김선예, 장혜지
**마케팅** 박동준, 정준호

**발행처** 아작
**등록** 2015년 9월 9일(제300-2015-140호)
**주소** 03174 서울시 종로구 사직로 8길 24 1618호
(내수동, 경희궁의 아침 2단지 오피스텔)
**대표전화** 02.324.3945 **팩스** 02.324.3947
**이메일** decomma@gmail.com
**홈페이지** www.arzak.co.kr

**ISBN** 979-11-87206-24-8 03840

책 값은 표지 뒤쪽에 있습니다.

아작은 디자인콤마의 문학 브랜드입니다.

---

이 도서의 국립중앙도서관 출판예정도서목록(CIP)은 서지정보유통지원시스템 홈페이지(http://seoji.nl.go.kr)와 국가자료공동목록시스템(http://www.nl.go.kr/kolisnet)에서 이용하실 수 있습니다. (CIP제어번호: CIP2016019548)